후리

HOURIS
by Kamel Daoud

Copyright © Éditions Gallimard, Paris 2024
All rights reserved.

Korean translation edition is published by arrangement with
Éditions Gallimard.

Korean Translation Copyright © Minumsa 2025

이 책의 한국어 판 저작권은 Éditions Gallimard와
독점 계약한 (주)민음사에 있습니다.

저작권법에 의해 한국 내에서 보호를 받는 저작물이므로
무단 전재와 무단 복제를 금합니다.

후리

류재화 옮김　　　　　　　　　　　카멜 다우드 장편 소설

HOURIS
KAMEL DAOUD

민음사

일러두기

1. 이 소설의 원제는 Houris이다. Houris는 Houri의 복수형으로, 이슬람교 믿음에서 낙원에 사는 아름다운 눈을 가진 완벽한 미모의 처녀를 가리킨다. 믿음을 가진 의로운 남성 신자들이 낙원에서 받게 될 보상 중 하나로 알려져 있다.
2. 본문의 모든 주석은 옮긴이 주다.
3. 원문에서 이탤릭체 및 대문자 등으로 강조한 부분은 고딕체 등으로 구분했다.

*

나의 어머니 야미나에게, 나의 비밀스러운 언어에게
알제리 내전의 잊힌 희생자들에게
늘 관대한 아미나 메칼리에게
그리고 이 글을 쓸 지붕을 내어 준
파리정치대학의 사람들에게

*

그리고 저 아래 세계의 우두머리 문지기 페투가
거룩한 이난나*에게 대답하였다.
"자, 너는 누구냐?"
"나는 태양이 뜨는 곳, 하늘의 여왕이다!"
"만일 네가 태양이 뜨는 곳, 하늘의 여왕이라면,
어찌하여 이 돌아갈 수 없는 나라에는 온 것이냐?
왜 네 마음은 아무도 거슬러 돌아가지 못하는
이 길로 너를 오게 한 것이냐?"
— 이쉬타르(이난나)의 하계로의 강림

---

*   이난나(Inanna)는 길가메시 수메르 신화에 나오는 사랑과 전쟁, 풍요의 여신으로, 여동생을 찾아 지하 세계로 내려가 죽음과 부활을 경험한다. 이쉬타르(Ishtar)는 이난나를 계승한 형태로 문화적 전승에 따라 서로 합쳐지거나 동일한 존재로 여겨진다.

*

제46조: 다음의 행위를 한 자는 3년 이상 5년 이하의 징역형 또는 25만 디나르 이상 50디나르 이하의 벌금형에 처한다. 그 행위란, 발언·문서 또는 여타 행위들로 국가적 비극의 상처를 이용하거나 도구화하여, 알제리 인민민주공화국의 제도를 훼손하거나, 국가의 안정성을 약화시키고, 공화국을 위해 충실히 복무한 공무원의 명예를 실추시키거나 국제 무대에서 알제리의 이미지를 훼손하는 것을 말한다.

형사소추는 검찰에 의해 직권으로 제기되며, 재범의 경우 본 조항에서 정한 형을 2배로 가중한다.

— 국가 평화와 화해를 위한 헌장

차례

1부
목소리
[11]

2부
미궁
[197]

3부
칼
[379]

옮긴이의 말
[527]

추천의 글
[539]

1부

목소리

I

2018년 6월 16일 밤, 오랑에서

　이거 보여?
　난 멈추지 않는 커다란 미소를 짓고 있어. 난 벙어리, 아니 거의 벙어리야. 날 이해해 보려고 사람들은 내 쪽으로 아주 가까이 몸을 기울이지, 비밀이나 공모의 밤을 나누는 것처럼. 내 숨소리에도 익숙해져야 해, 항상 마지막 숨소리 같은. 처음엔 내 모습이 불편할 거야. 내 눈을 가까이 와서 봐. 아주 드문 색깔이지, 금색, 녹색, 꼭 천국 같아. 넌 잘 모르니까, 보이지 않는 남자가 스카프로 내 목을 조르는 거라고 생각할지도 몰라. 하지만 무서워하지 마. 빛 속에서 보면 난 호리호리한 몸에, 좀 지친, 아니 겨우 목숨이 붙어 있는 여자처럼 보여. 내 거대한 얼어붙은 미소를 보면 사람들은 불편해하지. 끝도 없이 넓은, 거의 17센티미터에 이르는 이 미소는 이십 년이 넘도록 한 번도 움직인 적이 없어. 내 얼굴보다 더 아래로 내려온 미소. 내 단어, 내 문장까지도 당겨 늘리지. 가끔은 색깔이 화려한 스카프로 감추기도 해. 스카프는 비싸고 희귀한 걸로, 항상 내가 골라. 그리고 옷깃을 세우지.
　말해 볼까. 그래, 이런 기회는 없었으니까. 왜냐하면, 그래, 넌 내가 한 번도 상상해 본 적 없는 사건이니까. 넌 하늘에서 내게 내려왔어. 비통에 빠진 한 예언자의 머리 위에 떨어진 운석처럼. 수다를 좀 떨어도 될까, 멈추지 말고 계속. 왜냐하면, 내가 말을 참으면 네 목숨을 앗아갈지도 모르니까. 널 위한 슬픈 의식 따윈 없이. 잔인하게, 아무렇지도 않게. 정육점 주인이 양고기 앞에서 하품하며 고기를 자르듯 그냥 해치울지도 몰라. 그러니까 내 말은, 널 속박하고 있는 주머니를 다 찢어 버리겠다는 거야, 네가 꼬물대고 있는 그 주머니를. 네가 여태 뭉쳐 놓고 있는 그 얼마 안 되는 생명의 실타래를 다 풀어 헤쳐 버리겠다는 거야. 게다가 넌 의학적으로 아직 생명체가 아냐. 신의 관점에선 죽은 것도 아니고. 그러면 난? 난 이미 한 순수한 영혼을 살해한 것 같아. 손이 아니라 눈꺼풀로. 눈을 꽉 감아 버려서. 하디자, 그래, 우리 엄마 하디자조차 까맣게 몰라. 엄마는 내가 스물여섯이 되었는데도 매일 볼 때마다 날 갓난아기처럼 봐. 그래야 엄마도 다시 태어날 수 있으니까, 내 다정한 모습과 순종 속에서.

자, 여긴 내 방. 오랑의 미라마르라는 동네야. 밤이 깊었어. 지중해 옆에 자리한 크고 아름다운 이 도시는 마치 끊어진 목걸이처럼 어둠 속에서 반짝여. 새벽 2시야. 한 남자가 소릴 지르고 있고, 경찰차가 질주하고, 개들이 복면 쓴 도둑 놀이를 하고 있어. 이 순간을 채우기 위해 나는 떠도는 야자수들과 아직도 어느 거리로 스며들지 방법을 찾고 있는 바다를 상상해. 가끔은 안심이 되고 도움이 돼. 바깥 세상에서는 내가 벙어리, 아니 거의 벙어리라는 사실 말이야. 사람들은 내게서 장황한 문장을 기대하지 않아. 거짓 섞인 담화나 과장된 이야기나 약속을 기대하지 않아. 심지어 사랑할 때도 난 내 회색과 녹색의 커다란 눈으로 상대가 비틀거려 넘어지도록 그냥 내버려두지. 시시각각 색이 변하는 황금빛이 도는 큰 눈동자는 남자들을 비웃어. 그 앞에서 말을 잃는 남자들을. 그들은 날 검사하듯 살피다가도 조용히 요동치는 내 눈빛 속으로 빨려 들어와. 모든 언어가 불충분해져서지.

들어 봐. 밤의 상선들이 사라진 바다 위에서 울부짖고 있어. 바다가 무엇으로 되어 있는지 네게 다 설명할 수가 없구나. 금속으로 된 그 큰 귀로 바다를 청진하는 배가 어디서 왔는지 설명할 수가 없어. 아무리 내 말을 써 본들, 네게 다 전할 수 없는 것들이 많단다. 바깥 세계에서 오는 그 미묘함도 다 전할 수가 없어. 내 눈에 보이는 수천 가지 세세한 것을 다 네게 말하려면 평생이 걸릴 거야. 한데 너한텐 그럴 시간이 없어. 우리가 친해지려면 내가 뭘 더 말해 주면 좋을까? 내가 네게 말은 하고 있지만, 네가 듣는 내 목소리는 소리가 아냐. 종잇장을 넘길 때 나는 소리, 겨우 그 정도겠지. 게다가 바다를, 개들을, 한 척의 배를, 야자수들을, 아니면 어둠 속에 희미하게 드러난 내 얼굴을 정의하는 게 무슨 소용이겠니. 정의란 살아 있는 사람들을 위한 것일 뿐이잖아. 다 안심하기 위해 필요한 거지. 너에게 그건 네가 긁어 대는 벽 뒤에서 나는 음색일 뿐이야. 넌 내 보살핌으로, 그 어둠 속에서도 잘 숨어 거기 살아남아 있어. 네가 있는 곳은 따뜻해야 할 텐데, 그치? 넌 조용히 떠다니고 있을 거야, 아마. 아니면 나처럼 몸을 바짝 웅크리고 있거나. 그 밧줄 때문에 좀 불편하지. 아마 그럴 거야. 넌 족쇄에 묶여 있어. 나는 울림도 있고 침묵도 지닌, 내 아름다운 언어로 네게 말을 걸어. 수년 동안 내가 스스로에게 이야기를 들려 줄 때 쓰곤 했고, 머릿속으로 내 적과 이웃, 이맘,[1] 그리고 내 소중한 것들을 훔쳐 간 신에게 말할 때 쓰는 그 언어로. 흐릿하게나마 내가 사랑했던, 감동해서 눈물을 쏟았던 영화들의 언어이기도 해. 꿈의 언어, 비밀 가득한 언어, 언어를 가지지 못한 것들의 언어.

이 여름밤, 나도 너처럼 캄캄한 곳에 있어. 밤하늘이 베개처럼 따스하고 폭신하게 느껴지고, 잠이 오지 않네. 네가 시간이 뭔지 안다면 새벽 2시나 3시라고 말해 줄 텐데. 여름엔 밤이 짧아, 우리 도시에서는. 밤이 별빛을 힘겹게 흩뿌리기가 무섭게 새벽이면 이맘의 기도가 그것을 끝내 버려. 하지만 네가 있는 곳에선 보이지 않을 거야. 네 눈은 이제 겨우 형태를 갖춰 가고 있으니까. 난 적어도 내 방과 내 거리, 바다와 바다가 데리고 다니는 배는 분간할 수 있어. 넌 아직 성별도 없어. 하지만 난 네가 여자아이라는 걸

---

1   무함마드의 후계자에게 주어지는 칭호로, 이슬람 집단의 지도자나 이슬람 모스크의 사제를 뜻한다.

알아. 나의 후리, 눈을 감으면 그렇게 네가 떠오른다. 넌 천국에서 왔어, 그럴 거야. 거기선 시간이 흐르지 않아, 시간을 헤아리지도 않고. 맞은편 벽 에어컨에는 시간과 온도가 표시되어 있어. 그 불빛이 이 방의 거의 모든 사물에 음영과 아우라를 드리우지. 침실 탁자가 있어. 알제리 현대사 시험에서 빵점을 맞은 뒤 중학교를 그만둔 뒤부터 한 번도 사용하지 않은 내 책상도 있고. 정리하지 않은 채 흩어져 있는 신발들. 천의 주름 속에 검은 홍학 무늬가 갇힌 커다란 커튼도 그대로 늘어져 있어. 그리고 덧문이 있어. 내가 제대로 닫질 않았네. 집 건너 카페 앞의 가로등이 불빛을 길게 늘이며, 마치 떠돌이가 기웃거리듯 내 방을 엿봐. 테라스 한복판에 서 있는 전봇대 말이야. 밑 부분은 녹슬고 전선 상자는 드러난 그 기둥. 무슨 카페냐고? 마르하바('어서 오세요'라는 뜻이야, 내 안의 언어로 번역하면)라는 카페야. 어느 나라에서나 상점들은 다 이런 식이지. 다 똑같아. 도시의 큰 거리 이름들에 독립전쟁의 순교자들 이름을 죄다 갖다 바치듯이 말이야. 여긴 내 화장대이고, 저긴 어제 깨 버린 거울이야. 불쌍한 거울! 산산조각이 났어. 한꺼번에 너무 많은 말을 더듬더듬 토해 내려다 말문이 엉키고, 마침내 조각으로 무너져 내리며 손을 베이고 흐느끼는 사람들처럼 되어 버렸지. 제대로 말하지 못하는 내 무력감에 벼락을 맞은 거야. 그래, 어제 내가 깼어. 그 모래 같은 소리가 내 귀를 거쳐 전해졌던 거 기억나지 않니? 아니, 내 배를 통해 들으니 소리가 줄어들었을 거야. 있잖아,

나도 널 상상해, 네가 있는 그곳의. 이름도 성도 없이, 나에게 매여 있는 건 다만 한 가닥의 줄과 피뿐인 채로 너는 모습을 드러내지. 넌 날 그림자로 생각할 거야. 내 세계를, 내 방을 얼핏이라도 봤어? 너한테 무관심한 이 도시도? 내가 정말 뭘 원하는지 넌 모를 거야. 우리는 지진이 겹쳐 놓은 이국의 땅들 같아. 넌 네 침묵을 근육 삼아 거슬러 헤엄쳐. 네 인생의 첫날은 아직 마지막 날과 뒤섞여 있고, 격류 같은 내 말들이 그 사이를 가로지르지. 스물여섯 살 벙어리가 어떻게 숨도 안 고르고 이렇게 말을 많이 하냐고? 붙잡힌 소매치기처럼 한번에 다 실토하고 싶어 미칠 것 같은 이 참을 수 없는 욕구는 도대체 어디서 나오는 걸까?

자, 내 이유는 이거야. 난 두 개의 언어를 갖고 있어. 하나는 밤 같고, 다른 하나는 초승달 같아. 하나가 다른 하나의 한중간을 파고들어 먹어치우지.

두 언어를 다 사용하려면 물고기 입이 필요해.

내 괴물 같은 얼굴을 네 눈에 더 잘 그려 보이려면, 내 양 귀를 묶어 놓는 미소가 있다고 하면 될까. 맞아, 내 목 위에 딱 그렇게 있어. 낚싯줄 하나가 내 목을 가슴에 붙잡아 매고 있어서 난 완전한 망각 속으로 가라앉고 싶어도 그럴 수가 없어, 바스티유 시장(오랑에서 장을 보는 곳이야)에 걸려 있는 물건처럼 매달리지도 못하고. 서너 명의 남자들은 이미 만져봤어. 이 꼼짝하지 않는 미소가 도대체 어디서 나오는지 이해가 되지 않는지 집게손가락으로 더듬어 보더라고. 우리 엄마 하디자는 그 미소를 오래 진찰하고, 간호하고, 살피고, 수천 가지 처방으로 감각을 없애려 애썼어. 그리고 여러 해 동안 거의 매일 밤 그것의 크기를 재어 보곤 했어. 엄마는 계속해서 말했어. 아마 이게 더 커져서 내가 죽을지도 모른다고. 아니 또, 이게 줄어들어서, 내가 다시 정상적인 삶을 살 수 있을지도 모른다고. 왜냐하면 이렇게 크고, 이렇게 분명한, 이렇게 행복과는 거리가 먼, 기쁨과는 완전히 상반된 미소는 한 번도 본 적이 없으니까. 적어도 내 이름은 네게 밝힐게. 난 내 이름을 가장 깜깜한 밤을 밝히는 빛나는 표지판으로 생각하거든. 내 이름은 오브야. 내 바깥 언어로는 파즈르, 내 안의 언어로는 오브.[2]

(숨 좀 쉬자.)

내 두 언어는 두 손처럼 내 목을 조여.

첫 번째 언어는 내 머릿속에서 스카프처럼 춤을 춰, 쿠란[3]에 나오는 강물처럼 흐르고. 꼭 피부 아래 또 다른 피부와도 같아. 나는 그 언어로 네게 말해. 너를 천국의 여인들 곁으로 돌려보내고, 세상에 오는 일이 별 가치가 없다

---

2   Aube와 Fajr는 각기 프랑스어와 아랍어로 '새벽'이라는 뜻이다. 그런데 프랑스어인 오브가 내 안의 언어라고 말하고, 아랍어인 파즈르가 내 바깥 언어라고 반어적으로 말한다.

3   이슬람의 경전. 이슬람의 창시자인 무함마드가 23년간 신으로부터 받은 계시를 구전으로 전하다가, 그의 가르침을 받은 제자들이 여러 장소에서 여러 시대를 걸쳐 기록한 기록물들을 모아서 집대성한 책이다.

고 설득하려고. 양처럼 하늘에서 떨어지느니 그곳에 계속 머물러, 남자 손이 닿지 않는 그곳에. 이 안의 언어는 내 입에서 터져 나오지 못하는 말들로 이뤄져 있어. 그건…… 그건…… 그래, 이제 내가 네게 말할 그것 때문에 그렇게 된 거야. 난 아무것도 숨기지 않아. 내가 겉으로 지닌 것이 부끄럽지 않아. 날 이해하는 우리 엄마 하디자는 아주 일찍부터 알려줬어. 사람들은 자기 글은 지울 수 있지만, 피부 위의 것은 지울 수 없다고. "넌, 넌 한 권의 책이야." 엄마는 내게 맹세하듯 말하곤 했어. "진짜 책. 우리가 절대 잊어서는 안 되는 것을 이야기하는 책. 무지한 자들만 모르는 알파벳이야." 엄마는 병원 침대에 누운 나를 향해 끊임없이 되뇌었어. 내 성대를 어떻게든 고쳐보려고 할 때였지. "그들이 지은 범죄를 완전히 다 지웠다고 믿을 때조차, 넌 여전히 남아 있을 거야. 그리고 너의 찬란한 두 눈도." 난 진정한 흔적이야, 우리가 알제리에서 십 년 동안 겪은 그 모든 것을 증명하는 가장 견고한 흔적. 나는 한 전쟁의 모든 역사를 품고 있어, 내가 어릴 때부터 내 피부에 새겨진 채로. 읽을 줄 아는 사람이라면, 추문 가득한 내 눈과 괴물 같은 내 미소가 교차하는 지점에서 알게 될 거야. 일부러 잊으려고 하는 사람들은 날 두려워하게 될 거야. 날 쳐다보는 것도.

밖에서 난 벙어리야. 말하려면 몇 마디밖에 쓰지 않아. 하지만 이곳, 내 머릿속에선, 너와 나 사이에선, 내 기억에 있는 거의 모든 것을 설명할 단어들이 줄줄이 나와. 바깥 세상을 마주할 때 내 안의 언어는 정교함의 경이, 그 자체야. 그 안에서 저 옛날이야기가 꿈틀거리며 되살아나. 그 경이와 함께라면 모든 것이, 거의 모든 것이 태양 없이도 빛날 거야. 단 네가 있는 곳은 제외하고. 맞아! 이 안의 언어는 내가 사랑을 할 때 빛나. 분노 속에, 웃음 속에 있을 때도. 특히 불면에 시달릴 때면 여름날 홍수처럼 이 언어는 부풀어 오르지.

그 안에 내가 사랑했던 사람들의 목소리도 있어. 그들의 음색과 억양도. 이를테면 다섯 살 때 담임이었던 수아드 선생님. 선생님은 내 혐오스러운 '미소'를 그저 목 위에 난 좀 덜 예리한 장난감으로 바꿔 주었어. 날 사랑해 주었던 여자. 내 '미소'를 잊게 하려고 내 눈을 자세히 묘사해 주었지. 선생님의 검은 머리칼에는 눈부신 아우라가 깃들어 있었고. 물결 같은 그 머리칼 속에 잠긴 얼굴은, 왜인지는 모르겠지만 달, 거울, 행복한 결혼을 떠올렸어. 그녀의 아름다움은 내 비밀 언어의 알파벳 중 첫 글자였어. 그만큼 아름다웠어, 수아드 선생님은. 내가 지금은 너에게 이렇게 말하지만, 그 나이 땐 이 단어를 몰랐어. 그냥 심장이 마구 두근거렸지. 나는 선생님의 거울상이 되고 싶었어! 선생님이 다른 학생들보다 더 사랑하는 눈빛으로 날 바라봐 주면 난 정말 울고 싶어졌어. 이 '미소' 때문에 내가 너무 끔찍하게 보여 용서를 구하고 싶었거든. 내 안의 언어는 그녀와 함께 시작되었어. 모든 책들 앞에서 맹세할 수 있어.

이건 내가 글을 쓰는 언어이기도 해. 마치 뱀처럼 빠르게 움직이지. 지그재그로 사냥하듯, 종이의 흰 배(腹) 위를 미끄러져 달려. 학교에서 나는 언제나 가장 아름다운 대답을 찾아냈어. 왜냐하면 나는 글쓰기를 사랑했으니까. 자주 나는 문제의 해답을 누구보다 빨리 발견했어. 내가 벙어리이거나, 거의 말을 하지 못하는 덕분이었지. 왜냐하면 난 절대 시간 낭비를 하지 않으니까. 다섯 살 이후로 나는 다른 사람들과 말하느라 시간을 허비하지 않았어. 침묵을 지키다 글을 쓰기 시작하면, 누구보다 빨리 달려 아직 아무도 밟지 않은 땅에 1등으로 도착하지. 내 머릿속에서 여전히 줄지어 서서 나를 심판하고 포위하는 학교 아이들보다 먼저. 그들의 펜은 내 '미소'를 더럽히지 않고 찌르려는 창처럼 나를 향해 겨눠져 있어.

밤이 녹아 내리고, 내 언어도, 내 귓바퀴도, 내 결핍도 함께 흩어지네. 난 모든 변명을 회피하고 싶어. 입을 꾹 다물고 싶어. 다 생략하고 싶어. 하지만 네게 이렇게 설명하고 있네. 다른 언어로, 그러니까 바깥 언어로. 나는 자꾸 미루고 있어, 다른 사람들한테 말할 때 쓰는 언어로 너에게 말할 순간을. 다른 사람들이란, 우리 엄마, 그리고 나의 또 다른 엄마, 이십 년 전에 죽은 언니, 다섯 살 때 나를 처음 맞은 의사 선생님, 내 차를 지켜주는 눈곱 낀 관리인, 말수가 적은 내 두 직원, 내 미용실 손님들, 빗속에서 쫓기던 개, 너, 어머니 친구인 법의학자 압두, 그리고 칼[刀], 신, 그리고 그의 숫양이야. 내가 그 언어로 말하면 다른 사람들은 오히려 부끄러워해. 단어를 찾는 데 어려움을 느끼고 결국 내 달빛 같은 눈 속으로, 내 '미소' 속으로 숨어들지. 그건 타인의 연민으로 빚어진 언어야. 오, 해 저무는 어둠 속에 결박된 내 낯선 존재야.

쉿!

너한테 설명하기가 정말 힘드네. 네 귀가 아직 안 만들어졌을지도 모르니까. 난 내 방 안을 맴돌아. 너의 침묵이 나를 고문해. 가끔 밤은 날 칼로 찔러 대, 네 미래에 대해 겁을 주며. 정확히 무엇이 두려운 걸까? 너 이후에 어떻게든 계속 살아가야 한다는 부끄러움, 그리고 네가 죽은 뒤에도 살아남아야 한다는 것에 대한 부끄러움이야. 만일 내가 바로 결행한다면, 난 다시 벽들 사이에서 잠을 청해야 할 거야. 흰 석고 가루로 눈이 건조해질 테고. 모든 걸 다시 시작해야 해. 다 정당화해야 하고, 다 설명해야 하고, 다 협상해야 하고……. 그러면 내 인생을 다른 사람에게서 훔치는 게 이번이 두 번째가 될 거야. 태양 아래 있겠다고 시체 속으로 미끄러져 들어가는 일이 될 거야. 알겠어? 만일 네가 죽는 걸 내가 돕는다면, 내 것인 것은 아무것도 남지 않게 될 거야. 난 온 세상으로부터 내몰린 기분이 들겠지. 그렇다고 감히 소리도 못 지를 거고. 왜냐하면 난 목소리가 안 나오니까. 어쨌든 이게 내 운명이야. 내 안에 무엇이 죽어 있는지, 무엇이 살아 있는지 알려면 내 몸을 더 듣거려야 해. 그래야 어떤 부분이, 또 어떤 다른 부분이 더 이상 숨을 안 쉬고 있는지 알 수 있어. 사실 난 오래전부터 아무 냄새도 못 맡아. 감각을 잃어버렸어. 다른 사람들 살 냄새도 이제는 거의 낯설어. 내가 두 개의 몸, 두 개의 언어로 갈라진 것처럼 느껴져. 날 갈라놓는 건 내 '미소'야.

숨이 막힌다.

올해는 여름이 하늘의 공기를 다 훔쳐간 것 같아. 이 시간에도 덥네. 나한테는 특히나 너무 더워. 하지만 에어컨 온도를 못 낮추겠어. 내가 아프기라도 하면 엄마는 경기를 일으키니까. 담배를 피우고 싶어, 담배를 씹어 삼키고 그래서 질식해 버리고 싶어. 내 안에서 날뛰는 동물 같아. 내 피 속에서 발을 구르며 애원하는 누군가 같아. 아, 그래, 나도 가끔 담배를 피워, 이런 처지에도! 내가 맡을 수 있는 거의 유일한 냄새야. 매캐하고 강한 냄새. 나머지 냄새는 후각 세포들이 말라비틀어졌는지 몇 년 전부터 다 사라졌어. 내 방에서 향수병들은 내 어린 시절 사진만큼 아주 희귀한 존재야. 여름에 목도리를 두르고 있는 내 모습이 담긴 사진들만큼. 담배 냄새가 나를 죽일 거라고 엄마는 속으로 분노해. 하지만 아무 말도 하지 않고 눈만 내리깔 뿐이야. 그 불행 속에서도 모성애를 발휘하는 거지. 담배를 피우면 기침이 나고, 기침하면 나 같은 사람에겐 최악이야. 기침하기, 재채기하기, 웃기, 소리 지르기. 내 경우는 이 모든 게 복잡하거든. 냄새를 느끼고, 맛을 느끼고, 그것들이 콧속으로 올라오고, 기억이 되살아나고, 옛날의 내가 떠올라. 그리고 말하는 것까지.

광장 맞은편에 있는 그 학교 학생이었을 때, 난 거의 말을 하지 않았어. 하지만 고집스럽고, 화가 난 듯 딱딱하면서도 부드럽고, 예리하면서도 날카로운 눈빛을 갖고 있었지. 내 눈동자는 색깔이 변해. 수천 가지 뉘앙스를 품어……. 후리의 큰 눈처럼 황금빛 밤으로 그려진 눈동자, 그 속에서 내 안의 언어가 영롱하게 반짝여. 난 내 눈으로 어른이라도 불편하게 만들 수 있었어. 같은 반 아이를 울리기도 했고. 진정한 알파벳, 맹세코 그건 칼[刀] 컬렉션과도 같았어. 난 말을 잘 못 했지. 입을 거의, 아니 전혀 움직이지 못했으니까. 그러면 다른 애들이 등 뒤에서 '물고기'라고 불렀어. 내가 두 번째로 태어난 2000년에 어른들과 엄마 친구들이 생일 축하를 해 준다고 왔어. 와서 호기심 가득한 눈으로 날 쳐다봤어. 같은 얼굴 위에 어떻게 이렇게 아름다움과 공포가 공존할 수 있지? 이런 아이에게 무슨 말을 해야 하지? 난 첨탑이나 낭떠러지처럼 현기증을 일으키는 재능이 있었던 거야. 학교에서 한번 연습해 보기 위해, 일찌감치 우리 선생님인 사피 선생님(대머리에 물고기처럼 돌출 안구야. 오 년 동안 항상 똑같은 바지를 입고 철자가 틀리면 끔찍이도 싫어해. 우리한테 가르쳐주는 아랍어가 세계에서 유일한 언어라고 생각하기 때문에 머릿속에 들어 있는 머릿니처럼 오자를 하나하나 세면서 치를 떨지. 그러나 그 언어는 나의 비밀스러운 언어, 내면의 언어의 발목에도 미치지 못했어)을 뚫어지게 쳐다보는 방법을 터득했지. 나는 선생님을 대못에 박듯 꼼짝 못 하게 만들었어. 그러면 그는 완강히 버티다가 결국 항복했지. 얼른 시선을 돌리거나, 출석부 페이지를 넘겨 내 이름은 건너뛰는 식으로. 방향을 틀어 내 뒤에 앉아 있는 여자애한테 질문을 하는 거야. 나는 일찌감치 깨달았어, 내 언어는 곧 그의 언어의 패배라는 걸. 내 언어는 모욕처럼 강해. 아프게 하면서도 머릿속에서 혹은 밤 속에서 일어나는 일을 더 선명히 밝혀 주니까.

내 다른 언어에 대해 말하자면, 그러니까 바깥 언어, 입에서 귀로 가는…… 존재하지도 않는 것에 대해 어떻게 너한테 설명할까? 네가 있는 곳에선 소리만 들릴 텐데. 잘 들어 봐. 넌 읽을 줄도 쓸 줄도 모르니까.

내가 두 번째로 태어났을 때 난 다섯 살이었어. 난 텔레비전에 나오는 어떤 오리를 좋아했어. 그 오리의 모험을. 오리 이름은 도널드 덕이야. 아주 익살스럽고 무슨 축제를 하는 것처럼 울긋불긋했지, 늘 서툴고 말이야. 그 오리가 화를 내면 그게 그렇게 웃겼어. 밭 진창 속에 빠지질 않나, 넘어지면 다시 일어서고, 공처럼 구르고, 무엇에든 다 놀라는 거야. 내가 이 오리의 뭐에 사로잡혔을까? 터져 나오는 목소리에 온갖 손짓과 몸짓과 표정이 결합될 때만 겨우 그 오리가 하는 말을 이해했어. 그래서 말할 때 두 손을 가만히 놔두질 않는 거야. 알록달록 예쁜 집 안의 모든 것을 뒤엎고, 숨이 넘어가고, 허우적대고 같은 말을 반복하지. 약간 바보 같은 이야기지만, 그 나이 때 난 정말 이 오리가 실제로 있는 줄 알았어. 걘 나랑 같은 언어를 쓴다고 믿은 거지. 눈과 손의 도움이 없으면 무슨 말인지 도저히 알아들을 수 없는 구멍투성이의 언어를. 그래, 그게 바로 내 두 번째 언어, 바깥 언어야. 반대로, 내가 너에게 안의 언어로 말을 걸 때는 모든 게 거울처럼 선명해.

　어제 내가 화난 걸 너도 들었겠지. 네가 안전하게 누워 있는 그곳에서도 다 들었을 거야. 난 온몸을 부들부들 떨었고, 그녀는, 그러니까 우리 엄마는 조용히 있었어. 그다음 말을, 내 입에서 나오고 싶어 하지 않는 그다음 말을 기다리고 있었지. 난 소릴 질렀어. 그 소리가 너무 웃기게 날뛰어서 꼭 알록달록한 상자 속에 들어 있는 도널드 같았을 거야. 말이 나오질 않으니까. 그 말은 나오지 않고 오히려 너한테 되돌아가 네가 몸을 비틀었어. 정신병원에 있는 미친 사람처럼 몸부림쳤어. 내 질식 때문에 넌 숨이 막혀 죽을 수도 있었어. 그래서 난 울었지. 화가 나면 두 언어 한가운데서 길을 잃어. 입속에 자갈 같은 것이 들어 있는 거 같지. 내가 얼마나 비참한지 알겠지? 내 바깥 언어로는 난 욕도 할 줄 몰라. 이젠 우리 둘이 거기 끼여 있어. 넌 거기 가만히 누워 있어, 내가 널 보진 못해도, 네가 네 밤 속에 네 줄을 잡아당기고 있어도. 난 한 권의 책이야. 서서히, 내가 너를 위해 빛을 밝혀 줄게. 왜냐면 내 안의 언어가 마침내 나 아닌 다른 출구를 찾아냈거든. 그게 뭔지 알아? 바로 너한테 있는 두 귀야. 부드럽고 연한, 아직은 아무것도 보이지 않는 너의 세계 속에 방향을 잡고 갈 수 있도록 길이 파여 있거든. 아직은 막혀 있는 지하 샘에 불과하지만, 이제 곧 네 안에서 작은 틈을 보게 될 거야. 그 틈이 변해 서서히 물길을 넓혀 삼각주처럼 넓어질 거고. 넌 내 비밀을 지켜줘야 해. 내가 널 너의 집에 데려다줄 때까지 여기 가만히 있어. 거긴 전혀 다른 감각의 세계야. 거기선 그냥 웃기만 해도 정원이 생겨날 거야.

무아진[4]이다! 이 목소리는 무아진이야. 새벽 4시 34분이네. 이 굵은 목소리는 신에게 기도하라는 소리야. 잠자는 사람을 다 깨우려고 저렇게 크게 소리 지르는 거야. 이건 종용과 위협의 언어야. 아침부터 저녁까지 세상의 종말을 반복하는 목소리야. 이 점호 후, 남자들은 기상하고, 트림하고, 비틀비틀 걸어가서 차가운 물로 몸을 씻지. 우선은 은밀한 부분부터 시작해 두 팔과 머리를. 그리고 밖으로 나가지, 잠이 덜 깬 상태로, 신을 향해, 절대 잠을 자지 않는 신을 향해. 나는 거듭 말해. 넌 나가야 해. 난 침묵해야 하고. 넌 내 뱃속으로, 아니 내 오줌 속으로, 시궁창 속으로, 도시의 검은 목구멍 속으로 떨어졌으니 거길 통해 나가야 해. 난 네가 여기 남는 걸 원치 않아. 난 이 말을 천

---

4 이슬람 사원(모스크)에서 하루 다섯 번 기도 시간을 알리는 사람이다.

번이고 반복할 거야. 하지만 네가 내 이야기를 들어준다면, 내 피부에 새겨진 이 글자에 집중해 준다면 난 널 참아 줄 수 있어. 넌 이 상처 자국들을 스치듯 만질 수도 없어. 내가 이야기를 멈추면 난 널, 네 머리를, 자를지도 몰라. 칼이 아니라 수천 번의 포옹으로, 수천 번의 조언으로. 네가 온 곳으로 그냥 되돌아가라고 말이야. 여긴 네가 있을 곳이 못 돼. 이 나라에서 여자로 사는 건 가시가 가득한 통로를 걷는 거야. 널 사랑으로 죽일 거야. 거대한 나무들이 있는 천국으로 널 사라지게 할 거야. 네게 매달리는 건 내가 아냐. 고아 같은 내 두 번째 언어야. 이 언어 때문에 내가 여기 어둠 속에서 이토록 빨리 말하고 있는 거니까. 다른 사람들이 다 잠들어 있는 동안에, 신에게 기도하러 가려고 준비하는 동안에, 잠이 달아나는 동안에. 난 눈을 뜨고 있을 수도 없어. 엄마를 보려면 눈을 떠야 하는데, 엄마는 다른 방에서 짐을 싸고 있어. 그런데 어둠 속에 둥지를 틀고 있는 널 보지 않고는 눈이 감기질 않네. 이 독백 속에 날 함정에 빠뜨리는 건 내 두 번째 언어, 그리고 안의 언어야. 널 살려야 한다고 주장하면서도, 네가 어떻게 죽게 될지 설명하는. 치명적인 세 개의 알약이면 널 추방할 수 있대. 바깥 언어로 난 벙어리니까 아무도 말할 사람이 없어, 만일 내가 널 죽여도. 바깥에선 태양이 뜰 거야. 그러면 언어들이 재잘거리고 소릴 질러 대겠지. 항상 나 없이 자기들끼리만. 자, 나의 별. 네가 살아 있을 이유는 다시 말해 삶과 죽음 사이에 머무를 이유는, 내가 이 대화를 끝내기로 결정할 때까지만 있어. 이 모든 게 내 잘못이야. 신중했어야 했어, 이 바보 멍충이. 임신하면 안 됐어. 쫓기는 짐승처럼 낙태할 일조차 없어야 했어.

2

6월 17일 새벽

　창문 좀 열게. 공기가 부족해, 꼭 무덤 속 같아. 들었어? 그저께 미용실에서 돌아오는 길에 그것들을 봤어. 사흘 뒤면 다 죽을 거야. 이미 오랑 변두리 시장에는 맨 처음 잡힌 것들이 둘씩 묶여 누워 있어. 패배한 전투의 포로들처럼 뿔들이 서로 묶여서. 밤이면 이 목소리들이 하나로 들려. 멈추지 않고 메에에 하니까. 뭐랄까, 꼭 애원하는 거 같아. 답을 찾는 걸까. 동쪽에 가축 시장이 새로 생겼는데, 거기 가면 널려 있어서 너도 볼 수 있을 거야. 남자들은 값과 무게를 흥정하면서 계속 남쪽을 봐. 아마 자신들이 태어난 높은 고원 도시를 계속 곁눈질하는지도 모르지. 이 소란 속에서도 돌아갈 길을 찾는 걸까. 며칠 후면 축제야. 곧, 더 수가 늘어날 거야. 만일 네가 지금도 여기 있다면, 아니 여기서도, 이 오랑 시내 건물 밑에서도, 창문 아래서도 보게 될 거야. 우리 동네 미라마르를 가득 채울 거야. 발코니, 지하창고, 프랑스풍 아르데코 건물의 다 무너져 가는 입구까지 말이야. 골목골목마다, 사방 가득. 맹세컨대 마치 최후 심판의 날 같을걸. 그리고 냄새가 진동할 거야. 더러운 옷자락처럼 질질 끌리는, 앞다리 사이로 물기처럼 빠져 나오는 두려움의 냄새가.

엄마 하디자는 절대 이 축제에 참여하지 않아. 이건 우리 가족을 위한 게 아니니까. 내 목에 난 상처 때문이 아니라, 내 피부 위에, 이 '미소'에 쓰인 내 이야기 때문이야. 우린 생선하고 고기 몇 킬로그램 사 오는 정도로 만족하지. 그걸 냉장고에 넣고 광기가 가라앉을 때까지 기다려, 바람이 마지막 비명과 함께 잦아들 때까지. 하늘에서 떨어진 이 짐승들, 수천 년간 이어져 온 이야기와 예언들, 희생제에 붙잡힌 이 짐승들은 마지막에 이르면 조용히 입을 다물어. 한 해 한 해 보아도 난 이 광경에 개의치 않아. 다만 걱정되는 건, 그게 가져다줄 도시 속 먼지와 원초적 두려움이야. 바다와 면해 있는 오랑은 평소엔 사랑스러운 야자수들로 너무나 아름다운데, 이때는 양치기들의 거대한 텐트로 도시가 둔갑하니까. 텐트와 바람이 부딪히며 나는 그 듣기 싫은 소리. 어릴 때부터 바람은 날 모질게 괴롭혔어. 내 안의 빈 곳을 더 쑤셔 대거든. 가끔 난 생각해, 이 동물들이 죽을 날이 다가오면 어떤 공포를 느낄지 나는 정확히 안다고. 내가 그랬으니까. 그러니까, 하늘을 올려다보며 칼날에 이끌리듯 목의 경정맥이 드러나는 그때의 감정을 말이야.

알겠어? 이 순간 가장 강렬한 감정은 도살자에 대한 증오가 아니라, 그렇게 피 흘리고도 살아날 수 있지 않을까 하는 광적인 희망이야. 그래서 너는 도살자의 손에 네 움직이지 않는 몸을 갖다 맡기는 거야. 넌 속으로 말하겠지.

내가 순종하면 죽지 않을 거야. 들어 봐, 이 작은 침입자야. 이 신성한 축제를, 이 종교를, 이 도시를 잘 모를 때는 이걸 이해하는 게 좀 어려워. 왜 이 많은 짐승을 다 모아 하루이틀 만에 다 먹느냐고? 왜 빚을 내서까지 이 짐승들을 사서 남부 도시에서 출발한 트럭에 실어 여기까지 실어 오느냐고? 내 뱃속에서 겨우 이 나라를 엿보는 네게 이 이야기를 다 해 주려면 너무 힘이 들겠는걸. 너한테 그래도 설명은 해 볼게. 안개처럼, 외국어처럼 좀 모호할지도 모르지만. 몇 시간 전부터 넌 팔딱팔딱 움직이고 있고, 적어도 넌 알고 있어. 내가 벙어리라는 걸, 어제부터 거울 속에 내 얼굴이 천 조각으로 흩어져 비치고 있다는 걸, 그리고 네가 내 안의 일부인 걸 원치 않는다는 걸. 난 네가 내 안에 자리 잡는 걸 절대적으로 거부해. 하지만 동시에, 네가 거기에 여왕처럼 자리 잡고, 마침내 내가 마치 날아다니는 양탄자 위에 누워 있는 것처럼 내 이야기를 들어 주길 바래. 왜냐하면, 봤지, 난 갇혀 있거든, 거의 갇혀 있어. 내 피부에 난 구멍으로, 그 벌어진 구멍에 끼운 튜브로 겨우 숨을 쉬면서, 생명체들이 살아가는 세계에서 투쟁하고 있지. 만일 거울이 깨지지 않았다면 넌 내 괴기스러운 '미소'가 숨기고 싶어 하는, 내 목구멍에 난 구멍을 볼 수 있었을지 몰라. 다 벌어진 후두, 벌거벗은 식도, 상처 입고 오므라든 입술을 가진 그 가짜 입. 이건 어둡고, 붉고, 탈장된 것처럼 맥박이 뛰어. 거기에 절대 손가락을 대면 안 돼, 만진 후에는 항상 소독해야 하고. '미소'는 한쪽 귀에서 다른 쪽 귀까지 이어져 있는데, 칼이 남긴 흔적, 내 살을 가른 칼자국이야. 17센티미터나 되는 상처를 다 꿰맨 거야. 안을 들여다봐선 안 돼. 바깥 공기에 너무 오래 노출되면 안 돼. 거울 속의 나를 내가 볼 때 느끼는 걸, 그러니까 이 구멍을 감추는 튜브도 없고 가리는 스카프도 없을 때 내가 느끼는 걸 네게 어떻게 설명할 수 있을까? 내 달빛 같은 눈도 그 앞에서는 빛을 잃어. "네 이야기는 지울 수 없어. 그건 네 위에 쓰여 있거든." 엄마는 이 말을 반복했어. 어렸을 땐 그 말에 얼마나 자부심을 느꼈는지! 내가 책이라고? 내 몸이 두꺼운 공책이라는 걸까, 비밀이 가득한? 알제리에서 십 년 동안 일어난 일을 누구도 잊지 말라고 쓴 글이라는 걸까?

내 머리를 식혀 주고 싶으면 하디자는 나를 자주 안달루즈[5] 바닷가로 데려갔어. 거긴 좀 작고 오래된 관광지야. 해안 산책로를 지나면 바다를 마주하는 하얀 방갈로들이 우릴 기다리고 있지. 내 기억으로는, 이렇게 완전히 새것인 것만 같은 시간에는 항상 추웠던 거 같아. 왜냐하면 하디자가 늘 새벽에만 우릴 싣고 갔으니까. 엄마 친구들과 나를, 가을과 겨울의 주중에. "이 바다는 이제 우리 거야. 세상 사람들 게 아니고!" 엄마는 그렇게 주장했지. 사실 엄마는 여름과 주말 내내 시끄럽게 떠드는 가족 단위 여행객들과 거칠고 무례한 젊은이들, 더러운 해수욕객들, 검은 천

---

5   알제리 북서부 오랑 근처에 있는 해변. 15세기 이후 이베리아반도(특히 안달루시아)에서 추방된 무슬림과 유대인들이 이곳 해안에 정착한 역사에서 유래한 지명이다.

을 두른 젊은 여자들, 그리고 그들이 버리고 간, 바람에 나뒹구는 플라스틱 병들을 못 견뎌 했어. 있잖아, 하디자는 잃어버린 보석처럼 바다를 사랑했어. 그런 우리 엄마를 한번 봐야 하는데. 엄마는 바닷가에 도착하면 커다란 수건을 깔고 맨발로 앉아 조용히 입을 다물어. 그리고 넋을 잃고 파도를 바라봐. 평소엔 그렇게나 활동적이고 변호사석에서 큰 소리로 말하는 엄마가 이때만은 모든 걸 다 멈추는 거야. 마치 자기 안에서 어떤 결정적인 해설을, 설명을 만난 것처럼. 바다는 1952년 7월 5일, 이 버려진 고아의 기억 속에 텅 비어 있는 곳을 채워 줬지. 우리는 해초들이 적셔진 모래 위에 한참을 그렇게 조용히 있었어. 모든 게 다시 우리 안에서 제자리를 찾도록. 바다는 굵직한 목소리를 가지고 있었어, 엄마 목소리와 내 안의 목소리를 압도하는. 우리에게 뭔가를 고백하는 듯한 이 걸걸한 목소리를 들으면 몇 시간이고 움직이지 않고 있을 수 있었지. 그러다가 하나둘씩, 각자 자기 역할로 돌아갔어. 방갈로는 줄을 맞추고, 모래는 올라갔다 내려갔다 제 굴곡을 만들고, 지쳐 있던 배들은 우리 눈길 닿는 수면 위로 떠오르고, 멀리 있던 어부들도 돌아와 이곳을 채우기 시작했지. 우리 안에 품을 때면 바다는 얼마나 아름답고도 무거운지! 마치 내 안의 작은 태아처럼! 내가 발가락으로 바다를 살짝 만지기만 해도, 수천 마리 갈매기가 합심해 소리를 지르곤 했어. 날개를 퍼덕이며 하늘에서 날 조롱해 댔어. 소리를 지르며 나를 몰아세웠어. 내가 감춰 둔 것을 비웃으며 채갈 것 같앉지.

축제의 하늘에선 수천 장의 대화가 흩날렸고, 내 안에서도 마찬가지였어. 우리는 최대한 늦게 돌아갔어, 포효하는 그 모든 바다를 안에 품은 채.

알겠지만, 긴 여름 방학이 시작될 무렵이면, 오랑 시내 한가운데 있는 미라마르 거리는 아이들이 학기 마지막 날을 축하하며 흩뿌린 종잇장들, 찢어진 공책들, 뜯겨 나간 책들로 가득 차곤 했어. 페이지 맨 위에 적힌 수많은 날짜들, 수많은 역사 수업들이 하늘로 흩날려 올라가며 웃고 까부는 갈매기들로 변해. 그리고 여기, 내 해변의 기억 속에서 그 새들은 그렇게 존재해. 갈매기들은 수천 개의 노트들이 되어 돌아와 나를 마주하지. 유일무이한 책이며, 성급한 살해 속에, 성급한 밤 속에 쓰인 책이라 할 나를. 망각으로부터 보호되어 알제리의 진짜 전쟁의 진짜 이야기를 지켜 내는 책인 바로 나를 말이야. 물론 넌 모르겠지, 하나의 삶 속에 얼마나 많은 자갈이 들어 있는지. 그렇다면 우리 둘은 무엇부터 시작해야 할까? 무엇부터? 아마도 가장 단순한 것부터. 내 이름 오브에 대한 이야기부터. 이미 말해 준 적이 있지.

내 이름은 2000년 1월 1일 렐리잔[6]이라 불리는 동부의

---

6   '불타거나 구운 언덕'을 의미하는 베르베르어에서 유래한 지명

작은 도시와 오랑을 잇는 도로를 질주하던 응급차 속에서 엄마가 지은 거야. 내가 희생 제물로 바쳐진 양처럼 피를 흘리고 있을 때, 엄마는 내게 이 이름을 줬어. 마치 그 첫 행위로 죽음을 물리치고 싶었던 것처럼.

읽어 봐.

내 안에서 읽어 봐.

그리고 나와 함께 잘 들어 봐. 그럼 이해가 될 거야. 여름의 무더운 열기 속에 양들이 자신의 운명을 한탄하며 오랑 도처에서 울어 대고 있어.

이 길게 흩어지는 신음 소리를 잘 들어 봐. 이건 네가 알지 못하는 이야기, 네가 관심조차 두지 않는 나라에서 일어나는 일이야. 내 말을 믿으렴, 사실 난 네가 이런 이야기 속에 휘말리게 하고 싶지 않아. 이런 나라에서 넌 그저 여자라는 이유로 양 한 마리보다도 겨우 나은 존재로밖에 취급되지 않거든. 알아듣겠니? 며칠 있으면 희생제야. 이드[7]라는 축제야. 바깥 언어로는 그렇게 불러. 옛날에, 이브라힘이라는 이름의 늙은 예언자가 있었어. 그는 자기가 믿는 짓궂은 신을 기쁘게 하기 위해 아들의 목을 따다 갖다 바칠 생각을 했어. 그런데 마지막 순간, 산꼭대기에서, 제단 돌 위에서 경정맥이 뛰자 아이는 죽음을 피하고 싶어

이다.

7   아브라함이 아들 이스마일을 하느님께 바치던 순종을 상징하는 희생제 축일이다. 알제리에서는 가족이 모여 양을 도살하고 이를 먹으며, 신앙과 공동체를 나누는 축일이자 명절이다.

눈을 질끈 감았고, 신이 하늘에서 숫양을 내려 보냈어. 아들은 이렇게 해서 목숨을 살렸어. 적어도 잠시만은. 왜냐하면 이어 사막에 버려졌거든, 쿠란이 전하는 대로라면. 그리고 이 사건 이후로 사람 대신 양을 잡게 되었다는 거야. 한데, 늘 그런 건 아니고! 예를 들어, 내 '미소'가 태어난 해, 내전 말기에는 양들보다 더 많은 사람들의 목을 땄어. 널 더럽히지 않고 이 전쟁을 어떻게 네게 설명해 줘야 할까? 괴물들을 하나하나 네 입에 넣어 씹고 삼키게 하지 않고. 예언자 이브라힘은 알제리에서 이 해 내내 분명 늦잠을 자고 있었을 거야. 해가 뜬 지 한참이 지났는데도 더 오래 잤고, 우린 피의 맛을 실컷 맛 본 그의 꿈속에 갇혀 있어야 했지. 꿈속에서 그자는 아들 하나하나의 목을 따기 위해 손에 칼을 쥐고 흔들었어. 만일 네가 그 검은 십 년 동안 여자였다면? 그건 훨씬 더 끔찍했지. 있지, 뜻밖의 작은 이 낯선 아이야, 만일 네가 이 세상에, 아니 이 나라에 온다면 넌 위험을 감수해야 해. 어떤 해에는 배불리 먹을 거고, 또 어떤 해에는 잡아먹힐 거고, 또 어떤 해에는 목이 잘릴 거야. 늙은 예언자의 뒤틀린 꿈 값을 치르게 될 것이고, 누군가가 널 능욕할 거야. 게다가 하늘의 양들은 아들들만 대속하지, 딸들은 아냐. 이브라힘의 자식이 딸일 때, 이야기는 항상 핏속에서 끝나. 귀 기울여 봐. 양들의 소리를 들어 봐. 메에에에 울지. 그들도 하늘로 돌아가고 싶은 거야. 꿈과 자식 사이, 예언자와 짐승 사이, 악몽과 미소 짓는 칼 사이의 전쟁을 피해서. 그들이 원하는 것, 그건 더 이상 대속의 짐승도 중재자도 없이, 인간들끼리 서로 죽이도록 내버려두는 거야. 그런 일은 벌써 일어났단다, 내 작은 정어리야. 이 나라에서, 그것도 한 번만이 아냐.
 자, 이제 알겠어?

 우리 엄마는 자고 있어. 아니, 잠든 척해. 1962년 7월 5일, 알제의 어느 모스크의 문 앞에 놓아 둔 요람에서 엄마가 발견되었을 때처럼. 신도들이 그 요람을 뛰어넘고 지나가던 그때처럼. 내일이면 우리 엄마는 벨기에라는 좀 먼 나라로 떠나. 어떤 의사 선생님에게 날 좀 도와 달라고 부탁했거든. 그러면 우리 둘, 너와 나만 남아 서로 합의할 수 있는 해결책을 찾을 수 있을 거야. 난 다시 신에게 양을 갖다 바치는 거지. 내가 널 죽이는 거야. 아니, 내가 네 생명을 돌려보내는 거지. 후리 천사들이 재잘거리는 천국으로 돌려보내는 거야. 그렇게 널 최악의 상황에서 구해 주는 거야. 난 악몽을 떠맡고, 네게 생명 이전의 오래된 빛을 돌려줄 거야. 너를 누군가의 손이나 칼에 맡기지 않겠어. 어느 정도는, 겨우 며칠이라고 해도, 난 네 엄마니까. 그래서 너의 안녕을 생각해, 너의 안녕을. 그리고 그건 죽는 거야.

3

똑똑! 너 거깄어?
자니? 우리 엄마가 깬 거 같아. 창문을 활짝 여네. 문을 한 번 쾅, 이어서 또 쾅. 이렇게 부딪히는 소리는 우리가 싸울 때 쓰는 공통 언어야. 그런 일이 생기면 우린 잘 못 자, 둘 다. 벽 너머를 살피느라 밤의 일부를 다 보냈어. 왜냐하면 우린 둘 다 잃어버린 아이, 입양된 아이거든. 결국엔 서로 다시 말하면서 끝나지. 다시 고독에 떨어지는 게 싫거든. 싸움과 결투는 세월을 거치며 뒤집혔어. 엄마는 작아지고, 권위의 무게를 내려놓게 되었어. 그리고 난 그 반대쪽에서 엄마의 나이를, 엄마의 엄격함을, 엄마의 나쁜 버릇을(입보다는 검지와 눈썹으로 말을 하는) 닮아 가. 역할을 교대하는 거야. 이 춤은 참 신비로워. 내가 스물여섯이고, 엄마는 쉰여덟인데. 한데 이제는 엄마가 뒤로 가는 거 같아, 어린 시절로. 살아 보지 않은 어린 시절로. 우리 엄마 하디자는 신기해. 거대한 양 같아. 키가 작고, 머리는 검고 짧아. 내 두 눈과 마주칠 때면 오래된 공포가 엄마의 두 눈을 가려. 이브라힘의 숫양. 내 이야기의 어느 순간, 그녀는 칼의 시선을 돌리고 한 아이를 구하기 위해 하늘에서 내려왔어, 그 아이는 목에 큰 흉터가 남았고. 하지만 이 판본에서는 예언자가 도망쳤고, 숫양은 그 검고 부드러운 눈을 한 채 그대로 거기 남아 있는데, 그건 우리 엄마야. 엄마는 날 보호해 줘. 솜으로 둘러싼 벽으로. 그 모든 예의주시로 날 감싸. 내가 멀리 가는 것도, 여행하는 것도, 밤에 나가는 것도, 담배를 피우거나 남자를 만나는 것도 금지해.

들려? 엄마는 물건들에, 찻잔이며 식기들에 복수해. 어제 내가 거울 부수는 소리를 들었거든. 다시 붙일 수 없도록 수천 개의 작은 진실들로 내가 산산조각 냈잖아. 지금은 어떠냐고? 이 불쌍한 거울은 천 개의 얼굴을 갖고 있어. 거울 조각에 홈이 하나 파였는데, 하얀 목이 거기 붙어 달랑거려. 어떤 조각에는 흰 목을 가로지르는 베인 자국이 보이고, 또 다른 조각에는 머리털이 곤두서 있어. 내가 몸을 숙이면 입술 하나가 파르르 떨려. 마치 무슨 고백을 시작할 때처럼 말이야. 보여? 또 다른 조각이 있는데, 희귀한 색의 홍채를 가진 눈들이 대답 없는 질문처럼 크게 뜨고 있어. 내 튜브를 봐. 플라스틱으로 된 큰 마개 같은 것, 마치 수도꼭지를 절반으로 자른 것처럼 생겼어. 그게 내 목구멍의 움푹 팬 곳을 가리고 있어. 치약 튜브의 끝 같기도 하고, 구멍이 하나밖에 없는 피리 같기도 해. 바로 거길 통해 난 숨을 쉬어. 내 피부 표면에 난 구멍이지.

어제 다음날 비행기를 탈 거라고 나한테 알려 줬을 때, 엄마는 거실에 앉아 있었어. 시선을 내려 손을 바라보았고, 행주처럼 그 두 손을 비틀고 있었지. 비행기를 타고 브뤼셀을 간다는 거야, 내 사례를 한 외과 명의와 상담하러. 수술을 해서라도 내 목소리를 찾겠다는 희망, 그건 오래된 이야기야, 나로선 항상 안 좋게 끝나는. 이미 다 해 봤어. 하지만 이번에는, 이 억지스러운 희망을 조롱한 건 내 안의 너였어. 엄마한테는 낙담의 안개 같은 게 끼어 있었어. 엄마는 스스로에게 거짓말을 하고 있었거든. 엄마의 침묵에서, 엄마의 눈빛에서, 엄마의 어린 시절 공포에서 난 그걸 보았지. 요람에서 발견된 아이의 공포, 그 아이가 평생 달고 사는 듯한 그 공포에서. 엄마가 말없이 있으면 그 안에서 두 사람 몫의 털을 가진 양이 다시 튀어나오곤 했어. 가짜 약속을 하는 엄마 목소리와 내 안에 있는 너의 목소리 사이에 낀 채 난 미친 여자처럼 소리를 질렀어. 그런데도 방에선 아무것도 움직이지 않았지. 그래서, 좀 이따가 난 그 거울을 깨 버린 거야.

있지, 하디자는 거짓말을 할 때 날 보지 않아. 대신 자신을 들여다봐. 희생제 불길 속에 누워 있는 것처럼. 엄마가 은밀히 원하는 것은, 내가 절대 엄마 같은 삶을 살지 않는 거야. 반대로, 그 바람 때문에 엄마의 삶은 마치 잘못처럼 드러났고, 그래서 엄마는 사랑에선 과하게 헌신하고, 의뢰인 변호에선 완벽을 요구하게 됐어. 엄마 이야기? 내가 말하지만, 그건 예언자와 칼, 하늘과 제단 사이에 낀 한 마리 양의 이야기야. 알아? 엄마가 법처럼 엄한 눈빛과 권위의 목소리를 들이미는 사람이라는 거? 엄마는 오랑에서 유명한 변호사야. 엄마의 목소리는 유명하고 강력해. 엄마는 사람을 구하거나 단호한 판결을 내릴 때면 목소리에 열정을 실어, 마치 자신의 내면에 남은 유령들에게 말하는 것처럼 말해. 엄마는 도시에서 가장 아름다운 거리에 세워진, 로열 호텔 옆 오스만 양식 아파트에 사무실을 두고 있어. 하디자는 거기서 거의 삼십 년 이상 업무를 보고 있어. 오랑에서 유명해, 우리 엄마는. 만일 네가 살게 된다면 엄마를 알게 될 거야. 엄마는 이 나라 수도인 알제 출신이야. 엄마는 용감하고 존경받는 여성이지. 줄곧 독신으로 살아왔고! 희생을 통해 나를 지극히 사랑하는 이런 방식은 아름다우면서도 끔찍해. 지금은 나에 대한 엄마의 이 이상한 사랑을, 아들도 남편도 없이 산 그 삶을 알 것도 같아. 망가진 여자아이의 어린 시절만 있었으니 이렇게라도 기쁨을 찾아야 했던 거지. 말해 줄게. 알제리가 독립되던 날, 요람 속에서 한 아이가 발견된 거야. 성공을 해야만 관심을 받을 수 있다고 아마 확신했을 거야. 자기가 태어났을 때는 아무도 보살펴 주지 않았으니, 나를 어린 시절부터 살피고 또 살펴야 자기 인생을 되찾을 수 있다고 생각했을 거야.

어떤 사람들한테는 그래. 다른 사람을 위해 자신을 죽이는 것이 한 방식의 삶이자 용서받는 하나의 방법일 수 있어. 내 앞에서 엄마는 항상 자신을 낮춰. 내가 오리처럼 말을 해도 단어 한두 개라도 찾을 때까지 기다려 줘. 잠자코 있지. 내게 시간을 주는 거야. 그 시간이 고문당하는 것만큼 괴로워도. 그런 분위기에서 고문당하는 건 나야. 내 안에 있는 수많은, 무한한 페이지들 때문에 난 숨이 막혀 온몸을 비비 틀어. 지난 이십 년 동안 내 안에 이런 페이지들을 만들어 낸 건 침묵이야. 그 페이지들을 나는 결코 소리 내어 읽을 수가 없어. "그래, 너한테 신을 걸고 맹세해, 이번엔 진짜야!(엄마는 신을 믿지 않지만, 큰일이 생기거나 가족한테 일이 생기면 신을 찾지.) 네 경우를 진지하게 검토해 볼 수 있다고 의사가 믿고 있어. 그래도 한 번은 시도해 볼 수 있다는 거야." 엄마는 그렇게 말하더니, 다시 벙어리가 됐어, 움츠러들었어. 1962년 7월 알제 카스바의 케차우아 모스크 입구의 요람에서 발견되던 그 새벽으로 되돌아간 것 같았지. 난 소리를 질렀어. 목소리로 벽을 뒤흔들기 시작했어. 발광하는 어린애처럼 울부짖어 이웃들이 난리가 났지. 그냥 나 혼자 하는 얘기야. 실은 거실의 흰 커튼들은 고요 속에서 여전히 조용히 꿈을 꾸고 있었고, 2층 우리 집 햇빛 드는 방에서는 내 망가진 목에서 새어 나오는 속삭임조차 거리의 자동차 소음을 겨우 이길 뿐이었어. 모든 내 분노는 거기 있었어, 내 손 안의 돌멩이처럼. 그러나 언제나 그렇듯 아무 소용이 없었지. 우리 동네의 나머지 세상은 부릉거리거나 빵빵거리며 늘 똑같은 일상을 살아가고 있었어.

하디자는 거짓말을 했어. 난 그게 원망스러웠어. 그래서 나도, 내 뱃속에 기거하는 새로운 희망에 대해 거짓말을 했지. 나는 스스로 믿고 싶었어. 만약 성대를 이식하고 열여덟 시간의 영웅적 수술로 후두가 복원된다면 돌아올 목소리에 대해 내가 분노하고 있다고.("미국에선 성공했대!" 박해당한 자처럼 엄마는 그렇게 중얼거리곤 했지.) 사실

나는 자신을 원망했어. 내 심장이 배신자처럼 겁에 질려 뛰었거든. 내가 말을 되찾을 수 있다는 생각과, 그 성대가 이미 너를 통해 내 안에 들어와 있다는 생각 때문에. 내 후두가 살아나고 내 두 언어가 결합하려면, 네 존재를 고백하는 걸로 충분할 거야. 오리 목소리와 천사 목소리가 단 하나의 풍요롭고도 왕성한 유일무이한 언어로 변모하고, 이 언어가 바깥에서 온 진정한 언어가 되려면 말이야. 난 아무것도 고백하지 않았어. 하디자가 믿는 대로 여행을 떠나도록 내버려뒀어. 내가 그 거짓말에 대해 아무것도 모른다고 믿게 그냥 내버려뒀어.

안 깜깜하네, 몇 시간 전부터는. 난 침대 위에 누워 있어. 눈을 감고. 물속의 달 같은 뱃속의 너와 함께.

하디자는 오늘 아침 10시 비행기를 탔어. 나가고 나서 문을 닫는 데도 한참이 걸리더라. 마치 가슴 찢어지는 생이별이라도 하는 것처럼.

출발하기 전에 엄마는 내게 커피를 줬어. 그 향기 느껴져? 난 이십 년 전부터 아무 냄새도 못 느껴. 흔적 정도를 느끼나. 공기가 더 이상 내 목구멍을 통해 지나가지 않아. 의사가 설명해 줬어. 내 작은 돌기들이 지쳤대. 물을 주지 않은 꽃들처럼 오그라들었대. 떠나기 전에 엄마는 울었어. 한데 난 아무것도 못 느끼고 가만있었어. 엄마의 그 모든 오열의 근원에는 하나의 장면이 있다고 생각해. 엄마는 그 장면을 크든 작든 어느 정도 감추고 있지. 1962년 7월

5일, 신자들이 신에게 기도하러 가며 사생아의 요람을 넘던 그 새벽에 엄마가 발견되었어. 엄마는 한 여성의 잘못을 증명하는 존재야.(왜 남자의 잘못이라 말하지 않지?) 그리고 엄마는 늘 불의를 향해 변론해. 이건 엄마의 이야기야. 엄마 목에 있는 보이지 않는 구멍. 아마도, 엄마에게 모든 걸 고백해야 했나 봐. 환상에 불과한 그 여행을 못 하도록. 내 인생에 가능한 유일한 이식이자 유일한 실제 목소리로 너를 받아들였어야 했어. 엄마가 슬픔을 과시하며 떠난 것은 네가 겪게 될 일을 예고해 줘. 너와 엄마의 이야기는 지류(支流)처럼 날 관통하지. 둘은 닮았어. 하지만 넌 요람과 모스크, 새벽에 기도하러 나가느라 마음이 급한 남자들의 무심한 시선에 이르기 전에 존재하길 멈출 거야.

엄마 하디자는 내가 뱃속에 뭘 품고 있는지 전혀 몰라. 축제 전날에 엄마가 집에 없는 일은 극히 드물어, 비록 우리가 희생제와는 항상 거리를 두고 살아도. 한데 이번에는 큰 명분 때문에 집을 떠나는 거라고 어제 엄마는 내게 반복해서 말했어. "맹세해. 의사가 이번엔 가능할 거라고 했어. 미국에서, 캘리포니아에서 성공했대. 필요하다면 집도 팔 거야!" 이어 아무 말이 없더니 그 말들이 내 정신을 후벼파고 들어가는 걸, 날 홀리는 걸, 내 머릿속에다 조악하기 그지없는 장터 축제 무대를 설치하는 걸 지켜봤어. 있지, 이건 나에게 생각할 일주일을, 너에게는 사면의 이유들을 준비할 일주일을 준다는 뜻이야. 며칠의 유예 기간인 거지. 누가 이길지 보자, 내 살인적인 사랑이냐, 아니면 하늘에서 떨어진 네 생명이냐. 하디자는 식탁 위에 쪽지 하나를 놓고 갔어. "매일 전화할게. 늦어도 일주일 안에는 돌아올 거야." 하디자는 파리를 거쳐 브뤼셀로 가는 비행기를 탔어. 오랑에는 직항이 없거든. 엄마는 벨기에에 있는 이비인후과 의사와 협상하러 떠난 거야. 엄마는 몇 주 동안 그에게 내 성대를 다시 꿰매고 후두 한가운데의 구멍을 메워달라고 애원하고 달래고 구슬렸어. 내게 목소리를 찾아 주는 것이야말로 엄마한테는 투쟁이지.

 엄마의 요람 이야기는 수천 개의 변형이, 수천 개의 판본이 있지. 한번은, 엄마를 발견한 게 1962년 7월 5일 새벽이었다고 하고. 또 한번은 해가 질 무렵, 그러니까 라마단[8] 단식을 끝냈을 때라고 하고. 이 이야기의 계절도 엄마 기분에 따라 바뀌어. 다른 판본에서는, 알제리의 오래된 동네인 카스바의 어느 집 문 앞에 놓여 있었다고 해. 그래서 그 집 사람들이 급히 요람을 이웃집 문간으로 내다버렸고, 그렇게 계속해서 요람이 유명한 모스크의 계단까지 이르게 되었다는 거야. 이 오래된 이야기는 아직도 끝이 나지 않았어. 알겠지만 그날 온 나라가 알제리 독립을 축하하고 있었어. 유유[9] 환호성과 색채들, 총성들, 웃음과 울음.

---

8 이슬람력 9월에 해당하는 한 달 간의 금식 기간. 그 기간에는 해 뜰 때부터 해 질 때까지, 음식, 음료, 흡연, 성관계를 금지한다.
9 아프리카, 중동권에서 여성들이 내는 전통적인 고음의 환호, 울부짖음을 가리키는 말이다.

모두가 "타흐야 엘 자자이르!"[10] 하고 야단법석일 때, 어떤 한 사람이 이때를 틈탔지. 한 남자(아니면 하이크[11]를 걸친 한 여자)가 색이 엷어진 어둠 속에서 다가와 가장 유명한 모스크 또는 어느 오래된 집의 문지방에 그 요람을 놓은 거야. 그다음에는 무슨 일이 벌어졌을까? 엄마의 판본들은 끝없이 달라져. 엄마는 때때로 이맘이 설교를 하며 육욕의 죄인들을 비난했다고 맹세해. 엄마가 배고파서 밖에서 울고 있을 때였고, 이맘은 "부정한 여자나 배신한 여자는 부활의 날 절대 인간의 모습으로 되살아나지 못하고 돼지로 태어나리라."고 말했다고 해. 막 태어난 하디자는 그에게 답하려는 듯 소리쳤지만 이맘의 외침은 더욱 커졌고, 요람은 손에서 손으로 넘어가 카스바의 다른 골목으로 옮겨졌어. 해가 떠오르기 전, 엄마의 작은 목소리가 이웃들에게 추문으로 퍼지기 직전에. 또 다른 판본에서는 바구니가 이맘의 거처로 전달되었고, 그러자 그가 황급히 경찰과 사회 담당 요원에게 이를 알렸다고 해. 세 번째 변주에서는, 신도들이 절을 하는 동안 기도하지 않던 한 남자가 길을 건너다 그 요람을 발견해 집으로 가져갔다고 해. 이 시나리오에서는, 어머니는 독립의 소란을 틈타 비밀스럽게, 알제의 무스타파 파샤 병원에서 일하던 한 간호사 부부에게 입양되었어.

---

10   '알제리 독립 만세'라는 뜻이다.
11   아랍 여인이 옷 위로 몸을 감싸는 네모난 천.

이 간호사들은 수도 남서쪽에 있는 엘 바야드에서 임무를 마치고 돌아오는 길이었어. 엄마의 부모? 난 그분들을 몰라. 아마 젊어서 돌아가셨을 거야, 우리 거실에 걸린 확대 사진 속 모습 그대로. 하디자는 공부를 했고, 자유를 얻었고, 변호사가 되었지. 엄마가 얘기해 주는 판본이 무엇이든, 내가 안 놓치는 세부가 하나 있어. 그건 바로 버려졌을 때, 엄마가 동네가 떠나가게 자지러지게 울 수 있었다는 거야. 케차우아 모스크 대문에서, 배고파서 고래고래 소리를 지를 수 있었다는 거야. 축제 중인 알제의 골목에서, 그 야생적인 목소리로. 근데 나는 아냐.

마지막 이식 실패 이후, 이제 거의 희망이 남아 있지 않았어. 전화로 엄마와 길게 이야기하는 동안 의사는 친절히 그것을 다시 설명했지만, 엄마에게 그 '거의'라는 말은 불꽃으로, 그다음에는 화염이 되었지. 간청하는 데 익숙한 하디자는 실패를 믿는 걸 거부했어. 그렇게 끝나는 걸 용납하지 않았어. 내가 계속해서 입속에 모음 하나만 가지고 사는 걸, 우리 동네에서 유명한 내 '미소'만 갖고 사는 걸 용납할 수 없지. 하디자는 기대해, 너처럼. 항상 시도를 했어. 매번, 병원 침대에서 깨어날 때마다, 내 바깥 언어는 아직도 갈라져. 내 기억 속의 파리는 피로 얼룩진 침대에 불과해. 그 불가능한 비명. 괜한 성형 수술 후 내가 깨어났을 때마다 기절한 건, 바닥에 쓰러진 건 엄마였어, 하디자였어. 마치 뼈가 온몸에서 한 번에 빠져나간 것처럼. 그러면 간호사들이 뛰어왔지. 시도할 때마다 이 내 모든 이야기는 같은 지점에서 다시 시작되었어.

두 시간 전부터 생선 장수가 소리를 지르고 있어. "정어리 500! 가자우에[12]에서 온 진짜 정어리!" 그와 함께 새날의 빛도 도착해. 들리니? 도심에선 동네들이 활기를 띠고, 바로 앞 마르하바 카페 테라스에서 사람들의 목소리가 올라와.

그래서 어제 엄마가 내게 이번엔 정말 좋은 의사라고 맹세했을 때, 나는 불가능한 외침을 내지르는 대신 내 방문을 부서져라 쾅 닫았어. 엄마는 아직도 가짜 희망을 간직하고 있고, 난 내 거짓말을 간직하고 있어. 지난번 다툼이 있었을 때(내 미용실 이름을 가지고 다퉜는데, 이름이 도발적이라는 거야, 셰헤라자드라서) 때마침 그 황당한 외침으로 우리 싸움에 끼어든 것도 같은 정어리 장수였어. 결국 엄마는 울었고, 엄마의 근원에 가까운 그 버려진 요람 속으로 또 퇴행해 들어갔지. 난 다 망가진 목청에서 나오는 죽어 버린 언어로 소리를 질러 댔고. 생선 장수가 우리 둘보다 훨씬 나았지. 거슬리는 목소리를 드높이며 우리 창

---

12   Ghazaouet. 알제리 북서부 틀렘센(Tlemcen) 주에 위치한 항구 도시. 베르베르어로 '파낸 곳' '계곡'이라는 뜻이다.

문 밑에 와서는, 내겐 없는 재능으로 나를 대신하여 계속해서 소리를 질러 댔어. "정어리요, 정어리, 진짜 정어리!" 내 입술이 움직였어. 꼭 더빙이 잘못된 영화 속에 갇혀 있는 것 같았지.

 지금쯤 하디자는 분명 비행기 안에 있을 거야. 내가 아는 엄마라면 필시 질질 짜고 있을 거야. 손을 꼭 쥐어 삶을 짜내듯 애태우고 있겠지. 그래, 엄마는 희생제를 아주 좋아해. 다른 사람들이 기도하는 것을 좋아하듯. 각자 자기 약점이 있는 거잖아. 내 약점? 내가 널 죽여야만 할 때 그때 말해 줄게. 창문 좀 열어야지. 너도 약간의 빛을 볼 권리가 있잖아, 그 어두운 동굴 속에서도 말이야. 바다가 잘 보이지 않아. 바로 앞에 마르하바 카페가 있어서야. 그리고 이어 콜로넬 로트피 고등학교 버스 정류장의 간이 비바람막이 시설이 있어. 숫자들을, 특히 이 나라의 독립전쟁에 관한 날짜들을 다 토해 낼 때까지 그 학교를 다녔지. 내 얼굴에 글자처럼 새긴 상처에 대해 이야기하는 전쟁과는 완전히 다른 전쟁이야. 오랑은 기억하기 위해서가 아니라 잊기 위해 만들어진 도시야. 몇 년 전 신의 도살자들이 일으킨 전쟁의 흔적은 여기에 하나도 남아 있지 않아, 나 말고는 말이야. 마치 탯줄처럼 감기고 풀리면서 널 감싸고 있는 나의 이 기나긴 이야기 말고는. 건물 아래서 행여 나와 마주치기라도 하면 나를 둘러싸고 사람들이 그렇게 신경질적으로 변하는 것도 아마 그래서일 거야. 내 목의 구멍을 통해 알제리 내전으로 죽은 수십만의 사람들이 자신들을 노려보는 것 같다고 느끼는 걸 눈치챘는지도 모르지.

자! 너도 여기서 들어 볼 수 있어. 항구 곡물창고에서 외치는 소리 들리지. 자, 그다음에 귀를 더 당겨 봐. 심판의 날을 위해 도착하는 짐승들 소리가 들릴 거야. 아침이어도 버스 소음과 온갖 외침 가운데서도 그 소리가 구분될 거야. 저 아래, 저 끝의 푸른 선, 그게 바다야. 너무 오래 들여다보면 바다가 네 안으로 쏟아질 거야, 맹세해! 유럽으로 떠나고 싶은 욕망에 온몸이 달아오른 오랑의 청년들은, 바다를 다리를 벌리고 싶어 하지 않는 여자처럼 대하지. 그래서 바다를 늘 감시하면서, 날씨가 좋을 때 그것을 벗기려 시도하길 기다려. 하지만 바다도 그들을 죽여. 동쪽으로 밀려온 익사자들이 어마어마하게 많아. 회색을 띤, 물고기들이 파먹은 눈을 한 그 익사자들은 다시 배[腹]에서 던져진 태아처럼 돼.

천국으로 되돌아가. 넌 바로 거기서 왔잖니? 남자들을 침 흘리게 하고, 서로 죽이게 하는 곳. 옆 모스크의 이맘이 이야기하기로는, 그 향기는 칠십 년을 걸어갈 거리에서도 맡을 수 있대. 나의 후리, 살인자 엄마인 내 조언을 들어! 속이 빈 진주로 만들어진 너의 천막으로 돌아가, 이맘이 신자들에게 늘 하는 말처럼.

4

 오전이 다 가고 있어. 너에게 한 가지를 보여 줘야 해. 어떻게 튜브를 가는지.
 만일 네가 손가락으로 이걸 살짝 건들면 그게 느껴질 거야. 한데 네가 있는 거기서 내 이 '잠수' 장치가 보이는지 어쩌는지는 모르겠어. 네 우주 한쪽의 높은 곳에 난 통로 같은 게 살짝 보일 거야. 이게 네 작은 채광창 같은 거잖아? 저기 보이는 게 기관절개관이야. 벌써 이십 년 동안 아문 자리란다. '미소'는 이[齒]가 없고, 바늘땀 자국만 열다섯 개 정도 있어. 길게 일그러진 흉터, 눈을 떼지 못하게 하는 베인 자국이야. 바로 이 빈 구멍으로 우리 둘에게 필요한 공기를 들이마셔. 그 구멍으로 악몽 속에서 도움을 요청하기도 해. 나는 소리치지만 단어들이 우스꽝스럽게 새어나와. 왜냐하면 내 숨의 일부는 입으로 나오고, 다른 일부는 깊게 베인 상처를 통해 휘파람 소리처럼 나오니까. 입술 없는 이상한 입, 그리고 거기서 나오는 언어라 가정되는 유일한 언어는 네 언어야. 만일 네가 살게 된다면 오게 될 언어. 아냐, 내가 거짓말한 거야. 이건 누가 나에게 뚫어 놓은 구멍이야, 호흡을 하라고. 2000년 1월 1일 누군가 내 목숨을 구해 줬을 때. 그 이후 살의 이 틈새를 메우려는 다른 시도들이 있었어. 봉합하고 확장하고 성대를 심고, 목소리가 나게 해서 재교육하려고. 하지만 아무 소리도 안 나고 거의 그대로 있대. 서서히, 이 '미소'가 내 얼굴을 일종의 관찰창으로 바꾸었고, 내 몸을 공기와 햇빛 속으로 잠수하기 위한 잠수복처럼 만들었어. 나는 이 튜브로 숨을 쉬어. 바로 그 위에 있는 입으로는 삼키고. 이 튜브는 내 인생의 조각 같아, 내 얼어붙은, 하얀, 잘 끼워 넣어진 조각. 플라스틱으로 만들어졌지, 살이 아니라. 이건 내가 다섯 살 때부터 하고 다닌 거야. 내 기적적인 탄생 이후, 그러니까 산 자들의 세계로의 귀환 이후 첫째 주부터 내 몸의 일부가 되었어. '미소'가 처음으로 아문 해에, 내 말라비틀어졌던 식도도 서서히 수분을 되찾았어. 누군가 내게 튜브를 내려 줘 나는 그것을 타고 삶의 수면으로 다시 올라올 수 있었던 거야. 구조된 익사자처럼 숨을 쉴 수 있게 된 거지.

나와 함께 커피를 마시자. 그다음에 난 담배를 피울게. 넌 천국으로 통하는 창문을 좀 열어 사향이 들어가게 해 줘. 담배를 피우는 건 안 좋지만, 어차피 넌 살아서는 안 되는데 그게 무슨 상관이겠어? 게다가 난 너에게 한 번도 오라고 부탁한 적 없어. 네가 나한테 예고도 하지 않고 들어온 거야. 그리고 내 배와, 내 머리와 언어를 네 것으로 삼았고.

내가 아직 아이였을 때, 내 새로운 외양을 설명하기 위해 우리 엄마 하디자는 내가 세이렌 같은 거였다고 말해 줬어. 거꾸로 된 거대한 세이렌. 아래는 발, 다리, 엉덩이, 여자 성기와 보통 크기의 가슴이 있어. 이건 나의 인간 부분이야. 그런데 위는 물고기야, 절반의 물고기. 비늘이 달렸고, 황금을 본 가난한 사람의 눈처럼 휘둥그런 눈, 아무 짝에도 쓸모없는 입은 텅텅 비어 있는 수족관처럼 벌어져 있어. 튜브를 닦거나 교체하기 위해 잡아당길 때는 우선 내 손을 소독해. 그다음 조작을 하는 동안에는 숨을 참아. 기침도 안 해. 그래야 질식도 안 하거든. 지난번 튜브에는 실패한 수술 이후 큰 공 모양의 풍선이 붙어 있었어. 위생을 위해 거기서 공기를 다 빼야 했어. 느껴져? 아주 천천히, 바로 거기. 그다음엔? 이제 반창고와 장갑을 버려야 해. 얼마나 자주 갈아야 하냐고? 일주일에 한 번. 난 이걸 금요일 기도 시간에 해. 옆집 이맘이 신의 이름을 부르짖을 시각에 말이야. 일부러 이런 신성한 순간을 선택했어. 아마도 운명을 약간 조롱하기 위해? 훨씬 한산한 시간에 이 일에 전념하기 위해? 비눗물에다 이걸 다 소독해야 해. 삽입할 때는 항상 장갑을 껴야 하고. 이어 물고기는 물속에 머리를 집어넣고 숨을 들이켜지. 난 내 안의 언어 속으로 잠수하고. 수천 페이지나 되는, 너무 아름답고 너무 강한 내 안의 언어 속으로 말이야.

있잖아, 첫해에는 힘들었어. 목구멍 속에 돌멩이 하나를 느끼면서 백치 같은 '미소'를 지어야 해서. 사람들은 처음 보면 다 내 목구멍 속으로 빠져드는 것 같아. 내 주변에는 내 목구멍 속으로 빨려 들어갔다가 살아 돌아온 사람이 거의 없어. 살아나온 사람을 세어 보면 우리 엄마, 초등학교 때 선생님 수아드, 그리고 네 아빠, 또 저기 라르벤미디(이 나라 첫 전쟁 때의 순교자야)가의 붉은 신호등 앞에 있는 담뱃가게 주인, 그리고 압두, 그러니까 우리 엄마의 친구인 의사이자 법의학자. 예전에 같은 반이었던 여자 친구 몇 명. 다 해 봤자, 열 명에서 열두 명? 그들은 비틀거리며 내 베인 상처 속으로 들어왔어. 그리고 후두 한가운데 있는 구멍 속으로 삼켜졌지. 그랬는데 다시 빠져나오더라고. 어떤 사람은 기어서 올라왔고, 또 어떤 사람은 오열하며 온몸을 떨었고, 또 어떤 사람은 변함없는 사랑을 맹세했고, 또 어떤 남자들은 내게 입맞춤을 하면서도 질식시키지 않도록 주의했어. 튜브를 달고 다니면, 그러니까 숨을 쉬기 위한 목구멍 장치가 있으면 어떻게 입을 맞추는지 알아? 다른 사람들처럼 해. 우린 숨을 안 쉬고도 몇 시간이나 껴안고 있을 수 있어, 상대는 숨이 막혀도 말이야. 세이렌을 껴안는 건 위험해. 난 이런 모든 걸 다 배워야 했어, 나의 후리. 입 맞추는 걸 배운 게 아니라 튜브로 숨 쉬는 걸 말이야. 구조된 뒤 첫 말들과 호흡 맞추는 법을, 숨이 나를 죽이지 않도록 길들이는 법을, 숨과 함께 헤엄치는 법을 배웠어. 아무거나 다 먹을 수 있는 건 아니야. 오직 수프만.(난 수프를 아주 싫어해.) 영양 혼합물이지, 온갖 걸 다 갈고 으깨고 빻고 씹은 것들. 우리 엄마는 나를 위해 모든 걸 다 넣고 으깼고, 난 그걸 들이삼켰어. 마치 참새 새끼를 먹이듯이 말이야. 맛도 냄새도 안 나는 이 어마어마한 식사 공급으로 나는 고기, 허브, 빵, 자갈, 커튼 천, 과자, 향수, 구름, 양탄자, 디저트, 거실 벽에 걸어둔 아프리카 가면 등을 다 혼동했지. 다 삼켰어, 돌만 빼고. 예전의 벙어리 세상만 빼고. 신, 동정 어린 시선, 숫양은 빼고. 그런 건 겨울철 수프 속의 엉겨붙은 덩어리로 남았어. 자, 이리 와 봐. 내가 다른 거울에 있는, 거실 거울에 있는 붉고 이 축축한 금이 간 데를 보여줄게. 그 거울은 내가 깨지 않았거든. 플라스틱 고리로 하얀 튜브를 묶어 놨어, 내 목에서 떨어지지 않게. 그래서 사람들은 내가 방금 수술을 받았고 겨우 내 몸통에 다시 붙여 놓은 거라고 여기지. 이 장치는 유일한 해결책이야. 아니면 죽음뿐이었어. 따라서 의사들이 그걸 장착했어. 하얀 이것은 결국은 붉은 피로 물들고, 말들은 내 목구멍 속에 남지만. 처음 그걸 내게 달아 줬을 때 난 마구 소리를 질렀어, 공포에 질려 질식할 것 같았어. 그들은 미소를 지었어, 만족해서. 그 외침이 곧 삶을 증명했으니까. 반면 내 호흡은 갇혀 버렸어. 바로 그 순간 두 언어—하나는 바깥 언어, 즉 거친 쉰 소리, 이해 불가능한. 또 하나는 안의 언어, 부드럽고 풍요로운—가 둘로 갈라진 거야. 마치 강물이 두 줄기로 갈려 나가듯이. 네가 둘러싸인 곳, 그곳은 급류야. 또 다른 곳, 그곳은 도널드 덕이 고전하며 첨벙거리는 늪이고. 도대체 왜, 작은 콩알아, 나에게까지 온 거니? 앗, 들어 봐. 지금 도시에서 나는 메에에 소리. 양들이 벌써 와 있다고 했잖아. 건물 테라스에 묶어 놨어, 심지어 부엌 안에도. 사람들은 자기 자식을 잡아먹지 않으려고 대신 그 양들을 게걸스럽게 먹는 거야. 희생 제물로 바치는 거지. 신은 그러면 나머지에 대해서는 눈을 딱 감아 주니까. 나머지도 신에 대해서는 눈감아 주고. 숫양들은 튜브를 매달고 있지 않아. 그 녀석들은 입양해 줄 엄마도 없고 두 번째 기회도 없지.

    나의 작은 후리, 나 같은 엄마와 네가 뭘 하겠니, 우리를 원치 않는 나라에서, 여자들은 환영받지 못하거나 밤에만 원하는 나라에서. 내가 할 수 있는 한 다 이야기해 줄게. 하지만 어느 순간에는 정말 멈춰야 할 거야. 나는 책이야. 그 결말이 너의 끝인.

5

안녕하세요, 저도 같은 처지예요. 도와주세요, 제발....... 저도 알제리에 있어요. *** 거리. 저는 43세예요....... 절망적이에요, 어떻게 해야 할지 모르겠어요....... 그냥 안전하게 낙태할 수 있는지만 알고 싶어요, 개인 병원에서...... 제발, 부탁이에요.......

안녕하세요, 저는 임신했어요. 약으로 임신 중절을 하고 싶어요. 어떻게 하면 이 약들을 구할 수 있을지요. 제가 사는 곳은 알제예요. 이게 불법인가요?
감사합니다아아아.

안녕하세요, 임신한 지 4, 5주 된 거 같아요. 피검사를 해 봤는데 양성이에요. 가능한 한 빨리 낙태를 하고 싶어요. 의사 주소 좀 알려주실 수, 아니 그걸 할 수 있는 최대한 빠른 방법을 알려주실 수? 감사합니다.

안녕하세요, 임신 3개월이고 알제 쪽에 살고 있는 제 사촌이 절망에 빠져 있어요!!! 산부인과 연락처 좀 주실 수 있어요? 혹시 임신 중절을 해 줄 수 있는 산부인과요. 잘 부탁드립니다.

안녕하세요, 정말 급해요. 낙태해야 해요. 우리 아빠가 극단주의자라 알면 전 죽어요. 도와 줘요. 제발요. 피 검사 소변 검사 다 해 봤는데, 임신이에요. 제발, 제발, 제발요, 도와 주세요.

난 네가 잠을 자는 동안 책을 읽으며 밤을 보냈어. 너의 꽉 쥔 작은 손은 네 생명줄을 붙잡고 있고. 피임약은 값이 비싸지만 그래도 구할 수 있어, 아무렴.

이런 모든 망설임이 날 절망시켜. 난 네 안에 깃들어 살다가 죽임당하고 싶어. 술을 마시고 싶고, 담배를 피우고 싶어. 집은 텅 비었어. 내 머릿속의 대혼란이 느껴져? 난 버려진 집을 좋아하지 않아. 자, 여기 내가 좋아하지 않는 것들의 목록이야. 엄마는 이걸 달달 외우지. 난 침대 아래 있는 커다란 여행 가방들이 싫어. 정리한다고 가구들을 이리저리 옮기는 것이 싫어. 나한테 좀 제발 먹으라며 애원할 때 엄마가 짓는 그 표정이 싫어. 자책하느라 생긴 그 마디마디 관절들이 싫어. 내 안에 있는 괴물을 똑바로 바라보려 하지도, 그 괴물이 어떻게 생겼는지 밝히고 싶어 하지 않는 엄마의 길 잃은 눈빛이 싫어. 난 아이들 역시나 싫어해. 우리 안의 가장 깊은 곳에 대해 다 알고 있다고 믿는 눈을 하고 있거든. 아이들은 저 태곳적의 진지한 동물성으로 히죽거려. 그래서 특히나 바보 멍청이들 같아. 내가 무슨 공포 영화에서 나온 것처럼 날 빤히 본다고. 내 '미소'를 보고는 놀라서 짓는 그 기겁한 얼굴을 감추려면 이런 저런 말을 찾아야 하는데, 그럴 생각도 없어. 또 뭘 싫어하냐고? 난 작별 인사도 좋아하지 않아. 만져지는 것도, 안기는 것도, 쓰다듬는 것도. 또 사랑을 빙자한 단어들도 정말 싫어. 바깥 언어에 있는 단어들에 모자란 게 딱 그거지. 목의 구멍, 이 빠진 틈, 언어의 상실. 사랑은 우리가 늘 못 채우는 결핍이야. 삶에서 만나는 것들이 그 사랑이 될 수는 없어. 그래, 나의 작은 후리, 사랑은 그런 거야. 거기, 그래 거기, 거기가 내 심장이야. 느껴져? 단단해지고 있어. 내가 자꾸 겉돌지? 계속할까? 난 맹세 같은 것도 좋아하지 않아. 나는 입을 다물고 있는데 사람들은 노래를 해야 하는 축제도. 또 뭐가 있지? 뭐 별게 없네. 난 뭐든 보고 웃는 걸 좋아해. 내 진짜 얼굴이 떠오르기 전에 내가 제일 먼저 웃는 사람이 되려고. 오랑 북부에 있는 바다의 기운을 정확히 헤아려 보려고 창가에 가만히 있는 걸 좋아해. 다른 사람들의 추억에, 또 그들의 가짜 인생에 스며들려고 영화 보는 걸 좋아해. 늦게 자는 걸 좋아해. 낮밤을 바꿔서 사는 걸 좋아해. 뜬 눈으로 멈추지 않고 숫자를 세는 걸 좋아해. 되는대로 살지 않으려고 내 미용실에서 일하는 걸 좋아해. 아무에게도 의존하지 않는 걸 좋아해. 남자들이 입는 바지를 입는 걸 좋아해. 내 머리칼을 매만지고, 다른 여자들의 머리칼과 그들의 몸이며, 피부, 색조, 눈썹 등을 매만지는 일도.

창문 너머로 봐 봐. 작은 길에 주차해 놓은, 저기 아래에 있는 폭스바겐 비틀[13] 말이야. 바로 내 우그러진 차야. 담배 냄새로 찌들었어. 혼자 자유롭게 사는 여자 냄새야. 주차 관리인은 좀처럼 내게 말을 걸지 않아. 내가 노상 듣는 노래 때문에, 대시보드 위에 쌓인 담뱃갑들 때문에, 남자 없이, 그러니까 남자에 대한 두려움도 없이 사는 내 건방짐 때문에 말이야. 난 돈이 제법 있어. 오랑 동쪽에 있는 아파트에 투자를 했지. 열쇠는 일 년 후에 받을 거야. 그래, 내 아름다운, 알라의 천국에서 온 아가야. 거긴 아직도 공사 중인데, 불면에 시달리는 밤이면 상상 속으로 그 집을 꾸며.

불면증과 세 알의 알약. 그것들이 여기 있어, 내가 샀지. 며칠 전에 샀어.

그 약을 구하느라 멀리까지 가야 했어, 도시 서쪽 출구 쪽에 있는 약국을 하나 찾느라고 말이야. 처방전을 내밀며 난 속삭였지. 약사는 날 보지 않았어.

난 그것들을 마녀의 씨앗 세 알처럼 서랍 속에 감춰 뒀어. 그것들을 다시 세어 보고, 그것들이 머릿속을 윙윙 날아다니는 커다란 파란 벌레인 양 뚫어지게 봤어.

낙태를 위한 알약 세 알. 다시 말하지만 아직은 막연하고 멀게 느껴져.

낙태하면 어떤 감정이 들까?

알약 세 알이면 한 생명을 통째로 구할 수 있어.

---

13   딱정벌레를 닮아 붙은 폭스바겐(Wolkswagen) 소형차의 별명. 프랑스어로는 '콕시넬(coccinelle)'이라고 부른다.

물 한 잔으로 너는 자유를 얻어, 쿠란에서 묘사한 대로 천국으로 돌아가 꿀과 술과 젖이 흐르는 강물의 가장자리에 앉을 수 있어. 넌 피르다우스, 엘 예나, 에리야드, 에덴(이건 바깥 언어로 천국의 다른 이름들이야)으로 돌아가고, 난 제자리에 그대로 남을 거야, 돌고 돌면서, 내 이야기를 들려 줄 사람 하나 없이. 너와 함께라면 이 나라에서 나 같은 사람들에게 강요해 온 말소에 맞서 저항할 수 있어. 1990년대의 내전에 대해 기억하는 사람은 소수야. 나는 이 십 년간의 전쟁이 실제로 있었다는 것, 유혈이 낭자했다는 살아 있는 증거야. 그 마지막 증거.

내가 왜 너를 죽이고 싶은 열망과 끝도 없이 너에게 말하고 싶은 열망 사이에 끼여 있는지 알겠니?

날 지우고 싶은 열망과 지운 것을 다시 복구하고 싶은 열망 사이에서 왔다 갔다 하는 나를 보겠니? 테러의 희생자가 된 내 이야기의 하루하루, 순간순간, 일어난 사실들 하나하나, 그 흔적들, 살인자들의 이름, 선지자의 시대에서 빌려온 그들의 별명들. 그들의 계급과 각기 다른 무공. 그리고 몇 년 전, 회개한다고 하면서 무기를 내려놓은 그들이 한 말과 변명들. 내가 목소리를 찾게 된다면, 하루하루 조금씩 이 모든 걸 다 이야기할 수 있을 거야. 아마 그다음엔, 아무 기록도 남지 않은 이 전쟁도 마침내 가르쳐지고, 인정되고, 존중될 거야, 그 죽음들 속에서, 애도들 속에서. 또 다른 전쟁처럼, 프랑스와의 그 전쟁처럼.

보고 있니, 뱃속의 어둠 속에서, 내 튜브의 빛 속에서 내가 너에게 보여 주려고 하는 것을? 널 죽일 준비가 다 되어 있었어. 세 알의 약, 고통을 경감시키기 위한 진통제, 날짜, 심지어 구실까지도. 난 하디자에게 희생제 축제 동안에는 집에 틀어박혀 있을 거라고 말해 놓았지. 당연히 엄마는 이해해. 내가 숫양들의 피를 피해 있고 싶어 한다고, 배터지게 먹으며 웃고 떠드는 자들의 웃음소리를 피해 있고 싶어 한다고. 또 이맘들의 그 긴 설교를 피해 있고 싶어 한다고. 내가 다섯 살 때부터 엄마는 알고 있어, 날 세상으로 다시 데려왔을 때부터. 우리 집에서는 절대 양의 목을 따지 않아. 같은 층계참을 쓰는 이웃들도 우리 집 창문 밑에서 그걸 하는 걸 꺼려 하지. 고개를 돌리고, 시선은 땅에 박고, 그러니까 나한테 티를 내기 위해 마치 숨을 곳에 파고들 듯 다시 대화에 몰두해. 모두가 이드 날에는 날 잊고 싶어 해.

너에게 말하고 또 말하고 있어. 그만 입 다물고 내 작은 차를 몰고 내 미용실 상태를 점검하러 가야 하는데, 다른 생각을 하기 위해서라도 말이야. 아, 그래, 내 가게가 하나 있어, 손님이 많아서 내 밥줄이 되어 주는 곳이야. 지난 사흘간 문을 닫았어. 왜냐하면 조수 두 사람이 집에 갔거든. 이드 주간에 여자들은 머리를 하지 않아, 몸도 가꾸지 않고. 목 딴 짐승 지방과 내장을 가지고 요리하고 굽고 해야 하니까. 그래서 손님을 기다리지 않아. 손님이 없으니 날 약간은 싫어하고 약간은 좋아하는 두 아가씨를 자유롭게 해 줬지. 둘은 내 앞에선 입을 다물고 날 흉내 내. 그러면 난 웃지. 이 미소는 진심처럼 보여. 내 목 아래까지 내려오는 다른 미소와 비교하면 더욱. 그 미소는 우리 주변 사람들을 바리케이드 철조망처럼 굳게 만들지. 이건 시간이 없어 나를 끝장내지 못한, 살인자가 내게 남긴 길쭉한 캘리그래피 서명이야. 자기 아들의 목을 따고 싶어한 예언자의 미친 미소야. 그만 입을 다물고 한 번에, 네 목을 한 번에 잘라 버리는 편이 나을 텐데, 내가 네게 계속 말하는구나, 이 오랑의 아름다운 하늘 아래 유예를 연장하는구나. 알약 세 알, 차가운 겸자, 금지된 시럽이면 끝나는데. 복부를 주먹으로 가격하거나, 몇 시간 동안 두 발로 마구 뛰거나, 계단에서 일부러 굴러 떨어지고 산(酸)을 들이켜거나, 독초를 씹거나 하는 식으로. 이리 오지 마 제발, 이 나라에 오지 마!

떠나.

하지만 내가 널 침묵시킨다면, 내 머릿속의 모든 것을 침묵시키는 거지. 내가 한 번도 가지지 못했던, 혹은 두 번째로 태어나기 이전에 가졌던 그 아름다운 목소리마저도. 그 시절이 거의 기억나지 않아. 하드 셰칼라의 우리 농장에서 있었던 일이. 그때만 해도 난 소리를 지르고, 큰 목소리로 숫자를 세고, 삐치고, 비 냄새를 들이마시고, 까칠까칠한 레몬을 씹을 수 있었어. 또 언니를 눈 감고도 찾을 수 있었어. 언니의 갈색 피부에서 나는 냄새만 맡고도 말이야. 언니가 눈을 가리고 숫자를 세면서 내게 숨을 시간을 주면, 내가 양들 뒤나 바람이 엉키는 큰 풀숲 속에 숨었던 기억이 어렴풋이 나. 있지, 다 지나간 추억이야. 더 멀리, 더 깊이 잠수하듯 들어가야 해. 이 사이로 튜브를 꽉 물고, 그 조각난 기억들을 찾으려면.

뭘 원해? 여기 와서 죽은 살덩이가 되고 싶어?

바깥 카페에서 올라오는 남자들 소리 들려? 그들의 신은 낮의 빛 아래에서는 금지된 우리의 몸을 포옹한 후에는 그 몸을 씻으라고 그들에게 조언하지. 그걸 '대세정(大洗淨)'이라 불러. 왜냐하면 우리를 엄청난 불결함으로 여기니까. 넌 뭘 원하니? 그 여자들이나 나나 같아. 비록 그 여자들이 나처럼 목에 구멍을 갖고 있지 않아도, 얼굴에 바보 같은 미소를 갖고 있지 않아도, 단말마 속에 목이 조여 나오는 언어를 갖고 있지 않아도. 여기서 여자가 된다는 건 그런 거야. 그런데도 정말 원해?

나가자.

내 가게로 가자. 네가 떨어져 온 천국과는 정반대인 세계를 조금은 너에게 보여 주고 싶어. 그 후에 세 알의 약을 삼킬 거야. 내 이야기에서 아무것도 남은 게 없다는 걸 네게 보여 주고 싶어. 그들이 법률과 찡그린 눈썹과 투옥이라는 위협으로 다 지워 버렸거든. 아무도 기억하지 않아, 아니 감히 기억하지 않아, 내 목을 따려고 했던 그날의 알제리를.

6

 넌 볼 수 없겠지만, 내 왼쪽에 해변 산책로가 있어. 거기 산책하는 사람들과 관리 상태가 안 좋은 건물들이 있지. 이국에서 온 커다란 나무들도 있어, 야자수들. 네가 천국에서 봤을 법한 나무들이지. 그 나무들은 거기 서 있어. 얼마나 오래였는지 모를 만큼 오래, 누구인지도 모를 누군가를 기다리고 있어. 집이 없는 사람들과 홀로인 남자들이 여기 와서 앉아, 조용히 입을 다문 채. 특히 아침, 첫 기도 시간 전에. 그들의 바깥 언어는 완전히 지친 거 같아. 그러니 여기로 와서 바다가 그들의 머릿속에서 말하기를 기다리는 거야. 내 뒤에는 무르자조산(山)이 있어. 나는 부드럽게 운전해, 네가 감은 눈꺼풀 아래서 세부들을 재구성할 수 있도록. 저기 위에, 산꼭대기에는 자갈빛을 띤 스페인식 요새가 있어. 그리고 비어 있는 작은 성당이 있지. 더 위에는, 이 성당을 굽어보도록 지은 이슬람 모스크가 있어. 언젠가 하디자가 경멸하는 미소를 지으며 내게 해 준 이야기야. 난 거기에 엄마와 두세 번 갔어. 산에 난 커브 길들을 난 좋아하지 않아, 속이 다 뒤집어지는 거 같아서. 그 아래 한 여인이 고립된 채 살고 있어, 바로 동정녀 마리아지. 기독교인들의 동정녀. 내가 알기론, 콜레라가 창궐하던 두 세기 전에, 이 산 정상에 기독교인들이 세워 놓았을 거야. 동정녀가 뭐냐고? 다른 사람들의 교리까지 알 거 있겠어? 여기서는 각자 자기 호주머니에 신(神) 한 조각을 넣고 다니며 만지작거려. 산 아래에는 베르뒤르 정원이 있어. 1990년대 전쟁, 그러니까 내 세대의 전쟁 동안 암살당한 한 라이[14] 가수와 관련 있는 이름이야. 설명하긴 힘들지만, 그런 영예를 받은 유일한 사람이지. 난 동쪽으로 차를 몰며 속도를 높여. 길은 카나스텔의 고급 빌라 지구와 '사자 산'이라 불리는 또 다른 산 쪽으로 이어져. 난 이 길을 정말 좋아해. 내 앞차에 탄 어떤 바보 같은 놈 때문에 우리가 탄 차가 속도가 안 나고, 놈이 나한테 추잡한 신호를 보낸다 해도. 바다는 왼쪽에서 우릴 따라오고 있어. 숨었다 나타났다 하니까 바다를 다시 볼 수 있을 거야. 그러니 목 비틀지 마. 만일 네가 세상에 온다면, 정말 많은 것들이 너랑 놀자고 조를 거야. 달, 해, 네가 보고 있는 바다, 강아지, 어쩌면 말까지. 분명히 넌 말을 엄청 좋아할 거야. 도시 서쪽에 있는 에스세니아 경마장에 가서 자주 말들을 보곤 해. 어디로 가냐고? 우선 내 미용실 셔터를 누가 망가뜨리지 않았는지 확인해 봐야지. 정숙한 부인네들을 위한 베일을 파는 이웃집 가게 여자는 날 싫어해. 내 가게가 털리는 걸 봐도 도둑이야! 하고 알리려고 지붕 위로 올라가지도 않을걸. 이 마을 이맘이 그래도 된다고 하거든. 동네 사람들도 다 그와 한편이야. 나는

---

14   라이는 알제리에서 시작된 현대 대중음악이다. 여기서 언급되는 가수는 셰브 하스니(Cheb Hasni)로, 오랑에는 그의 이름을 딴 극장 '하스티 샤크룬 야외 극장(Théâtre de Verdure Hasni Chakroun)'이 있다.

거리를 둬, 모든 사람들과. 내 괴물 같은 '미소'와 그들이 쳐다보길 꺼려하는 내 눈으로.

이게 내 인생이야. 이 미용실은 귀하고도 소중한 한 푼이야.

바로 여기서 난 돈을, 자립을 벌어. 머리를 드러낼, 어깨를 드러낼, 담배를 피우고 포도주를 마실 특권을 얻지. 큰돈을 버는 건 아니지만, 남들과 거리를 둘 수 있을 정도는 돼. 있잖아, 내 소중한 진주야, 국가는 나 같은 내전에 희생당한 생존자들에게 쥐꼬리만 한 지원을 주면서, 도살자 가족들에게는 그 두 배를 줘. 난 이 미용실의 소유주가 되기 위해 연금 수급권을 포기해야 했어. 이런 게 국가의 조건이었어. 연금을 받느냐, 아니면 관청에서 지급하는 상업 시설을 얻을 수 있는 자격을 받느냐. 난 투자를 선택했지. 내 미용실 이름은 '셰헤라자드'야. 문 바로 위에 분홍색 불빛의 글자를 달았지. 과육처럼 통통한 입술을 하고 눈부신 몸매를 한, 또 나처럼 아름답고도 무서운 눈을 한 여자들의 사진을 걸었어. 여자 손님들은 그 여자들과 닮기를 꿈꿔. 남자들은 천국에 가면 그 비슷한 여자들을 찾을 수 있다고 믿고. 처음엔 미용실 이름을 '리미티'라고 하려고 했어. 무덤에서도 여자들을 춤추게 만든다는 라이 여자 가수의 이름 말이야. 하지만 미용실에 라이 가수 이름을 붙이다니 "그건 너무 지나치다!"고 하디자가, 불안한 엄마가 고함을 지르더라고. 엄마는 흥분을 하면 앰뷸런스 안에서 내 작은 몸을 바라보며 짓던 그 눈빛이 돼. 그 눈빛은 엄마의 머릿속에서 나를 1999년 12월 31일 밤으로 도로 데려가. 이런 나라에서 여자로 살려면 조용히 살아야 해. 우린 여전히 노예야, 자유 신분이 된 건 정말 얼마 안 됐어. 모든 게 다 뒤집힐 수 있어. 허벅지를 조금만 드러내도 다 잃고 말지. 너무 짧은 꽃무늬 원피스만 입어도 인생이 결딴나지. 다 왔어, 후리, 우리 목적지에 다 왔어. 여긴 하늘이 이글거리네. 모두 숨을 죽인다. 우리 언니는 여기서 갈대와 종이봉투로 연을 만들어 날리곤 했어.

그래, 나한텐 언니가 있었지.
언니가 있었어. 아직도 있긴 해, 내 기억 속에서 시체 냄새와 함께 존재하지만. 이건 오래된 이야기야. 내 안의 언어로는 절대 이야기하지 않는. 왜냐고? 우선 엄마가 그 이야기를 알고 있고, 엄마 안에 움켜쥐고 표면 위로 올라오지 못하게 막으니까. 하디자는 내가 이 추억에 다가가려는 기미만 보여도 최악을 생각하며 두려워해. 그리고, 내가 언니에 대한 기억을 되살리려고 할 때마다, 언니의 흔적이 되돌아오고 그 이미지들이 또렷해지게 한참을 혼자, 가만히 움직이지 않고 있어야 하기 때문이야. 곡식 이삭들, 혹독한 겨울, 한 자루의 칼, 아버지의 등, 구름 모양의 말 같은 것들. 나중에는, 밤이 와서 잠을 자야 할 때에는 이런 기억들을 어떻게 해야 할지 모르는 게 참 괴로워. 아마 천국에 가면 넌 우리 언니를 만날지도 몰라. 언니의 웃음소리를 듣고 바로 알아볼 수 있을 거야. 또, 눈을 반쯤 갸름하게 뜨면서 웃는 모습을 보고. 우리 농장과는 다른 세상을 상상하는 척하며 그 세계를 빵처럼 반으로 갈라 나와 나누려는 그런 웃음이었지. 언니는 이름이 없어진 지 오래됐어. 추억 하나가 떠올라. 우리가 개양귀비꽃을 따서 모으고, 서로 뒤쫓으며 우스꽝스러운 표정을 짓고, 이삭들이 우리 옷에 달라붙고, 하늘이 우리의 기쁨을 더욱 부채질하던 기억. 아, 이 얼마나 아름다운 안의 언어야, 기억의 저 구석까지 환히 밝혀 주잖아. 맑은 날이면, 우리 마을 하드 셰칼라의 농장 위에 떠 있는 구름들을 보며 우린 눈으로 커다란 말들을 그렸지. 그러면 땅 위에 있는, 산 발치에서 수레를 끌고 힘들게 비탈길을 올라가는 그 짐승들이 얼마나 작아 보이던지. 말들? 우리 엄마는 말을 사랑했어, 정신이 흐려지기 전까지는. 엄마는 가끔 이런 이야기를 우리한테 해 줬어. 이전의 엄마, 내 두 번째 탄생 이전의 엄마 말이야.

계속할까? 봐 봐, 우린 절벽 정원에 있어. 아침엔 아무도 없어. 바람이 내 얼굴을 씻어 주는 걸 느끼러 여길 자주 와. 여긴 내가 눈을 감아도 언니와 눈이 다시 마주치지 않을 수 있는 유일한 곳이야.

저기 저 큰 건물 보여, 해변가 건물들이 늘어선 쪽에 있는? 사람들은 그 건물을 '에어 알제리 건물'이라고 불러. 그 회사 지점이 거기 있으니까. 모든 건물 중에서 제일 오래됐어, 그래서 바다에 가장 큰 권리를 요구하는 것처럼 보이지. 바로 거기서 여러 개의 폭탄이 터졌어, 1996년에. 1995년이었나. 엄마도 정확한 날짜는 잘 기억 못 해. 엄마는 나한테 맹세했어. 그건 진짜 일어난 일이었다고. 그 일은 어느 아침에 일어났는데, 아무도 그걸 기억하지 못해. 그들은 (그러니까 이브라힘 무리들, 아들의 목을 따려 했던 예언자, 그래 맞아, 난 그들을 그렇게 불러) 위력이 약한 첫 번째 폭탄을 벤치 아래 숨겼고, 그 폭탄은 아침 출근 시간대에 터졌어. 사람들은 도망쳤어. 이어 서서히, 호기심 때문인지, 아니면 무슨 치정에 의한 살인으로 죽은 시체를 보겠다고 몰려든 것처럼 작은 무리가 아스팔트가 푹 꺼진 곳으로 쇄도했어. 모두가 보려고 몸을 숙이고 서로 밀쳐 대면서 이런저런 가정을 수군거리기 시작했어. 그리고 바로 그때, 참사가 일어났어. 다른 벤치 아래 감춰 둔 두 번째 폭탄이 터졌거든. 엄마는 이 이야기를 할 때면 코를 훌쩍여. 그리고 잠시 입을 다물지. 그래야 기억이 정확해지니까. 그리고 결론을 지어. "그건 함정이었어. 가능한 한 많은 희생자를 만들기 위한 괴물들의 술책이었단다." 이 모든 것 중 지금은 어떤 흔적도 남아 있지 않아.

7

 만일 네가 눈이 있다면, 내가 너를 위해 얼마 전에 방문한 장소를 가리켜 보일 수 있을 텐데. 저기 저 큰 건물 보여? '르 파노라미크'라는 곳이야. 바로 그 뒤에 지하 주차장이랑 옛 이슬람 모스크 대로로 이어지는 골목이 있어. 너한텐 이런 게 아무 의미도 없지만, 하지만 상상해 봐, 무너져 가는 석조 건물이며 닳고닳은 돌들, 관리가 소홀한 외장이며 아침부터 쓰레기 냄새가 나고 저녁이면 바다 냄새가 나는 거리들을. 바로 거기에 내가 진찰받기로 한 산부인과 의사의 진료실이 있어. 정말 너한테 맹세해. 엄마가 절대 모르게 내가 얼마나 수천수만 번 조심했는지. 게다가, 이 의사는 내 성도 이름도 묻지 않아. 수치심이 우리 배를 깔아뭉갤 때, 들키고 싶지 않을 때 그를 찾아가. 하디자가 수년 전 그에 대해 내게 말해 줬어. 왜냐하면, 그는 헐뜯기 좋아하는 우리 도심에서 신비한 아우라에 둘러싸여 있었거든. 엄마 말에 따르면, 그는 저명한 산부인과 의사이면서도 대단한 술꾼이고, 음악가이고, 검은 곱슬머리를 하고 다니던 시절엔 공산주의자였으며 바람둥이로 유명했대. 그래서 이런 그가 뭣 때문에 완전히 바뀌었는지 아무도 이해를 못 했대. 오 년 전쯤 어느 날 그는 회개하기로, 신을 향해 되돌아가기로 결심했어. 무기를 든 이슬람주의

자들은 패배했고, 살아남은 이들은 거의 '마키'[15]에서 돌아왔어. 다들 그들의 광기가 빠져나갔다고 믿었지만 그 판단은 틀렸어.

도처에 모스크들이 세워졌고, 설교자들은 작은 연단까지 차지했고, 그러면서 이런 기이한 대의명분은 패배 이후 더욱 힘을 얻었어. 히잡을 쓴 여자들은 더 많아졌고, 기도로 이마에 굳은살이 박인 남자들은 수가 급증했지. 코끼리 다리 같은 품이 넓은 바지에 가짜 금장식 벨트를 한 산부인과 의사의 몸뚱이에서 머리에 터번을 두른 남자가 나타나 모스크를 열심히 드나들었어. 엄마 말에 따르면, 곧 그에게, 아니 그의 신념에 진정한 딜레마가 닥쳤어. 왜냐하면 그가 산부인과 의사였기 때문이야. 그의 직업은 여자들의 출산을 돕고, 손가락을 여자들의 아래에 집어넣고, 그녀들의 비밀을 듣는 거야. 그거 알아? 그는 직업을 바꾸지 않았어. 왜냐하면 그에게 상당한 수입을 가져다줬으니까. 어떻게 그가 이 해결책을 만들어 냈는지 나는 몰라. 처음에 사람들은 웃었지만, 그의 신앙과 재산을 지키기 위해서는 그게 효과적인 것으로 드러났지.

진찰실에서 그는 자신과 환자 사이에 검은 커튼을 쳤어. 그리고 그의 아내가 촉진과 침습적 검사와 여자들이 다리를 벌려서 받아야 하는 검사를 맡았어. 그리고 그는 처방

---

15   maquis. 원래 잡목들이 우거진 숲이나 산악지대를 뜻하지만, 무장단체 또는 저항단체들의 은닉처를 뜻하는 은어이기도 하다.

과 상담을 맡았고. 그래, 맹세해! 그의 아내가 촉진을 했어. 장기의 상태와 감촉, 내부 분비물과 환자들의 외마디 반응들을 그에게 묘사해 줬고. 그러면 그는 커튼 너머에서 진단을 내렸어. 마치 신이 커튼 너머에 숨어서 하듯. 진찰이 끝나면 그는 처방전에 서명을 했고, 그의 조수는 진료비를 거두었지.

의사는 서서히 진짜 예언자가 되어 갔어. 낮의 활동과 사람들 시야에서 사라졌어. 말을 극도로 아끼면서 체계적으로 유령이, 우리 도시의 전설이 되었지. 일주일 전, 좀 늦어서 갔지만, 그를 보러 갔어.

그가 속삭였어. "언제부터죠?" 그의 부인이 같은 질문을 큰 목소리로 반복했어. 난 침묵을 지켰어. 나는 '위대한 산부인과 의사' 부인의 힘겹고도 짠한 붉은 얼굴을 마주하고 있었어. 그녀는 남편을 향해 뭐라고 웅얼대면서 내 배를 더듬거렸어. 그리고 내 안에 있는 너의 존재를, 내 살 속에 있는 너의 은신처를 확인해 줬어. 그녀는 두 눈이 검고 작았고, 분홍빛 히잡을 쓰고 있었어. 나는 등을 바닥에 대고 누워 두 다리를 U자형 등자에 불안하게 고정한 채, 두 다리를 벌리라는 신호를 기다리고 있었어. 진찰실에는 진찰대와 몇몇 도구들이 있었어, 희미한 빛줄기 하나가 스며들고 있었고. 그는, 보이지 않았어. 그는 커튼 뒤의 목소리였지. 진찰실 나머지 뒤쪽에 있는 그의 책상과 진찰실을 분리한 커튼 뒤의. 여자는 대놓고 나를 무시했어. 오직 그의 목소리에만 움찔거렸지. 그녀는 흰 장갑을 끼고 있었고, 미소도 감정도 드러내지 않았어.

나는 그녀가 수없이 기도를 속삭이는 소리를 들었어. 가능한 한 자신을 다 지워 버리고 싶은 사람 같았어. 그림자 속 장갑을 끼고 있는 손으로만 남아, 진료실의 또 하나의 장비로 남고 싶은 것처럼. 그 미친 부부는 밤이면 서로 무슨 고백을 나누었을까? 평생 다른 여자들의 성기를 자기 남편에게 묘사하며 사는 여자. 얼마나 이상한 이야기야. 그녀는 더 열띤 쿠란 구절 하나를 읊조리며 내 허벅지를 벌리고 성기에 차가운 기구를 밀어 넣었어. 난 길게 누워 있었지. 엉덩이는 진찰대 가장자리에 걸쳐져 있고, 두 다리는 U자형 등자에 올려져 있었어. 가늘게 찡그린 그녀의 눈으로부터 스스로를 보호하기 위해서 넌 네 구멍 더 안쪽에 있어야 했지. 예언자는 아내가 히잡을 두르고 있듯, 그 역시도 가려진 채 침묵을 지키더니 두세 가지 질문을 던졌어. "아버지는?" 나는 손도 입술도 움직이지 않았어. 내 얼굴은 분노로 빨개졌을 거야. 그는 잠자코 있었고, 그녀는 남편의 기름진 얼굴 위로 자신의 그림자 한 줄기를 드리웠지. 나는 그녀의 믿음이 내 원죄와 접촉하며 그 불을 더욱 강화할 거라 생각했어. 그녀는 내 시선을 피하면서 또 한 구절을 중얼거렸어. 그러고는 다시 내 배를 더듬고 은밀한 부위를 검사하더니, 내 젖가슴으로 올라와 그것들을 더듬어 무게를 가늠했어. 그녀는 일부러 내 얼굴을, 내 눈을, 내 튜브를, 내 목의 구멍을 피했어. 있잖아, 이런 시간이면 토막토막 잘린 한 마리 양이 된 기분이 들어. 주둥이와 발은 한쪽에 놓은 대야에 담겨 있고, 가슴팍은 아이들의 발톱과 그 아이들의 온갖 질문에 노출되어 있고, 가죽은 안뜰 햇볕 아래 널려 이미 죄수처럼 말라가고 있는.

"최근에 달거리는 했나요?" 목소리가 내게 질문했어. 나는 손짓으로 답했지. "지연(遲延)?" 모든 여자들이 이 순간을 두려워해. "지연", 그것은 곧 몸이 굳어 버리는 것, 바퀴벌레처럼 심장 속으로 치밀어 오르는 검은 생각, 사형수에게 흐르는 전류와 같은 거야. "지연", 그건 다른 여자들이 공포에 질린 짐승들처럼 네게서 본능적으로 떨어져 나가는 거야. "팔 주." 그녀는 예언자에게 무언가를 속삭였어. 그리고 두 사람 다, 한 사람은 등 위에 신을 업고, 또 한 사람은 뱃속에 잘못 삼킨 작은 콩을 품은 채, 평결을 기다렸어. 마치 그 평결이 하늘에서 떨어지기라도 하는 것처럼. 난 네가 아직은 살아 있는 게 아니라고 생각해. 쓰여 있기로는 석 달 이상이 되어야만 확실해지는 거라고 해. 너는 여전히 바다에 짓눌린 별이었고, 밤이 나를 집어삼킬 때 내가 배 피부 밑에서 찾아 헤매던 조약돌이었어. 내 상상 속에서 진찰실에서는 습기와 못된 비밀의 냄새가 났어. 벽 위에는 신의 이름이 검은 벨벳 천 위에 정성껏 쓴 황금빛 글자로 빛나고 있었지. 신은, 내 작은 콩아, 이 종교에서 아흔아홉 개의 이름을 가지고 있단다. 거기에 우리가 만나는 모든 남자들의 이름을 더해야 해. 왜냐하면, 그들 역시 신이기 때문이지. 이어 예언자가 선언했어. "석 주 후에 다시

오시오, 잘 지키로 한다면. 아니면, 내가 알약을 권하고 신의 자비를 빌어 드리겠소."

이 나라 법률에 따르면 이건 살인이야. 그래서 처벌을 받아. 그러나 예언자 산부인과 의사는 지상의 법률을 더 이상 인정하지 않았고 두려워하지도 않았어. 신실한 사람이라는 그의 명성 때문에 사람들은 그를 쉽게 신고하지 못해. 단검 하나가 널 찾기 위해 내 피부 아래로 미끄러져 가는 것이 느껴졌어. 본능적으로 난 누군가 또다시 내 몸의 일부를 떼어 내어 거기다 훨씬 더 큰 구멍을 만들고, 그곳을 대충 꿰매어 메우려 할 거라는 생각이 들었어. 내 안에서 갑자기 분노가 치밀었어, 이 의사한테, 그의 부인한테. 이런 상황에, 이런 그들의 신념에. 하지만 너랑 어디로 달아나겠어? 널 어떡하냐고?

나는 진료비와 세 알의 약 이름이 적힌 처방전까지 전부 지불했어. 그리고 그것들을 내 방 상자 안에 넣어 뒀어. 그 알약들은 늙은 마녀들처럼 기다리고 있지. 난 화장실에 네 살을 방출한 후 그의 아내한테 진찰을 받기 위해 예언자한테 되돌아가야 했어. 그래야만 했어. 지금이라도 그래야만 해. 앞으로도 그래야 할 거야. 갈매기들이 창공을 미끄러져 날아가며 조롱하듯 보행자들을 쓱 스치네. 바다는 다시 뜨거워지고, 부드럽던 공기는 항구에서 태곳적 소리를 실으며 올라와. 그 소리들은 귀에서 들리는 맥박 소리를 흉내 내, 눈 감을 수 없는 밤이면 들리는.

8

    나는 그것을 읽고 또 읽었어. 만일의 경우를 대비해. "누구든지 음식물, 음료, 약물, 시술, 폭력 또는 어떤 다른 수단으로든 임신 중이거나 임신한 것으로 추정되는 여자의 낙태를 시술하거나 시술하려고 하였을 경우, 당사자의 동의 여부와 상관없이, 1년 이상 5년 이하의 징역에 처하거나, 500 이상 1만 이하 디나르의 벌금에 처한다. 그리고 그로 인해 사망에 이를 경우에는 10년 이상 20년 이하 징역형에 처한다."

9

 난 네가 매 순간 죽음을 피하도록 태어나는 것을 막는 거야. 이 나라에서 우린 발정 난 남자들의 쾌락을 위해, 말 없이, 발가벗겨진 상태로 사랑받거든. 나는 내가 스스로 결론을 못 내게 막고, 시간을 뒤로 물리려고 너한테 이렇게 말을 하고 있다는 걸 알아. 하지만 이것도 널 오래 보호해 주진 못할 거야. 나는 속으로 말해, 만일 내가 진짜 이야기를 네게 해 준다면 너도 아마 이해할 거라고. 수년 전부터 밤에 눈을 감고 있으면 숨었다가 드러나는 진짜 이야기. 사실이 정확히 서술된 판본은 여전히 안의 언어로는 잡히지 않고, 알록달록한 오리들의 바깥 언어, 튜브의 관용구에 의해 이리저리 지워져 버린다. 나는 성대 없는 언어를, 한쪽 귀에서 다른 쪽 귀까지 삶을 흉터로 새긴 내 목 위 수십 개의 봉합 자국을 불러내. 믿기니? 이 이야기는 눈을 뜨면 안개 속의 산(山)처럼 사라져 버려.

10

 난 여기 있고 싶다, 이 오래된 정원에서 움직이지 않고 싶다. 내 이야기를 피해 숨고 싶어. 하지만 우리 이야기들이 말없이 가만히 누워 있을 때야말로 위험해질 거야. 마치 깊은 구덩이처럼. 내 이야기가 내 목 안에 구멍을 판다.

 전화벨 소리. 하디자야. 이 시각이면 파리에 도착해 브뤼셀로 가는 두 번째 비행기를 탈 준비를 하고 있을 거야. 내 성대가 숨는 잿빛 도시 브뤼셀. 1962년 7월 5일 새벽의 요람 이야기가 그녀의 머릿속에서 다시 시작된다. 그녀가 내게 말하면 난 다시 그녀의 뱃속으로 돌아가고, 너는 내 안으로 들어온다. 우린 『천일야화』 속 이야기들 같지만, 그건 거짓말의 밤들로 이루어진 이야기다.
 "여보세요? 엄마? 나……."
 그녀는 두 사람, 아니 천 명 몫으로 말한다. 그리고 나는 반쪽짜리 달, 반쪽짜리 딸, 반쪽짜리 초(秒)를 위해 말한다.

 들리니? 엄마의 억양은 연극적이야. 분개한 강물 속을 흐르는 말 같지. 난 감히 끊지를 못해. 중간에 한 마디도 껴들지 못해. 듣기만 하지. "나 파리야, 우리 천사. 그 사람이 전화를 안 받아. 말이 돼? 한데 그는 정말 대단한 외과 의사야. 그래도 나한테 설명은 해 줘야지. 그의 비서? 나중에 다른 약속을 잡아 주겠다며 다른 날짜를 잡는 건 더 이상 듣고 싶지 않아." 그녀는 잠시 멈추더니, 전열을 재정비하는지 목소리를 가다듬고 다시 말해. "같은 말을 반복하는데, 아마 곧 다시 돌아올 거래. 위급 상황이라 잠시 자리를 비운 거 같다네. 응, 바로 그의 비서가 나한테 해 준 말이야. 인간미라곤 하나도 없어. 내가 널 혼자 두고 왔는데 말이야!" 엄마는 같은 말을 되뇌고, 코를 훌쩍이는 소리를 내, 손가락을 비비며 안절부절못하고 있는 게 분명해. 나는 엄마의 뱃속에 둥글게 몸을 말고 있어. 엄마는 이십일 년 동안 나를 데리고 돌보아 왔고, 우리를 묶은 그 끈을 놓지 못하게 하며 멈추지 않고 내게 말을 건네. 도착하면 바로 택시 타고 갈게. 거기 국제 구역에서 나와 터미널을 갈아탈 거야. 그리고 만일 그가 거기 없으면, 애야, 글쎄······ 난 돌아갈 거야, 그래! 첫 비행기로. 네가 옳을지도 몰라. 이 엄마가 틀렸는지도 모르지, 우리 공주님, 하지만 그래, 다 널 위해서야, 네 목소리를 위해서야. 네 목소리가 얼마나 아름다웠는데, 내가 그걸 아니까. 만일 잘 안 돼도 우리 딸, 살자, 잘 살아가자." 엄마의 목소리는 다짐으로 가득 차 있었어. 그러더니 그 순간을 강조하기 위해서인지 다시 입을 다물었어. 성대라고? 나의 후리, 내가 그걸 얼마나 많은 방식으로 상상했는지 알아? 우물 속에 던지는 밧줄, 기타

현 같은 줄, 어부들의 밧줄, 서커스에서 쓰는 밧줄, 저글러와 공중그네 곡예사가 쓰는 밧줄, 양들을 묶는 밧줄, 작은 보트들의 밧줄, 선원들의 밧줄, 교수형에 쓰는 밧줄 같은 진짜 밧줄들을……[16] 거기 살짝 '음성'만 붙여도 그 밧줄들은 떨릴 거야, 물과 벽을 너울지게 할 거야. 지금은 한 가닥 밧줄이 하디자와 나를 이어 주고, 바다를 가로질러 내 귀에 와 닿아.

우리 엄마는 나를 자기 뱃속에 품고 있어, 렐리잔의 한 병원에서 날 데리고 온 이후부터. 우리 일족이 학살되고 그 이튿날부터 말이야. 난 엄마의 우주 속에 몸을 말아 넣고 엄마의 찬사와 이야기를 들으며("넌 하나뿐인 책이야." "너의 눈은 천국에서 왔어. 그러니 다치게 하지 마라!") 엄마가 날 위해 씹어 준 것들을 양분으로 삼아. 문제는 지금 우리가 셋이라는 거야. 마치 러시아 인형처럼 셋이 겹쳐져 있지. 엄마는 알게 될 거야. 그 벨기에 의사가 약속을 지키지 않으면 엄마는 더 빨리 돌아올지도 몰라.

오랑에 예상보다 더 빨리 도착할 거야. 오, 작은 후리. 너의 존재를 알게 되면 엄만 죽을지도 몰라. 왜냐하면 엄마가 키우고 있는 꿈이 있거든, 내 달님, 엄마는 내 결혼식의 세세한 것까지 다 상상해 놨어, 옷감들까지 다. 엄마는 궁전과 동화를, 천국에서 끝나는 이야기를 원해. 그러나 이

---

16   프랑스어로 성대는 cordes vocales, 직역하면 '목소리가 나는 밧줄'이다.

런 건 다 바깥 언어를 위한 거야. 안의 언어로는 나를 향해 절규를 해. 호사스럽게 결혼해서, 자기처럼 아버지 없이, 어머니 없이 세상에 온 여자들이나, 나처럼 부모를 잃은 여자들에게 내려진 저주를 끊어 달라고. 엄마는 결혼과 아버지, 어머니, 그리고 어느 날 아침 모스크 대문 앞에 버려지는 일 같은 건 없을 아이를 포함한 그런 이야기를 갈망하고 있어. 신이나 우연이 잘못한 것을 바로잡고 싶은 거야. 부계도 없이, 그러니까 아버지 이름도 없이 내가 이렇게 부른 배를 안고 엄마 앞에 나타나면 어떨지 상상해 봐. 네 아버지가 애인으로 바다를 선택했잖아. 엄마가 보수적이라는 말이 아냐. 남자들이 만든 법에 틀어박혀 있는 엄마가 아니니까. 그건 엄마에게 오래된, 그리고 여전히 생생한 문제야. 바로 그래서, 나는 다시 꽃을 피워야 하고, 살아야 하고, 두 사람 몫만큼 행복해야 하는 거야. 그렇게 된 이야기야.

11

 미용실에 도착한 나는 비명을 질렀어. 어떤 사람들은 웃었고, 또 어떤 사람들은 내 주변에 모여들어 나를 동정하기까지 했어. 내 미용실이 당한 짓 때문이 아니라, 내가 물 밖으로 나온 물고기를 닮았기 때문에. 그리고 나의 우렁찬 포효가 그들 세계에는 자연스럽지 않은 소리로 도달했기 때문이지. 내가 속삭이듯 비명을 질렀으니까. 하지만 눈을 휘둥그레 크게 뜨고 손을 마구 흔들어서 그 비명을 부정하는 것 같았지. 나는 소음으로 가득한 그들의 세계에서 작은 무성극 연기를 한 거였어. 경찰? 무슨 소용이 있겠어? 몇 시간씩 기다리고, 한 경찰관에게서 또 다른 경찰관에게 떠넘겨질 뿐일 텐데. 그들의 조롱, 내 벌어진 목과 상처에 대한 질문들. 그리고 돌처럼 되풀이하거나 삼켜야 하는 말들과 문장들. 나는 아름다움으로 불타오르는 미녀 포스터 아래에 그대로 서 있었어. 나는 꾹 참는 편을 택했지. 건물 창문들에서 이웃들이 날 살폈어, 궁금하다는 듯이, 아니 놀리듯, 아니 동정하듯이. 어떤 여자들은 아주 빨리 자기 진영을 정해. 감옥에서 살아남는 유일한 방법은 바로 그 감옥의 수호자가 되는 것이라고 믿는 거지. 그거야말로 확실해! 신과는 싸우는 법이 아냐. 다시 말해, 이 나라에선 남자들과 싸우는 게 아냐. 사실, 오, 내 달님아, 난 그들의 복수가 다가오는 걸 느꼈어. 난 빙글빙글 돌았어. 증거를, 흔적을 찾기 위해 얼굴 하나하나를 살폈지, 헛수고였지만. 가게 정면의 셔터를 들어보려 했어. 한데 안 움직여. 비틀리고 금이 가서 소용없었어. 그래도 겨우 절반은 성공해 몸을 구부려 미용실 안으로 들어갔지. 도둑들은 소파 세 개는 속을 다 파놓았어, 하드 셰칼라에서 암소를 도살하듯이. 통들도 다 깨져 널브러져 있었고. 샴푸 통에서 튀어나온 샴푸 액들이 거울에 침처럼 묻어 있었어. 향수병들은 바닥에 널브러져 목이 벌어진 채 있고. 이 잔혹한 뒤죽박죽이 멀리서도 그대로 느껴졌어. 제모기, 고데기, 드라이어는 죄다 없어졌어. 이어 난 그걸 보았지, 거기서, 큰 상자를. 이유는 모르겠지만 전쟁 이야기가, 내게 닥쳤던 전쟁의 이야기가 되살아났어. 그 시대, 모스크 대문에 살해 대상자들의 명단을 붙여 놓으면, 사람들은 그들에게 마지막 단장을 위한 깨끗한 수의와 향기 좋은 비누를 보냈어. 나는 그 생각을 했어, 일상에 난입한 이 붉은 꿈 때문에 고통받으면서. 난 상자를 열었어. 그랬더니 싸구려 검정색 히잡과 금빛 글자가 박힌 초록색 표지의 무표정한 쿠란 한 권이 들어 있더라. 하디자는 이런 이야기에 대해서는 아무것도 몰라야 한다고 내 이성의 절반이 속삭였어. 난 담배에 불을 붙였어. 그리고 모스크와 미용실을 나누고 있는 길거리에서, 호기심 어린 사람들 앞에서 담배를 피웠지. 대낮에, 나는 그들의 굳은 시선을 응시했고, 담배 냄새가 그들의 격분한 콧속으로 천천히 흘러가게 두었어.

순간 모스크의 유리창을 깨뜨리거나 욕설을 퍼부을까 생각했지만, 무슨 목소리로, 후리?

이런 일이 일어날 줄 내가 짐작이나 했을까? 그래, 또렷한 직감으로. 난 칼 하나가 우릴 위협하고 있다는 걸 알고 있었어. 내 미용실 살롱과 맞은편 모스크 사이의 작은 전쟁. 얼마 전부터 벌어진 이 전쟁은 조만간 결론이 날 수밖에 없었어. 내 튜브와 설교자의 확성기 사이에서 긴장감이 손에 만져질 듯했거든. 소문은 동네에 퍼져 있었지.

난 이 가짜 강도 사건의 목록을 빠르게 작성했어. 부서지지 않은 물건은 다 훔쳐갔더라. 계산대에 있는 약간의 현금, 가장 값이 나가는 기기들과 화장품들. 나는 바닥에 있던 대머리 마네킹의 머리에 덮여 있던 가발을 짓밟았어. 그들은 내 수많은 향수를 다 가져갔어, 딱 하나만 남겨 놓고. 머스크 향수. 알라의 수염 난 남자들이 가장 좋아하는 향수. 나는 웃음소리가 밖으로 번져 입에서 입으로 옮겨 다니고, 이어서 신과 그의 징표에 대한 긴 설교들로 부푸는 소리를 들었어. 아파트의 여자들, 그러니까 내 미용실에 자주 들르는 여자들도 셔터 뒤에서 이 광경을 지켜보았어. 어쩌겠어. 그 여자들이야 남자들을 위해 다른 곳에서 몸 단장을 하겠지. 난 남자도 여자도 아닌, 조만간 추방되어야 할 변칙적인 존재야. 이따금 아이들이 무슨 일이 벌어진 건지 물어보려고 다 부서진 셔터 아래로 몸을 내밀었어. 시간을 멈춘 듯 하늘에서 굵은 목소리가 울려 퍼졌어. 그 목소리는 때로는 애원하다가 경멸하다가, 토라진 것 같다가 요구하듯 외치는 것이 마치 버려진 자의 울부짖음 같았어. 어떤 여자도 저런 목소리를 가질 수도, 미나레트[17]에서 감히 저렇게 흉내 낼 권리조차 없었어. 그건 오후 1시 기도 시간을 알리는 소리였어. 모두가 달려갔고, 거리는 텅 비었어.

---

17   이슬람 사원의 뾰족한 첨탑. 무아진이 올라가 기도 시간이 되었음을 알리는 기능을 하거나, 오늘날에는 확성기를 설치하여 공동체를 모으는 역할을 한다.

12

오후 1시 30분

 오늘은 손님이 없을 거야, 내일도, 아니 이번 주 내내. 며칠을 줘도 이드 전까지는 하나도 정리하지 못할 거야. 여자들은 양 내장을 꺼내고, 재료를 준비하고, 양념을 하고, 수컷들의 만족스러운 신음을 기다리느라 부엌에 처박혀 있을 거거든. 내 미용실 살롱은 전에는 예쁘게 장식되어 있었어. 사진들도 걸려 있고. 섬 사진, 금빛 눈을 한 여자들 사진. 그리고 마침내 남자들로부터 해방된 여자들이 나누는 대화들을 듣는 걸 좋아했어. 오늘은 빗질할 머리도 없고, 속눈썹 연장 손님도 없고, 눈썹 정리나 남자들이 여자들을 숫처녀로 상상하도록 하는 제모 손님도 없어. 매끈하게 피부를 손질하는 손님도 없고, 블랙헤드 제거 손님도 없고. 파리에서 온 특별한 염색약으로 하는 뿌리 염색 손님도 오늘은 없어. 전혀, 아무것도. 축제가 다가와서 우리 두 여직원은 자기 집으로 돌아갔어. 위장 강도들은 여길 지나면서 내게 분명한 메시지를 남기고 간 거야.
 우리가 일주일 전에 왔더라면 내 직원 하난을, 그녀를 만났을 수도 있어. 그녀는 거의 말이 없지. 하지만 그녀 안의 언어가 머리칼 색깔로 스며 나와. 그녀는 산화된 머리칼을 외침처럼 흩날리지. 과거의 삶에 복수라도 하듯 매주 맹렬한 금빛을 머리칼에 덧발라. 알겠지만 그녀는 불행하면서도 강인한 사람이야. 내가 지난여름 그녀를 직원으로 뽑은 건, 그녀에게 자동차가 있어서야. 급한 손님들한테는 직접 출장을 갈 수 있으니까. 그래, 하난은 운전을 할 줄 알고 말을 하지 않아, 아니 아주 조금. 여긴 단골들 자리야. 멈추지 않고 재잘거리는 손님들은 하난을 선호하지. 끝도 없는 그녀들의 이야기를 하난이 진심으로 듣는지는 모르겠어. 하지만 이야기를 중단시키진 않아. 그 자동차는 오년 전 죽은 남편한테 물려받은 거야. 오래된 자동차와 그녀 안에 둥지를 튼 침묵. 다섯이나 되는 남자 형제들은, 슐레프라는 마을에서 하난이 과부가 되자마자 그녀한테 베일을 씌우고 얼굴을 가리고 그녀의 행동과 움직임, 시선을 엄격히 감시했어. 심지어 창가에 다가가는 것도 금지했어. 집에서 목소리를 높이는 것도, 전화를 하는 것도, 여자 친구들을 초대하는 것도 못했어. 그녀에게 남은 것은 머릿속의 새 한 마리와 쿠란뿐이었어. "이혼한 여자? 과부? 그건 집안의 폭탄이야." 식사 후 입 닦고 버린 냅킨처럼 남편 집에서 친정으로 돌아온 여자에게, 그게 자기 엄마나 누이, 딸이어도 남자들은 그렇게 말하지. 불쌍한 하난은 다이너마이트의 도화선이나 벽에 생긴 금처럼 감시당했어. 중요한 건 그들의 명예지, 그녀의 삶이 아니었어. 남자 형제들은 서로 교대하며 그녀를 망 봤고, 아마 모르면 몰라도 차라리 그녀가 감쪽같이 죽었으면 하고 바랐을 거야. 형제들은 결국 그녀를 다른 남자와 결혼시켰어. 이번엔 오랑이었지. 그녀 집에서 345킬로미터나 떨어진, 벨가이드라는 마을. 그들은 그녀의 과거를 다 잊히게 하고 싶었어. 대화 속에서도 그런 이야기를 다 희석하고 싶어 했지. 그래서 그렇게 멀리 보낸 거야. 그녀를 매장하는 한 방법, 그녀가 자기 이름을, 집으로 돌아가는 길을 더 이상 기억하지 못하게 하는 방법이었지. 그녀는 아들을 낳았어, 아이 아버지가 사망한 후에. 그들은 그 아이를 할머니에게 맡기게 했지. 그녀는 점차 말을 잃어 갔어, 마음속으로 이사를 간 것처럼. 첫아들은 그렇게 보내고, 새 남편과 둘째를, 이어 셋째를 낳았지. 하지만 새 남편은 그녀의 월급을 가져가고 그녀를 감시했어. 난 여기 '시테'[18]에서 그를 자주 보았어. 내가 미용실을 연 길가 모퉁이 바로 앞에서. 그는 쥐 눈을 하고, 들리지는 않지만 증오에 가득 찬 혼잣말을 하면서 입구를 염탐했지.

  나는 하난이 안타까워. 그녀 때문에 나는 가슴이 무너져. 하지만 마음도 무너지는 데 한계가 있지. 어느 순간 마음이 자갈처럼 굳어져 더 이상 흔들리지 않아. 어느 여름날, 그녀가 내게 일자리를 부탁하러 왔을 때, 난 두 가지 이

---

18   아파트 같은 집단 거주촌을 의미하나 우리나라의 아파트와는 사회적 맥락이 전혀 달라 외래어 그대로 옮긴다. 원문에서도 대문자로 적혀 있다. 1950~70년대에 도시 외곽에 세워진 임대주택단지에서 시작, 사회적 낙인이 찍힌 일종의 이민자나 빈곤층의 거주 공간이라는 뉘앙스를 가진다.

유로 그녀를 뽑았어. 하나는 자동차가 있다는 것. 이미 내가 말했지만. 그리고 그녀의 머리칼이 제법 다룰 줄 아는 여자의 손길로 잘 다듬어져 있었다는 것. 그래서 난 그녀를 고용했고 월급을 주지. 하지만 그녀의 신비는 그대로 뒀어. 머리빗 아래서 떠드는 사람들보다 훨씬 미묘하고 풍부한 자기 안의 언어가 있는 게 분명해 그녀는. 하난의 남편은 무슨 포주라도 되듯 그녀를 감시해. 재활용 플라스틱 병을 주워 모으는 날이 아닐 때면 거의 항상 와 있지. 하지만 하난은 다른 데 있었어, 바로 그녀 자신 안에, 수년 전부터. 하루가 끝날 때면 그는 저기 아래, 길모퉁이에서부터 조금씩 다가와. 점점 더 가까이 와 무슨 까마귀처럼 구석에서 구석으로 가만히 옮겨 다니지. 또 매달 첫날이 되면, 언제 그랬냐는 듯 미용실 입구, 간판 아래서 부인을 기다리는, 아니 부인의 월급을 기다리는 그가 보여.

 다른 직원? 그녀 이름은 메리암이야. 너한테 그녀의 삶에 대해 이야기해 줄게. 한데, 아마 바다가 나보다 더 잘 이야기해 줄 거야. 그녀는 이 나라를 떠나 소형 보트를 타고 두 번이나 스페인으로 밀항하려 했어, 그때마다 해안 경비대에 붙잡혔지만. 그디엘 형무소에 수감되었다가 얼마 후 풀려났어. 세 번째는, 밀가루를 운반하는 오랑 항구의 상선 선창에서 발견되었지. 밤에 도착한 그녀는 선박 복도에서 길을 잃고 헤매며 캄캄한 어둠 속에서 사흘을 살았어. 그녀는 유령처럼 흰 칠을 한 채로, 시들어 죽은 꽃보다 더 목마른 모습으로 구조되었어. 사흘을 밀가루만 먹으며 버텼고, 물을 찾기 위해 차가운 금속관을 핥았어. 그녀는 아직도 그 이야기를 하고 또 하지. 이렇게 구사일생으로 살아 돌아온 이야기를 손님들은 아주 좋아해. 겁에 질린 선원들처럼 듣고 있는 이 손님들 코 밑에다 이 이야기를 살살 뿌려주니까. 메리암은 재밌고 재치가 많아. 그런데 마음 깊은 곳에선 미래에 대한 기대가 없는 것 같아. 쉬는 날이면 바다로 나가 수영을 하는 것 외에는. 사실 그녀도 불발된 마지막 밀항 시도 이후로는 자신이 죽었다고 생각하는 것 같아.

거기 남아 있는 소파들 중 하나에 나는 길게 누웠어. 내 배가 이완되는 거 너도 느껴지지? 내 손은 네 생명의 둥근 혹을, 네 살의 부드러운 모래언덕을 더듬고 있어. 날 진정시키려 애쓰고 있어. 난 지금 화가 났거든. 매번 위험이 도사릴 때마다, 어떤 사건이 날 뒤집어놓을 때마다, 그 학살의 날이, 나의 그날들이 되살아나. 테러리스트가 내 목을 따던 그 순간이 또 반복될 것만 같아. 모든 게 그 운명의 날과 관련되어 있어. 그리고 그날은 공허와 관련되어 있고. 내 기억 속에서 난 그날을 잘 연결 못 해. 그래서 그것이 안개 속에 사라지지 않도록 내 피부에 문신처럼 새겨 두었어.

내 호리호리한 몸에 있는 그림들을 봐. 내 쇄골 밑, 이건 별 무늬야. 하난이 어떤 손님들을 위해 문신을 해 주는데,

내 것도 해 줬어. 자기 이미지가 불분명하면 사람들은 문신을 하는 것 같아. 오른쪽으로 누워서 자면 별이 더 잘 보여. 이건 내 이전 생의 첫 기억이야. 언니가 별이 비치는 물잔을 건네며 자기가 거기 빠뜨렸다고 말해. 난 그걸 그대로 믿고. 다섯 살이었어. 부모님은 주무시고, 농장 안쪽 축사의 양들은 밤 속을 뒤척거리지. 언니가 웃으면 난 키득키득 더 크게 웃어. 언니 하는 걸 다 따라 하고 싶으니까. 그 바보 같은 이유로 난 내 목에 별을 새겼어.

자, 이건 개울 그림이야. 내 젖가슴 사이 물결치는 세 개의 선이야. 그리고, 좀 더 아래. 이건 내 배 위에서 마주치며 흔들리는 밀 이삭이야. 넌 그 한가운데 있어, 남은 시간을 헤아리면서. 남자들은 다들 내 문신을 보고 놀라면서 질문을 던져. 그러면 나는 거짓말을 지어내지. 이삭들, 이건 배와 관대함을 상징해요. 이삭들, 이건 수확을 뜻하죠. 이삭들? 이건 그냥 이삭이야. 연인들이 이 밀밭에 이르면 그들은 이미 신음하고 있어 내 설명을 들을 정신이 없어. 그들이 원하는 건 만지는 거야, 눈을 감고, 정지된 말[馬]을. 아주 작지, 내 음모 위에 그려진 말 말이야. 말은, 내 딸아, 언니와 함께한 내 인생의 두 번째 추억이야. 말은 '죽은 장소'의 들판을 달려. 그러니까 우아르세니스의 어딘가를. 하드 셰칼라(바깥 언어로는 엘 지하 엘 메야타라고 부르는)라는 죽은 우리 마을 바로 옆에 있는 곳이지. 엄마[19]가

---

19   여기서 엄마는 하디자가 아니라, 생모이다.

우리한테 얘기해 주기로는, 어릴 때 말 한 마리를 키웠대. 한데, 형제들끼리 아버지 유산을 나눌 때 그걸 잃었대. 엄마한테는 그 대신 작은 땅뙈기를 줬대. 우리 농장에 바로 인접한. 자갈투성이 척박한 구석지기 땅. 어떤 날 아침이면 엄마는 미쳐 버릴 것 같아, 욕을 섞어 형제들한테 저주를 퍼붓는 알 수 없는 노래를 부르며 그 땅의 넓이를 재기 위해 성큼성큼 걸었대. 이 나라에서는 신의 율법에 따라 여자는 남자 유산의 절반만 가질 권리가 있어. 왜 그런지 모르겠지만 난 이 말을 상상하는 게 좋아. 네 아빠는 며칠 동안 내 배 위에 코를 대고 그 문신을 쓰다듬으며, 어떻게 바다를 건너 스페인에 닿을지 꿈꿨어. 내 설명을 듣고 그는 누런 이를 드러내며 소년처럼 웃었어. 만일 네가 태어난다면, 넌 아빠가 필요할 수도 있을 거야. 하지만 그럴 건 아니니까 걱정하지 마.

  계속, 내 몸의 더 아래로 가 보자. 사타구니에 두 마리 물고기 그림이 있어. 정어리 아니면 돌고래. 내 문신사도 그리 정확하지 않았어. 허벅지의 부드러운 살 위에 물고기 한 마리씩이야. 이건 '죽은 장소', 그 농장에서의 내 세 번째 추억이야. 아버지가 저 아래 마을에서 정어리들을 가져왔지. 물고기들이 우아르세니스 산골 마을에는 없으니까. 미칠 듯 기뻐서 언니와 난 푸른 비늘을 긁어 대며 반사하는 태양 때문에 물고기들이 아직 살아 있는 줄 알았어. 정어리 열 마리 정도가 신문지에 싸여 있었지. 반짝반짝 빛났고, 입들이 벌어져 있었어. 지금은 고향에 대한 추억이 내 안에서 수천 조각으로 흩어져 있어. 우리의 마지막 시간이 다가오면서 나는 점점 더 흥얼거리는 엄마 목소리와 함께 그 조각들을 그러모은다. 엄마는 조상들한테 말을 건넨 후 긴 노래를 불러, 탄식 같은 노래를.

　담배는 미안. 임신한 여자는 담배를 피우면 안 되는데. 근데 널 위해, 또 내 미용실을 위해 뭘 해야 할지 모르겠어서. 그들이 내 가게를 거울처럼 산산조각 냈어.
　이제 자.
　이제 자라고!
　생각 좀 하게.
　강도를 당해서 차라리 안심이라고 생각해. 왜냐하면, 나의 후리들과 맞은편 이맘의 후리들 사이 소리 없는 전쟁을 수면 위로 끌어올렸거든. 어떤 사람들은 내 진짜 정체를 짐작해. 내 안의 살인자, 죽은 자를. 예를 들어, 모스크의 이맘. 그자야, 거의 확실해. 길에서 처음으로 서로 마주쳤을 때 그는 내 '미소'와 내 후두의 구멍을 보고 잠시 물러섰다가 이내 정신을 가다듬었어. 내가 그를 볼 때마다 매번 내 초록빛 황금빛 눈 속의 비웃음이 그를 불편하게 하고, 그래서 그는 신도들이 다 보는 앞에서, 자기가 모시는 신 앞에서 옷이 벗겨지는 기분인 거야. 내 직업은 여자들을 아름답게 만들고, 향수를 팔고, 머릿결을 윤기 나게 해서 그것이 천국의 강물보다 더 길게 보이게 해 주는 거야.

그의 일은 지하드,[20] 전쟁, 전리품, 프랑스, 율법, 모든 형태의 죄, 천국, 예언자에 대해 말하는 거지. 나의 후리, 내 언어가 아니라 그의 언어로 사람들은 1990년대 내내, 그리고 내가 죽은 1999년 12월 31일까지 수십만 명을 죽였고, 그는 그 사실을 알고 있어. 그가 시선을 내리깐 게 보이네. 어떤 이들은 내가 죽은 자들 사이에서 돌아왔다는 걸 알고 있어. 목이 따였는데도 내가 살아남아 희생자들에 대해, 가해자들에 대해서도 기록하고 있다는 것을.

---

20   Jihad. 원래 분투, 노력, 투쟁이라는 뜻이다. 무장봉기, 성전을 뜻한다.

13

　내 미용실 셰헤라자드와 '관짝' 모스크(이건 내가 붙인 별명이야, 그 이유는 좀 있다 설명해 줄게) 사이의 전쟁은 금요일, 그러니까 두 달 전 금요일에 선포되었어. 이맘은 목소리를 높였지. 나는 내 가게 창가에서 담배를 피우면서, 그가 그의 미흐라브[21](기도실에서 남자들이 머리를 숙이고 기도할 때, 그것을 굽어보는 제단이야)에 걸터앉아 있는 모습을 상상했지. 그는 터무니없는 신성모독을 기록한 목록 위로 몸을 숙이고 외쳤어. "열 명의 여자가 하느님의 자비에서 배제되었다." 미용실 살롱에는 모두 열한 명이 있었지, 두 여직원까지 포함해. 나무 한 그루 없는 '시테'에 묘비처럼 헐벗은 건물들을 다 지워 버릴 듯한 모래 섞인 작은 시로코[22]가 불어 왔어. "하나, 문신한 여자." 이맘의 목소리가 전대미문의 이 추문을 맞닥뜨리고 갈라졌어. 순간, 우리 향기로 가득한 참호 안에서, 손님들이나 미용사들이나 모두 법정 안의 사람들처럼 조용히 입을 다물고 그

21　　모스크 안에 파놓은 반원형의 벽감으로, 반드시 메카를 향하는 벽에 설치된다. 신자들은 미흐라브를 바라보며 기도의 방향을 잡는다. 단순한 방향 표시만이 아니라 성스러운 중심점으로, 설교자나 이맘은 그 앞에서 기도하고 설교한다.
22　　덥고 건조한 지중해 동남풍.

다음 말을 기다렸어. 아무도 감히 이 순간 나를 바라보지 못했지만, 모두가 내 하얀 피부 위에 그려진 물고기와 말, 개울을 떠올렸지. 하난의 손에 들려 있던 헤어드라이어의 소리가 그 설교를 막으려는 건지 점점 더 커졌어. "둘, 눈썹을 손질한 여자." 이맘의 목소리는 잠깐 조용해졌는데, 각 신자들이 기억에서 저주할 만한 친지의 얼굴—아내나 딸, 이웃—을 기억에서 찾아내도록 여유를 주기 위함이었지. 이어, 그는 짜증 난 학자가 속삭이듯 세 번째 판결을 내렸어. "엘 와실라 그리고 엘 무타와실라."[23] 저 신비로운 이중 이름을 가진 저주받은 여자는 누구지? 우리 미용실에 있는 사람들은 모두 서로 얼굴을 살피며 무슨 말인지 이해해 보려 애썼어. 그런데 이맘이 명확히 하더라고. "속눈썹과 손톱을 길게 연장한 여자." 모스크 건너편에 숨어서 저항하는 우리 여자들은 그만 우리의 무지함에 웃음을 터뜨렸어. 갑자기 살롱이 환호에 찼어. 그것은 반란의 기쁨이자 각자의 어린 시절, 월경 피 이전의 시절에서 길어 올린 웃음이었어. "그리고 또, 히잡을 안 쓴 여자!" 이맘이 덧붙였어. 여기 있던 우리는 골목길을 지나 여기까지 도달한 고조된 감정을 느꼈어. 머리를 다 드러낸 채 수확을 방해하는 이 뻔뻔한 여자들을 반드시 교정하겠다는 남자들의 흥분을 말이야. 내 모자, 운동화, 그리고 바지 때문에 난 다

---

23 '매개와 매개를 구하는 여자'라는 뜻으로, 신에게 다가가기 위한 수단과, 그 수단에 의지하는 여자를 가리킨다.

섯 번째 범주로 몰렸어. "남자처럼 보이고 싶어 하는 여자." "누가 엘 무타팔리자[24]죠?" 뿌리 염색 결과를 기다리던, 갓 결혼한 손님 하나가 물었어. 그리고 우리 모두가 맞은편 모스크 확성기의 거대한 입술에 매달린 채 그대로 있었지. "하느님, 저희를 지켜 주소서!" 감동한 척 이맘이 외쳤어. "하느님께서 태어날 때 관대함으로 주신 치아를 제 맘대로 정리하는 여자들이 여기 있습니다." 너한테, 내 불청객인 네게 말하는데, 남자들 전체를 대표하는 그 신이, 비뚤어진 이를 교정하는 걸 금지할 정도로 우리 육체에 증오심을 품고 있다는 건 생각도 못 했어! 도대체 왜 우리가 못생겼을 때조차 이런 질투를 하는 거지?

우리의 불행에 덧붙여 이맘은 말했지. "무덤을 찾아가는 여자들, 애도 중에 울부짖는 여자들, 남편들을 화나게 하는 여자들." 또, 외출할 때 향수를 뿌리는 여자들, 머리에 땋은 머리 장식을 덧붙이는 여자들, 발목을 내놓고 돌아다니는 여자들. 이맘은 계속하고 또 계속했어. 어떤 여자도 그 늑대 아가리에 그 흔적 하나, 머리칼 한 올 안 남을 때까지, 오직 그 아가리에 맺힌 피만 남을 때까지. 털북숭이 그림자, 말 없는 실루엣, 남자에게 '예'라고 부드럽게 대답하는 죽은 여자들만 남았어. 그리고 미용실 살롱은 그 포악한 웃음이 지나간 후 살아남은 자들의 침묵 속으로

---

24   '앞니가 벌어진 여자'라는 뜻으로, 이슬람 문헌에서 아름다움을 위해 인위적으로 꾸민 여성을 가리킨다.

다시 잠겨들었어, 정말이야. 불안하고 또 기가 막혔어. 왜 그놈의 신은 우릴 그렇게 증오하지? 우리가 지난 3천 년 동안 신을 화나게 하기 위해 뭘 했는데? 우리가 세상의 모성을, 출산과 수유의 권능을 그에게서 훔친 거야? 우리가 그에게서 남자들의 마음을 훔친 거야? 내 미용실 살롱은 겁에 질린 암늑대들의 소굴이자 비밀리에 임신한 배의 소굴이 되어 있었어.

　기도가 끝나자 찢어질 듯한 비명이 터져 나왔어. 꿈과 분노로 불타는 머리를 하고 서둘러 귀가하는 신도들의 행렬을 보고 있을 때였어. 끝없이 이어지는 기쁨의 유유 소리. 나도 가끔 그런 소리를 내 목구멍에서 만들어 축제에서 터뜨리고 싶었어. 그건 우리네 여성들의 가슴에서 울려나오는 긴 울음소리야, 내 작은 살덩어리야. 목소리를 높이거나 큰 소리로 말하는 것이 금지된 채 태어난 여성들의 목소리. 그 소리는 동시에 애도이자 처녀성의 상실이자 죽음이자 결혼식이자 성공 혹은 장례를 의미하지. 그리고 남자들은 그 소리를 흉내도 못 내고 금지하지도 못한단다. 바로 하난이었어. 수년간 말이 없고 한 번도 목소리를 높인 적도 없던 하난이, 남자들을 향해 그 비명을 던진 거였어. 나는 돌아가던 무리가 걸음을 멈추고, 잠시 망설이더니, 이어 내가 붙여 놓은 포스터들을 향해, 커튼으로 가려진 나의 진열창을 향해 몸을 돌리는 걸 보았어. 그리고 어깨를 한번 으쓱하더니 흩어졌지. 그들 뒤에서 묘비처럼 차가운, 냉담한 이맘이 얼음장 같은 눈으로 내 미용실 진열창을 샅샅이 살폈어. 오만불손한 메시지를 간파한 거야. 전쟁은 그날 시작되었어, 바로 금요일에.

14

　널 지켜? 미쳤어? 20만 명의 시체를, 십 년을, 전쟁 전체를 다 묻을 수 있다는 걸 그들은 보여 줬어. 그 기간 동안 그들은 스스로 예언자와 양이 되었지. 하지만 네가 아버지도 이름도 없이 태어났다는 사실만큼은 절대 잊지 못할걸. 네가 괴물 같은 엄마에 의해 세상에 밀어 넣어졌다는 사실은, 그 엄마가 그들이 신의 영광을 위해 학살한 아이들과 여성들, 남성들, 짐승들을 떠올리게 하거든. 그들은 너한테 그 사실을 상기시킬 거야. 관공서에서도, 길에서도, 밤에도, 학교에서도, 네가 가는 곳 어디에서나. 너는 지금 네 큰 눈으로 나를 응시하는 그 구멍보다 훨씬 더 깊은 균열 속에서 살게 될 거야. 네 눈은 내 신비로운 아름다움을 물려받겠지. 이 나라에서 딸을 낳았을 때 건너야 할 지옥이 어떤 건지 넌 몰라. 남자들에 맞설 아버지가 없는, 버림받은 아이라면 말이야. 우리 엄마? 그 일 때문에 엄만 죽을걸. "봐 봐, 하디자, 나 임신했어. 아버지는 사라졌어. 아니, 내가 사라지게 만들었어. 어부였어. 좀 왜소했고 약간 모자랐어. 한데 웃음이 너무 아름다웠어." 최상의 시나리오는, 진한 커피를 앞에 놓고 말해 버리는 거야, 아침에 말이지. 아니면 저녁에, 항상 그러듯 엄마가 텔레비전 채널을 돌리는 척하면서 눈꼬리로 날 감시할 때. 그 즉시 벽이 와르르 무너질 거야. 아니면 엄마의 심장이 멈춰 버리거나. 아니면 엄청난 감정에 휩싸여, 얼굴의 핏기가 싹 빠져나갈걸. 이어서 훨씬 더 깊은 밤이 찾아오면 엄마는 끙끙댈 거야. 자기 운명이, 자기 숙명이, 자기 인생이 왜 이러냐고 흐느낄 거야. 다리를 벌리지 않고, 피를 흘리지 않고, 울부짖지 않고, 쿠란에 나오는 예수의 어머니처럼 남자 하나 얼씬거리지 않은 상태에서 나를 낳았던 그날을 생각하면서 말이야. 엄마는 내가 절대 알지 못할 지난 일들을, 가장 은밀한 자기 비밀을 생각하며 울 거야. 어쩌면 진짜 죽을지도 몰라, 식음을 전폐하면서. 그럼 넌 어떻게 할까? 내 미용실은, 산산조각 난 내 미용실은? 왜냐하면, 바로 거기가, 신도들이 와서 환호하고, 떠들고, 날 망가뜨릴 곳이니까. 그곳이 매춘과 법이 정한 방탕의 장소라는 이유로. 이 동네에서 내 불경함에 부족한 건 단 하나, 바로 신을 외면하는 불룩한 배야. 그건 불가능해.

내가 하늘에서 드레스며 색색의 천들, 향수들, 호화로운 신발들이 쏟아져 내렸던 그날 이야기를 해 줬나? 안 해 줬어? 하난이 반항의 유유를 질렀던 날로부터 두 주가 지나서였어. '관짝' 이맘은 내 주위에 거미줄을 은밀히 쳐 나를 묶어 놓고, 웃는 칼날 아래 최후의 희생제를 준비하고 있었어.

그날도 금요일이었어. 여자들에겐 저주의 날이지. 1월

부터 남자들은 오지 않는 비를 기다렸어. 빈약한 수확으로 배가 굶주릴까 봐 불안했던 건지. 남자들, 노인들, 아이들은 거리 곳곳에서 이런 이야기를 하며 고통과 두려움에 한숨을 쉬었어. 우리 여자들은 특히 잘 알고 있었어. 이 나라에선, 비가 안 오고 저주처럼 가뭄이 들면 우리가 누렸던 평온이 너무 짧고 우리 죄가 너무 커서라는 걸. '관짝' 모스크의 이맘이 지난 주 설교하는 동안 그 말을 세 번이나 외쳐 댔어. 그의 신도들은 악취 나는 카펫에 쪼그리고 앉아 난처한 듯 고개를 끄덕였고. 주변의 먼지 자욱한 건물에서 여자들은 창문 뒤로 물러섰지. 하이 엘 야스민(내 미용실 살롱이 있는 곳이야. 사람들이 천국과 쿠스쿠스를 기다리며 옹기종기 모여 사는 넓은 근교지)의 공기 중에 파도 같은 흐름이, 일격의 예감이, 이유 없는 따귀나 너무 화장이 진한 여자들의 얼굴에 침을 뱉는 일이 일어날 것 같은 기운이 느껴졌어. 이따금, 석유통에서 튀는 불똥처럼 빵집에서 자기를 뒤에서 민 거 아니냐며 남자가 여자한테 고래고래 소리를 지르기도 하고, 남자아이 하나가 목소리가 너무 크다며 여자아이의 머리카락을 잡아당기기도 했어. 그렇게 며칠이 갔고 이어, 아침엔 비가 왔어. 마치 기도에 지친 신이 남자들에게 항복하듯, 격노한 듯한 폭우가 쏟아졌지. 비는 왔으나 해갈은 안 되었어.

내가 셰헤라자드 미용실의 셔터를 막 올렸는데 하난이 밖에서 날 기다리고 있었어. 남자들이 길 끝에 있는 와피 아파트 C동 입구에 모여 있었어. 그들은 웅성대면서 손가락으로 4층을 가리켰어. 자기 충복들에 둘러싸인 '관짝' 이맘은 한숨을 내쉬더니, 조악한 영화에 나오는 배우처럼 과장되게 비통한 표정을 짓고는 말벌처럼 이쪽 무리에서 저쪽 무리로 분주하게 날아다녔어. 그때 울부짖는 여자들 소리가 들렸어. 이건 장례식에서 나는 소리도 아니고, 사고나 무슨 고통 때문에 내는 소리도 아니었어. 가장 오래된 소리라 할 공포의 비명이야. 우리 안에 늘 살아 있는 신음이자, 남자들에게 맞서 마지막으로 들어 올리는 방패처럼 터져 나온 소리였어. 모두가 손가락질하던 그 층에 누가 사는지 난 알아. 통곡은 곧 욕설로 바뀌고, 이제 거울, 유리, 접시, 창문이 깨지는 소리가 들렸어. 기도로 정화되었지만 다 거부하듯 메마른 하늘에서 끊기듯 이어지던 울음이 이젠 울부짖음으로 바뀌고, 내 피부는 햇볕에 그을리고 소금으로 구멍이 난 양가죽처럼 퍼래졌지. 여자들이 누군지 모를 자에 대항해 싸우고 있고, 그 소리에 우리는 모두 돌처럼 굳어졌어.

 실내복 차림의 젊은 여자 셋의 머리채를 자갈 깔린 보도로 끌어 냈을 때, 다른 층 창문들에 매달려 보고 있던 여자들은 다들 우리 여성의 가장 오래된 이야기를 떠올렸을 거야. 분명 그랬을 거야. 셋 중 하나는 팔에 검은 가죽 핸드백을 끼고 땅바닥에 붙어 소릴 질렀어, 붉은 손톱이 허공에서 번득이는 가운데. 내가 안 좋을 때마다 내 기억은 거울처럼 산산이 부서져. 질서가 잡혀 있던 물건들이 어수선하게 흩어져, 나중에는 부스러기들밖에 안 남아서 다시 완벽하게 맞춰 붙일 수가 없어. 그녀는 화려한 불꽃 같은 금발 머리였어. 그녀가 우리 미용실에 드라이를 하러 일주일 전에 왔을 때, 그녀한테서 나는 땀 냄새 때문에 하난이 얼굴을 찌푸렸던 게 기억났어. 또 다른 여자아이는 벌어진 일을 직시하길 거부하는 완강한 표정이었어. 입을 다문 채 거의 무릎으로 질질 끌려갔어. 신발 한 짝은 손에, 다른 한 짝은 발에 간신히 매달려 있었지. 세 번째 여자아이는 갈색 피부에 좀 말랐는데, 멈추지 않고 소릴 질렀어. 자기들을 포위하고 있는 남자들한테서 빠져나가려고 안간힘을 썼어, 무서움과 증오의 큰 구멍을 그 장면 한가운데에 파면서. 아무도 움직이지 않았어. 모두가 그녀의 공포의 그물에 걸려 있었으니까. 어떤 것도 빠져나가지 않게 벽들마저 기울어져 있는 것 같았어.

경찰차가 신경질적인 소리를 내며 도착했어. 남자들은 모두 소리를 지르고, 죄악의 육신에 손가락질을 하기 시작했지. 4층 아파트에서 쫓겨난 세 여자를 향해. "이건 추문이야!" 한 목소리가 판결했어. "하느님 눈앞에서도 뭐든 할 수 있다고 믿는 것들이지!" 또 한 목소리가 거들었어. "우리 딸들이 저렇게 되길 원치 않아요." 한 주민이 무전기를 흔들어 대는 경찰에게 급히 설명을 했지. 창문들은 다시 얼른 닫혔어. 남자들은 너무 노출된 감이 없지 않은 여자들의, 공포에 질리거나 이상하게 도취된 얼굴들을 분간하지 못했지. 나조차 몸이 떨렸어. 왜냐하면 수컷들 중 하나가 내 미용실을 향해 시선을 돌리기만 해도 충분했거든. 내 미용실 말고는 분노를 표출할 다른 출구가 없어서, 성난 파도처럼 쇄도해 내 업장 벽에 와서 다 부수어뜨릴 거거든. 세 여자아이는 내 단골이었어. '밤을 보낼' 준비를 하러 우리 미용실에 오곤 했지. 자유롭고 환상적인, 요동치는 청춘들이었으니까. 나는 여기서 그들을 더 요염하게 만들어 주고, 눈썹 털도 다리털도 음모도 제거해 주어 남자들이 물어뜯을 몸으로 매만져줬어. 비현실적인 잿빛 속에, 경찰은 단지 건물들 한가운데 난 안뜰 중앙으로 들어갔어. 그곳에 세 여자아이가 몸을 흔들면서 체념한 채 기다리고 있었어. 아마 이런 일에 익숙해진 건지도 모르지. 이어 경찰차가 그 아이들을 싣고 떠났어. 비가 온 건 그 뒤였어.

억수 같은 비는 아니었어. 뿌리에 닿을 만큼 굵은 빗방울도 아니었어.

아니었어.

하늘에 다른 게 보였어. 맨 먼저, 추억처럼 빙글빙글 떨어지는 실크드레스들이, 그다음에는 보도 위로 쿵 하고 떨어지는 화장품 가방들이, 그리고 이어서 나머지 것들이 떨어졌어. 향수, 핸드백, 손거울, 립스틱, 스타킹, 치마, 목걸이, 하이힐, 가발……. 모든 것이 4층 창문에서 떨어져 내린 거야. 이 비는 거기 모여 있던 남자들의 분노를 조금씩 달래 주었고, 그들의 율법에 따라 공기와 아파트 건물을 정화하는 것처럼 보였어. 손 하나가 이 모든 것을 공중에 내

던지는 일을 떠맡은 거야. 그 여자들에게 속한 것들, 그들의 옷장 속 물건들, 아름다움과 유혹의 도구들을 모조리. 모든 게 바닥에 쌓여 전시물이 되었어. 남자들은 분개해 끝없이 웅성거리며 대놓고 손가락질을 했지. 그 비의 흔적은 이삼 일은 더 갔어. 어린아이들은 거기서 주운 것들을 걸레처럼, 공처럼 가지고 놀기도 하고, 되팔 생각도 했어. 그 아파트는 한동안 비어 있었어, 문이 다 부서진 채. 내 후두에 난 구멍처럼 벌어진 채.

 있잖아, 내 정어리야, 난 무서워 덜덜 떨렸어. 모든 게 여기선 불안해. 위태롭게 흔들리고 있어, 우리 머리 위에서. 나로 말하자면, 날 구한 건, 그리고 내 미용실과 내 두 직원을 지키는 건 바로 내 살 속의 이 텅 빈 구멍이야. 내 두 귀 사이에, 소리 없는 웃음을 그어 놓은 이 괴물 같은 미소 말이야.

15

 방금 엄마한테 전화가 또 왔어. 별다른 말은 없었어. 브뤼셀의 흐린 하늘 이야기를 하더니, 전기 요금 고지서는 잊지 마라, 저녁에 문은 꼭 잠가라, 사람들은 피하고, 자동차는 발코니 바로 아래 주차해서 직접 살펴라, 그 교활한 수위에게 맡기지 말고 등등. 튜브를 바꾸기 전 손 소독 젤로 손을 세척하라 신신당부하고 말이야. 장을 미리 보라고도 했어. "왜냐하면 이번 주는 문을 하나도 안 여니까." 이어, 표를 구하는 즉시 바로 귀국하겠다고 약속했어. 아마, 이드가 끝나고 바로! "최악의 경우라도!" 하고 분명히 했지. 하지만 이식 수술에 대해서는 한마디도 안 했어! 아무 말도. 외과 의사에 대해서도. 그건 엄마가 의사를 만나지 못했거나, 이제 더 이상 믿는 게 무의미하다는 걸 깨달았다는 뜻이야. 내 바깥 언어로 나는 으르렁거렸고, 히힝거렸고, 메에 울었고, 삐약거렸고, 음메 울었고, 포효했고, 야옹거렸고, 찍찍거렸어.(내 목구멍엔 노아의 방주 전체가 들어 있는 셈이었지.) 엄마는 내가 엄마의 변명이라는 굴 속에서 자기를 몰아낸다고 결론 지었어. 표를 구하는 즉시 돌아올 거라고 말했을 때, 내 배가 움찔했어. 그리고 아, 칼처럼 나도 빨리 행동해야겠구나 하는 생각이 떠올랐어. 세 개의 알약으로 목 베듯 너를 죽이는 것. 늦어도 희생제 날에는 해야 해, 내 딸, 한 시간도 지체해선 안 돼. 이야기를 제대로 끝마치고 싶었는데, 그럴 시간이 없다.

16

 셔터를 고칠 사람을 찾아야 해. 이건 쉽지 않아. 왜냐하면 축제 전야에는 아무도 일하지 않으니까. 그리고 사람들은 이런 종류의 일에 엮이는 걸 좋아하지 않아. 이제 내겐 불경한 노란 페인트가 뿌려졌으니까. 가서 유리 조각들을 줍자. 후끈거리는 무더위 속에 거리는 점차 한산해질 거야.
 미용실 창문을 열고 있어. 느껴져? 일주일 전부터 도시 전체가 짐승들의 내장과 짐승들의 공포로 악취가 진동해. 도심에선 아무것도 볼 수 없을 거야. 한데, 근교 동네나 프랑스와의 전쟁에서 희생당한 자들의 이름으로 건설된 '시테'에서는(나와 관련 있는 전쟁에서 죽은 자들은 그런 권리를 얻지 못했어) 축사가 문을 연 것처럼 견딜 수 없는 울음소리가 들려. 사흘이 남았어. 목을 딸 것인가, 목이 따일 것인가? 난 이제 결심을 해야 해. 네 작은 코를 들고 숨을 쉬어 봐. 여기저기 축축한 건초 냄새가 나. 쇠똥 냄새도. 신발이나 타이어에 짓이겨져 달라붙은 짐승 똥 냄새. 네가 우리 세계에서 가지고 갈 것은 이 냄새뿐일 거야. 공포에서 나는 시큼한 냄새와, 곧 그 짐승들을 삼켜 버릴 사람들 틈에서 들려오는 동물들의 소란스러운 울음이 네 피부에 달라붙을 거야. 양들은 도망칠 수가 없어. 살아서 하늘로 다시 오를 날개가 없으니까. 귀를 더 기울여 봐. 거기, 그래, 거리 소음 때문에 잘 들리지 않겠지만, 그래도 희미하게 구분되는 소리가 하나 있지 않아? 오래된 언어로 메에 에에 하는 소리. 미용실 살롱 바로 왼쪽 발코니에서 나는 소리 같아. 이 불쌍한 짐승들은 그렇게 불평해, 신들이 정해 놓은 운명에 대해 말이야. 곧 바닥에 눕혀질 거야. 성급히 목을 따겠지. 그러면 아이들은 소리를 질러 댈 거고.

    이런 것이 나를 집요하게 따라다녀. 누군가가 이런 장면들 뒤에서 내게 말을 걸려는 것 같아. 매해 그것은 내게 되돌아오고, 추억으로만 남기를 거부하는 어떤 이미지처럼 내 안에서 계속 반복돼.

17

　천국, 거기엔 거대한 나무, 강물, 푸르고 환한 초원이 있어. 그러나 남자들은 없지. 그게 더 나으려나? 아냐? 난 내 알약 세 알을 삼킬 거야. 그러면 넌 꿀과 잎사귀 사이에서 네 삶을 이어가겠지. 나른하고 행복한 여인들이 네 벗이 되어 줄 거야, 월경도 안 하고 머리칼에 비듬도 없고 털도 안 나는, 거대한 후리들의 왕국에서 말이야. 금요일마다 거의 모든 이맘들이 이런 이야기를 해. 믿는 자들에게만 마련되는 그 장소의 천 가지, 만 가지 쾌락에 대해 세세히 말해 주지. 그대 후리들은 황금과 보석으로 가득한 무한한 영토를 누리리라, 그곳에선 음식을 만들 필요도, 때 낀 바닥을 닦을 필요도, 비명을 지르면서 출산할 일도 없으리라. 그곳에선 두들겨 맞지도 강간당하지도 않을 거고, 벗은 몸으로 돌아다닐 수 있고, 포도주의 강물 속에서 웃을 수 있으리라.
　금요일마다 우리는 내 미용실에서 말없이, 이 불타는 설교에 귀를 기울여! 정오부터 오후 2시까지, 우린 음악을 틀 권리가 없어, 목소리를 높이거나 웃을 권리도. 우리는 그곳에 대해 이야기하는 이맘의 말을 듣고, 우리 역시 그곳에 대해 꿈을 꿔. "에덴동산에서 활시위의 절반만큼의 공간이라도, 태양이 뜨고 지는 온 세상의 넓이보다 훨씬 낫다!" 그가 말해. "천국에 사는 사람들은 먹고 마셔도 배설하지 않으며, 콧물을 흘리지도 소변도 보지 않는다. 그들이 먹은 음식은 오직 사향 향기 나는 트림만 나오게 할 뿐이다." 그는 약속한다. 그리고 너 같은 후리들은? "알라께서는 그녀들의 얼굴을 빛으로 덮고 그녀들의 몸을 비단으로 감싸셨다. 그녀들은 하얀 살결에, 초록빛 옷을 입고, 꼬아 만든 보석들을 달고 있다. 그녀들의 향로는 진주알로 만들어졌고, 빗은 황금으로 만들어졌다. 그녀들은 이렇게 말한다. '우린 영원하여 죽지 않고, 행복하여 우린 비참함을 알지 못한다. 우린 머무는 자들이며 떠나지 않는다. 우린 만족한 자들이며 분노하지 않는다!'" 그가 하늘이 증인인 듯 집게손가락을 치켜올리며 소리쳤지. 후리들은 자신들만의 나라를 가졌지만, 사다리 맨 아래에 있는 우리는 알제리의 삶 속에 갇혀 있어. 에덴은 분명 우리의 잃어버린 조국일 거야, 우리 모든 여자들의! 그래서 남자들이 우릴 원망하는 거야. 수컷들의 원한을, 살해를, 히잡을, 침 뱉음을 설명해 주는 게 바로 이거지. 이 모든 건 남성적 질투의 이야기에 불과해. 알겠니?

18

만일 경찰이 도착하지 않으면 낮잠 시간에 살롱을 떠날 거야. 맞은편 모스크의 이맘이 모습을 드러내지 않는 게 이상해. 그자는 탄탄하고 의지 충만한 젊은 남자로, 신자들 사이를 돌아다니는 그의 움직임에는 힘과 감각적인 기운이 있어. 설교를 하지 않을 때 그는 과묵하고, 옷차림도 흠잡을 데가 없지. 사람들은 그자를 공손하게 '셰이크[25] 카슈크'라고 불러. 난 늘 그가 나이 걱정에 여념 없는 내 여성 고객들보다도 더 외양에 신경을 쓴다는 인상을 받아. 하이 엘 야스민 동네에서 그가 명성을 얻은 건 목소리 때문이야. 그는 이 목소리를 벙어리 나라에서 받은 신의 선물, 즉 예언자로서의 밥벌이로 잘 관리하고 큰 행사에서만 그것을 사용하지. 그 밖의 때에는 신도들을 마주칠 때마다 엄숙하게 속삭이는 것으로 충분하다고 여기는 것 같아. 모스크 맞은편 건물 1층은 상업 시설이었지만, 이맘은 그걸 조금씩 확장하더니 보도 끝까지 차지해 기도실을 넓혔어. 내 이웃은 심지어 거기에 불법 주차 공간까지 확보했지. 나머지 한 자리는, 여기서도 보이듯 시 구절이 장식된

---

25   셰이크(Cheikh)는 마을이나 공동체의 최고 종교 및 도덕의 권위자를 가리키는 말이다.

긴 초록색 상자 하나를 위해 비워져 있어. 나무로 된 관인데, 낙원의 색이라는 녹색으로 다시 칠했어. 그것은 이맘이 한 모든 맹세를 상기시키듯 그 자리에 놓여 있어. 내 생각엔 그걸 일부러 바깥에 내놓은 거 같아. 나무로 된 시체 안치소처럼. 그래야 그의 불타는 설교 말씀에 설득력이 더해지겠지.

그 녹색 나무 상자는, 이 근방에서 사람이 죽으면 쓰여. 시신을 그 안에 눕히고 마지막 기도를 하고, 이어 관대한 기부자가 제공한 수의에 망자를 싸서 서둘러 묻지. 그러고 나면 상자는 다시 자기 자리로 돌아와 그다음 여행자를 기다리지. '시테' 사람들은 아무도 그걸 건들지 않아. 다들, 아이들마저 눈을 내리깔고 빙 돌아서 가지.

자주, 정오 무렵이면, 내가 '관짝' 모스크라고 이름 붙인 모스크에선 쿠란 구절이 고함치듯 울려 퍼져. 아무도 감히 소리 좀 줄여 줄 수 없냐고 말을 못 해. 나도 모르게 그 소리를 듣게 되는데, 듣고 있으면 당장이라도 죽고 싶어져. 내가 웃긴 얘기 하나 해줄까? 금요일 대(大)기도 시간이 되면 모든 상점이 셔터를 내려야 해. 왜냐하면 기도의 부름이 울리면 모든 거래가 금지되기 때문이라나. 일주일 동안 지은 죄를 씻기 위한 두세 시간의 기도 시간에는 물 한 병도, 두통약 한 알도 못 팔아. 모든 게 멈춰야 해.

근데 말이야, 내 작은 후리, 신이 내린 이 통금을 면제받은 유일한 영업장이 어딘지 알아? 바로 여자들을 위한 미용실, 에스테틱, 여자들을 위한 미용 업소야. 이건 뭐랄까,

일종의 우리의 피크타임이지. 이 두 시간 동안만 거리로 나올 수 있는 여자들이 우리 고객의 대부분을 차지해. 아마 남자들은 설교를 듣고 돌아오면 여자들이 후리처럼 아름다워져 있길 원할 거니까. 설교 때 약속받은 흰옷 입은 숫처녀 말이야. 혹은 지금이 집안일과 육아 사이에서 여자들이 오직 자기 몸을 떠올릴 수 있는 유일한 순간이기 때문일지도. 그래서 내 고객들은 히잡을 쓴 채 머리를 푹 숙이고, 이맘들이 그리 저주를 품은 미용실을 향해 서둘러 들어와. 그녀들로선 햇빛 아래를 걸어도 욕설을 듣거나 위협받거나 눈길로 도륙당하거나 목 베이지 않을 수 있는 드문 기회지. 그래서 우리 미용실에 도착하면 온통 땀에 젖어 있어. 세제와 수프 사이의 잠깐의 자유 속에서 그녀들은 젊음을 되찾고 싶고, 그 기억을 되살리고 싶어 해. 그사이 이맘은 고래고래 외쳐. 이 나라의 악은 여자들의 벌어진 허벅지 사이에 있다고. 그리고 남성 보호자를 동반하지 않는 여자들에게는 향수와 화장품을 팔아서는 안 된다고 설교하지. 그러는 동안 우리 직원들은 미소 띤 반항의 표정으로 다리와 눈썹의 털을 정리하고, 머리칼에 색을 다시 입혀 주지.

 몇 주째 매주 금요일 오후 1시쯤이면 소리 없는 전쟁 같은 광경이 벌어져, 나의 후리! 내 미용실과 모스크 사이에는 골목길 하나만을 두고 팽팽한 긴장감이 흘렀어. 우리 고객들은 말이지, 내 가게에 흐르는 이런 저항의 기운을 높이 평가해. 내 두 직원이 머리를 손질하고, 염색하고, 윤기를 더하는 동안 맞은편의 이맘은 하늘의 법을 두려워하고, 명예와 평판, 덕성을 지켜야 한다고 외쳐. 한쪽에서 이맘이 맹세를 퍼붓는 거야. 천국은 수염도 없는 '순결한 눈빛의 소녀들, 같은 젊음의 처녀들, 천막 속에 은둔한 순수한 아내들, 남자도 정령도 손대지 못한, 루비와 산호, 조개 속 진주와 같은 신부들'로 이루어진 군대와 함께 기다리고 있다고. 그가 그렇게 외치고 있을 때, 맞은편 벽 뒤에서 우리는 언제 터질지 모를 되바라진 웃음을 꾹 참으며 온갖 잡담을 늘어놓지. 머리를 가리지 않은 채, 제모 시술을 위해 허벅지는 다 드러낸 채. 이런 순간에 나는 반은 남자고 반은 여자고, 반은 죽은 자고 반은 산 자고, 반은 벙어리고 반은 수다쟁이고, 반은 목이 따인 자고 반은 웃는 자야. 난 신과 우리 여성 사이에 들어와 앉아 버린 수천 년 된 이 아이러니를 즐기면서 맛보지.

 벌써 몇 달째 내 미용실과 '관짝' 모스크 간의 일 대 일 맞대면이 지속되고 있어. 남자들이 모스크에서 나오면, 가끔 우리 손해가 대가를 치르기도 해. 격렬한 설교 후에 신자들은 예민해지고 흥분해서 천국으로 가는 올바른 길 위에 있다고 확신하거든. 그러면 마지막 손님들은 황급히 돌아가지. 그리고 나는 문을 활짝 열어 위험을 무릅쓰고 이맘 셰이크 카슈크에게 담배 냄새가 가 닿도록 해. 남자들에게 어떤 효과가 나는지 잘 알고 있는 커다란 눈으로 난 그를 뚫어져라 보면서, 내 튜브와 괴기스러운 '미소'를 보여 주기 위해 천천히 스카프를 벗어. 이건 우리 사이에 벌어지는 최고의 결투야. 왜냐, 그는 알고 있으니까. 그는 알고 입을 다물어. 나를 향해 아무 말도 내뱉지 않아. 그는 침묵을 지키고 있지만 난 확신해. 그가 다음 주 설교를 통해 우회적으로 날 공격할 권리를 스스로에게 주고 있다고. 그는 자기만의 목소리로, 내 베일 벗은 머리 위로 미용실 지붕이 무너져 내리거나 남자들이 내 물건들을 길바닥에 내던지길 인내심 깊게 기다리고 있는 거지. 지금까지는 내 괴물 같은 '미소'만이 나를 보호해 주었어. 그를, 또 그의 고객들을 조롱하는 나의 커다란 '미소'. 나는 그 이맘이 자기 기억 속에서 나를 알아봤다고 생각해. 그는 내 상처가 어디서 연유했는지 언제나 너무나 잘 알고 있어. 그는 내가 1990년대의 전쟁, 수천 년 동안 숫돌 위에서 날을 벼린 설교들, 광란의 천국, 약속된 후리들, 모스크들, 칼들, 그리고 칼날을 벼리는 지나치게 아름다운 목소리들의 희생자임을 알아챘어. 얼마 전부터 매주 금요일 대기도 시간 이후, 우리는 스쳐 지나가며 눈을 마주쳤어. 그는 인내심 있게 고개를 숙였지. 내가 기워 붙인 처녀들이 아무도 본 적 없는 그의 처녀들에 맞섰어. 바로 이것이 매주 금요일에 몇 달째 이어져 온 경기야. 그 결말은 패배로 끝나게 되어 있었고.

이제 이해했어? 왜 오늘 그들이 내 미용실을 유린하기에 이르렀는지?

19

 미용실에서 난 온갖 손님을 맞아.

 결혼을 기다리는 여자도 있고, 온갖 요령과 연고, 머리 손질과 염색, 향수 등 할 수 있는 건 다해서 기회를 잡아 보려 했지만, 속으로는 스스로에게 절망해 자기 자신으로부터 달아나고 싶은 여자도 있었어. 또 내 미용실에 와서 저주하고 모욕하고 고자질하며, 덕성을 옹호하는 여자도 있었지. 어쩌겠니, 요 작은 것아. 이건 오래된 법칙이야. 죄수였다가 감옥의 간수가 되는 법칙. 내가 말한 적 있지? 난 이런 여자들을 증오해. 난 그들이 '시테'의 다른 여자들을 헐뜯는 말을 듣길 거부해. 예언자의 말씀이라며 그들이 하는 장광설들, 신의 금령 따위는 듣기만 해도 짜증이 나.

 미용실이라는 이 은밀한 낙원 속에서 우린 처녀들이었어, 에덴의 진짜 처녀들. 살인자, 신도, 군대, 성인 들에게 약속된. 우린 그들을 기다리고 있어. 하지만 오랑에서 포도주와 꿀이 흐르는 강물은 말라붙었고, 궁전은 폐허로 변했고, 경전에 인용된 계곡들에는 잔해가 널려 있어. 왜 그들은, 남자들은, 존재하지도 않는 여자들을 감시하는 걸 좋아하고, 그들에게 생명을 준 우리를 왜 묻어 버리려 드는 걸까? 갈피를 못 잡겠어. 매달 말이면, 하난은 얼굴과 목이 퍼렇게 멍이 들어서 돌아오고, 그녀 삶의 언어

속에 난 구멍은 더 커져서 바깥 언어에 그나마 남아 있는 것마저 다 삼켜 버려. 우리 여자들은 천국에 있는 후리들의 시누이야, 며느리야, 경쟁자야. 따분한 친척, 아니면 어설프게 닮은 아류들이지. 어떻게 하면 될지 우린 미용실에서 서로 이야기를 나누곤 했어. 하지만 후리를 조금이나마 닮으려면, 그들과 경쟁하려면 비싼 돈을 내야 했지. 그래야 남자들을 모스크보다는 우리 침대에 붙잡아 둘 수 있거든. 하지만 나는 가장 값비싼 제품들을 사들이고, 헤어드라이어를 늘리고, 더 많은 단골을 받기 위한 의자와 마사지대, UV 램프, 빗이나 가장 호화로운 연고까지 줄줄이 들여놓을 수도 있었지만, 경전 한 구절과 고함치는 설교 하나 앞에서는 아무것도 할 수 없었어. 부엌 불과 세제에 시달리고, 모유 수유와 따귀에 지치고, 월경 주기와 출산 때 지르는 비명에 망가진 저 뚱뚱해진 내 고객들을 어떻게 제대로 된 후리로 만들 수 있겠니? 신이 그의 책에 묘사한 후리로 말이야. 우리 같은 여자들은 거기에 겨우 언급될 뿐이잖아. "믿는 자는 후리를 두 명, 또는 일흔둘, 또는 5백, 또는 8천 명을 받는다."라고, 모든 것을 내던지고 죽고 싶게 만드는 그 목소리로 이맘 카슈크는 약속했지. 난 맞섰어. 나의 미용실 셰헤라자드는 이 알 수 없는 전쟁, 진정한 성전, 이 감각의 지하드에 뛰어든 모든 여자들을 환영했어. 금요일, 남자들이 기도하는 시각, 그건 축제날이었어. 결혼식, 브러시, 향수와 멋진 마무리의 시간. 만일 네가 살아야 할 운명이라면, 너도 거기 함께할 수 있을 텐데. 안타깝구나, 그치, 우리 둘이 함께, 천국의 후리들과 대결할 우리의 투쟁 도구를 정리할 수도 있을 텐데.

20

 불과 두 주 전, 지상의 후리들이 하늘의 후리들과 그들의 포주들을 상대로 싸워 하루나 이틀쯤 이겼단다, 내 딸아. 짧고 희귀하고 임시적인 승리였지만, 살롱에서 우린 커다란 갈매기들처럼 웃었어. 이 여성들은, 내 고객들은 완전히 의식하고 싸운 건 아니었지만, 자신도 모르게 이맘에 대항해 거둔 승리에 동참한 거야. 신의 인준을 그에게서 걷어가는 데 우리가 성공한 것 같니? 아니면 지상의 후리에 반대하는 그의 장광설을 좀 줄여 달라고 몰려가서 그에게 부탁한 것 같아? 아니. 내 미친 머릿속에서 집요하게 떠오른 아이디어대로 그의 관짝을 머리카락, 샴푸, 온갖 미용 제품을 채웠을 것 같아? 길 한복판에서 그의 턱수염을 잡아당기거나, 그가 설교할 때 미용실의 음악 소리를 높이면서 그를 공격했을 것 같아? 오, 아니, 나의 요정아. 그저 온갖 우회로를 거쳐, 이름만 알고 있던 그의 부인에게 메시지를 보냈어. 그녀를 본 사람은 거의 없어. 왜냐하면 그 이맘은 두 번째 '시테', 와피 2동에 살거든. 우리 '시테' 바로 뒤 야채와 생선 가게 옆에. 몸 전체에 베일을 쓰면 시커먼 밤처럼 여자들이 다 비슷비슷해 보여서 길에서도 알아볼 수가 없어. 그런데 내가 성공한 거야! 며칠 후, 나는 그녀를 우리 살롱에 오게 했어. 지극히 존경받는 셰이크 카슈크의 아내분께 필요한 적절한 시술을 제안하며, 특별 할인 가격에 모셨지. 아마 그녀는 불행하게 살고 있었을지도 몰라. 아니면 그 유명한 남편이 그녀에게 두 번의 기도와 두 번의 '갈이' 시간 사이에(신은 단단한 땅을 갈듯 아내도 갈아야 한다고 명시했지) 그걸 하라고 권했을 수도 있고. 아니면, 신도들의 일부다처제를 정당화하는 설교에 설득되어 여자 된 자의 약함에 굴복했을지도 모르지. 하지만 어쨌든 그녀는 왔어. 향수와 무료 커트를 기대하고 따라온 공모자 이웃 여자와 함께.

맹세컨대, 그날도 금요일이었어. 난 미용실 문을 열었지. 그리고 넉살 좋고 상냥하게, 이맘의 아내에게 우리 소파 중 가장 좋은 소파를, 우리 커피 중 가장 좋은 커피를, 우리 직원의 최고 서비스를 제공했어. 그녀는 나의 환대에 이내 굴복하고 지극히 평범한 얼굴을, 흐릿한 이목구비를, 근심 어린 눈을 드러냈어. 그리고 뒤이어 머리칼을, 이어 팔, 그리고 허벅지를 다시 빛 아래로 데려왔지. 쿠란 구절처럼 닫혀 있던 온몸을. 그녀의 부활은 느렸지만 제법 성공적으로 마무리됐어. 두 시간의 시술 끝에 마침내 완전히 다른 여자가 나타났거든. 그녀는 매끈하게 펴고 염색한 머리칼, 부드러워진 피부, 마스카라로 강조된 눈에 깜짝 놀라며 거울 속 자신을 오래 바라보았지. 그녀는 일어나 한마디도 하지 않았지만, 난 그녀의 눈빛에서 어떤 기억이 가볍게 떨리는 것을 보았어. 아니면 우리 미용실에 들어올 때 가엾은 젊은 여자였던 자신에 대한 분노일지도. 아마

나중에 이맘은 최후의 심판일 전에 부활한 자신의 아내에게 다시 맛을 들였겠지. 그리고 자기 전리품에 안도하고, 밤에 훨씬 향기 나는 몸을, 미흐라브 높은 곳에서 남자들에게 설교했던 그것에 조금 더 잘 부합하는 몸을 더듬었겠지. 각자 자기 수단을 가지고 선동한다고 난 생각해. 그는 쿠란과 경전 구절들, 의복과 해석, 분노로, 난 케라틴과 스트레이트 기기, 크림과 포마드, 밀랍 왁싱기로. 오늘에야 난 생각해. 어쩌면 내가 그 여인도 죽인 셈일지 모른다고, 내가 그녀를 이혼당하게 했거나 집에서 쫓겨나게 했거나 산 채로 묻히게 했을지도 모른다고. 어쨌든 그녀는 다시 돌아오지 않았어.

사는 일은 전쟁이야, 나의 후리. 이 불쌍한 젊은 여자를 난 고발하지 않았어. 나 대신 죽음에 넘기지도 않았어. 다만 아스르(하루 끝에 하는 세 번째 기도야. 일몰 두 시간 전에) 기도 후 셰이크 카슈크를 기다렸다가 그에게 긴 '시술' 청구서와 계산서를 내밀었지. 그 종이에는 신을 거스르는 죄라며 그가 늘 비난하는 것들의 이름이 가득 적혀 있었지. 향수, 립스틱, 파우더, 염색약, 크림, 제모 제품 등등. 그는 우선 내 큰 눈을 뚫어지게 보았어. 날씨가 맑은 날이면 희귀한 대리석 색을 띠는 내 눈을 말이야. 그러더니 내 튜브에 슬쩍 시선을 던지고는 계산서를 들여다보았지. 난 그 일로 많이 자책했지만, 미용실과 모스크를 가르는 거리 한복판에서 이맘의 얼굴에 드리운 패배감을 보았어. 나는 음미했지, 목이 따인 나는 그의 경악과 분노, 증오, 다가올 그의 복수를 음미했어. 나는 내 튜브에 가려진 바스락거리는 숨소리로 그에게 속삭였어. "다 미용실에서 제공한 거예요. 향수만 빼고요." 그의 유일무이한 목소리는 떨리고 쉰 목소리가 되더니, 이내 포기했어. 그는 말이 없었어. 상반된 것들이 만나는 이 이상한 곳에서 그는 내 일격을 삼키고 등을 돌려 '관짝' 모스크로 들어갔어.

며칠 뒤, 비용을 지불하지 않는 그를 보고 내가 청구서를 기도실 바로 앞에 세워 둔 그의 자동차에 붙여 놓았을 때, 전쟁은 한 단계 더 올라갔지. 그리고 몇 주 뒤 독기 가득한 설교 후, 방탕의 소굴인 셰헤라자드 미용실의 폐업을 요구하는 청원이 돌기 시작했어. 오랫동안 나를 지켜 준 건 이십 년 전 내 목을 벤 자였어. 하드 셰칼라 학살 때 날 학살한 그는 희생 제의를 어설프게 집행했어. 봉헌 규정을 지키지 않았고, 칼도 제대로 갈지 않았고, 긴 목욕으로 자신을 정결하게 하지도 않았어. 그는 칼질을 그르쳤고, 내게 상처를 남겼어. 내가 지금까지 살아남은 건 그 때문이야. 사람들이 별짓을 다 했지만, 테러 희생자라는 신분 때문에 난 살아남았지. 그래서 셰이크 카슈크는 시간이 가게 내버려두면서 분노의 먼지를 가라앉게 했어. 그러나 결국 복수를 하고 말았어. 가짜 강도질, 그게 그의 메시지였어.

21

오후 4시 30분

　경찰들은 낮잠 시간에 자기들에게 짐이 될 여자나 내 사건 같은 건 맡고 싶어 하지 않았어. 그래서 일사천리였어. 가게 셔터를 주먹으로 세게 한번 쳐 보고, 가짜 강도질의 흔적을 대충 훑어보고 몇 가지 질문을 던졌지. 침입자들을 압니까? 아니오. 그들의 대장은 이 잡무 같은 일 때문에 짜증이 난 듯 미용실을 쓱 훑어보더니 밖으로 나가 전화로 긴 밀담에 빠져들었어. 그의 부하 두 명은 대장이 없으니 뭘 어떻게 해야 할지 몰라 내 향수를 장난삼아 킁킁대고 내 전화번호를 물어 보고. 다 낡아 털털거리는 공무용 차가 도착하자, 아이들은 흥분해서 몰려왔지만 어른들은 경찰이 어느 편에 서게 될지 궁금해하며 뒤로 물러나 있었어. 세 명의 경관이 굼뜨게 행동하면서 짜증을 내는 탓에, 내 사건 전체가 우스울 만큼 하찮아지고 부질없는 것처럼 보였어. 마치 내가 그들을 가정에서 억지로 끌어낸 사람인 것 같았지. 아무도 내 튜브에 대해, 내 '미소'에 대해 묻지 않았어. 그래서 그들이 나에 대해 조금은 아는구나 추측했어. 알제리에서는 내전 피해자들을 어떻게 해야 할지 몰라 그냥 내버려두고, 그들이 죽길 기다리지. 미용실을 여는 시간이 언제냐, 내가 받는 손님들은 어떤 사람들이냐 같은 추가 질문들을 받았어. 점점 심문은 내 삶, 내가 자주 만나는 사람들 같은 일상으로 옮겨갔어. 그들은 내가 결혼했는지 알고 싶어 했어. 부하 중 한 사람이 자기 동료에게 담배꽁초로 넘치는 재떨이를 가리켜 보이더라. 그러곤 침묵이 깔렸어. 난 이미 그들이 나한테 이렇게 묻는 걸 상상했지. "당신 매춘부예요? 하느님 앞에 부끄러운 직업인 건 알죠? 실제로 얼마나 벌고 어떤 서비스를 제공하는 거죠?" 갑자기 묵직한 피로가 몰려왔어. "조심해야 해요, 생계를 유지할 다른 방법도 있잖아요." 범죄 현장으로, 내가 저지른 범죄 현장으로 돌아온 대장이 내게 경고했어. 그리고 부하들에게 신호를 보내더니 사라졌어. 두 경찰관은 다소 당황한 듯 내 자동차가 있는, 그러니까 '시테' 출구까지 나를 바래다주겠다고 제안했어. 나는 마치 범죄자처럼 호송되었고, 길에 나와 있던 작은 무리가 길을 비켜줬지. 그런데 갑자기 목소리 하나가, 큰 목소리 하나가 튀어나왔어. "알라 후 아크바르!"(내 안의 언어로는, "신은 위대하다!") 평소처럼 그 소리를 외치는 이가 아니라 바로 이맘, 셰이크 카슈크 본인의 부드러운 목소리가 울려퍼졌어. 그가 무아진인 적은 한 번도 없었는데 이번은 예외였어. 몇몇 이웃들의 얼굴에 황홀경이 떠오르더군. 이맘의 목소리가 축제처럼 고조되는 동안 두 경찰은 내게 설명하기를, 비록 망가지긴 했지만 아무도 내 미용실 셔터에 손을 대지 않을 거라고 했어. 이어 사람들은 내가 떠나는 것을 지켜

보았어. 나 역시 내가 사라지는 것만 같았지. "사라지자!" 네가 내 귀에 속삭였어.

22

황혼의 기도

   자주 난 우리 건물 지붕 위로 올라가 귀를 기울여. 오늘 저녁은 황혼의 기도네. 우리 이웃은 언제나 신 또는 그 사자(使者)의 자리를 대신해 목이 쉬도록 외치지. "예언자 무하마드가 말씀하셨다. 이드의 날, 인간이 신께 제물을 바치는 것 말고 그분을 더 기쁘게 하는 건 없다. 부활의 날, 그 제물은 뿔과 굽, 털과 양털과 함께 고스란히 되살아날지니. 거기서 흐르는 피는 땅에 닿기도 전에 이미 신의 눈에 귀히 여겨진다. 그분에게서 흐르는 피이니. (……) 이것은 그대들의 아버지 이브라힘에서 전해 내려오는 전통이다." 여기서는 옆에 있는 모스크의 미나레트가 손에 닿을 듯해. 외눈박이처럼 오로지 내게만 말을 걸지. 거기 확성기에서 나온 말들은 공중으로 올라가 도시를 뒤덮고, 불신자와 게으른 자들을 찾아다녀. 신성한 말들은 그자들의 목구멍을 죄어 벌할 것을 명하지. 이맘이 폭풍 같은 설교를 내뱉는 동안, 그의 성대는 그자들을 묶고 속박하며 천국에 대해, 성에 대해, 입어야 할 옷과 입지 말아야 할 옷, 음식과 희생제에 대해 심문해. 나는 담뱃갑을 꺼내고, 옥상 난간 위에 커피 잔을 조심스럽게 내려놓고 비웃듯 귀를 기울여. 이맘의 거창한 말과 과장된 어조를 조롱해. 왜냐하면, 난 더 커다란 이점을 누리고 있으니까. 내가 벙어리라는 것. 내 침묵 속에선, 아무도 내 진짜 언어를 해독할 수 없으니까. 내가 미나레트 코앞에서 하는 말을 해독할 수 없으니까. 바람이 이따금 거기 섞이지, 자동차 소리나 다른 사람들의 목소리도. 그 공명에 취해 난 거기 가만히 있어. 모두가 열렬히 땅에 이마를 부딪치러 달려갈 때 여전히 서 있는 유일한 여자. "그날, 부활의 날은 가장 아름다운 날이 될 거야." 사흘 밤 내내 이어지는 축제에 설교들을 쏟아내는 내 이웃이 반복하는 말이지. 그 말에 동의하듯 울리는 신자들의 낮은 웅성거림. 나는 내 흉터와 함께 자문해 봐. 심판의 날에 난 어느 쪽에 속하게 될까? 제물로 바쳐진 짐승들 쪽? 아니면 이 제물을 갖다 바치는 인간들 쪽? 그리고 그는? 내 목을 그은 자는 거기 있을까? 마침내 그의 얼굴을 보게 될지도 모르지. 수염과 1999년 12월 31일의 칠흑 같은 밤이 감춰 버린 그의 얼굴을. 그는 어떤 연극을 펼칠까? 내전 동안 희생시킨 짐승에 대해 실수였다고 변명할까? 아니면 그 순간, 그 마을, 그 전쟁, 전부 하나같이 우물 속으로 떨어진 그것들의 흔적이 다 사라졌다고, 자기는 용서받았다고 주장할까? "짐승들은 희생제 날 단식해야 한다." 기도하기 위해 줄지어 앉으라고 신도들을 부르기 전 다 쉰 굵은 목소리로 미나레트가 결론 내린다. 내 머리카락은 이틀 전부터 빗지 않아 바짝 말라 엉켜 있고, 말갈기처럼 뒤집어져 있어. 하디자는 내가 빗질을 않고 있으면 그걸 아마존 숲이라 부르지.

하디자는 아직도 안 돌아왔어. 내일, 아니면 아마 모레 도착할 거야. 빈손으로. 난 항상 이 테라스로 돌아와, 발작 후 숨을 고르기 위해. 테라스에선 내 튜브가 훨씬 깊은 숨을 들이쉬어. 수영 선수처럼 난 숨을 크게 들이켜. 이 높이에서 나는 다시 살아난 기분이 들어. 봐, 내 눈을 통해, 건물들 뒤에 있는 바다를. 네 영원의 정원에선 바다가 안 보일 테지. 바다는 우아함 그 자체야, 그치? 그 깊은 목소리는 과거에서 와. 또 다른 삶을 살고 싶게 하거나, 바다처럼 다 옷을 벗고 싶게 만들지. 안 그러니? 제발 나 대신 그 냄새를 맡아 줘. 오 신이여! 지금 당장 바다로 달려가 그 세 알의 약 이야기를 잊을 수만 있다면 무엇이든 내놓을 텐데! 언젠가 여기 숨어서 포도주 한 잔을 마시고 있는데 옆집의 이맘이 말하더라. '운명의 깃펜'은 미치광이와 어린이, 그리고 잠자는 이의 행위는 기록하지 않는다고. 아마 내가 1999년 12월 31일 밤 저지른 일도 기록하지 않았겠지? 내가 자고 있었으니까. 게다가 난 어린아이였으니까, 그치? 내 행위를 따지고 들거나 날 심판할 사람은 아무도 없어야 해. 그런데 왜 이 짐이 내 가슴을 짓누르는 걸까? 왜냐하면 신만로는 충분치 않으니까, 그의 깃펜으로도, 그의 희생 제물들로도.

23

6월 18일 초저녁

  또 하루가 지나갔어. 난 창밖을 바라봐. 아래 마르하바 카페에서 한 남자가 웃음을 터뜨려. 웃음이 전염되길 바라는 건지 서서 커다란 몸짓으로 우스꽝스러운 장면을 또 연기하네. 그러더니 어깨를 으쓱하곤 사람들의 주의를 사로잡는 텔레비전 쪽으로 몸을 돌려. 하루가 저물 무렵, 그곳은 손님들로 꽉 찼어. 담배 연기와 소음이 가득해. 저 아래에선 두 젊은 여자가 남자들만의 공간인 그곳을 피해 가려고 중앙 광장을 크게 돌아가고 있어. 내가 골목을 걸을 때마다 침묵이 내려앉고, 지나가는 사람들의 시선은 내 금빛 눈동자에 한순간 빨려들었다가 내 튜브 속으로 빠지지 않으려는 듯 바닥을 뚫어 버릴 기세로 아래만 봐. 우리 엄마가 거듭 말하고, 이 나라도 그걸 확인시켜 줘. 잊으라고. 아마 나는 이식 수술을 꿈꿔서도, 말을 하려 해서도 안 되는 것일지도 몰라. 20만 명이 죽었는데, 왜 그중 내게 다시 태어날 특권이 주어져야 하는데? 그리고 만일 내가 목소리를 되찾는다면, 내 첫 마디는 뭐가 될까? 모르겠어. 아마도 내 예전 가족 중 누군가의 이름을 되뇔지도 몰라. 언니 이름을, 새로 태어날 아기에게 물려주기 위해서. 난 애써 잊어. 매일 밤 하는 연습이야. 저 아래 저들은 숨 쉬듯 쉽게 잊지만. 난 눈을 깜박거리지 않으려고, 신음 없이 완벽한 수면의 밤을 보내기 위해 무수히 분투해야 해. 그들에겐 부재한 자들을 매장하는 일이 그저 손짓 한번이나 고개를 살짝 숙이는 일 정도인데 말이야.

그들에게 망각은 하나의 법이야. 그 법은 2005년, 하디자가 날 오랑 동부에 있는 부스페르 해변으로 데려갔던 그 날 거의 만장일치로 가결되었어. 그때 난 열한 살이었고, 우린 9월 말의 한적한 해변을 발견했지. 우린 거기 자리 잡았어. 하루 동안, 나는 갈매기들과 함께라면, 젖은 모래 위를 달리기만 해도 훨훨 날 수 있을 거라 믿었어. 내 목구멍을 베는 차가운 공기로 각인된 날이었지. 내 안에는 끝없이 굴러가는 이야기가 하나 있어. 한데 그게 끝에 이르러야 하는데, 세 가지가 부족해. 목소리, 내 안에 살아 있는 사람, 그리고 언어. 난 이런 이유 때문에 제자리에서만 맴돌아. 하디자가 내 성대를 찾아 주려고 브뤼셀로 떠난 날부터, 나는 엄마가 무릎을 꿇고 또 다른 외과 의사에게 수술을 시도해 달라고 애원하는 모습을 상상해. 미쳤어, 우리 엄마는! 엄만 기적을 믿어. 왜냐하면 엄마의 삶이 하나의 기적으로 존재하니까. 봐, 저 멀리 고등학교 근처 중앙대로를. 내 이야기가 새어나오지 못하도록 모든 것이 정돈되어 있잖아. 사람들은 중요한 이야기를 하는 척해. 하늘은 지난밤에 대한 기억은 하나도 없어. 신은 구름 같은 입술 위에 집게손가락을 갖다 대며 침묵하길 지시하고 있고.

오랑에 전쟁이 있었다고 너 맹세할 수 있겠니? 그곳에서 수년 동안 수천 명이 죽고, 폭발과 학살이, 부상자들이 있었다면 믿을 수 있겠어? 6월의 이 아름다운 날씨에는 죽음조차 나쁜 소문처럼 느껴져. 모든 것이 그렇게 짜여 있어, 모두가 잊도록, 나 역시도.

24

밤, 이샤(야간) 기도

　오랑이 바다의 불을 밝히네. 난 내가 완수해야 할 일을 알아. 희생된 이를 알아보고, 신의 목소리를 꿈에서 들었어. 그러니까 그것은 남자들이 동시에 떠드는 목소리였어, 공포에 질린 우리 여자들의 핏속에서 울려 퍼지는. 난 복종해야 해, 그리고 살인을 통해 널 구해야 해. 내게 부족한 건 장소야, 산이야, 최적의 순간이야, 붉고 푸른 새벽이야. 난 칼을 갖고 있어. 저기 해안가 근처로 올라가는 골목에 있는, 보이지 않는 산부인과 의사의 주소와 세 개의 알약, 그리고 수천 가지 이유를 갖고 있어. 내가 죽이는 건 처음이 아냐. 시체 같은 내 몸이 다 보여 주잖아. 그 냉기와 만져지기 거부하는 걸 봐도 그렇잖아. 그리고 이번에는 그 일에 신도 양도 없을 거야. 난 실패하지 않을 거야. 내 손은 떨리지 않을 거야. 왜냐하면, 나는 널 구하기 위해 널 죽이는 거니까. 하지만 그럼 넌 나한테 반박하겠지. 그가 엄마랑 엄마 언니의 목을 벨 때도 그렇게 믿은 건 아니냐고? 닥쳐! 그 밤에 대해 네가 뭘 알아? 거기 있었던 것도 아니잖아, 네 눈도, 네 줄넘기도. 황혼 후 기도를 알리는 아잔과 기도 시간 사이에 잠깐의 정적의 시간이 찾아온다. 목청을 가다듬는 소리, 기침하는 소리, 그리고 몇 마디 속삭이는 소리가 들려. 남자들이 크게 웅성거리며 다시 일어나고 움직여 줄을 선다. "네 새끼발가락과 이웃의 발가락 사이에 틈을 두지 마라, 거기 악마가 끼어들 것이니." 이맘이 반복하고, 나는 그 말에 웃음이 나와. 악마를 못 들어오게 하겠다고 그런 바보 같은 예방책을 주다니. 이날의 마지막 기도 시간에 모스크는 마치 땅에서 솟아난 듯 서둘러 몰려든 신도들로 미어터진다. 내가 테라스의 낮은 벽 쪽으로 몸을 좀 기울이면 너도 그들이 보일 거야. 곧 희생제 축제야. 그들은 벌써 선지자의 지위에 가까워졌다고 느끼나 봐, 미리 앞서 흰옷을 입고 최후의 심판에 대해 심각하게 토론하면서 몽상과 허기로 떨고 있는 걸 보니. 곧 그들은 칼을 잡고, 이브라힘의 몸짓을 재현할 거야. 그러면 우리는? 우리 여자들은? 여자들은 제물을 도살할 권한이 없어, 알겠어? 죽은 짐승을 씻고, 요리 준비를 하고, 양념하고, 훈연하고, 그을리고, 굽고, 조리하고, 씻는 일이나 할 뿐이지. 이맘이 "알라후 아크바르!" 하고 외치면 머릿속에 한 가지 생각이 휙 지나가. 뱃속에 든 딸과 논쟁하는 게 오랑의 거리에서 혼자 떠드는 것보다 더 이상한가? 자, 내 작은 후리, 이제 자자.

25

6월 19일, 이드 전날

    오늘이 마지막 날이야. 오늘 밤 우린 헤어질 거야. 걸을까? 임산부에게는 산책이 좋다고 하잖아. 지금 네가 듣는 건, 여기 야자수 대로를 따라 산책하는 사람들의 소리야. 난 여기 오는 게 참 좋아. 사람들은 사진을 찍거나 벤치에 앉아 아무것도 하지 않아. 차들이 지나가고, 아이들 소리, 사이렌 소리, 상인들의 호객 소리가 들려. 오늘 아침은 축제처럼, 해방처럼 느껴져. 이제 내가 해야 할 일을 알고 있어. 이렇게 마음이 놓이는 건 아마도 상쾌한 공기 때문일 수도 있고, 이른 시간이어서일지도 몰라. 아니면 엄마가 보내온 메시지 때문일 수도 있어. "안녕, 나의 천사님. 난 오늘도 내일도 돌아가지 못해. 축제 연휴라 비행기 좌석이 없구나. 희생절이 끝나고 나서야 갈 수 있을 거 같아. 우리 작은 진주! 혼자 있게 해서 정말 미안해." 그런데 7시 23분, 불안해하며 보낸 또 다른 메시지. "나 없이 외출 괜찮겠어? 일주일치 장을 봐 둬. 절대 나가지 말고." 그리고 십 분 후 또 다른 메시지. 브뤼셀 호텔 방에서 불안감이 또 도진 건지. "장님과 그의 다리 없는 친구 이야기처럼 넌 나의 눈이야, 난 너의 목소리고. 히히!" 내 목구멍 속을 샅샅이 더듬을 외과 의사 이야기는 이제 중요하지 않아. 나의 거짓말이 진실이 되고, 그녀의 진실이 거짓말로 드러나지. 성대 이식 수술 이야기가 나온 이튿날이면, 엄마는 수다스러워져야 한다고 느끼는지 내가 지금 너랑 이야기하듯 두 사람 몫의 말을 혼자서 다 해.

　봐, 바람이 바다 위를 스쳐 지나가고 있어. 이 시간에도 그 상쾌함이 그대로 느껴져. 아직 태양이 긴 한낮의 칼날을 드러내지 않았기 때문이야. 오늘 밤 널 유산시킬 거야. 어쩌면 너와 함께 죽을지도 몰라, 내 몸이 텅 빌 때까지 피를 흘릴지도 몰라. 날 괴롭혀 온 건 망설임이었어, 혹은 살아가는 것에 대한 두려움이었어. 하지만, 이제 결심이 섰어. 그다음엔 다시 예전의 운명으로 돌아갈 거야. 내 뱃속에서 네가 움직이면서 내 삶이 뒤흔들렸어. 그 움직임이 시간을 기울게 했어, 마치 내 머리 위로 기울어지는 위태로운 벽들처럼. 네가 오기 전에 내 정신과 주변은 질서정연했어. 우리 엄마 하디자는 나를 통해, 버려진 아이였던 자신의 삶을 보상받고 있었어. 나는 기다렸지, 믿지도 않으면서. 내 은밀한 언어가 서서히 지워질 즈음에 언젠가 내 목소리를 되찾아 내 삶을 이야기하리라고. 난 내가 정말 책을 닮았다고 믿었고, 그래서 그걸 쓸 필요가 없다고 생각했어. 그리고 미용실 세헤라자드를 열어 자신들의 운명에 불안해하는 후리들을 상대로 돈을 벌었어. 난 살았어. 그럭저럭. 왜냐하면 내 이야기가 이미 지워져 있었으니까. 시간이 비면 옥상에서 담배를 피우며 이브라힘 이야기를 수천 가지로 변형하며 몽상에 잠겼지. 금요일 기도를 위해 줄서 있는 신도들을 비웃으면서 말이야. 모든 게 이런 식으로 계속될 수 있었을 거야, 나의 후리. 세상과 그 목소리들에 대한 분노를 온전히 간직한 채로. 사실 맞아, 내가 천천히 죽어가고 있었다는 것도. 한데 이것 또한 삶의 증거가 아닐까? 말할 사람이 아무도 없어서 내 안의 언어는 그 빛을 포기했고, 나는 내밀한 잘못에 대해서도 정당화하기 시작했어. 뻔한 일상에 빠져 있을 때면, 어디든 날 따라다녔던 언니의 이야기가, 언니의 눈에 대한 이야기가 거짓처럼 느껴졌어. 그 이야기는 점점 상상할 수 없는 것으로 변해 갔어, 날짜와 장소의 변주 속에서 해체되어 갔어. 난 기형을 갖고 태어난 아이였을까? 아니면 이 기형이 알제리 전쟁에 대한 증거였을까? 1999년 12월 31일, 하드 셰칼라의 그 밤에 나는 한 테러리스트에게 목이 베인 걸까? 아니면 기억을 잃어버릴 정도로 자동차 사고가 났고, 나는 그 흔적인 걸까? 거울에 비친 내 튜브는 뭘 증명하는 걸까? 내가 벙어리로 태어났다는 것? 아니면 암이나 갑상선 질환으로 목소리를 잃었다는 것? 전쟁을 통틀어 살아남은 사람이 단 한 사람이라면, 그 전쟁은 그 사람의 상상 속 일이 된다. 그 상상이 전쟁이 벌어진 곳, 유일한 장소가 되는 거다.

26

 저기 보이는 건, 모로코 영사관 근처 작은 광장이야. 프랑스와의 전쟁에서 사망한 전사자들을 기리는 기념비 보여? 내 뒤에, 사진사들이 이리저리 거닐며 바다를 넣어 함께 사진을 찍고 싶어 하는 손님들을 찾아다니고 있어. 맞은편에는 넓은 발코니 아래 지중해가 보이고. 전쟁 기념비는 터키식 목욕탕 내부처럼 채색 타일로 덮인 커다란 수직 석판이야. 독립전쟁 순교자들의 영광을 기리는 시(詩)가 담쟁이덩굴처럼 석판 위를 달리고 있지. 주변의 마른 풀들을 봐. 저녁이면 여기로 술꾼들이 몰려와. 좀 지저분하지. 한데 기념일이나 국경일에는 다시 깨끗해져. 학교 역사 수업에서 기억나는 건 이게 전부야. 난 심지어 이게 자기네 전쟁을 기리는 프랑스인들의 기념비라고 생각해. 근데 그게 아니라 알제리인들이 이를 차지해서 그들의 전사자들을 다시 입혀 버린 거야. 광장 한가운데 이 기념비가 있어도 사람들은 있는 줄도 몰라. 바다가 시선을 다 빼앗아가니까. 아이들이 그 기념비 주변을 뛰어다니면, 그건 숨바꼭질 놀이를 하기 위해서야.

 이런 기념비들은 프랑스와의 전쟁 때문에 알제리 여기저기에서 보여. 학교에서의 수업, 거리 표지판에 새겨진 영웅들의 이름, 우리 학생들의 눈을 똑바로 들여다보는 것만 같은 이 참전 용사들까지 헤아릴 것도 없지. 여기서는 알제리 독립전쟁의 기억에서 벗어날 수가 없어. 그런데 만일 우리가, 1990년대 내전의 생존자들인 우리가 기념비를 요구한다면? 그 기념비는 어떤 모습일까? 어쩌면 오랑의 하늘을 향해 뒤집어져 있는 시멘트 목구멍에 꽂힌 흰 대리석 튜브일지도 몰라. 아니면 직사각형 대리석 덩어리 속을 파서 만든 텅 빈 무덤 같은 순화된 건축 양식일지도. 때때로 비와 낙엽, 그리고 바람만이 채우게 될 저장고 같은 것. 해안가 작은 광장 한가운데 파인 사각형. 아이디어치곤 나쁘지 않지! 아니면 갓난아기들을 가지런히 넣은 커다랗고 불투명한 대리석 화덕을 상상해 보는 건 어때? 그 어두운 입 속에 파묻힌 아이들의 시체. 왜냐, 그래, 에미르[26]들이, 왕자들이 이 전쟁 중에 아이들을 불태우는 데 탁월했기 때문이지. 지금은 아무도 그 사실을 확인할 수 없지만. 무장 단체들은 갓난아기들을 부엌 화덕에 넣고 태웠어. 여자들의 배를 가르고. 머리를 잘라 집 문간에 놓았고, 신의 기쁨을 위해 어린 여자아이들의 목을 그었지. 1999년 말 그들 중 두 명은 호랑이 그림이 그려진 커다란 담요에 몸을 감싸고 있었어. 종이 부스럭거리는 소리와 지붕 위 바람 소리만 들리는 가운데 그 해가, 그 한 세기가 저물어 가고 있을

---

26   Émir. 사령관 또는 지도자라는 뜻이다. 여기서 언급되는 에미르, 왕자는 알제리 내전 당시 정부군에 맞섰던 이슬람 무장 조직을 이끌었던 지도자들을 가리킨다.

때였어. 한 명은 눈을 감았다가 오랑에서 다시 눈을 떴어, 다른 한 명은 다시는 눈을 뜨지 못했고.

오른쪽에 아이스크림 가판대와 경찰서가 있어. 수십 년 전 매춘부들이 은신해 있던 호텔도 그 옆에 있고. 이십 년 전, 수염 난 남자들이 그곳에 폭탄을 설치했어. 모퉁이를 돌아 프랑스 영사관 쪽으로 올라가면, 웅장한 호텔 루아얄이 나와. 난 그 화려한 외벽을 오래된 책처럼 들여다보는 걸 좋아했어. 이걸 봐, 에미르 압드 엘 카데르 대로 위에 남자들이 앉아 말장수처럼 수다를 떨고 있어. 얼굴이 주름투성이야, 백 살은 된 것처럼. 어떤 이들은 지팡이를 흔들어 대. 그러나 그들의 눈빛에서 볼 수 있는 건, 세상 모든 것에 대한 질투 어린 삶뿐이야. 그들은 독립전쟁에 참전한 용사들이야. 그들은 우리가 그들의 이야기를 절대 잊지 못하게 할 모든 걸 갖고 있어. 깃발, 전투 중에 죽은 수천 명의 사진, 오랑 동쪽에 있는 박물관에 전시된 녹슨 무기들. 돈, 훈장, 동상, 거리 이름, 텔레비전 방송, 노래, 끝이 없는 전기(傳記)들……. 프랑스와의 그 전쟁은 아주 부유한, 자기 보석을 까다롭게 챙기는 노부인과도 같아. 목이 베일 뻔했던 그날 이후로 난 그 전쟁을 아주 증오하게 됐어. 왜냐하면, 모든 자리를 차지하는 맏언니 같아서. 모든 추모와 기념일을 독차지하는 외동아들처럼 굴 때도 있고. 흰색, 붉은색, 녹색과[27] 군중, 군사 퍼레이드까지 모두 차지해

---

27 알제리 국기의 색깔.

버렸어. 그렇다면 내전 생존자인 우리는? 아무것도. 우리는 단 하루의 국가 기념일도, 목에 걸 유일한 기억[28]도 허락받지 못했어. 우리는 겨우 흉터에 대한 권리만 가질 뿐이야. 프랑스와의 그 전쟁 이야기에서 내가 내밀 수 있는 건 겨우 일곱 개의 문신뿐. 사실 그것도 이미 너무 많지. 여기 사람들은 절대 네게 이 전쟁에 대해 말해 주지 않을 거야. 1999년 12월 31일 내 가족을 다 죽인 이 전쟁 말이야. 난 종종 이 대로를 지나가. 프랑스의 죽음을 이겼다고 주장하는 그 노인들은 늘 그 자리에 있어. 그들은 나중에 태어난 우리를 탐색하고 노려봐, 우리가 무슨 도둑이라도 되는 것처럼. 난 학교에서 이런 국가적 전설을 달달 외우는 게 정말 싫었어. 역사 선생님은 도대체 내가 그 과목에서 왜 그리 안 좋은 점수를 받는지 이해하지 못했어. 그는 몰랐지, 나 역시 내 전쟁에 대한 목소리를 원한다는 것을. 십 년 동안의 살육 끝에도 우린 그 어떤 전리품도 얻을 수 없었어. 시신조차, 한마디 말조차.

전쟁 전체를 다 담은 단 한 장의 사진이 있어. 오늘 저녁에 돌아가서 보여줄게.

엄마가 그 사진을 확대해 입구에 걸어 놨거든, 세네갈에서 가져온 가면들 맞은편에. 그 사진에서 비명을 지르고 있는 여자를 하나 보게 될 거야. 입은 말을 넘어 벌어져 있

---

28   프랑스어로 기억, 추억에 해당하는 단어 수브니르(souvenir)에는 '기념품'이라는 의미도 있다.

고, 얼굴은 고통에 휘말려 허무 속으로 빠져들 때처럼 일그러져 있어. 여자는 울부짖어. 아니, 긴 비명의 끝에 이른 듯해. 그녀의 얼굴 위에 모든 것이 말라비틀어져 있어. 내장이 드러나 돌바닥이 훤히 보이는 생기 없는 늙은 도랑 같아. 머리 위에는 스카프를 두르고 있어. 비단결 같은 머릿결이 살짝 보이는데, 그녀의 여성성과 어머니로서의 불행이 거기에 암시되어 있지. 아니, 이제 그녀는 그냥 어머니가 아냐. 사람들은 그녀를 '벤탈라의 성모'[29]라고 부르지. 벤탈라는 알제에 있는 한 구역으로, 그곳에서 1997년 9월 22일 밤, 4백 명이 학살당하고 도살되었어. 먹먹한 고통에 시달리는 이 여성은 벽에 기대어 있고, 그녀를 붙잡고 괴물 같은 뭔가를 낳는 걸 돕고 있는 듯한 다른 여성의 팔에 안겨 있지. 사진을 보는 사람의 머릿속은 온통 이 성모가 차지해 버려. "이게 바로 「벤탈라의 성모」란다." 엄마는 우리 현관 입구에서 가장 좋은 자리를 찾아 주며 이 말을 반복했어. 걸려 있는 사진은 비명을 지르고, 시간은 그녀에게서, 또 나에게서, 그리고 우리 모두에게서 굳어 버렸어. 이 마비로부터 우릴 풀어 줄 일은 일어나지 않아. 학살은 전쟁 중에, 나의 전쟁 중에 알제 근교에서 일어났어. 살아남은 거라곤 그것뿐이야. 다른 전쟁이라면, 판에 박힌 것

---

29 이 사진은 AFP 소속 알제리의 사진작가인 호신 자우라르 (Hocine Zaourar)가 찍은 사진이다. 알제 외곽의 한 마을인 벤탈라에서 무장 이슬람 단체에 의해 가족이 학살당한 후 슬픔에 잠긴 한 여성의 모습을 담고 있다.

일지라도, 군인들, 여자들, 기관총들, 깃발들, 시위대, 프랑스 측 군인들, 노인들, 아이들이 담긴 사진 수천 장이 있잖아. 그러니 알겠지? 우린 존재하지 않아. 나는 존재하지 않고, 그나마 너는 아주 조금, 겨우 몇 시간만 존재할 뿐이야.

27

 이런 부당함에 대해 난 내 나름의 방식대로 대답했어. 역사, 지리 서술형 시험에서 몇 문제를 마주하고, 열 살 여자아이처럼 말이야. 내 머리는 깔끔히 빗은 채였고 표정은 진지했지. 난 엄마가 정성껏 입힌 차림이었고, 답하겠다고 단단히 마음먹고 있었어. 난 고운 글씨체로 이렇게 썼지. "내게 알제리 전쟁은 1954년 11월 1일 우리의 소중한 나라 동쪽 오레스산맥이 아니라, 1999년 12월 31일 우아르세니스산맥에서 시작되어 그날 끝났다. 그 전쟁은 쿠란에 따르면 십 년 또는 천 년과도 같은 하루 동안 지속되었다. 프랑스와 대적한 전쟁처럼 팔 년이 아니라."
 사망자 수는? 난 이렇게 대답했어. "아무도 모른다." 승자들의 집계에 따르면 20만 명, 패자들의 집계에 따르면 50만 명. 사람은 죽으면 더 이상 중요하지 않고, 살아남아도 더 이상 아무 의미도 없다. 심장 박동을 제외하고는.
 무기는? 그것은 칼과 모스크, 수염 난 남자들, 그리고 겨울, 숨바꼭질 놀이, 타이무샤 언니와 아버지의 양들과 아버지의 등, 즉 낮과 밤의 위협을 피해 어디로 갈지 더 이상 모르겠는 남자의 등이었어. 하드 셰칼라에서는 사망자가 천 명을 넘어섰어. 아니면 사백오십삼 명. 신문들에 따르면, 수십 명. 현재 집계에 따르면 한 명도 없다.

이 전쟁의 목적은 무엇이었나? 난 이렇게 대답했어. "이십 년이 지난 지금도 모른다." 아마도 역사가 우리에게 주지 않은 천국에 살기 위해서가 아니었을까. 아니면 굶주린 신에게 먹을 걸 바치기 위해서였을까. 아니면 우리 어머니들의 자궁으로 돌아가기 위해서였을까, 아니면 식민 통치자들이 떠난 이후 땅과 농장과 살림살이를 나누기 위해서였을까. 이십 년이 지나도록 아무도 우리에게 그것을 설명해 주지 않았어. "이 전쟁은 얼마나 지속되었는가?" 시험지가 물었어. 십 년. 아니면 거의 그만큼. 1990년부터 2000년까지. 불행은 날짜를 지워버리고, 절대로 못 박지 못하게 하지.
　난 그 전쟁이 끔찍했다고 썼어, 프랑스와 대적한 첫 번째 전쟁보다도 더. 왜냐하면 우리 스스로가 우리 자신을 상대로, 예언자들이 양들을 상대로, 몽상가들이 자식들을 상대로 벌인 전쟁이었으니까.
　일주일 후, 답안지를 나눠 줄 때 나는 답안지를 돌려받지 못했어. 나는 조사당했고, 교장과 시험 감독은 불려갔어. 오후에 불려온 엄마는 고개를 끄덕이더니, 일장 훈계를 늘어 놓으려는 역사 선생한테 성을 내고, 또 나를 교장실에 붙들어 매 둔 교장한테는 분노를 터뜨렸지. 교장은 나한테 조용히 하라며 윽박지르려고 입술에 집게손가락을 갖다 대지 않았어. 고개만 저었고, 주저하고 지친 기색이 역력해 보였지, 화조차 내지 못할 정도로. 이삼 년 후 나는 엄마가 주 행정청인 윌라야와 테러 피해자 협의회의 인맥을 이용해 수년간 목에 어설프게 붙어 있던 내 머리를 어떻게 해 버리고 싶어 했던 역사 선생을 어떻게 굴복시켰는지 알게 됐어. 그는 강제로 다른 학교로 옮겨갔고, 내 주변으로는 나와 다른 아이들을 서서히 떨어뜨려 놓는 침묵의 기운이 깊어졌지. 아마도 살아 있는 사람들의 목에 구멍을 뚫으면 내 가슴의 균열이 사라질 것이고, 그러면 우리나라 역사에서 나의 그 균열이 더욱 의미가 없어질 거라고 생각했는지들 몰라.

오늘날까지도 난 이 이름 없는 추문을 즐겨. 그들에게 진짜 전쟁을 상기시키는 이런 방식을 말이야. 난 이런 일화가 더 자랑스러워, 내 문신, 사람들을 웃기려고 짓는 나의 찡그린 표정, 나로 인해 야기되는 불편함보다 더. 사실 그 시절 나는 기억해 내는 것을, 암기하고 암송하는 것을 싫어했어. 난 죽은 자들의 날짜보다 수학의 숫자들을 더 좋아했지. 아무 데도 얽매이지 않는 그 조형들, 그 순수한 연결들, 그리고 그것들을 교차시켜 현기증 나는 합으로 모을 때 모든 것을, 심지어 밤하늘까지 더 또렷하게 만드는 그 명료함을 말이야. 진짜 숫자들. 그래, 아마 이 나라에 부족한 게 그걸 거야. 누가 살아 있는지, 누가 죽었는지도 모르는 이 나라에서 말이야. 죽은 이들의 수, 갓난아기들의 수, 부상자들의 수, 그리고 날짜들, 우리가 실제로 살았던 날들의 수, 센티미터, 센티미터, 거리, 킬로그램, 무게, 방정식, 숫자들, 그리고 나의 핏빛 아름다움. 만일 네가 태어나도록 부름받는다면, 잊지 말고 세고 기록하기를.

28

 있잖아, 그 일은 전쟁의 마지막 날 일어났어. 1999년 12월 31일, 알제리 북서부 하드 셰칼라에서, 해가 바뀌고 달이 바뀌고 세기가 바뀌던 바로 그때. 세계의 종말은 밤 10시에서 새벽 4시 사이에 타 없어졌어. 대지를 깨우고, 언니와 나, 두 어린 여자아이를 깨우기 위해 찬바람이 몰아칠 수밖에 없었던 그날은 산산조각이 나 수많은 조각이 되었지. '죽은 장소'의 거울. 그 조각들은 때론 내 머릿속에서 다시 붙어 있지만, 결코 내 과거를 들여다볼 수 있을 만큼 완전한 상을 보여 주진 않아. 그걸 너무 자주 시도하다 보면 손이 베이고 말아. 거울의 각 파편은 사물 한두 개를 비춰. 어떤 조각에는 태양이 못 박혀 있고, 또 다른 조각에는 밤중에 목이 잘린 여자아이의 허벅지 사이에서 흘러나온 소변 자국이 있어. 목을 베던 자들은 새벽이 오기 전에 떠났어. 우리는, 언니와 나는 죽었든 살아 있든 벌벌 떨고 있었어, 각자의 삶 위로 눈꺼풀을 꽉 감은 채.
 기억의 또 다른 파편에서는, 한쪽에는 머리가 있고, 또 다른 한쪽에는 하얀 피거품이 부글거리는 내 식도와 함께 잘린 목이 있어. 엄마의 눈을 통해, 나는 죽은 자들 가운데서 날 꺼내 데려가려고 붉고 푸른 울부짖음과 함께 밤을 달려오는 구급차를 봐. 어떤 손들이 내 시든 핏줄을 더 듣고, 또 어떤 손들은 그것을 꾹꾹 눌러. 수많은 손들이 날 만지고, 급히 옷을 벗기고, 씻기고, 한 침대에서 다른 침대로 옮겨. 내 감긴 눈꺼풀 뒤로 병원, 병실, 경광등의 불빛에 따라 피의 붉은빛의 색조와 질감이 바뀌어. 붉은색은 황토색, 검은색, 주황색, 노란색으로 변하지만, 난 아직 눈을 뜨지 못해. 난 오늘에야, 스물여섯이 된 오늘에야 확실히 말할 수 있어. 그건 1990년대의 전쟁, 경계심에 사로잡힌 군부와 신의 수염 난 자들 사이에서 벌어진 전쟁의 마지막 날이었어.

훗날 오랑에 있는 우리 아파트에 손님들이 왔을 때, 그들은 이에 대해 얘기를 나누곤 했어. 그런데 이 날짜는 세상 그 어디에서도 확정하기 어려운 채로 남아 있었어. 그러면 그들은 결론을 내리기 위해 날 넓은 거실로 불렀지. 난 가만히 서 있었고, 그들은 손에 커피 잔 아니면 포도주 잔을 든 채 모두 입을 다물고 있었어. 이어, 조금씩 그 익숙한 한숨을 내쉬고 내 운명에 당황한 표정을 짓고 나면, 우리 엄마 하디자의 손님들은 다시 말하기 시작했지. 처음엔 낮은 목소리로, 이어 안에서 점점 불길이 더해지듯 열기를 띠며. 그들은 흥분하고, 서로 말을 자르고, 다시 감정에 북받친 채 말을 고쳐 가면서 나한테 확인받으려는 듯 날 빤히 쳐다보았어. 그들은 내 최후의 날, 전쟁의 진짜 마지막 날에 대해 토론을 벌였지. 어떤 이들은 마치 자신의 제2의 인생에 날짜를 정하려는 듯 아주 집요하게 그날을 찾았어. 또 어떤 이들은 믿을 수 없다는 표정을 짓고. 하지만 창밖의 하늘은 찬란하게 빛나는 빛 속에서 그들의 말이 거짓이라 반박했고, 그들의 눈에 비친 빛은 내 눈에 비친 빛과 달랐어. 왜냐하면, 1999년 12월 31일 이후, 아마도 그 극악한 학살 때문이었을 텐데(하룻밤에 천한 명이 죽었어. 셀 수 없이 무한하다고 말하는 숫자가 천하고도 하룻밤인 걸 생각하면) 알제리 내전은 갑자기 중단되었거든. 내전은 파도의 꼭대기, 그러니까 쇠퇴 지점에 다다른 거였어. 나중에 몇 차례 테러와 살해가 더 있었지만, 마치 관성에 의한 듯했으며, 소진되어 가는 움직임과도 같았지. 아니면 단순히 숲속에 남아 있던 몇몇 암살자들의 정신 깊은 곳에 아직 진실이 도달하지 않았기 때문인지도 몰랐고. 아마 본능적으로, 더 이상의 죽음은 안 된다는 걸 알고 죽음을 생업으로 삼는 걸 멈췄는지도 몰라.

있잖아, 이름 없는 나의 후리, 너에겐 이상하게 보일 테지만 나는 사건들의 연대기나 정확한 날짜들과 함께 이야기되는 역사에는 별 관심 없어. 난 4월 21일에, 그리고 나중에는 1월 1일에 태어났어. 그러니까 두 번, 같은 해가 아니야. 하드 세칼라에서 그리 멀지 않은 마을인 아인 타레크[30] 관공서의 내 출생 신고서에 따르면, 난 1994년 4월 21일에 태어났어. 아버지 이름(칼레드 아자마)과 어머니 이름(하시니아 벨라르비)도 같이 기입되어 있지. 그리고

---

30 알제리 북부 렐리잔 주에 있으며, 오랑에서 동쪽으로 약 200킬로미터 떨어져 있다.

2000년 1월 1일 난 새로 태어났어. 우리 지역에서 천한 명이 학살당한 후 누가 내 목숨을 아니, 내 절반의 목숨을 구했던 날이지. 그러고 나서, 아, 나의 예쁜 귤아, 전쟁은 거의 그 스스로 중단되었어. 다른 사람들의 피에 지쳐서.

나는 기억해, 2005년에 나라에 큰 투표가 있었다는 걸.(아니, 엄마가 내게 그런 기억을 심어 준 걸까? 아니면 신문들이?) 그 투표는, 살인자들을 용서한다고 말하기 위한 것이었어! 그 일로 엄마는 흐느껴 울고, 손님들은 분개해서 성을 냈어. 아마 속으로는 안도했을지도 모르지만. 그날 하드자는 나를 바다로 데려갔어. 오랑에서는 투표하러 가기 싫을 때 그렇게 하거든. 나는 차갑지만 무기처럼 마음을 안심시켜 주는 조약돌들을 주웠어. 두 손 가득 그 무거운 것들을 안고 걸었지. 나 자신을 채우기 위해서였을까, 아니면 나 자신이 짐이 되기 위해서였을까. 그리고 거기에는 지속적인 여정으로 더욱 짙어진 바다가 회색빛 푸른빛으로 누워 있었지. 바다는 제 손바닥으로 사람들의 발목을 어루만졌고, 우리는 하늘을 보며 비가 올지, 타는 듯이 더울지, 아니면 늘 그렇듯 아무 일도 없을지 생각했어. 하늘은 거대한 푸른빛, 마치 내 목에 난 구멍 위로 걸린 차가운 스카프 같았어. 난 이 '용서'의 날을 이렇게 기억해. 얼음장처럼 차가운 허무와 엄마의 못마땅해 굳은 침묵. 가는 내내 '화해'를 위해 투표하라고, '증오'를 멈추고, 알제리인의 피를 더는 흘리지 말자고 호소하는 포스터들이 붙어 있었지. 엄마는 아무 말도 하지 않고 눈을 도로 위에 고정한 채 운전했어.

그전 주, 학교에서는 우리에게 비슷한 포스터를 나눠 줬어, 환한 표정의 아이와 커다란 태양, 한 손을 꼭 쥐고 있는 또 다른 손, 흰 비둘기와 알제리 국기가 그려져 있는. 또 어떤 포스터에는 미소를 짓고 있는 대통령이 그려져 있었는데(그는 한 번도 목이 잘린 적이 없었지), 그는 우리를 보며 저 멀리 있는 행복한 사람들한테 하듯 인사를 하고 있었어. 운동장에서는 아이들이 내 반응을 보려고 모여들었고, 선생님은 황당하게도 내가 무슨 말이라도 할까 봐 걱정하는 눈치였어. 난 어깨를 으쓱하고는 책가방을 정리했고, 우리는 놀았어. 그래, 내 꼬마야, 전쟁은 우리가 먹는 일과 숨 쉬는 일을 멈추듯 끝났어. 전쟁은 상속과 복수, 폭력적인 남편과 배를 걷어차인 이야기 같은 도저히 참기 힘든 사연을 안고 멀어지는 골칫덩어리 사촌처럼 사라졌고, 사람들은 그걸 받아들였어.

기억하기로 첫해에는 '국가적 화해'를 약간은 기념했어. 말하자면, 대통령의 행위를, 그 용기와 관대함을 기념했지. 그리고 그의 평화에 관한 연설을 또다시 들은 거야. 이어, 세 번째 해에는, 약간 덜 기념했고, 이어 네 번째 해에는 아무것도 하지 않았어. 그때 난 다들 더 이상 우릴 기억하는 걸 원치 않는다는 걸 깨달았지. 숫제 우리에게 우리의 기억을 의심해 볼 것을 요구했어. 온 나라가 그 상처를 치유하는 대신, 오히려 지우고, 의심하게 했지. 그리고 그걸 당연한 흐름으로 만들어 버렸어. 아, 그래, 맞아! 솔직히 말하면, 나도 의심하기 시작했어. 그러면서 점점 더, 아무 일도 일어난 적이 없다고 생각하게 되었어. 내 목에 난 구멍이, 내 안에서 제 꼬리를 무는 그 언어로 말하는 것만큼 그건 그리 끔찍한 일이 아니었다고 믿으려 애썼어. 보다시피 기억이란 항상 물 위에, 모래 위에, 그러니까 변하고 흩어지는 물질 위에 쓰이는 거니까.

매번, 나는 열일곱 살의 나이에 어떻게 죽음을, 프랑스를 이겨 냈는지 우리에게 이야기해 주러 우리 학교에 왔던 독립전쟁 영웅 이야기를 살아 냈어. "너희 나이에 난 이미 이 나라를 해방시키기 위한 전쟁에 뛰어들었지." 그리고 이어 그는 잠시 입을 다물었어, 우린 그다음 이야기를 기다렸고. 그러면 그는 다시 이야기를 시작했어. 난 속으로 그가 분명 이 이야기를 천 번도 더했을 거라고 생각했어. 한데 더 끔찍한 건, 저녁에 내 방으로 돌아왔는데, 그 연설의 의미가 해체되어 후렴구처럼 내 피부에 달라붙을 때였어. "그래, 난 열일곱이었지. 오랑에서부터 모로코 국경을 향해 카티바(안의 언어로는, 무장한 남자들 무리 또는 일파)를 따라갔지. 밤이 되면 그들은 모두 젤라바[31]를 입고, 어깨 위에 무기를 메고 진군했어. 사냥용 소총이나 죽인 프랑스 헌병들에게서 빼앗은 이탈리아제 권총까지 들고. 한데, 나만은 말이지, 자랑스럽게도, 더 강력하고 효과적인

---

31   발목까지 내려오는 길이의 길고 헐렁한 겉옷이다.

무기를 치켜들고 있었지. 승리를 가져다 주고, 우리 모두를 구하고, 우리를 국경 너머 우리 형제들 집까지 무사히 데려다준 무기를 말이야, 그래!" 그리고 바로 그 대목에서, 노병은 입을 다물었어. 창문은 거리와 차들을 향해 귀를 기울이는 듯했고, 바다는 사이렌과 갈매기 소리와 함께 우리에게 다가왔어. "내 무기? 하하! 야자수 가지였다." 이어 그는 우리 선생님 책상 옆에 있는 의자에서 거의 공중으로 솟구치듯 일어나더니, 몸을 굽혀 마치 극장 관객에게 인사하듯 팔을 커다랗게 움직이며 몸을 숙였지. "난 우리 군인들 열 맨 끝에 있었어. 내 야자수 가지로 그들의 흔적을 지워야 했거든. 군인들의 지나간 흔적, 신발 자국을 다 지워야 했어! 야자수 가지 하나로 그들 목숨을 구한 셈이야!" 그러더니 그는 무중력 속으로 떠오르듯 일어섰어. 그러자 다른 영웅들이, 그러니까 그의 옆에 있던 이들이 문득 깨어났어. 우린 얼른 박수를 보내야 했지. 왜냐하면 이 늙은 영웅이 다시 그의 이야기를 시작하려던 참이었거든. 그래서 우리는 박수를 쳤어.

 이 야자수 이야기는 말이지, 나의 작은 달아, 마치 불면처럼 내 피부에 달라붙어. 난 끊임없이 그걸 생각해. 우선, 난 이 독립전쟁의 노병의 자리에 나 자신을 놓고 상상해. 적어도 복수를 위해 몇 개의 흔적이라도 남길 생각을 하면서 말이야. 아니면 이 야자수 가지를 치켜드는 나를 상상해 봐. 하지만, 이번엔 하늘처럼 거대하고 넓은 이 가지로 모든 걸 다 쓸어 흐뜨려 버리는 상상이지. 왔던 길을 되돌아가, 땅에서 솟구치는 것은 죄다, 아니 내 기억에서 솟구치는 것은 죄다 다 쓸어 내 버리는 거야. 아니, 그게 아니라! 검은 마커 펜을 집어서 사라진 신발 밑창 자국을 그려. 난 거슬러 올라가고, 또 올라가. 그러다 어느 순간 저 멀리, 언니가 나타나 웃고 있지. 언니는 도통 내가 뜻을 떠올릴 수 없는 이상한 말을 해.

자, 작은 붉은 별아. 기억이란 게 좀 그래. 들여다보고 자세히 살펴보면, 희미해지기 시작하지. 너의 것이 아닌 다른 것에서 이야기를 훔쳐 오기도 하고, 마치 세몰리나를 먹은 듯 점점 더 부풀어 오르기도 해. 혹은 꺼져 가는데, 그 소멸을 막기 위해 무엇을 지어 내야 할지 넌 모르지. 흙길을 달리다 보면, 발자국들이 다 뒤섞여. 살해자, 구해 준 자, 네 부모, 네 친척들, 그리고 너의 첫 번째 어머니, 그리고 두 번째 어머니의 발자국들 모두. 야자수 가지로 뭘 해야 할지 난 도무지 모르겠어. 사람들은 내가 뭔가 하길 바래. 흐릿하게 지우고, 비켜 가고, 그 거대한 나뭇가지를 던지고 웃음을 지으면서, 한 손은 내 목구멍에 대고 피를 멈추게 하고 또 한 손은 언니 목에 대라고? 웃으면서 나뭇가지를 보여 주고, 전쟁 여걸이 된 걸 자랑스러워하고 기뻐하라고? 한데, 어떤 전쟁? 우리 반에서 그 늙은 영웅은 한두 번 나를 빤히 쳐다보면서 좀 화가 난 것 같았어. 그자 코 바로 밑에다 내 괴물 같은 얼굴을 들이대니 말이야. 이어 그는 막 태어난 사람처럼 하얀 이를 과하게 드러내고 웃으며 이야기를 이어갔어.

알겠어?

　2005년 9월 29일, 살인자들과 살인자들이 화해하는 날(우리 엄마 가라사대), 날씨가 참 좋았어. 바다는 파란색 회색 스카프를 흔들며 놀았고, 갈매기들은 하늘에서 서로 다퉜지. 우리는 '화해'에 대해 '찬성' 또는 '반대'에 투표하라는 요청을 받았지. "그 중간은 없습니까?"(소리친 사람은 엄마야.) 폭탄으로 사지가 떨어져 나간 이들도, 목이 절반 따진 이들도, 덤불 숲속에서 강간당하고 임신당한 여자아이들도, 살아 있으나 죽은 이들도 있으면 안 되었어. 의심할 권리도 없이, 예 또는 아니오뿐이었지. 그때만큼은 다들 목에 구멍이 난 상태로, 나처럼 말해야 했지. 먹어? 예, 아니오. 글 썼어? 예, 아니오. 살아 있어? 예, 아니오. 바로 그날, 소동이 벌어진 거야. 내가 분명 말했듯 행복했던 날인 것 같은 바로 그날. 우린 안달루즈 해변 모래사장에 누워 있었어. 그리고 바다, 하늘, 갈매기, 모래알, 또 어선들. 그것들이라면 다르게 대답할 수 있었어. 우린 엄마 친구이자 대학 교수인 두 사람과 구운 정어리를 먹었어. 찬성에도 반대에도 투표하지 않았어, 수천 가지 이유가 설명 가능했으니까. 이런 설명들은 결국 나를 황량한 바닷가로 떠밀어 바다가 주머니에서 흘리듯 놓고 간 조개껍데기를 주우러 멀리 가게 했어. 난 조금은 이해했고, 지켜보았고, 대화를 죽 따라갔어. 2005년의 그 '화해'는 다른 법률들, 특히 라흐마 법, 일명 자비 법이 먼저 선행되어야 했어.

그 법을 명분으로 무장한 수천 명의 테러리스트들이 산에서 내려와 피로 얼룩진, 그들의 모든 범죄가 묻어 있는 손을 씻었지. 그리고 행여나 그들이 사면 헌장을 어길까 봐, 그 어떤 것도 말해서는 안 된다는 설명을 달았어. '용서'와 사면법의 혜택을 입으라는 거였어.(지금 말하는 사람은 우리 엄마야. 엄마가 격분해서 두 손을 치켜들어서 난 모래가 빵 바구니에 튈까 봐 걱정이야.) 이런 모든 법은 살인자들, 그리고 그들의 아이들과 가족을 구제하는 데, 그들의 앞날을 보장해 주는 데 맞춰져 있었어. 그리고 우린, 우린 모두 죽은 사람들이었고. 난 그 순간 정말 숨이 막혀 죽을 것 같았어.

내가 물속으로 깊이 들어가는 동안 거대한 검은 파도가 내 배를 가로질러 지나갔어. 이 이야기를 방해하지 않으려면 나 역시 지워져야 할 거라는 결론에 다다랐을 때. 난 야자수 가지를 든 영웅이 아니라 그냥 발자국을 체현한 존재일 뿐인 거지. 그러니 누가 날 조용히 입 닥치게 하지 않으려면 그냥 내가 입을 다물어야 해. 그때 갑자기 바다가 내 발목을 움켜쥐었어. 새들이 위에서 내게 울부짖었어. 그리고 어느 날, 내가 꿰맨 상처 자국 밑에서 목소리를 찾게 된다면, 그래서 이야기를 할 수 있게 된다면, 그건 목숨을 걸고 해야 하는 일이라는 생각을 정말(정말로) 하게 되었지.

내 이야기를, 내 튜브를, 내 머리 위에 있는 갈매기의 미소처럼 그렇게 바보 같고 넓게 벌어진 미소를 어떻게 잊어

버리게 만들 수 있을까? 아직 태어나지도 않은 네가 상상이나 할 수 있겠니? 그날, 내 자리는 없었던 이 '예'와 '아니오' 사이에서, 내가 내 인생 제일 끔찍한 공포를 겪었다는 걸? 엄마 친구가 "그것들은 다 요리사들이야! 요리사들이라고!" 하고 격분했어. 그래, 그거지, 취사병 말이야, 나의 검은 예쁜아! 저녁 8시 텔레비전 뉴스에 나오는 테러리스트들은 하나같이 자신들이 살인마들의 '마키'에서 요리사로 어떻게 일했는지 설명했어. 그런데 그게 어떻게 진실을 방해하는 거지? 엄마 친구는 웃었지, 아니 웃는 모습을 보여 줬어, 조롱하고 자신의 명철함을 증명하기 위해. "그들에게 외우라고 시킨 대사야. 덤불숲의 코르동 블루[32]가 되면, 더 이상 살인자로 분류되지 않고 죄를 다 지워 주거든." 그런데 이 숲의 이브라힘들이 천국의 진수성찬을 요리했을까? 하늘에서 떨어진 양들을 약불에 고아냈다고?(고백하건대, 이런 비아냥거리는 대답은 세월과 불면증 때문에 내 것이 된 엄마의 대답이었어.) 그때부터 이 나라에는 취사병들이 넘쳐 났고, 진실을 조롱하는 이 미소의 기술이 비처럼 쏟아졌지. 취사병들은 거리에 모습을 드러내지 말고, 기자들과 논쟁하지 말고, 그냥 조용히('부엌에서') 있으라는 요구가 내려왔어. 정말 웃겨!(엄마는 정신이 나갔다

---

[32] 직역하면 파란 리본이라는 뜻인데, 원래는 성령기사에게 주는 푸른색 십자장을 의미했다. 19세기에는 귀족들이 주로 먹던 고급 고기요리(소고기나 돼지고기, 닭고기 등에 햄과 치즈를 넣어 튀기거나 굽는다)를 뜻하기도 하고, 지금은 세계적인 요리학교로도 유명하다.

며 손가락으로 머리를 가리키며 막 웃어 댔어.) "1990년대 초 이슬람주의자들은 거리에서 칼리프제[33]를 외치며 시위를 벌였을 때 무기를 들기 전에 '여자들은 부엌으로!' 하고 고래고래 소리 지르더니, 정작 무기를 내려놓아야 하자 죄다 자기가 요리사라는 거야."

자, 내 튜브야. 전쟁의 마지막 날은 알려져 있어, 그다음에 일어난 일도. 그리고 이 전쟁을 정말로 다 싹 지우기 위해 사람들이 날 죽이려 들 거라고 내가 믿게 된 경위도. 몇 주 동안 난 학교에서 친구들과 웃지 않았어. 내가 화난 걸 다들 짐작했고. 교장은 날 불러서 이 법은 이 나라에 꼭 필요한 거라고 설명했어. "평화를 위한 거야." 난 대통령과 그의 미소와 그 포스터에 감사를 표해야 했지. 그런데 나는, 보잘것없는, 목이 따진 어린 나는 날 죽일까 봐, 이젠 아주 나를 죽일까 봐 두려웠. 잊기 위해 난 침묵했어. 1999년 12월 31일 밤처럼 난 눈을 감았지. 그리고 내가 죽었다고 생각하도록 죽은 척 가만있었어. 새벽이 오기를, 내 구원자들이 오기를 기다리며. 알겠니, 내 뱃속에 똬리를 틀고 있는 이 작고 파란 정어리야? 서서히 전쟁의 마지막 날은 해체되어 갔지. 그리고 수백 명의 '참회자들'에 대한 논의가 이어졌고, 마키에서 태어난 테러리스트들의 자식들이 보여졌고, 전국의 모스크에서는 설교가 진행되었어. 미나레트는 우리 모두 그들을 용서해야 한다고 외쳐 댔고, 그러는

---

33   이슬람 제국을 가리킨다.

사이 조금씩 이 전쟁 최후의 날은 기억에서 사라졌지.

"그럼 전쟁의 첫날은?" 네가 내게 묻는구나.

29

 이게 언제 시작되었냐고? 그건 아무도 몰라. "1982년이었지, 부얄리(이걸 내 안의 언어로 번역하면 '에미르'야. 살해자들의 우두머리들 '에미르' 또는 '왕자'라 불렸어)가 부파리크(알제 근처의 작은 마을)의 병영을 습격해 노병 한 명의 목을 베고 무기를 훔쳤을 때였어." 이 말을 한 손님은 그다음엔 말이 없었다. 그는 오랑 극장의 배우였어. 다 꺼진 담배를 한 모금 빨아들이더니 이어 말했어. "8월 27일 밤이었어. 아니, 그랬던 것 같아!" 있지, 최근 몇 년 사이 우리 모두의 기억에서 이미 지워지고 있는 이 전쟁에선 이론의 여지가 없을 정도로 확실하게 떠오르는 건 하나도 없어. 목격자들도 이젠 정확한 날짜들을 점점 기억하지 못해, 죽은 사람들 이름이나 증거도. 세월이 흐르면서 마치 모래 없는 모래 폭풍처럼 상황은 더욱 악화되었지.
 우리 집 갈색 소파에 몸을 파묻고 있던 엄마 친구이자 법의학자인 압두 박사는 종종 미소를 지었어. 남들 눈엔 안 보이는 뭔가가 그를 즐겁게 했고, 그래서 그는 그 뜨거운 논쟁에 말을 보태지 않아도 됐지. 그는 우리 거실 벽에서 떨어져 나와 사람들 사이에 들어와 있는 듯한, 세 번째 다카르[34] 가면이 될 지경이었어. 그날 그는 약간 거만한 웃음을 터뜨리며 고개를 저었어. "이 전쟁의 아버지를 실패한 작은 집단으로 돌릴 순 없지. 아냐, 내 생각엔 1992년 1월 11일이었던 것 같아. 기록에 남아 있고, 모두가 그걸 보고 분석했으니까!" 이 단정에 사람들은 격분했어. "샤들리 벤제디드[35] 사임 때라고? 절대 아냐. 그러면 그 나약한 대통령이 강단 있다고 인정해 주는 꼴이야." 우리 엄마 친구인 소아과 의사가 반박했지. 노란 머리에 번뜩이는 눈을 한 비쩍 마른 여자였어. 잠시 압두는 입을 다물었다가 이어 다른 확실한 논거가 안 나오자, 계속해서 말했어. "대통령은 사임했고, 그날 밤 우리는 모두 미나레트 꼭대기에서 외쳐지는 지하드로의 부름을 들었잖아." 그는 자기 말을 듣고 있는 사람들의 얼굴을, 그닥 신뢰가 가지 않는 증인들인 양 하나하나 살폈어. 아무도 대답하지 못하자 살아 있는 아프리카 가면은 만족한 미소를 지었지.

그들이 내게도 무척이나 흥미로운 그 유명한 전쟁 첫날을 이야기하기 시작하면 난 항상 귀를 기울였어. 그날이 마치 내 숨겨진 생일이라도 되는 양 말이야. 진실에 절대 도달하진 못했지만, 잃어버린 아이들의 이 끝 모를 행로 같은 그 논의는 날 몹시 사로잡았어. 이 찾아 낼 수 없는 첫날은 커다란 미스터리였어. 손님들은 단서들을 그러모았지. 1988년의 지하드 호소, 거리의 카미스[36] 입은 사

---

34 세네갈의 수도로 프랑스 식민지 시절부터 서아프리카 문화의 중심지였는데, 특히 아프리카 전통 가면으로 유명하다.
35 Shādhili bin Jadid(1929~2012). 1979년부터 1992년까지 집권했던 알제리의 제3대 대통령.

람들, 베일을 쓰지 않았다는 이유로 산성액을 뿌려 얼굴이 망가진 여자들(어떤 자들은 그들에게 몸을 가리라고 강요했고, 신에게 복종하지 않는다고 이런 식으로 벌을 주었단다), 불타 버린 술집, 새벽에 두 건물 사이에서 등에 가격당해 죽은 기자들. 손님들은 또 다른 세부들도 이야기했어. 1992년 8월 알제의 한 경찰서 근처에서 일어난 끔찍한 폭발 사건, 수도 공항에서의 폭탄 테러, 참수된 머리, 흡연 금지, 대중교통 혼성 탑승 금지 등등……. 물론이야, 내 딸아, 이렇게 전쟁 첫날을 특정하는 건 어려운 법이지. 다른 전쟁, 그러니까 우리가 학교에서 끝도 없이 들었던 그 전쟁의 시작은 해가 뜨는 것처럼 분명해. 1954년 11월 1일. 그리고 그 전쟁은 1962년 7월 5일 알제리 독립일에 끝났지. 하지만 내가 겪은 내 전쟁은? 아무도 몰라. 그 전쟁은 머리랑 몸통이 분리되어 버렸으니까. 그리고 그 몸통이 살아남아 아이들을 낳았고 그 아이들이 거리를 활보하고 다니지.

이 전쟁에서 남은 건 우리 하얀 거실에 앉아 있던 손님들과 오랑에서 죽은 그들의 친구들 그림자뿐인데, 그 그림자들은 점점 덜 집요해지고 있어. 그들은 미간을 찌푸리고, 마치 죽음 옆을 지나쳐 와 아직도 몸이 오싹한 것처럼 기억을 떠올렸어. 그 나이에도 나는 알았어, 결국 시체의 수를 겨루는 전쟁에서는 천장 등을 향해 든 손가락으

---

36   무슬림 남성들이 입는 전통적인 긴 셔츠형 옷.

로 열까지만 셀 수 있다는 걸. 주저 없이 단숨에 이름을 읊을 수 있는 열 사람. 그다음부터는 더듬거리게 되고, 벌써부터 다시 계산해야 하고, 머리를 쥐어짜거나 침묵하게 되는 거야. 열을 넘지 못해. 게다가 손님들의 대화는 정확한 사망자 수를 둘러싼 논쟁으로 끝나기 일쑤였어. 예를 들어, 신문은 군부와 수염 난 남자들 사이의 십 년 내전 동안 5만 명이 사망했다고 보도했다가, 나중에는 15만 명이었다고 하더니, 또 20만 명이라고 했지. 논쟁이 지칠 때까지 이어지다가 결국엔 라마단 시작 날짜가 언제냐는 논쟁으로 바뀌었어. 맨눈으로 달을 관찰하는 자들과 음력으로 날짜를 계산하는 자들 사이에 전쟁이 일어난 거야. 진실은 도대체 어디 있었을까? 난 이젠 모르겠어. 후리, 숫자는 시체나 파도처럼 사라질 거야. 다른 전쟁, 그러니까 알제리인들과 바깥 언어가 선호하는 전쟁, 프랑스와 맞서 싸운 전쟁에 대해선 모두가 한소리로 외쳐. 이 나라를 해방하기 위해 150만 명이 죽었다고. 이건 칼에 밴 듯한 최종적인 숫자야. 수학적 총합. 하지만 내 전쟁의 수치는 다카르 가면이거나, 야자수이거나, 제 식구를 찾기 위해 하늘을 날아가며 울부짖는 새에 지나지 않아.

    정확한 수치도 몇 가지 제시됐어. 그건 나도 동의해. 가령, 시디 벨 아베스(알제리 북서부의 도시)로 가는 도로에서 그다지 멀지 않은 곳에서 목이 잘린 젊은 여교사들. 난 그 이야기를 알아. 왜냐하면 신문에서 오려 낸 희생자들의 사진을 숨겨 두었거든. 맞다면, 책상 서랍에 그 사진들이 있어야 하는데. 잠시만.

　여기 있다, 읽어 줄게. "역사는 되돌아온다. 정확히 25년 전, 1997년 9월 27일, 대부분이 스피세프, 모스테파 벤 브라힘, 벨라르비, 시디 벨 아베스에 거주하던 12명의 교사, 즉 여성 11명과 남성 1명이 교육자로서의 임무를 마치고 카르산 사에서 제조한 차량을 타고 돌아오는 길이었다. 근처 스피세프 관할의 삼림 지대인 아인 아덴(흔히 '샴다'로 불림) 마을에서 피에 굶주린 바리 질랄리, 일명 딥 엘 지아네('굶주린 늑대')가 이끄는 테러리스트 집단이 매복하고 있다가 그들을 공격했다. 여성 교사들은 차례차례 머리채를 잡혀 끌려가 잔혹하게 목이 베였고, 남성 교사는 탈출을 시도하다 총에 맞아 사망했다. 그들의 유일한 죄는 반계몽주의에 대해 '아니오'라고 감히 말한 것이었다. 이 살육에서 유일하게 탈출한 차량 운전사가 추모의 날에 한 말에 따르면 그렇다. 그는 의도적으로 살려 보내져 이 참상을 전하게 되었다고 한다."

　알겠니? 나도 때론 이 목격자처럼 뛰어다녀. 다만 난 벙어리지. 그래서 이야기가 내 머릿속에서만 뱅뱅 돌아, 출구도 없이. 안의 언어가 바깥 언어와 연결될 가능성도 없고. 이 불쌍한 여성 교사들의 모습을 봐! 그들은 큰 사건 없는 삶을 기다리는 것처럼 보여. 나는 좋은 이웃처럼 그들을 바라보고, 우리는 서로를 바라보지. 반쯤 목이 그어진 나와, 이제 다시는 말을 못 할 열한 명의 그들. 그리고 그들의 그 끔찍한 죽음은 신분증을 만들기 위해 찍은 사진 속 모습과 너무나 멀리 떨어져 있어.

1990년대 내전의 진짜 첫날에 대해 떠드는 이런 밤이면 아파트에선 담배 냄새가 났어. 그 냄새는 발코니에서 났지. 거기서 홀로 담배를 피우던 아프리카 가면, 압두 박사에게서 나는 냄새였어. 그는 행복하고도 부드러운 미소를 지으며 나를 유심히 바라보지, 뭐랄까, 태곳적 향수가 느껴지는 그런 미소로. 모두가 흥분해서 한꺼번에 떠들어 대거나, '검은 십 년' 동안 살해된 친구들을 떠올리며 경건한 침묵에 스스로를 맡길 때면, 그는 자리에서 일어나 담배를 피우러 가다가 나와 스치며 고개를 끄덕였어. 오래된 나무처럼 갈색이 도는, 무거운 머리를. 마치 나만이 그의 직업에 담긴 은밀한 의미를 알아챌 수 있다는 듯이. 나는 부엌에 틀어박혀 밥을 먹었고("먼저 심호흡을 하고, 무서워하지 마." 엄마는 이 말을 되풀이했지) 손님들이 집을 떠날 때쯤 잠이 들었어. 그 가면은 내 방으로 와서 작별 인사를 했고, 손짓을 하면서 눈빛으로 나에게 뭔가를 약속하곤 했어. 손님들은 다음 금요일에 우리 쿠스쿠스를 먹으러 다시 올 터였어. "잘 자렴." 그가 말했어. 그가 내게 약속한 것이 뭐였냐고? 그 십 년 동안 죽은 자들의 정확한 수였어. 그는 그 숫자를 알고 있었고, 난 그걸 확신했어.

30

압두 박사는 술을 많이 마셨어. 그러면 졸음에 겨워했고, 그를 애정 어린 시선으로 바라보는 친구들 앞에서 꿈에 취해 웃었지. 나도 그를 좋아했어. 왜냐하면 그는 나를 벌어진 상처가 아닌, 우리 둘 외에는 아무도 기억하지 못하는 이야기의 공범으로 날 바라봤으니까. 처음에 난 그의 직업이 도대체 뭔지 잘 몰랐어. 하지만 엄마가 오랑 병원의 유명한 법의학자라고 거듭 말해 주었어. "그럼 거기서 뭘 하는데요?" 엄마는 망설이더니, 시체를 해부하여 사망 원인을 알아내는 일이라고 설명해 주었어. 그리고 그것이 살인범을 체포하거나 진실을 밝히는 데 매우 중요하다고도 했어. 그가 우리 집에 왔을 때, 나는 그의 커다란 손을 뚫어지게 바라보았어. 그가 마치 덤불숲을 뒤지듯 내 안의 언어를, 내 성대를, 내장을, 뱃속을 뒤지는 것을 상상했어. 그리고 피와 내장 속에서 칼과 물고기, 돌, 시냇물의 흔적을 찾는 모습도. 그리고 저녁이 되면 귀가하여 아내와 저녁 식사를 하며 삶에 대해 이야기하는 모습을 상상했지.

압두 박사는 마치 용서를 구하려는 듯 항상 미소를 지어. 죽음과 함께 벌이는 이 사냥과 춤의 놀이에서 그가 자주 승리했기 때문인지도 모르지. 어쩌면 시신 위로 몸을 숙인 채, 어딘가에서 반쯤 목이 떨어져 나간 어린 여자아이였던 나의 운명을 어떻게든 헤아려 보고 있었는지도 몰라. 그가 목소리를 높이면 보기 드문 기품이 느껴져 두려움이나 존경심이 일었어. 그는 항상 결정적인 마지막 말을 하는 사람 같았어. 내 전쟁의 희생자 수에 관한 그토록 방대한 문제에 대해서도 그는 권위가 있었지. 오랑의 바람이 우리 집 커튼을 흔들면 그 가면은 거듭 말했어. "난 신문에 나온 숫자는 보지 않아. 왜냐하면 거짓말이니까. 모든 사람이 죽음 앞에서 거짓말을 하지. 정부는 공포를 누그러뜨리기 위해 사실대로 말하지 않고, 살인자들은 공포를 부풀리기 위해 사실대로 말하지 않아. 난 그 숫자를 알아. 내가 부검하는 시체들로 그 수를 헤아리니까. 그것도 정확한 숫자는 아니지만, 다른 사람들의 눈이 아니라 내 눈 아래 그 숫자가 있어."

소리를 죽인 텔레비전 앞 쿠션 의자에 앉아, '오브'라 불리는 나는 밤마다 천장 조명의 역광 아래 그가 하나씩 펴 보이는 수천 개의 손가락들과 그의 손을 상상했어. 압두 박사는 내 뱃속을 움켜쥘 듯 부드러운 표정으로 내게 미소를 지었어. 나중에 우리 집을 떠날 때, 재킷을 입다가 그의 커다란 손이 살짝 나를 스쳤어. 그는 내 머리카락을 쓰다듬었고, 난 고마움에 눈물을 흘리고 싶었지. "네 눈은 천 개의 혀보다 소중해, 작은 공주님." 그의 느린 목소리가 고백하듯 말했어. 그의 손길은 내 안의 언어에, 내 꿰맨 자국에, 내 상처에 닿았지. "그래, 딸아, 죽음은 긴 생(生)이란

다." 그는 중얼거렸어. 그리고 그의 무거운 눈꺼풀은 연민에 잠겨 느리게 내려앉았어.

31

사형 선고를 받은 어느 여자의 마지막 시간

　나는 눈을 꼭 감았어.
　1999년 12월 31일 밤, 내가 한 일은 그게 전부였어. 그 이후로 난 온전히 살기 위해 다시 눈을 뜨지도, 비겁한 내 모습을 보지 않으려고 다시 눈을 감지도 못했어. 난 내 몸을 부당하게 점유한 자, 겁에 질려 튜브를 통해 숨을 헐떡이는 것 외에는 할 일이 없는 생존자였어. 나를 만져 보면, 내 문신의 화끈거림과 엄마의 지나친 다정함에도 불구하고 차갑게 느껴질 거야. 네 아빠가 어부 막사에서 내게 베풀어 준 사랑도 내 몸을 따뜻하게 해 주지 못했어. 내 안에 씨를 심었던 그 남자의 아름답지만 멍청한 미소에도 말이야. 들어 봐, 오늘 밤 오랑 전역에서 묶인 양들이 하늘을 바라보며 울부짖을 거야. 하지만 내가 눈을 감았던 그 다른 날 밤, 하드 셰칼라의 우리 농장 근방에서는 그 어떤 짐승의 울음소리도 들리지 않았어. 우리 엄마의 미친 노랫소리 외에는.
　내가 너에게 뭘 드러낼 수 있을까? 내 안의 겨울 속을 헤맬 때마다, 그 악명 높은 밤을 재현하려 시도할 때마다 난 그 장면을 다시 겪게 돼. 추웠어, 그래, 그건 기억나. 양

모 담요가 우리 작은 몸을 누르고 있었으니까. 언니는 내 옆에서 숨을 쉬고 있었어. 각자 귀를 기울이며 서로 자는 척하고 있다는 걸 알았지. 이 첫 이미지에 대해서 난 의심하지 않아. 내게 남아 있는 것은 어떤 불안의 흔적, 지붕 위에서 나던, 멀리서부터 불어 오던 바람 소리, 아니면 나도 잘 설명할 수 없는 들판의 무거운 침묵이야. 평상시라면 우리 머리 위에서 동물과 새들이 대화를 나누고 울거나 서로를 불렀어. 우리가 정말 자고 있었는지, 아니면 우리의 운명을 생각하며 잠든 척했는지 모르겠어. 우린 며칠 전부터 우리 부모님이 말해 주지 않던 위험한 일들을 걱정하고 있었어. 부모님은 지칠 때까지 다퉜고, 자기 안으로 가라앉았어. 겨울밤, 우리 농장에서는, 지금은 '죽은 장소'라고 부르는 그곳에서는 자주 개 짖는 소리, 헛간 함석이 삐걱거리는 소리, 때로는 별 하나만큼 먼 곳에서 비명 소리도 들려왔어. 하지만 그날 밤은 아무 소리도, 아니 거의 아무 소리도 들리지 않았어. 그래선지 평소답지 않던 이 공백에 온통 주의를 기울이느라 잠이 들지 못했지.

 우리 건물은 하드 세칼라 마을 바로 위, 첫 번째 언덕 꼭대기에 자리 잡고 있었어. 그곳의 언덕들은 파도처럼 솟아오르고, 부풀어 오르고, 다시 솟아올라 마침내 진짜 산, 우아르세니스산맥의 첫 번째 봉우리가 되었어. 과거 독립전쟁에 참전했던 군인들이 그곳으로 숨어들어 프랑스와의 전투를 이끌었어. 1990년대에 에미르들은 그곳에 다시 거점을 마련하고 같은 은신처에 머물렀어. 우리 농장은 마을로 이어지는 세상과 통하는 길과 거대한 산들 사이, 그 한가운데 있었어. 우린 이 작은 마을에서 5킬로미터를 걸어가면 나오는 곳에 살고 있었지. 거기서 가장 가까운 다른 마을은 수크 엘 하드라고 하는데, 내 안의 언어로는 '일요시장'이라고 불렀어. 우리 아버지 같은 축산업자들은 기른 가축들을 시장에 내다 팔기 위해 거기로 내려갔고, 양치기들은 건조한 고지대에서 한두 철 기를 새로운 가축들을 이 시장에서 사 갔어. 평지에 사는 사람들은 수확물과 그릇들을 가져와 그 시장에서 팔았고. 겨울이 되면 이 세계가 천천히 굳어 땅에 붙어 있는 조개껍데기처럼 오그라들었고, 다시 움직이기 위해 태양을 기다렸지. 밤이면 마을 사람들은 지난여름의 추억으로 피를 데웠어. 이 마을에는 조상들과, 이어지고 또 이어지는 탄생과 죽음 외에 이렇다 할 역사는 없었어. 다른 부족들도 그 일대에 살았는데, 내가 알기론 예전엔 유목민이었을 거야. 하지만 그들은 거리를 두고 지냈지. 엄마는 가끔 자기 집안 이야기를 들려주었는데, '아자마', 곧 '이방인'들이라 불리는 사람들이었어. 더 먼 곳에서 왔기 때문이라나. 엄마는 우리가 잘 모르는 혈통의 후손으로, 얼굴에는 문신이 있었고 커다란 회색 눈 때문인지 부모나 오빠들 이야기를 할 때면 엄마의 꿈이나 원한이 더 커지는 것 같았어. 과묵하고 아버지를 무시하는 태도 때문에 우리는 엄마가 가축과 땅을 가진 부유한 가문에서 태어났다고 짐작했어. 왜냐하면, 아버지는 가난했고, 엄마처럼 그 지역 성인 축일과 추수 감사절을 성대하고 사치스럽게 기념하는 조상이 없었거든.

지금 난 엄마의 사진이 한 장도 없어. 엄마는 얼굴이 없어, 산만하게 흩어진 몇 가지 특징들뿐. 회녹색 눈, 와디[37]처럼 불안하면서도 조용한 미소. 또 내가 잃어버린 냄새. 무거운 카펫이나 낡은 궤짝에서 풍기는 냄새와 비슷한. 더 이상은 모르겠네. 나는 엄마를 따뜻하고 행복했던 어느 하루를 기억하듯 떠올리지만, 그날의 태양을 내 두 눈으로 똑바로 붙잡아 두었다고는 장담할 수 없어. 엄마가 말들을 사랑했던 기억은 나. 말 한 마리, 아니 그 말의 땀, 아니 히이잉 우는 소리가 기억나.(아니면 기억의 기억일까?) 어느 여름 엄마가 숨을 헐떡이며 아침 내내 바람을 앞지르려고 달렸다고 이야기하던 모습이 생각나. 아니, 언니가 내게 해 준 얘기였나? 내 기억으로부터 사라지고 싶어하지 않는 건 언니일까? 우린 가축들이 있었어, 생계를 위한. 양들도 있었는데, 아버지는 우리 지역의 거의 모든 사람들처럼 가축 상인이었거든. 내가 확신하느냐고? 아니. 짐승들의 냄새는 이미지로 변했고, 요 며칠 오랑의 냄새와 뒤섞여. 짐승들 오줌 냄새, 마구간의 짓밟힌 건초 냄새.

12월 31일, 하루 종일 추위가 살을 에는 가운데 언니와 나는 들판을 가로질러 언덕 위 앙상한 캐럽 나무, 올리브 나무, 플라타너스 나무 사이를 서로 뒤쫓으며 달렸어. 저

---

37   마른 강 또는 마른 골짜기. 건조 지역에서 평소에는 마른 골짜기로 있다가 큰비가 내릴 때 물이 흐르는 강이 된다.

멀리, 다른 구릉들의 주름진 골짜기에서 양치기들이 우리를 바라보고 있었고. 그날의 하늘이 여전히 내 피부 밑에 얼어붙은 듯 생생한 기억으로 남아 있어. 엄마는 침묵에 잠긴 채, 평소처럼 노래를 부르지 않았어. 가축들을 우리 귀로 살펴야 했으니까. 아버지는 사체가 되어 가죽이 벗겨진 채 발견된 개들에 대해, 우리 가시울타리 바로 아래 남은 큰 발굽 자국에 대해 얘기해. 그리고 아버지는 숨었고, 엄마는 잉걸불을 휘저었어. 잠 못 이루는 밤 속에서 또 다른 밤이 더욱 짙은, 응고된 모습으로 터져 나왔어. 우리는, 언니와 나는 한 몸이 되도록 서로 꽉 붙들었어.

 난 기억을 더듬어, 네게 증명하고 설명하고 너를 이해시키기 위해서. 만일 내가 널 죽인다면, 그건 죽은 뱃속에선 네가 자랄 수 없기 때문이야. 내가 너에게 하는 모든 말은 내 내장 속에 있어. 그 겨울, 그 밤, 헐벗은 나무들, 그리고 의심과 개들의 시체, 혹은 엄마가 잃어버린 말[馬]까지. 눈을 감으면 기억들이 줄지어 일어서. 하지만 너무 몰아붙이면 안 돼. 절대 오래 그러진 않아. 안 그러면 그 속에 빠져들어서, 특히 내 눈을 그것들이 점거하고 모든 것이 물에 빠진 사람처럼 뒤섞여 버리거든.

 이유는 모르겠지만 그해에 언니와 난 불안 속에 살았어. 우리는 심장이 쿵쾅거렸고, 귀를 쫑긋 세우곤 했어. 농장 뒤편에서 누군가 오는 소리가 들렸지만, 그 존재는 아직 완전히 존재하지 않았지. 왜냐하면 12월 31일이 아니었으니까, 아직은. 엄마에 대해선 목소리만 기억나. 막바지엔 점점 더 소리를 질렀고, 알 수 없는 부당함에 상처받은 듯 자주 울었거든. 가끔 보잘것없는 집안 살림을 부수고, 아버지를 현관문 앞에 꼼짝 못하게 세워놓고 그와 함께 시간도 멈춰 세웠지. "놈들은 가장 좋은 몫을 차지하고 나한텐 다 죽은 땅을 줬어, 그거나 먹으라고." 엄마는 그렇게 소릴 질러 대고, 그때마다 우리 주변의 모든 것, 엄마 머릿속에서 모든 것이 지워졌어. 엄마의 형제들, 그러니까 내 외삼촌들은 서쪽에서 가장 큰 마을인 아인 타레크 근방에 있는 외할아버지의 땅을 차지했어. 우리 아버진 늙어 있었어. 농장 입구에 앉아 가냘픈 등을 하고 담배를 피우는 모습이 지금도 눈에 선해. 그는 어디로 도망갈지 몰랐어. 우리가 서둘러 달아나야 한다고, 밤마다 밤은 귀신 들린 목소리로 그 말을 되풀이했어. 난 우리가 함정 같은 데 빠졌다는 생각이 들었어.

    자세한 내막을 뜯어 내어 기억을 완성하려면 하디자를 괴롭혀 물어야 했어. 주변 생존자들에 따르면, 그해 낮이면 아인 타레크(들어가는 도로가 딱 하나인데, 그 도로에 붙어 있는 마을)의 주둔지에서 온 군인들이 우리 농장을 들락거렸대, 그 군인들이 우리 아버지를 괴롭혔고. 그들은 아버지가 우아르세니스의 이슬람주의 카티바들, 그러니까 무장 단체를 안내하거나 식량을 조달해 준다고 의심했어. 그리고 밤이 되면, 이제 우린 밤의 방문객들을 겪어야 했어. 카티바들이, 그러니까 수염 난 남자들이 찾아와 아버지를 반역자라며 꾸짖었어.

겨울이면 아래쪽으로 물줄기가 흘렀어. 부모님이 침묵에 잠기면 언니와 난 그 물을 자세히 보곤 했어. 우린 괘종시계도 손목시계도 없었어. 시간은 그야말로 야성적이어서 앞으로 나아가고, 뒤로 물러나고, 또 굳어 버리기도 했지. 냇물은 모든 걸 가로질렀어. 마을 사람들 머릿속도, 제방처럼 만들어진 그 마을도, 집들도. 하드 셰칼라에서는 매주 수요일 장이 섰는데, 바닥에 즐비하던 소똥이 소음을 다 빨아들이던 그 풍경도 기억이 나. 양동이를 뒤집어 그 위에 카드를 놓고 카드놀이를 하던 사람들, 분홍색 주황색 사탕도 떠올라. 우리 아버지는 제 머릿속 말고는 어디로 가야 할지 몰랐던 것 같아. 밤이면 아버지는 농장 주변을 한참이나 걸었어. 살피고 다시 돌아오고 멈추고, 그러기를 반복했어. 그해 겨울, 우린 더는 잠을 자지 못했어. 내 기억에서 그 겨울은 1미터도 움직이지 않았어. 낮의 사람들이 다시 나타났고, 밤의 사람들은 집요하게 달려들었어. 우린 점점 굶주리며 서서히 나무들을 닮아 갔지, 마비와 벌거벗음 속에서. 엄마는 머릿속으로 말들을 쫓아다니며 점점 더 크게 노래를 불렀어. 부엌 불 하나가 우릴 꼼짝 못하게 붙들어 맸어. 밤은, 우리 가축들이 사라진 채, 벙어리가 되었어. 그리고 어느 날 밤 그 일이 일어난 거야. 왜냐하면 만반의 준비가 되었으니까. 우린 단식에 내몰렸고, 하늘에서 떨어진 숫양처럼 보였고, 죄인이었어. 왜 우린 도망치기를 선택하지 않았을까? 그런데, 어디로 갈 건데? 아버지 때문에 우리 같은 운명은 어딜 가도 마찬가지라고 믿게 됐어. 다른 데 간들, 뭘 먹고 살아? 실성한 부인과 두 딸을 데리고 어딜 가서 뭘 해? 어쩌면 아빠는 이런 체념이, 이런 위험이 군인들과 에미르 양쪽 모두의 눈에 자신을 무고하게 보이게 해 줄 거라고 기대한 거 같아. 아예 움직이지 않으면 살인자들이 다가오지 못할 거라고 생각한 거 같아.

마지막 날, 아버지가 들판에 서 있던 모습이 기억나. 가능한 한 멀리 아버지는 돌을 던지고 있었어. 엄마는 아버지에게 소리를 질렀고. "내 돌들이야, 도둑놈아!" 우리 부모는 더 이상 살아 있는 사람들이 아니었어. 굳이 말하지 않아도 난 바로 알았어.

그 일은 밤에 일어났어. 그 날이 며칠이었지, 몇 년이었는지, 몇 세기였는지 나는 몰라. 나중에 엄마 하디자가 그 날짜들을 알려 줘서 아는 거지.

그 일이 일어났을 때, 난 눈을 감았어. 죽음, 그것은 수군대는 수천 명의 사람들이야. 입술 위에 손가락 하나를 올리고 '쉿' 하는 사람들. 어떤 신비로운 말을 읊조리며 다가오다가 방의 어둠을 살피는 사람들. 그 방에서 두 딸이 호랑이 그림이 그려진 따뜻한 담요 속에 몸을 말고 있으니까. 한 아이는 여덟 살인데, 키가 크고 말랐어. 그 아이의 웃음소리가, 개한테 물리거나 말벌에 쏘이거나 추위에 떨거나 엄마한테 매를 맞거나 가시에 찔리거나 하는 일을 다 막아 줘. 다른 아이는 다섯 살이야. 그 아이한테 그 언니는 엄마이자 아빠이자 언니지. 장화 소리에 땅이 흔들려. 아이들은 그 소리를 더 잘 듣기 위해 숨을 죽여. 들어 봐, 너도. 이 이야기에는 바깥 언어도, 국기도, 정해진 날짜도 없어. 언제든지 다시 겪을 수 있거든. 이 이야기는 허세 어린 참전 용사들을 줄 세우지도, 사진을 내보이지도 않아. 그것이 보여 주는 것은 그저 목에 난 구멍 하나와 상처, '미소'뿐이야. 발소리가, 이어 짧은 대화가 들렸어. 또 발소리. 그들이 점점 다가왔어. 마루에 깔아 둔 우리 잠자리까지 그들이 다다랐을 때, 더럽고 무거운 신발이 내 담요를 밟는 게 느껴졌고, 건조하려고 햇볕에 널어 썩히는 양가죽 냄새보다 지독한 냄새가 났어. 난 눈을 더 질끈 감았어. 왜냐하면 가끔은 그러면 그냥 지나가니까. 눈꺼풀을 닫아 버리면, 위험한 것들이 사라져. 아침에 잠에서 깨면 기억조차 안 나지. 살인자들이 잊어버리고 온 개 한 마리가 짖어 댔어. 그 개는 도망가는 짐승처럼 밤새 짖어 댔어. 그런데 왜 난 이 남자들이 말(馬)이라고 생각하지? 말들이 날아오르고, 나는 어떤 손에 들린 비현실적인 태양, 아니 램프를, 여성의 긴 통옷을, 허리띠가 달린 치마를, 엽총 탄띠를 본다. 상상 속에서 설명을 다 마치지도 않았는데, 갑자기 누가 내 발목을 거칠게 끌고 간다. 이어 누군가의 손이 내 머리채를 잡아당겼고, 내 머리, 내가 여태 내 피난처로 여겼던 내 머리를 잡아채 잠자리 바깥으로, 땅바닥으로 내동댕이쳤어. 누군가가 몸을 숙였고, 난 내 이마 위로 훅 끼쳐오는 그의 숨소리를 느꼈어, 시체 썩는 냄새와 함께.

그자는 다른 공범에게 빨리 행동해야 한다고 귀에다 대고 속삭였어. 그런데 그건 거의 이십일 년이나 계속될 일이었지. 목이 그어질 때, 그건 믿기지가 않아. 왜냐하면 아프지 않으니까. 다만 겨울로 통하는 문이 더 넓어진 것 같고 뱃속이 차가워지는 것 같지. 난 입을 크게 벌려. 작은 뼈가 부러지는 소리가 들리고, 아니 나뭇가지가 부러지는 소리가, 아니 펜이 부러지는 소리가 들려. 아마 내 후두일 거야. 비명을 지르고 싶지만, 끝없이 따뜻하고 넘쳐흐르는 뭔가를(내 피인가?) 쉬지 않고 마셔. 갑자기 깨달아. 난 이제 목소리가 없구나. 난 공황에 빠져. 다리는 물에 빠진 사람처럼 마구 움직이고, 내 머리카락을 잡아당기는 손을 잡고 싶지만 냇물이 날 뒤덮어. 하드 셰칼라의 작은 내(川)가, 죽은 닭이, 신발 밑에 깔린 언니의 손이 보여.

미끄럽고 차가운 물결이 내 목구멍에서 흘러나와 내 배로 넘쳐흘러. 난 눈을 떠. 짓밟힌 어둠 속에 언니가 울음소리를 닮은 단어 하나를 발음해. 언니가 애원하거나 신음했을 거라고 난 상상해. 내 위에 걸터앉은 남자가 내 배 위에

다 무릎을 얹고 칼인지 시간인지를 탓해. 그러다 놀란 그가 언니를 향해 몸을 돌리고, 난 침이 번들거리는 수염 사이에서 그의 썩은 이를 봐. 그의 공범이 들고 있는 램프의 불빛도. 그는 아직 작업을 끝내지 못했어. 그는 "하느님의 이름으로!" 하고 또렷하게 말하고는 내 고개를 동쪽으로 획 돌려. 태양이 아직도 숨어 있는 동쪽으로. 그러더니 또 격분해서는 내 머리채를 손으로 끌어당겨. 그 순간 난 그와 그의 칼이 더는 화를 내지 않도록 아무 말도 안 하려고 애써. 언니는 커다란 눈으로 그를 뚫어지게 봐. 언니의 그 눈은 뭐라고 하는지 모르겠지만 이 환각 같은 침묵 속에서 몇 시간째 그와 대화를 나누는 것 같기도 해. 아마 그는 놀란 거 같아, 꽉 잡고 있던 손을 놓은 걸 보면. 개 떼가 내 가슴팍에 들이닥치고, 따뜻한 피가 내 온몸으로 역류해 오고, 나는 그 속에 가라앉아. 이 일시적 소강 때문에 이 모든 게 근거 없고, 아무 일도 일어나지 않았으며, 눈을 더 세게 질끈 감기만 하면 아침을 그 금빛 머리칼로부터 끌어올 수 있을 거라고 믿게 돼. 난 분명 들었어, 언니가 그 남자를 부르는 소리를. 그는 날 놔주고 언니를 향해 가고, 곧 마치 호랑이 담요를 서로 차지하려는 듯한 몸싸움이 느껴져. 어디로도 갈 곳이 없어.

두 남자가 밀치며 다투는 동안 언니는 뭔가를 발음하지만, 그 소리는 목구멍에서 흘러나오는 물소리에 들리지 않아. 난 눈을 감아. 그리고 가장 미친, 가장 멍청한 생각을 해. 꾸르륵 물 빠지는 소리와 함께 수를 세기 시작해. 난 봐, 언니의 강렬한 시선과 마주쳤어. 난 또 눈을 질끈 감아, 마치 내 안에 구멍을, 구덩이를 파고들어 가듯, 아니 아무도 들어오지 않을 문을 파고 숨어 버리듯. 나 오줌을 쌌어. 내 허벅지 사이로 얼음 같은 물이 차올라 나를 깨물어. 창피함이 밀려와. 내가 무슨 잘못을 저지른 것 같다는 생각도 들어. 엄마와 엄마의 푸념이 떠올라. 밖에서는 노래가 울려 퍼져. 이번엔 땅의 몫이 아닌 다른 것을 요구하는 노래야. 엄마는 노래를 부르고 다시 말이 없다가, 또 노래를 부르고 다시 말이 없다가, 또 노래를 불러. 엄마 목소리가 내겐 아름답게 느껴져, 내 벌어진 목으로 그 목소리에 닿고 싶어. 아마 내가 눈을 뜨면, 아버지는 다시 나타날 거야. 남자들은 우리 재산을 훔쳐 가는 데 만족할 거야. 그들 중 한 명이 잘 안 들리는 이름을 웅얼거려. 난 죽은 척해. 조금 있으면 나는 정말 죽어. 그가 든 등불 빛 아래 살인자 얼굴이 언뜻 보여. 그는 언니를 향해 몸을 돌리고, 정교한 단 한 번의 동작으로 언니의 목을 절단해. 언니는 더 이상 손으로 틀어막을 수 없는 웃음을 터뜨리는 것처럼 보여. 내가 이해할 수 없는 어떤 말을 자꾸 내게 반복해. 그리고 점점 더 격렬해지는 비명이 솟구치고, 오랜 해후처럼 아름다운 노래와 불 냄새가, 내 감각의 혼란 속으로 훅 끼쳐 들어와. 목을 베는 그는 신께 제물을 제대로 바치려 애쓰지만 좀처럼 뜻대로 되지 않아. 언니는 나보다 나이가 많고, 더 센 힘으로 버둥대기 때문이야. 언니 쪽으로 미끄러져 가는 담요에서 그게 느껴져.

 겨울철 두 마을 사이 어딘가에 파묻힌 물처럼 난 얼어붙었어. 만일 내가 눈을 뜨면 도살자는 내가 아직 살아 있다는 걸, 그의 칼날이 아직 나를 완전히 관통하지 않은 걸 알게 될 거야. 나는 멀리서 벌어진 축제들을 떠올려. 그리고 멀리서, 엄만 또 노래를 해. 멈췄다가, 밤 속에 오래된 탄식을 다시 이어가고 있어. 호랑이 담요에선 오줌 냄새가 날 거고, 이 모든 것은 다 끝날 거야. 아랫마을에서는 한마디도 없어. 그 마을 주민들이 내 다리 위를 개미들처럼 기어올라와. 목이 그어지면, 기다려야지. 슬슬 잠이 올 거야. 그래, 그럴 거야. 모든 감각이 다 기억나진 않지만, 이젠 손이 없다는 느낌이 들고 내 발은 있지도 않은 계단 위에서 움직여. 마을에서만 봤던 계단 위에 난 누워 있어, 비틀거리며. "삼십삼, 삼십사, 삼십오……." 만일 내가 눈을 뜬다면, 그는 날 향해 다시 올 거야. 만일 내가 눈을 감은 채 있다면? 언니가 그에게 자꾸 뭐라고 되풀이해 말해. 설명할 수 없는 물속에 잠긴 목소리. 엄마가 노래하는 걸 멈춰.

32

 이것이 일어났고 결코 일어나지 않은 일이야. 어디에서도. 그것은 기록되어 있지 않아, 몇 개의 문신과 흉터로는 남았지만. 이런 종류의 이야기들은 역사로 남지 않아. 알제리 독립전쟁처럼 책이나 참전용사 기념비도 세지 않지. 내 기억에 하드 셰칼라 학살의 통계를 신문들이 보도하긴 했어. 하룻밤 사이에 사망자가 천 명이 넘는다고. 그리고 삶은 길고, 이 끝도 없는 숫자를 토하지 않고 삼키는 건 불가능하니 그 합을 적당히 낮추는 데 동의했지. 어느 날 하디자가 기자들을 조롱하기 위해 내게 보여 준 신문의 헤드라인은 이랬어. "수십 명의 사망자." 여길 만져 봐, 내 왼쪽 귀 바로 옆에. 이게 그 유명한 '미소'야, 사람들을 입 다물게 만드는. 내 아름다운 황금빛 눈도 그걸 상쇄하진 못하지.
 1999년 12월 31일 밤, 이슬람 무장 단체의 카티바들은 우릴 처벌하기로 결정했어. '낮의 국가'의 사람들도 그들 나름의 방식으로 그렇게 했지. 한 달 전, 우리 마을의 전기가 끊겼어. 테러리스트들이 폭탄을 만들고 부품을 용접하는 데 쓸 전기를 그들에게 제공했다는 혐의 때문이었어. 우린 어둠과 차가운 태양 사이에 내버려졌어. 한겨울은 고통스러웠고, 우리는 돌처럼 굳어 각자의 침묵 속에 몸을 감싸고 있을 수밖에 없었어. 자매들. 아버지들. 어머니들. 불빛에 비쳐 붉은 바람에 나부끼는 머리칼. 이건 우리에게 겨누어진 무기가 뭐냐에 따라 이쪽저쪽을 오가는 놀이였어. 우린 긴 전쟁의 끝에 도달해 있었고, 나라 안에서는 시간도 감각도 뒤엉켜 널브러져 있었어. 누가 누구를 죽이고 있었냐고? 에미르들조차 그들끼리 서로 죽였어. 어떤 이들은 신에, 신의 약속에 절망해서, 또 어떤 이들은 전우에 대한 배신과 의심으로 피폐해져서.

  그날 밤 우아르세니스에서 무슨 일이 일어났는지 언론도 정부도 명확히 밝히지도 해명하지도 못했어. 천여 구의 시신이 집계됐으나, 이내 그 숫자도, 핏물 범벅 진창에 도살자들이 남겨둔 메시지도 의혹의 대상이 되었어. 도대체 왜 이런 학살이 일어났을까? 저 괴물들이 살육의 대가로 바랐던, 세계 종말에 대한 전대미문의 의미가 그 학살에 정말 있었던가? 여기서부터 하디자는 생각에 잠겨 이야기해. 엄마의 목소리는, 마치 살아 있는 내 몸을 부검하고 있음을 이해시키려는 듯 교수 같은 목소리로 변해. 엄마가 자기 이야기를 마치고 내가 거울 속의 빈 구멍을 메우는 데는 십 년이 걸렸어. 그 거울 속의 내 모습은 훼손되어 있고 내 몸에서 분리되어 있지. 산악 지방 농부와 양치기들이 '낮의 국가'라고 부르는 세력은 첫 번째 산기슭 아래 막사에 자리 잡고 있었어. 영양실조에 걸리고 공포와 추위에 얼어붙은 병사들은 그 지역 양치기들과 우아르세니스 고지대에 사는 부족들에 대한 불신과 분노에 가득 차 있었지. 그들은 그 십 년 동안 '탕고'라고 부른 테러리스트들과 우리가 공모했다며 비난했어. 우리가 그들을 먹여 주고, 덥혀 주고, 재워 준다고 의심했어. 그래서 우릴 원망하고 우리의 죽음을 기다렸어. 그리고 '밤의 국가'가 있었어. 무장한 이슬람 단체들이 그들이지. 이 세기 말, 그들은 도처에서 와서 우리 산에 들어와 몸을 숨기고, 우리 양들을 몰수하고, 우리 동네의 소위 '반역자'들을 처단했지. 그러면서 프랑스 식민지 시대와 똑같다고 했어. "신의 전쟁과 반역자가 있다. 당신들은 어느 편인가?" 이들 대장이 광기 어린 눈으로 물었지. 우린 우리가 어디 있는지 몰랐어. 삶과 죽음 사이를 왔다 갔다 하는 이 엇갈림 속에서 도대체 어디에 있는지.

몇 달 동안 이런 상황이 지속되다가, 어느 날 두 세력, 두 '국가' 중 하나가 돌밭 한가운데 잿빛으로 미동도 않고 있는 사람들을 결판내기로 결정했어. 12월 31일, 그들은 열 개 부대로 나뉘어 한밤중에 먼저 개들을, 말들을, 이어 모든 종류의 동물들을, 심지어 암탉들까지 도살했어. 완벽한 침묵 속에 전진하려고 말이야. 일곱 개의 마을과 열두 부족이 전멸했어. 이어 마침내 사람들 차례가, 우리 차례가 되었어. 쓸모없는 호랑이가 수놓인 담요 밑에 있던 언니와 나한테까지 그들이 온 거야. 이튿날 아랫마을에서는 방향 잃은 눈을 한 도망자들이 발견되었어. 그들은 여전히 냄비, 프라이팬, 죽은 닭, 피 흘리는 개들을 껴안고 있었어. 개울을 건너 산 쪽으로 올라가자, 탈주로를 따라 흔적들이 여기저기 흩어져 있었지. 그날 밤, 시시각각 운명이 바낄 수도 있는 그 시간에 따라 생존자들의 심경이 어땠는지 눈대중으로 가늠할 수 있었어. 산발치에서는 간단한 식기류들이 보였어. 좀 올라간 산 중턱 부근에서는 좀 더 무거운 물건들이 보였고. 궤짝, 담요, 부엌 살림살이, 심지어 밀가루 포대도. 분화구에 가까울수록 가장 무거운 재산들이 보였어. 궤짝, 특별한 날에 쓰는 커다란 양탄자, 그리고 죽은 거대한 가축 사체들. 생존자들이 도망치면서 불편한 짐들은 다 내려놓고 간 거였어. 이어 더 올라가 잿빛 하늘이 목격자들의 가슴속까지 파고들 때, 마침내 시신들이 보였어. 훼손된 개, 사람들, 손들, 내장들, 그리고 무엇보다도 잘린 머리들. 그 머리들은 어떤 것은 구름을, 어떤 것은 추억을, 어떤 것은 살인자를 응시하고 있었어. 그것들 앞에서 사람들은 말문이 막혔어. 피부는 회색으로 변해 있었고, 혀는 튀어나와 있었으며, 종종 경추 아래로 번진 피의 후광 밖으로 잘린 머리들이 뒤집힌 채 굴러 나와 있었지. 땅은 추위에 검게 드러나 있었고, 풀도 살인자들이 잔혹하게 짓밟아 버린 터라 거의 살아남아 있지 않았어.

 이 벌거벗은 산들 위에는 침묵이(하디자의 목소리가 촛불처럼 깜박여) 지배했어. 어떤 노래로도, 집으로도, 모닥불로도 절대 깨지지 않을 침묵이. 1월 1일 아침, 우린 모든 부족이 몰살당했다는 걸 알았어. 우리 농장 주변에서만 하룻밤 사이 거의 천 명이 살해당했어. 하디자는 그 단어에서 가시를 빼 내려는 것 같은 목소리로 말했어, 그 숫자에 온 나라가 발칵 뒤집혔다고. 아무도 그 말을 믿지 않았어. 그런 총합은 동화나 천국, 신화 속 전투, 혹은 부정확한 소문 등에나 어울렸어. 그들은 거짓말쟁이처럼 프랑스와의 전쟁에서 정확히 150만 명이 사망했다고 확신에 차서 주장했으니, 하룻밤에 천 명이라는 숫자는 상상도 할 수 없었지. 그래서 숫자를 줄인 거야. 신문들에는 "수십 명의 사망자"라는 헤드라인이 나왔어. 또 어떤 신문들은 "323명의 사망자", 또 다른 신문들에는 "212명의 사망자"라고 했어. 또다른 신문들에선 아예 수를 세지 않았지. 사랑이나 극단적 부(富)를 말할 때처럼. 수년이 흘렀지만 하디자는 여전히 부끄러움과 분노로 얼굴을 찡그려. 나 역시 엄정한 집계라는 것을 믿지 않아. 시간은 하나의 장면으로 자신을 내어 주지. 그리고 어느 순간 사람들은 영원히 같은 나이에 멈춰 버리고, 살아가기로 결심하고 스스로를 세상에 내보내지 않는다면 계속 맴돌게 될 거라고 나는 믿어.

그렇게 그 숫자는 분명하고도 효과적으로, 무섭도록 부인되고 깎이고 닳고 수정되고 지워져 마침내 십 년 후엔 나 말고는 아무것도 남아 있지 않게 되었어. 난, 그날 아침, 눈을 꾹 감은 채로 발견되었어. 살인범이 내가 죽었다고 믿게 만들어 결국 나 대신 언니 목을 따게 만든 상태로 말이야. 마치 언니가 대속의 희생 제물이라도 된 것처럼. 사람들은 나를 들쳐 업고 갔고, 서로 소리를 지르고 밀쳐 대며 내 맥박을 쟀어. 나의 엄마 하디자는 렐리잔 병원에 자원봉사자로 와 있었고, 현장 생존자들 틈에서 죽어 가는 날 발견한 거야. 엄마는 내 들것을 따라다녔고, 내 곁을 지켰고, 내 상태가 절망적이라 판단되어 새벽에 더 큰 병원으로 후송하기로 결정하자 오랑으로 향하는 구급차를 함께 탔어. 엄마는 내가 피와 행운의 길을 통해 곧장 엄마의 뱃속으로 들어올 운명이라고 생각했나 봐. "그래, 난 거기 있었어. 난 지지하고 싶었어. 돕고 싶었단다. 함께하고, 투쟁하고 싶었어." 엄마는 그렇게 말했지만, 생각을 더듬다 보면 스스로 대는 이유 속에서 길을 잃었어. 입양된 고아였던 자신의 이야기로 되돌아간 거지. 그 아이는 세상을 수선하고 싶어 했어, 새들, 도살당한 자들, 헐벗은 아이들, 갈매기와 양들, 그리고 두 개의 언어를 가졌으나 그 균열과 틈새 때문에 자기 이야기를 할 수 없는 모든 이들을 위해.

날 용서해 줘.

33

밤이 되기 전 마지막 몇 분

　타이무샤. 이건 파티마의 애칭이야. 예언자의 딸이 가졌던 이름. 그때도 깨진 거울이 있어, 밤의 벗은 발과 목에 겨눈 칼도. 다섯 살배기 아이의 눈을 들어 나무 사이를 보면, 언니는 거인처럼 보여. 언니는 세상이 따뜻한 빵의 속살만큼이나 좋다는 듯이 웃어. 언니는 덤불 속 메뚜기들을 내게 가리켜 보여. 넓은 이마, 고운 얼굴, 조상에게서 물려받은 갈색 피부. 내 피부는 창백한데. 아버지가 우리에게 겁에 질린 양들 위로 굽힌 등만이 아니라 얼굴도 보여 줬더라면 우린 아버지를 닮았을 거야. 타이무샤 언니는 실제로 없는 물고기들을 지어 내고, 이삭들을 묶고, 개울 물길을 그리며 놀고, 밤에 물잔에 별을 잡아 넣는 걸 잘했어. 자국을 남기는 걸 아주 좋아했지. 오솔길 위에, 부뚜막 불티와 재 위에, 아버지가 도살한 양들의 핏속에, 또 겨울의 진흙 물 속에. 지금도 가끔 난 혼자 있거나 할 일이 없으면 발자국을 봐, 정말이야. 페인트칠이 다 벗어진 벽 위나, 구름 속, 바다나 말의 등허리 위에 남은 자국들도. 언니의 손도 기억나. 무척 커서, 언니의 말이나 몸짓을 더 크게 보태는 것만 같았지. 언니는 사는 게 행복한 사람처럼 보였어. 혼자라고 생각할 때면 콧노래를 불렀지. 엄마는 그런 언니를 어떤 불행처럼 아니면 낯선 사람처럼 쳐다봤어. 아마 동물들도 언니를 사랑했을 거야. 난 그렇게 믿고 싶어. 우린 농장 주변 들판에서 많이 놀았어. 숨고. 세고. 하나, 둘, 넷, 스물. 나는 달렸고 구멍을, 담벽을, 헛간의 그늘을 찾아 냈어. 언니는 내가 안 보이는 척 눈을 감고 숫자를 세다가, 나를 찾아 멀리 돌아 갔어. 난 기쁨에 온몸을 떨었지. 그러다가 언니는 걱정스러운 기색으로 다시 돌아와선 두려운 듯 행동하다가 털썩 앉았지. 그럼 난 불쑥 다시 나타나 언니를 웃게 해 주었어.

  난 구석에서, 거의 죽기 직전에 발견되었어. 엄마가 두꺼운 담요들을 정리해 두던 나무 궤짝이 있었는데, 거기 아래로 기어들어가 숨어 있었던 거야. 난 피투성이로 붉은 와디를 건너 거기까지 기어갔어. 거긴 내가 언니와 놀 때 자주 숨곤 하던 장소였어. 난 한 손에는 내 머리를, 다른 한 손에는 내 몸을 받치고 있었어. 언니의 경우에는, 처음에는 머리만 발견되었어. 언니 피의 흔적들이, 마치 길처럼 이어져 다른 시체들이 있는 곳을 알려 주었고. 부모님은 장례를 치르기 위해 시신을 맞춰 다시 합칠 수조차 없을 정도였어. 사실, 온전히 묻힌 자가 없었지. 군인들은 마을 사람들을 따라가길 거부했고, 마을 사람들은 그들끼리 삽과 막대를 들고 산비탈의 갈라진 틈에 시신 매장하는 일을 했어.

  하디자는 자신이 가장 분노했던 순간을 떠올리며 또 다

른 이야기를 들려줬어. 2000년 1월 1일, 학살 현장이 발각되었을 때, 토막 난 시신들에서 연기가 피어오르는 가운데 마을 여기저기가 불에 타고 있을 때, 사람들은 어찌해야 할지 몰랐어. 그래서 우물을 시체로 가득 메웠고, 우물로 충분치 않자 폭우로 생긴 도랑에 나머지 시체들을 묻었어. 한 달 후 비가 다시 내리자 무덤이 드러났어. 시체들이 푸르스름한 나체 상태로 마을로 미끄러져 내려와 물길에 떠밀려 가난한 집들 문턱 앞에 나뒹굴었어. 사람들은 다시 땅을 파고 시체들을 묻었지. 그런데 이어 와디가 범람하면서 다시 시체들이 드러났고, 이런 식으로 모두가 산 자와 죽은 자들을 구분하는 데에 지칠 때까지 계속되었어. 난 이 이야기의 끝을 알지 못해. 하디자도.

  그는 내 목을 한쪽 귀에서 다른 쪽 귀까지 그어 갈랐어. 그는 내 목을 단칼에 베었지만, 그 도살자는 희생 제물을 바치는 데는 실패했어. 그렇게 난 살아남았어. 사람들이 나를 데려왔고, 하디자는 날 이리저리 옮기며 비명을 질렀고, 사방으로 뛰어다니고 울고 나를 껴안고, 그날 밤 렐리잔 병원에서 날 봉합하기 위해 모든 사람을 다 동원했어. 난 엄마 덕분에 살아났어. 그날 밤 혼이 다 빠진 의료진들 앞에서 엄마가 보여준 끈기 덕분에 난 살아났어. 벙어리가 되어, 성대도 없이, 이 이야기를 끝맺을 한마디 말도 없이. 목에는 구멍이 나고 눈은 커다래졌어. 난 다시 숨을 쉴 수 있도록 기관절개 수술을 받았어. 외과의들은 내 머리를 목에 다시 꿰매 주면서 악마 같은 미소를 그려 넣었어. 이십일 년 동안 나는 사람들의 입을 마르게 하는 이 강박적인 웃음을 짓고 있었지. 기쁨, 행복, 조롱만큼이나 크게 벌어진, 바보 같은 미소를. 한 귀에서 다른 귀까지 이어져 있고, 턱 밑에 또렷하고 고요하게 서예처럼 새겨진 미소. 그것은 혀를 둘로 가르고, 기쁨이 더 이상 기쁨이 아닐 때 그 모습을 흉내 내지. 우리 엄마 하디자는 나를 '오브'라고, 새벽이라고 불렀어. 밤의 운명, 엄마의 것과 나의 것, 그 두 운명에 저항하고자. 내 이전 생의 다른 이름은 다 마를 때까지 피를 흘렸어. 오직 타이무샤 언니만이 그 이름을 기억해, 언니가 내 꿈속으로 돌아올 때마다. 그 다른 이름은 사라졌어. 나의 태아, 비워질 나의 껍데기, 날개 없는 잠자리, 심장 속의 심장, 붉은 불꽃, 말 속의 목소리, 말 그 자체, 마침내 귀를 찾는 언어. 알겠니?

  난 다섯 살 때 죽었고, 넌 오늘 저녁이나 내일 아침, 엄마 하디자가 돌아오기 전 그렇게 될 거야. 내일은 양들은 도살되고, 난 알약 세 알을 삼킬 거고, 넌 자유로워질 거야. 난 정말 그러고 싶었어. 마치 죽은 자들의 자리에 책이 오듯이, 150만 일의 밤 동안 말하고, 말하고, 또 말하며 나를 대신해 모든 걸 말해 줬을 그녀. 내 딸아, 맹세컨대, 나는 간절히 바랐단다, 네 목소리를 듣고, 햇살 같은 이로 웃는 너를 바라보고, 너를 꼭 끌어안아 내 몸을 되찾고, 너를 사랑해서 우리 둘의 언어가 끝없이 이야기를 이어가는 하나가 되기를. 네 입에선 아름다운 말이 자라. 그 말은 무성하고 힘차서, 수도꼭지처럼 터지고 샘처럼 솟고 비처럼 내리지. 네 눈엔 온 바다가, 네 가슴엔 하늘이 가득해, 그 하늘이 말들에게 돛을 펼치도록 도와. 그러나 지금 오랑에서는 밤이 준비되고 있어. 희생제의 날은 아침 기도로 시작돼. 온 도시에서 남자들은 도살할 양을, 예속시키기 위한 여자들을, 정화하기 위한 세계를, 위층에서 던져 버릴 옷들을, 금지할 향수들을, 희생시킬 매춘부들을 창조한 신에게 감사 기도를 하지. 딸아, 난 울지 않아. 왜냐하면 울면 튜브나 삽관 부위에 아주 안 좋기 때문이야. 타이무샤, 언니, 나는 눈을 감았고 그때부터 세상의 광채에 눈먼 사람이 되었어. 그 무엇도 내 심장에 와 닿지 않아. 왜냐하면 나는 비겁했고, 살인자가 언니를 죽이는 데 신경 쓰도록 죽은 척했으니까. 그렇게 나는 이십일 년을 벌었어. 나는 숨었고, 그래서 언니가 반복해 말한 것을 알아듣지 못했어. 두 귀가 윙윙거렸고, 피에 두 귀가 다 잠겨 버렸거든. 내가 얼마나 여러 번 기억 속을 더듬었는지. 하지만 그 순간에 무슨 일이 벌어졌는지 선명하게 기억나지 않아. 난 듣지 못했어. 난 살아선 안 돼. 그러니 내 꼬마야, 어떻게 내가 생명을 준다고 기대하는 거니? 물 한 잔이면 넌 내가 누구인지도 모를 이에게 가서, 세상에 태어나기 위해 다른 자궁을 원한다고 되풀이해 말할 거야. 뭘 기대하는 거니? 이 나라에 사는 거? 여기엔 아무것도 없어. 네가 나한테 이렇게 대답하는 소리가 들려. "그래, 한데 저쪽에서도 아무것도 안 보여. 난 살고 싶어." 안 돼! 내일, 동이 트자마자 난 물 한 잔을 마실 거야, 그리고

2부

미궁

1

6월 20일 오전 5시 45분, 오랑을 떠나며
"미궁의 입구에서 너는 깨어난다."

　이 나라를 모르는 사람에게 말을 거는 것은 신비로운 일이다. 하늘의 야자수 잎 저편에 있는 사람. 또 다른 법, 또 다른 계절에 갇힌 사람. 내 심장 박동, 내 발걸음, 내 기분 외에 나에 대해 거의 알지 못하는 사람. 눈먼 채 나와 함께하고, 어둑어둑한 내 밤으로 무작정 들어서고, 세상이 너무 시끄러워질 때 내 말에 귀를 기울이는 사람. 너 같은 사람, 한 번도 땅에 닿아 본 적 없고, 하늘이 아래 있는지 위에 있는지 모르고, 현재라는 불덩어리가 무엇인지 모르는 사람. 우선은, 우리가 그래도 여기 함께 있는 동안만큼은 네게 이름 하나를 골라 줘야 할지 모르겠다. 넌 묶여 있고, 난 길을 떠나고 싶어 미칠 것 같고. 내 이름은 파즈르, 새벽이라는 뜻이야, 알지? 난 널 후리라고 부를게. 하지만 너무 익숙해지진 마. 네게 남은 시간은 얼마 안 되니까.

2

오전 11시 9분
"들어가자."

"근데 여기서 뭐해?" 그가 소릴 질러 댄다.(자기를 뭐라고 생각하는 걸까? 경찰?) 역광 속 햇볕에 그을린 얼굴에서 핏기가 가신다. 눈썹을 찡그리자 거의 뿔처럼 보인다. 그의 손이 마치 나를 위협하듯 마구 흔들린다. 내가 물러서고 또 물러서자 그는 좀 누그러진다. "여기 있으면 안 돼!" 마치 어린아이에게 말하듯 단어들을 하나하나 떼어 말하는 그. 아버지가 있으면, 남편이 있으면 이런 식일까? 그는 오래된 감정에 시달린 눈빛을 하고 가만히 서 있는다. 그게 도리어 날 더 불안하게 한다. 그는 나보다 더 두려워하는구나. 그런데, 누구를? 나는 헝클어진 머리에, 뺨에는 맞은 자국이 있고, 찢어진 셔츠를 입고, 한여름에도 얇은 스카프를 목에 두른 스물여섯 살의 젊은 여자를 떠올린다. 맨발로 텅 빈 흙바닥에 박힌 듯, 알제리의 도로 위에 서 있는 여자. 벌써 온 나라 사람들이 집으로 돌아가 도살된 짐승들의 피에 취해 있는 가운데 태양 아래 중얼대는 거지 여자. 11시가 지난 지금 대축제는 도처에서 벌어졌어, 여기만 제외하고.

내 남루한 차림새가 그에게 겁을 준 건 사실이다. 거기에 내 '미소'까지. 하지만 그게 전부는 아니다. 그는 다른 뭔가를 두려워하고 있다. 그는 나를 향해 검지를 겨눈 채, 뭐라 규정하기 어려운 내 잘못을 지적한다. 황량한 큰 고속도로가 그의 분개를 정당화한다. 그의 시선은 이제 스카프로 간신히 가려진 내 튜브에 고정된다. 왼쪽 눈꺼풀이 치켜 올라가고, 호기심 가득한 눈이 내 상처에 닿았다가 더 커진다. 내가 달아날 것 같으니 그는 훈계를 포기한다. 우린 길 잃은 짐승들처럼 서로를 멍하니 바라본다.

"다음 마을에서 내려 줄 수 있어. 강도를 당한 거라면, 거기 경찰이 있으니 널 도와 줄 거야." 다음 마을은 우에드 틀렐라트다. 내가 방금 지나온 곳. 난 헌병대에 가 있었다. 이 남자는 분명 도로의 또 다른 미치광이거나 강간범일 거다. 내 발은 하도 걸어서 다 탔고, 상처투성이다. 널 보호하기 위해 들판을 가로질러 도망칠 준비가 되어 있다. 나의 후리, 귀를 쫑긋 세우고 듣고 있지? 그가 날 잡을 때까지 얼마나 걸릴지 계산해 봤어. 우린 달리고, 도망치고, 아무도 우릴 못 막을 거야. 신도, 예언자도, 헌병도. 난 들판 쪽으로, 천천히 뒤로 물러난다. 낯선 자는 얼어붙는다.

운전사가 내게 내가 결코 상상할 수 없었을 광경을 보여 준 건 그때다.

나의 작은 달아, 바람이 일기 시작하는 지금 넌 내 눈을 통해 그걸, 이 광경을 기록하고 있어. 그의 거무스름한 얼굴, 반짝이는 눈, 그리고 더러운 이는 마치 으깨진 과일처럼 찡그린 표정으로 뒤섞여 있다. 갑자기 그는 운다, 손으로 내 목을 가리킨다. 거친 신음으로 천 갈래 오열을 터뜨린다. 그는 뭔가를 잘못 삼켜 길을 잃은 사람처럼 숨이 막히고, 뒤죽박죽으로 나오는 그의 말들은 사방에서 물이 스며드는 듯하다. 짝짝이 두 눈은 서로 다른 두 사람인 것처럼 울어 댄다. "여기 혼자 있지 마, 딸."[1] 그는 신의 이름을 입에 올리고, 한숨을 쉬고, 떨쳐 내려는 듯 딸꾹질을 하지만, 그러면서도 눈빛은 나한테 도망치지 말라고 설득하고 있다. "딸아, 그자들이 널 잡아먹을 거야. 그들은 늑대야. 그리고 하느님만은 알고 계셔, 그놈들이 너에게 들판에서 무슨 짓을 할 수 있는지. 봐, 벌써 널 물어 놓았잖아!" 그는 내 목을 가리키고, 이어 내 뒤에 있는 그을린 벌판과 사나운 가시덤불을 가리킨다. 그러곤 울음을 그치더니 다시 여느 사람 같은 얼굴로 돌아온다. 그는 도로를 뜯어본다. "이런 데 있을 수 있다니, 불가능해. 어쩌면 하느님께서 널 보냈을지 몰라, 그렇지?" 하느님? 이 낯선 사람은 계속해서 날 뜯어보고, 내 스카프로 시선을 돌린다. 그러고는 좀 덜 딱딱한, 아니 거의 고마워하는 기색으로 또 말한다. "넌 아마 표지일지 몰라. 말해 줄래? 응? 그런 거야?" 그러더니

---

1   실제 딸이 아니지만, 아랍 문화권에서는 습관처럼 자신보다 나이가 어려 보이는 여성을 '딸' 혹은 '누이'라고 부른다.

헛것을 본 듯 몸을 도로 방향으로 돌린다. 주변의 황량한 들판이 우릴 가늠하듯 살핀다. 차 한 대 보이지 않고, 세상의 끝인 듯 텅 빈 도로가 계속 이어지고 있다.

이 침묵의 결투가 끝나고, 운전사는 차 안으로 들어가 사라지더니 조수석 문이 열린다. "봐! 널 해칠 생각은 없어. 타. 내가 내려다 줄게. 널 여기 두고 가진 않을 거야. 그들이 널 잡아먹을 거야." 그는 마치 죽어 가는 사람의 마지막 조언처럼 애끓는, 눈물 젖은 목소리로 말한다. 그러곤 자신의 차 내부를 보여 준다. 그가 증거처럼 내민 것을 나는 보게 된다. 페달 위 매달리듯 떠 있는 오그라든 오른다리, 보정화와 접어 올린 바짓단. 그것이 '그의 하얀 발'[2]이었다. 순간, 내 안의 언어가 갑자기 가라앉는다. 그의 두려움의 어둠 속에서 어떤 대상을 붙잡아 냈기 때문에. "타. 우리가 맞지 않으면 네가 원하는 곳에 내려 줄게. 내 이름은 아이사 구에르디야. 내 이름을 알면 좀 안심이 될지 모르지." 난 그를 자세히 뜯어본다. 동공 하나는 너무 두꺼운 눈꺼풀 아래로 사라져 안 보이고, 다른 동공은 눈 하나 깜박이지 않고 나를 응시한다. 그의 머리칼은 하얗고, 이목구비는 도드라져 있다. "말이네." 너는 쿠란에 따르면 천국에 사는 몇 안 되는 동물 가운데 하나를 떠올리며 내게 말하는구나. "자, 타자. 우린 미친 거야!" 그렇다면, 이제 이 여행은 계속된다. 나의 죽은 언니의 땅으로 가는 여행. 언니에

---

2 의심을 거두게 하는 증표를 가리킨다.

게 너의 이유와 나의 이유를 설명하고, 그런 다음 각자 자기 세계로 돌아가는 거지.

3

오전 11시 22분

"왼쪽으로 가, 아니면 오른쪽?"

난 유명한 남자야. 하지만 오래전부터 아무도 내 말을 믿지 않아. 알겠어? 사실대로 말하자면 (그는 도로에 고정된 내 눈을 곁눈질하더니, 이어 반쯤 풀린 녹색 스카프를 두른 내 목을 보고 에어컨을 조절하려고 손을 뻗는다) 난 책을 좋아하지 않았어. 책들은 다 도둑놈이기 때문이야. 어린 시절부터, 바트나에서의 내 바보 같은 삶의 시작부터 난 실수를 했어. 결혼은 청춘의 실수라고 생각했지, 기도는 노년의 실수고. 신, 아니 오히려 엄마가 날 눈 멀게 한 거야. 바로 그때부터 내 저주가 시작됐어. 글을 쓸 줄 알았다면 나도 내 이야기를 썼을 거야, 응! 여기저기 내 이야기를 해 봐도 몇 년 전부터는 아무도 내 이야기를 믿어 주지 않는데, 그렇게 바보처럼 사는 것보다야. 감히 너한테도 말할 수 없는 별명으로 등 뒤에서 욕을 듣는 것보다야.

내가 젊었을 때, 바트나의 우리 대저택에는 책이 사방에 널려 있었어. 바트나 알아? 알제에서 남쪽으로 400킬로미터 떨어진 곳이야. 더 이상 책이라고 할 수도 없었지. 열매 없는 큰 나무의 무성한 잎사귀들 같았다고. 마치 거실 한

가운데 캐롭 나무가 쓰러져 있는 것 같아서, 우리는 그 가지를 넘나들고 잎을 헤치며 살아야 했지, 서로 말이라도 하려면. 결코 죽지 않았고, 헐벗은 앙상한 가지도 드러내지 않았고, 잠든 적도 없었지. 혹은 한쪽 눈만 감고 있었어. (그의 왼쪽 눈꺼풀은 그의 즐거워하는 시선을 간신히 가릴 뿐이다.) 그 신의 나무는 우리 피를 빨아먹었어. (나의 후리, 듣고 있어? 네 나무랑 좀 비슷하지 않아? "천국에는 말 탄 기사가 그 그늘 속을 백 년 동안 달려도 다 지나지 못할 만큼 큰 나무가 있다." 이맘이 언젠가 한 말이야.) 왈라!³ 우리 집에 있던 책들에 대해 내가 갖고 있는 이미지는 바로 그거야. 끝나지 않는 가을처럼, 창백한 가을, 흰 머리칼과 잎사귀들, 바로 여기까지. (그러면서 그는 자신의 목을 가리킨다.)

있지, 바트나에서 우린 앵데팡당스가 56번지에 살았어. 낡은 식민시대풍 저택이었지. 거실이 두 개에, 안뜰에는 레몬 나무가 있고. 커다란 옛날 프랑스식 창문들이 있었는데, 엄마 때문에 자주 닫혀 있었어. 엄마는 사악한 눈길, 질투하는 사람들, 저주 같은 것에 사로잡혀 있었어. 종잇장들이 우리 집 이 방 저 방을 다 차지했어. 마치 우리 집에 한번 초대받고 안 떠나려는 손님들처럼. 그러다 이 종잇장들은 이웃 마을에서 온 깡패처럼 우릴 구석으로 몰아넣었지. 형과 나는 구겨지고 긁힌 흰색 회색 종이 나무들로

---

3   '하느님께 맹세컨대' '정말이야' '진짜로' 같은 의미. 일종의 감탄사로 아랍어권에서 자주 쓰이므로 번역하지 않고 그대로 음독한다.

된 숲속에 살았어. 우린 거기서 책 표지의 여자 사진들이나, 브라질의 나무들, 옛날 칼, 경주용 자동차 같은 걸 찾으며 놀았지. 하지만 단순한 놀이가 아니었어, 딸. 그건 우리 부모님에겐 전쟁이기도 했어.

이 종잇장들은 우리 아버지를 독점하고 두 번째 부인인 양 우리 어머니와 경쟁했지. 이 두 번째 부인은 젊기도 하고 늙기도 하고, 새것이기도 하고 옛것이기도 했어. 수천이나 되는 그 두 번째 부인들은 저마다 자기 이름을 한 낱장에서 살고 있었어. 책들은 심지어 그의 침대까지 흥정하는 거 같았지. 아마도, 아버지와 함께 투덜거리며 보내는 그 밤들까지, 히히! (이렇게 웃으면 그는 어깨가 들썩인다.) 수년간, 책들은 우리 지역에서 가장 저명한 학자가 되고 싶어 하는 우리 아버지의 시선을 독차지했어. 아버지의 눈은 오탈자, 조판, 번진 잉크, 그리고 종일 끄덕이며 주석을 다는 각주에만 꽂혀 있었어. 아무것도 아버지를 떨게 하지 못했지. 어머니의 얼굴도, 어머니의 드러난 어깨의 맨살도, 가끔 어머니가 거울 앞에서 말을 걸곤 하던 그 부드러운 흑단색 머리칼도. 아버지의 두 아들인 벤바디스 형과 금발 머리 동생인 나도 마찬가지였어. 책은 우리 어머니의 남편에게서 눈을 빼앗아간 거야. 그 남자의 다정함은 사라졌고, 이제 책들은 그의 모든 관심과 손을 독점했어. 어머니에게 돌아오는 것은 몇 마디 말할 권리뿐이었어, 그조차 간신히. 누이, 알겠지만, 우리 어머니는 학교에 다닌 적이 없어. 그 세대 여자들은 시간과 정결, 그리고 명예를 지키기 위해 학교에 가지 않았어.

(고속도로 주변의 언덕들이 커지면서 차창 밖으로 소리 없이 흔들린다. 운전석에 앉은 그의 손은 그가 하는 말이 날아다니면서 그걸 따라 잠시 운전대에서 떨어졌다가 다시 돌아온다. 바다에서 파도를 좇듯 나는 눈으로 언덕들을 좇는다. 언덕들은 하늘로 솟아오르다 마을 한두 개를 드러내고 다시 거대한 균열 속으로 가라앉고, 그러는 가운데 이름 모를 다른 마을들이 삼켜지고, 축소된 건물들 가장자리에는 나무들이 못박힌 듯 서 있다. 킬로미터마다 땅은 너울거리며 꺼진다. 나는 이 너울의 무게를 뱃속으로 느낀다. 토할 것 같다……)

우리 아버지는 우리 어머니 엘 하지야[4]를 존중했어, 그래, 맹세코. 아버지는 어머니가 성난 빗자루로 마당을 청소하거나 산더미 같은 빨래를 하는 동안 그 모습을 지켜봤어. 어머니는 문지르고 또 문질렀고, 나는 어머니가 여성들의 삶 속에 있는 것들을 죄다 지우고 싶어 하는 거라고 생각했어. 어머니를 성나게 하는 흔적, 얼룩, 굴욕 들, 우리의 훌륭한 집을 두고 이웃들이 퍼뜨리는 질투 섞인 소문들을. 오, 하느님께서 우리 어머니의 영혼을 거두시길. 어머니는 악마 같은 기세로 책들과 싸웠어, 당신만의 방식으로. 그렇고말고! 당하고만 있지 않았지. 우선 본채와 마당, 복도, 방들, 그리고 대문 앞 인도까지 매일 쓸고 닦았어. 구

---

4   아버지는 엘 하지(El Hadj), 어머니는 엘 하지야(El Hadja)이다. 메카 성지순례를 다녀온 사람을 부르는 말로, 남성형, 여성형이 따로 있다.

석구석 먼지를 털어 내고, 윤을 내고, 정리했어. 그다음에 성난 물과 저주가 가득 찬 큰 양동이로 집 안 구석구석 바닥에 물을 뿌렸지. 물은 아버지의 책들한테는 적이었으니까. 맹세컨대 딸아, 정말이야. 아버지에겐 두 아내가 있었다니까. 한 명은 읽고 쓸 줄 알았고, 다른 한 명은 복수심에 다 지우고 싶어 했지. 종이로 된 아내, 또 살과 피로 된 아내. 난 속으로, 아 그래, 물은 잉크랑 비슷하고, 그러면 어머니는 나름의 방식으로 글을 쓴 거라고 생각해. 그렇지 않아? 물은 종이를 울게 하고, 저자와 제목을 물에 잠기게 하잖아. 그러면 책은 위엄을 잃게 되지. 어머니는 남편을 되찾기 위해 싸우는 것이 자신의 정당한 권리라고 생각한 것 같아. 저녁이면 거울 앞에서 물결치는 자신의 머리카락에게 이야기했고, 그러면 형과 나는 깔깔 웃었어. 길고 아름다운 머리칼 때문에 어머니는 마치 하늘에서 내려온 천사 같았어. 빗질할 때마다 어머니는 점점 더 젊어지는 것 같았어. 아! 얼마나 멋지고 영리한 분이셨는지! "더러워, 먼지투성이라고!" 어머니는 그렇게 반복하며 책을 없애려 대홍수를 퍼부었어. 우리 식민시대풍 저택을 구석구석 청소하고 닦고 윤까지 내고 나면 아버지의 책들은 어머니의 원망 섞인 눈 아래 수몰되어 버렸고, 때때로 어머니는 승리감에 취했지만 미소를 보이지 않으려고 조심했어. 정말이야, 딸!

청소 시간이 되면, 아버지는 발을 들어 올리거나 마르기를 기다리며 거리로 나갔어. 중얼대며 첫 번째 아내의 율법을 따르고, 아니면 앵데팡당스가에 있는 우리 서점 겸 인쇄소에 들렀지. 아주 오래된 서점이야, 보면 알게 되겠지만. 그 가엾은 남자는 자기 삶을 시큰둥하게 밀어 내고 있었어. 오, 하느님께서 그분의 영혼 또한 거두시기를.

내가 누이에게 이런 이야기를 하는 것은, 바로 거기서 이야기가 시작되기 때문이야. 몇 년 후에야 나는 깨달았어. 우리 동네에서조차, 우리 집안의 명망 높은 이름과 내 말재주에도 불구하고 사람들이 내 말에 귀 기울이지 않게 되었을 때에야. 읽고 쓰는 법을 배워야 했는데. 글을 쓰면 거짓말조차 진실이 되고, 더 멋있게 포장이 되잖아. 글을 알았더라면, 지금쯤이면 나를 집에 못 돌아가게 하고 친구도 못 사귀게 하고, 사람들의 신뢰와 아버지가 누렸던 존경까지 막아 온 이 내 이야기에서 벗어날 수 있었을 텐데. 왈라! 이십 년째 아무도 내 말을 믿지 않아. 내게 아무 증거가 없으니까. 그런데 그때, 오 하느님! 그때 그분께서 널 내게 보내신 거야, 이드의 날에 말이야.

대청소를 하던 날 저녁, 아버지가 마침내 우리 집 서재에 들어갈 수 있게 되었을 때면 수많은 책더미가 아래쪽부터 물을 빨아들여 마치 알제 바다에 익사한 시체들처럼 부풀고 잿빛이 되곤 했어. 그는 엄한 사람이었단다, 딸아. 그는 어머니를 때렸고, 주먹질했고, 어머니는 코피를 흘리며 거의 정신이 나가 자기 집으로 돌아가 버리겠다고 계속 같은 말을 했어. 하지만 나이가 들면서 아버지는 지쳤고, 분노도 함께 닳아 없어져 결국 항복했어. 알라의 예언자들마저 까다로운 아내들을 참아 내야 했다고 아버지는 믿었을 거야. 알아주지 않는 학자로서 그저 자신의 운명을 받아들인 거라고 난 짐작해. 아버지께 책은 책이 아니라 계시를 기다리던 동굴들이었어. 시간을 죽이러 혹은 시간을 늘리러 카페에 가듯 그곳을 찾은 거지.

(이 도로는 톱처럼 내 머리를 관통해 들어와 나를 둘로 가른다. 오, 내 딸아, 이 도로는 내 삶의 다른 방향을 따라 내게 상처를 입힌다. 오늘 이 길은 파란 하늘 아래 발가벗은 채 펼쳐져 있지만, 나는 겨울의 큰 구름들이 여행자들을 삼켜 버리던 그 뒤틀린 여정을 기억하고 있다. 난 이십일 년 전 범죄 현장으로 되돌아오는 그림자다. 하지만 거기에 가지 않는다면, 도대체 어디로 가야 마침내 모든 것을 다시 시작하고 네게 진실을 보여 줄 수 있겠어?)

어머니의 또 다른 무기는 아버지를 위해, 정성 들여 만드는 정찬들—외증조모와 어머니에게서 전수받은 조리법으로—이었어. 보통 결혼식 같은 특별한 행사에서만 먹는 요리들이었지. 왈라, 어머니는 그 요리들을 마치 영화 속 독살처럼 준비하셨어! 어머니는 레시피들과 거의 대화를 나누다시피 했어. 두 번째 아내로 사는 불행과 주술에 걸린 남자의 배신에 대해 털어놨지. "구에르디 가문은 미치는 게 집안 내력이야!" 어머니는 향신료와 거울에 대고 부르짖었지. (운전사의 눈은 이제 도로가 아닌 과거를 응시한다. 빈약한 누런 언덕들이 비현실적인 바람과 싸우고 있다.) 저녁이 되면 어머니는 자신이 짠 전투 순서대로 접시를 내놓았어.

꿀, 생선, 피스타치오, 시럽에 졸인 자두, 갖가지 샐러드, 전채 요리, 단 음식, 짭짤한 음식, 말린 과일, 소스 등등. 매번 한숨을 쉬며 거기 들인 노력과 시간의 값을 드러내고, 부엌문 앞에서 아버지 취향이 어느 쪽으로 기울어지는지 지켜보았지. 자신일까, 아니면 다른 아내일까? 오, 하느님께서 엘 하지의 영혼을 거두시기를! 아마도 그게 재밌거나, 두 아내 사이의 공평함이 염려되는지, 아버지는 망설이는 척했지. 아버지는 항상 시식부터 했어. 그리고 느린 동작으로—매주 반복되는 의식이었지.—그날의 원고를 낮은 탁자 위에 올려놓고, 접시를 밀어 낸 다음 한 손으로는 건성으로 음식을 먹고, 다른 한 손으로는 옛이야기들을 뒤적이곤 했지.

엄만 책들과의 싸움에서 자주 졌어. 음식들은 아주 격렬한 싸움의 전조이기도 했지. 형과 나는 천둥같은 다툼 소리를 들었고, 그때마다 우리 뱃속은 뱃사람들처럼 뒤틀렸어. 아버지가 보기에, 어머니가 주방 레시피들로 원고들과 맞붙어 벌이던 그 전쟁은 그가 정실 아내에게 주는 작은 오락거리이기도 했어. 어쩌면 그에게도 그건 하나의 언어 아니면 놀이였을지도 몰라, 잘은 모르겠지만. 이런 건 아주 사적인 문제, 마음의 문제인데, 사람들이 부모님 앞에선 잘 말하지 않는 것들이야. 우리 집에선 다들 마음이 너그럽지만 말이 없어. 모르는 사람과 함께 있거나, 죽음이 가까워지고야 수다스러워지지.

우린 종종 이 전쟁 같은 식사를 위해 아버지와 함께 식탁에 앉았어. 형과 난 그저 말없이 기다렸고, 어김없이 찾아오는 침묵의 싸움 이외엔 아무것도 일어나지 않았지. 우리 아버지는 아무 말도 하지 않았어. 침묵, 그것이 그의 복수였지. 이마를 숙이고, 입술을 내밀고, 눈은 남이 쓴 글에 고정한 채. 엘 하지, 우리 아버지는…… (아버지의 이름을 언급할 때, 그의 낮은 목소리는 살짝 공손해진다. 마치 아버지 앞에 있는 것처럼, 그 존재 앞에서 약간 떠는 것처럼. 아, 좀 웃겨 보일 지경이야. 그 역시 뱃속에 지옥과 낙원 사이에서 옥죄는 사람이 하나 들어 있나 봐!) 엘 하지, 우리 아버지는 책이 되고 싶어 했어. 내 생각에 아버지는 책을 그대로 닮고 싶은 것 같았어. 그는 글처럼 움직이지 않는 것을 사랑했고, 필요한 말 이상은 하지 않고 싶어 했지. 그는 하지였어. 그러니까 메카[5] 순례를 다녀온 사람. 아버지는 마치 옛날 재판관 같았어. 두 아내 사이의 전투 속에서—하나는 종이나 프랑스 여자들 피부처럼 희고, 다른 하나는 먹빛 머리칼을 한—그는 우리에게 늘 같은 말을 되풀이했어. "맛있는 식사는 배를 채우고 배는 무릎을 지탱해 주지만, 책은 너희 머리를 곧추세우고 사람 전체를 받쳐 준다." 형과 나는 그 말을 믿는 척해야 했고, 그걸 보여 주려 어머니가 정성껏 차린 음식을 너무 많이 먹지 말아야 했지. 형은 제 몫의 고기 무게를 재어 본 후, 내 몫과 크기를 비교해 보곤 실망한 듯 눈썹을

---

5   무함마드가 태어나고 활동한 장소로, 사우디아라비아 서쪽에 있다. 무슬림들은 평생 한 번 이상은 이곳 성지 순례를 해야 한다는 의무를 갖는다.

찡그렸어. 질투가 많은 사람이었거든. 오, 그의 영혼 역시 하느님께서 거두시기를.

엄마? 엄만 아버지의 상상 속 학자 미소에 대해 벌을 주듯, 부엌에서 냄비들을 마주 보고 서서, 맛도 없는 빵 조각을 필사적으로 씹고 또 씹으며 혼자 먹는 일이 잦았어. 심하게 다툰 날은 아예 먹지도 않았지. 엄만 그릇들에게 되풀이해 말하곤 했어. 언젠가는 은가우스 마을 가까운 곳에 사는 자기 부족에게로 가서, "종이 광인"의 집으로는 절대 돌아오지 않겠다고. 엄마가 자기 가족이 아직 살아 있다고 믿기 시작한 게 언제부터였는지는 모르겠지만, 아마 거의 돌아가실 무렵, 기억을 잃어가던 때였을 거야. 사람은 마지막엔 자기와 가까웠던 죽은 이들을 본다고 하잖아. 안 그래? 엄만 모든 친척이 수년 전에 이미 죽었다는 걸 잊어버렸어. 아, 불쌍한 엄마는 유산을 훔쳐 간 세 남자 형제가 죽고 난 뒤엔 아무도 자신을 기억하지 못한다는 걸 잊어버렸어! 그럼 아버지는? 아버지가 책에서 무엇을 좇았는지 나는 모르겠어. 왈라, 지금 돌아보면 어느 땐 읽기조차 하지 않았던 것 같아. 탁자 위에 펼쳐 둔 책들 속으로, 마치 동굴 속으로 숨어들 듯 몸을 누였을 뿐.

오, 딸, 난 지금 쉰세 살이야, 그때 아버지와 같은 나이지. 그래서 이제 더 잘 이해할 수 있어. 아버지는 아마 당신의 아버지 바로 옆에 앉아 있는 자신의 모습을 상상했을 거야, 커튼 너머로 말하듯 종이 뭉치 너머로 아버지에게 말하는 모습을. 하지만 아버지는 내가 태어나기 전 죽은 여동생, 우리 아이슈슈 고모와 말없이 대화를 나누고 계셨던 거라고 생각해. 고모는 결혼하고 바로 돌아가셨지. 그리고 고모 자신과 우리 아버지의 웃음을 함께 가져가 버렸어.

4

오전 11시 34분, 고속도로 위에서
"나의 후리, 그의 이야기는 긴 복도 같아."

아버지는 여동생인 아이슈슈에 대해 딱 한 번 이야기해 줬는데, 프랑스 식민지 시절 자신을 야유하고 폭행했던 소년들에게서 여동생이 어떻게 지켜 줬는지에 대한 이야기였어. 그 기억을 떠올리면서 아버지의 얼굴은 흐려졌어. 그건 그의 마음에 난 상처, 그가 쓰지 않은 책이었을 거야, 내 생각엔. 아, 그래! 진정한 환기였어, 정말로, 내 딸! (이 사람은 언제까지 날 '내 딸'이라고 부를 셈이지?) 우린 안뜰에 있었고, 여름이었어. 아버지는 삼촌 한 분과 얘기를 나누고 계셨지. 아버지는 우리의 가장 호화로운 양탄자인 가르다이아산(産) 양탄자 위에 누워 맛있게 포도를 드시고 있었어. 나는 거기서 멀지 않은 거실 입구 작은 디딤대에 앉아 있었고. 아버지는 반짝이는 눈으로 허공을 바라보고 있었지, 평상시에 희귀한 원고를 꼼꼼히 살펴보듯이. 아버진 마치 여동생이 바로 눈앞에 있는 것처럼 얘기했어. 얼굴이 환해지면서 미소가 번졌지. 그러곤 다시 웃으려 들고, 웃기려 드는 어린아이가 되었어. 난 그래서 그 이야기가 진실이며, 아버지의 마음을 신문지처럼 감싸 왔다는 걸 알았지.

아버지는 책 속에서 이런 친밀함을 찾거나 그것을 잊어버리는 법을 찾고 있었던 거였어.

아, 엘 하지, 하느님께서 그의 영혼을 거두시길! 아침에 우리 셋은 모스크에서 함께 돌아오곤 했어. 왜냐하면 엘 하지께서 우리와 함께 기도하러 가길 강요했거든. 그러면 어머니는 또 전투를 벌였지. 가장 아끼는 무기인 빗자루로 공격을 시작해 엘 하지 구에르디 세누시의 아들을 포위할 때까지 몰아붙였어. 그 이름의 주인은 우리 서점을 일으킨 우리 할아버지였어. 동네가 버스 엔진 소리에 깨어나는 동안, 어머니는 흰옷을 입고 조상들의 사상에 젖은 아버지 주위를 소용돌이치듯 맴돌며 하루를 시작했어. 그리고 엄마가 무기를 버리는 동안, 거리 저 안쪽 카페, 마르하바 카페에서는 커피 향기가 풍겨 왔어. (알제리에선 종종 카페들이 다 똑같은 이름을 달고 있는 걸 눈치챘니? 그래서 꼭 매번 같은 장소로 되돌아오는 것 같아.) 한편 엘 하지는 금박으로 장식된 붉은 벨벳 의자에 앉아 어떤 생각 속으로, 운율 속으로, 아름다운 문장 속으로 사라져 버리곤 했어. 그 붉은 벨벳 의자는 벤바디스 형에게는 금지된 곳이었어. 형은 생각보다 빨리 읽고 쓰는 법을 배웠지만. 참고로 말하자면, 형 이름을 그렇게 지은 건 교과서에 실린 그림 속에서 턱을 손에 괴고 있는 콘스탄티누스의 학자[6] 때문이었어. 아버지는

---

6   Abdelhamid Ben Badis(1889~1940)를 가리키는 것으로 보인다. 그는 언어 교육과 종교적 자긍심을 강조하며 프랑스 식민 통치에 맞섰다. 실제로 턱을 손에 괸 모습의 초상화나 우표 그림들이 있다.

하루 종일 돌처럼 굳은 채, 어머니가 그만 지쳐 양동이를 들고 자기 보물들에서 물러나기를 부질없이 기다렸어. 이 모든 일이, 내 딸아, 고함도 다툼도 없이 벌어졌어! 아니, 우리 집에선 일절 그런 일이 없었어! 우린 유지(有志) 가문이었으니까. 우린 항상 책처럼 고요했고, 불필요한 말은 하지 않았지.

엘 하지가 어디 있냐고 물으면, 어머니는 아버지의 방문이나 슬리퍼나, 아버지가 바깥에 나가 있으면 묵주를 가리켰고, 혹은 그의 가게를 의미하는 동쪽을 가리켰지. 아버지는 종종 (1962년 알제리 독립을 기념하여 '엘 후리아'라고 이름 붙인) 우리 서점에 몸을 숨기러 갔는데, 그곳은 할아버지께서 물려주신 그대로 잘 보존되어 있었어. 있지, 우리는 우리 동네에서 전설로 여겨지는 특권을 재산처럼 지니고 있었어, 내 딸. 그래, 명망가였지. 신뢰를 주고, 추문을 겪거나 거짓을 늘어놓거나 조롱 섞인 별명으로 불리는 일이 없는. 우리는 한 세기 동안 존경받았고, 아버지에서 아들로 이어진 가업 덕분에 편안히 살 수 있었지. (그의 손은 백미러에 매달린 작은 파란색 털실 물고기의 진자 운동을 멈춘 뒤 핸들 위로 돌아간다.) 프랑스 식민 시대부터 출판된 우리 책들은 우리에게 드물고 귀중한 발언권을 주었어. (한데 지금 그는 말이 너무 많지 않아? 내 귀 쪽으로 몸을 너무 기울이고 있다. 그의 손은 팔걸이에 있다가 가족들을 생각하며 가슴으로 올라가 쓰다듬는다.) 우린 쿠란의 대낭송자이자 주해에 밝은 할아버지의 아버지가 그렇게 정했고 이어 할아버지가 정한 그 일을 우리는 지속해야 했어.

　내가 너무 말이 많다고 생각하고 있지? 히히, 맞아! 하지만 오늘 하느님께서 너를 내게 보냈다고 믿는 이유를 설명해야 하기 때문이야! 넌 하늘에서 떨어졌어. 이젠 아무도 내 말을 믿지 않아, 내 딸아, 우리가 명망가인데도. 내가 하는 말엔 아무 증거도 없거든. 내가 말하면, 날 아는 사람들은 어깨를 한번 으쓱하고 시계나 하늘을 쳐다보고 가 버려. 실감이 나? 대대로 책 장사를 업으로 해 온 집안의 후손인 내가 거짓말에, 심지어 배신행위로 고발당한다니? 나, 구에르디 세누시의 손자인 내가? 형이 죽고, 또 형의 딸과 형수가 죽은 이후, 우리 서점 인쇄소의 유일한 상속자인 내가 말이야. 내가 고아라서 이렇게 길 위에 있는 줄 알아? 오, 아니야! 내가 머릿속에 간직한 모든 것, 그리고 그것들이 진실이라는 사실을 믿어 줄 수 있는 유일한 사람이 바로 나 자신이기 때문이야. 쿠란처럼, 예언자처럼, 하느님처럼, 무덤 속에 알몸으로 서게 될 때처럼 말이야.

　모두 죽었어. 벤바디스 형, 형의 딸, 아내, 어머니, 아버지까지 다. 내 과거, 알제리의 모든 과거 때문에 더 이상 침묵할 수가 없어. 내가 그 일을 다 겪은 이후로는 그렇게 할 수가 없어. 산 채로 칼로 가죽이 벗겨지면서 내 재능은 깨어나고 만 거야. 내 재능은 숫자와 이름, 장소들을 읊는 거야. 아주 많이. 줄줄 외워서. 날짜마다 히치하이커처럼 또 다른 날짜가 나타나. 이름, 성(姓), 장소 들. 내 이야기가 시작되기 전에는 나도 몰랐던 재능이야. 하지만 이걸 책으로 쓰려면 읽고 쓸 줄 알아야 하는데. 그래서 대신 나는 운전을 해. 잊는 데 도움이 되고, 다른 사람들을 난처하게 만들지 않게 해 주거든. 우리 가족의 역사는 책과 나무처럼 아주 오래전으로 거슬러 올라가. 그러니 내가 매달려 지낼 일이 많지. 근데 그 속에서 나는? 아! 내가 말하고자 한 게 바로 그거야, 그리고…… (그는 나와 닮은 점이라곤 없다, 제 것이 아닌 다른 삶에서 흘러온 듯한, 훔친 보석처럼 어울리지 않는, 그러나 가느다란 물줄기처럼 흘러내리는 말씨를 빼면.) 모든 건 거기서 비롯되었어, 책과의 전쟁에서. 어머니가 아버지에 맞서 하던 그 싸움에서. 바로 그 이유 때문에 난 글을 배울 수 없었어. 그리고 내 이야기가 머릿속으로 들어왔을 때, 도살자들의 에미르는 내가 본 것을 어디든 가서 말하라고 내게 요구했어. 하지만 난 아무것도 건지지 못했어, 어떤 증거도. 이십 년이 지난 지금, 내가 입을 떼면 아무도 날 믿지 않아.

난 어머니 편을 들었고, 벤바디스 형은 아버지 편을 들었어. 그리고 책들은 내게 실컷 복수했지. 우리 형은 알제 대학교에서 사회학을 공부해 그 분야 실력자가 되었고, 난 우리 명망 높은 서점의 운전사가 되었어. 그게 멈춰야 하는데, 연송(連頌)처럼 반복되는 그 날짜들이 내 머릿속에서 제발 끊어져야 하는데, 그래야 내가 혼란에 빠지지 않는데, 도대체 그게 안 되니 한 단어도 써 낼 수가 없어.

그래서 난 책들처럼 해. 이야기를 하는 거지. 난 책을 좋아하지 않았어. 그것들은 우리 어머니를 시기하는 여자들처럼 줄지어 서 있었거든. 내가 틀렸지, 왈라! 하지만 금발 머리를 비스듬히 빗어 넘기고 다니던 그 시절 나는 너무 어렸어. 책이란 죽은 자들을 위한 것, 늙은이들을 위한 거라고 생각했거든. 정말 바보 같았어! 아, 아버지는 내 미래에 관해 속지 않았어. 그래도 처음엔 희망을 품었지. 집안의 고귀한 혈통 때문에 내가 가업을 물려받을 거라고 생각하셨어. 결국 아버지 말대로 됐어, 이렇게 책을 한 트럭 싣고 다니잖아. 아버지는 붉은색 금색 벤치에 앉아 눈을 가늘게 뜬 채 날 보면서, 금요 기도 후 차를 마시고 한숨을 쉬곤 했지. 가끔 책 정리를 내게 시켰는데, 그 일은 우리 가업이었으니까. 책들을 다양한 기준에 따라 정리해야 했어. 입고 순, 알파벳 순, 출간 순, 주제 순 등. 또 첨탑만큼 높이 쌓을 수도 있었는데, 그건 그 책들을 다 읽고, 연구하고, 그 책들을 쌓고 또 쌓아 하늘까지 올려 보내고 싶다는 뜻이었지. 하지만 난 침묵을 지키며 아버지 눈에 띄지 않으려고 노력했어. 그리고 어머니가 항상 거기 있어서, 아버지가 날 괴롭히지 못하게 말려 줬어. 가문의 고귀한 피가 나 같은 아들의 핏줄을 따라 쓸데없이 흐르고 있는 걸 보고 아버지가 느끼는 분노를, 어머니는 차라리 당신을 향해 돌리고 싶었던 것 같아. 난 후방 참호에서 접시 대 깃펜, 향신료 대 서문 사이에 벌어지는 전투를 살펴보고만 있었지. 먹기 거부와 말하기 거부 사이에서, 어머니와 아버지 사이에서. 어른들끼리 하는 싸움이었기에 형과 나는 조심스레 자리를 잡았어. 그래도 벤바디스 형은 아버지 엘 하지가 들을 수 있도록 소리 내어 읽는 법을 익혔지. 내 눈앞에서 아버지는 자랑스럽게 형의 머리를 쓰다듬었고.

바트나 우리 집 전투에서, 그래도 한두 번은 어머니가 승리했어. 물을 피하려고 책들이 상자에 담겨 서점으로 옮겨졌지. 우리 서점? 보면 알 거야, 네가 거기서 일하게 될 수도 있고……. (뭐라고? 감히 어떻게 그런 생각을?) 아, 어머니에게 결정적인 날이 온 건, 겨울 독감을 앓고 난 후, 숨 쉬는 것만큼 간단한 속임수로도 아버지를 이길 수 있다는 걸 알게 됐을 때였어. 빗자루나 물난리 없이도 말이야. 어느 날 어머니는 기침만으로도 이길 수 있다는 걸 알아냈어. 그리고 어머니는 기침을 했어, 처음에는 가볍게, 그다음엔 마치 공기를 우물이나 땅속까지 내려가 퍼 올려야 하는 것처럼. 그 위험한 시도 속에서 어머니의 얼굴은 창백해졌고, 스카프 밖으로 넘쳐흐른 머리카락이 그 위에 드리워져 수의(壽衣)처럼 더 어둡게 만들었어. 어머니는 며칠이고 기침을 멈추지 않았어. 밤에는 가래 뱉는 소리가 들렸고, 낮에는 격렬한 발작을 일으키면서 우리 눈앞에서 바짝 말라 갔지. 눈은 눈물로 젖었고, 가슴은 미친 듯이 뛰는 심장을 간신히 누르고 있는 것 같았어. 늘 고요하던 우리 집에서 그 마른기침은 끝없는 소음으로 변해 조상들의 침묵을 깨뜨리고 우리까지 괴롭혔어. 급기야 아버지가 책을 읽는 것도, 시간이 흐르는 것도 막아 버린 듯했지. 어느 순간, 바트나의 유지처럼 부르누스[7]를 입은 아버지는, 흰 황소처럼 분노에 차 자신의 불운을 향해 냅다 욕설을 퍼붓기에 이르렀어. "날 이렇게 만든 건 저 여자 오빠야!" 아버지는 이 말을 반복했어. 어머니의 오빠, 그러니까 우리 벤매드 외삼촌을 말하는 거였어. 아버지는 어렸을 때부터 외삼촌과 알고 지내는 사이였어. 그래서 그 여동생과 결혼한 건데, 이 여동생은 책을 좋아하지 않았어. 물, 요리, 아름다운 접시는 좋아했지만. 어머니는 나쁜 사람이 아니었어, 다만 책들에 압도당한다고 느낀 거지. 있잖아, 글을 모르면 힘들어, 그런 나를 조롱하는 얼굴을 마주해야 하니까.(두툼한 눈꺼풀에 가려진 그의 눈 하나가, 공모하듯 잠시 반짝인다.)

    책들은 부모님 침실에, 거실에 산더미처럼, 냇물처럼 흘러넘쳤고, 이제 우린 읽지조차 않았어. 그런데 이 모든 세월 동안 아버지는 계속해서 책장을 넘기고 인쇄하고 돈은 잃으면서, 대신 바트나의 지혜와 존경을 얻었지. 우리 가문의 오랜 업이라는 게 이런 거였어. 증조부는 튀니스에서 신학을 공부했어. 할아버지는 위대한 학자였고. 말년에 가서는 아마도 모든 걸 깨달아서인 건지, 말을 멈추셨어. 아버지 엘 하지도 전립선암으로 입을 다물게 되었지만, 그전

---

7   알제리, 튀니지, 모로코 등에서 주로 입는 전통 복식으로, 후드가 달린 외투이다.

에는, 우리 엄마가 늘 비웃던 이런 집안 이야기를 우리한테 해 줬지. 아버지 말로는, 할아버지 엘 하지 구에르디 세누시는 머리 위로 떨어지는 수백 권의 책더미에 압사하셨대. 어느 날, 할아버지께서 우리 지역 성인들의 계보에 대한 원고를 수정하고 계셨는데, 땅이 마구 흔들렸대. 그리고 수십 톤의 지식이 마치 무사[8]의 적에게 쏟아지는 홍해처럼 할아버지를 덮친 거야. 책들이 눈사태처럼 할아버지 위로 무너져 내렸고, 그는 서점 주인으로서는 가장 명예로운 방식으로 사망했어. 아버지는 믿기 어렵게 보여도 이 이야기가 정말 사실이라고 하느님께 맹세하곤 하셨어.

　삼십 분만 가면 유턴하는 데가 나와. 그러니 걱정하지 마. 네가 마음이 바뀌면 옐렐 나들목에서 돌아서 오랑으로 돌아가면 돼. 안 그러면 렐리잔으로 죽 갈 거야. 빨리 운전하면 한 시간 반 정도 걸려. 어디까지 했더라? 아, 맞다! 우리 어머니는 어깨를 으쓱하고는 아무 말도 하지 않았어. 미소를 지으며 접시 더미와 표백제 통을 꾹꾹 밀어 넣어 정리했지. 어머니는 아버지를 약간 놀린 거였어, 단 조심하면서. 말하자면, 어머니는 우리가 아버지한테 완전히 등을 돌리는 건 절대 원치 않았어. 만일 누가 아버지를 등 뒤에서 조롱하면 어머니는 크게 화를 냈어. 시아버지 이야기를 의심할 권리는 오로지 어머니, 당신한테만 있었어. 벤바디

8　　구약의 모세를 아랍어로는 '무사'라고 발음한다.

스 형은 어느 정도 믿었지만 난 거의 믿지 않았지. 아무리 무거워도 그렇지, 책 밑에 깔려 죽는 게 말이 돼? 알 부하리[9]의 전승에 따른 예언자 무함마드의 하디스[10] 스물두 권 밑에서 깔려서 말이야. 자칭 예언자의 동료이지만 알려진 바가 없는 아부 후라이라[11]가 전했다는 수십만 개의 하디스에 깔려서? 설마 아니겠지? 그런데 지금은, 그럴 수도 있다고 생각해. 특히 쓰지 못했던 책의 무게 밑에서라면 더욱. 누이, 존재하지 않는 책들이 가장 무거운 법이야.

어쩌면 여기서 진짜 내 이야기가 시작되는지도 몰라. 몇 년 후 도로에서 내게 닥친 일 말이야. 누가 알겠어? 그때 글을 배웠더라면 그 이야기를 적어 둘 수 있었을 텐데. 이제 그걸 확인해 줄 책 한 권 없으니, 내 머릿속에서 그 이야기가 수없이 늘어나 천 가지 판본이 생겼고, 이제 어떤 부분들은 확신이 안 들어. 그래서 하느님께서 널 내게 보내신 거야! 그 일이 일어났을 때 내 머리는 금발이었던가, 검은 머리였던가? 새벽이었나? 저녁이었나? 몇 시에 그 일이 일어났지? 왈라, 헷갈리네. 같은 기억을 여러 번 떠올리면 그게 다 흐트러져 버리거든. 흐릿해지고, 다른 삶을 살거

9　　Al-Boukhari(810~870). 하디스를 수집하고 정리한 가장 유명한 이슬람 학자 중 한 명.
10　　무함마드 예언자의 말과 행동, 침묵, 습관 등을 모아 놓은 기록물.
11　　Abou Hurayra(601/604~676/679). 무함마드의 제자이자 하디스를 가장 많이 전승한 인물로 알려져 있으나 역사적 실존 여부는 확실하지 않다.

나 다른 걸 기억하게 놔두질 않아. 내 이야기는, 끊임없이 떠들어 대는 질투 많은 아내 같아. 벤바디스 형처럼 글 쓰는 법을 배웠다면, 오늘 그냥 집에 가만히 있을 텐데. 아이들과 웃으며 양이나 잡았을 거야. 내 이야기 때문에 난 자식을 가질 수도 없었어, 알겠어? (그럼 차창에 붙어 있는 사진의 저 웃고 있는 여자아이는 누구지? 어떤 미친놈한테 내가 지금 끌려가는 건가? 나는 차 문 손잡이를 더듬고 있어. 최악의 경우엔 그냥 뛰어내릴 수 있겠지?) 우리가 쓰지 못한 책들은, 용서하지 않아.

그래서 엄마는 석 달 내내 기침을 했어. 숨이 끊길 지경까지 갔지. 집은 다시 재 속으로 되돌아간 듯 변했어. 개지도 빨지도 않은 빨랫감들이 쌓이면서 집은 뒤죽박죽이 되고, 광택이고 향기고 다 잃었어. 뭐가 어딨는지 찾을 수가 없었어. 셔츠, 신발, 접시, 코트…… 아무것도. 우리 아버지는 저러다 아내를 잃을 수 있다는 걸 깨달았어. 먼지, 종이, 책에 알레르기가 생긴 거였어. 정성껏 인쇄한 수백 권의 책들은 마치 패잔병처럼 창고로 옮겨졌지. 전쟁 영화의 승전 장면 같았어. 직원들이 와서 책들을 상자에 넣어 가져가자 앵데팡당스가에 있는 우리 집은 다시 활기를 찾았어. 왈라! 그날, 우리 집은 정말 새집 같았어. 책들이 떠난 지 일주일 만에 어머니는 마치 상중(喪中)에서 빠져나오듯 몸을 추슬렀어. 어머니는 양동이, 대걸레, 걸레, 왁스, 향을 집어 들었고, 집은 즉시 원상 복구되었어. 두 번째 아내에게서 집을 되찾은 거야. 모든 것이 거울 속에 비치던 엄마의 눈처럼 반짝반짝 빛났어. 1992년경이었을 거야. 눈부시게 아름다운 봄날이었지. 엄마는 스카프도 신음 소리도 없이, 그 검은 머리칼을 빛내며 느긋하게 이 방 저 방을 거닐었어. 우린 여분의 공간을 얻게 된 것이었어. 행복했어.

  그런데 그 시기, 구국당(이슬람주의자들) 시위대가 투쟁적인 구호를 외치는 소리가 들렸어. "그걸 위해 우리는 살고, 그걸 위해 우리는 죽는다!" 광신자들은 이슬람주의 대의를 향한 열정을 외쳐 댔고, 이슬람구국전선(FIS)[12] 사람들이 땅에서 솟아나듯 나타났어. 그들은 군복을 입고 행진했고, 마치 다른 나라에서 온 것 같은 새로운 깃발들이 하늘에 나부꼈어. 넌 이런 건 모르지? 요즘은 어디에서도 가르치지 않으니까. 금지됐거든. 그 시절엔 전쟁의 기미와 분노, 뭔가 어둡고 다루기 힘든 동요 같은 게 느껴졌어. 사람들 얼굴에선 때로는 두려움이, 때로는 불과 무기로 세상을 밝히려는 의지가 느껴졌어. 모두가 할랄과 하람,[13]

---

12   1989년 다당제 허용 후 창당된 이슬람주의 정당으로 1991년 총선 1차 투표에서 압도적 1위를 한다. 그러자 이슬람 국가가 수립될지 모른다는 위기의식에 군부는 선거를 중단시키고 정권을 장악한다. 무슬림 형제단은 이집트에서 시작된 이슬람 근본주의 운동으로 정치적 이슬람주의자들, 즉 샤리아법(이슬람교 율법)에 기초한 국가 건설을 목표로 하던 이들이다. 반면 알제리 군부는 정교분리를 통해 공화주의 체제를 유지하려는 국가 권력의 중심으로 '알제리 민족해방전선(FLN)'의 후신이며, FIS의 급진적 부상에 쿠데타적 조치로 선거를 취소하면서 내전이 시작된다.
13   할랄(halal)은 이슬람식의 도축법이나 재료 규정을 지킨 음식을 뜻하고, 하람(haram)은 금지된 것, 가령 돼지고기, 술 등을 뜻한다.

신이 허락한 것과 쿠란이 금하는 것을 이야기했어. 담배, 술, 화장, 음악, 노래, 웃음, 몸에 붙는 바지, 향수……. 우리 집에서도 알고 있었어, 선거에서 이슬람주의자들과 형제단이 이겼지만 군부가 그들의 승리를 거부했다는 것을. 나라가 활시위처럼 팽팽하게 긴장되었어. 그해 가을 어느 날 밤, 모두가 잠든 사이 모스크의 확성기가 지지직 울리더니 어떤 목소리가 소리쳤어. "지하드를 위하여! 지하드는 의무다. 지하드를 위하여!" 그것은 무장을 촉구하는 소리였어.

하지만 우리 구에르디 집안 아들들은 또 다른 전쟁을 치러야 했어. 우린 이해하고 싶지 않았어. 옛날에는 원고와 인쇄본들이 우리 집을 두고 전쟁을 치렀는데. 그리고 이제 우린 해방감을 느끼고 있었어. 그 전투 이후 아버지는 엄마와 조금 더 멀어졌어. (난 인적 없는 도로를 응시하며 나들목을 찾는다. 영 나타날 기미가 안 보인다. 그는 내가 원하면 삼십 분 뒤 차를 돌릴 수 있다고 했다. 그런데 어디로? 오랑 쪽으로? 다 무슨 소용이지? 하디자는 오늘 집에 돌아오지도 않을 텐데…….) 해결책을 찾으셨어, 아버지는. 나쁜 일이지만, 뒷방에 수천 권의 책을 쌓아 올리면서 자살을 생각하셨던 것 같아. 지진이 일어나길 헛되이 기다린 거지. 아버지는 어머니가 꾀로 거둔 승리를 용서하지 않았어. 그때부터 아버지의 존엄에서 남은 것은 낡은 양가죽 한 장뿐이었어. 내가 보는 앞에서, 아버지는 젖은 종이처럼 변해 잿빛과 녹색, 곰팡이와 어두운 생각으로 물들었어. 얼굴은 치욕으로 흠뻑 젖었고 몸은 시들어 쪼그라들었어. 거짓말하는 게 아니야, 딸. 아버지를 욕되게 하고 싶지도 않아. 게다가, 몇 년 후 내게 일어난 일로 이미 그 대가를 치렀어. 이게 하느님의 징표가 아닐까? 모두가 수많은 책 아래에서 영예롭게 죽었다는 그의 이야기는 믿고, 각자가 겪은 수십만 명의 죽음에 대한 내 진짜 이야기는 더 이상 아무도 믿지 않아.

보여?

운명이야.

(정면을 보는 눈은 나를 뚫어져라 응시하고, 비껴 뜬 눈은 나를 심판하듯 훑어본다. 오늘 오후 늦게 암미 무사를 지나 목이 잘린 죽음의 장소를 방문한 후 오랑으로 돌아가면, 나도 저 늙은 바보처럼 될 거야. 등에 두 구의 시체를 지게 되겠지. 너와 우리 언니. 그런데 계속 간다면? 하지만 어디로? 그 위로 새로 생긴 고속도로 때문에 다 지워져 버린 원래 길은 기억이 거의 나지 않아. 나는 구급차 안에 있었어. 죽음의 장소에서 무엇을 찾게 될까? 아는 사람? 누가 나를 기억해 줄까? 그리고 하루가 끝나고 오랑으로 돌아갈 교통편을 찾지 못하면? 뱃속에 너를 품고 어디에서 자야 할까?)

있잖아, 우리 아버지는 훌륭한 학자였어. 1990년대의 전쟁 중에도 끊임없이 읽고 책을 냈지. 이 이야기를 알고 있겠지? 너라면 특히, 나는 확신해. (그는 내 스카프 아래 흉터를 마치 책 제목을 가리키듯 가리킨다.) 정부 기록에 묘사된 것과는 다른, 또 다른 전쟁이 분명히 있었으니까. 진짜 전쟁 말야, 왈라! 수많은 사람이 목숨을 잃었어. 그건 네가 알고 있을 테지. 1990년부터 2000년까지의 전쟁 말이야. 오늘날엔 아무도 그 전쟁을 기억 못 해. 도로만 빼고.(도로가 길게 뻗어 있다. 이십일 년 전, 날 저승으로 데려간 길. 렐리잔에서 오랑으로. 엄마 하디자는 말하지, "난 어떤 남자의 손도 닿지 않은 채 널 낳았다, 쿠란의 마리암처럼." 오늘 나는 반대 방향으로 여행한다. 흩어진 조각들을 주워 모으며 나를 재조합한다.)

독립 전쟁 당시, 할아버지는 알제리 최고의 학자와 신학자들의 책을 출판했어. 꿈 해석, 약초에 관한 지식 등에 관한 책들까지. 또 아버지는 나지브 마흐푸즈[14] 같은 위대한 아랍 작가들의 소설과 지도책, 교과서를 출판했어. 전쟁이 발발하자 아버지는 목록을 바꾸기 시작했어. 전쟁! 그래, 전쟁! 프랑스와의 전쟁이 아니라, 모두가 모두를 상대로 벌인 전쟁이었어. 결국 그 십 년의 안개 속에서는 그 어떤 맹세도 할 수 없게 되었지. 하느님을 대신해 말하는 그 '형제들'이야말로, 왈라, 저주야. 딸, 넌 너무 어려서 알 수 없을 거야. 그 일이 있었다는 유일한 증거를 네가 갖고 있긴 하지만. 그치? 바로 그자들이 한 짓이지? (그는 내 목과 '미소'를 가리킨다.) 제발 말해 줘, 하느님을 걸고 묻는 거야! 그자들이지, 사고가 아니라? 그런 걸 난 이미 봤어. 놈들 이빨 자국을 알아. 하지만 내 속을 뒤집어 놓는 건, 네가 여기 살아 있는데 아무도 네 존재를 모른다는 거야.

---

14 Najib Mahfouz(1911~2006). 1988년 노벨 문학상을 수상한 이집트의 작가. 가족 3대를 통해 이집트 근현대사를 그린 카이로 3부작이 대표작이다.

대답하지 마. 설명할 필요 없어. 내가 알아. 하느님께서 너를 오늘 이드의 날에 보냈잖아. 확신해. 몇 살이니? (나는 다음 마을 이정표를 읽어 내려고 계속 도로를 살피고 있다. 있잖니, 내 딸아, 난 저 사람이 네 두려움이나 내 두려움을 눈치채지 못하게 하고 싶어.) 그래! 너 몇 살이야, 스무 살? 스물다섯? 살아 있었다면 내 딸이랑 동갑이구나. 내 딸은 아니지만 딸이나 마찬가지야. (그는 어린 여자아이 사진을 가리킨다. 여자아이는 웃고 있다. 난 입술을 깨물고 어떻게 빠져나갈지 궁리하지만, 도로는 산을 두르고 긴 실처럼 뻗어간다. 하디자가 낯선 사람의 화물차에 탄 나를 보면, 이 모든 걸 어떻게 생각할까? 오늘 아침이었다면 틀렐라 마을 헌병에게 소리를 지르고, 알제리에서 '암흑기'라고 부르는 시절의 생존자인 내 사진들을 자랑스럽게 보여 주었을 거다. 테러 희생자 카드, 엄마의 변호사증, 그리고 신문 기사들도. 우리 엄마 하디자는 협박하고, 고함을 지르고, 성난 손가락으로 내 목을 가리키다가 휴대전화를 두드렸을 거다. "그럼 이건 무슨 사연이죠?" 오늘 아침, 헌병이 내 목, 내 튜브, 내 '미소'를 향해 연필을 들이밀며 물었다. "정말 폭행을 당한 겁니까?" 난 그가 무슨 말을 하는지 단번에 알아챘다. 거리의 소녀들에게 난 찢긴 상처, 매춘부의 흉터, 행실 나쁜 여자들의 몸에 난 상처, 남편도 남편의 성도 없는 여자들. 나라의 들판에 가뭄을 부르고 지진을 일으키는 여자들. 그래서 연필 끝으로 그런 행동을 해 보인 거지. 그는 내가 도망 중인 매춘부라고 믿은 거다!)

1990년의 전쟁에 대해 우리가 뭘 알고 있을까? 여기선 나 말고는 아무도 기억하지 못해. 날짜 하나하나, 이름 하나 하나, 나는 떠올려. 아, 전부는 아니지, 수만 명 전부는. 그래도 내 머릿속에는 불쌍한 실종자들이 정말 많이 들어 있어. 그게 진짜 이야기야. (그의 목소리가 판결처럼 진중해져.) 20만 명의 사망자가 있는데 그걸 다룬 책도, 영화도 없어. 목격자도 없대. 침묵뿐! 너도 아무 말 안 하는 거냐! 학교에서 내전에 대해 안 가르쳤지? 이걸 보는 사람들한테 넌 뭐라고 말해? (그는 내 튜브를 또 가리킨다.) 난, 그 전쟁이 시작됐을 때 스물다섯 살이었어. 그 전쟁은 바트나에 있는 우리 서점에서 시작됐어. 정말이야, 1992년 3월에.

5

　　1992년 봄, 3월 2일 월요일이었어. 그날, 아버지는 서점에서 일찍 집에 돌아오셨고, 그와 함께 밤이 내려 우린 최악의 상황은 모면했어. 그해 알제리의 모든 도시에서는 이미 수백 명의 사망자가 집계되고 있었지. '탱고'라 불리던 그 수염쟁이 남자들은 '샤를리', 즉 군벌들에게 쫓기고 있었어. 어느 날 아침, 우리 동네 앵데팡당스가에서 동네 경찰서장의 머리가 쓰레기통에서 발견되었어. 며칠 전에 납치당했던 거야. 또 한번은 새벽녘 모스크 문 앞에서 '신'에게 사형 선고를 받았다는 사람들의 긴 명단을 신도들이 발견했어. 다들 자기 이름이나 가까운 지인들의 이름을 찾아보기 바빴지. 다행히 아버지는 명단에 없었어. 우린 명망가였으니까. 다른 이들, 그러니까 선고받은 사람들에게는 흰 수의와 마르세유 비누가 담긴 상자가 보내졌어. 있잖아, 딸, 시신을 정결히 하기 위한 거야. 아, 넌 상상도 못 할 거야! 우린 몇 주 동안 낮은 목소리로 그 얘기만 했어, '명단'에 대해서만.(그가 잠시 입을 다물고 내 얼굴을 잠시 뜯어보더니, 뭔가 결심한 투로 말한다.)

　　숫자 하나만 말해 봐, 어서!

　　(나는 가르릉거리는 엔진 소음 속에 그냥 잠자코 있지만 실은 놀랐다. 숫자? 무슨 숫자?)

어서, 누이. 그냥 숫자 하나면 돼, 아무거나.

(그의 왼쪽 눈꺼풀이, 천 년은 묵은 듯한 눈꺼풀이 올라가더니 감춰져 있던 눈이 나를 노려본다. 내 목소리는 그래서 새, 비틀거리는 오리, 여름 벌레 같은 소리로 '173'이라고 말한다.)

하! (그의 눈은 기쁨으로, 아니 도전 의식으로 빛난다. 그래, 도전이다.) "1994년 5월 4일. 테네스 지역(슐레프) 엘 마르사 숲에서 173구의 시신이 발견되었다. 유족들 증언에 따르면, 이들은 1994년 4월 25일 타우그리트, 울레드 부두아, 시디 무사, 탈라 아이사 마을에서 군인들에게 체포된 200명이 넘는 시민들이었다. 이는 테네스 지역에서 매복 공격으로 약 15명의 군인이 사망한 것에 대한 보복이었다."(그의 목소리가 달라지며 갑자기 신문을 읽듯 쭉 외워 뱉는다. 그러더니 만족스러운 표정으로 나를 바라보는데, 내가 박수 쳐 주기를 은근히 기다리는 것 같다. 이내 실망한 듯 어깨를 으쓱하더니 기어를 조작한다. 좁아든 짧은 오른다리는 움직이지 않는다. 그는 마치 책처럼 말한다!)

계속할까? 28일? 자, 이렇게. "2월 28일, 살해 위협에도 불구하고 히잡 착용을 거부했던 고등학생 카티아 벤가나가 메프타에서 암살당했다. 29일? 9월 29일, 라이 가수 셰브 하스니가 오랑의 감베타 지구에서 머리에 총 두 발을 맞고 암살되었다. 24일? 12월 24일, 에어프랑스 8969편 인질극. 알제 공항에서 4명의 알제리 정보국 요원이 에어버스 A300기의 승객 220명을 인질로 잡았다."

전국이 불타고 있었고, 우리는, 왈라, 덜덜 떨면서, 누이,

아주 낮고 작게 말하면서 살았어. 그 시절은 모든 것이 쥐 죽은 듯 조용해지고 의심투성이가 되었지. 마치 귀한 뭔가를 훔쳐 쫓기는 사람들처럼. 우린 모두 죄책감을 느꼈고, 이리처럼 잿빛이었고, 저주받은 아이들처럼 빛이 바랬어.

　난 아버지 이야기를 하고 있었어, 저녁에 아버지가 돌아오셨을 때 말이야. 마치 예언자가 메카 동굴에서 천사를 처음 만났을 때처럼 덜덜 떨며 어지러워하셨어. 아버지는 대문을 단단히 잠그고 방으로 들어가더니 식사를 거부했어. 어머니는 걱정하며 세금 때문일 수도 있고 빚 때문일 수도 있고, 빚을 갚지 않는 채무자 때문일 수도 있다고 했어. 하지만 아버지는 밤새도록 어머니에게 뭔가를 말했고, 어머니는 침묵을 지켰어, 마치 물속에서 숨을 참는 것처럼. 우린 동이 트길 기다렸어, 그래야 뭐라도 더 좀 알 테니까. 이해를 해 보기 위해 벤바디스 형과 나는 상상의 조각들을 맞춰봤어, 구겨진 종이들과 찢어진 페이지들을 말이야. 도대체 낮 동안 무슨 일이 벌어진 걸까? 자세한 건 아무것도 몰랐어. 거리에선 늘 폭탄이며 목이 잘려 나간 사람들, 죽은 경찰관들에 대한 이야기들이었어. 그 도살자들은 아프가니스탄 이름이나 예언자의 동료들, 또는 쿠란의 구절에서 딴 이름을 썼어. 에미르들은 자신들을 '엘 아프가니'라고 불렀어. 피에 굶주린 채 아프가니스탄에서 돌아온 자들이라는 뜻이지. 이어 알제의 동네 이름을 따서 모르베이, 플리샤 등 여러 이름을 붙였어. '굶주린 늑대' 같은 엉뚱한 이름도 있었고. (나의 후리, 기억 나? 내가 전에 너한테 얘기했지?) 아니다. 아마 넌 그때 아직 태어나지도 않았지?

처음에는 먼 곳에서, 알제에서, 길이나 산에서 벌어진 일들이었지 우리 집은 아니었어. 예를 들어 즈바르바르 숲, 알제의 카스바, 블리다에서 많은 학살이 있었다는 이야기를 들었어. 우린 그걸 전쟁이라기보다 돌덩이 소나기처럼 느꼈어. 그저 벌거벗었다거나, 부주의하다거나, 저주받은 자식이라거나, 멍청한 행인이라는 이유만으로도 누구에게나 내리꽂혔거든. 그러다 어느 날, 우리 마을, 우리 동네, 골목길, 부엌에 그 일이 들이닥쳤어. 아, 예를 들어 펠라 자매 두 명을 아는지 모르겠는데, 둘 다 빨간 머리고 자고새라고 불렸어. 열일곱 살이랑 스무 살이었지. 너처럼 눈이 참 아름다웠고, 누이. 수염쟁이 남자들이 알제에서 휴가를 마치고 돌아오는 둘을 가짜 검문소에서 납치했어. 그게 뭔지 알아? 소위 '왕자'들이 길을 막아 사람을 죽이고, 갈취하고, 젊은 여자는 끌고 가고 나머지는 죽이려고 길을 막고 친 가짜 바리케이드야. 당시에는 이 동서로 뻗은 고속도로가 없었어. 아, 그 불쌍한 아이들은 화요일에 납치됐어. 참 고운 처자들이었지! 그 두 자고새에게 청혼한다고 그 애들 부모 집 앞에서 다툼이 벌어지기도 했다니까. 두 젊은 처자들은 우릴 보고 웃었어, 유명한 가문의 아들인 나를 보고도. 놀린 건 아니었어, 자기들이 붉은 금 보석 같아서 행복했던 거야. 우리 동네 말로 하자면, '순백의 마음'을 가진 처자들이었지. 1992년 1월 11일, 수염쟁이 남자들이 그 둘을 납치해 바트나 지역을 휩쓸고 있던 무장 단체 지도자에게 전리품이라며 상으로 바쳤어. 칼레드 베다프라는 사람이었을 거야, 테러리스트 지도자 말이야. 문제는 그 지도자가 막내 펠라의 아름다움에 반했다는 거야. 그래, 사실이야. 그 아이는 후리처럼 아름다웠어. (앗! 그가 하는 말 잘 들어 봐.) 그는 그 애가 묶인 채 서 있는 걸 보고는 무기를 내려놓았어. 머리에 스카프를 두르고 있었는데도, 숲의 푸른 바람에 흔들리는 붉은 머리카락이 그의 가슴을 건드린 거야. 믿기니? 그 애의 눈을 바라보는 순간, 그는 모든 걸 포기했어. 자동소총, 신, 하디스, 지하드, 모두 다. 욕망과 사랑에 미쳐 있었던 건지도 몰라. 아니면 탐욕이었을까, 아니면 죽기 전에, 최후의 심판 전에 후리를 손에 넣고 싶어서였을까. 그는 소리를 지르며 그녀에게, 그녀 안으로 달려들었어. 그는 알제리에 칼리프 국가를 세우려는 '형제들'의 성전을, 지하드를 포기했어. 그리고 감히 그가 뭘 했는지 알아? 바로 그날 밤, 그녀들과 함께 도망치기로 결심했어. 부하들로부터 스스로를 보호하기 위해 우선 자수하기로 했지. 우에드 샤아바의 병영으로 달려갔어. 하지만 그의 부하들이 그를 따라잡았어. 전해지기로는 부흐마마 숲에서 추격을 시작한 지 이틀 만이었다고 해. 그들은 그의 목을 한 번에 1센티미터씩, 크고 무딘 칼로 서쪽을 향해, 그러니까 메카와 태양의 반대 방향으로 그으며 참수했다고 해. 용서해 줘, 딸! 미친 이야기지. 한데 믿어 줘. 펠라는 붉은 머리카락과 포로의 웃음, 아니 침묵으로 그의 머리를 삶 쪽으로 돌려 놨으니까. 그의 부하들은 그걸 주술이라고 믿었어. 그리고 펠라를, 음, 이 얘길 해 줘야겠구나, 넌 용감한 여자니까, (그의 손이 내 스카프를 가리킨다) 그들은 그녀를 고문하고, 능지처참했어, 알아, 어떻게 하는지? 갈가리 찢…… 그녀는 비명을 지르고, 고함을 치고, 애원하고, 노래하고, 울부짖고, 하느님과 부모를 불렀어. 우리 동네 어떤 사람들은, 그 범죄가 일어난 숲에서 멀리 떨어진 바트나 시내에서도 밤새도록 그녀의 비명이 들렸다고 해. 아, 왈라! 그 비명은 모래 폭풍처럼 사방에 스며들어 수백 명의 사람이 잠들지도 생각하지도 못했어. 그럼 언니는? 글쎄, '늑대들'은 그 언니도 죽이려 했지. 있잖아, 마키에서는 여자랑 결혼을 한다고 해도, 여자가 임신을 하면 목을 베었어, 왈라. 전장이니 가볍게 지내고 싶은 거지. 아버지 같은 게 되고 싶지 않은 거야. 자식 목숨 같은 거 걱정하고 싶지도 않고. 어쨌든 그녀는 도망쳤어. 어떻게 탈출했는지는 나도 몰라. 그녀의 붉은 머리카락이 숲속에서 불이 붙어 나무들을 태웠다는 얘기도 있어. 그녀는 몇 날 며칠이고 비명을 질렀어. 아마 그 소리를 군인들이 들어 구해 냈는지 몰라. 군인들은 그 수염쟁이들을 찾아다니느라 여기저기 수색을 하고 있었거든. 불쌍한 자고새! 그녀는 바트나의 자기 집으로, 우리의 세상으로 돌아오지 못했어. 우리 인쇄소의 직원 하나가 알제에 있는 아가 역에서 그녀의 더러운 붉은 머리카락을 봤다고, 그래서 그녀인 줄 알

앉다고 했어. 최소한 그녀를 닮은 여자가 누더기를 입고 구걸을 하는데, 사람들이 아무것도 주지 않자 그들에게 침을 뱉었다는 거야. 우리 직원이 그런 그녀를 본 거지. 아니면 그녀 머릿속에 전혀 딴 이야기가 있었는지도 몰라, 아무도 그 이야기를 믿지 않았을 테고, 그녀 자신 역시도. 단 한 번이라도 끝까지 말할 수 없는 이야기는 사람을 미치게 만들어. 내놓을 증거가 없으니 주변 사람들이 믿어 주지 않는 이야기들도. 그래, 정말 미치게 만든다니까.

아침에 모스크에 가기 전에, 아버지는 전날 있었던 일을 간략하게 말씀해 주셨어. 신의 수염쟁이들이 아버지를 찾아왔다고 했어. 아버지와 얘길 나눴고, 프랑스 식민지 시절 수많은 책에 깔려 돌아가신 할아버지의 기억까지 끄집어냈다고. 그래! 그러니까 그 가족 이야기는 사실이자 동시에 거짓이라는 거야. 실제로 할아버지는 수많은 책에 깔린 채 발견되었어. 다만 그보다 앞서, 프랑스 식민지 시절의 형제단에 의해 살해당했어. 전쟁세 내길 거부했거나, 학자들 사이에 생긴 시기 다툼이나 거짓말에 휘말렸거나. 아무튼 확실히는 몰라. '다른 사람들', 그러니까 도살자들은 알고 있지. 그자들은 프랑스와의 전쟁을 자꾸 되살려 계속되는 듯 꾸미길 좋아했으니까. 그들은 저녁 기도를 마치고 서점으로 온 아버지에게 따졌어. 바트나에서 무슬림이자 경건한 사람이라고 주장하는 사람이 소설이나 맨 얼굴에 화장을 한 여자들이 나오는 불경한 잡지를 팔 수는 없다고. 국정 교과서, 신을 의심하는 책들, 이단의 곁가지 사상이나 불확실하거나 음란하거나 외국에서 온 책들도 마찬가지라고. 그럼 도대체 뭘 팔아야 하나? 그들의 젊은 에미르, 이가 있는지 계속 자기 목을 긁어 대는 잘난 척하는, 아버지 말로는 여름철 모기처럼 눌러 죽일 수도 있을 것 같은 그 젊은 놈이 잘라낸 엽총 총구로 손가락처럼 가리키면서 꾸짖었다는 거야. 이것이야말로 신성한 전쟁, 신과 그 적들 사이의 전쟁이라고. "누구 편인지 고르시오, 아니면 그냥 요리책이나 팔던가." 명령이었지. 그 깡패 자식은 거의 비웃고 있었어. 벤바디스 형과 내가 듣고 있는 동안 아버지는 그런 무례함에 분개했어.

그래, 하느님께서 나와 함께 증거하도록 내게 보낸 도로 위의 작은 생존자야, 이젠 짐작이 돼? '해방 이슬람 지역'의 에미르는 1992년 3월에 해결책을 찾아냈어. 아버지로서는 명예로운 탈출구였지. 바로 요리책을 파는 거였어. 우리가 해야 할 일은 요리책을 팔고 새로운 전쟁에 대한 세금을 내는 것뿐이었어. 그래서 이런 종류의 책을 인쇄하고 출판하기 시작한 거야. 쉬웠지. 심지어 아주 잘 팔렸어. 하지만 아버지는 더 이상 출판, 인쇄, 판매, 또는 진열창에 전시할 수 없는 수많은 책들 때문에 또 다른 고통을 겪기 시작했어. 그래, 맞아. 우리는 아버지가 점점 작아지고, 집 안을 떠돌며 화가 나서 혼잣말하는 모습을 봤어. 내가 볼 때는, 아버지가 여태 복수의 수단으로 꿈꾸었던 그 유령 같은 책들에 도리어 짓눌리는 거 같았어. 그 몇 톤의 지식,

수많은 페이지로 가득 찬 그 상자들이 아무도 살 수 없고 또 팔 수 없는 것들이 되어 버렸으니. 이가 들끓는 젊은 수염쟁이 놈 하나가 절단한 총을 휘둘렀기 때문이야.

그래서 우린 대대적인 정리를 했어, 아버지께서 살해당할까 봐. 작업실과 서점 곳곳에 숨길 수 있는 것은 다 숨겼고, 이슬람주의자들이 비난하는 불경스러운 책들은 불태웠어. 요리책을 인쇄해 엘 후리아 서점 진열창에 눈에 띄게 전시했어. 사람들은 무슨 음식, 차갑고 먹을 수 없는 싱거운 음식이라도 보듯 그 책들을 유심히 들여다봤지. 우리는 『예언자가 즐겨 먹던 요리』, 『아이사의 요리』, 아이사는 예언자가 가장 사랑한 아내였어, 또 『천상의 음식』, 『천국의 요리』, 『북아프리카 쿠스쿠스 아틀라스』 같은 책도 냈고 아주 잘 팔렸어. 『옛 치유자들이 이야기해 주는 약초』, 『정어리 요리 천 가지』, 『세몰리나, 그리고 전쟁』 같은 책은 무자헤딘[15]이었던 아버지의 오랜 친구분이 쓴 책이지. 그는 오레스산맥 주변(아, 그곳은 프랑스와의 전쟁이 시작되었다고 전해지는 산악 지역이란다, 내 딸아)에서 프랑스군과 싸웠어. 더 모순되게도, 아버지는 이 새로운 사업으로 쿠란이나 하디스, 독립전쟁에 관한 책들로 번 것보다 더 많은 돈을 벌었어. 오, 하느님, 저를 용서하소서. 하지만 직원들은 벼락부자가 된 도둑들처럼 웃어 댔지. 아버지는 눈에 띄게

---

15   원래는 지하드를 수행하는 사람이라는 뜻이지만, 여기서는 알제리 독립전쟁(1954~1962)에서 프랑스 식민주의에 맞서 싸운 독립투사를 뜻한다.

존재감이 희미해졌어. 왈라! 아버지는 이제 대화의 흐름도 기도 시간표도 장부의 숫자들도 놓치기 시작했어.

  난 그런 아버지를 보았고, 형은 그 모습에 슬퍼했지만 난 아니었어. 아니, 난 밤이면 후회하게 될, 거의 기쁨에 가까운 감정을 숨기고 있었어. 그게 내 저주였어. 형은 아버지의 자리를 잇고 싶어 했어. 그래서 공부를 해서 학교에서 1등을 하고, 우리 집안의 이름을 알리면서 준비했어. 반면 난 다른 계획이 있었어. 프로 축구 선수가 되거나 선원이 되거나 아니면 프랑스에 가서 살며 성공한 내 사진을 보내는 것 같은 거. 히히, 난 아버지 시신 위에서 새롭게 얻은 자유를 지나치게 만끽하고 있었어. 그래! 난 20대였고 축구를 사랑했어. 공을 세게 차 올리면 내 고함과 함께 공이 하늘을 뚫을 듯 날아가는 모습이 정말 기분이 좋았지. 난 제법 잘했어. 넌 이런 놀이 모르지? 여자들은 공을 차지 않으니까. 공공장소에서 반바지를 입거나 땀을 흘리거나 목소리를 높여 팀원을 부르거나 해선 안 되잖아. 난 소리를 질러. 죽을힘을 다해 달려. 공중에서 몸을 돌리고, 점프하고⋯⋯. 축구를 하면 내 인생의 죽은 장작 같은 것들이 모두 폐 속에서 불붙는 거 같아. (그는 내 흉터와 튜브를 의식하곤 잠시 망설인다.) 아, 정말 그립다, 그리워. 공과 선수들의 냄새, 그들의 웃음소리, 말싸움, 등에 붙인 가짜 번호, 그리고 우리가 욕하던 심판들까지! 난 형처럼 수염을 기르고 싶지 않았어. 형은 기도 후 현자인 척 포즈를 연습했고, 알제 대학 교수가 될 자신의 미래에 대해 얘기하곤 했어. 게

다가 난 더 이상 기도도 하지 않았어. 모스크에서도, 집에서도. 할 수만 있으면 난 축구 시합을 했어. 경기장은 마치 마법의 양탄자처럼 날 끌어당겼지. 금요일 기도 시간, 어르신들이 낮잠을 잘 때 공을 차기도 했어. 뭐, 내가 엄청난 선수는 아니었어, 그건 인정. 그냥 재미로 한 거지. 왜냐하면 1992년 바트나에서는, 아니 알제리에서는 더 이상 아무도 웃지 않았으니까. 군부와 수염쟁이들 사이의 전쟁에서 행복한 기억 같은 건 더 이상 없었어. 단 하나만 빼고. 모든 상황이 안 좋으면 우린 1982년 월드컵 때 서독과의 경기를 떠올렸어. 그 경기에서 우린 2대 1로 이겼고, 온 나라가 환호 속에 축하했지! 우린 동네에 임시 축구장을 만들고 각자 그 전설적인 선수들의 이름을 하나씩 골라 제 이름으로 삼았어. 난 벨루미니, 아사드, 마제르, 겐두즈였어. 넌 이런 선수들 모르지? 흑백 사진 속 전설들이야, 곱슬머리를 한. 그때만 해도 난 멀쩡한 두 다리가 있었어. 그래, 그때는!

(그의 두 눈은 잠시 슬픔으로 흐려진다. 무거운 눈꺼풀에 가려져 간사해 보이는 왼쪽 눈 역시. 위축된 그의 오른다리는 차 바닥에 닿지 않는다. 그는 다시 오른다리를 접어 올리는데, 부끄러워하는 것 같다. 그래서 난 다른 곳을 보는 척한다. 만일 내가 이 고물차에서 나가지 않거나, 그와 함께 차를 돌려서 돌아가지 않는 이상 이제 두 시간도 안 돼 렐리잔에 도착할 것이다. 그가 맹세한 거다. 렐리잔은, 병원이다. 눈을 꽉 감고, 목구멍을 벌린 채 내 몸이 수선된 병원. 난 거기서 영원히 다섯 살이고, 사람들은 내 이름이 뭐냐고, 또 언니, 부모님, 친척들은 누구냐고 다정하게 묻는다. 빛은 주

황색이다. 등이 내게 다가왔다 멀어진다. 난 바퀴 달린 침대에 등을 대고 누운 채, 덜컹거리며 이 방 저 방 옮겨진다. 하디자가 나를 처음 본 곳도 바로 그곳이었다, 하드 셰칼라 학살의 관들 사이에서……)

한편, 아버지는 위신과 자기 신뢰감을 잃어 갔지. 인쇄소에서 도착한 요리책은 그의 명성과 우리 집안의 온 역사를 조롱하는 것 같았어. 이듬해, 엘 하지는 암에 걸리게 돼. 두 다리의 기능을 잃고, 그렇게 세상을 떠나. 어느 금요일이었지, 아, 하느님께서 그의 영혼을 거두시길! 아버지는 1993년 10월 11일에 세상을 떠나셨어. 꿈속에서 아버지를 만나는 일도 점점 줄어들어, 왜인지는 모르겠지만.

넌 알아? 넌 십 년간의 전쟁 동안 우리에게 벌어진 모든 일을 증명하는 유일한 증거, 그 놀라운 표식을 지니고 있잖아. 2000년대에 '화해' 법이 시행되자 마키에서 내려온 테러리스트들은 자신들이 '요리사'라고 주장했어. 언론 앞에서 그 말을 반복하라고 그들에게 지시한 건 바로 국가였지. 그래야만 실제로 살인을 저질렀다고 입증된 자들만을 처벌하는 사면법의 혜택을 받을 수 있었거든. 텔레비전, 라디오, 신문에서 그들은 모두 자신을 '요리사'라고 밝혔어. 슬픈 눈으로, 흰 손을 내려다보면서. 냄새 나는 수염과 굶주린 낯빛으로 요리사라는 직업에 대해 얘기했지만 눈빛은 차가웠어. 아, 우리 아버지만 아직 살아 계셨다면! 아마 껄껄 웃음을 터뜨리셨을 거야. 늘 라마단 초승달처럼 가늘고 슬픔 어린 미소로밖에 웃지 못하던 분이었는데. (그래, 나의 후리, 그 달엔 해가 뜨는 순간부터 지는 순간까지 아무것도 먹지 않아. 달이 점점 가늘어지고 수척해지는 건 그래서야.) 아버지는 그 도깨비들을 이겼을 거야. 그들을 조롱하고 손가락질했을 거야, 산속의 아지트에서 하느님의 목소리를 참칭해 큰 소리로 명령하면서 아버지에게 손가락질했던 것처럼. 아버진 자랑스러우셨을 거야. (놀라던 목소리가 이젠 기쁨으로 변해 있어. 그러더니 한참을 침묵하네. 오, 그래, 나의 후리, 우린 맨발로라도 렐리잔으로 갈 거야. 널 품고 가는 것도, 널 죽이는 것도, 널 살게 하는 것도 내겐 괴롭다. 결정은 우리 언니가 할 거야. 우린 언니의 나라로 갈 거야, 땅속으로, 뼈와 기도가 있는 그곳으로.)

있지, 오해하진 마. 한데 도로가 사람을 약간 미치게 할 수 있어. 전쟁이 끝난 후, 그러니까 진짜 전쟁이 끝난 뒤로 난 하루에 수백 킬로미터씩 달렸어. 거의 멈추지 않고. 그러다 보면 결국 도로도 나한테 말을 걸어, 나에게 그 길의 삶을 들려 주고 말이지. 내가 너한테 하는 말은, 그러니까 그 길과 함께 그것에 대해 내가 생각한 것이기도 해. (그는 속삭여. 그게 자기 상상 속 책의 각주나 어떤 비밀이라고 믿게 하고 싶거든.) 알제리에서는 두 가지 책이 잘 팔려. 요리책이랑 쿠란이지. 내 생각에 둘은 잘 안 어울려. 쿠란은 우리가 죽은 후에 더 잘 먹는다고 말하고, 아버지의 책들은 죽기 전에 배불리 음식을 먹어야 한다고 하잖아.

이 나라는 이쪽에서 저쪽으로 흔들려. 신도들은 이 큰

죽음으로 갈라진 이 두 가지 요리 중 하나를 씹어먹어, 딸!
(그는 알제리에서의 삶의 한 부분을 이렇게 요약해 냈다는 기쁨으로 미소를 짓는다.) 도로는 길고, 때로는 도로 스스로 수다를 떨기 시작해. (그가 우울의 진창으로 가라앉는 게 보인다. 차가 동쪽 우아르세니스산맥을 향해, 잃어버린 실뭉치의 실을 풀어내듯 달린다. 산들이 파도처럼 가까워진다. 어머니 산과 딸 산이 구분된다. 안개 속에서 더 높고 더 투명한 할머니 산들이 보인다. 나는 그 산들이 햇볕 속에 증발하는 것을 본다.)

이 도로가 우리에게 뭘 안겨 줄지 알 수 없어.

그냥 운전하는 거지.

그냥 운전하는 거야.

그러다 보면 사건이 일어날 수도 있어. 길은 운명과도 같으니까.

그래서 오늘 같은 축제일에도 운전을 하는 거야.

─다른 숫자 하나 말해 봐.

─6.

(그는 잠시 눈을 감았다가 다시 뜬다.)

─"1997년 1월 6일. 티파자주(州) 두아우다 시의 올리비에 지구에서 민간인 학살이 자행되었다. 집계. 23명 사망. 희생자 가운데 어린이 3명과 여성 6명 포함."

(그는 잠시 침묵하더니 말을 이어간다.)

─"1995년 1월 6일. 라리비 가족 몰살. 라리비 압데라흐만(47세, 1948년 7월 6일생), 그의 아내 라리비 야미나,

38세, 피살 당시 임신 중(본성 부암라, 1957년 7월 13일생), 라리비 르두안, 16세(1979년 4월 24일생)가 블리다에서 살해됨. 아들 1명이 생존함."

6

 이제 무슨 일이 벌어질까? 그 일이 사실이라는 걸 네가 그들에게 보여 줄 수 있게 됐잖아. 넌 달라. (그가 다시 말을 붙인다.) 그들은 감히 어깨를 으쓱하며 널 조롱하지도, 무시하지도, 화제를 바꾸라고 요구하지도 못할 거야. 널 정보부의 백색 빌라로 불러들이지도 못할 거야. 내가 입만 열려고 하면 그들은 나에게 경고했어. '아이사, 너 미쳤구나.' '아이사, 숫자랑 이야기 지어내는 짓 좀 그만해. 안 그러면 감옥행이야.' 알겠어? 내 다리는 아무것도 증명하지 못하지만, 넌 그걸로…… (그는 내 튜브를 가리키며 탐욕스러운 눈빛을 보내고, 난 분노로 움찔한다. 그 동작 때문에 내 스카프가 살짝 비켜, 두 마리 쥐에게 습격당한 뒤 엉성하게 수습한 드레싱이 비쳐 보인다. 꿰맨 자국과 실, 살 그리고 벌어진 틈과 함께 '미소'가 드러난다. 그는 거의 떨다시피 하고, 비명을 지르기 직전으로 보인다. 난 혼란스럽다, 마치 다른 여자, 미라, 아니 망령이라도 된 것 같다. 아니. 그러니까, 나는 문득 깨닫는 또 다른 사람이 된 것만 같다, 자신이 절대 죽지 않았고 한 번도 죽은 적이 없음을. 그리고 칼자국이 곧 삶의 자국이기도 하다는 것을.)

 내가 네게 말해 줄게, 왈라.
 물 마시고 싶지 않아? (그는 내게 물병을 건네고, 난 받아든

다. 네가 목 마르니까.) 뭐 먹고 싶지 않아? (나는 마신다, 우리 둘 다 마신다. 언니가 그렇게 정한다면 내가 널 죽일지도 모를 흔들리는 어둠 속에서. 난 읽는다. "우에드 리우 마을에 오신 것을 환영합니다." 하지만, 눈길 닿는 곳마다 멀미 나는 언덕들만 끝없이 펼쳐진다. 차 바퀴 아래서, 고속도로는 오래된 마을들을 모조리 비켜 간다. 마을들은 멀리서나 겨우 보일 뿐, 그림자와 건물들이 겹겹이 포개져 부푼 실루엣으로 보인다. 결국 남는 건 부조리한 경계들, 사람을 들였다가 내쫓는 행정상의 경계선이나, 표지판에서 '안전 운행' 같은 말을 던지는 선들뿐이다. 그는 다시 말을 잇는다. 그 목소리는 이제 기도의 억양이 배어 있다.)

7

오전 11시 53분
"곧 렐리잔?"

　조금만 기다려. 왜 하느님께서 오늘 널 보내서 1990년대의 그 전쟁이 진짜였다는 걸 배은망덕한 자들에게 보여 주려고 하셨는지 곧 알게 될 거야. 모든 게, 사망자들, 숫자들, 비명, 목 베던 자들, 카티바[16]와 에미르들의 이름까지 실제라는 것을. 우리가 바트나에 도착하면 (아, 그렇군!) 우리 큰 집에 쌓여 있는 요리책들을 보여 줄게. 아주 오래되었지만 여전히 푸른 레몬 나무들도. 지금 집은 텅 비고 먼지투성이지만, 요리책들은 여전히 여기저기 남아 있어. 영리하게도 우리 어머니의 무기로 어머니를 이겨 버렸지, 히히! 사람들은 아직도 그 책들을 사. 내가 지금 신고 가는 게 그거야, (그는 엄지로 차 뒤쪽을 가리킨다) 계속 인쇄하고 내다 팔고 있지.
　집이 완전히 엉망진창이 아니라는 걸 보게 될 거야. 여전히 아버지께서 콧수염과 흰 부르누스를 뽐내고, 내 두

16　군대의 부대나 소대라는 뜻. 알제리 내전 동안에는 이슬람 무장 단체의 소규모 무리를 뜻했다.

다리가 멀쩡하던 시절 같지. 벌써 여러 해 동안 운전하며 길 위에서 지냈어. 그래서 말인데 딸, 맹세컨대 길이 집에서도 따라다녀. 뱀처럼 탁자 밑에서 똬리를 틀고, 다음 날 내가 또 재고를 팔고 알제리 전국의 서점들을 돌아다니며 매상금과 판매되지 않은 책을 회수하기 위해 집을 나서길 기다리지. 있지, 난 전쟁 때부터 이 일을 해 왔고, 거의 쉬지를 않았어.

자! 계속 가고 싶으면 렐리잔에서 잠깐 쉬고, 아니면 오랑으로 돌아가자. 렐리잔에서 샌들을 사줄게, 뭐라도 좀 먹고. 어때? 주후르[17] 기도(정오에 하는 기도야, 내 뱃속의 딸아)가 끝나면 오늘 같은 축일에도 정오쯤 문을 여는 작은 식당들이 있을 거야. 고기를 먹자. 배고프지? 물 더 마실래?

아버지는 전립선암으로 돌아가시기 전부터 이미 거의 걷지도, 소리치지도, 파리 한 마리 잡지도, 어머니에게서 벗어나지도 못하셨어. 어머닌 허브차로, 속삭임으로, 따뜻한 보살핌으로, 깨끗한 수건들과 세탁한 침대보로 아버지 생애 마지막 날들에 아버지를 사방에서 포위했어. 진짜 군대처럼, 왈라. 집에서는 모두가 그걸 이해하고 있었지. 어머니에게 영광의 시간이었어. 우리 전통에 따르면 진정한 여성으로 나타나야 하는 순간이었지. 맞아, 어머니가 좀 과

---

17   정오 또는 낮의 기도로, 하루 다섯 번의 기도 중 두 번째로 드리는 기도.

장하곤 했어, 그건 사실이야. 오, 하느님께서 우리 어머니의 영혼을 거두어 주시길. 내 생각에 우리 어머니는 평생 그 순간을 꿈꿨을 거야. 아버지께서 가장 사적인 필요들을 어머니께 의존하고, 그래서 병든 와중에도 온전히 당신에게 돌아오는 순간을. 진짜 여인이란 그런 법이야. 아니! 어머니는 복수를 원한 게 아니었어, 악마의 말을 믿지 마. 그저 어머니는 아버지의 아내가, 유일한 아내가 되고 싶었을 뿐이야. 어머니는 엘 하지 구에르디의 안부를 묻기 위해 찾아오는 손님들을 맞을 때면, 마땅히 그래야 할 순간에 꼭 울음을 터뜨리곤 했어.

　그 몇 달간 벤바디스 형은 집에 없었어. 형은 알제 대학교에서 공부를 하고 있었는데, 내가 글을 쓸 줄 모른다는 열등감을 자극하기 위해서만 말을 걸었어. 난 정리할 책을 가져오고 커피나 담배 심부름을 했지. (아, 담배를 피우나? 담배 한 대 달라고 할까?) 주중에 형이 다시 알제로 떠나고 나면, 나 혼자 집에 남아 아버지 방 문턱에 가만히 서 있곤 했어. 아버지는 오랫동안 피해 왔던 무언가에 붙들린 듯 가만히 거기 누워 계셨지. 끊임없이 중얼거리셨는데, 마치 죽은 자와 다시 연결되려는 것처럼 보였어. 우린 원래 거의 얘기를 나누지 않아서 난 아무 말도 하지 못하고 아버지를 지켜보기만 했어. 아버지는 천장을 응시하며 말없이 고개를 끄덕이는 걸로 대답을 대신하셨어. 요리책을 팔도록 강요한 도살자 에미르 앞에서 보였던 당신의 비겁함을 되새기고 있었던 걸까. 입술은 내면의 적에 대한 경멸과 멸시로 일그러졌어. 마지막 순간까지 에미르와 다투셨던 것 같아.

종종 아버지는 어머니와 내가 당신 곁에 있는 것에 놀라곤 했어. 난 아버지에게 뭘 고백해야 할지 몰랐어. 우리 집에서는 마음속 이야기를 잘 하지 않잖아. 난 그냥 서 있고, 아버지는 마치 우물 바닥에 앉아 있는 것처럼 멀리서 나를 보았어. 나는 아버지에게 물과 진통제를 가져다줬어. "이 약들이 날 죽이고 있어. 낫게 해 주질 않아." 아버지는 투덜거리곤 실망감에 연신 외쳐 댔어. "정말 실망스러워, 실망스러워." 이 말을 반복하다가 기운이 좀 나면 여윈 허벅지를 손바닥으로 쳤어. 난 그 자리에 서서, 뭔가 말하고 싶었는데, 위대한 책에 나올 법한 적절한 문장을 찾을 수가 없었어. 나는 두 개의 온전하고 튼튼한 두 다리를 가지고 있었지만 그게 아버지에게 무슨 소용이 있었겠어? 아버지는 우리와 아무것도 나눌 수가 없었어, 빵과 상심에 잠긴 한숨 외에는.

아버지가 돌아가시기 몇 달 전, 난 당신의 한숨에 마침표를 찍으려고 서점 겸 인쇄소를 인수하기로 즉흥적으로 마음먹었어. 서점의 냄새, 종이 풀 향, 학구적인 침묵, 오래된 제목들, 상자들, 장부 숫자들, 그리고 아버지, 할아버지, 모든 조상들을 짓눌렀던 엄청난 양의 책들. 나는 아버지에게 아무것도 알리지 않은 채 가업을 이어받았고, 아버지는 내가 당신 방 문턱에 돌아왔을 때 내 피부에서 나는 냄새로 그걸 알아챘지. 그 순간부터, 마치 안심이 된 듯, 아버지는 벽 쪽으로, 할아버지 쪽으로 돌아섰어. 마치 오래된 빚을 갚거나 무언가를 용서받으려는 듯 말이지. 그러곤 그동안 하고 싶었던 대로, 비밀스러운 삶 속에서 당신만의 공놀이를 할 수 있게 되었고, 그리고 돌아가셨어, 우리 아버지는.(그의 목소리가 떨려. 왜 그의 눈이 돌처럼 단단해지는 걸까? 왜 오른눈은 젖어 있고 왼눈은 분노와 용서를 거부하는 눈빛으로 타오르는 거지?)

아! 나는 한 걸음씩 시작했어. (그는 잘린 다리를 가리키며 웃는다.) 전쟁 중에는 장사가 형편없었어. 대차대조표를 작성하고, 작은 화물차를 사고, 전국의 서점을 돌아다니며 미수금이며 매상, 팔리지 않은 재고를 다 챙겼어. 우린 마지막엔 파산 직전까지 갔어. 가짜 검문소랑 불타 버린 서점들 때문에. 그리고 책을 읽거나 읽는다는 사실을 드러내길 두려워하는 사람들 때문에 말이야. 딸아, 1990년대에는 요리책을 팔지 않는다는 이유로 서점 주인들이 살해당했어. 내가 서점을 돌면서 만난 사람들은 아버지를 기억하면서도 돈이 없어 고개를 숙이거나, 내가 자기 도시에 온다는 소식을 듣고 서점 셔터를 내려 버리기도 했지. 단 한 사람, 사하라의 와르글라에 살던, 우리 할아버지의 이야기를 알던 이만 제외하고는. 그는 나를 자기 집에 초대해 차를 대접했어. 그 집은 사막에 있었지. (사막이란다, 딸아! 달을 흉내 낸, 세상에서 우리를 홀로 있게 해 주는 곳.) 나는 자주 그를 만나러 갔지. 얼마나 즐거운 저녁 시간을 보냈는지! 우린 그 지역의 짓궂지만 속정 깊은 전설들을 얘기하며 웃곤 했어, 왈라. 사막 사람들이야말로 진정한 알제리인 같아.

그 노인은 나이가 너무 많아서 숫자나 계산에는 연연해하지 않는 것 같았어. 난 그 점이 좋았고. 그의 피부는 양피지 같았고, 흰 수염은 물결쳤고, 손은 마치 파충류 가죽으로 감싼 것처럼 주름져 있었지. 우린 그가 사는 마을 골목길 모래 위에 앉아 있었어. 사하라에만 있는 주황빛과 푸른빛이 감도는 거대한 황혼이 펼쳐져 있었어. 우린 그곳에서 밤을 보내며 함께 별들을 바라보았어. 그는 마치 고요한 현자처럼 내게 별들에 대해 설명해 주었어. 아무 말도 하지 않아도 되고, 아무것도 믿게 하지 않아도 되는 정말 행복한 순간이었어. 아마 그때가 내가 행복했던 마지막 순간이었을 거야.

꿈속에서나 만나는 아버지와 비슷한 연배였던 그 노인에게서 내가 정말 사랑했던 것은 미소에 감싸인 그의 침묵이었어. 어느 날 나는 뙤약볕 아래 도착했고, 그는 마치 내가 갓 태어난 사람인 것처럼 반겨줬지. 한 소년이 우리에게 씻을 물과 쿠스쿠스, 그리고 차를 가져다주었어. 시디 후일레드 마을의 사구를 바라보는 동안 침묵은 더욱 깊어졌어. 너도 거기 가 봐야 해. 해가 지기 전 하지 미문이 내 옆에 앉았고, 우리는 사하라의 불타는 듯한 고요함 속에 머물렀지, 각자 자기 몫의 사막에서. 그건 본의 아니게 한곳에 갇힌 낯선 사람들 사이의 삼가는 태도도, 애도하는 자의 과묵함도 아니었어. 그저 진정한 형제 둘이 나누는 침묵이었지. 진짜 침묵, 삶이 너를 관통해 지나가며 타인의 삶으로 가득 채우는 그런 침묵 말이야. 오직 저녁, 별이 뜨고 그렇게 해 질 녘이 되어서야 하지 미문은 기세가 누그러지는 사막을 향해 다시 말을 꺼내곤 했어. 마치 곳곳에서 단서를 해독해 내는 것 같았지. 부드러운 모래 위 도마뱀 발소리까지 식별해 냈다니까. 그는 이야기들을 실 끈으로 잇듯 연결했어. 장소, 이름, 책, 웃음들로, 왈라! 난 다른 누구의 말을 들으면서도 느껴 보지 못한 기쁨으로 그의 이야기를 들었어. 우리 어머니 아버지조차 그 노인만큼 날 꿈꾸게 하진 못했지. 그는 날 믿게 했어, 표지(標識)에 눈을 뜨면 쉽게 읽어 낼 수 있을 거라는 것을.

그때만 해도 나는 아직 두 다리가 튼튼했어. 벤바디스 형은 알제 대학교에서 학생들을 가르치고 있었고, 알제에서 한 세대째 살고 있는 우리 집안의 새침한 사촌과 결혼했어. 구에르디 가문의 혈통을 신성한 잉크처럼 보존해야 했던 거지. 1996년, 형 부부는 엘 비아르 구역으로 이사했어. 수도의 심장부, 언덕 위에 위치한 건물의 7층이었어. 다른 곳에 있다고 느끼고 싶으면 창밖으로 몸을 내밀면 되었지. 그렇게 바다 한 조각을 누릴 자격을 얻은 거야. 책으로만 바다를 아는 내게 바다는 마치 말을 걸 수 없는 아가씨 같았어. 좁은 창문과 체면이라는 숲 뒤에 숨어 있는. 있지, 형수가 임신했을 때, 난 먼저 어머니의 이름을 떠올렸어. 그 아이가 제 어머니처럼 게으르지 않았으면 해서 말이야. 난 웃으며 그런 말을 형수에게 하기도 했지. 어머니는 몇 달 후, 그러니까 아버지가 돌아가신 후 삼 년이 지나 돌아가셨어. 어머니는 집안일에서 벗어나고 싶었거나, 아니면 남편을 따라가 원점에서 다시 시작하고 싶었던 거 같아. 어머니는 파킨슨과 알츠하이머를 앓고 계셨고 망각에 휩쓸려, 우리가 이름을 불러도 겨우 반응했어. 엄마는 바트나에 있는 아름다운 우리 집, 그 집의 당신 방에서 주무시다가 돌아가셨어. 난 한 장면을 기억해. 잘 익어 등불처럼 노란 레몬을 보여 주면 이유도 모른 채 눈물을 흘리던 모습. 내 생각엔 그게 어머니 평생의 유일한 기억이었던 거 같아.

 몇 번 우리 집을 들르더니 형은 한번, 그러니까 처음으로 날 쫓아냈어. 일 년 후 조카가 태어났을 때 나는 다시 돌아갔어, 조카에게 줄 선물과 제물로 바칠 양 한 마리를 가지고. 부부는 아이의 이름을 쿨숨이라고 지었고, 난 어머니 이름 이야길 다시 듣추지 않으려고 그 애를 샌디벨이라고 불렀어. 정말이야, 왈라. 샌디벨은 1980년대 흑백 방송만 하던 시절의 티브이 만화 주인공이었어. 콘스탄틴에서 텔레비전이 옛 금 보석처럼 귀했던 시절이었지. 아, 우리 형의 딸, 그러니까 내 딸 같은 우리 조카는 훗날 그 병과 잘 싸웠어. 마치 암사자처럼. 우리는 잠을 잃어버렸고, 머리카락도 잃어버렸어. 친지들의 질문에 답하고 싶은 의욕도 사라졌지. 알제에서 그들은 환영받지 못했어. 샌디벨이 병원에서 머리카락을 잃고 있다는 소식을 듣고 그들이 쏟아 낼 걱정과 한숨을 우린 원치 않았어. 그런 건 사양이었다고. "죽기 전이니까 장례식도 없는 거야!" 벤바디스 형은 자기 앞에서 신의 자비니 운명이니 기적이니 운운하고, 주말마다 알제와 바트나 사이를 오가며 마주치는 가짜 검문소의 위험, 참수, 폭탄 테러, 대학 교수들을 향한 위협 같은 얘길 꺼낼 때마다 격분하며 그렇게 소리쳤어.

이 모든 걸 잊으려고 나는 쉬지 않고 차를 몰았어. 책이나 글, 또는 인쇄물의 지혜 같은 데 기대지 않고 머릿속으로 이 흩어진 생각들을 정리하려고 애썼어. 지방 서점들을 돌아다니던 그 시절에는 밤이고 낮이고 똑같이 잿빛이었어. 샌디벨은 암에 걸렸고, 우리는 무엇을 해야 할지, 어느 문을 두드려야 할지 몰랐어. 장군의 문인가, 하느님의 문인가? 전쟁 중에 의사들이 부상자와 시신들에 붙들려 있어야 했다는 걸 알아야 해. 에미르나 무장한 사람들을 치료하지 않으면 의사들이 죽음을 당했다는 것도. 봐, 저기 있는 게 바로 우리 조카야. 죽기 일 년 전이지. (그의 손이 백미러에 걸린 사진을 가리킨다.) 눈이 우리 어머니 눈이랑 똑같아, 제 할머니를 쏙 빼닮았지. 이제 두 사람은 하느님 곁에서 함께 얘길 나누고 있겠지. 난 죽음이란 죽은 사람들이 지상에서의 혈연에 따라 안치되는 건물이라고 상상해. 꿈에서도 두 사람을 자주 만나지 못해. 머릿속도 도로가 자리를 차지하고 있고, 난 항상 운전을 해. 나는 책을 읽지 않아, 아니, 거의. 어머니처럼 책을 경계하지만 아버지처럼 그것을 팔지. 그리고 지금은 달리고 또 달려. 보여? (그는 백미러를 두드린다.) 사람들이 그 애를 위해 하느님께 기도해 줬으면 해서 여기 걸어 둔 거야.

저승으로 돌아가고 싶어 하는 파란 물고기 이야기 알고

싶어? 히히! 내 딸 같은 샌디벨은 어부와 황금 물고기 이야기를 정말 좋아했어. 기적의 물고기는 자신을 다시 물속으로 돌려보내 준 늙은 어부에게 모든 걸 주었고, 그의 소원을 하나하나 들어주었어. 그런데 어부의 아내는 그가 가져온 것에 결코 만족하지 않았지. 그러다 어느 날, 어부는 항상 더 많은 것을 원하는 아내의 욕심 때문에 결국 모든 걸 잃게 되지. 샌디벨은 물고기에 대해 오만 가지 질문을 했어. 물고기가 어떻게 말하냐, 왜 요즘은 물고기들이 떠들지 않냐, 만일 하느님께서 말할 수 있게 해 주시면 어떻게 되냐 등등. 그리고 내가 알제에 있는 병원에 문병을 가면 그 아이는 스르르 잠들곤 했어. 그런 옛날이야기들은 며칠 전에 태어난 너 같은 어린 여자아이에게는 아무 의미가 없을지도 몰라. 그래도 나는, 네가 모든 일이 진짜 일어났다는 증거라고 믿어. 너, 네 흉터를 하느님의 표지로 바라본 적 없어? 하나의 글씨로 말이야. 이런, 얼굴을 찡그리는구나. 내가 미쳤다고 생각하는구나? 아냐, 난 글을 쓸 수 없지만, 그래도 읽을 줄은 알아. 네 피부 위에 있는 걸 읽을 수 있어. 그건 표지야. 그건 증거야, 전쟁이 끝난 후 내 인생에서 마주친 유일한 증거. 모든 게 지워지고 아무것도 남지 않았어. 마치 모든 걸 내 머릿속에서 꾸며 낸 것 같았어. 그런데 네가 희생제의 날에, 마치 하늘에서 떨어진 것처럼 도로 위에 나타난 거야! 네가 죽음에서 돌아왔다면, 뭔가를 말하고 증거하기 위해서가 아닐까? 스스로 그런 질문 해 본 적 없어? 목이 베였는데도 살아 있다면, 그건 사명 때문이다, 내 딸아. 설령 네가 우리처럼 대화할 수 없다 하더라도, 우리에게 중요한 걸 말하기 위해서야. 이 나라에는 수많은 사람들이 지껄이고, 수다와 목소리로 넘쳐나지만, 중요한 건 너의 목소리야, 네가 속삭일 때조차. 하느님께서 너를 속삭임으로 만드신 건, 네가 말할 때 우리 모두를 침묵시키기 위해서야.

8

오후 12시 17분

"또 하나의 문이 나온다, 나의 달님아."

넌 부모가 없지? 버스에서 널 죽이려 한 거야? 가짜 검문소라도 만난 거야? (내 '미소'에 그는 매료됐다. 그는 번지점프에 열광하는 이들처럼 내 안으로 뛰어들고 싶은 충동을 겨우 참는다.) 그 시절, 매일 아침 신문에는 사망자 수가 출생자 수보다 많았어. 가령, 이게 기억나네, 1998년 12월 23일, 이십 년 전이. 그때 너는 태어나 있었니? 라마단 스물여섯 번째 날이었어. 타라위흐 기도(이 한 달의 금식 기간 중 저녁 때 하는 긴 기도야, 후리)를 마치고 있는데 테러리스트 집단이 테네스를 오가는 셔틀버스를 세웠어. 알지? 아주 아름다운 해안 도시. 그래, 딸, 그들은 운전사 아모르 압델카데르와 차장 마마르 안타르를 쏘고, 스무 명가량 되는 승객 전원을 참수했어. 그들 중에는 카르바시와 그의 아내 아이우아즈 흐미다와 그의 일곱 살 아들이 있었어. 유일한 생존자는 카르바시의 아들과 아이우아즈 집안의 열네 살 여자아이였어. 그건 여기, (그는 자기 머리를 가리킨다) 정확해, 문신으로 새겨져 있어. 내가 왜 이런 이야기를 짊어지고 사는지 알아. 묘지에 세워진 대리석 비석처럼, 나는 많은 숫자들을 알고 있어. 숫자 하나만 더 말해 봐! 빨리!

(난 역겹고 쓰디쓴 마음으로 "31"이라고 한다. 내 인생의 숫자다.)

31? "1998년 12월 31일. 9세, 6세, 3세 남자아이 3명과 그들의 22개월 된 여동생이 목이 잘리고, 어머니는 납치된 뒤 살해되었다. 장소는 하맘 리가와 하자우트 사이, 제바베라 마을."

내가 12월 32일 이야기를 해 줄까? 존재하지 않는 날짜라고? 들어 봐.

아침이었어. 1997년 9월 32일, 혹은 12월 33일, 혹은 34일, 애초에 존재해선 안 되는 그런 날들이다. 불가능하고 끝없는 날들, 우리가 지워 버리거나 피하거나, 자연 달력으로 셀 수 없어 그냥 살아가는 날들. 난 와르글라에서 돌아오던 중이었어. 9월이었을 거야, 거의 확실해. 그리고 와르글라와 시디 오크바 사이에서 군인들이 친 검문소를 발견했어. 병사들이 참 어려 보이더라고. 수염도 없고, 검문소로 다가오는 차들에 반사된 잿빛 아침 햇살 때문인지 눈빛들도 멍해 보였어. 당시 도로는 텅 비어 있었고 위협적이었지. 마치 머리 없는 뱀 같았어. 그들이 찬 소총과 기관단총 같은 무기들이 생각나. 작은 손에 비해 너무 무거워 보였지! 교활해 보이는 모양새 때문에 그 무기들은 사막 한가운데 처박혀 제 역할만 수행하는 어린 병사들보다 더 커 보였어. 그들은 배고파 보였고, 프랑스가 떠난 뒤 줄곧 알제리에서 늘 그래 왔듯, 해방전쟁의 영웅이자 애국자 역할을 해내야만 하는 처지였어. "내려, 머리 위에 손 얹고!" 바위투성이 길가에 차를 세우라고 내게 위협적으로 신호를 보냈던 자가 소리쳤어.

난 첫 번째 기도 시간에 사하라의 서점 주인 노인과 헤어진 터였어. 그리고 기억나는 건, 안전을 위해 내가 반나절 정도 더 있다가 가는 걸 그가 원했다는 거야. "뭐요, 운반하는 게?" 어린 병사가 개 짖는 것 같은 목소리로 물었어. 난 양 같은 열 살짜리 아이 목소리로 대답했어. "요리책이요. 와르글라와 티미문의 서점에 가져갈 물건들이에요." 그는 분명 이 낯선 물건들에 깜짝 놀랐을 거야. 우리 모두의 숨소리를 듣고 있는 사막에는 제자리가 없어 보이는 책들이었으니까. 아니면 책 자체에 놀란 게 아니라 내가 그런 장사를 한다는 사실이나 내 대답에 놀란 것이었을지도 모르겠어. 아니면 책과 모래의 부조화에 놀랐는지도. 그런데 그는 '책'이라는 단어가 무슨 뜻인지 잊은 듯했어. 어쩌면 전쟁 한가운데서 책을 들고 다니는 남자가 이상하고 위험하다고 생각했을까. 피와 잘린 머리들이 식인귀 침에 젖은 올리브 씨처럼 거리에 뚝뚝 떨어지는 전쟁 한가운데서 책이라니. 녹색 전투복을 입은 그의 동료들이 호기심과 불안, 두려움이 서린 표정으로 날 에워쌌어. 천천히, 수없는 조심을 기울이며 나는 내 화물차 뒷문을 열었어. '다른 자들', 그러니까 수염쟁이 도살자들이 나타날지도 모른다는 미친 생각에 덜덜 떨렸어. 그 불쌍한 아이들은 공포에 질려 그림자 하나만 보여도 쏠지 몰랐어. 덫에 걸린 비둘기, 뱀, 삐걱거리는 소리 하나에도. 주변 사막은 밤 도둑처럼 조용했고 나는 갑자기 몹시 갈증이 났어. 소변을 보고 싶은 욕구가 고문처럼 밀려왔어. 내 불편함 따윈 아랑곳없이 그 병사가 총구로 내 등을 찔렀어. 그의 얼굴은 굳게 닫혀 있었고, 살아 있는 모든 것들에 대한 분노로 일그러져 있었으며, 자신의 운명과 상관들, 그리고 이 나라의 역사 자체에 분노하고 있었어. 온 사막에서 악취가 진동했던 기억이 나. 몇 주 전 트럭에 치여 죽은 개처럼.

    그들은 내 차량을 수색했어. 이어 우두머리로 보이는 아이가 나머지들을 모두 해산시키더니 날 조사했어. 겨우 열여덟 살쯤 되어 보였어. 째진 눈에 갈색 피부에, 투박한 군화를 신고 있었어. 한참이나 나를 바라보더니 가짜 권위를 실은 목소리로 외쳤어. "물고기 책, 빨리!" 단어들이 줄지어 가는 개미들처럼 내 머릿속에 천천히 들어오는 바람에 나는 어안이 벙벙해서 가만있었어. "물고기 책." 그는 또 이 말을 반복하며 소총을 종이 상자 쪽으로 겨눴어. 난 그 애를 불안하게 하지 않으려고 천천히 움직였어. 온 사막이 우릴 향해 몸을 돌린 듯했고, 바위 같은 눈으로 우릴 갉아 먹을 듯 노려보는 것 같았지. 난 상자를 열었고 거기서 물고기와 반짝이는 시냇물 사진이 있는 커다란 책을 꺼냈어. 노르웨이 낚시에 관한 책이었는데, 사진 덕분에 잘 팔리던 책이었지. 난 책을 그에게 건넸어. 그는 소총을 땅에 내려

놓고 오랫동안 아무 말 없이 책을 훑어보았어. 난 그 자리에 서서 꼼짝도 하지 않았고. 차가운 한낮의 바람이 옷 속으로 파고들려고 안간힘을 썼어. 다른 병사들은 위험한 지평선을 살피며 두 손을 비벼 몸을 녹였고. 그는 갑자기 한 아이가 되어 책을 몇 번이고 훑어보더니 내게 돌려주었어. "물고기를 본 지 몇 달이나 돼서. 우린 바닷가에 살았어, 난 테네스 출신이야." 그는 또 다른 목소리, 그러니까 제 나이에 어울리는 목소리로 고백했어. 그러더니 다시 정신을 차린 듯하더니, 감정을 드러낸 게 불편했는지 입을 다물었어. 난 그에게 책을 주겠다고 했지만 그는 짧게 고갯짓을 하더라. "여기서 빨리 꺼져!"라는 뜻이었어.

 도로는 친구가 아냐, 알지, 목을 조르고, 짐을 훔치고, 목을 긋고, 널 잃게 할 수도 있어. 딸, 넌 유일한 증거야. 그 증거를 망쳐선 안 돼, 아무 데나 뛰어들어서는 안 돼. 알잖아, 그건 너 아니면 망각의 문제야. 난 온갖 형태의 길을 겪었어. 길은 천 가지 모습을 지닐 수 있지만, 머릿속에서는 단 하나의 목소리만 들리지. 절대 그 목소리에 귀 기울이지 마. 너 같은 여자애는, 설령 트라우마를 겪었거나 병을 앓고 있거나 화가 나 있더라도, 그 수다를 듣느라 멍하니 도로 위에 서 있으면 안 돼. 도로는 와서 네 옷을 벗기고 네 짐을 훔쳐 갈 거야. 길은 과거도 없고 미래도 없어. 그런 것 따윈 신경쓰지 않아. 네 멱살을 쥐고 어디든 데려가서 네가 어쨌거나 목적지에 도착할 거라고 믿게 할 거야.

그날 와르글라와 비스크라 사이를 두 시간 더 운전하면서, 그 젊은이와 노르웨이의 은빛 물고기를 끊임없이 생각했어. 알제리의 황량한 지역은 길이 구불구불해. 물고기들은 노르웨이의 맑고 너그러운 강물에서 평화롭게 쉬고 있겠지. 자기들이 알제리에, 아니 모래 언덕에서 길을 잃은 또 다른 어부의 꿈속에 있다는 사실은 알지 못한 채. 같은 날, 코라라는 곳 근처에서 또 다른 군사 검문소에서 난 멈춰야 했어. 그들은 마치 진[18]들(그게 어떤 존재인지는 아무도 몰라, 딸아, 그냥 자!)처럼 아득히 멀어 보였고, 분노와 추위에 떨며 뼈까지 얼어붙어 있었어. 다른 병사들보다 더 동요한 것처럼 보였지. 그들은 나를 곧장 되돌려 보냈어. 그들의 주둔지가 있는 바로 다음 마을이 그날 밤 테러리스트 카티바(1990년대 전쟁 당시 수염 난 자들로 이루어진 군대의 한 분파로, 내 가족도 내 목소리도 모두 앗아갔어)에게 공격을 받았기 때문이었어. 그들은 나를 양처럼 뒤지고, 범죄자 내쫓듯 쫓아냈어. 사막에는 총성이 울려 퍼졌어.

내 등 뒤에서 하늘이 갈라졌고, 난 속도를 높였어.

불가능에 가까운 그 하룻밤 동안 반대 방향으로 다시 길을 달렸던 기억이 나. 그리고 아직까지 한 번도 본 적 없던 곳을 우연히 마주쳤는데, 다시는 눈을 뜨고 볼 수 없게 된 곳이었어. 바로 그곳에서 그 일이 벌어졌어, 내 인생에

---

18   아랍인들이 믿는 공기의 정령. 초자연적인 힘을 지닌 수호신 혹은 마신(魔神)을 가리킨다.

서 아직 끝나지 않은 단 하나의 이야기가. 진짜 이야기다, 딸아. 이것이 바로 내 진짜 이야기다, 지금은 아무도 듣고 싶어 하지 않는.

9

오후 12시 35분

"어쩌면 출구가 보이는 것도 같아, 나의 후리."

　나이가 들어서 보니, 또 다른 길이 있는 것 같아. 늘 그래 왔지. 모든 길 뒤에 숨겨진 또 하나의 길. 때로는 평행선처럼 모습을 드러내기도 하고, 때로는 멀어져 사라지기도 해. 긴 밤을 지새우며 커피 몇 리터를 마시고 끝없는 토론으로 흐릿해진 그 길이 아니야. 그 또 다른 길, 식인종 같은 길을 나는 도망치고 나서야 비로소 알게 되었어. 그 길은 마치 썩은 고기를 뜯는 짐승들처럼 나타나지. 너도 알잖니, 딸? 그 짐승들은 동굴이나 바위 틈새에 사체를 숨기잖아. 그때가 몇 시였더라? 어떻게 알겠어? 그때도 하늘엔 아무것도 또렷하지 않았어. 이 이야기를 하도 반복해서 이젠 맛도 세부도 다 사라졌어. 그래도 이건 사실이야, 그래! 하지만 너무 오래 들여다본 사랑하는 이의 얼굴을 더 이상 알아보지 못하게 된 것이랑 비슷해. 내가 본 걸 의심하느냐고? 그래, 딸, 그런 것도 같아. 한때는 이렇게 생각했던 적이 있어. 아이사, 인생을 다시 시작해. 여자와 결혼하고, 모스크에 가서 천국에 갈 자격을 얻어! 또 이렇게 생각할 때도 있었어. 아무도 네 말을 믿지 않으면 그게 암처럼 네 머리를 갉아 먹을 거라고. 나는 이 질문에 답하기 위해 수 년째 운전을 하고 있어. 길의 목소리를 들어야 할까, 말까? 나는 끊임없이 되새겨.

처음엔 경찰이나 병영에 있는 누군가에게 말하기만 하면 집에 돌아갈 수 있을 거라고 생각했어. 하지만 그렇지가 않았어. (그는 자기 머리카락을 가리킨다.) 이야기가 여기 자리를 잡고 계속 되풀이되었어. 언제나 더 많은 세부가 생기거나, 어떤 세부가 사라지거나, 언급해야 할 것들이 있었어. 밤인데도 나는 바트나 헌병대 문을 두드리거나, 그 유명한 백색 빌라에 있는 우리 도시의 군사 구역 책임자인 대령을 만나고 싶어 했지. 콧수염이 덥수룩한 깡마른 그 지휘관은 내 말을 정중히 들어 줬어. 우리는 도시의 유명 인사이고, 명문가였으니까! 그는 메모를 하고, 머리 위 벽에 걸린 대통령 초상화 아래서 고개를 끄덕이기도 했어. 그래서 난 거의 안심하곤 집에 돌아가 잠을 청했어. 하지만 다른 구체적이고도 정확한 세부들이 떠올랐어, 마치 개미 떼나 깨진 식기 조각들처럼. 살인자들이 신었던 장화나 그 냄새 같은 것들 말이야. 멧돼지 냄새였을까? 떠돌이 개 냄새였을까? 아니면 사향? 나는 끊임없이 의심했어. 그 일이 정오였나? 더 늦게, 거의 하루가 저물어 가는 무렵이었던가? 알 수가 없었어! 이 질문에 대해서는 하늘조차 명쾌한 답을 주지 않았어. 그리고 또, 도살자들은 몇 명이었을까? 다리를 다쳐 송아지처럼 피를 흘리면서도 어떻게 나는 몇 시간 동안 운전을 할 수 있었을까? 내가 거짓말을 하고 있는지,

스스로에게 뭔가를 숨기고 있는지, 테러리스트인지, 민간인인지, 군인인지, 심지어 운전하면서 꿈을 꾸고 있었던 건 아닌지 나 자신을 조사했어. 판단하기가 어려웠어, 왈라.

 몇 달 동안 레몬 나무가 있는 우리 집에 틀어박혀, 임종 직전 아버지의 그 입술로 혼잣말을 했어. 그 장면을, 그 대사를, 되뇌고 또 되뇌었어. 그 현장에, 그 매복 한가운데 내가 도착했을 때 내가 한 모든 말과 다른 이들이 뱉은 말을 계속 반복했어. 있지, 지금 우린 이 전쟁에 대해 이야기해서는 안 돼. 그때도 물론 사람들은 이런 화제는 피하려 했지, 그러니까, 알겠어? 책도 사진도 증인도 기록 영상도 없으면, 아무 증거도 없는 거야. 오늘 이 도로에서 널 보기 전까지 그렇게 생각했어, 이 성스러운 날에 널 우연히 만나기 전까지는. 이해하니? 시간이 지나면서 모든 게 뒤엉켜 버렸어. 전쟁의 세부들은 다 도난당했고, 어젯밤 잠들기 전 분명 이해했던 것도 이젠 알아들을 수가 없어. 아, 그래! 이건 망각이 아냐. 내 말은, 우린 서술하다가 실수할 수도 있고, 기억된 장면을 의심할 수도 있고, 다 끝났다고 믿어 버릴 수도 있다는 거야. 하지만 내 이야기처럼 진짜 이야기는, 사람들을 거리로 나가지도 못하게 하고, 면도도 못 하고 옷도 못 입고 그 이야기 속에 갇힌 채 머물게 한다는 거야. 알겠어, 딸? 이건 꼭 어머니와 아버지의 싸움과도 좀 닮은 것 같아. 한데 여기서 아버지는 읽고 쓸 줄도 모르는 아버지이고, 어머니는 내 머릿속에 있는 집을 다 치우지 못하는 어머니지. 나중엔 직원들조차 나를 피했어. 사촌들은 날 마주치면 지루해하거나 짜증이 나는 것 같았고. 많은 사람들이 눈을 내리깔고 떠나거나 길을 건너가 버리거나 나를 집에 초대하는 것을 삼갔어.

그래, 딸. 인생이란 참 인정이 없지. 내겐 그 어떤 증거도 남아 있지 않았어. 수십만 명의 목숨을 앗아간 이 전쟁과 관련된 모든 것이 오래전 사라져 버렸으니. 하느님─그분께 영광을!─께서는 우리가 그분에 대해 기억하도록 책들을 써 두셨지, 왈라. 한데 나는 쓰는 법을 배우지 못했어. 비스크라로 가는 길에서 일어난 일이 있고 나서 몇 년이 지나자, 아무도 나와 얘기하려 하지 않았어. 난 아버지처럼 길 위에서 일하기 위해 화물차를 다시 인수했고, 요리책, 예언자의 하디스, 쿠란 주해서를 팔았어.

10

오후 12시 45분, 그의 흰 화물차 안

 이번엔 나야, 커다란 눈의 나의 후리. 이 미로에서 몇 시간은 네 엄마가 말을 해 볼게.
 잠시 그를 잊어버리자, 자기 이야기에 빠져 저렇게 떠드는 미치광이는.
 우리 둘이 이런 모험을 하고 있다니! 너에게 삶과 죽음을 동시에 줄 수 있다는 생각에 지금 내 가슴은 벅차올라. 우린 타이무샤 언니에게 언니가 어떻게 우리를 자신의 천상의 상처에 가까이 오게 할지 물어볼 거야. 어쩌면 언니는 우리가 손가락으로 언니의 잘린 목을 깨우는 걸 허락하지 않을지도 몰라. 언니의 은신처, 저 신비로운, 벌어진 무덤에 닿기만 한다면 우리는 언니에게 여러 질문을 던질 거야. 그 무덤은 언니의 머리가 몸에서 떨어졌던 곳이야. 머리는 태양이고 몸은 밤이야. 새벽에 한 번, 해 질 녘에 또 한 번 반복된 참수. 학살 다음 날, 마을 사람들이 서두르는 가운데, 언니는 아마 신원 미상의 몸통과 언니의 것이 아닌 팔, 아니면 남자의 다리와 함께 묻혔을 거야. 그리고 어쩌면 이십 년 전의 그 학살 이후, 스스로를 죄가 있고 괴물 같은 존재라고 믿고 있을지 몰라.

오늘 하늘은 금빛 먼지로 물들었고, 때때로 돌길이 고속도로와 나란히 달린다. 이제 나는 내가 지나가는 곳들에 붙일 이름이 없어. 모든 게 동시에 새롭고 또 오래되었어. 아주 늙은 사람의 머릿속에 깃든 아주 어린 꿈처럼.

차창 너머로 나무들 보여? 가까이 다가왔다가 우리 뒤로 재빨리 도망치네. 비둘기들도 마찬가지야. 난 하늘이 비둘기들을 공중으로 한 움큼씩 던지는 걸 봤어. 그것들은 무중력 상태로 떨어졌다가 태어난 곳으로 다시 되돌아가곤 했지. 난 너를 위해 그렇게 했단다, 내 두 눈으로 어디가 위이고 어디가 아래인지 개념을 잃어버릴 때까지 푸른 하늘을 바라보았어, 태양까지도. 태양이 날 울게 하고 단검으로 내 배를 위협할 때까지 쳐다보았지. 길은 내게 한 마을을, 또다시 건물들을 보여 줬어. 삶과 맞닥뜨리지 않으려고 사람들이 몸을 숨기는 곳. 지금 문득 기억 하나가 떠올라! 1999년 12월 31일, 구급차가 날 분기점 직전 이 길로 다시 실어 날랐을 때 난 피를 흘리고 있었어. 그래, 난 죽어 가고 있었어, 그래. 하지만 내 목구멍이 미소 짓는 동안에도 난 계속 수를 헤아리고 있었어. 둘, 스물, 마흔넷, 나는 정신을 잃어 가고 있었지만 그건 분명 필수적인 거였어. 삶과 죽음 사이에 놓인 어린 다섯 살 여자아이가 제 목숨을 걸고 뼈를 발라낸 듯 앙상한 수를 외웠으니까.

11

오후 12시 49분
"마지막 문?"

내 말 듣고 있어, 누이? 맥을 놓치지 마, 제발, 이건 중요한 거야. 1996년 9월의 그 화요일, 낮이 길어지고 해가 달걀처럼 깨져 있었어. 마치 처음으로 눈을 뜬 것처럼 난 도로가 머리와 입, 그리고 이빨이 있다는 걸 알게 됐어. 도로는 짐승이었어, 자기가 혼자인 것 같으면 더러운 털가죽과 오줌 속에 숨어서 살을 파먹고 뼈를 빨아먹는. 두 시간 동안 두 눈 부릅뜨고 매 킬로미터를 도살자들의 가짜 검문소를 만나지 않을까 살펴본 끝에 마침내 어린 병사들의 검문소가 눈에 들어왔어. 한눈에 모든 광경이 보였어. 마치 성질 나쁜 패배자가 체스판을 확 뒤집어버린 것 같았어. 땅과 하늘에는 검은 얼룩들이, 모래 언덕에는 타이어 자국이, 그리고 곳곳에는 피가 흩뿌려져 있었어. 마치 어린아이가 양동이를 뒤집어 붓거나 창문에 빨간 페인트를 문질러 버린 것처럼. 도로 아스팔트에서, 모래에서, 내 피부에서, 내 머릿속에서, 구름 속에서 쇠 냄새가 나. 이십 년이 지난 지금도, 내가 비틀거리거나 넘어지거나 길에서 개를 치면 그 모습이 침대 시트처럼 나를 덮쳐. 내게 달려들어 악령으로 변신시키려고 해. 왈라! 바로 그곳이야, 내가 예언자들을 처음 본 곳이. 아, 아니, 잘린 머리의 수는 세지 않았어! 하지만 나중에 내가 본 게 확실한지 세어 보는데, 그때마다 합계를 믿을 수가 없었어. 몇 년 동안 세어 봤는데 마치 끈 없는 묵주처럼 계속 총합이 바뀌어. 열? 열둘? 아니면 딱 하나? 누가 알겠어, 기억이란! 기억은 꼭 손가락 가지고 노는 아이 같아.

내가 어떻게 했냐고? 누이, 난 속력을 높였어. 주황색 빛 속을 달리며, 눈을 감고 열까지 세었어, 맹세해! 보는 걸 거부했지만, 그 잠깐에도 단 하나의 세부를 보고 모든 걸 다 이해할 수 있었어. 그래, 물고기를 그리워하던 그 아이의 얼굴 말이야. 이번엔 지루한 표정을 짓고 있었고, 노란 하늘에 고정된 눈, 몸통 없는 머리만 남았어. 꼭 이해할 수 없는 표정을 한 축구공 같았지. 너 잘린 머리 본 적 있어? 미안, 상처 주려는 건 아니고 그냥 그 모습을 설명하려는 거야. 잘린 머리가 땅에 떨어져 있으면 솔직히 좀 웃겨. 불행한 자의 진지한 표정과 찡그린 얼굴이, 이미 죽은 사람인데 사소한 일에 짜증 내는 사람처럼 보이거든. 글쎄, 난 모르겠어! 아무튼 입술 밖으로 비어져 나올 정도로 혀가 부풀어 오른 모습은 너무 우스꽝스럽고 무서웠어. 물고기를 좋아하던 그 젊은이의 머리 하나와, 그 주변에 있던 머리들을 세어 보았어. 검은 보따리들이 우연에 의해 정렬된 듯, 당구대 위에서처럼 흩어져 있었지.

갑자기 시간이 느려지더니, 누군가 조수석 문 바로 여기에 (그는 내 옆을 가리킨다) 돌멩이를 던졌어. 순간 허벅지를 전갈한테 물린 것 같았지. 텅 빈 도로를 지그재그로 20미터 정도 더 나아가다가 모래 속에 처박혔어. 그때 에미르가 모래 속에서 나타나 웃고 있는 부하들과 함께 나를 찾으러 왔어. 내가 죽은 척하는 동안 그들은 나를 차에서 끌어내 죽은 개처럼 발로 찼어. 소총으로 내 코를 으스러뜨리고, 목을 신발 신은 발로 밟아 댔어. 올려다보니 위쪽 하늘에서 수염쟁이가 장황하게 떠들어 대는 소리가 들렸어, 너도 알지, 그치? (불온한 공모의 눈빛으로 그의 눈은 반짝거린다.) 너도 알고 있을 거야. 사람이 죽기 시작하면, 더 이상 무슨 말인지 알 수 없는 책에서 고개를 들어 올리는 것 같잖아, 주변 사람들이 다 외국어로 떠드는 것처럼 들려.

　—숫자 하나 또 말해 봐.
　—16? (도마뱀 목소리, 물고기 목소리로.)
　—"2000년 12월 16일. 무장 단체가 메데아 직업 고등학교 기숙사에 들이닥쳤다. 학생 16명과 사감 1명이 살해되었다."

12

오후 12시 59분

 이어 나는 눈을 거의 감다시피 한 채 와르글라 시로 차를 몰았어. 카페는 밤의 끝을 지나고 막 문을 연 참이었어. 붉은 모래바람이 벽과 얼굴을 휘감고, 나쁜 소식을 전하려는 듯 문을 두드렸어. 날은 어스름이 드리운 거대한 황혼 같았고, 태양은 길을 잃은 듯 창백하고 병이 든 것처럼 칙칙했어. 난 내 숨소리에 귀를 기울이며 정신을 차리려고 애썼어. 그 텅 빈 카페 앞에 난 한동안 차를 세우고 가만있었지. 공포에 질려, 부들부들 떨면서 차에서 못 내렸어, 무서워서. 세상에, 난 그냥 그 자리에다 오줌을 쌌어, 부끄럽게도. 몇몇 사람들은 버스 정류장 근처에 모여 전봇대처럼 체념한 표정으로 버스를 기다리고 있었어. 온 세상이 겨우 숨만 쉬고 있었어, 맹세해. 어느 순간, 붉은 모래바람이 도시 전체를 뒤덮었고, 그 바람이 우우 모두를 야유하는 소리를 난 들었어. 난 그렇게 그대로 있었어, 아, 딸아, 바지는 흠뻑 젖어 두려워서 문을 못 여는 채로. 길은 어린 여자아이의 목소리로 내게 속삭였어. 그 목소리는 하루 동안 신발을 신고 땅을 디디지 않으면 그날이 엔진처럼 다시 시작되고 재시동이 걸릴 거라고, 그러면 다시 보거나 반복할 것도 없을 거라고 계속 말했어. 하지만 에미르는 신발로 내 가슴을 짓누르면서 거칠고 엄한 목소리로 이렇게 말했어. "가서 증언해, 네가 본 것을 그들에게 말해. 모든 걸 자세히 말해." 길의 목소리 위로 에미르의 목소리가 들렸어. 그래, 그땐 그게 신의 목소리였어.

테마신 군 검문소에서 열아홉 명의 병사가 목이 잘린 사건 이야기가 지금 내 머릿속에 다시 울려 퍼지고 있어. 진짜 이야기, 수많은 세부와, 그것이 쿠란처럼 알려지려면 내가 좇아야 할 것들과 함께. 지휘관은 분명 내게 말했어. "가서 네가 본 것을 모두에게 말해! 달려, 이 거지 새끼야!" 그는 공중으로 기관단총을 발사했고, 옆에 있던 다른 자들은 마치 붉은 촛불처럼 희미해진 빛 속에서 웃어 댔어. "달려!" 그가 또 소리 질렀지. 그 후로 난 운전하고 달리고 있지만, 이야기는 나오질 않고 그냥 거기 머물러 있어. 그리고 법이 그 검은 십 년을 입에 올리는 걸 금지한 이래 그 이야기는 어디로 가야 할지 몰라.

그 소년 병사는 몇 달 동안 물고기를 한 마리도 보지 못했다고 했지. 노르웨이의 강물, 수많은 작은 자갈이 깔린, 은빛으로 반짝이는 푸른 강을 찍은 커다란 사진을 그가 눈으로 어떻게 샅샅이 파헤쳤을지 봐야 했는데. 마치 금빛 책 위에 몸을 숙인 천사 같았지! 한데 이제 내 기억 속에서 모든 것이 뒤섞이고 있어. 똑같은 충고를 길이 건넸어. 그게 이 년 후였던가, 아니면 이 년 전이었던가? 기억이 안

나, 딸아. 안나바에서 긴 운전을 마치고 늦은 아침 알제에 도착했을 때, 아직도 가능성이 있다고 길이 내게 속삭였어. 하루를 되감을 수 있다고. 허벅지 사이에서 똑같이 차가운 감각을 느꼈어, 귓가에 울리는 길의 그 똑같은 속삭임도. "내리지 마, 땅에 발을 디디지 마. 그러면 모든 게 예전처럼 살아남을 거야. 아무 일도 일어나지 않을 거고. 그 애는 계속 숨을 쉴 거야. 특히 신발 끝을 땅에 대지 마. 그냥 계속 운전해. 그러면 우린 서로에게 귀 기울이고 서로 지지하며 함께하게 될 거야." 벤바디스 형의 딸인 샌디벨은 그의 가족 중 유일한 생존자였어. 오후 5시 무렵 발견되었지. 샌디벨은 암 투병 중이었고, 그래서 우린 그런 운명이라면 단 한 번의 불행으로 족할 거라고 생각했어. 아, 그날 밤 미친 듯이 운전하지 말아야 했어. 딸, 그들이 카디리아에서 우리 형의 차를 세웠어. 형은 아내와 회복 중인 딸과 함께 주말마다 바트나에 있는 우리 집에 와서 시간을 보냈지. 샌디벨이 레몬 나무와 마당, 그리고 자기에게 말을 거는 듯한 오래된 가구들을 정말 좋아했거든.

  오후 4시경, 대낮에 세워진 가짜 검문소를 따라 긴 차들이 줄지어 지나가고 있었는데, 그건 이례적인 일이었어. 도살자들은 차량을 하나하나 수색하고 여행객들에게서 돈을 갈취한 다음, 목을 하나하나 베었지. 덤불 속에서도 목이 하나하나 그어졌어. 샌디벨은 거의 죽은 채로 발견되었는데, 덤불 속에서 피를 거의 다 쏟은 상태였지. 너무 서두르다 보니 목이 반쯤만 잘려 있었던 거야, 알겠어? 이해가 돼? (이런 이야기를 듣다 보면 담즙이 넘치는 물에 첨벙 뛰어드는 기분이다. 신의 농지거리 같아, 나의 후리, 머리 없는 왕국에서 타이무샤 언니가 터뜨리는 웃음 같기도 하고.) 나는 안나바에서 알제까지 미친 듯이 운전했어. 마지막 순간 무스타파 파샤 병원에 도착했을 때는 좀 망설였지. 만일 네가 땅에 발을 디디지만 않으면 모든 건 꿈속에 남아 있을 거야, 길은 계속 속삭였어. 토요일이었어, 9월 7일 새벽. 내가 알제에 도착했을 때, 그 아이는, 아마도 그 용감한 여자아이는 아직 살아 있었을지 몰라. 어쩌면 내 발이 땅에 닿았을 때 마지막 숨을 거뒀을지 몰라.

하지만 이제, 누이, 몇 가지 의심이 들어, 알겠어? 형과 그의 아내, 그리고 딸 샌디벨이 죽기 바로 전에 내가 그 검문소에 도착한 건가? 순서가 확실치 않아. 전이 아니라 그 후인가? 딱 잘라 말하는 게 위험해. 기억이 나한테 거짓말을 하는 것일 수도 있고, 아니면 훨씬 더 깊은 진실을 내게 말하는 것일 수도 있으니까. 우선 날짜를 보자고. 첫 가짜 검문소는 7일 토요일, 두 번째 가짜 검문소도 7일 토요일. 그렇다면 남는 건 연도뿐이야. 하지만 그 당시는 십 년 동안 매해가 똑같은 해였어, 전쟁과 학살이 계속되었으니까. 천 년이 하루고, 하루가 천 년이었어. 물론 넌 묻겠지. "그럼 아저씨 다리는요?" 아무것도 확실치 않아. 사막에서 에미르와 그의 부하들 때문에 다친 건 분명해. 와르글라까지 몇 시간 동안 차를 몰고 가는 동안 송아지처럼 피를 흘렸고, 거기에서 사람들이 화물차 안에서 기절한 나를 발견했거든. 차량 뒤에 실은 책들을 보기 전까지는 도망 중인 테러리스트로 오인했지만. 그러니까 내 책들이 목숨을 구해준 셈이야, 테러리스트는 책을 읽지 않으니까. 그래서 내 결백이 입증되었어. 아니면, 달력에 없는 그날, 모든 곳에서 지워진 그해에 밤새 운전하며 달리다가 알제로 가기 전 안나바에서 사고를 당했는지 몰라, 미친놈처럼 운전하다가 말이야. 너 내가 이 진짜 이야기를 과장한다고 생각해? 아냐, 거의 그렇지 않아. 난 가끔은 거짓말을 해야 한다고 생각해, 책처럼. 그래야 가장 중요한 진실이 받아들여질 수 있으니까. 하지만 알다시피 1990년대 그 전쟁에는 흔적도, 기록도, 이미지도 없어. 그 과거를, 너를, 또 나를 아무도 기억하지 않거나 기억하고 싶어 하지 않아. 게다가 이 짧은 다리는 네 목에 있는 흉터에 비하면 아무것도 아냐. 그건, 그래! 그건, 그건 바로 눈부신 표지야! 알겠어?

 전쟁이 끝나자 아무도 남지 않았어. 아버지도, 어머니도, 벤바디스 형도. 샌디벨조차. 잘 봐, 그 애의 사진을.

13

"미궁 한가운데인 것 같아."

1996년 9월 어느 아침, 병사는 지느러미 없는 물고기처럼 쓰러져 있었고, 피가 아스팔트 위로 번져 나갔어. 웅덩이가 아니라, 분노에 찬 붓질처럼. 그 검문소에 있던 아홉 명, 열 명, 아니면 열아홉 명의 병사는 내가 그날 아침 그곳을 지나간 지 한 시간 뒤에 살해되었어. 난 꼼짝도 하지 못했어, 가슴속 돌멩이가 갈비뼈를 다 부러뜨리는 것 같을 뿐. 사방에서 바람이 그들의 숨결을 탐냈고, 광활한 사하라 사막이 우리에게 등을 돌리고 있었어. 꿈이나 일출 외에 아무것도 돋아나지 않는 이곳에선 누군가 멀리서 나를 지켜보는 느낌이 들지. 난 시신은 거의 보지 못했지만 땅바닥에 흩어져 있는 머리들은 분명히 보았어. 자갈, 허공에 누워 있는 사람들, 까마귀, 쥐. 그들은 그렇게 보였어.

내가 뭘 할 수 있었겠어, 딸? 그때는 각자 자기 목숨 하나뿐이었어. 난 내 흰 화물차에 올라타, 요리책과 노르웨이 물고기들을 싣고 도망쳤어. 이건 사실이 아냐, 어떤 것도 사실이 아냐 하고 중얼거리며 다시 차를 몰았어. 그러다 총소리가 울리고, 뭔가 내 차 문을 뚫고 들어와 전갈이 내 허벅지를 물었어. 사막은 내 등 뒤에서 날 비웃었어, 에미르와 그 부하들과 함께. 오줌이 내 다리를 타고 흘러내리고, 심장이 쿵쾅거렸어. 내 차는 꼼짝도 않는 모래 언덕 사이를 배를 깔고 기어갔어. 다른 건 하나도 생각할 수 없었어. 나중에는 이를 딱딱 부딪히며 앞도 안 보고 운전했어. 길은 다시 나를 품에 안아 진정시키고, 목을 쓰다듬으며, 잃을 게 없는 늙은이 같은 말을 속삭였지. 그들이 날 붙잡아 차가운 모래로 끌고 갔어.

형의 딸 샌디벨은 그다음 해 9월 세상을 떠났지만, 가끔 길은 그 일이 그전 해에 일어났다고 말해. 딱 잘라 말하기 어렵네, 그치. 그 아이 어머니와 글을 읽고 쓸 줄 알고 알제 대학교에서 가르치며 우리 가문의 이름을 빛내던 내 형도 함께였어. 거의 이십 년 전이야. (그는 사진을 올려다보고는 사진 속 여자아이를 향해 미소를 짓는다. 백미러 아래 파란 물고기가 낚싯바늘을 잡아당기듯 출렁거리는데, 순간 도로가 땅을 흔드는 것 같다. 차의 속도가 줄면 바로 뛰어내릴까? 어느 방향으로 가야 할까? 오랑 쪽으로? 렐리잔 쪽으로? 내 목소리를 잃은 곳으로? 내가 왜 눈을 감고 에미르에게 이미 죽었다고 믿게 했는지 알고 싶어 하는 언니 쪽으로?) 9월 7일은 11월 34일, 아니 11월 40일 같은 날이야. 난 그 지역 서점을 둘러본 후 안나바의 한 호텔 방에서 자고 있었어. 전화가 너무 늦은 시각에 울려 나쁜 소식이라고 직감했지. 전화를 받을 때마다 사람들의 목소리는 상냥하고 부드러웠어. 알제나 바트나에 사는 내 이웃들이었지. 그들은 모두 수화기에 숨을 불어넣고 나서야 내 머릿속에 들어올 말을 골랐어. 침대에 멍하니 앉아, 내가 물속이나 구멍 속에 있는 것 같고, 그들과 실 하나로 연결되어 있는 느낌이었어. 그들은 숨 쉬는 소리를 내며 신의 안부나 내 건강 상태에 대해 묻고, 알제까지, 무스타파 파샤 병원까지 가는 길이 멀긴 하지만 그래도 우리 형이 거기 있으니 와야 한다고 했다가, 또 너무 늦었으니 오지 말라고도 했어. 그래서 난 출발했어, 삶처럼 길어지고 늘어나는 길을. 산길에서 바위가 굴러떨어져 우회로를 택해야 하기도 했고, 바람을 맞으며 운전해야 했어. 그래, 난 울고 있었어. (그는 지금 운다, 왼쪽 눈으로. 난 우는 사람 옆에 있는 걸 좋아하지 않는다. 그들이 나한테서 무슨 말이라도 듣고 싶어 하니까.) 길은 양보하지 않았어. 오히려 버티며 알제 입구까지 가는 나를 막으려 했어. 되돌아보면 우리는 549킬로미터에 걸친 말다툼과 협상 끝에 겨우 그곳에 간 거였어. "가지 마라." 길이 거듭 내게 말했어. 그 목소리는 어머니의 목소리였어. "거기 가려고 애쓰지 마라. 땅에 발을 디디는 순간 모든 게 실재가 되고 무거워질 거야. 네 굽은 등으로는 아무것도 짊어질 수 없어." 그 목소리는 또 아버지의 목소리이기도 했어. 내가 우리 세계가 아닌 다른 세계에서 운전하고 있을 때 한 여자가 나한테 전화를 걸어 왔어. 그녀는 나에게 엉뚱한 소리를 했어. 우리 사돈 댁의 지인이었는데, 우릴 저주했어. "구에르디 것들, 책에 미친 것들."이라고 욕을 퍼부었지. 그 여자는 우리 형이 표적이 된 건, 형의 차 안에 있던 책들 때문이라고 했어. 잠시 뒤 한 남자가 헌병이라며 내게 차갑게 통보하길, 내가 정오 전에 도착해야 한다고 했어. 이어, 한 노인이 나한테 조의를 표했어. 이름은 생각이 안 나는데, 우리 아버지를 아는 듯했어. 또 다른 여자는 "하느님께 감사하라, 그분께선 영원하시다." 하고 반복하더니 내가 아니라 신과 말하기 시작했어. 마침내 나는 정오 전 알제에 도착해 발을 땅에 디뎠고, 길은 낙담한 듯 숨을 거뒀어. 난 무스타파 파샤 병원으로 향했어. 벽은 지저분했고, 병원 복도를 지나는 자의 어깨 위에 온갖 것들의 무게가 지워지는 듯했지. 내 뼈 위에 산들이 놓이는 것 같았어.

샌디벨은 이미 죽어 있었어. 마치 솜으로 귀를 틀어막은 듯 완전한 침묵 속에서 그걸 알았어. 아이의 머리는 고요한 침대에 파묻혀 있었고, 이상하게 뒤로 젖혀져 있었어. 목에는 네 것보다 더 큰 붕대가 감겨 있었어. 벤바디스 형과 그의 아내도 죽어 있었어. 그들은 그 자리에서 울고 있지 않았거든. 그들은 다른 곳에 있었어, 영원히. 두 사람이 참수된 채 발견된 차 안에서 그들에 관한 흔적은 거의 발견되지 않았어, 싣고 있던 책들과 함께 다 불탔으니까.

아버지가 잠시 내 앞에 나타났어. 내 머릿속을 스쳐 지나가셨어. 그제야 나는 깨달았어. 이제 내가 구에르디 가문의 마지막 후손이라는 것을, 그토록 오래된 우리 가문의 이야기를 내가 이어서 쓸 수 없다는 것을, 그래서 조상들이 다 나를 원망할 거라는 것을. 어쩌면 아버지를 상대로 한 내 바보 같은 놀이 때문에 우리 가문의 이름이 사라질 수도 있었어. 나는 모두에게 용서를 구하며 흐느꼈어. 복도에서 의사들은 바쁜 와중에도 날 쳐다봤어. 이제 말들은 그것들을 꿰어 목걸이로 만들어 줄 실이 없었어. 어머니 목의 걸려 있던 그 목걸이들처럼. 목걸이를 만들 때 보석 구슬들을 실에 꿰어야 하잖아. 알제에서의 그날 밤, 아버지의 그 모든 박식한 언어는 이제 그것들을 붙일 풀도, 잎들도 다 잃었어, 그래, 딸. 잎들은 땅바닥으로 미끄러져 떨어졌고, 사람들은 그 잎들을 즈려밟고 밤을 따라 은신처로 향했지. 엉성하게 닫힌 문 너머 빈 침대. 한쪽 눈 밑의 검은 그늘, 의자 끝자락, 더러운 병원 화장실의 끊어진 전구. 바트나로 시신을 이송하기 위한 서류 작업을 기다리던 사무실 창문은 어디로 가야 할지 모를 밤을 응시하는 듯 활짝 열려 있었지. 다시는, 딸, 운전을 멈춰서는 안 된다고 나는 스스로 그렇게 맹세했어.

이십 년 동안 나는 온갖 서점을 찾아다녔고, 문이 닫혀 있으면 밖에서 기다렸어. 요리책, 내세와 천국, 천국의 여자들, 예언자의 하디스, 그리고 독립전쟁에 관한 책을 유통하면서 먹고살아. 되도록이면 낮에 운전해, 멈추지 않고. 있지, 몇 달 동안 결혼 생활도 했었어. 한데 아내가 얼마 안 돼 나를 떠났어. 내 텔레비전하고 식기들도 다 가지고. 왜냐하면 이 방랑하는 둘째 아내, 남편을 훔쳐 간 이 길을 도저히 참아 주지 못했거든. 햇볕으로 빗질한 긴 검은 머리칼을 한 도로가 얼마나 아름다운지. 나를 벌주려는 듯, 아내의 게으름은 불어나기 시작했어. 몸도 마찬가지였지. 더 이상 손을 들어 머리를 손질하거나, 구에르디 집안의 먼지를 털거나, 상자에 있는 여분의 책을 정리하지도, 내가 먼 길에서 돌아와도 침실에 머리 눕힐 여유도 주지 않았어. 아무것도 하지 않았단다, 딸. 결국 아내는 날 떠났고, 얼마나 다행이었는지 몰라! 네가 우리 집에 와 보면, 모든 게 우리가 영화를 누리던 시절과 똑같다는 걸 알게 될 거야. 똑같은 가구, 똑같은 침대 시트……. 그리고 아버지의 책과 어머니의 물 사이에서 이긴 게 먼지였다는 것도. 뭐 사방이 다 그런 건 아니고. 구석진 곳이나 높은 곳에선 먼지가 이겼고, 안뜰 포석 틈에서는 잡초가 자랐어. 자라고, 레몬 나무들은 잎들이 텁수룩해졌고, 진딧물이 삼킨 대로 레몬 열매들이 주렁주렁 달렸어. 네가 어디로 가야 할지 모르겠다면, 거기 가서 지내면서 쉬면 돼. (나는 이 미치광이를 향해 몸을 돌린다. 그의 벌린 입, 치켜 올라간 왼쪽 눈이 자기 삶의 공허를, 그 미친 희망을 내게 보여 준다.)

  무서워하지 마! 내가 너에게 말하고 싶은 건, 신께서 너를 이 표지와 함께 이곳에 보냈다는 거야. 네가 상처를 드러낸 건 잘한 일이야. (그가 내 목에 손가락을 얹자, 난 움찔한다.) 그게 우리가 가진 유일한 증거야! 이제 현실에서는 아무도 내 말을 믿지 않아. 난 글을 쓸 줄도 몰라. 넌 도대체 어딘지 모를 곳에서 나한테 왔고, 내 인생은 이제 최고의 목소리를 가지게 된 것 같아. 알겠니. 넌 아무 말 안 해도 돼. 그저 그들의 눈을 똑바로 바라보고, 가끔 스카프를 벗어. 게다가 네가 원하면, 바트나 우리 인쇄소에서 일할 수도 있어. 근데 말해 봐, 누가 너한테 이런 짓을 했지? (걱정 마, 아가! 내릴 거야. 도망칠 거야. 열까지 세면서 천천히 숨 쉬어, 들이쉬고, 내쉬고.) 이렇게 맨발로 몇 킬로미터씩 걸어가면 길이 널 벌거벗길 거야. (어깨 부분이 조금 찢긴 내 셔츠와 넘어져서 무릎에 자국이 난 내 바지를 그가 힐끗 본다.) 넌 여자야. 길은 널 남자들에게 내주고, 널 잃게 하고, 널 배신하고, 널 사막이 집어삼키게 할 거야. 조심해! 난 약간 패배자이기도 하고, 약간 승리자이기도 하지만, 널 구해 줄 거야. 맹세해. 우린 바트나로 갈 거고, 거기 가면 넌 안전할 거야.

햇볕 아래를 계속 걷지 마, 6월에는, 미쳐 버려.
물론 오늘은 아무도 없어. 남자들이 짐승들을 잡고 있으니까. 하지만 곧 네 차례가 될 거야, 꼬마야. 그러니까 내 말 잘 들어야 해. 렐리잔에서 식사하고, 이어서 가자. 자, 내 목욕 샌들을 받아. (그가 몸을 돌리고 뒷좌석으로 손을 뻗더니 빨간 플라스틱 남성용 샌들을 내게 내민다.) 길을 교활하게 속여야 해, 다른 데로 유인해야 해, 못된 개를 다루듯이, 네가 없다고 믿게 해야 해. 그리고 내 집에 숨어 있어. 알겠지? 내 말 듣고 있지! (도망쳐야 해. 오, 세상에! 그는 다리 때문에 달릴 수가 없잖아.) 바트나에 가면 아무것도 부족하지 않을 거야. 거기서 길은 끝날 거야. 운전 일을 그만둘 수도 있어. 대신 운전할 직원들이 있거든, 하지만 헷갈리진 마라. 맹세코, 난 아내를 구하는 게 아니라 딸을 찾고 있는 거니까…….

―다른 숫자 하나 말해 봐.

(난 이번엔 망설이지 않는다. 게임을 해야 한다. 표지판에 "렐리 잔에 오신 걸 환영합니다."라고 적혀 있다.)

―21.

―좋아. "1996년 6월 21일, 알제 근처 바이넴 숲에서 3명의 여자 시신이 발견되었다. 희생자 중 1명은 미용사였다."

14

오후 1시경, 그의 흰 화물차 안에서

 그는 언제부터 이 끝없는 수다 속에 갇혀 있었던 걸까? 곧 두 시간이 되겠구나, 피로 된 내 달님, 내 살 꽃. 거의 두 시간 동안 그의 손을 지켜봤어. 특히 내 얼굴 근처에서 허공 속을 미끄러지듯 움직이는 오른손을. 변속 레버를 감시하고, 그리고 서로 다른 두 눈을 주시한다. 하나는 거친 눈꺼풀에 가려져 있고, 다른 하나는 감기지 않아 고통스러워하는 한편 은근히 숨죽이고 있다. 그의 긴 이야기에서 바람의 몫, 맹목(盲目)의 몫, 그리고 자기 안의 언어의 몫을 구분하느라 보낸 미친 시간. 백미러 아래 조카인지 딸인지 모를 이의 사진을 보자마자 나는 알아챘다. 그는 자기 안의 언어가 일반인들의 언어보다 앞서 버린 자였어. 그러니 이 남자는 절대 침묵을 지킬 엄두가 안 날 거야, 내 말 믿어. 단 한 순간이라도 감히 침묵을 지킨다면, 그는 불안이라는 두꺼운 침묵에 꽁꽁 묶여 버릴 거야. 한때 그는 몇 시간 동안 목소리를 잃은 적이 있었고, 다시는 그런 일이 일어나지 않길 원하는 거야. 그는 자기 과거를 이야기함으로써 살아남으려고 하는 거야.
 누런 평원, 젖 없는 언덕들, 염소, 개, 말뚝, 말뚝, 말뚝, 그리고 튀어오르는 전선, 그리고 내 뱃속에서 욕지기가 치밀 정도로 출렁거리며 끝없이 반복되는 그 모든 길. 그 낯선 남자가 허튼소리를 늘어놓는 동안, 나는 차문을 열고 허공으로 몸을 던져 땅바닥을 구르다, 네가 그려 준 초록 극락조 그림과 함께 접시처럼 산산이 부서질까 생각했어. 그게 해답일까, 언니 눈앞에서 우리 둘이 함께 죽는 것이?

15

오후 1시 11분
"또 하나의 복도, 그리고 벽들,
내 뱃속의 진주야."

 왜 그들은 날 살려 줬을까? 왜 나였을까?
 (그러면서 그는 나를 본다. 내 답을 기다리고 있는 척하는 거다. 그런데 정작 내가 답을 할까 무서워 서두른다. 난 그가 하는 이야기의 맥을 놓쳐 멍하다. 가시덤불에 빠진 듯 때때로 내 두 발이 고통 속에 깨어난다. 그의 이 흰 화물차에 오르기 전 내가 고속도로 갓길을 얼마나 걸었을까? 신발도 없이 2, 3킬로미터를 걸었던가, 모르겠다.)
 어느 아침 난 그저 이 도로의 젊고 무모한 운전사였을 뿐이야. 그때는 모두가 해 뜨기 전이나 해진 후에 운전하면 안 된다고 했지만 아무도 그 말을 지키진 않았어. 전쟁을 믿기 힘들었기 때문이지. 전쟁은 폭탄, 참수, 납치된 여성들에 대한 강간, 그리고 시체들의 모습으로 엄연히 눈앞에 있었지만, 우린 모두 예전처럼 살고 싶어 했어. 아무것도 안 본 것처럼 시체들을 넘어 계속 시시껄렁한 이야기들을 이어가고 싶어 했지, 특히 여자 이야기와 드물게 오는 비 이야기를. 도로는 건강하고 깨끗하고 무구해 보였어. 에

디브 엘 지아네(내 비밀스러운 언어로 '굶주린 늑대'야)를 만나기 전까지는. 그리고 난 또 속으로 물었어. 왜 정확히 나였을까? 응? 왜 다음 운전자가 아니고? 붉은 하늘 아래를 달리며 음악을 듣거나 차 안에서 잠든 친구들과 얘기를 나누는 사람들은 더 있었어. 큰 고속도로는 아니었지만, 이 사막 지역의 주요 도로였어. 2000년대에 동서 고속도로가 건설되어 기존의 차선들이 다 지워지기 훨씬 이전이었지. 비스크라라는 도시 알아? 남쪽에 있는. 물론, 그 순간 (그가 다시 나를 살피고, 나는 그의 걱정이 이해가 간다. 내가 더 이상 그를 믿지 않을까 봐 무서운 거다. 내가 그의 이야기에 흥미를 잃을까 봐. 맞아, 난 흥미를 잃었어. 낡은 축축한 종이처럼 뒤틀리고, 바람에 날리는 신문 한 장처럼 흔들린다. 그 신문엔 날짜가 적혀 있다. 그리고……) 길가에 잘린 머리들을 줄지워 놓고는 나 같은 먹잇감이 속도를 늦추게 할 거라곤 정말이지 상상도 못 했어. 바보 같으니!

내 몸이 모래 위로 끌려가는 동안 질끈 감은 눈꺼풀의 어둠 속에서 아무 생각도 하지 않았어. 아니 아버지, 혹은 아버지의 하얀 부르누스, 레몬 나무, 책들을 생각했을지도. 그러나 더 이상 숨을 쉬지 않았기에 아무 말도 하지 않았어. 테러리스트들은 나를 발로 밀쳐 대며 웃었고, 나는 계속 시체 놀이를 했어. 그들이 엄청나게 재밌어 하더라, 허벅지를 손바닥으로 두들기면서까지 웃었어. 말없이 나는 하느님의 이름을 부르짖었고, 내 미친 듯한 기도 속에서 구절들이 마구 뒤엉켰지. (때때로 아이사는 내가 잘 듣고 있는지 살피며 송장 같은 내 낯빛을 걱정한다. 그가 두려워하고 숨 가빠 하는 것이, 내가 내 좌석에, 또 내 머릿속에 더 깊이 가라앉을까 봐 불안해하는 것이 느껴진다. 그는 내 침묵의 무게를 가늠하고 있다.) 어쩌면 모든 게 정말 멈췄는지도 몰랐어, 심장의 피마저도. 돌멩이처럼 아무것도 느껴지지 않았던 것 같아. 겨울도, 최후의 심판도, 불면증도 아니었지만. 나는 양처럼 도살될 차례를 기다렸고, 차례를 기다리는 그런 자신의 모습을 지켜보았어. 그들이 모래에 처박힌 내 차에서 날 끌어냈을 때, 난 더 이상 아무것도 느껴지지 않았어. 더 이상 다리도 머리도 혀도 없고 오직 눈만 있었으며, 나는 눈을 감았어. 젊을 때 나는 전쟁이 프랑스 시대 영화나 카페에서 떠도는 소문쯤이라고 믿었어. 알겠어?

난 신문을 읽지 않았어. 글을 읽지도 않았고, 쓸 줄도 몰랐지. 구에르디 집안 사람에게는 큰 과오였어. 그날 아침, 절단한 소총의 검은 총구와 함께 내 인생이 두 동강이 났어. 하나는 공중에 떠 있는 축구공과 함께 영원할 것 같던 삶이었어. 그건 예전의 삶이었어. 이 부분은 부엌 행주가 된 낡은 셔츠처럼, 내 다리처럼 죽어 버렸어. 그리고 도로가 있었고, 계기판에 찍힌 수천 킬로미터가 있었고, 그래서 두 번째인 삶이 있었어. 내 머릿속에서 끝이 나지 않는 이야기를 나눌 그 누군가를 찾는 삶.

내가 말했잖아? 혼자 오래 운전하면 길이랑 수다를 떨게 돼. 길은 네 삶을 이야기해 줘. 말뚝, 나무, 언덕이 네 말을 듣는 데 지친 사람들처럼 달아나는 동안, 길은 네게 여러 가지를 드러내 보여 줘. 시간이 흐르면서 나는 내가 하는 이야기를 의심하기 시작했어, 두 시간 동안 두 눈으로 직접 봤다고 믿은 것을. 그러다가 아버지도, 아들도, 집도 없었기에 이제 길의 목소리에 복종하며 내 이야기를 처음부터 시작하게 되었어. 주행 거리가 백만 킬로미터에 이르렀을 때, 아니, 난 의심해선 안 된다는 걸 깨달았어. 이것은 수천 가지 의미를 지닌 유일무이한 이야기라는 것을. 굶주린 늑대 에미르와 그의 부하들이 비스크라 도로에서 열아홉 명의 군인을 학살한 후 날 살려준 그 이야기 말이야. 곰곰이 생각해 보면, 이건 우연이라고 하기에는 너무 엄중해 보여. 왜냐하면, 만약 도살자들이 9월 7일, 이 피비린내 나는 그들의 전설을 전할 사람으로 나를 선택했다면, 그건 내가 지명되었다는 의미니까. 누구로부터? 신으로부터. 나의 아버지, 나의 할아버지로부터. 아니면 책들, 아니면 뭔지 모를 그 무엇으로부터.

있지, 날 믿을 필요는 없어. 그냥 내 말을 들어 주기만 하면 돼. (그는 나를 살피고, 그런 그의 뒤로 십여 그루의 나무들이 한 줄로 지나간다.) 그리고 도로는, 네가 길게 오래 바라보면, 너한테 말을 걸 거야. 오! 근데 넌 아직 젊잖아. 왜 이렇게 황량한 도로에서, 이런 축제 기간에 밖에 나와 있는 거야. 가족이 없어? 신발조차 없네? (그는 입을 다물더니, 땅속에서 뭔가 파 올리려는 사람처럼 머릿속 깊은 곳을 파고 들더니, 갑자기 자기 광기의 정원에서 불쑥 올라온다.) 길은 여자한테 나쁜 거야, 알지? 사악하고, 뭣보다 네 명예와 평판을 앗아가니까. 길의 말을 듣는 건 여자에겐 최악 중의 최악이야, 내 말 믿어! 내가 차를 돌려 다시 데려다 주길 안 바래? 네가 어디서 오는지 알아? 어디로 가야 하는지도? 응? 아직도 나한테 아무 말 하고 싶지 않아? 후회하게 될걸. 맹세해. (이런 위협이 어떤 불길한 의미를 주는지 깨달았는지 그는 다시 미소로 얼른 그것을 덮어 버린다.) 아니, 내 말은…… 그러니까 내 말은, 네가 나한테 먼저 말할 기회를 준 걸 네가 손가락 깨물고 후회하게 될 거라는 거야. 다들 그걸 후회하거든! 나중에 너도 혼자 거리로 뛰쳐나갈까, 귀를 막을까, 아니면 제발 숨 좀 고르라며 내게 애원할까 생각하게 될 거야. 날 만나는 사람은 결국 미친 것처럼 나한테서 도망쳐 버려. 나랑 대화하는 사람들은 무슨 기형이랑 마주친 것처럼 아주 불편해해. (그는 내 튜브에 힐긋 눈길을 던진다.) 왼쪽 오른쪽 살피다가 어깨를 한번 으쓱하지. 저주받은 땅에서 가뭄을 몰아내려고 하느님께 기도드리는데, 해 주실 게 없으면 하느님이 그런 표정을 지으시려나. 그 사람들은 내 커피 값을 내 주고, 내게 천국이나 행운을 빌어 주면서 냉큼 도망가. 내가 자리에 앉기만 하면 내 이야길 시작하기 때문이지 뭐. 몇 년 전부터 그들이 정말 더 이상 듣고 싶어 하지 않는 이야기 말이야.

    내가 말을 하고, 말하는 순간 길은 나를 통해 수다를 떨어. 이 모든 이야기가 다시 솟구쳐 나오고, 나는 정확하게 말하려고 또 한 번 애쓰며 이야기하지. 난 내가 다른 사람은 아무도 보지 못한 정말 세세한 것들을 봤다고 자신에게 말해. 난 많은 걸 기억해. 그것들은 알제리에 필요한 거야. 나한테 숫자 하나만 주면 학살의 날짜, 장소, 가끔은 희생자들의 이름까지 다 알려줄 수 있어. 누가 그럴 수 있겠어? 응? 하지만 사람들은 전쟁 동안 일어난 일들에 대해 더 이상 알지 않으려고 도망쳐 버려. 입고 있는 젤라바 자락에 얽혀, 마치 골짜기에서 벗어나려는 것처럼 서두르고, 내가 차로 뒤쫓는 건 아닌지 돌아보지도 않아. 난 그럼 뭘 하냐고? 난 계속 이야기를 늘어놔. 난 그 일을 하라고 보내진 몸이니까. 내 잘못이 아냐. 난 전령이야.

굶주린 늑대 에미르는 마치 아이한테 하듯 내게 말했어. 그는 얼굴로 내 얼굴을 먹으려는 것처럼 내 얼굴 위로 숙였고, 그래서 그의 몸이 식인귀처럼 하늘을 뒤덮었어. 그의 이에서는 곰팡내가 났어. 그의 입술이 움직이는 동안 모래 위에 웅크린 벌레처럼 작아진 나는 그의 털투성이 콧구멍만 보였어. "넌 여기저기 가서 본 것을 다 말하게 될 거다. 세세한 것 하나하나까지, 알겠나? 나는 하느님의 분노다. 그분이 내린 벌이야. 신문, 텔레비전, 소문보다 네가 더 잘할 거다. 군부대, 경찰, 시청, 카페, 결혼식장이나 조문 장소, 기차역부터 시작하겠지. 넌 어디든 갈 거다. 내가 누군지, 뭘 원하는지, 알라의 이름으로 내가 뭘 하는지 다들 알아야 해. 왜냐하면, 우린 공포와 진실로 승리할 거니까. 내 말 따라 해!" 나는 알지 못한 채 피 흘리며 그가 한 말을 복창했고, 알게 되면서 죽어가고 있었어. 염하는 사람 손에 들려 있는 시체처럼 나는 고개를 끄덕였어. "당신은 굶주린 늑대입니다, 이 지역의 에미르입니다. 당신은 불신자들, 배교자들, 알라에 대한 배신자들, 프랑스인들, 이교도를 베며, 당신은 하느님의 분노입니다. 당신은 선거, 타락, 나체, 반쯤 벗은 여자들, 술, 유대인에 화가 나 있습니다. 당신은 하느님의 칼이며, 이 땅 위에서 그분의 정의입니다." 나는 따라 하고, 신음하고, 눈에서는 눈물이 흘러내리고, 바지에서는 비겁함의 냄새가 풍겼어. 그자는 내가 그의 말을 증언하는 걸 참을성 있게 들었어. 불씨 같은 눈빛으로 내 눈을 들여다봤어. 그리고 내 운명을 바꿀 말을 덧붙였지. "달려라, 네가 본 모든 것과 우리에 대해 아는 모든 것을 우리의 영광과 알라의 영광을 위해 말하고 다녀."

봤지, 딸. 내 운명이 마침내 이렇게 쓰였다는 걸? 십 년간의 전쟁 끝에 모든 에미르와 이슬람주의 세력은 패배하거나 죽거나 가짜 요리사로 전락했어. 모두가 그 범죄들, 초록 눈을 한 자고새들, 강간당한 여성들, 그리고 참수된 머리들을 잊었어. 나만 빼고. 그 역사가 모든 숫자와 이름들과 함께 내 머릿속에 맴돌고 있는데 아무도 믿지 않아. 알겠어? 나한텐 아무 증거도 없어. 잠시 후 에미르는 무거운 개머리판으로 내 허벅지를 내리쳐 뼈를 부러뜨렸고 나를 일으켜 세우더니 차 안으로 던졌지. 그렇게 나는 알제리 곳곳을 달리며 이야기를 되풀이하게 된 거야.

16

오후 1시 15분, 그의 흰 화물차 안에서
"우린 빙빙 돌았어, 나의 후리,
길을 잃었어. 다시 왼쪽으로 가자!"

두 시간도 더 전에 난 고속도로 변에 서 있었다. 내 머릿속에선 더 이상 아무런 이름도 떠오르지 않았다. 네가 기억할지 모르겠지만, 헌병대를 피해 달아나기 전 돌 블록에 떠받쳐진 내 차에서 찾을 만한 건 다 챙길 수 있었다. 우리집 열쇠와 약 3천 디나르의 소액 지폐. 트럭의 쥐새끼 두 마리가 나머지는 모두 가져갔어. 우에드 틀렐라트의 헌병은 짜증나면서도 무심한 표정으로, 부서진 조수석 수납함이 부서지고 팔걸이가 찢어진 내 차와, 훔쳐간 두 개의 타이어를 그대로 나한테 보여 줬다.

6월의 햇살 아래 취한 듯 걸으며 구역질이 치밀어 배를 누르고 있는데 하얀 화물차 한 대가 속도를 점점 늦췄다. 아침부터 거의 아무것도 먹지 못한 상태에 맨발은 점점 아팠다. 나의 후리, 넌 눈을 감고 있어, 네 결심 위로 눈꺼풀을 꼭 닫고. "언니한테 가서 물어보자. 가서 물어보자고." 난 다시 네게 반복했다. "진정하고 열까지 세어 봐." 그럼 넌 이렇게 대답했다. "우린 태어나기 전에는 수를 헤아릴 수 없어. 모든 게 순간적이고, 무한하고, 새롭게 느껴져. 술의 강, 시간의 강. 내 인생 첫날을 살아야 내 첫 숫자를 셀 수 있어." 흰 화물차가 속도를 줄이고는 운전사가 창문 너머로 나한테 말을 걸었다. "무슨 걱정 있어, 누이? 여기서 뭐하는 거야?" 여자한테 이렇게 말을 거는 건, 그 여자를 성적인 눈으로 보는 게 아니라는 걸 보여 주기 위해서다. 손대서는 안 되는 친척처럼, 건드릴 수 없는 존재라는 의미로 '누이'라고 부르는 거지. 나는 대답하지 않았다. 나는 맨발에, 손에는 모자를 들고 있었다. 그리고 목에 꽂힌 튜브 때문에 화를 내 봐야 소용없다고 느낄 때마다 짓는 그 멍청해 보이는 표정을 하고 있었다. 내 등 뒤 거의 4미터쯤 떨어진 곳에 큰 돌 하나가 보였다. 뛰어가면 그 돌을 잡을 수도 있었다. 그는 절대 나를 못 잡을 거야. 그의 머리에서는 피가 날 것이고, 난 그의 눈 하나를 뽑아 버릴 거야. 하지만 곧 그가 칼도 발톱도, 눈 속의 증오도 지니고 있지 않다는 걸 깨달았다. 나는 매일 아침 햇볕에 메말라 갔을 법한, 선이 굵은 그의 얼굴을 오래 바라보았다. 그는 다시 손을 흔들더니 손바닥을 펴서 내게 내밀어 보였다. "타, 길가에 이렇게 있으면 안 돼. 나쁜 사람들이 많아. 정확히 어디로 가려는 거야?" 그는 내 맨발을 빤히 보고 있었다. 그날 아침 일찍, 헌병들은 뼈대만 남고 다 뜯긴 내 차에서 멀리 떨어진 차도 가장자리의 덤불 뒤에 숨어 있던 나를 찾아냈었다. "타!" 이어 그는 아무 말이 없었고, 인적 없는 길에서 어떤 위협이 닥칠지 내 머릿속에서 모든 상상이 나래를 펼치게 내버려뒀다. 그 도로는 세상의 끝인 것처럼 길고 고요했다. 이십 년 전 나는 바로 이 도로 위에서 태어났다. 렐리잔에서 오랑으로 가는 도로 위에서. 오늘은 오랑에서 렐리잔으로 가고 있다.

  그는 자기 이야기의 처음을 향해, 혹은 내 이야기의 시작을 향해 나를 데려간다. 오늘 아침 우리가 오랑을 떠날 때 넌 자고 있었다. 내가 길에서 공격받을 때까지 넌 자고 있었다. 이제는 내가, 네 뱃속에서 쉬는 꿈을 꾼다.

17

오후 1시 20분
"후리, 우린 어딨지?"

왜 계속 시계를 보는 거야? 봐야 할 건 길이야. 길 말이야. 아무도 믿지 마, 딸, 특히 아무것도. 자, 저길 봐. 뭐가 보여? (아무것도 보이지 않는다. 동서로 이어지는 고속도로는 마치 천 명의 여인들이 드러누운 듯 굽이치며, 시작도 끝도 없다. 그 길은 얼굴도 없이 굴러간다, 여행자가 졸음 중에 품고 다니는 얼굴들을 빼면. 그 길은 산을 향해 굽이굽이 이어지고, 우린 마치 늙은 낙타 등에 앉듯 그 등허리에 올라탄다. 그 길은 사구들을 삼켜 버린다. 아무도 없다······.) 텅 비어 있다고 생각하지만, 그렇지 않아. 늑대들은 덤불 뒤에, 미소나 그럴듯한 말 뒤에 숨어 있어. 1990년대에는 늘 이러지 못했어, 지금은 평화롭고 성숙해 보이지만. 전쟁 중엔 오랑에서 알제까지 가려면 국도를 타야 했고, 그 길로 가면 일곱 시간이나 걸렸어. 마을 사람들은 우리가 지나가는 걸 무표정한 눈으로 바라보았어. 수를 헤아리거나 부러워하는 것 말고는 아무것도 할 게 없는 불쌍한 사람들이었어. 아버지가 1993년에 돌아가시자 난 가업을 물려받았어. 그땐 도로 사정이 진짜 안 좋았어. 갈라진 틈도 많았고 여기저기 그을려 있었어. 살살 앞으로 가다가 위험하면 확 빠지고, 동네랑 도시 사이를 번쩍번쩍 스치듯 지나가야 했지. 특히 동부나 카빌리 지방에서는 그랬어. 딸, 그 시절을 살아남으려면 날개가 있어야 했어. 도로에 가짜 검문소가 곳곳에 있었고, 숨 쉬듯이 목을 땄어. 숫자 하나 말해 봐.

—14.

—1994년 1월 14일. "이드 엘 케비르의 밤. 테러리스트들이 텔라그(시디 벨 압베스)에 있는 사냥꾼들의 호텔을 공격했다. 60명에 이르는 군인이 사망했고, 희생자 중에는 징집 병사 2명, 페카지 모크타르(엘 아인 티파자 출신)와 시아프 알리(마스카라 출신)도 있었다. 테러리스트들은 대량의 무기를 훔쳐 달아났다. 이 사건들은 아인 데플라 출신 장교의 공모로 발생했다." 어떤 증언들에 따르면, 아직 생존 중인 이 장교는 시민 화해 법률의 혜택을 받았다고 하더라고. 알겠어? 다시는 지금처럼 혼자 나다녀서는 안 돼. 그 시절 테러리스트들은, 길이 굽어지는 곳이나 모퉁이, 아니면 언덕 꼭대기 같은 데서 튀어나오곤 했어. 그리고 그곳에서 (후리, 열한 명의 교사들 생각나지? 오랑 집에 그들의 누렇게 바랜 조용한 사진이 있잖아) 멧돼지 냄새가 나는 그림자들이 멈추라는 신호를 하면서 질문을 퍼부어 댔어. "신에게 기도하나? 새벽 기도 때 절은 몇 번 하나? 소에 관한 수라트[19]에서 두 구절을 낭송해 봐라……." 그런데 네가

---

19 쿠란의 한 장.

그걸 모르는 거야. 더듬거리는 거야. 그럼 그들은 널 차에서 내리게 해선 무릎을 꿇린 다음, 땅바닥에 있는 물건을 주우라고 해. 그러면 목덜미가 드러나고, 그들은 네 목을 베는 거야. 잘린 머리 본 적 있어? 난 본 적 있어. 그것도 여러 번.

그때 나는 멀리서부터 멧돼지 냄새를 맡곤 했어, 딸, 군인들이 '탕고'라고 부르는 자들. 어떻게 맡느냐고? 가짜 검문소를 숨기고 있는 길은 특히나 조용하거든. 숲, 덤불 숲, 또는 깊은 틈 속에 위장하고 있지. 원칙은, 앞 차 뒤를 따라가며 그 차의 불빛을 길잡이 삼아 따라가는 거야. 십오 분 동안 반대 방향에서 아무것도 보이지 않으면 조심해. 길은 손가락으로 신호를 보내. 그럼 낮에만 운전해야 할까? 오, 아니! 낮에도 가짜 검문소를 만날 수 있어. 그건 십오 분이면 끝나, 사람들을 체포하고 아무 이유 없이 목을 긋고, 알제 근처 슈레아 벙커와 산속으로 달아나 숨는 데에는. 낮이어도 안전하지 않아, 해가 있어도 달이 떠도 마찬가지야. 오직 길만이 널 보호해 줄 수 있어, 길의 언어를 제대로 알아들으면. 저길 봐, 길이 새것처럼 보이고 자유로운 여성처럼 달리는 것 같아 보이지만, 사실 그렇지 않아. 야생 멧돼지들이 다시 나타날 수 있어. 이제 그 '화해'랑 사면 투표 이후로, 걔들은 대낮에도 버젓이 돌아다니고, 기도도 하고, 심지어 사람들을 깔보듯 훑어본다니까. 딸, 그들이 전쟁에서 이긴 거야. 물론 군인들도 이겼어. 오직 죽은 사람들만 진 거야. 아무런 이유 없이 죽은 20만 명만 진 거야.

평생 내가 얼마나 많은 거리를 달렸을까? 전국을 열두 번은 돈 것 같아. 거의 모든 마을들의 카페들을 다 알고 있어. 그 모든 거리를 일렬로 이어붙이면 아마 메카를 갔다 온 만큼일걸, 적어도 두 번은. 길이 너희에게 뭘 말하는지 알아듣는 게 중요해. 길의 함정을 피하고, 소의 울음소리를 잘 들어야 해. 아니, 길이 혼자 있다고 상상하며 내는 소리인데 꼭 소가 내는 소리 같아. 그리고 신의 멧돼지들이 파놓은 함정을 조심해야 해. 조심해, 졸다가 사고가 날 수도 있어. 하지만 전쟁 동안엔 신의 멧돼지들 때문에 죽은 사람들이 브레이크 불량이나 고장 난 클러치 디스크나 졸음운전으로 죽은 사람들보다 훨씬 더 많았어. 길은 꼭 말 같아. 말 좋아해? 눈으로 보기만 해선 알 수 없어, 타 봐야 알지.

—자, 다른 숫자 하나 말해 봐.
—1.
—1994년 11월 1일, 모스타가넴 묘지에서 폭탄이 터져 어린이 6명이 사망하고 17명이 부상을 입었다. 시디 알리라는 작은 마을이었다. 그 아이들은 스카우트 대원들이었어, 딸. 그들은 다른 전쟁의 40주년을 기념하기 위해 그곳에 있었다. 다른 순교자들의 무덤 앞에. 모하메드 샤우키 아야치(7세), 메흐디 부알렘(9세), 모하메드 하셀라프(8세), 그리고 압둘라 슈아르피아(12세)였지.

18

오후 1시 25분, 렐리잔에서 멀지 않은 곳

"출구가 가까워······."

 그가 잠시 말을 멈추자, 나는 눈앞의 산들에 눈을 고정한다. 산들이 한데 뭉쳐 드는 것처럼 가까워지면서 무거워지고, 갈색 옷자락을 접어 올린다. "네가 아무 말도 안 하면 난 도와 줄 수가 없어. 너도 바트나에 같이 가도 돼, 거기 단체에 아는 사람이 있어. 갈 길이 멀지만 중간에 멈출 수도 있어, 네가 날 믿는다면." 들었니, 나의 달님아? 그러고 나서 그는 자기 죽은 다리를 보여 준다. 달릴 수도, 날 때릴 수도, 날 공격할 수도 없다는 걸 증명하려는 건지. 그의 손이 변속 레버를 만지작거리자 화물차의 폐가 크게 부풀어 오른다. 갑자기, 괜히, 이 위축된 사막 한가운데 있는 우리 두 사람이 난 불쌍해진다. 그는 자기 나름으로는 다리로 피를 흘리고 있다. 아니면 그래서 이렇게 몇 년째 운전을 하고 다니는 건지도. 이 소형 화물차에서 내리지 않으려고, 다른 사람들 앞에서 절뚝거리는 모습을 보여 주지 않으려고, 상처 주변으로 부푼 살갗을 드러내지 않으려고 말이야. 바로 그 순간, 내 작은 비취 조각아, 나는 충동적인 결심을 한다, 내 온몸의 무게를 운명에 실어 주듯이. 나는 손을 들어 스카프의 매듭을 풀고, 그를 향해 스카프를 내밀어 내 찬란한 '미소'를, 17센티미터 길이의 비웃음을 그대로 보게 한다. 난 그의 얼굴에 내 튜브를, 그 흉측함을 던진다. 바깥 언어에 뚫린, 벌어진 구멍을. 그는 바로 알아차리지 못한다. "그래, 장애인이 이런 차를 구하기는 어려워. 비싸고. 우리 같은 사람들을 위해 그런 차를 만들어 주던 유일한 정비소가 얼마 전에 문을 닫았거든. 이 차는 내 두 다리보다 값이 더 나간다니까!" 그는 길을 살피며 웃는다. 난 그의 누런 이를 본다. 하지만 동시에, 마른 나뭇결과 뒤섞인, 어린 시절의 자취와 비슷한 무언가도 본다. 그가 내 쪽으로 몸을 돌리고 내 흉터를 본다. 이번에는 죽음의 털 난 성기처럼, 다 벗은 모습으로 드러나 있는. 그는 아주 잠깐 충격을 받지만, 이내 내 흉터에 질겁하는 기색은 없고, 자기 언어의 균열과 내 목 아래에 있는 균열을 받아들이며 무척 애를 쓴다. 이윽고 그는 어딘가 황홀에 잠긴 듯 몸이 굳었는데, 입술이 가늘게 떨리고 햇빛 아래 차가운 살결처럼 고요히 얼어 있다. 내 '미소'가 한 남자에게 이런 반응을 일으킨 건 처음이다. 보통 남자들은 호기심으로 들여다보다가 겁에 질려 물러서거나 못 본 척하고, 그래서 꿀 먹은 벙어리가 되거나 수다쟁이가 된다. 그런데 이번엔 다르다. 사랑했으나 잃어버린 이를, 두려워하면서도 오래 기다려 온 유령을 만난 듯, 날것의 빛이 와 닿는 느낌이다. 솔직히 말해, 금빛 빗을 든 나의 후리, 내 삶아, 그의 서로 다른 두 눈에 비친 내 모습을 보고 나도 몸이 움찔했다. 내 상처 앞에서 행복해 보이는 그의 표정이 내게 거칠고도 풍요롭고, 강렬한 기쁨을 안겨 줬다 할까. 이번만은 내 혐오스러움도 숭배받는구나.

  잠시 후 아이사는 다시 도로에 빨려든다. 모스타가넴 방면으로 갈라지는 진입로에 가까워지자, 그의 눈은 내게로 향하며 질문을 던지는 듯하다. 내가 대답이 없자, 그는 우리 둘의 운명을 대신 결정한다. "바트나로 가자." 그의 목소리가 단단해진다, 마치 바다에서 조난당한 사람의 목숨을 구하려는 사람처럼. 이 황량한 아침 이후 도대체 내게 무슨 일이 일어나는 거지? 내 핏속에 흐르는 이방인아, 네 변덕으로 내게 무슨 짓을 하는 거니? 난 조심스럽게 녹색 스카프를 다시 묶는다.

19

오전 5시 49분, 오랑 바로 외곽
"우린 이렇게 미궁 입구까지 왔다."

 사람은 생애 첫날을 기억할까? 그 피를? 그 비명을? 배가 힘을 주고 밀어내는 수축 감각을? 그래, 난 기억한다. 그리고 생의 마지막 시간까지 기억하는 행운을 가졌지. 그래, 내 얼어붙은 가슴속에 품은 내 신비로운 비취야. 나는 알라의 두 가지 비밀, 오직 그분만이 답하실 수 있는 두 가지 비밀에 손이 닿는다. 나는 죽은 것도 살아 있는 것도 아니야. 거꾸로 뒤집힌 존재, 신비한 물고기야. 난 2000년 1월 1일, 딱 떨어지는 그날에 태어났어. 그리고 바로 전날인 12월 31일에 죽었다. 딸아, 맹세하건대, 쿠란에 기록된 어떤 예언자도 이렇게 두 날짜를 알 수 있다고 주장할 순 없을 거다.

 난 엄마의 눈을 통해 모든 걸 기억한다. 매 순간을. 봉인된 상자 속에 들어 있는 내 이야기의 시작을 찾으며, 내가 세상에 나온 그 순간을. 구급차 안에서 엄마 하디자는, 내 옆에서 벙어리처럼 얼어붙어 내 머리로는 다 헤아릴 수 없는 고통에 몸부림쳤다. 엄마 눈에서는 분노와, 오랑 법정의 의뢰인과 판사들 앞에서 보여 주는 차가운 평정이 번뜩였지만, 이번에 그 평정은 무너져 있었다. 생존자의 안개 속에서, 하디자는 나를 둘러싸고 불안해하는 사람들과 협상하는 것처럼 보였다. 구급차는 붉은색 파란색 비명을 끊어 울리며 울부짖었다. 대학살 이후 나는 렐리잔의 병원에서 구조되었다. 몸의 나머지 부분에 다시 꿰매어 붙이기 위해 오랑으로 이송 중이라는 걸 나는 몰랐다. 하디자는 피투성이에 살인 현장처럼 얼룩져 있었으며, 머리카락은 산발이 되어 있었다. 며칠째 옷을 갈아입지 못한 채였다. 우린 같은 죽음의 장소에서 돌아오고 있었다. 어쩌면 분만이란, 출산이란 이런 식일지도 모른다. 우리 엄마는 피에 젖어 침묵한 채, 시신 위의 꽃처럼 있었다. 하지만 난 무겁고 옴짝달싹 못 한 채, 아무리 해도 앉을 수가 없었다. 두 손은 침대에 묶여 있었다, 목에 손을 대지 않도록. 구급차 안의 모두가, 아마 신생아가 세상에 나올 때처럼 내가 울음을 터뜨리기를 기다리고 있었을 것이다. 행복의 웃음을 웃게 하는 그 울음을. 다만 나는 그때 다섯 살이었다. "병원 일을 돕겠다고 자원했었지." 엄마는 몇 년 후 내게 그렇게 말했다. 소리 없는 전쟁 위로 걸린 깃발 하나에 관한 어렴풋한 기억이 난다. 구겨진 하얀 가운 위에 말라붙은 커다란 얼룩들, 기진맥진한 신음 소리, 그리고 나를 옮기는 엄마를 돕는 다른 사람들의 손길이 기억난다. "내 말 들리니? 내 말 들려?" 육체의 온기가 사라진 것 같은 그곳에서 한 목소리가 다른 목소리에게 반복하고 있었다.

    우린 같은 길을 반대 방향으로 달리고 있었다. 렐리잔

에서 오랑으로. 밤에. 겨울에. 들것이 마치 짐승처럼 흔들리며 거의 공중으로 튀어오르다시피 하고, 안장 없는 바다 위에서 흔들리듯 비틀거리던 기억이 난다. 어떤 팔 하나가 내 목을 감아 죄었고, 그러는 동안 타이무샤 언니는 우리 집 함석과 테라코타로 지은 넓은 방에서 완전히 무너진 채 내 자비를 구하고 있었다. 사방으로 밤이, 참을 수 없이 날카로운 섬광 조각들로 모습을 드러냈다. 난 단어들을 찾았던 것 같다. 하지만 단어들은 바람 속 갈매기들처럼 흩어져 도망갔다. 난 눈을 크게 뜬 채 태어났지만, 울 수가 없었다.

20

오전 6시, 고속도로에서

"다시 잠들렴."

　하늘 아래는 벌거벗은 땅, 황량하고 메마른 대지가 펼쳐져 있다. 갓길에 염소나 양 같은, 앙상한 짐승 한 마리가 언뜻 보인다. 우리 산에서 그 짐승을 잡아 명절 기념으로 먹은 사람이 아무도 없다. 그것은 말라붙은 채, 머리를 죽음 속에 파묻은 채 거기 있다. 그것은 이제 불타고 군데군데 검게 그을리고, 짓밟힌 좁은 땅 위에서 살고 또 스러져 간다. 누군가, 남자 한 무리가 여길 지나간 것 같다. 땅바닥에 짚과 건초가 흩어져 있다. 나무 둥치에서 아직도 연기가 피어오른다, 전날의 불을 기억하는 것처럼. 공중으로 피어오르는 연기는 죽은 영혼들이 가는 방향을 보여 준다. 어여쁜 아가야, 그 유명한 운명의 밤을 아니? 사람들은 믿는다, 그 밤에 신이 가장 낮은 하늘로 내려와 인간들의 목소리를 하나하나 듣는다고. 그들의 열렬한 믿음에 따르면 말이다. 그 밤은 라마단 달의 27일째 되는 날이다. 내게 그것은 1999년 12월 31일이다. 내 운명의 밤.
　칠흑같이 어두웠지. 그러지 않고서야 어떻게 이렇게 희미하게만 기억나겠어? 지금 내가 여기 온 건, 함석 문이 달린 흙 벽돌 집을 찾기 위해서야. 벽을 따라 오래된 포도 덩굴이 기어오르고 있어야 하는데. 가까이에 묶여 있던 양 두 마리가 죽어 있었다. 아무 이유도 없이, 아니면 단지 죽음이 세상 곳곳에 있다는 걸 증명하기 위해서인 것처럼. 마치 모두의 숨이 한 번에 멎은 것처럼. 마당 뒤편에는 가축 우리가 있다. 다 타 버렸지만 그래도 버티고 있다. 왼편으로는, 마음이 겨울처럼 굳어 누구도 사랑하지 않을 것 같던 마른 나무 한 그루가 있었다는 기억이 난다. 내겐 그 일부분만 보인다, '죽은 장소'에 대한 내 기억 속에서는. 그곳은 마치 자식 없는 자처럼 초목이 없다. 그 야윈 가지들은 눈길을 피한다. 전날 그런 일이 있었는데도 하늘은 여전히 맑았다. 구름 몇 개가 아련한 섬들을 그려 넣었다. 그 하늘은 너무 멀고 높아 우리 농장의 운명은 닿지 못했다. 잿더미가 된 건물을 바라보며 서서 지켜보는 남자도 있다. 이 실루엣은 내 기억 속에서 절대 움직이지 않는다. 그는 나를 등지고 있다. 그래서 내 목소리도, 내가 그에게 하고 싶은 말이나 질문들이 다 어리석게 느껴진다. 그의 오른팔은 마치 동작을 멈춘 것처럼 공중에 떠 있다. 누굴 목 놓아 부르는 것일까? 아니면 어떤 공격으로부터 자신을 보호하는 것일까? 셔츠는 흰색이다. 아니 그 장소가 조금 더 밝게 비춰졌다면 하얗게 보였을 거다. 내 기억으로 그 남자는 고무 샌들이나 닳아빠진 신발을 신고 있었던 것 같은데, 이 중요한 세부는 잘 보이지 않는다. 왜일까? 나의 후리, 나는 왜 그가 이 잿밭에 발자국을 남기고 싶어 하지 않앉는지 이해해야 한다. 그가 도망쳤는지, 끼어들었는지, 싸웠는지, 아니면 사진처럼 얼어붙어 엄마와 언니, 그리고 내가 학살당하는 동안 가만있었는지 판단해야 한다. 어쩌면 전날부터, 새벽부터, 아니면 해가 떠서 그를 넘어간 이후로 그런 상태로 있었는지 모른다.

1월 1일 늦은 밤, 하드 셰칼라 주민들이 이곳으로 올라와 시신의 조각들을 수습하고 어떻게 매장할지 결정했다. 암매장터 안 시체들이 도끼로 조각조각 잘려 있었기 때문이다. 그들은 우선 되는대로 결정했다. 머리 하나당 팔 둘, 사람 하나당 다리 둘. 성별이나 키의 일치 같은 건 따지지 않았다. 시신을 가능한 한 빨리, 대강이라도 재구성해야 했으니까. 도살자들이 언제든 다시 나타날 수 있었으니까. 나는 아직도 그것을 바라본다. 여기선 모든 게 허무하게 보인다, 살인 행위조차도. 여름이든 겨울이든 숨을 쉬는 일조차 버거운 이런 곳에서 그 가난한 희생자들이 도대체 뭘 의미할 수 있었겠는가?

이 장면은 사진이다. 난 그것을 신문에서 찾아냈다. 1990년대 알제 근처 농장이 테러리스트들에 의해 불타 버린 후 한 신문에 실린 사진이었다. 그곳은 익명의 장소다. 한 번도 가 본 적 없지만 나는 그곳을 가끔씩 방문한다. 이젠 고통이 느껴지지 않는 부분의 몸을, 가장자리가 굳은 오래된 흉터를 더듬거리듯이. 난 그곳을 '죽은 장소'라 부른다. 진주와 에메랄드로 장식된 돔에서 온 후리, 그곳은 내가 태어나고 거의 죽을 뻔했던 곳이야. 렐리잔 근처의 산속. 왜냐하면 내 기억 속에서 우리 농장이랑 닮았거든. 세부도 거의 똑같아. 눈을 감기만 해도 보이는 것 같다. 또 솔직히 말하면, 이십 년 동안 한 번도 돌아간 적이 없다. 나 자신도, 엄마도, 아니 그러니까 내 두 번째 엄마인 하디자도. 우린 거기로 되돌아가고 싶지 않다. 고통스럽지는 않다. 그보다는 햇볕 아래에서 말라비틀어진 양의 사체를 보는 느낌이지. 있잖니, 신문에서 찾은 그 사진 외에는, 태어나기 전 내 삶에 대한 자세한 기억은 없다. 하지만 '죽은 장소'(아버지의 농장, 우아르세니스 곳곳에 흩어져 있던 수천 명의 사람들과 함께 우리 목이 잘렸던 곳)는 비슷하게 생겼을 거라고 추측한다.

 이 사진을 찾기 전까지는 그 장소에 대해 명확한 상을 가지게 할 만한 것이 아무것도 없었다. 오랑에서 사람들이 내 출생의 기원과 내가 당한 사고에 관한 엄마의 이야기를 들으러 왔다. 난 그들만큼이나 무지한 채 거기 함께 있었다. 그들처럼 자연스럽게 사는 대신, 삶을 훔친 것 같다는 불편한 기분으로. 지나치게 호기심이 많거나 어설픈 방문객들에게 하디자는 검지를 입술에 대고 "쉿." 하고 타이르기도 했다. 그리고 이어지는 침묵은 그들을 뚫어져라 보는 내 커다란 회녹색 두 눈과 함께 내가 되어 버린 이 죽은 무게로 망쳐졌다. 아파트 거실에 꼼짝없이 앉아 우리는 그곳을 생각하지 않고는 말을 할 수도, 침묵을 지킬 수도 없었다. 그 조작된 무게가 자꾸만 느껴졌다. 그러면 난 내 방으로 돌아가 이 사진을 다시 꺼냈다.

우리가 향하는 곳이 바로 그곳이다. 귓가를 스치는 바람 소리 때문에 내가 바람보다 더 빨리 가는 기분이 든다. 내 작은 달님아, 난 이렇게 멀리 온 적이 없다. 자전거를 탄 소년처럼 지그재그로 달리는 저 빌어먹을 트럭을 추월해서 우리 언니의 나라에 도착할 거다.

깜박이지 않는 네 눈 앞에서 모든 게 현실이 될 거다.

네 귀에 들리는 이 부드러운 가르랑 소리는 내 차 소리다. 만약 차가 좀 덜컹거리면 그건 우리 앞에 있는 저 트럭을 운전하는 멍청이 때문이다. 난 추월 차선으로 들어가 속도를 높이려 좌회전 깜빡이를 켠다. 트럭이 너무 빨리 달린다. 저 쥐새끼, 내 길을 막고 있어! 남자들은 여자들이 자기 앞을 달리면 명예를 훔쳐 간다고 느끼는 것 같다. 저 가축 운송 기사들 때문에 미칠 것 같다. 지금은 저들이 가축을 팔고 알제리 깊숙한 지방의 제집으로 돌아가는 시간이다. 오랑 시는 곧 텅 비게 될 것이다. 조상들의 목소리가 울려 퍼지고, 도살자들은 대단한 일을 하는 표정으로 신성한 서원을 읊고 제물을 도축하기 전 "비스밀라"와 "알라후 아크바르"[20]를 중얼거리며 그날 하루 자기 직업에 대한 황홀경 속에 잠겨 들 것이다. 온 도시가 숨을 죽이고, 가축들은 사람들을 대신해 신음하며 죽음과 부활을 재연할 것이다. 도처에 양들이 족쇄를 찬 채 벙어리처럼 누워 있다. 신

---

20   각각 '알라의 이름으로' '알라는 가장 위대하시다'라는 뜻.

이 제물의 수를 헤아리는 동안 안의 언어와 바깥 언어가 뒤섞일 것이다.

　내 길에서 꺼져! 정말 기가 막히지 않니, 천국의 내 푸른 정어리야? 정말 기가 막히지 않냐고, 이 나라 남자들 말이야! 쥐새끼, 내 앞길을 막고 있어! 게다가 둘이야. 어릿광대처럼 웃고 있어. 그냥 놔두지 않을 거야! 시간이 별로 없어. 늦어도 모레쯤 엄마가 돌아올 텐데, 그러면 이 여행은 불가능해질 거야. 엄마가 절대 그 '죽은 장소'를 찾아가는 걸 허락하지 않을 거라는 걸 생각하면……. 우린 몇 년 전부터 그 이야기는 다시는 하지 않는다. 내 몸을 되찾기 위해서는 엄마 몸을 밟고 지나가야 할 지경이다. 난 그걸 원한다. 네가 이 이야기를 손끝으로라도 느끼길 바란다. 한쪽 귀에서 또 다른 쪽 귀까지 이어져 있는 이 미소의 이야기를. 언니에게 네가 이야기해 주면 좋겠어. 네가 좀 협상해 줘, 우리 둘을 위해 살 권리든 죽음의 의무든.

21

오전 6시 10분, 동쪽 산들의 미궁에서 해가 저물어 간다

저기, 마치 내가 결코 갖지 못했던 오빠 같은 해가 떠오른다. 미치도록 춤을 추고 싶은 충동이 느껴진다. 내 엉덩이와 내 몸의 폭발로 대지를 불태우고 싶다. 내 웃음소리 들려? 너희도 천국에서 그렇게 웃니, 백만 년 동안 처녀였던 후리들아? 네가 원했던 대로 우린 언니의 나라로 갈 거야. 이건 동서를 잇는 거대한 고속도로야. 알제로 가는 도로, 그 길은 지금 텅 비어 있다. 오른쪽을 봐. 폐허가 된 농장과 소들이 있어. 불룩한 실루엣으로 시골 풍경을 도드라지게 하지.
 그래, 고백할게. 나, 감히 하지 못했어.
 난 길을 택했어.
 알약 세 알을 삼키지 않았다.
 혼자서, 알약 세 알을 손에 든 채, 난 속으로 되뇌었다. 안 될 게 뭐 있어? 나의 후리는 살고 싶어 하고, 알고 싶어 해. 보여 달라고 요구하잖아. 그러면 보여 줘야지. 네 삶의 마지막 새벽, 무아진의 외침이 널 잠시 구해 줬다. 내가 신을 믿어서가 아니라 (오히려 그가 나를 믿지 않지) 결단을 내리고 나섰기 때문이다. "거기 가면 어떨까? 우리 사이를 가르는 결정을 타이무샤 언니가 내린다면?" 나는 생각했다. '죽은 장소'는 여전히 존재하고, 우리 하드 셰칼라 마을의 사람들도 분명 거기 살고 있을 거라고. 때때로 그 끔찍한 밤을 떠올리며 사랑하는 이들을 묻지 못한 슬픔에 아직도 신음하고 있을 거라고. 그럼 너는 이제 내 것이 된 네 눈으로 똑똑히 보게 될 거고, 스스로 사그라질 거야. 마치 해가 뜨면 꺼지는 촛불처럼.

22

오전 8시 10분

"미궁에서 어떻게 빠져나올까?"

널 죽이는 것은, 법은 명확하고 의식도 정확하다. "비스밀라, 알라후 아크바르." "알라의 이름으로, 알라는 위대하시다." 하고 말하며 죽여야 한다. 그다음엔 도구. 부엌칼이나 톱, 도끼는 안 된다. 오래된 진리처럼 날카롭게 벼린 강철, 젊음처럼 가늘고 제2의 삶처럼 빛나는 도구여야 한다. 예언자는 이렇게 말했을 거다. "하느님께서 모든 일에 탁월할 것을 명하셨으니, 죽이려 할 때는 제대로 하라.(즉 잔인하지 않게.) 짐승을 제물로 바칠 때도 마찬가지이다. 칼을 잘 갈고 동물을 조심히 다루라." 난 천 년 전으로 거슬러 올라가 내 논리를 찾는 그런 사람은 아니지만, 알다시피 이건 오래전부터 정착된 관습이다. 자신의 신앙을 위해 누구를 희생시킬 것인가? 소, 양, 그리고 인간들. 원치 않았던 아이들. 찬성하지 않는 자들. 전쟁 때 이도 저도 아닌 중간에 있는 자들. 기도하지도 금식하지도 않으며 당신이 신이라고 믿지 않는 자들. 죽이는 행위는 단 한 번의 동작으로 끝나야 한다. 짐승을 괴롭히지 마라. 신은 정확한 동작을 요구한다. 후두 아래를 단 한 번의 칼질로, 목구멍,

식도, 큰 혈관까지 베는 게 좋다. 후두는 머리 쪽에 반드시 붙어 있어야 한다. 자, 이건 내가 읽은 것이다. "날카로운 칼로 목구멍을 깊고 빠르게 절개하여 경정맥과 경동맥을 빠르게 절단하되 척수는 남겨 두어 경련으로 인한 피의 배출이 원활해지도록 한다. 이 기술의 목적은 짐승의 몸에서 피를 더 쉽게 빼내어 고기가 '더 위생적'이 되도록 하는 것이다. 피는 짐승으로부터 완전히 배출되어야 한다." 잔인하게 또는 단순히 즐거움을 위해 짐승을 죽이는 것은 금지된다.

하지만 눈을 감으면 어둠 속에 새겨진 그의 눈, 서둘러 내 목을 자르는 그의 모습이 보인다. 그 눈은 마치 유린하듯 파고들고, 아니면 서두름으로, 아니면 신을 기쁘게 한다는 광기 어린 쾌락으로 타올랐다. 난 붕 떠 있는 것 같았다. 우리 중 누가 눈을 떴는지, 언니인지 나인지 모르겠다. 내가 움찔하거나 숨을 참았던 기억이 난다. 의심 많은 신자들을 위한 부조리하면서도 의례적인 축제를 기억한다. 그 남자는 누구였을까? 나도 모른다. 당시 그의 수염 난 동료들은 예언자 시대에서 따온 가명, 즉 옛날 이름을 가지고 있었다. 집에 보관하고 있는, 누렇게 변색한 신문 스크랩에 따르면, 우리 지역에서 가장 유명한 사람은 '절름발이'라고 불렸다. 그는 안짱발에 아인 테무셴트 인근에 사는 전직 이발사였다. 그는 부하한테 살해당했는데, 그 부하는 '굶주린 늑대'라는 이상한 이름으로 자기를 불렀다. 딸아, 정말이야, 맹세해!

'굶주린 늑대'가 남자였다는 것을, 그리고 그게 도살자가 되기 위한 첫 번째 조건이었다는 걸 잘 알아둬야 한다. 도살자는 사춘기가 지난 성숙한 남자여야 한다.(내 목을 벤 사람은 그랬어, 그가 사용한 방식을 보면 알 수 있어.) 하지만 이렇게도 적혀 있어. "미친 사람, 주정뱅이, 약물 중독자, 어린아이(사춘기 이전), 또는 정신 능력에 결함이 있는 사람이 바친 제물은 합당하지 않다." 그렇다면 우리는 내 운명에 대해 갈피를 잡을 수가 없게 된다. '엘비아'[21]라는 이름을 갖고 있던 나는 다섯 살이었는데, 그럼 나는 합당한 제물이었을까? 실패작이었을까, 여자였을까, 짐승이었을까, 아니면 망령이었을까? 이어, 이런 말도 있다. "제물을 바치는 자는 완벽한 신체 및 의복 위생을 갖춰야 한다. 그는 위생 규정에 따라 옷을 입어야 한다." 그런데 그는, 내 도살자는 악취를 풍겼다. 밀폐된 곳처럼 숨이 막힐 듯한, 썩은 고기처럼 시큼하고 퀴퀴한. 신발은 진흙투성이였고, 옷은 마치 짐승들에게서 뜯어 낸 것처럼 보였다. 그리고 엄마는 이렇게 말했다. "대학살이 일어난 후 1월 1일에, 도살자들의 옷이 오솔길과 마을 곳곳에서 눈에 띄었어. 살인자들은 희생자들의 옷이 피나 공포의 배설물이 너무 묻지 않았으면, 그 옷을 자기 옷과 바꿔치기했거든." 묘지에 있는 옷장.

마지막으로, "다른 짐승이 보는 앞에서 짐승을 제물로

---

21 아랍어로 핵심, 심장, 본질이라는 뜻에서 유래했다.

바쳐서는 절대 안 되고, 도살 전에 짐승에게 칼을 보여 주어서도 안 된다. 그래야 의례적 도살 전에 시각적인 스트레스를 피할 수 있다." 타이무샤 언니가 날 지켜보며 속삭이고 있었다. 아니, 내 이름을 한 음절씩 조립하듯 부르고 있었나? 어쩌면 언니는 어떤 생각을 전하고 있었을지도 모른다. 두 눈에 깃든 온전한 공포를, 죽음에 의해 훼손된 표정을. 그때 나는 '똥으로 더러워진 신의 신발'에게 복종하기 위해 눈을 감고 있었다. 그 순간 언니가 내게 무슨 말을 했는지 조금도 해독하지 못했다. 나는 숫자를 외워 밤이 뒤로 물러가게, 전날 밤으로 돌아가게 하려고 했다. 언니와 나는 함께 웃으며 숨 쉬던 전날 밤으로. 그때 우린 아주 낮은 목소리로 말했는데, 마치 한 몸 안에 깃든 두 개의 심장이 서로 나누는 대화 같았다.

저기 또 트럭 운전사가 있다. 저건 도가 지나치다. 이렇게 달리다간 내 차가 과열될 거다. 내가 놈을 추월해 버리자. 그래, 다음 오르막에서 그래 봐야지.
저기.
바로 그거야.
자, 내가 가운뎃손가락으로 욕을 하자 누더기를 입은 가축 장수 둘이 눈을 크게 뜬다.
봤지, 그거 봤어?
그들은 내 뒤에서 속도를 높이지만 아무것도 할 수 없을 거다. 난 기쁨에 들썩거린다. 얼간이들을 상대하니 너무 기분이 좋다! 이 작은 복수는 시원한 물 같다, 6월 한복판을 흐르는 냇물 같다.

 그러니까, 방금 내가 도살은 하나의 직분이라고 얘기하다가 의식의 자잘한 절차에 빠져 옆길로 샜구나. 또 한 가지, 오늘 아침 나는 샤워를 오래 했다. 왜냐하면 제를 올리는 사람은 정결해야 하거든. 마치 세 알의 알약을 삼킬 때처럼. 하디스에 따르면 "땅이 흰 밀가루요, 순수한 사향"인 천국에서 내게로 오는 나의 후리처럼.
 마지막 지침. 짐승이 몸부림치고, 피를 비워 내고, 경직되도록 그냥 내버려 두어야 한다. 우아르세니스산맥 속 물줄기 위로 발을 버둥거리면서 아래쪽 하드 세칼라 마을로 도망쳐 간다고 믿게 해야 한다. "도살 후 관찰되는 사지 말단의 경련은 고통의 징후가 아니라, 혈류와 뇌의 산소 공급이 부족하여 나타나는 자연스러운 신경 반사 작용이다."
 우린 60킬로미터가 넘는 거리를 달려왔다. 이 고장은 마치 주민들이 저승의 거대한 익살극을 구경하러 간 듯 텅 비어 있다. 동쪽 끝으로 가면 길이 땅에서 풀려나듯 사라진다.
 내가 혼자 이렇게 멀리 떠나온 적은 없었다. 한 번도.

23

오전 8시 30분, 오랑과 우에드 틀렐라트 사이

　공휴일에 이 황량한 길을 혼자 나서는 게 쉬웠을 거라 생각진 마라. 내 눈을 찌르는 햇빛 말고는 함께하는 것도 없지만, 그렇다고 그 빛이 내가 왜 이 길을 나섰는지 말해 주진 않는다. 알제리에서는 여자 혼자 여행하지 않는다, 더 더군다나 희생제 날에는. 네가 이 세계에 오면 절대 할 수 없는 것들이 있어. 예를 들어, 폭우 속을 혼자 거닐거나, 네 게 말하기를 거부하는 산을 마주하고 공원 벤치에 혼자 앉아 있는 일. 아니면 원하는 대로 옷을 입거나, 거리에서 웃거나, 네가 온실 속 화초처럼 상냥하게 굴었다는 이유로 널 창녀로 착각하고 등에 바싹 붙어 걷는 모르는 남자한테 고맙다고 인사하는 일 같은 것. 너는 무리를 지어 다니게 될 거다.(도시에서만. 마을에선 불가능하거든.) 남자들이 모스크에 가서 거리가 한산한 시간 동안 묘지를 찾거나 가까운 이의 결혼식에 가는 거지. 신이 우리에게 금지한 것들이 있다. 죽은 자를 매장하고, 무덤에서 울고, 희생 제물을 도살하고, 남자들과 동등한 몫을 상속받고, 단식 기간에 제모를 하고, 팔을 드러내거나 목소리를 높이고, 거리에서 노래를 하고, 담배를 피우고, 술을 마시고, 발길질에 반응하는 것. 길도 길고, 금지 목록도 길다. 아무도 내 이야기를 안 믿을 거다. 어떻게 설명할 수 있을까? 내가 지금 산에 가는 이유는 내가 살해당했던 장소를 네게 보여 주고, 이번엔 내가 널 죽여서 네가 삶을 살 기회를 주지 않기 위해서라는 걸. 좀 비틀린 일이긴 하다, 사랑과 증오처럼.

  도로가 너무 곧게 뻗어 있어 난 기억 속으로 곧장 기울어져 들어간다.

24

 "……난 미문이라고 해. 내가 얼마나 수영을 잘하는지 봤어?" 그가 내게 속삭였다. 겨울의 이 텅 빈 해변에서 이웃 호텔 직원 몇 명이 마치 잊힌 사람들처럼 어슬렁거렸다. 가까운 바다 소리에 묻힌 그의 가느다란 목소리에 난 놀랐다. 내가 그날 오랑에서 30킬로미터를 달려 여기 온 이유가 그거야, 후리. 혼자 앉아 바닷소리를 듣고 그 안에서 말을 상상하기 위해서였어. 차를 갖게 된 이후로는 혼자 이곳에 오곤 했지.

 난 그에게 아무런 관심도 주지 않았지만, 이 낯선 남자는 나를 향해 활짝 웃었다. 그는 한동안, 거의 바보처럼, 끈질기게 굴었다. 그의 얼굴은 어쩌면 잘생겼는지도 모른다, 적어도 첫눈에는. 나와 2미터 떨어진 곳에 앉아 그는 맑은 눈으로 나를 응시했다. 그의 갈색 머리카락은 바닷물을 먹어 새까맸다. 그의 대담함에 짜증이 난 나는 어깨를 한번 으쓱하고는 수평선으로 시선을 돌렸다. 이 낯선 남자는 결국 기가 꺾일 거다. 해변에 혼자 앉아 있는 여자는 시선을 끌지만, 난 여자가 아니다. 내가 여자가 아니라는 건 내 튜브를 보면 알 수 있다. 난 내 두 언어를 좀 쉽게 해 주려고 여기 왔을 뿐. 바다 가까이로 오는 것이 나만의 수영 방식이다. 왜냐하면 난 수영을 할 줄 모르니까.

"난 미문이라고 해." 그는 마치 대화를 억지로 시도하려는 듯 높은 목소리로 말했다. 난 무표정하게 있었다. 그가 막 나온 바다를 가만히 살피면서. 그는 추운지 떨고 있었다. 날씨가 차가웠다. 그는 환한 미소를 지었고, 그의 짧은 다리에는 노란 반바지가 착 달라붙어 있었다. 벗은 그의 아름다운 상반신과 휘고 짧은 다리 사이의 불균형은 아주 이상했다. 난 먼저 회색 파도에 우아하게 맞서던 그의 몸을 보았다. 그러다 그의 머리가 물속에서 솟아 나오더니 나를 향해 헤엄쳐 왔다.

이어 작은 목소리가 말했다. "저건 내 거야, 저쪽." 그의 손가락이 모래 위에 놓인 작은 보트 중 하나를 가리켰다. 제법인걸. 난 고개를 돌렸다. 그리고 끌어올려져 있는 네 척의 배를 보았다. 그중 셋은 죽은 동물들처럼 좌초되어 있었다. 모래 위에 똑바로 서 있는 그의 배에는 아랍어로 크고 하얀 글씨로 "알 부라크"라고 이름이 적혀 있었다. "누군지 알아?" 그의 말투는 꼭 어린아이 같았다. 난 거만하게 얼굴을 찡그렸다. 모스크 근처에 살면 이웃보다 예언자들에 대해 더 잘 알게 된다. 알 부라크는 예언자 무함마드의 날개 달린 말 이름이야, 후리. 이 말은 무함마드를 알 쿠드스로, 이어 하늘로 데려갔다고 해, 하룻밤 사이에 말이지.

미문은 감히 내 옆에 앉았지만, 더 가까이 다가오지는 않았다. 예의의 표시였다. 그때 그의 굽은 다리가 다시 떠올라 난 못된 미소를 지을 뻔했다. 무슨 소리냐고? 그런

다리를 내게 무심히 과시하며 즐기는 것 같았거든. 내가 내 튜브를 가지고 그러는 것처럼. 난 아무 말도 하지 않고 조용히 있었다.

네 아버지가 누군지 알고 싶지 않았어? 그의 목소리를 흉내 내 볼게. 넌 내 안에서 그의 목소리를 들을 수 있을 테니까. 자, 들어 봐. "사생아! 사생아!" 흉내를 잘 못 낸 건가? 그는 고개는 한쪽으로 기울이고, 눈은 가늘게 뜨고 웃음을 머금은 채, 앵무새 같은 목소리로 그렇게 말하거든.

그는 겨울에는 어떻게 파도를 거슬러서 수영하는지 내게 이야기해 줬어. 서쪽 바다로 가서 좋은 물고기를 어떻게 낚는지도. 그의 말에 따르면, 인내심이 있어야 한대.

그는 인내심이 있었다.

다음 주말 내가 다시 왔을 때, 그는 알 부라크 곁에 서서 날 기다리고 있었다. 우린 서로 인사를 나눴고, 그는 마치 시간이 흐르지 않은 듯 다시 이야기를 이어 갔다. 그날, 그는 찌그러진 주전자에 담긴 커피를 건네며 아주 어릴 때 수영을 어떻게 배우게 되었는지 이야기해 주었다. 그는 이렇게 묘사했다. 그를 쫓는 안달루즈 근처 농장들의 아이들을 피해 바닷속에 숨어 있다 보니 수영을 잘하게 되었다고. "물속으로 깊이 들어가. 그러면 귀에 아무것도 들리지 않아. 마치 잠이 든 것처럼 물소리가 들리지." 왜 이런 바보 같은 이야기를? 그 후로도 그는 내 튜브에 대해서는 한마디도 꺼내지 않으면서 내게 수영하는 법을 가르쳐 주려고 했다. 내가 물을 무서워하는 걸 봐서였다. "버티려 들지 말고 그냥 몸을 가라앉혀. 당황하지 말고. 침착하게 숨 쉬고! 항상!"

그러니까 내 피와 생명으로 된 작은 매듭아, 너는 이해하려 드는구나. 어떻게 가짜 영웅처럼 생긴 몸통에 바닷게 같은 다리를 한 그 남자가 내 문신들을 더듬을 수 있었을까? 겨울이면 인적 없는 휴양 단지 뒤편 작은 막사에서 어떻게 나를 품에 안고 재울 수 있었냐고? 또 다른 어느 금요일, 나는 그의 낡은 조립식 집에서 그의 머리를 배 위에 올려둔 채 담배를 피우고 있었다. 하디자가 거의 한 달 동안 알제에 머물러야 해서, 나는 매주 대기도 시간이 되면 그가 있는 해변으로 가는 습관이 생겼다. 나, 그, 바다, 그리고 배, 우리는 그야말로 고아 같았다. 전기 히터로 따뜻하게 데워진 그의 방에서 침묵은 욕망을 불러일으켰다. 천장에는 알전구가 매달려 있었고, 낡은 문 너머로 무성한 풀들이 내다보였고, 커다란 유칼립투스 나무들이 우릴 꾸짖듯 바라보았다. 난 미문에게 거의 말을 하지 않았다. 그는 내 초록빛 눈을 지그시 바라보는 데 만족하며 나를 "내 벙어리"라고 불렀다.

그리고 네가 내게 묻는구나. "왜 그를 받아들였어?" 조숙한 별처럼 호기심 많은 네가.

나도 몰라. 내 안의 언어로 그걸 짐작하기 힘들다. 아마 연민 때문이었을 거다. 아니면 호기심 때문인지도. 아니면 지쳐서였을까. 내 성대를 고쳐 주겠다는 하디자의 희망이 이미 그 무렵부터 날 너무나 괴롭혔으니까. 그리고 난 버림받은 남자들에겐 항상 약했다. 미문. 거기에 그는 수영을 해서라도 스페인에 가겠다는 우스꽝스러운 꿈을 보태곤 했지. "멀지 않아!" 그는 내게 장담했다. "좋은 모터가 있는 소형 배로 반나절이면 돼. 날씨가 아주 맑을 때 눈을 가늘게 뜨면 희미하게 보일 거야." 그리고 그는 덧붙였다. "브로커에게 줄 첫 보증금이 2천만 상팀 모자라. 나머지는 도착해서 주면 돼."

그는 나와 사랑을 나눈 후, 내 배 위에 머리를 얹고 그 나라를 꿈꾸었다. 그리고 뱃삯을 지불하는 데 필요한 돈과 정확한 금액을 모으기 위해 팔아야 할 생선의 킬로그램 수를 큰 소리로 계산했다.

그리고 세 번째 금요일, 그 모든 모스크에서 너무 먼, 그 모든 걸 다 잊게 만드는 이 바닷가에서 그는 자신의 이야기를 들려줬다. 이 이야기는 네 것이야, 나의 후리. 그의 어머니는 오 년 전에 돌아가셨어. 그는 어부였고, 그에게서는 생선 냄새가 났어. 모든 사람이 다 그 냄새를 맡았지, 나만 빼고. 나는 냄새의 왕국에 들어갈 수 없었기에, 그는 걱정 없이 다가와 내 위에 몸을 뉠 수 있었다. "정말이야? 아무 냄새도 못 맡아? 맹세할 수 있어?" 그가 물었다. 난 숨가쁜 목소리로 맹세하고 웃었어. 아마도 허영심에서였겠지. 난 바다를 닮으려고 애썼다, 벌거벗은 채, 토라진 채, 겨울에 취해. 그는 우리를, 나와 바다를 같은 방식으로 대했다. 모욕과 과거를 잊기 위해 우리 속으로, 나와 바다 속으로 잠기곤 했다. 그의 아버지는 군인이었고, 1999년 오랑 동쪽 슐레프의 마키에서 암살당했다. 미문은 이번에는 좀 더 진지한 목소리로 사진을 보여 주었다. 바로 그 사진이, 악의적인 시선이나 중상모략, 배고픔, 호텔 뒤 가건물에서 쫓겨날지 모른다는 위협으로부터 그를 보호해 줬다. "내가 이걸 딱 보여 주면 아무도 감히 그런 생각을 못 한다니까." 그는 좀 과장된 제스처를 하며 장담했다. 온갖 젊은이들을 의심하는 이웃 마을 헌병들까지. "나 말이야? 그들은 나한테 경례를 하고, 공손하게 고개를 끄덕여 줘. 어렸을 때부터 내가 그들한테 군대식 경례를 붙였거든." 미문이 덧붙여 설명했다.

그 사진에는 엄숙한 표정으로 한 줄로 선 군인들이 보였다. 소방관들과 금빛 견장을 단 헌병 여섯 명이 관을 메고 있었다. 관은 국기로 덮여 있었고, 그 위에 작은 꽃다발 하나가 놓여 있었다. 멀리 짙푸른 하늘을 배경으로 군용기 발치에서 거행되는 이 의식은 잠시 멈춰 있는 듯했다. "모든 게 여기 있어. 잘 봐. 집중하면 수천 가지가 보이거든. 물속에서 헤엄치는 것 같긴 하지만, 그래도 세세한 게 아주 많이 보여." 난 호기심에 몸을 앞으로 숙여 들여다보았다. "이 나무 액자 틀에서 나가면 안 돼. 다른 데를 보려고 해선 안 되는 거야. 여기에 모든 이야기가 있어. 어머니가 항상 그 점을 강조했지. 온 나라가 이 의식을 위해 다 모였다고. 곳곳에 깃든 경의, 근엄한 고위직 인사들, 국가(國歌)

와 관 위의 국기 말이야." 미문은 아버지의 다른 사진은 가지고 있지 않았다. "여기 다 있으니까. 이게 우리 이야기의 전부야." 그의 어머니는 수시로 이 사진을 꺼내곤 했다. 지원금 신청 서류를 내거나, 있을 곳을 마련하거나, 다른 이웃들이 모두 쫓겨날 때 복합 관광 시설 뒤에 있는 이 가건물이라도 지키기 위해 온갖 행정 업무를 해야 할 때 말이다. 난 부양해야 할 아이가 딸린 과부가 떠올랐다.

"어머닌 불행하셨어?" "아니!" 미문은 내 말 없는 질문에 과장되게 가슴을 내밀며 대답했다. "우리 엄마는 딱 삼십일 동안 행복했어. 그리고 돌아가실 때까지, 아버지와 함께했던 그 삼십 일 동안을 나한테 세세히 이야기해 주셨지. 라마단처럼 신성한 삼십 일이었어." 이 미친 수영 선수는 마치 울창한 숲에 사는 곤충들에 관한 사전 열 권을 통째로 외우는 사람처럼 그 꿀 같은 한 달의 모든 세부를 알고 있었다.

"한데 왜 딱 삼십 일밖에 안 돼?" 그게 이상한지, 어두운 요람 속에서 네가 속삭여 묻는구나.

자, 이건 그녀의 이야기야. 미문의 목소리에서 나는 그의 어머니의 목소리를 듣는다.

"내 이름은 자흐라. 난 오랑에서 서쪽으로 100킬로미터 떨어진 아샤샤 근처에 살았어. 우리는 산비탈에 자리 잡은, 스하야의 도와르[22]에서 살았어. 그곳은 산과 돌과 포도밭이 많고, 저 아래로 바다가 보이는 고장이었지. 그래서 하늘과 땅 사이에서, 우린 가난해도 행복했단다. 난 아버지와 어머니, 그리고 언니의 그늘 아래 보호받으며 살았어. 아버지는 작은 땅이나마 소유한 자작농이었어. 도와르 아래쪽 도롯가에서 내다 팔 수 있는 작물을 거기서 재배했지. 이런 내 이야기가 시작되는 시절, 우린 전쟁에 대해서는 거의 아무것도 몰랐어, 텔레비전에서 해 대는 이야기 말고는. 그래도 뭔가 일어날 거라는 걸 느꼈어. 특히 마을 남자들이 목소리를 낮춰 이런저런 이야기를 하고, 도와르의 처녀들더러 대낮에는 절대 돌아다니면 안 된다고 하고, 흙벽 바깥으로 목소리가 흘러나와서도 안 된다고 강하게 말했을 때.

그러던 어느 날, 그들을 봤어.

마을에서는 한가운데에 있는 공동 수도꼭지에서 물을 길어다 썼지. 바로 그 자리에서, 해 질 녘에, 우린 그들을 봤어. 그들은 더러운 젤라바와 터번을 두르고, 칼과 총으로 무장하고 있었어. 얼굴은 수염에 먹혀 있었고, 눈빛은 날카롭고 위험해 보였지. 그들은 수도꼭지 근처에 모여 손을 씻고 있었어. 그때 우리는 비탈을 따라 흘러 내려가는 물이 붉게, 분홍빛으로, 이어 검은색으로 변하는 걸 봤어. 그들은 피 튄 옷과 손을 씻는 거였어. 그들 바로 옆 땅바닥에는 자루 세 개가 있었는데, 각각의 자루 안에는 일그러진 표정을 한 남자 머리 하나씩이 들어 있었는데, 잠

---

22   북아프리카 프랑스 점령지의 농촌 지역 행정 구역.

에서 막 깬 사람처럼 눈꺼풀이 부어 있었지. 그때 우리 머릿속과 우리의 작은 도와르 속에서 모든 것이 뒤집혔어. 우리는 온통 진흙탕이 된 것 같은 나라에 들어온 것 같았지. 침묵은 해로운 것이 되었고, 바다는 오래된 상처처럼 갈색으로 변했어. 큰 소리로 외치는 것은 마치 자기 죽음을 자초하는 거나 다름없었고, 아주 작은 소리에도 눈은 공황 상태에 빠졌고, 마을 남자들은 몽유병자처럼 돌아다녔어. 특히 우리, 마을 처녀들이 눈앞에 보이지 않으면 어머니들은 목소리가 떨렸어. 그 후로도 도살자들은 종종 우리 도와르로 돌아와 피 묻은 손을 씻었고, 우린 더 이상 그 수도꼭지에서 물을 마실 엄두가 나지 않았어. 올 때마다 그들은 빵이며 고기, 옷 등등 점점 더 요구했어. 그러다 마침내 우리 남자들을 협박하기 시작했지. 그들은 굶주린 눈으로 닫힌 창문들을 유심히 살펴보곤 했어. 그들이 머물다 가면 물에선 고약한 맛이 났어. 마치 그들이 물을 더럽힌 것 같았지. 아무도 대놓고 말하진 않았지만, 씻거나 마시거나 요리할 때 그 물을 사용하지 않게 되었어.

    그런데 어느 날, 군인들이 우리 집에 와서 명령했어. 떠나라고, 도와르를 비우라고. 그들은 우리 지역에 있는 다흐라 산악 지대를 폭파할 거라면서 경고했어. 그럼 어디로 가지? 우린 너무 가난해서 다른 곳에서 새 삶을 시작할 희망도 가질 수 없었어. 땅 없이 뭘 해 먹고 살아? '여기서 나가!' 군인들이 소리쳤어. '여기 가만있어, 꼼짝도 하지 말고.' 또 밤이 되면 이런 말을 했고. 그래서 우린 이도 저도 못 하고 그냥 가만히 있었어. 아버지는 말을 잃었고, 수치 속에서 등이 굽어졌지. 아침마다 군인들은 다시 왔어. 화를 내기도 하고, 겁에 질린 것도 같았어. 거듭 독촉하는 그들에게 우리 엄마는 하소연했어. '그런데 어디로요. 우린 갈 데가 없어요.' 전쟁은 정말 사방에 퍼져 있었어. 어느 날 나는 군 지휘관 하나를 봤어. 키가 크고 거무스름한 피부에 그늘이 드리워진 그의 얼굴은 강인하면서도 아름다웠어. 마치 하늘로 솟은 산 같았어. 그의 부드러운 눈은 아직 선택하지 않은 누군가에게 어떤 이야기를 하고 싶어 하는 것 같았지.

나, 자흐라는 어느덧 열일곱 살이었고, 아름다운 젊은 처녀가 되어 있었지. 어머니는 내가 납치당할까 봐 두려워했어. 도살자들이 처녀들을 탐해 산으로 데려갔으니까. 어느 날, 우리 도와르를 시찰한 후, 결코 웃는 법이 없던 그 군 지휘관이 이상한 눈빛으로 한참이나 나를 바라봤어. 그가 떠나고 내 가슴엔 이상한 허전함이 남았지. 그의 눈 속에서 나는 아리따운 처녀였어. 내 피부는 천국에서 온 것처럼 은빛이었고, 머릿칼은 여름이면 더욱 금빛이 되었고, 눈은 우리 고장의 모든 부족 여자들의 눈처럼 파랗게 빛났어. 영화 속에서 본 것 같은, 비밀스러운 말들이 흘러나오는 그의 새까맣고 반짝이는 눈이 내 가슴을 흔들어놨어. 난 마치 텔레비전 속에 사는 사람처럼 사랑에 빠졌어! 그의 부하들은 그를 미문 대령이라 불렀어. 그래, 아들아, 그는 나에게 완전히 사로잡혀 우리 아버지에게 해결책을 하나 제안했어. '가족을 데리고 산 아래 시디 알리 마을로 가십시오. 거기 우리 아버지 집이 있는데, 아버지는 오래 전 돌아가셨습니다. 어머니가 저와 함께 오랑 근처 부스페르에 함께 살고 있어서 지금 그 집은 비어 있습니다.' 그의 목소리에는 단호함이 묻어났지만, 다른 뜻이 실려 무거웠어. 아버지는 그가 마치 지는 해처럼 머물 곳을 찾는 눈빛으로 나를 응시하는 걸 보고 이해했지. 우리는 산을 떠나 평지로 내려가 자리를 잡았어.

두 달 후 어느 금요일 오후, 그는 우리 집 문을 두드렸어. 그리고 내 손을 달라 했지. 그는 여전히 나를 향해 미소를 짓지 않았고 입을 움직여 말을 하지도 않았지. 하지만 그의 눈빛에는 나를 행복하게 해 주겠다는, 더 아름답게 다시 태어나게 해 주겠다는 약속이 담겨 있었어. 그렇게 해서 우린 결혼했어! 난 꽃과 도살자들이 금지한 음악으로 가득 찬 차에 숨겨졌어. 하얀 드레스를 입고 여인들의 환호 속에 네 아버지 집으로 실려 갔어."

그런데 그는 이야기를 갑자기 중단하더니 날 훑어보며 씩 웃었어, 후리. "사생아! 사생아!" 가늘고도 조롱하는 목소리를 흉내 냈어, 미문이 말이야. 난 깜짝 놀랐어. 때때로 난 이런 갑작스러운 돌발이 무서워. "알아? 난 수영도 이런 식으로 배웠어." 그가 내게 설명했지. "오늘 너한테 맹세하는데, 수영해서 스페인까지 갈 수 있어! 내가 달리면 안달루즈 농장 아이들이 날 쫓아오면서 막 소리치는 거야. '사생아!' '사생아'! 그러면 난 얼른 바다에 몸을 던졌어. 그럼 바다는 내 귓속을 파고들고, 그럼 아무것도 들리지 않아. 파도 밑에 숨은 내 심장에서 나는 소리 말고는. 이 미문만큼 수영을 잘하는 사람은 없어! 내 말 듣고 있어?"

아니, 난 그의 안에서 그의 어머니의 목소리를 듣고 있었어. 알려지지 않은 그 달콤한 삼십 일간의 이야기를. 미문은 이야기를 계속했어.

"그래서 우린 부스페르에 살러 떠났어. 오랑 근처에 있는 군부대 마을이야. 어머니는 인생에서 가장 아름다운 달이었다고 맹세하셨어. 매일 밤이 이드 축제 같았으니까. 어머니 자흐라는 수년간 내게 천 가지 이야기를 해 줬어. 아버지가 저녁에 집에 들어와서 어떻게 미소를 지었는지, 어머니의 심장을 어떻게 빨아들였는지. 밤이면 외할머니가 못 듣도록 아버지가 어떻게 자그맣게 속삭였는지, 어둠 속에서 불타는 듯한 어머니의 머릿결을 어떻게 쓰다듬었는지, 여름 내내 그 두 사람만을 위해 날아다녔던 아버지의 눈빛이 어땠는지 세세히 묘사해 줬지. 그리고 아버지가 두 사람의 밝은 미래에 대해 어떻게 이야기했는지도. 알겠어? 난 아버지가 어머니와의 낙원에서 뭘 먹었는지 정확히 알고 있어. 아버지가 군화를 어떻게 닦았는지, 어떻게 말했는지, 어떻게 침묵했는지, 어떻게 머리를 긁었는지. 나는 아버지의 모든 것을 알고 있어. 어머니가 나를 빤히 쳐다볼 때가 있었어. 마치 내가 집에 아버지를 살아 돌아오게 해야만 하는 것처럼."

그리고 미문은 내게 금빛 견장을 단 헌병들과 함께 관 속에 누워 있는, 보이지 않는 미문의 사진을 보여 줬다. "모든 게 여기어. 딴 데 보지 마!" 그는 고집스레 말했다. "절대 딴 데 보지 마, 그들이 너에 대해 하는 말도 들을 것 없어. 모든 건 이 사진 안에 있어. 나머지는 다 거짓말이야." 그의 어머니 자흐라는 그에게 반복해서 말했다.

 결혼하고 한 달 후, 자흐라는 임신한 것을 느끼고 남편에게 친정에 다녀오게 해 달라고 부탁했다. "어머니는 가족들에게 그 기쁜 소식을 알려주고 싶었던 거야." 미문이 설명했다. "어머니는 금요일 저녁 우리 외가로 갔어. 그리고 금요일 저녁에 이웃들은 어머니를 보러 와서 새로 태어날 아이에 대한 소식을 듣고 환성을 지르며 축하해 줬지. 그런데 바로 그날 밤, 테러리스트들이 들이닥쳐 그들 모두를 도살한 거야. 모두를! '여자의 목소리는 노출이자 죄, 죄를 부르는 소리다, 어찌 감히 그럴 수 있느냐!' 칼의 에미르가 격노하며 외쳤어. 손에는 자루와 도끼가 들려 있었지. 그들은 우리 가족 모두를, 그리고 이웃을 모두 참살했고, 우리 어머니와 이모만은 슐레프 숲에 있는 마키로 끌고 가려고 살려 뒀어."

 아, 결말이 어떻게 됐느냐고? "군이 소탕 작전을 벌여 한 달간의 포로 생활 끝에 어머니는 구출되었어. 어머니의 동생, 그러니까 이모는 처녀였는데 교전 중에 죽었어. 기적적으로 구출된 어머니는 남편을, 우리 아버지를 다시 만났고. 아버지는 어머니를 새색시처럼 차를 태워 부스페르로 다시 데려왔지. 아버지는 기쁨과 분노로 거의 미쳐 있었어. 하지만 우리 할머니는 며느리를, 우리 어머니를 더는 보고 싶어 하지 않았어. 배가 벌써 볼록하게 나와 있었는데.

'사생아! 사생아!' 내가 파도를 향해 내달리면 아이들이 등 뒤에서 그렇게 외쳐.

난 엄마 뱃속에서 나올 날을 기다리고 있었지. 하지만 난 사생아였어. 할머니는 나더러 치욕의 열매라고 소릴 질러 댔어. 그리고 이혼을 요구했지만 아버지가 거부했지. 그렇게 아버지는 일주일을 버티다가 테러리스트 소탕 작전 중에 슐레프 근처에서 죽었어. 아버지의 유해는 항공기로 부스페르까지 운구됐어. 그리고 거기 명예롭게 묻혔지. 바로 그렇게 된 거야.

사십 일 후 할머니가 우릴 쫓아내서 우린 이곳으로 왔어. 전쟁 시기에 이 휴양 단지는 텅 비어 있었으니까. 해수욕객도 없고, 피서객도 없었어. 우린 사진을 보여 주고 이 작은 막사 건물의 열쇠를 받았어. 몇 년 동안, 바로 여기서, 어머니가 나에게 과거 그 달콤한 삼십 일간의 이야기를 해 줬어. 그리고 할머니가 어떻게 사생아라고 고래고래 소리 지르면서 우리 짐을 부스페르 길바닥에 내던졌는지도.

그런데 어느 날, 내가 열 살 때였는데, 어머니가 나를 데리고 할머니를 만나러 갔어. 꿈속에서도 나는 할머니가 너무 무서웠거든. 그런데도 우리가 문을 두드렸더니 문이 열렸고, 할머니가 나를 보자 울음을 터뜨리며 주저앉는 거야. 그러더니 자기 머리를 쥐어뜯고, 뺨을 할퀴어 대더라고. 할머니는 내 얼굴을 어루만지더니 날 알아봤어. 나는 우리 아버지의 분신이었어. 아버지의 턱, 어깨, 수영 선수 같은 가슴, 치아, 미소, 말투, 보조개까지 닮았으니까. 어머니는 그래서 내게 아버지의 이름까지 그대로 물려주신 거야. 어쩌면 아버지가 관에서 나온 것 같다는 것도 그래서일 거야."

이어 미문은 한숨을 내쉬며 나한테 고백했다. "아무리 그래도 웃을 이야기는 아니지. 난 어렸을 때 오히려 자랑스러웠어. 사람들이 나한테 사생아라고 욕하면 어깨를 한번 으쓱하고 더 멀리 헤엄쳐 갔지. 내 이름조차 내 것이 아니었어. 내 온 삶은 나무 관 안에, 헌병들의 어깨 위에 있었던 거야. 난 자랑스러웠어. 한데 이제 어머니와 할머니가 다 돌아가셨으니, 난 스페인에 가서 살고 싶어."

그래서, 후리, 그가 내 허벅지의 마지막 문신에 닿았을 때 난 깨달았어. 이 남자는 자기 자신으로 존재하지 않는 사람이라는 걸. "여기 있는 건 아무것도 내 것이 아냐. 알부라크조차 오랑에 사는 한 선주의 배야. 그가 그 사진을 보더니 배를 내게 넘겨준 거거든."

우린 나란히 누워 있었다. 난 내면의 목소리 속에, 그는 미문의 관 속에. 피와 금으로 된 내 작은 물고기야, 우리가 장난으로 시작한 일이 결혼까지 간 거 아니? 아, 그래! 시청에 갔으니까. 담당 공무원이 나의 아버지를 보고 싶다고 해서 난 테러리즘 희생자 카드를 내밀었어. 고아 카드를 내민 거지. 목에 두른 스카프도 벗었어. 그러자 그는 바로 고개를 숙이고 우리 이름을 기입했어. 이어 우린 오랑 거리를 산책했어, 슬프지만 가벼워진 마음으로. 알제에 있던 하디자는 어떻게 생각할까? 그건 수수께끼를 푸는 일이었어. 아니면 가능한 모든 법을 조롱하는 것이었어, 나의 후리. 네 아빠는 어른이 되었다는 사실에 망연자실한 듯 보였고 웃음기가 가셨어. 우리가 만난 지 삼십 일째 되는 날, 그는 나를 데리고 수영하러 갔어. 나는 그의 가슴에 매달렸고, 태어나서 처음으로 발을 땅에 딛지 않고 얼음장 같은 물속에 둥둥 떠 있었어. "사생아! 사생아!" 갈매기들이 울어 댔지.

그 후 며칠 동안 나는 그를 만나지 않고 오랑에서 마음을 결정하지 않은 채 있었다. 이 모든 이야기가 내겐 어리석게 느껴졌다, 바다가 건넨 잘못된 조언처럼. 나는 결국 안달루즈 해변으로 돌아갔어. 미문은 그의 막사에도 없었고, 바닷가에서 그물을 손질하고 있지도 않았어. 어부들이 조롱하는 눈빛으로 내게 이런 소식을 전했지. "불쌍한 미문"은 브로커들과 함께 떠났다고.

바다는 질문에 절대 답하지 않는다.

25

오전 9시 7분

"막다른 길이야."

쾅, 한 번. 또 한 번 쾅. 금속에 뚫린 타이어가 터지는 소리. 위급을 알리는 소음 속에서 쉭쉭거리는 숨소리. 갑작스러웠다. 곧이어 난 통제력을 잃었고, 도로가 카펫처럼 차 밑에서 밀리고 구겨졌다. 난 고속도로 위에서 한쪽 바퀴로만 기우뚱하게 달렸다. 너도 나처럼 타이어가 갈가리 찢기면서 차체가 흔들리는 걸 느끼고 짧은 비명 같은 소리가 터져 나오는 걸 들었니? 그래, 불안한 꿈속에선 예감했지만, 오늘 아침 여기서 이럴 줄은 몰랐다. 한낮 뙤약볕 아래 아무도 없는데 타이어가 터지다니! 갓길에 차를 힘겹게 세우고 숨을 고른다. 고요한 하늘이 나를 감싼다. 차에서 내려서 보니 타이어가 천처럼 갈가리 찢겨 있다. 몸을 돌려 뒤를 보니 시커먼 살 조각들이 흩어져 있다. 타이어는 수천 개의 가는 조각으로 터져 나갔다. 타이어 휠에서는 여전히 연기가 피어오른다. 이빨 빠진 짐승, 다리를 다친 짐승처럼 보인다. 도시에선 돈을 믿고, 여행 중에는 신호를 살핀다. 이것도 하나의 표지일까? 타이어 교체는 한 번도 안 배웠는데.

뭘 어떻게 해야 할지 모르겠다. 귀를 기울이며, 자동차 하나라도, 여행자 하나라도 나타나길 바란다. 멀리서 개 짖는 소리에 공허함이 더 커진다. 양 방향 어디에서도 모터 소리는 들리지 않는다. 신조차 지금은 희생 제물의 수를 세느라 바쁜 모양이다. 이 여행은 날 원하지 않는다. 내 튜브처럼 그건 자명하다. '죽은 장소'도, 언니도 우릴 원하지 않아. 이 꼬맹이, 왜 내 등을 떠밀었어? 이제 어떡하지? 그냥 발걸음을 돌려야 할까? 그리고 각자 왔던 길로 돌아가는 거지. 넌 천국으로, 난 내 미용실로.

26

오전 9시 20분

　네가 그걸 보는 걸 원치 않아서, 난 눈을 감았어. 누런 숨을 쉬는 그의 입에서는 크고 날카로운 검은 이들이 삐죽 튀어나와 있었다. 대체 몇 살일까? 서른 살? 천 살? 그의 셔츠는 붉었다. 그는 내 목을 움켜쥐려 했고, 손이 내 튜브와 부딪치자 공포의 전율이 그를 훑고 지나갔다. 난 생각할 것도 없이 발길질을 했지만 나비처럼 무력한 몸짓이라 아무 소용이 없었다. 공포에 질려 나는 온몸의 무게와 힘을 잃고 뼈마저 없는 상태가 되었다. 그의 패거리가 내 차를 뒤지며 소리쳤다. "너 창녀지!" 그가 내 담뱃갑을 휘둘렀다. "돈은 어디다 숨겼어? 어딨어?" 그의 패거리가 날 운전석 문으로 밀어붙였고, 차 금속판이 내 목덜미에 부딪혔다. 우물 속에 떨어지는 느낌. 엄마. 타이무샤 언니가 웃으며 내게 건네준 완벽하게 둥근 돌멩이. 울지 않기. 이를 악물기. 나는 모든 생명체처럼 소리 지를 권리를 요구한다. 하지만 내 셔츠 깃을 움켜쥐는 그의 손을 막고 나선 건 바로 침묵이었다. "감히 남자를 모욕해? 너 같은 게?" 그의 거침없는 목소리가 내 머릿속을 쥐어 틀었다. 내 심장은 우리 둘을 위해 뛰고, 갑작스러운 죽음으로부터 널 지킨다. 내 심장은 네가 공허의 세계로 떨어지지 않도록 막고 싶어 한다. 넌 어둠 속에 웅크리고 있고, 나는 눈을 감으면 너한테 가 닿는 생각을 한다. 이어, 저 선대 여성들의 안내를 받은 듯한 동작으로, 나는 몸이 굳고 등을 젖히며 반항한다. 분노가 나를 창처럼 곧추세운다. 내가 여자라서, 함부로 헤집어도 되는 짐승인 건가? 너를 지키기 위해 나는 손톱을 세우고 허공으로 발길질을 한다. 가해자의 오른손이 풀려 떨어져 나간다. 다른 한 손은 여전히 내 옷깃을 잡고 있고, 남성적 분노를 드러내며 날 할퀴어 댄다. 머릿속이 혼란스러운 가운데 노란 발톱 하나가 보인다. 개가 나를 바라보며 내가 무슨 말을 하려는지 이해하려 애쓴다. 나는 여전히 그의 공범이 소리 지르고, 웃고, 자기 차 안에서 우는 여자를 흉내 내는 소리를 듣는다. 차가운 손이 내 가슴 아래로 내려와 브래지어를 만진다. 그 손이 내 목 위로 다시 올라와 녹색 스카프와 스친다. 내 얼굴이 뒤로 꺾여 아무것도 안 하는 하늘을 향하는데, 남자의 숨소리가 귓가에 들러붙는다. 난 한참 이어지는 탄식 같은 "음음음……" 소리를 크게 내뱉는다.

    문이 쾅 열리고 다시 또 쾅 열리는 동안 그 옆 공범은 분노에 차 펄펄 뛰고 원하는 걸 찾지 못해 실망한다. 그는 트럭이 처음 나를 지나쳤을 때 운전사 옆에 앉아 있던 사람이다. 내가 손가락 욕을 던진, 내 시야 가장자리에 보이던 사람. 그의 눈은 이른 아침 오랑 거리에서 마주치는 쥐들의 눈빛처럼 증오로 가득하다. 그 쥐들은 뱃속 같은 땅으로 들어가고 싶어 안달이 난 듯 달리고 또 달렸다. 그들의 눈빛은 악의에 찬 빛으로 이글거리고, 그들은 민낯을 들키는 순간을 용납하지 않는다. 그의 뻗은 손이 내 허벅지 사이로 파고 들어오지만, 그의 바지 단추가 이빨 빠진 시커먼 쥐의 손을 방해한다. 나는 생각한다. 이 쥐들은 오랑 성벽에 우리가 대신 산다는 사실을 용서하지 않는다고. 그래서 눈빛이 저렇게 날카롭고, 성급하게 행동하고, 손길도 저런 식인 거다. 난 소리를 지르려고 하지만, 비명을 지르는 법을 모른다는 사실과 내 안의 언어가 그런 힘을 지니고 있지 않다는 게 떠오른다. 이빨들이 내 뺨을 물어뜯고, 그의 손이 내 얼굴을 그를 향해 돌린다. 너와 함께 무사히 벗어날 희망이 이젠 없다. 삶이 내게 꿰맨 자루와 같아서 숨을 쉴 수가 없다. 내 손톱과 내 생각으로 그를 죽여 버리고 싶다. 그는 내 얼굴을 갈라진 그의 입술 쪽으로 당긴다. 내 스카프는 미끄러져 떨어지고, 내 붕대가 그가 지금 내게서 찾고 있는 것을 드러낸다. 그러는 동안 공범은 뭐라고 떠들어 대고, 낄낄대며 내 스페어타이어를 굴려 가져가 버린다.

쥐가 발견한 것은 내 목에 난 구멍이다. 그러자 그는 갑자기 멈칫한다. 대머리에 가까운 두개골 속으로 그의 두 눈이 뒤로 물러나고, 혐오감의 파동이 그의 추함에 두께를 더한다. 믿기니? 그는 표정이 일그러진 채, 내 삶의 참상을 깨달은 충격 속에 얼어붙었다. 그는 주저하는 듯하다.

여자를 원했는데, 목이 베인 양을 만났으니.

나는 괴물이다. 장면이 거칠게 반전된다.

이제 그의 얼굴을 일그러뜨리는 괴물은 바로 나다.

난 아주 작아져서, 내 안 깊숙이 파고들어 네가 있는 곳 같은 곳에 숨고 싶다. 내 손을 물어뜯고 싶어 피가 흐르게 두고, 시체나 겨울 같은 건 신경 쓰고 싶지 않다. 내 허벅지 위로 흘러내리는 액체가 느껴진다. 이 대머리 가해자는 더럽혀지고 모욕당한 사람처럼 날 격렬하게 밀어낸다. 바지 위에 손을 문질러 닦는다. 자기가 본 것을 믿을 수 없다는 듯 침을 뱉는다. 그는 공범에게 내 목을 가리켜 보이고, 그러자 난동을 부리던 공범이 멈춘다. 이번에는 그가 달려와 날 살피더니, 또 다 벌어져 있는 내 위로 몸을 숙인다. 그때 하늘에서 아주 큰 돌 하나가 떨어져 내 등을 때린다. 이어 가시들이 내 얼굴을 할퀸다.

대머리는 집 밖으로 개를 차 내쫓듯 날 밀어냈다. 난 뒤로 벌렁 자빠졌다. 공범은 여전히 상황을 파악하려 애쓰면서, 내 배낭과 내가 알아볼 수 없는 몇몇 물건들을 챙기고 있다. 신발이 길에 깔린 돌들 위로 왔다 갔다 한다. 난 이를 악 문다. 너를 잃지 않으려고, 씨앗 같은 네가 내 몸 바깥으로 미끄러져 빠져나가지 않게 하려고. 내 깊은 품속에 있는 너를 아무도 건드리지 못하게 하려고. 난 허벅지를, 배를, 턱을, 손을 꽉 조이고, 숫자를 세기 시작한다. 하나, 둘, 셋, 넷…… 도로 위에서 신발 밑창이 바닥을 긁고 하늘이 내 벌건 눈꺼풀을 무겁게 짓누른다. 두 쥐새끼가 실랑이를 하고, 난 내가 만들어낸 밤 속에서 그들의 목소리를 듣는다. 그들은 창문을 깬다. 신을, 혹은 부끄러운 내력을 가진 조상들 중 누군가를 모욕하는 말을 내뱉는다. 몇 분 후, 악의로 찬 트럭이 다시 출발한다.

나는 나의 밤에 가만히 머물렀고, 낮은 내 주변으로 귀를 스치며 흘러갔다. 이젠 아무것도 들리지 않았다. 축축한 허벅지 사이가 추웠다. 바보 같으니라고! 덤불 속 곤충 소리를 찾고 숫자를 세고 또 셌다. 해에게 뺨을 내밀고 귀로 세상의 넓이를 확인했다. 눈물이 터져 무너져 내렸다, 네가 움직였기 때문이다. 우리는 서로를 확인하며 일 분, 아니 이 분, 아니 천 분 동안 거기 가만있었다. 우리가 서로를 다시 찾을 때까지. 내 목에선 아무것도, 피도 흐르지 않았다. 넌 죽지 않았다. 하지만 양털처럼, 물고기처럼, '죽은 장소'와 맞서는 삶의 무대처럼 걸려 있었다. 잠시, 상상할 수 없는 어둠 같은 것이 찾아왔다. 내 귓속의 피를 닮은 깊고 부드러워진 주황빛 자정. 왜냐하면, 그래, 난 생존의 파동이 우리를 가로질러 지나간 것을 느꼈으니까. 그것은 태양 같고 강렬했다. 태양은 내가 결정을 내리기를 기다렸다. 잠이 든 나는 길 없는 또 다른 세상에서, 도착과 사면의 세상에서 반쯤 잠들어 있었다. 네가 날 지켜준 것 같다, 내가 깨어날 때까지.

내 녹색 스카프가 노란 덤불에 걸려 있다. 내 얼굴을 만져 보다가 손가락에 피가 묻은 걸 알았다. 가슴에는 가시 파편이 박혀 있었다. 그러고 보니 맨발이다. 운동화를 도둑 맞았다.

  다 훔쳐갔다.

  뒷바퀴의 타이어 두 개까지도.

  고속도로는 텅 비어 있다. 그곳은 아무것도 보지 못했다.

27

"이 미궁 속이 몇 시인지 더는 모르겠어."

내가 의식을 잃었을 때 그들은 내 모든 것을 훔쳐 갔다. 더 나은 것이 없어서, 강간할 여자의 몸이 없어서였다. 이제 좀 자, 낮달아. 난 맨발로 어떻게 걷는지 몰라서 절뚝거린다. 바깥 하늘은 이드 축제에 참석하기 위해 오랑 쪽으로 향하고, 난 그 반대 방향, 어떤 마을 쪽으로 향한다. 기껏해야 3킬로미터일 것이다. 난 이제 떠돌이, 부랑자다. 처녀와 영원한 첫날밤을 꿈꾸는 이 나라 남자들의 이상적인 먹잇감. 여자가 아버지, 형제, 남편, 심지어 아들에게도 속하지 않을 때 사람들은 그를 '떠돌이'라고 부른다고 한다. 남자들은 그녀를 빈터처럼 말한다. 한 달에 한 번 피 흘리는 자산처럼, 땅에서 파낸 동전처럼, 전리품처럼.

이것은 나의 언니 타이무샤다.

나는 확신한다. 언니는 바람처럼 맞서고, 부재로서 온 힘을 다해 버티고, 우리를 농장에, 해골의 소굴 같은 그곳에 들이지 않으려 한다.

난 마을을 향해 간다. 마을 이름이 적힌 표지판이 보인다. "우에드 틀렐라트." 거기서라면 견인차로 차를 끌고 가 달라고 하거나, 날 집에 데려다 달라고 부탁할 수 있을 거다. 하지만 휴대전화도 잃어버렸다. 내 뱃속 샘 안에 있는 작은 동전아, 이제 더 이상 아무것도 할 수 있는 게 없다는 걸 너도 알겠지? 돌아가야 해. 이건 분명 올바른 길이 아냐. 시간을 되돌리려 하거나, 죽은 여자와 협상을 하기 위해 증거를 찾는 건 미친, 파멸적이고 나쁜 생각이야. 돌아가자, 우에드 틀렐라트 마을로 가서 택시를 타자. 이 세 알의 약을 함께 삼키자. 넌 이 나라에서 맨발의 떠돌이가 되는 운명을 피해 떠나는 거야. 너는 다시 후리가 되어 마지막 심판의 날에 예언자의 친구들을 기다리게 될 거야.

  난 아직 절뚝거리지만, 갓길을 따라 걸으면 첫 번째 인가들이 나올 거다. 그때쯤이면 내 바지도 다 마를 테고. 난 네게 진실을 향한 이 여정을 선물하고 싶어 미칠 지경이었다. 하지만 네가 보듯 그건 불가능하고, 심지어 위험하다. 두 마리 쥐에게서 날 구한 건 내 비명이 아니라 내 '미소'였다. 내 목에 난 균열.

  이제 곧 도착할 거야. 택시가 있으면 타고 가자.

  아무 소리도 없다.

  아니다, 소리가 있다.

  내가 걸을 때마다 들리는 내 삽관 튜브 소리.

28

오전 10시 17분, 우에드 틀렐라트 헌병대 근무 시간

—이름은?

—파즈르.

난 그에게 다시 한번 말한다. 그가 내 쪽으로 몸을 기울였기 때문이다. 나를 처음 만나는 사람이면 다 그렇게 한다. 그는 난감해 보이고, 이 신성한 날에 어떻게 해야 할지 모르는 눈치다. "그런데 길 위에 혼자 있었나요?" 그는 거듭 확인하듯 말한다. 내 잠자리야, 이 사람 말을 알아듣겠니? 그는 보호자의 그늘 하나 없이 여자 혼자서 돌아다니면 안 된다는 말을 내게 해 주려는 거야, 특히 도살 다음의 이 고요한 시간에, 이 텅 빈 나라에서 남자 실루엣 하나 없이는. 그는 더러운 키보드를 두드린다. 키 몇 개는 빠져 있다. 남자는 요리가 익는 걸 지켜보듯 휴대전화 화면을 응시하면서 말을 고른다. 이어, 머뭇거리더니 내 쪽으로 돌아온다. 그는 젊어 보이지만, 마른 밀물처럼 탈모가 밀려올 조짐이 보인다. 어려운 문제 앞에서 쩔쩔매는 초등학교 학생처럼 그는 정수리를 긁는다. 삶에 대한 몸에 밴 동작일 것이다. 선배인 기혼병들은 위층 관사에 있을 것이다. 위층에서 둔탁한 발소리와 아이들 소리, 고기 피를 빼느라 분

주한 가운데 흥분한 아이들을 진정시키는 여자들 소리가 들린다.

난처한 표정의 헌병은 내게 무슨 질문을 할지 더듬더듬 찾으며, 가끔 내 튜브와 목에 난 상처, 그리고 내 스카프로도 완전히 가리지 못하는 '미소'를 본다. 나는 그가 온갖 가설을 펼치도록 내버려둔다. 커다란 사무실 창문을 통해 보이는 안뜰에는 흰 불빛이 잉여의 세상을 비추고 있다. 목이 잘린 자리에는 검게 굳은 피 웅덩이가 남아 있다. 양 머리 세 개가 난간 위에 놓여 있고, 다른 두 개는 큰 대야에 겹쳐 놓여 있다. 양철 지붕 아래 사륜 구동 차량이 주차되어 있다.

바로 그 차량으로 그들은 마을의 병영으로 나를 데려온 것이다. 나를 습격한 자들은 날 기절시키고, 짐과 타이어, 휴대전화, 신발을 챙겨 달아났다. 난 고속도로 갓길을 따라 헤매고 다니다가, 마을을 향해 삼십 분 정도 걸어갔는데, 사이렌 소리가 들리면서 고속도로 반대편 차선에서 사륜 헌병차가 멈춰 섰다. 그들 중 한 사람이 나를 향해 소리치며 길을 돌아서 올 동안 그 자리에 가만있으라고 했다. 네 명의 헌병이 사륜 구동 차량에 빽빽이 끼여 지루하고 권태로운 순찰을 도는 중이었다. 그들은 대단한 호기심 없이 나를 살펴보았다. 십 분쯤 뒤, 뚱하고 무관심한 분위기 속에서 그들은 나를 차에 태웠다. 나는 말없이 맨발인 채로, 죄인처럼 차에 앉았다. 내게서 소변 냄새가 났는지 어쨌는지는 모르겠다. 차가 사방으로 덜컹거리며 움직였고,

속도를 올렸다. 마침내 우에드 틀렐라트 헌병대에 도착했다. 네 명의 헌병은 저희끼리 농담을 주고받으며 사무실에서 한참을 시시덕댔다. 나는 입구에 있는 나무 벤치에 앉아 기다렸다. 이어 한 명이 큰 소리로 외쳤다. "아니사?"(내 안의 언어로는 '아가씨'라는 뜻이다.) 난 어서 빨리 오랑으로 돌아가기 위해, 제시해야 할 가장 간략하고 합리적인 답을 정리하며 그 장소를 훑어보았다. 철제 책상, 제대로 닫지 않아 서류가 흘러넘치는 사물함, 먼지 쌓인 프린터와 그 아래 놓인 종이들, 그리고 고소인들이 앉는 불편한 의자. 유일한 소음은 내 진술을 받아 적는 헌병의 키보드 소리였다. 틀렐라트 마을은 거대한 덤불 뒤에 숨겨진 듯 고요하게 느껴졌다. 오전 10시였던 것 같다. 나는 더 이상 시계도 휴대전화도 없었다. 두 습격자가 자신들의 실망에 복수라도 하듯 다 훔쳐 갔다. 나이가 많은 쪽은 이가 몇 개 빠져 있었고, 무언가에 그을린 머리카락 때문에 고된 노동을 하는 석공처럼 보였다. 하지만 제일 인상적으로 남은 기억은 그의 부러진 이와 미친 듯한 웃음이었다. 다른 한 명은 흥분해서 거의 펄쩍펄쩍 뛰다시피 했다. "여자? 우리 남자들 앞에서 감히 뻔뻔스럽게 행동하는 여자?" 나는 몸을 떨었다. 너도 그걸 느꼈던 것 같아, 움츠러들던 걸 보면. 무릎을 굽히고, 내 심장 속으로. 난 오직 너만을 생각했다. 너무도 작은 너의 존재, 너의 웃는 눈동자, 그리고 연약함. 엄마가 되는 게 이런 걸까?

"오랑 출신인가요?" 젊은 헌병이 오랫동안 화면을 들여다보다가 내게 물었다. "여행 중인가요?" 그는 온갖 행정 서류와 신분증들 사이에서 나를 어떻게 찾아야 할지 궁리하고 있었다. 난 아무것도 없는데. 웃음이 나온다. 내가 태어난 날처럼. 나는 거의 벌거벗은 채, 거의 피투성이가 된 채 드러나 있었다. 나는 그에게 하디자 아즈라는 성과 이름을, 미라마르 지구에 있는 우리 집 주소를 알려 주었다. 그런데 그게 내 성이 아니라는 것을 어떻게 그에게 설명해야 할까? 그는 이따금 녹색 모자를 만지작거리며 다음 질문을 생각해 보지만, 곧 피곤한지 시계를 보는 모습이 보인다. "이렇게 정리하죠. 당신은 폭행을 당했고, 모든 걸 도난당했다고 진술했습니다. 당신 말에 따르면, 가해자들은 모르는 사람들이고요. 그리고 그들은 당신이 모르는 차량 번호판을 단 화물차를 타고 도망쳤습니다." 이어 그가 묻는다. "오늘 아침에 고속도로에서 뭘 하고 있었나요? 혼자 어디로 가는 중이었습니까?"

29

오후 2시쯤, 렐리잔에 도착한다
"여기가 미궁의 출구야, 나의 후리."

나는 내 차 안에서 기절한 채, 다리를 다쳐 피를 흘린 채 발견됐어. 누가 헌병에게 연락했고, 와르글라 병영 군인들이 양처럼 양손을 등 뒤로 묶어 트럭에 태워 데려갔어. 수갑이 채워지고 쫄쫄 굶은 채 군부대 지하실에 버려져 죽는 줄 알았어. 울부짖는 소리랑 비명 소리가 들렸지. 그렇게 몇 시간이나 이어지는 거야. 사람들이 혼란에 빠져 내가 에미르였거나 카티바로부터 도망친 무장한 수염쟁이라고 생각했거든. 내 목숨을 구한 게 누군지 알아, 누이? 바로 그들이었어. (그는 엄지손가락을 뒤로 휙 돌린다. 책?) 그래, 책 말이야. 이 차에 우리 가문의 성과 족보, 명성이 새겨져 있었거든. 딸, 알겠어? 내게서 뚝뚝 떨어지는 피에서 우리 집안의 고귀한 혈통을 발견한 거야.

몇 시간 동안이나 치료를 못 받은 내 다리는 거의 망가진 상태였고, 반쯤 괴저가 진행되고 있었어. 다리를 절단하지 않기 위해 이송된 바트나에서 기적을 행해야 했지. 칠 개월 동안 무게추를 사용해 지속 견인 치료를 했고, 그런 식으로 엉덩이와 대퇴골을 제자리에 맞추었어. 그 후엔 재활과 온갖 것들을 견뎌야 했지. 누워 있어서 욕창이 생기고, 약 때문에 구토가 나고, 긁고 싶어 죽겠고, 무게추 치료가 힘들어 도망치고 싶고, 죽고 싶고, 하느님과 문병 온 사람들을 붙잡고 애걸하고 싶었어. 알제리에서는 영화처럼 병원에 꽃을 가져다주지는 않지만 먹을 걸 가져다주잖아. 수프, 으깬 채소, 그리고 특히 바나나. 옛날 알제리에서는 바나나가 귀했어. 여름에 바캉스 오는 이민자들이 가져오는 게 바나나였지. 알겠어? 바나나는 일종의 여름 과일이었어, 여행 가방이니 항구, 공항에서 자라는. (웃음, 말 이빨 같은 커다란 이, 순진하지만 단호한 표정.) 그래서 사람들은 내게 바나나니, 수프니, 수박이니, 주스 같은 걸 잔뜩 가져다줬어. 그러다 서서히 우리 도시 병원 침대 옆 탁자에서 바나나 보는 게 힘들어졌지. 우리네 사람들은 덕행과 성실함에도 쉽게 싫증을 느끼거든, 누이, 왈라.

하지만 날 잠 못 들게 하지도 지루하게 하지도 않는 사람들이 있다면, 그건 바로 군인들이었어. 그들의 지휘관은 바트나에 있었는데, 군 정보기관인 CTRI의 우두머리였어. 내가 여기 처음 왔을 때, 그는 매일 내 안부를 묻기 위한 수고를 아끼지 않았지. 그는 키가 크고 마른 체형에, 골초인지 손가락이 노랬어. 눈은 아주 총명해 보였지. 마치 태어나자마자 읽고 쓸 줄 아는 사람 같았어. 불안할 정도로 마른 체형은 내게 언제나 의문이었어. 그렇게 권력이 있고 무서운 사람이라면서 어떻게 덩치도 안 크고 근육질도 아니지? 그가 바나나를 들고 병실에 나타나면 그런 생각이 들다가, 애기 나누는 동안 금세 다 잊어버렸지. 그는 어떤 때는 깃대에 매달린 깃발처럼 딱 맞는 제복을 입고 미소도 없이 왔고, 또 어떤 때는 사복을 입고 미소를 띤 얼굴로 왔어.

그는 놀라운 사람이었어. 침묵, 망설임, 눈빛, 거짓말 등 모든 것을 읽을 줄 아는 사람이었지! 열아홉 명의 군인이 학살당한 사건에서 살아남은 내 이야기에 대해 그는 끊임없이 질문했어. 그와 함께 내 이야기는 더욱 무르익고 세밀해지고 정확해졌어. 책처럼 두꺼워지고, 낡은 양탄자처럼 신비로운 이야기가 되어 갔지. 거기에 집중하면서 꿈이나 원한 속에나 남아 있던 많은 장면들이 다시 떠올랐어. 목이 잘릴 뻔한 순간, 그런 걸 기록할 시간이 없었을 텐데, 세세한 것들이 또렷하게 다시 생각나는 거야. 굶주린 늑대 에미르의 시커먼 이빨 개수, 코털, 그가 내 귀에 대고 소리를 질렀을 때 보이던 어금니, 눈을 감고도 다시 셀 수 있었던 시신의 수, 수염쟁이들이 입고 있던 옷 색깔, 제복, 무기, 그리고 광대한 몸집 위를 걷는 낯선 이의 작은 발걸음에도 주의를 기울이는 사하라의 온도. 아, 맞아, 샤히드 대령……. (그렇게 불리긴 했지만 가명이었어. 우리 군의 정보기관에서 장교들은 모두 가명을 쓰기 때문에 어떤 때에는 라이 가수랑 헷갈리기도 했지.)

어느 날 내가 대령에게 "셰브 샤히드."[23] 하고 부르자, 그

---

23 '청년 샤히드.' 알제리 라이 음악을 하는 젊은 남성 가수 앞에 '셰브(Cheb)'라는 호칭을 붙인다.

는 아무 말 없이 싸늘한 눈빛으로 나를 빤히 쳐다보았어. 나는 그가 바나나를 도로 챙겨 가지고 나가 다시는 나를 보러 오지 않을 것 같았지. 딸, 그 이름을 농담으로라도 소리 내어 부르는 건 현명한 일이 아니었어. "그날 오후에 무슨 일이 있었지? 다시 말해 봐!" 창문 근처에서 담배를 피우며 그가 다그쳤어. 그는 바나나 두 개를 던졌고, 난 침대와 무게추 사이의 허공에서 받아 낚아챘어. 그는 악명 높은 굶주린 늑대 에미르에게 내가 어떻게 체포되고 다치고 구타당했으며, 또 임무까지 부여받았는지 알고 싶어 했어. 그자는 살아 있는 자와 죽은 자 모두를 공포에 떨게 하려고 내게 학살의 모든 세부를 반복해 말하라는 신의 명령을 내렸었지. 내가 무덤 속에 누워 있는 것처럼 그의 발밑에 뻗어 있었을 때, 에미르는 부하들에게 이렇게 말했어. "이 종교는 기억과 칼에 의해 이어져 왔다." 그의 커다란 신발은 염소가 된 내 목 위에 놓여 있었지. 그리고 이 병실에서, 서로 수백 킬로미터나 떨어져 있었는데도, 샤히드 대령의 듣고자 하는 갈망과 자기 이야기를 하고 싶은 굶주린 늑대 에미르의 욕망이 만나 서로를 충족시키고 있었어. 약 기운으로 뿌연 내 머릿속에서 이 두 사람은 마치 적이자 형제처럼 서로를 껴안고, 공모하는 몸짓으로 서로 팔을 부여잡았지. 그리고 나는, 대를 이어 서점업을 하는 나 아이사 구에르디는 그들 발밑에 아주 작고 초라하게 깔려 신음하고 있었고.

난 대령에게 그 특별한 하루의 사소한 세부 사항, 가장 미세한 억양, 가장 흐릿한 색깔까지 보고했어. 때론 지어내기도 했고. 아마, 이야기 자체가 서서히 나라는 인물을 낳았던 것 같아, 그래서 내 잘려 나간 몸을 복구시키고. 내 발가락은 냉기에서 돌아와 다시 움직이기 시작하고, 내 등은 침대의 움푹 파여 들어간 곳에 기대 다시 곧추세워졌고, 내 입은 다시 과일 맛을 되찾기 시작했어. 거울 속 내 얼굴이 다시 또렷이 보이기 시작했고, 입술은 미소 짓는 법을 다시 알게 되었지. 결국 내 목을 베려다 미수에 그친 이 아수라장 같은 이야기에서 나만 오른다리와 머리칼을 잃은 거였어. 나머지는 모두 형기를 마치고 교도소를 나서는 죄수에게 옷을 돌려주듯 내게로 다시 돌아왔어.

    대령은 호의적이었고, 세심했으며, 나를 격려해 주었어. 그는 모든 걸 기록하고, 세부 사항을 복원하고, 노트에 거의 모든 것을 적었지. 일치되지 않는 것은 수정하고, 문체를 다듬고, 날짜, 시간까지 명시했어. 그리고 때론, 첫 번째보다 더 나은 두 번째 삶을 살 수 있다는 행복감에, 그가 내 아버지의 환생처럼 느껴지기도 했어. 다른 한편 에미르는 내 기억력에 흡족해하며 자신이 빈 공포의 소원이 마침내 이뤄졌다고 생각했을 거야. 이제부터는 그 때문에, 어쩌면 그 덕분에 그의 칼, 그의 기관단총, 그의 웃음, 그의 이빨, 그의 머리카락, 그의 수염까지, 난 아무것도 잊을 수 없게 되었어. 모든 게 내 안에 새겨졌어, 위협이라는 그 붉게 달궈진 인두로. 난 이 전쟁에 대한 수많은 이야기를 이젠 더 이상 가릴 수가 없어졌어. 대령은 모든 걸 기록해 상관들에게 보낼 보고서를 다듬은 후 내게 감사를 표한 다음 외투걸이 같은 크고 마른 몸을 하고 단호한 걸음걸이로 떠났어. 그리고 어느 날 그는 더 이상 병원으로 찾아오지 않았지. 내 이야기가 머릿속에서 얼룩 하나 없이 깨끗해지면서 내 몸도 눈에 띄게 회복되던 그 병원으로.

그 후, 나는 그가 보낸 바나나 두 상자, 살구 주스 여러 상자, 그리고 붉은 재킷과 향수를 받았어. 그 후 병영에 있는 그의 사무실에서 그를 두세 번 더 만났어. 이어 그도 자취를 감추더니 알제로 전출되었지. 그는 비스크라와 와르글라 사이에서 열아홉 명의 군인이 학살당했다는 내 이야기를 가지고 갔어. 그리고 몇 달 후 '굶주린 늑대'가 성공적으로 제거되었다는 기밀 정보도 가지고 갔지. 그럼 나는? 난 집으로 돌아갔어. 머릿속이 혼란스러운 상태로. 앞으로 어떻게 살아가야 할지 여전히 갈피를 못 잡은 상태로.

30

할아버지가 아버지의 머릿속에, 그리고 내 머릿속에 그 두 분이 걸터앉아 있지 않았다면 서점은 사라졌을 거야. 정말 맹세해! 책은 결코 죽지 않는 사람처럼 보일지 몰라도, 서점 주인인 우리가 없으면 또 아무것도 할 수가 없지. 책에는 팔도 다리도 입도 없어. 물은 책을 망가뜨릴 수 있다는 걸 어머니는 알고 있었지. 하느님께서 어머니의 영혼을 거두시길. 먼지와 망각, 그리고 불 또한 책을 망가뜨릴 수 있어. 앵데팡당스가에 돌아와 사업을 시작했을 때 우리 서점의 오랜 전통은 우리 집의 레몬 나무들과 함께 고통 속에 뒤엉켜 죽어가고 있는 나무 한 그루처럼 보였어. 내 이야기는 거의 전적으로 샤히드 대령에 의해 쓰였어. 하지만 우리 가족, 우리 동네, 내가 아는 사람들 사이에서 그 이야기는 흔적조차 없었지. 있지, 그건 내 잘못이 아니야. 난 그 이야기를 스스로 하기 시작했어. 내전의 학살에 관해 내가 찾은 보고서들을 읽기 시작했지. 왜냐하면, 아는지 모르겠지만, 그 십 년 동안 신문들은 정확한 사망자 수를 두고 논쟁을 벌이면서 학살, 가짜 검문소, 테러리스트의 투항이나 제거에 대해서는 상세히 보도했거든. 난 우리 서점 엘 후리아의 문턱에 앉아 그것들을 읽었고, 기적처럼 모든 게 내 안에 있었어. 내가 책 한 권이 된 것처럼! 알겠어? 에미르는 총과 도살자의 칼로 내 안에 그 재능을 싹 틔운 거였어. 대령은 그 전례 없던 재능을 키워 주었고. 그 일은 에미르에게 그의 목숨값이 되었어. 난 내가 아는 모든 것, 심지어 모르는 것까지 다 이야기하면서 거기 기여한 셈이었지. 그는 내가 제공한 수많은 단서 덕분에 체포되어 살해되었으니까. 그의 옷차림, 생김새, 무기, 그리고 억양까지 말이야. 나는 그의 소총 위에 있던 번호와 신발, 복장까지 기억해 냈고, 이 모든 단서들로 그것들이 도난당한 병영을 역추적할 수 있었어. 그 결과 그의 공범들을 체포하고 그의 은신처를 추적해 그를 멧돼지를 잡듯 죽일 수 있었지.

  알제리 전역에 죽음과 학살, 참수의 장면이 퍼져 나갔어. 그리고 모든 것이 점차 나에게, 내 눈과 기억으로 되돌아왔어. 내 기억은 내가 감당할 수 있는 것보다 빨리 글을 집어삼켜 만 쪽짜리 두꺼운 책처럼 부풀어오르고 단단해졌지. 에미르의 행적과 언행을 사실대로 담은 책처럼. 나는 뭐랄까, 괴물 같은 예언자들의 새로운 시대의 신성한 말씀을 기록한 스물두 권의 책이 된 것 같았어. 애완동물 대신 불구가 된 내 다리를 어루만지며 나는 모든 것을 읊조렸어. 이런 불경함을 하느님께서 용서하시길. 아부 후라이라를 알아? 그는 예언자의 하디스마다 자신의 이름을 적은 사람이야. 수세기 전 그가 사랑했던 암고양이 때문에 그런 이름[24]

---

24   '아부 후라이라'는 아랍어로 '작은 고양이의 아버지'라는 뜻이다.

을 가지게 되었지. 어디에서나 "아부 후라이라가 말하길, 예언자께서 이렇게 말씀하셨다고 전한다······."라는 구절이 반복돼. 하지만 정작 그에 대해 아는 사람은 없어. 예멘의 한 부족에서 고아로 자랐다는 것 말고는. 예언자를 겨우 몇 달만 따라다녔는데도 그에게서 백만 개의 문장을 들었다고 해. 나도 그와 조금 비슷했어. 난 잊지 않았고, 이야기했고, 세세히 설명했고, 또 지어내기도 했지.

처음에는 정말이지 근사했어. 사랑처럼, 아몬드로 만든 달콤한 음식처럼 나를 충만하게 해 줬어. 우리 동네에 있는 마르하바 카페에서 사람들은 내 이야기를 진지하게, 존중하는 마음으로 들어 주었어. 우리는 이름 높은 사람들이니까. 그 시절, 이 학살 이야기는 사실이었어. 숫자 하나를 또 하나 말해 봐.

—6.

—"1997년 1월 6일. 티파자 주(州) 두아우다 시의 올리비에 지구에서 자행된 민간인 학살. 집계. 23명 사망. 희생자 가운데 어린이 3명과 여성 6명 포함." 또 다른 숫자는?

—17.

—"2월 17일, 알제에서 50킬로미터 떨어진 케라슈 촌락에서 안타르 주아브리가 이끄는 이슬람 무장세력이 31명을 학살." 공식 성명에서 학살의 배후를 자처하며 희생자 수를 언론에 보도된 서른한 명에서 마흔한 명으로 정정했어. 또 다른 숫자?

—24.

—"1994년 12월 24일, 알제 공항 에어프랑스 항공기 인질극, 희생자 3명. 카멜 베르칸, SWPJ(알제리 사법경찰청) 경감. 휴가 중 승객이었다. 야닉 뵈그네, 28세, 알제리 주재 프랑스 대사관 조리사. 부이 지앙 토, 베트남 대사관 상무관." 이해했지?

그건 일종의 위대한 박학의 순간들이었어. 사람들은 날 둘러싸고 존경심을 보이며 진지하게 귀를 기울였지. 모든 게 생생하게 되살아났어. 색깔, 내 찻잔의 풍미, 오래된 종이 색을 띤 하늘, 그리고 돌까지 울릴 수 있을 듯한 코란 낭송가의 목소리를 닮은 내 목소리. 난 그 십 년간의 전쟁에서 일어난 모든 것을 전했어. 희생자들의 이름과 성, 장소, 정황까지. 난 무장 단체들을 그들의 범행 서명으로 알고 있었어. 그들이 숨어 있는 위험한 숲도, 피로 얼룩진 도로 커브도 알고 있었지. 매일, 나는 다리를 절뚝거리며 카페로 가서 존재하지도 않는 책을 펼쳤고, 사람들은 말없이 고개를 끄덕거리며 존경을 표했지. 이 책 때문에, 내 머리와 가슴속에 있는 하나뿐인 스물두 권짜리 책 때문에.

그 시간은 꽤 오래 지속되었어. 난 아부 후라이라라는 별명으로 유명해질 뻔했지만, 책에서처럼 항상 오해가 있게 마련이지. 어느 날, 새로운 공화국 대통령[25]이 선출되었

---

25 압델아지즈 부테플리카(Abdelaziz Bouteflika, 1937~2021)는 1999년 4월 15일 약 74퍼센트의 득표율로 대통령에 당선되었다. 선거 직전 6명의 주요 후보들이 모두 사퇴해 군부 개입 및 선거 조작 의혹을 강

어. 그는 탁자를 두드리며 목소리를 높이면서, 모든 것을 잊고 지워야 하며, 피해자와 가해자 모두 이젠 앞으로 나아가야 한다고 선언했어. 그는 1999년 4월 15일에 선출되었어. 그 이튿날은 지식의 날이었고, 이 새로운 대통령은 우린 아무것도 모른다고, 그러니 이제 모든 것을 잊어야 한다고 거듭 말했어.

하게 불러일으켰다.

31

 그 일은 마르하바 카페에서 시작됐어. 나는 사람들의 얼굴에서, 살짝 조롱하는 표정에서, 동네 카페에서 내 이야기를 듣던 사람들 사이로 점점 늘어나는 빈자리에서 그걸 알아차렸어. 2005년 이후부터는 내 말에 덜 귀 기울였고, 가끔은 어깨를 으쓱했고, 특히 바보 같은 질문을 던지며 뻔뻔하게 내 말을 잘랐어. "그런 걸 다 어떻게 알죠?" 누군가 던지듯 물었어. "군인들이 변장하고 사람들을 죽인 거 아닌가?" 누군가는 또 그렇게 수군거렸지. 마지막으로 또 누군가는 빈정거리며 덧붙였어. "다 전쟁을 일으키려는 이야기들이나 소문들이야. 프랑스인이나 유대인들이 음모를 꾸미는 거라고." 그들은 처음에는 손을 들어 말을 가로막다가, 그다음에는 아무런 배려나 존중 없이 그랬지. 내게 남은 건 종잇조각처럼 구겨진 체면뿐이었어.
 그렇게 일어나서 나가는 의자 소리와 조롱 소리에 뒤섞여 앎은 다 흩어져 버렸고 나는 주저하게 되었어. 그러고는 내가 제시하는 숫자와 정직성에 의문이 제기되었지. 내가 카페에 들어설 때마다 라디오 볼륨이 높아지기 시작하자, 그들이 나를 반대하는 게 의심 때문이 아니라 짜증, 다른 데로 가 버리고 싶은, 다른 얘길 듣고 싶은 마음 때문이라는 걸 깨달았어. 내 숫자보다 그들은 새로운 이맘의 장황한 설교와 그가 묘사하는 천국의 후리 이야기를 더 좋아했어. 이제 나보다 천 년이나 앞선 진짜 아부 후라이라는 나를 압도하게 된 거였어. 알려진 것이든 안 알려진 것이든 그 모든 하디스를 편찬했다고 알려진 그자가. 내 이야기보다 사람들은 텔레비전, 영화, 기도 시간, 라이 가수를 더 좋아한 거야, 누이.

악마란 천 가지 세부의 총합이라고, 아버지는 내게 말씀하시곤 했어. 바트나 사람들은 더 이상 내 상상 속의 책, 내 기억, 우연히 깨어난 내 재능을 원치 않았어. 그들은 같은 수준의 또 다른 특별한 이야기, 하지만 여성, 섹스, 메카, 유대인에 관한 이야기를 기대했지. 아마도 이것이 바로 아부 후라이라가 수세기 전에 이미 깨달은 걸 거야. 청중한테는 그들이 듣고 싶어 하는 이야기를 해야 한다는 것! "프랑스와의 전쟁 이야기는요? 예언자의 하디스는요?" 그들은 지루해져 자리를 뜨기 전 내게 이렇게 물었지. 아버지 시절 참수당한 이맘의 이름조차 모르는 우리 동네 새 이맘보다 내가 더 잘할 수 있었을까? 내가 입을 다물 수 있었을까? 내 입속의 혀로 아무것도 쓰지 않을 수 있었을까? 책처럼 생각하지 않을 수 있었을까? 의자에서 일어나 떠나야 했을까? 난 그들에게 대답했어. "그럼 죽은 사람들은? 살해당한 아이들은? 참수당한 사람들은? 강간당한 후 살해당한 여자들은요? 가짜 검문소는? 폭탄은? 갈취, 강탈은? 모스크 문에 붙은 살해 대상자 명단은? 폭발은? 한밤중에 들려오는 비명은? 응? 숫자들은? 난, 이러는 나는요,

어떡합니까?"

 그러자 어느 날, 카페 주인이 나를 따로 불러 자신의 불편함과 거북함을 설명했어. 우린 이름난 구에르디 가문이니까, 안 그래, 누이? 그는 머리카락 없는 머리를 긁적이며, 지금의 몰인정함을 누그러뜨리려 아버지 이야기를 꺼냈고, 사람들이 내 이야기 때문에 카페에 더 이상 오지 않으려고 한다고 말했어. "당신네는 책 파는 사람들이지, 이야기를 파는 사람이 아니잖습니까!" 그는 대단한 논리를 찾은 양 그 말을 반복했어. 그래서 난 떠나야 했던 거야, 엘하지 구에르디 세누시의 손자인 내가! 난 집으로 숨어들어야 했어, 유일한 증거이자 내 유일한 대화 상대인 내 다리 한 짝과 함께. 난 분노에 차 항의했고, 화를 냈고, 거의 울 지경이었어. 두려웠던 걸까? 그래. 에미르는 여전히 내 머릿속에 있었어, 그 콧구멍과 지독한 숨결까지도. "달려가서 모두에게 알려라!" 그는 반복했지. 그럼 샤히드 대령은? 그는 내 배신을 어떻게 생각할까? 알제리 사하라 한복판에서 노르웨이의 물고기를 꿈꿨던 어린 소년병은? 어머니처럼 나도 곡기를 끊고 가족에게, 아버지, 형, 샌디벨에게 돌아갈까 고민했지.

 바트나에 있는 군 정보기관의 새 대령에게 소환되었을 때 난 깨달았어. 바람이 책장을 너무 빨리 넘기고 있다는 걸. 내 말들을 흩뜨리고, 화제를 바꾸고, 남들처럼 해야 했어. 믿어야 했어, 십 년간의 학살은 악몽이었다가, 꿈이었다가, 소문이었다가, 다른 마을에 있던 캐롭 나무의 낙엽들에 불과했다고. 그래, 누이. 사람들은 내 유일한 이야기를, 내 압도적인, 거대한 책에 대한 기억을 원치 않았어! 믿겨져? 구에르디 가문의 내가, 침묵을 강요당하면서 요리책이나 내는 신세가 됐다는 걸.

32

 새로 부임한 대령은 전화로 느러터진 목소리로 약속한 시간에 날 맞아 주지 않았어. 그는 나를 초라한 잿빛 응접실에서 마냥 기다리게 하면서 더 불안하게 만들었어. 그곳은 낡고 깨진 도자기 타일들로 장식되어 있었고, 나는 하는 수 없이 이젠 이 나라에서 아무도 읽지 않는 오래된 잡지와 신문들을 뒤적거리고 있었지. 그날 아침 바트나에서라면 누구나 아는 백색 빌라 문 앞에서 내가 종을 울렸을 때, 젊은 대령은 문을 열어 주었지만 아무 말도 안 했어. 내가 누군지 묻지도 않았지. 정중한 인사도 없었고, 많은 사람들, 특히 무고한 사람들을 공포에 떨게 하는 이 건물 입구에 내가 왜 와 있는지도 묻지 않았어. 운동화를 신고 금팔찌를 찬 그 젊은 장교는 알고 있었어. 나도 그가 알고 있다는 것을 알았지. 우리는 침묵 중에 계단을 올랐어.
 샤히드 대령 시절의 관례와는 달리 그들은 내게 마실 것도 권하지 않았어. 나는 아무것도 하지 않고 그냥 앉아 있었지. 좁아든, 증오로 굳은 한쪽 다리가 갑자기 움직이고 씰룩거리며, 내가 아주 빨리, 아주 멀리 나아가길 바랐어. 다른 쪽 다리는 미동도 없었고. 내 오른눈은 알제리 모든 관공서처럼 황회색 페인트를 칠한 벽 위에, 먼지에 뿌예진 변함없는 벽시계로 장식된 그 응접실을 뜯어보고 있었어. CTRI 빌라—영토 연구 및 수사 센터의 약자인데, 보통 '센터'라고 불러.—의 타일 무늬에 잠시 정신을 빼앗겼는데, 할 일이 없어서였어. 거의 도살 직전까지 갔던 이후로 눈꺼풀 아래 늘 숨어 있는 내 왼눈은 우리 나라에서 미래란 곧 과거라는 사실에 대한 생각에 잠겨 있었어. 이제 누가 나를 읽어 줄까? 이 책을 어떻게 쓸 것인가? 어떻게 하면 무덤 속 아버지조차 놀라게 할 만큼 기억력과 정밀함이 돋보이는 걸작을 쓸 수 있을까? 만약 성난 칼리프가 그에게 침묵하라고, 그의 50만 하디스를 치워 버리라고 했다면, 내 입장에 선 아부 후라이라는 어떻게 했을까? 나는 마치 세로로 벤 사람처럼 두 동강이 난 채로 앉아 있었어. 이윽고 문이 열리더니 회색 정장을 입은 위압적인 모습의 대령이 나를 안으로 들어오라 했지. 그는 아직도 전화기에 달라붙어 고개를 끄덕이며 길게 "흠······." 하고 한숨을 내쉬고, 책상 위에 놓인 파일들에 시선을 푹 담갔다가, 이내 창문, 재떨이, 모니터 화면, 아름다운 금시계를 뜯어봤어. 하지만 바로 맞은편, 약간 낮은 의자에 앉아 있는 내 쪽은 아예 쳐다보지도 않았어.

잠시 나를 향해 손가락을 들길래 내가 입을 열어 준비한 설명을 하려는데, 그가 갑자기 화가 난 듯 눈을 부라리며 조용히 입 다물고 있으라는 신호를 주더니 수화기 너머 사람에게는 미소를 짓는 거야. 그는 몇 분 더 통화를 하더니 갑자기 전화를 끊고는, 양처럼 멍하니 있던 나를 불쑥 불렀어. "앵데팡당스가 카페에서 얘기하고 다닌다는 서점 주인이 당신인가요?" 그의 목소리는 이미 지쳐 있었고, 내 대답 같은 건 기대하지 않는다는 걸 난 대번에 알았지. 그래서 입을 다물고 거의 차렷 자세를 취해야 했어. "아이사구에르디 씨, 당신은 존경받는 분의 아들이 아닙니까. 명문가 출신이고요. 시간이 많지 않아 이것만 말씀드리겠습니다. 나 역시 소신 발언으로 잘 알려진 사람입니다. 내가 말하고자 하는 바는 이렇습니다. 이제부터 그 입 좀 다물어요!" 그러고는 그 군대식 명령이 내 머리를 파고들어 내 안으로 들어와 심장 한가운데까지 닿게 내버려두었어. 내 이야기를 겨냥하고 한 말이었던 거야. 그 뿌리를, 내 안에서 울려 퍼지는 굶주린 늑대 에미르의 명령을 조준한 거였지. 내 상세한 묘사 덕분에 몇 년 전 죽은 그 사람 말이야. 대령은 나의 재능을 뿌리째 뽑거나, 신발로 짓밟거나, 그 입에 베일이나 무기를 쑤셔 넣거나, 아예 입이라는 것 자체를 금지하고 싶어 하는 거였어! 난 그걸 바로 알아챘지. 금장수가 길에서 바로 강도를 알아보듯이 말이야.

  그의 작은 눈은 내 항복을 요구하고 있었어. 살인자들의 항복이 아니라 내 항복을. 전국적으로 '화해' 법이 약속하고 있었거든. 무기를 내려놓고 자신들이 한낱 무해한 요리사로 끌려다니고 이제 죽은 에미르들에 의해 산과 마키로 끌려갔다고 잘 얘기만 하면 우유와 대추야자를 제공하겠다[26]고. "자, 알아듣겠어요?" 나는 고개를 끄덕였지. 달

---

26   손님을 극진히 환대한다는 관용어적 표현이다.

리 뭘 어쩌겠어? 바람의 방향이 바뀌었는데. 그런데 대령은 내 양 같은 침묵에 만족하지 못한 듯했어. 내 눈이 그의 눈을 들여다보는 걸 보았기 때문이지. "자, 꼬마 책방 주인장님, 우린 평화를 위해 봉사하고 있어요. 당신이 동네 카페에서 하는 말은 우리 공화국 대통령이 원하는 평화에 전혀 도움이 되질 않아. 당신 말은 사람들을 화나게 하고 복수심을 불러일으키고 항상 맞는 것도 아니에요. 당신이 그렇게 내세우는 데 증거가 있나요? 응? 아무것도 없잖아요." 내 두 손이 살짝 떨렸고, 위축된 다리가 경련했어. 그는 이를 눈치채곤 신경이 곤두섰지. 그의 작은 눈은 더욱 공격적으로 변했어. 그가 내 바로 옆으로 와서 똑바로 서더니, 내 하찮음을 일깨웠어. 그의 숨 냄새를 맡았는데, 거나한 식사 후인 듯 역한 냄새가 나고, 걸쭉하고, 기름기가 느껴졌지. 크게 턱을 벌려 최근 전쟁에서 나온 시체들을, 여전히 거리와 도로 곳곳에 널려 있는 잔해를 모두 삼켜 십 년 전 범죄의 흔적을 완전히 지운 것 같았지. 아는지 모르겠지만, 이 나라에선 잔챙이 대마 밀매꾼들이 체포되면 그렇게 해. 자기 물건을 집어삼키는 거야. 대령과 그의 동료들은 그 모든 걸 다 집어삼키기로, 그래서 아무런 증거도 수치심도, 우리 후손들에게 이야기를 전할 가능성도 아예 남기지 않기로 한 거지.

"그 이른바 학살들에 대해 당신이 주장하는 것에 증거가 있나요? 없어. 그저 근거 없이 떠도는 말과 이야기, 그리고 나라의 안정을 위협하는 허황된 이야기들뿐이지. 당신의 책에 있는 것처럼. 게다가, 우리는 그것들을 하나하나 확인해야 하지 않겠어요? 당신이 뭘 출판하고 서점에서 뭘 파는지. 요리책과 예언자에 대한 책들을 판다고 하던데. 거기까진 좋아요. 하지만 그 이상은 안 돼. 당신은 다시 좋은 시민, 바트나에서 존경받는 사람이 될 수 있어요." 그러더니, 이 조롱꾼은 마치 자기 보고서를 마무리하듯 말했어. "당신 다리는, 사람들이 말해 준 바에 따르면, 오토바이 사고라고 하던데. 치료는 받고 있나요? 보험 처리를 하면 큰 수표 몇 장 받게 될 거예요. 내가 알아봐 줄 수도 있어요. 자선 차원에서." 그는 턱을 홱 돌려 전화기 한 대를 가리켰어. 나는 그가 알고 있음을 알고 있었지. 난 그의 금시계를 응시했고, 그의 큰 손이 나에게 당장 이 사무실을 나가라는 신호를 보냈어. 그날 밤 나는 다리가 너무 아팠어. 썩은 이처럼 쑤셔 댔지. 나는 머릿속으로 그 다리가 내미는 자기 쪽 이야기와 싸워야 했어. 새벽이 되자 다리도 결국 내 논거에 굴복했지.

1990년부터 2000년까지 일어난 일에 대한 정확한 수치와 설명으로 가득 찬 내 이야기를 나는 더 이상 하지 않기로 했어. 카페와 거리, 심지어 장례식, 결혼식, 할례 잔치, 라마단 철야 기도회, 그리고 서점에서도. 만일 내가 좀 더 일찍 시작했더라면, 어머니가 아닌 아버지, 그러니까 물이 아닌 잉크의 편을 들었더라면 아마 대작가가 되었을 거야.

알제에서는 샤히드 대령에 의해 쓰인 내 '책'이 사라진 게 틀림없었어. 확신해. 그 대령도, 그 모든 이야기와 함께 사라졌다니까. 1990년대의 전쟁에 대해서는 가르치는 것도, 언급하는 것도, 그리는 것도, 영상으로 제작하는 것도, 말하는 것도 모두 금지되었어. 일절 안 돼.

그래서 내가 팔 책들을 상자에 넣어 다시 길을 떠난 거야. 잡혀가느니 이게 낫잖아. 그때 일에 관해 입을 열면 누구든 삼 년에서 오 년의 징역을 살아야 한다고 법에 나와 있는 건 알지? 난 속으로 생각했어. 책들이 나한테 톡톡히 복수한 거라고. 왈라! 아버지의 저주가 날 따라다녀…….아무 증거도 없어. 그러고는 이드의 날, 하느님께 용서를 구하는 기도를 드린 다음, 길이 나한테 더 이상 사람들에게 말을 걸지 말라고 계속 말하고 있는데, 누이 널 본 거야, 고속도로 갓길에서! 난 널 봤고, 내 어깨에 손을 얹고 나를 인도하는 우리 아버지의 손과 함께 멈췄어. 그리고 네가 거기 있었지. (그의 목소리는 열에 들뜬 듯 크고 흔들려, 거의 흐느끼는 것도 같아. 그 목소리는 빛바랜 어린 시절로 가득 차 있어.) 알겠어, 누이? 난 아내나 가볍게 즐길 여자를 원하는 것도 아니고, 널 강간하거나 납치하려는 것도 아냐. 내가 네게 바라는 건, 나와 함께 바트나로 가서 스카프를 벗고 그 표지를 사람들에게 보여 주는 거야. 알겠어? 그건 나에게, 그리고 이젠 내 입을 통해서만 이름과 성이 불리는 그 사람들, 누렇게 변한 신문 기사로만 기억되는 이들에게 정말 중요한 일이거든. 너는 이드 축제의 어느 날 하늘에서 떨어진 거야. 도살당하기 위해서가 아니라 증언을 하기 위해 떨어진 거지. 나와 함께 가자. 바트나에 있는 우리 집에 가면 아무 부족함이 없을 거야. 아버지 무덤을 걸고 내가 맹세할게. 내가 네 목소리가 되고, 넌 내 증거가 되는 거야. 응? 마지막 숫자 하나를 말해 봐.

(나는 가슴이 무너져, 거의 울음을 터뜨리며 말했다.)

—1000.

—"총리는 어제 알제 제낭 엘 미탁 관저에서 기자회견을 열고 1998년 람카와 하드 셰칼라(렐리잔) 학살 사건으로 1000명이 피해를 입었다고 밝혔다." 마을 세 곳이 통째로 몰살당했어! 공식적으로 당국은 살해된 자가 백오십 명이라고 발표했어.

(그는 나를 향해 몸을 돌렸다. 그리고 나를 오래도록 바라보았다.)

3부

칼

I

6월 20일 오후 4시 30분, 하드 셰칼라

 난 택시에서 내린다. 햇살이 칼날처럼 나를 뚫고, 내가 아직 이해할 수 없는 꿈속을 거니는 듯 공기가 떨린다.
 "내릴까? 일어나, 하메드." 허둥대는 한 남자 목소리. "아니, 아직 아냐, 더 자!" 다른 남자가 대답하는 소리. 노란 차 뒷좌석에 앉은 침울하고 졸린 두 명의 승객은 눈으로 잠시 나를 좇는다. 둘 다 이 대답 없는 산속 골짜기에서 각자의 독백에 반쯤 잠겨 있다. 이 남자들은 아마 내가 가족 친지들을 만나러 가는 거라 믿고 싶을 거다. 아무리 조용히 있어도 내 존재는 여정 내내 그들에게 의문을 품게 하기엔 충분했을 거다. 그들 세계의 법칙이 위협받고 있으니까. 여기서 여자는 혼자 나다니지 않는다. 길을 걸으며 땅에서 눈을 쳐들지도 않는다. 동행하는 사람에게조차 말을 걸지 않는다. 남자 보호자 없이는 여행하지 않고, 제2의 피부처럼 몸매를 드러내는 바지를 입지 않는다. 두 승객은 다시 한번 못마땅한 듯 나를 훑어보더니 시선을 돌린다.
 택시는 다시 출발한다. 완벽한 고요함, 들려? 언덕 위에 자리 잡은 마을은 텅 빈 것 같다. 광활한 하늘이 사방에서 포위하는, 이렇게 작고 이렇게 보잘것없는 곳일 줄은 상상도 못 했다. 마을은 두 부분으로 나뉘어 있다. 마을 한가운데를 가로지르는 길 하나가 탯줄처럼 그곳을 따라 올라간다. 그 길은 아주 좁고 사람을 경계하는 듯한 언덕을 따라 나 있고, 그 언덕 아래쪽을 향한 집들의 작은 창들은 하나같이 닫혀 있다. 난 지금 언덕 기슭에 있다. 언덕을 두르면서 산과 갈라놓는 와디의 쩍쩍 갈라진 바닥을 등지고서. 산은 얼굴 없는 거대한 옷자락처럼 서서 이곳의 오랜 세월을 보증한다.

　난 거기 있다. 내 이야기의 한가운데. 나의 마을에.

　신심 깊은 이들의 천국에서 떨어진 나의 후리, 이 흙먼지 냄새 나? 이런 게 폐허야. 주변의 모든 들판이 혹독한 여름으로 굳어진 살갗을 드러내고 있어. 난 이 장소가 잘 기억나지 않아. 겨우 흔적 정도. 내가 기억하는 유일한 흔적은, 어느 날 아버지와 함께 가축 시장에 갔을 때 얼어붙은 내 손에 닿았던 겨울과 저기 보이는 작은 와디의 사라진 회색 물 정도. 그것은 티아레트로 가는 큰길 왼쪽에 있는, 바로 아래 있는 강바닥이다. 지금 그 강은 백 살 된 노인 같다. 이런 계절이면 말라 죽어 있으니까. 마치 뱀의 허물처럼 보이지. 저기 봐, 정말이야. 속이 텅 빈, 짓눌린, 노란색 갈색 뱀. 불타는 진흙 속에 서둘러 건너간 사람들의 발자국이 있다. 신발, 발굽, 바퀴들 자국.

　어느 길로 가야 할까? 내가 이 고장으로 이렇게까지 멀리 들어온 것은, 내 광기를 이렇게까지 밀어붙여 온 것은,

내 눈이기도 한 네 눈으로 내 마을을, 지워진 내 전쟁에 대한 온전한 진실을 네가 보게 하기 위해서야. 우아르세니스 지역에서 벌어진 대학살의 생존자들은 여전히 그곳에 살고 있어, 그 장소의 끔찍한 과거에 젖은 채로. 난 그들의 집들을 본다. 이십일 년 전, 공포에 질린 부족들이 밤에 이곳으로 내려오며 모든 걸 다 버렸다. 재산, 아이들, 신체의 일부, 고양이, 귀, 짐승, 그리고 기억까지. 열두 부족의 생존자들은 아무 데도 갈 데가 없었다. 하드 셰칼라, 거기 말고는. 타이무샤 언니가 '저 아래'라고 불렀던 곳. 평상시 우린 조금씩 거둔 농작물과 가축을 팔러 이곳에 오곤 했다. 그런데 이번에는, 학살을 피하기 위해, 공포에 질려 이곳으로 피신한 거다. 그날 밤 몇 명이 살아남았을까? 우린 끝내 알 수 없었다. 하디자에게 오랫동안 물어봤지만, 엄마는 정확한 수를 말해 주길 망설였다. 마치 별들을, 죽은 별들을 세는 거나 마찬가지였으니까.

옛날의 그 하룻밤에 대한 기억도 없는 이 태양 아래에 뭐가 남아 있을까? 침묵. 난 풍경을 살핀다. 저 아래, 사람들이 사는 언덕 맞은편, 남쪽으로 200킬로미터 떨어진 이 일대의 가장 큰 도시 티아레트로 이어지는 도로 건너편에 전봇대들이 말라붙은 와디 바닥을 가로지르며 서 있다. 우리 농장은 그쪽 방향에 있다. 산은 모래 섞인 갈라진 바위로 된 무거운 옷자락을 넓게 펼치고 있다. 진흙, 아마 점토일 것이다. 그것은 탐욕스럽게 몸을 늘리며, 열기 속에서 갈라진다. 구겨진 종이처럼, 소리가 거의 들릴 것도 같다.

난 천천히, 머뭇거리며 이 마을을 통과해 올라간다. 오후 4시가 좀 넘은 시각. 난 내가 듣고 싶은 것과 너한테 들려주고 싶은 게 뭔지 안다. 하지만 이 침묵에 대해선 아무것도 모른다, 어떻게 그것을 피할 수 있을지도. 오랑에선 늘 바닷소리가 들려서 다른 것에도 익숙해진다. 여기선 이 조용한 힘이 도리어 귀를 잡아당겨, 숫제 다른 소리를 만들어 내게 된다. 난 가파른 길을 올라간다. 저기, 아마 한 아이가 소리를 지르고 있는 것 같다. 개 한 마리가 목청을 높이며 제 영역을 주장한다. 바람에 실려 온, 전기를 띤 지지직거리는 소리도 들린다. 휘파람 소리도 들리는 것 같은데 확실친 않다.

어쨌든 우린 하드 셰칼라에 있다. 택시 기사가 투덜거리는 소리로 이를 확인해 줬다. 모든 생존자, 그리고 그들 가족과 기억 들이 다 거기 있을 것이다. 그들은 너한테 수천 가지 세부적인 것들에 대해 이야기해 줄 거다. 그날 밤의 흔적들을 보여 줄 거고, 그 끔찍한 이야기를 들려 줄 거다. 아마도 그들은 내가 기억하는 날짜나 상처보다 더 정확한 기억을 갖고 있을 거다. 잊지 마. 한 마디 한 마디 새겨들어. 그것이 중요하다. 여기선 말 한마디 한마디가 상처를 건드린다. 말 한마디 한마디가 어제도 오늘도 삶과 죽음의 문제다. 우린 단지 이 말들을 듣기 위해 이렇게 멀리까지 온 것이다. 모든 것을 세세히 다 기억하지는 못하더라도("넌 책이야!" 하디자는 고집스럽게 말하지만 난 책이 아니라 메모 수첩에 불과한 것 같다) 지난 며칠간 네게 들려준 것들은 모두 진실이다. 내 목이 잘린 이야기, 내 '미소'에 관한 이야기, 성대 이식 수술을 시도했지만 실패한 이야기, 그리고 내 두 가지 이름인 엘비아와 오브. 여기 사람들은 우리 아버지와 우리 가족의 성, 그리고 우리 농장으로 가는 길을 알고 있을 거다. 지금은 아무도 안 보인다. 이드 축제일이라 그러는 거니 무서워하진 마. 오늘의 마지막에서 두 번째 기도 시간이다. 남자들은 포만감을 느끼고, 마당도 다 청소되고 피도 다 말랐을 것이고, 신도 물러갔을 것이다. 뭘 한다? 저길 두드려 보자, 저기 눈에 들어오는 문들 중 하나를.

저 멀리, 오르막길에서 아이들이 날 빤히 쳐다본다.

방광이 욱신거려 덤불 뒤로라도 가서 일을 보고 싶다. 이 나라에는, 우리 여자들에게 공중화장실이라는 것이 없다. 문을 두드려야겠다. 내 성(姓)을 대야겠다. 우리 둘을 위해 이 말을 연습한다. "아자마 가족을 아세요?" 침묵 속에서 내 이 속삭임은 좀도둑의 속삭임 같다. 난 아이들을 부르기 위해 손을 든다. 멀리서 전파 잡음 같은 소리가 들린다.

"하나, 둘, 셋. 여보세요? 여보세요? 비스밀라."

어떤 목소리 하나가 저 멀리, 마을 위 언덕 꼭대기에서 소리 연습을 한다. 들리니, 내 푸른 정어리야? 아이들이 호기심에 나한테 다가온다. 내 빨간 샌들, 바지, 모자를 살핀다. 그리고 내 튜브도 조금 드러난다. 땀에 젖은 스카프가 시선에서 완전히 가려 주진 못하니까.

우리 엄마 하디자가 오늘 저녁 전화할 거 같은데. 난 이제 휴대전화가 없다. 내가 여기 있는 걸 알면, 이번에 목소리를 잃는 건 우리 엄마일 거다. 날 야자수 이파리처럼 늘 감싸주던 엄마의 목소리. 내가 속삭여 주던 오랑의 사소한 얘기들을 엄마가 듣지 못할 거라 생각하면, 괴로워하던 엄마의 손이 떠올라 가슴이 아프다. 엄마는 이 말라붙은 피의 길 위에 있는 나를 상상도 못 할 거다. 엄마에겐 이 길이 곧 에미르들이며, 도살자들이거든. 하드 셰칼라. 내 안의 언어로는 그게 무슨 의미일까? '하드'는 한계라는 뜻이다. 셰칼라는 잘 모르겠다. 그건 뭔가 '사소한 것' '수다' 같은 소리로 들린다.

난 이 오르막길 위로, 진실을 향해 걸어가야 한다. 우선은 계절을 거꾸로 돌려야 한다. 6월의 이 여름 아래서 내 진술과 일치하는 어느 해 겨울을 봐야 한다. 이 어두운 마을에서 난 다섯 살이다. 수많은 비명이 날 에워싸고, 의식이 없는 상태에서 날 끌어낸다. 난 간신히 눈을 뜬다. 얼음처럼 차가운 공기에 온몸이 얼어붙고, 따뜻하면서도 메스꺼운, 둥둥 떠다니는 느낌이 든다. 어떤 손들이 나를 잡아 다른 손들에 건네고, 내 머리는 무겁고, 내 피가 목을 통해 흘러나온다. 나는 몇몇 실루엣들, 호기심 어린 그림자들을 알아본다. 같은 장면이 되풀이해 떠오른다. 우리 언니는 손으로 눈을 가리고, 도살자는 언니 발을 질질 끌고 가며 얼굴 없는 그의 공범에게 참회하는 듯한 말을 웅얼댄다. 이건 영화와 다르다, 후리. 왜냐하면 공포가 목소리보다 강하면 실제로는 소리를 지를 수가 없거든. 눈 감고 죽은 척하고, 그렇게 살인자의 주의를 언니 쪽으로 돌린다. 우리는 칼의 일부가 된다.

 이 길 위에 피와 희생 제물의 유해가 있어야 하는데. 하지만 그 비슷한 것도 보이지 않는다. 하드 셰칼라 주민들은 너무 가난해 짐승들 목을 딸 수도 없다. 아니면 너무 배가 고파서 정오가 되자마자 다 먹어 치운 걸까? 어쩌면 나는 마을에서 나와 마을을 등지고, 말라붙은 와디를 건너, 맞은편 산 정상으로 이어지는 길을 거슬러 올라가야 할지 모른다. 우리 농장이 있는 곳이 거기니까. 하지만 심장이 마구 날뛴다. 그 장소로 돌아가고도 싶고 도망치고도 싶다. 묻히지도 못한 저 위의 언니를, 부모님을 생각한다. 하지만 아무것도 느껴지지 않는다. 죽은 사람이 죽은 사람들을 방문하면 그런 일이 일어난다.
 대담한 아이들이 나한테 소리친다. "엘구루브? 에드다마르?"[1] 아이들은 같은 질문을 반복하며 서로 밀쳐 댄다. 알제리 텔레비전 이름을 대는 거다.(후리, 텔레비전은 삶을 가두는 상자 같은 거야.) 어쩌면 내가 그들 이야기를 촬영

---

1 알제리 티브이 채널을 말하는 것 같지만, 단어 자체로만 보면, 엘구루브(El-Ghouroub)는 '석양'이라는 뜻이고, 에드다마르(Ed-Damar)는 '폐허' '파괴'라는 뜻이다.

하러 왔다고 생각하는 걸까?

 저 문을 두드릴까, 녹색 문을? 이곳에 사는 그들은 내 성씨와 내 흉터의 날짜, 그리고 그 신성한 밤을 기억하고 있을 거다. 천 명의 죽음, 결코 사소한 일이 아니다. 그 잔혹함 속에서, 그 밤은 모든 사람에게 같은 나이를 부여했고 생존자들을 공허 앞에서 평등하게 만들었다. 오랑의 이맘은 우리 모두가 천국에서 서른세 살일 거라고 맹세하곤 했다. 난 매주 금요일, 내 건물 테라스에서 포도주를 마시면서 우리한테 약속하는 소릴 들었다. 분명, 여기서도 그 설명 불가능한 법칙이 지배하는 듯하다. 영원히 누구나 같은 나이라는. 내가 복구한 기억 속에선 노인, 여자, 아이, 개, 고양이, 소, 새까지 모두 하드 셰칼라에서 같은 날 죽고 같은 태어났다. 모두가 영원히 서른세 살이다.

 아이들은 흩어져 있다가 호기심에선지 나한테 다가온다. 이 아이들의 소리가 들리니? 맨 앞에 당돌한 시선을 한 여자아이가 있다. 아이의 호기심 가득한 눈은 자신의 작은 세상에서 나를 규정하려 애쓴다.

2

 발이 어떤 물체에 부딪혔다.
 그 물체는 불그스름한 검은 액체에 흠뻑 젖어 있어 그 끈적임이 내 발가락에도 묻는다. 잠시 무시하려 했지만, 나도 모르게 눈이 그쪽으로 다시 간다. 모든 걸 용서받은 듯 묵직하고 평온한 머리, 그리고 아래로 처진 두툼한 눈꺼풀과 긴 속눈썹. 텅 빈 여름 햇살 아래, 그 물체는 희미한 후광에 둘러싸여 있다. 마치 죽은 동물이 진정한 밤에 도달한 것처럼. 잘린 당나귀 머리다. 이 마을의 큰길이 이 지방 아스팔트 도로와 만나는 마을 문턱에 내던져진 듯하다. 바로 앞 언덕 꼭대기에서, 보이지 않는 제단에서 굴러 떨어진 듯하다. 내가 고개를 들자 아이들이 나를 관찰한다. 내가 아무 답도 하지 않아도 당황하는 기색이 없다.
 그 순간, 후리, 난 마치 낮 속에 깃든 또 다른 꿈속으로 미끄러져 들어간 듯했어. 이 불길한 징조 때문에 내가 한계에 도달한 건가 하는 생각이 들었다. 혹시, 그녀인가? 혹시 언니가 마지막 남은 공포의 무기를 내게 들이대는 걸까? 갑자기 내 뒤에서 한 아이의 목소리가 들려온다. "기자죠? 그죠?" 그때 내 안에서 네가 움찔한다. 기자? 내가? 뒤에 물러서 있던 놀이 친구들은, 정찰하듯 앞으로 나온 이 여자아이의 눈치를 살핀다. 내 바지와 머리 때문인가? 난 베일도 안 쓰고, 여자 옷을 입지도 않았다. 헝클어진 갈색 머리의 이 작은 여자아이는 필요 이상으로 도전적인 시선을 하고 있다. 이 여자아이는 붉은 벽돌 담 뒤에서 툭 튀어나왔다. 매서운 아이 눈이 날 유심히 살핀다. "이드 때 사람들이 먹지 않는다고 거부한 고기 때문인가요?"

3

　처음 그곳에 도착했을 때, 난 나의 승리를 믿었어, 후리. 사실 그 광경을 본 다음 바로 떠날 수도 있었다. 삶이 모호한 한계에 닿은, 재난을 당한 마을. 나무 몇 그루, 일그러진 언덕, 맥없는 길 하나, 가뭄, 그리고 저물어 가는 끝자락의 퇴색한 노란빛. 차를 타고 오는 동안 한참 따라오던 황금 들판은, 창밖으로 네게 보여 주던 작은 당나귀들과 함께 여기에서 끝났다. 택시 안에서 목청껏 울리던 쿠란 기억해? 낭송자가 신음하면서 목이 쉬도록 외쳤잖아. 마치 저승에서 1천 톤짜리 바위를 밀어내듯이. 남자들만 탄 차에 동행자 없이 동승한 여자, 그런 내 존재를 퇴마하듯 씻어 내야 했던 거지. 이 모든 것이 나를 암미 무사에서 이 한계까지, 내 바깥 언어로는 '하드'라 불리는 곳으로 데려 온 거다. 오랑에서 새벽부터 이어진 이 구불구불한 길이면 증거로 충분했을 텐데, 그치? 하지만 넌 응석받이 아이잖아. 세상이 소문으로만 떠도는 곳에 몇 주째 갇혀 있으니, 확인하고 싶은 거겠지. 이해해.

　언니에 관한 표지가 보였을 때 바로 발길을 돌려야 했다. 하지만 갈색 머리 여자아이가 우겼다. "에드다마르에서 왔어요? 엘구루브에서 왔어요? 카메라는 없어요?" 그 아인 내 손을 잡고 날 첫 번째 집 문턱까지 데려갔다. 그 아이가 사는 집인 것 같았다. 난 순간 열이 나고 피곤해서 기절할까 봐, 바닥에 쓰러질까 봐 무서웠다. 부러진 뼈들에 둘러싸인 당나귀 머리가 내 눈과 발에 달라붙었다. 내 손바닥에 들어간 힘에서 내 곤궁을 알아챈 아이가 조언하듯 말했다. "비스밀라, 하느님의 이름을 말해요!" 아이는 나를 천천히 자기 집 문턱으로 데려갔고, 난 뱃속이 뒤집힌 채 그늘에 주저앉았다.

네가 살인자가 될 수도 있구나, 난 그걸 알게 된다. 네 삶엔 고유한 법칙이, 저 너머의 금으로 된 고유한 화폐가, 자기만의 욕망이 있구나. 네가 이 죽은 꽃들과 뿌리들로 가득한 들판에, 너의 천국의 뒤집힌 상(像)인 이 세계에 생각보다 일찍 도착할 수도 있겠구나. 난 지금 제정신이 아니다, 너무 갈증이 난다. 아이가 목이 긴 물병을 건네 난 생각하지도 않고 마신다. "비스밀라라고 말해요." 아이가 재촉한다. 문 뒤에서 어떤 여자의 목소리가, 혼미한 와중에, 내게 들려온다. 소녀가 어깨를 으쓱한다. 아이는 금색과 녹색 나비 무늬가 군데군데 닳아 색이 지워진 흰 여름 원피스를 입고 있고, 샌들을 신고 있고, 머리에는 빨간 리본을 달고 있다. 몇 살일까? 여덟 살? 아홉 살? 진지함에 가려진 아이의 장난기가 마치 그 나이 때의 내 모습을 보는 듯해 나를 웃게 한다. 난 아이에게 고맙다고 한다. 왜냐하면 물이 내 정신을 돌아오게 만들었으니까. 집 문은 그대로 닫혀 있었지만, 여자가 다른 사람들과 이야기하는 소리가 들리고, 이어 항의하는 듯한 소리가 들린다. "오늘 아침부터 결정을 기다리고 있어요." 아이가 어른처럼 진지한 표정으로 내게 설명한다. 아이 친구들인 남자아이들이 다가온다. "여자들이 오늘 아침부터 기다리고 있어요. 아직은 아무것도 먹거나 요리할 수 없어요. 이맘의 설교 후 우리 아버지와 삼촌이 결정할 거예요."

턱짓으로, 여자아이는 아직 다 완성되지 않은 이 벽돌집의 작은 창문을 가리킨다. 그 안에 접시 부딪치는 소리가 들려오고, 난 그 안에 있을 여자들의 협소한 삶을 상상한다. "어느 방송이에요?" 예닐곱 명의 아이들이 이젠 나를 둥글게 에워싸고 있다. 우스꽝스럽게 느껴진다. 난 너에게 전쟁이 우리한테 무슨 짓을 했는지, 그 흔적을 보여 주고 싶었던 건데, 머리 잘린 당나귀 머리와 나를 길 잃은 기자라 생각하는 아이들을 만나다니! 외딴 지역에 사는 사람들을 모두 모아 내 뱃속에 있는 보이지 않는 너한테 이야기해 주려는 내 미친 계획이 어리석게 느껴진다. 영화나 꿈에 나올 법한 이야기다.

난 지치고, 화가 나기도 한다. 내 운명에, 내 어리석음에. 집마다 돌아다니며 문을 두드리고 그들이 무슨 일을 겪었는지, 무엇을 기억하는지 큰 소리로 말해 달라고 하고 싶다. 천 명이 죽은 학살은 잊을 수가 없지, 안 그러니? 난 내 미소가 나만 있는 상처는 아닐 거라고 생각한다. 부족 이름처럼 멀리서도 읽히는 표지라고 생각한다. 아마 모스크에 가면 모두 찾을 수 있을 거다. 그러니 그거라도 본 다음

어서 집으로 돌아가자. 그래, 그간의 계절들이 다 지워 아무것도 남지 않은 농장에 가느니, 그게 낫겠다. 모스크에 가서 생존자들과 그 후손들을 한자리에 모으는 게 나을 것 같다.

어지럽고 몽롱한 상태에서 난 일어나 그 집 문을 두드린다. 내 옆의 그 소녀가 숨을 죽이고 엄숙한 표정을 짓는다. 나의 후리, 달님 같은 네 얼굴이 잠시 그 아이 얼굴에 가면처럼 겹쳐지고, 이 지상의 질감을 느껴 보려 그 안으로 스며드는 것 같다. 아이가 눈빛으로 내게 묻더니 어린아이 목소리로 말한다. "텔레비전이야, 미마. 우리 이야기를 찍으러 왔어." 그러고는 다시 문을 두드린다. "미마, 문 열어. 고기 때문에 온 거야. 여자야."

4

6월 20일 밤, 어느 헛간에서

 그 불쌍한 미치광이는 자기 땅에 들어온 두 침입자를 어찌 해야 할지 몰라 우릴 여기에 묶었다. 그는 계속 마을에 가서는 안 된다고, 내가 그의 영역에 침범해선 안 된다고, 그건 셰이크가 직접 금지한 일이라고 반복해 말했다. "비밀이야! 비밀! 내 형제가 그렇게 말했어." 이번엔, 네가 고통받지 않도록 네게 부탁하는 거야. 자라. 나의 후리, 넌 죽지 않을 거야. 왜냐하면 넌 진짜로 살아 본 적이 없으니까. 네가 잃은 건 아무것도 없어, 오직 내 피뿐이겠지, 내 튜브를 통해서든 허벅지를 통해서든. 뿌옇게 흐린 어둠 속에서, 난 그가 이가 들끓는 사람처럼 제 배를 연신 긁고, 자꾸 얼굴을 때리는 걸 봤어. 그는 자기 머릿속을 잠식한 착란에서 벗어나려 애쓰고 있었어. 커다랗고 슬픈 얼굴, 내리 깐 눈, 마치 부끄러워하는 듯했다.
 양치기라고, 그는 스스로 납득하려는 듯 같은 말을 반복한다. 그는 낡은 운동복, 낡은 신발, 검은색 모자 차림이다. 마치 독수리처럼 멀리서 나와 언니를 지켜보던 그 불쌍하고 외로운 양치기들이 생각난다. 난 키가 크고 여윈, 수염 난 남자를 본다. 깡마른 얼굴은 칼날처럼 날카롭고,

커다랗고 검은 눈은 열에 들떠 있다. 그의 얼굴에는 저주의 흔적이 있다. 칼. 그도 칼을 지녔다.

 그만 자렴. 천까지 세고, 그다음엔 천 곱하기 천까지. 밤이야. 헛간의 날아간 지붕 사이로, 반짝이는 스카프에 휘감긴 머릿결 같은 밤이 보인다. 그만 자렴, 내 딸. 나는 묶인 몸을 풀어 보려 했지만, 그 목동은 양을 묶을 줄 아는 사람이다. 요령이 있는 사람이야. 내 등 뒤로 세 개의 매듭을 묶고 내 목을 기둥에 묶었어, 내가 뿔이라도 있는 것처럼.

5

6월 20일 오후 5시

   세 번 문을 두드리자, 고집 센 여자아이의 조심스러운 눈길 아래 한 노파가 나에게 문을 열어 주며 경계하는 눈빛으로 나를 살핀다. 재빨리 내 뒤편 길을 훑어보고는 내가 혼자인 걸 파악한다. 훨씬 젊은, 긴 통옷을 입은 다른 두 여자가 노파 뒤에서 귀를 쫑긋하고 몸을 기울이고 있다. 한 여자는 키가 작고 존재감이 흐릿해 보이고, 다른 여자는 검은 긴 옷을 입고 눈빛이 단단하며 강렬하다. 가장 나이 많은, 주름이 자글자글한 깡마른 여자는 낯선 이 앞에서 머리칼을 감출 때처럼 어설프게 머리를 가린다. 미간과 턱에 있는 오래된 문신이 주름진 피부에 말려 들어가 있다. 낯선 문자를 닮은 무늬 두 개다. 그녀 뒤로 검은색 흰색 타일이 깔린 긴 복도가, 숨겨진 안뜰에서 들어오는 한 줄기 빛에 밝혀져 있다.
   "우린 할 말 없어요. 우린 남자들을 기다리고 있어요. 그 사람들이 결정할 거예요." 그녀가 단호한 목소리로 말한다. 이어 내 반응을 기다린다. 그녀의 시선은 산처럼 아득하여 곁을 전혀 주지 않을 것 같다. "당나귀 때문이야, 미마. 우리 애길 텔레비전에 내보낼 거야." 내 옆의 소녀가 마음을 돌려 보려고 이번엔 부드러운 목소리로 다시 말하지만 소용없다.
　두 여자의 어머니인지 시어머니인지, 아니면 이모로 보이는 노파는 물러서지 않는다. 의심과 호기심이 뒤섞인 눈으로 날 훑어본다. 몸에 꼭 맞는 바지, 칙칙한 덤불처럼 엉킨 머리칼 속의 내 얼굴, 그리고 마지막으로 내 튜브까지. 그녀의 시선이 눈 하나 깜빡이지 않고 내 목의 골짜기를 파고든다. 태양과 잘린 당나귀 머리의 잔영에 이미 방향 감각을 잃은 나는 그냥 죽은 사람처럼 서 있다. 그러자 그녀의 두 눈이 움츠러드는데, 마치 나를 알아봤다가 부정하는 것 같다. 그러나 환대의 관습을 저버리진 않는다. "물 더 줄까요?" 그녀의 권위 아래 두 젊은 여자는 가만히 침묵하고 있다. 노파가 첫 번째 여자 쪽으로 몸을 돌리고 턱짓을 하자, 젊은 여자는 내게 물 한 잔을 주기 위해 서둘러 어딘가로 간다. 다른 여자는 꼼짝도 하지 않은 채 주의를 곤두세운 모습이 내게 말을 걸 태세다.
　"결정은 남자들이 하는 거라, 우린 아무것도 말해 줄 게 없어요. 그들이 결정하면 그때 우릴 보러 와요. 그땐 받아 줄 수 있을 거야. 아직 화덕에 아무것도 넣지 않았고 요리하지도, 먹지도 않았어요. 다 냉장고에 있어, 다행이지!" 노파는 어딘가 자부심을 드러낸다. "난 모르겠더라고. 내 뼛속에 얼마나 많은 세월이 들었는데, 아무 냄새도 못 맡겠더라고. 두 고기 냄새가 다르지 않아." 이어 그녀는 더 덧붙일 말을 몰라 입을 다물고, 자기가 너무 많은 말을 한 건 아닌지 생각하는 듯하다. 날개 없는 나의 천사야, 도대체 저 여자가 무슨 말을 하는 거지? 이 장소는 내 질문에 대답해야 하는 곳이지, 다른 질문들을 더 만드는 곳은 아니어야 해. 고기 냄새를 두고 머뭇거리며 망설이는 눈으로 내 '미소'와 수많은 봉합 자국을 살펴보는 이 빠진 노파 앞에 나는 서 있다. "그들이 허락하면 그때 다시 와요, 그럼 우리 손님이 될 수 있을 거야." 그녀는 같은 말을 반복한다. "이 동네 사람이야? 암미 무사에서 왔어? 텔레비전에서 일해?" 난 고개를 가로젓는다. "텔레비전에서 일하면, 남자들한테 가 봐. 저 위, 이맘 댁에 가 있어. 내 손녀 랍하랑 함께 올라가요." 그러자 그녀 뒤에 있는, 온통 검은 옷을 입은 여자가 이의를 제기한다. "이모, 그냥 들여보내요."

갑자기 지직거리는 확성기 소리가 들려와, 차창에 자갈 한 줌이 떨어지는 것처럼 내 의식 속으로 들어온다. "화장실 좀 써도 될까요?" 내가 여주인장에게 묻는다. 우리의 대화에 빠져 있던 것이 등장한 것이다. 바로 뒤엉킨 침묵과 난입하는 헛기침이다. 내 오리 목소리. 노파의 눈이 커지더니 내 '미소' 쪽으로 돌아온다. 그녀가 숨결로 묻는다. "이 동네 사람이오?" 다른 두 여자가 수수께끼로 구멍 난 이 실랑이에 흥미를 느끼며 몸을 기울인다. 노파가 내 앞에서 마치 대낮의 촛불처럼 힘이 빠진다. "어느 집안이야?" 그녀의 목소리는 떨린다. 왜 내가 그녀에게 대답했을까? 아니, 너에게였나? 여기서는 네가 거의 내 바깥 언어를 빼앗아가는 것 같으니까. 신분증에도, 서류에도, 길 위에서도 언제나 우리 집안 이름을 달고 다녔다. 그러나 이런 태양 아래서 그 이름을 말한 적은 없었다. "아자마."

죽어 가는 이의 숨소리처럼, 튜브를 통해 빠져나온 고갈된 숨으로 그 이름을 발음하자 노파는 선택의 여지 없이 내 앞에서 문을 쾅 닫아 버렸다. 이어 다른 여자들을 윽박지르는 소리와 함께, 모든 창문을 닫으라는 소리가 들렸다. 난 손에 빈 물잔을 들고 쫓기듯 나와 의문으로 가득 찬 뱃속으로 서 있다. 내가 더듬거리던 불투명한 막 속에서 손 하나가 날 잡아당겼다. "저 아래 카페로 가요. 마르하바 카페라고 있어요. 우리 마을에 딱 하나 있는 거예요."

6

이보다 몇 시간 전

 아이사가 렐리잔에 들렀을 때는 아마 오후 2시였을 거다. "기도 좀 하고 화장실에 갔다가, 뭘 좀 먹을 거야." 뭔가 불안한 그는 거의 약속이라도 하듯 이 말을 반복했다. 난 고개를 끄덕였다. 그는 상자 안에 수북이 쌓인 백여 권의 책을 그대로 나한테 맡긴 채 화물차에서 내렸다. 투명한 피부를 한 나의 후리, 그가 나간 후 우리도 살그머니 빠져나왔지. 가진 건 3천 디나르와 물 한 병. 이 조용한 탈출에 웃음이 나면서도 두려웠다. 우선 렐리잔 버스 터미널에서 숨을 곳을 찾아 헤맸다. 공휴일이라 건물은 거의 비어 있었고, 매표소는 다 닫혀 있었다. 화가 나 있는 아버지와 눈까지 검은 베일을 뒤집어쓴 어머니, 결혼식장에 가는 차림을 한 두 아이로 구성된 한 가족이 날 빤히 보다가 이내 고개를 돌렸다. 남자 샌들을 신은 시시한 떠돌이였을 뿐이니까.
 빈 포장지와 잡동사니가 널려 있는 넓은 홀을 한 바퀴 돌며 아이사가 돌아오면 이곳으로 우릴 찾으러 올 거라고 생각했다. 그래서 꾀를 냈다. 너는 아직 쿠란 경전의 글씨 밖에서는 모양을 채 갖추지 못한 입을 두 손으로 막고, 나는 조바심에 서둘러 골목으로 갔다. 그리고 묘지처럼 조용한, 줄지어 주차되어 있는 버스들 사이로 숨었다. 여전히 피 비린내가 나는 식사 시간, 가족들과 재회해서 위가 처지도록 먹는 시간이었다. 우린 아이사의 눈을 피해 차 밑으로 기어들어갈 준비를 한 채 기다리고 있었다. 고백하건대 그가 안쓰러웠다. 하지만 계속 가야 했다. 우린 하드 셰칼라에 도착해야 했다. 나의 이야기가 사실이라는 것을, 그리고 너의 이야기, 그러니까 천국의 후리 이야기가 존재하지 않기 위한, 아니 존재로 고통받지 않기 위한 최고의 이야기라는 걸 네게 보여 주기 위해서였다.

아이사는 내게서 자신의 표지를, 반박할 수 없는 증거를 보았다. 그렇다, 내전 종식 이후 그가 그토록 바랐던 승리를 내가 빼앗아 버린 것이 조금은 자책이 됐다. 렐리잔 터미널 근처 길모퉁이에서 그는 나를 찾으며 "오브! 오브! 어딨어?" 하고 대낮에 소리를 질러 댔다. 그 모습과 소리에 나는 가슴이 무너졌다. 서로 너무도 다른 짝짝이 눈에서 이젠 나란히 눈물이 흐르고 있겠구나 하는 생각이 들었다. "오브? 오브, 제발 부탁이야!" 그는 건물 입구 맞은편 넓은 광장에 서서, 그의 짧은 다리를 축으로 돌면서 온 사방을 살피며 애원하는 목소리로 울부짖었다. 한 손엔 음식과 음료가 든 봉지가 들려 있었고, 다른 한 손에선 여성용 샌들이 흔들리고 있었다. "오, 제발, 돌아와. 너만이 유일한 증거야!" 터미널 앞에서, 그는 정말이지 내일이 없는 비참한 미치광이처럼 보였다. 나는 그가 다리를, 평판을, 혹은 기적을 누가 훔쳐간 것처럼 비명을 지르며 울부짖는 소리를 들었다. "오브? 오브?" 우리가 대형 버스 그림자 밑으로 몸을 숙이고 골목 반대편으로 서둘러 가는 동안에도 그는 소리를 질렀다.

경찰 단속을 피해 멀리서 주차 중인 무허가 택시 기사들이 호객을 하느라 목청껏 외쳐 댔다. 그들은 한산함에 예민해져서 운동장에서처럼 옥신각신하고 있었다. "암미 무사? 암미 무사?" 깡마른 한 호객꾼이 숨 가쁘게 소리를 질렀다. 난 그를 쳐다보지도 않고 얼른 차 문을 열고 뒷좌석에 올랐다. 이미 두 남자가 타고 있었다. 여자가 두 남자 옆에 앉는 것에 예민해진 기사가 나더러 앞좌석으로 와 앉으라고 했다. 몇 분 후, 그는 코란 낭송을 배경으로 차를 출발시켰다. 렐리잔과 암미 무사 사이 굽은 길을 코란 구절의 박자에 맞춰 따라가며 택시 기사는 때때로 내 옷차림이 불만이라는 듯 한숨을 푹 쉬었다. 그리고 "하느님께서 우리를 보호하시길!" 하며 룸미러로 승객들을 살피며 동의를 구하는 표정으로 몇 번이나 그 말을 반복했다. 나는 그러거나 말거나, 마지막 건물들을 지나고 펼쳐지는 풍경을, 당나귀들이 있는 넓은 들판과 끝없이 펼쳐진 밀밭, 그리고 어지러울 정도로 아름다운 하늘을 바라보았다. 왜 내가 베일 아래 숨어야 하지?

고백하건대, 나는 행복했다. 나 자신이 자랑스러웠다. 이 여행을 거의 끝까지 끌고 온 내가. 넌 내 눈으로 보고, 내 손으로 느끼고, 나의 이야기를 내 옛 장소에서 대면하고 싶어했지. 그래, 우린 제대로 가고 있었다.

7

6월 20일 밤, 어느 헛간에서

 하드 셰칼라에 도착했을 때, 심장이 쿵쾅거려 난 네게 말했다. 드디어 네가 우리의 죽은 자들을 모두 볼 수 있을 거라고, 그리고 그들과 이야기할 수 있을 거라고. 갈증이 나를 갉아먹고, 다친 발바닥이 욱신거리는데도 난 계속해서 자신에게 말했다. 곧 알게 될 거야, 내가 옳다는 걸. 알겠지? 그 시간, 너와 맞서는 그 큰 빛 속에서, 나는 내가 옳기를 바랐다. 난 네게 '오브'이라 불리는 수많은 다른 사람들을 보여 주려 했다. 나처럼 절반은 죽은 자매들을, 친족들을, 생존자들을, 피해자들을, 이십일 년 전 이곳에서 강간당한 사람들을. 그들은 너에게, 에덴에서 온 너에게 이 세상에 와선 안 된다고 설명할 것이었다.
 택시에서 내렸을 때, 난 기뻐서 울 뻔했다. 내 말이 옳았다는 사실에 말이다. 그 신성한 날의 커다란 태양이 이 비참한 마을을 비췄다. 미완의 집들, 메마르고 진흙투성이인 집들, 말라붙기 전 와디가 다 쓸어와 부려놓은 온갖 것들로 지은 집들로 된 마을. 내 이야기를 예증하기에 이보다 더 나은 걸 기대할 순 없었을 터였다. 함석판 지붕, 부서진 의자 두 개, 낡은 위성 접시, 굳게 닫힌 의심에 찬 창문들. 여름 햇살 아래 드러난 때와 침묵, 그리고 애도. 난 눈부신 증거를 믿었다. 우리 이야기엔 끝이 올 것이고, 네가 죽게 될 테니 그 끝은 행복할 거라고. 그건 잘못이 아니라 우리 둘 모두가 받아들일 만한 결론이었다. 하드 셰칼라를 한 바퀴 돌고 우린 오랑으로 돌아갈 작정이었다. 한 사람은 알라의 광활한 천국으로 돌아가 금빛 빗과 투명한 피부를 하고서 신자들을 기다리며 알몸으로 포도주에 목욕을 할 것이고, 또 한 사람, 반쯤 목이 잘려 나간 여자는 자기 세계로, 오랑의 동네로, 자기 미용실로 돌아갈 것이다. 난 하드 셰칼라에, 거의 '죽은 장소'라 할 곳에 와 있었고, 모두가, 모든 것이 내 편을 들고 있었다. 내가, 살아선 안 된다고 너에게 계속 같은 말을 반복했던 게 옳았다고.

보이니, 후리, 나의 파란 물고기야, 나의 정어리야. 지금 넌 모든 것이 시작된 곳에 있다. 나와 함께 이 한적한 헛간에 결박되어 있다. 한때 한 쇠잔해진 아버지가 별빛 가득한 적막한 한밤중, 군인들과 도살자들 사이에 끼여 양들을 다시 셌던 그곳에. 너와 나, 산들, 그리고 사물과 기억들의 그림자뿐이다. 양치기의 장화 한 쌍, 사라진 짐승들이 쓰던 구유, 건초 더미, 커다란 회색 대야들.

후리, 난 몰랐다, 가장 끔찍한 건 내가 옳았다는 사실이었다.

8

6월 20일 오후 5시 30분

 "어디나 다 있어요. 특히 셰이크의 모스크 바로 옆에, 저기 위에서 많이 찾았어요. 그가 하는 정육점 옆에서요. 셰이크의 정육점인데, 이름이 엘 할랄이에요. 여기 사람들은 셰이크를 좋아하기도 하고 싫어하기도 해요." 녹색 금색 나비 무늬로 뒤덮인 원피스를 입은 여자아이가 내게 언덕 꼭대기를 가리켜 보였다. 그 언덕은 서로 기대 무너질 듯한 흉측한 건물들에 항상 가려져 있었다. 함석판으로 만든 지붕 위에는 겨울바람을 대비해 큰 돌이나 낡은 타이어가 얹혀 있었다. 아이의 작은 손은 길가에 마구잡이로 버려진 잘린 다른 당나귀 머리들을 가리켰다. 이제 그것들은 거의 어디서나 보였다. 어떤 것들은 쓰레기통에 파묻혀 있고, 또 어떤 것들은 문지방에서 밀려나 전봇대 아래 버려져 있었다. 먼지투성이 땅바닥은 핏자국이 갈색으로 변해 있었다.
 랍하―그 애 이름이다.(후리, 내 안의 언어로는 '승리'라는 뜻이야.)―는 휘파람 소리를 내어 주위를 빙빙 도는 말라깽이 다른 아이들을 불렀다. 그러자 아이들은 내가 여왕벌이라도 되는 듯 날 둘러쌌다. 조개껍데기처럼 닫힌 정적

속에 외침 소리가 울려 퍼진다. "엘구루브? 에드다마르? 어떤 방송국이에요? 말해 주세요, 마담." 남자아이들 중 가장 나이가 많아 보이는, 제법 통통한 아이가 앞으로 나오더니 랍하 앞에 섰고, 랍하는 그 남자아이가 주도권을 잡게 내버려둔다. "내가 다 세어 봤는데, 총 열아홉이에요. 텔레비전으로 그 옆에 있는 날 찍어 준다면 다 보여 줄게요!" 우린 오랑에서 이곳까지 흔적을 찾아 왔지만, 남자들도 여자들도 보이지 않는, 꽁꽁 닫아 건 과묵한 마을뿐이었다. 맨발을 한 아이들과, 두툼한 눈꺼풀을 한 그 머리들만 징조처럼 내 앞길에 내던져져 있었다. "아직 아무것도 먹지 못했어요. 오늘 아침 기도 이후로 고기 한 점도 못 먹었어요." 통통한 남자아이가 말했다. 다른 아이들도 어른 같은 표정으로 그의 말을 확인해 주었다. "우리 가족은 저기에 살고 있어요." 그는 아직 공사 중인 작은 집을 가리켰다. 맨 벽돌로만 지은 집이었다. 분홍색 오토바이가 깡마른 관목 하나에 기대어 서 있었고, 2층은 정면 외벽만 덜렁 서 있고 그 뒤는 온통 허공이었다. "우린, 그게 할랄이라고 생각해요. 먹을 수 있는 거요. 저쪽 사람들은 아니래요." 그는 내게 등을 돌리고 길 오른쪽에 있는 집들을 가리켰다. "이쪽 사람들은 하람이라고 생각해요. 오늘 아침 이드 기도 시간에 엄청 소리쳤어요, 이맘도요. 그들은 먹길 거부해요. 어쨌든 셰이크가 어떻게 할지 기다리고 있어요." 그러곤 입을 다물었다.

딸아, 그때 우린 발길을 돌려야 했어. 나를 되찾아야 할 이곳에서 난 또 길을 잃고 있었어. 내 머릿속에서 네 목소리가 튀어 오르며 반복돼. "그래서 어디야? 어딨어? 언니는 어딨는 거야? 그리고 목 베는 그 사람은? 물잔에 별을 가둔다는 그 농장은?" 내 이야기와 '죽은 장소'가 진정 존중받았다면, 저 낄낄대는 아이들조차 여기 있어서는, 애초에 태어나지도 말았어야 했다. 이십일 년 전 하루에 천 명의 시체를 채 묻지도 못한 이후로 이 훼손된 틈새에서, 서로 포옹하고, 결혼 행렬의 경적을 울리고, 음악을 틀고 춤추고, 또 함께 자고 이렇게 아이를 줄줄 낳는 일이 가능했단 말인가? 이곳에서 아이 입에서 자기 성씨가 튀어 나오는 걸 바랄 권리가 우리에게 있었던가?

난 내 맨살을 보여 주듯 이 마을을 보여 주기 위해 여기 왔다. 그 신음과 눈먼 손, 존재하면서도 부재인 그 존재를 느끼게 하려고. 반쯤 기울어진 기둥 아래 뜯겨 나온 시멘트 받침대가 있다. 누런 개 한 마리가 그늘에서 잠들어 있고, 물이 모자라 결국 모든 것이 무너질 운명만을 기다리는 듯했다. 조금 더 가니 변전소 하나가 보였다. 분홍빛과 푸른빛이 뒤섞인 그 벽면 위에는 '0001'이라는 수수께끼 같은 숫자가 굵게 칠해져 있었는데, 이 단조로운 색깔의 장소에서는 그 자체가 농담처럼 보였다. 변전소는 죽어가는 말벌처럼 진동했다. 한 노인이 그늘에 앉아 오래된 냉소를 씹어 삼키는 표정을 하고 있었다. 나는 랍하와 함께 그를 살피듯 보았다. 그는 염주를 굴리며 입술을 달싹였다. "저 사람? 아무것도 아니에요. 암미[2] 에나즈예요. 아는 게 없는 사람이니 저 사람 말을 듣거나 텔레비전에 보여 주면 안 돼요." 녹색 금색 원피스를 입은 나비가 내게 설명했다. 그 목소리는 이내 나를 안내하는 아이들의 소란 속에 묻혔다. 아이들은 나를 어떤 특정한 장소로 데려가고 있었다. "저기가 카페예요."

그것이 광기라는 걸 알아차려야 했다. 비스듬한 빛만으로도 그날 그 마을에 이해할 수 없는 비틀림이 존재한다는 것을 알아차렸어야 했다. 이 사람들은 매시간 죽은 자들의 이름을 읊조리고, 멈추지 않고 증언하고, 알제리 역사의 진정한 수수께끼로서 질문받고 살펴지고 연구되어야 했다. 침묵하지 않도록 기억의 직원처럼 돈을 받았어야 했는데, 내가 본 것은 무엇인가? 깔깔 웃는 아이들. 훌쩍거리는 듯한 당나귀의 잘린 머리들. 이 사람들은 1999년 12월 31일, 짐승들과 함께 목이 베이고 죽임당하고 학살당한 우아르세니스 열두 부족의 생존자들이 아닌가? 이곳에 기념비를 세우고, 이름을 붙일 거리나 광장이 모자라니 돌에, 나무줄기에, 덤불에도 이름을 새겨야 하지 않았을까? "아자마 가족은 저 카페 지나서 살았어요. 더 위쪽이요. 카페에 가 볼래요?" 랍하가 놀이 친구들에게 뭐라고 속삭이자 웃음소리가 퍼졌다. 아이들은 길을 잃은 어린 소녀를 포위하는 교활한 노인들 같았다. "남자들만 가는 카페야." 통통한 남자애가 경고하듯 말하고는 왕자인 양 덧붙였다. "근

---

2   '아저씨'라는 뜻의 아랍어.

데, 아줌마는 기자니까, 가도 돼요." 그러곤 자기 부대를 향해 몸을 돌렸다. 나는 철판 지붕을 얹은 오두막 방향으로 발을 떼는 나 자신을 발견했다. 나무 벤치가 그 앞에 놓여 있었는데, 아마 숨 막히게 더운 긴 밤을 위한 것일 거다. 배가 돌처럼 굳은 채 비틀거리며 나는 그곳에 도착했다.

9

 "울레드 카디가 꾸민 음모야. 그들은 그 셰이크를 싫어해." 분노한 목소리가 날 멍한 상태에서 깨웠다. 두 젊은이는 서로 욕설을 퍼부으며 목소리를 높이고 있었다. "이건 음모야. 그의 가게를 빼앗아 정육점을 닫게 하려는 거야. 난 어제 거기서 사 먹었는데, 그건 하느님께서 내세에서 심판하실 일이지." 내가 어디 있었지? "그건 하람이야. 잘못된 거라고. 예언자께선 암컷이 아니고 풀을 먹으며 탈 것으로 쓰이지 않은 짐승이어야 한다고 했어. 맹세해." 내가 다가서자 두 남자는 입을 다물었고, 그들의 시선은 곧장 내 허벅지로, 내 몸매를 훤히 드러내는 바지로 왔다. 불쾌하다는 듯 입술이 비죽거렸다. 나는 그의 얼굴에서 분노가 스치는 것을 읽었고, 이어 불편함이, 그리고 마침내 길게 스며드는 의심의 기색이 드러나는 것을 알아차렸다. 저 여자는 누구지? 아이들은 열심히 설명하겠다며 달려왔다. "할랄인지 하람인지 우리 고기 이야기를 촬영하러 왔대요." 카페 입구에 있던 두 젊은이가 무슨 말인지 잘 알아들을 수 없는 아이들의 말을 풀어내려 애썼다. 둘 중 하나가 아이들을 조용히 시켰다. "기자예요?" 그의 시선이 내가 신고 있는 남성용 샌들에 가서 멈췄다.
 나는 더 이상 참을 수 없어서 이 세상에서 이질적으로

들리는 내 목소리로 이렇게 발음했다. "화장실 좀." 그리고 좀 더 큰 소리로 반복했다. 난 물 밖으로 나온 물고기 같은 내 언어로 외치다시피 했고, 그가 내 살에 뚫린 튜브를 보았다. "화장실이요?" 그는 갑자기 부끄러운 듯 움츠러들었다. 회색 카미스 차림에 분필처럼 흰 얼굴에 난 수염을 조련사 같은 손길로 어루만지던 그의 동료가 언짢은 기색을 비쳤다. "없어요, 여긴 남성 전용 카페예요. 가족 공간도 없습니다." 난 필사적인 얼굴로 고개를 가로저었다. 방광이 내 남은 존엄을 위협하는 지경이었다. "부탁해요, 전 아자마 집안 출신이에요. 지금 여행 중이고요." 수염 난 작은 남자는 그가 믿는 예언자의 광활한 세계 속에서, 자기 생각과 소문, 음흉한 밤의 꿈들까지 뒤섞어 내 말을 저울질하더니 결정을 미뤘다. "이건 그 사람 카페이지, 제 카페가 아니에요." 그가 대답했다. 더 참지 못하고 아, 난 감히 불가능한 일에 도전하고 말았단다, 나의 후리. 내 청바지의 단추를 풀기 시작했고, 벽 모퉁이를 찾았지. "오, 알라 야흐페드!" 신이시여, 우릴 지켜 주소서! "가요! 저기로, 당신 왼쪽, 카운터 바로 뒤에 있어요." 수염 난 남자가 시선을 돌리며 말했다.

10

　아이들이 밖에서 나를 기다리고 있었다. 난 물을 달라고 했지만, 그들은 내게 돈은 받지 않겠다고 거절했다. 미지근한 플라스틱 병 하나였다. 나는 커피도 주문했는데, 아마도 주인인 듯한 젊은 남자가 밖에 나가서 앉으라고 손짓을 했다. "여긴 남성 전용 카페입니다." 그는 고개를 숙이고 같은 말을 되풀이했다. 난 벤치에 가서 자리를 잡았다. 육체적인 안도감이 몰려와 나는 위태로울 정도로 몸이 가벼워진 느낌이었다.

　멀리서 길게 지지직거리는 잡음이 들렸고, 이어서 "비스밀라"라는 말과 함께 예언자 무함마드를 위한 기도가 울려 퍼졌다. 아름답고 따뜻하며 감동적인 목소리였다. 먹먹하게 들리는 그 낯선 말들을 나는 거의 이해할 수가 없다. "그러니, 아니오, 형제들이여……." 그 말들은, 내가 놓친 대화의 앞부분에서 떨어져 나온 파편들처럼 흩어져 있었다. 이상할 정도로 관능적인 그 목소리는 핏줄 사이로 따뜻한 피처럼 퍼져나가며 쿠란의 한 구절을 낭송했다. "피트나[3]을 믿지 마십시오. 피트나는 살인보다 더 큰 죄악이라고 우리 예언자께서—그분께 신의 평화가 있기를.—경

3　　　쿠란에서 경고하는 정치적 내분이나 종파 갈등을 뜻한다.

고하셨습니다." 군중의 응답 인사가 멀리서부터 메아리쳤다. 나는 고개를 숙이고 순종하는 몸을 따라 가지런히 내린 손들을 상상했다. 이어 그 목소리가 구슬픈 쿠란의 구절들로 꾸며진 긴 설교를 읊조렸다. 내가 한여름의 빛 속에서 그 의미를 찾으려 애쓰는데 불타오르던 목소리가 갑자기 툭 끊어지면서 지직거렸다. 확성기가 더 이상 작동하지 않았다. 몇 마디만 더 들릴 뿐이었다. "알라께서는 희생 제물은 반드시······" "부끄러워해야 할 자들은······" 웅웅대는 소리와 식식거리는 소리가 뒤섞여 이 수수께끼 같은 설교에 마침표를 찍었다.

  카페 문턱에 서서 떠돌이 여인 같은 내 신세를 목격한 두 증인은 방금 들은 확성기 소리에 잠시 활기를 되찾았는지 다시 토론을 이어갔는데, 다소 이해하기 어려운 주장들을 주고받으며 토론은 간간이 끊어졌다. "동의하지 않는 사람들은 여기 올 필요 없어. 우린 할랄을 지지해. 예언자께서—그분께 신의 평화가 있기를.—드셨던 것만 먹을 거야." 통통한 뺨에 하얀 칼로트[4]를 쓴 수염 난 작은 남자가 확신에 찬 눈을 초롱초롱 빛내며 말했다. 딸아, 이런 남자는 말이지, 메카 근처 검은 돌의 형태로 진리가 박혀 있는 바로 그 자리에서 막 돌아온 것처럼 확신에 가득 차 있지. "우린 그냥 먹을 뿐이야. 죄는 혼란과 분열을 퍼뜨린 자의 몫이지, 우리에게 있는 게 아니야. 나더러 어떡하라는

---

4   무슬림들이 쓰는, 머리에 꼭 맞는 하얀 모자.

거야? 다 쓰레기통에 버리라는 거야? 그게 다 얼마인지 알아? 그리고 내 자식들은? 애들한테는 뭐라고 말하는데?" 내가 보기엔 그곳 주인인 듯한 남자가 반박했다. 그 뒤 이어진 침묵은 동의를 거부하는 것만 아니라, 더 나아가 공개적인 다툼에 휘말리지 않겠다는 회피의 표시였다.

난 일어섰고, 열성적인 아이들에게, 그 셰이크와 이야기하고 싶다고 말했다. 셰이크의 목소리가 내 안에서 아직도 유혹적으로 웅웅대고 있었다. 랍하는 푸른 한 그루 나무처럼 내게 딱 매달린 채 내게 눈을 떼지 않았다. 그 아이가 내게 길을 가르쳐 주었다. "내가 데려다줄게요. 나도 텔레비전에 나오게 해줘요!" 카페의 두 청년이 놀라면서도 호기심 어린 눈으로 날 뒤돌아봤지만, 아무런 토도 달지 않았다. 내가 몸소 보여 준 그 수치에서 벗어나 기쁜 듯했다. "모스크의 셰이크? 그걸 찍을 거예요?" 내 튜브를 태연하게 살피며 아이가 물었다. 난 고개를 끄덕였다. 아이는 앞장섰고, 아이 친구들은 맨 뒤에서 나를 따라왔다.

바로 그 순간, 하드 셰칼라에 전력을 공급하는 변전 설비의 비좁은 그늘 아래 앉아 있던 늙은 에나즈가 웃음을 터뜨렸다. 그 건조하고 날카로운 웃음소리. 그 맹렬한 조롱조에 나는 거의 비틀거리다시피 했다.

11

 "딸아, 거기 올라가지 마!" 에나즈 노인이 내게 경고했다. "여기 사람들은 다 미쳤고 모두가 거짓말쟁이야. 여기서 자기 본명으로 사는 사람은 하나도 없어. 죽은 자와 그들의 호적을 훔쳤어, 왈라!" 노인은 손을 휘두르며 제 머리를 툭툭 쳤다. 그의 눈이 번쩍였다. 나는 그가 아이들이 웃으며 에워싸는 가운데 가파른 길을 비틀거리며 걸어 내 쪽으로 오는 것을 보았다. 그가 뼈마디 굵은 검지로 나를 가리켰다. "기자야? 텔레비전에 내보내려는 거야? 뭘 보여 주려고 하는데? 당나귀가 당나귀를 먹었다는 거?" 그가 큰 소리로 웃었고, 아이들도 "에나즈가 티비에! 에나즈가 티비에!" 하고 반복하며 같이 웃어 댔다. 그리고 그 말들은 그림자와 불이 뒤섞인 이 소동 속에 뒤엉키고 흩어졌다.
 교활한 노인은 말을 이었다. "보게 될 거다, 딸아, 이드 날에 양 대신 당나귀들이 당나귀를 잡아먹은 거야. 여기선 아무도 자기 본명으로 대답하지 않아, 가엾은 이방인아! 다 거짓말하는 거야. 죽은 자들에게서 이름을 훔쳤어. 다 거짓말하는 거야, 딸아, 그냥 돌아가라! 텔레비전에 가서 그걸 말해! 여기선, 우리 죽은 자들을 먹었어!" 난 고개를 숙인 채, 딱 하나 있는 길을 다시 기어오르기 시작했다. 화가 나고 서글펐으며, 수치스러운 가출 끝에 벌거벗은 채 엄마한테 돌아가는 것 같은 기분이었다. 이상한 굴욕감이 나를 짓누르는 것 같았다. 그러다 그녀를 보았다. 그림자 하나. 검은 부르카[5]로 몸을 완전히 가린 여자가 내 쪽으로 걸어왔다. "동생, 동생, 돌아와요." 그녀가 말했다. "내가 다 얘기해 줄게요. 우리한테, 우리 집으로 와요. 이모도 허락하셨어요."

---

5 히잡은 머리와 목을 가리지만 얼굴은 드러내는 데 비해 부르카는 얼굴마저 천으로 덮어 완전히 가린다.

12

"내 이름은 함라예요. 날 위해 기억해 줄 수 있어요?" 아까 첫 번째 집 문 뒤에서 문신이 있던 노파가 내게 물을 권했을 때 본 검은 베일을 쓴 여자다. 단단하고 강렬한 눈빛에 베일을 쓴 그 여자. 우린 거실에 앉았는데, 그곳은 의식을 치르기라도 하듯 선명한 색깔과 금빛으로 장식된 곳이었다. 그들은 날 자랑스레 그곳으로 안내했고, 세 여자는 내가 그들 직물과 가구를 칭찬하기를 기다리고 있다. 난 칭찬한다. 붉은 천, 금빛 장식, 중앙에 알라의 이름이 눈부신 글자로 새겨진 커다란 그림. 소파 옆에 놓인 플라스틱 화분, 바닥을 양의 배처럼 덮고 있는 커다란 양탄자. 그들은 날 빤히 바라본다. 노파는 특히나 걱정스러운 표정을 하고 있다. 무척이나 애를 써서 참고 있는 것 같다. 그녀가 티나게 한숨을 내쉰다. 다른 두 사람은 앉은 채 꼼짝도 안 하면서, 내가 어떻게 앉는지, 그들 집에서 내가 처음으로 보는 게 뭔지 주의 깊게 살핀다. 알제리 가정에는 지켜야 할 예법이 있거든. 우주에서 가장 큰 하렘인 천국에서 온 내 딸아, 알겠니?

"내 이름은 함라예요. 당신에게 하고 싶은 이야기가 있었어요." 노파는 체념한 듯, 그러나 여전히 불안하여 몸을 꿈틀거린다. 금빛 나비처럼 나를 인도했던 어린 소녀 랍하는 그녀들 옆에, 같은 긴 의자에 앉아 있다. 아이의 크고 맑은 눈에 미소가 번진다. 아이가 내게 말을 던진다. "저도 한 번 바다에 갔었어요!" 난 아이에게 서로 통하는 눈빛을 보낸다. 창문 너머 하늘에 아직도 뜨거운 햇빛 속에 버티고 있는 올리브 나뭇가지들이 보인다.

"딸, 내가 뭘 할 수 있었겠어? 이건 하느님께서 정해 놓으신 거야. 우린 그분께 순종할 수밖에 없어." 노파는 나에 대한 태도가 변한 것을 정당화하려는 듯 이런 말로 시작했다. "하느님께서 결정하셨어." 이렇게 덧붙이는 노파의 목소리는 마치 자신을 위해 간직한 기억에서 나오는 듯하다. 아까 문 앞에서 나를 본 이후부터 계속 나와 이야기하고 싶어 했던 여자의 눈 속에서도 똑같은 기억이 서서히 되살아나오는 것이 보인다. "내 이름은 함라예요. 내 빨간 머리 때문에 붙여 주신 이름이죠. 이모랑 여기서 이십 년 전부터 살았어요. 남자들이 한두 시간 후면 돌아오니 빨리 말해야겠어요. 그들이 와서 말하기 전에. 자, 다 말할게요. 그러니 텔레비전에서 그 얘길 할지 말지 결정해요."

함라가 내게 집에서 만든 과자 접시를 내민다. 녹색 금색 나비와 함께 미소를 주고받고 있던 나는 그제야 정신을 차린다. "망각은 하느님의 자비이기도 하지만, 동시에 인간들의 불의이기도 해요. 아마도 거기에 순종해야 할 거예요, 동생. 그렇게 하는 게 동생에게나 동생 자식들을 위해 나을 테니까." 바깥세상은, 마치 닫힌 창문 뒤에서 불이 꺼진 것처럼 고요하다. 아무 소리도 들리지 않는다. 나를 호위하듯 따라 다니던 아이들마저 사라져 버린 듯하다. 세 여자는 마치 대답을 기다리듯 나를 빤히 바라본다. 내 말은 탐욕스러운 침묵에 삼켜졌는지 나오지 않는다.

13

"동생, 우선 먼저 말해야 할 게 있어요. 우리 이모 파티하는 내게 어머니나 다름없는 분이에요. 아니, 어머니 이상이죠. 젖은 주지 않았지만 다른 모든 걸 베풀어 주셨어요. 그리고 이 집에서 난 부족한 게 하나도 없어요. 빵도, 안전도, 존엄도. 부족한 게 하나도 없어요. 여기가 내겐 천국이에요. 왜냐하면 난 지옥에서 왔거든. 지옥은 바깥이지. 텔레비전에 이걸 기록해 놔 줘요. 난 카메라 앞에서 말할 준비가 되어 있어요. 여긴 천국이고, 난 절대 밖에 나가지도, 누구와 말하지도 않아요. 난 여자들이고 남자들이고 어울리지 않아요. 이건 내가 하드 셰칼라에 머물기 위해 삼촌이 요구한 조건이었어요. 우리 이모도요. 그리고 랍하의 아버지인 이모의 아들도 내게 요구했죠. 이모는, 지금 당신이 보는 저분이고, 하느님께서도 내 말의 증인이에요.(내 맞은편에 앉아 있는 노파는 눈을 깊이 내리깐다. 온몸과 영혼을 다해 동의를 표할 때 하는 몸짓이다.) 내가 이런 말을 하려는 건, 당신이 텔레비전에 전할 거니까요, 그래서예요.

우린 고통 속에 살고 있어요. 곧 보게 될 내 딸과 이 가족, 마당에 있는 올리브 나무 말고 내겐 남은 게 없어요. 우리나라에서 여자들은 나처럼 이 저주받은 삶을 도대체 어떻게 더 살아야 할지 몰라요. 삶, 죽음, 망각, 베일, 침묵을 차례로 거쳐 왔지만, 아무것도 우리의 이 고통스러운 이야기를 끝내 주지를 못했어요. 아무런 효과가 없어요. 하느님께서 내 증인이에요, 난 노력해 봤어요. 그런데 뭘 어떻게 하겠어요? 모스크 입구에서, 시장에서 구걸도 해 봤어요. 렐리잔 근처 도로가에서 빵을 팔아도 봤고, 관공서 앞에 가서 울기도 했어요, 빵 부스러기라도 얻으려고요. 하지만 아무것도 안 변해요. 늘 같은 처지로 돌아가요. 테러리스트로, 이르하비야[6]라는 낙인으로. 그들은 이 단어를 경멸 섞어 발음하죠. 얼굴을 찡그리며 날 암캐처럼 쫓아냈어요. 내가 모스크 입구에서 얼굴을 가리고 있는 건, 수의처럼 생긴 이 부르카를 쓰고 있는 건, 바로 그래서예요. 누군가 날 알아보고 경찰을 부를까 두렵거든.

 몇 년 전 석방됐을 때, 난 몇 달 동안 거리를 헤맸어요, 동생. 난 암미 무사에서, 람카에서, 렐리잔에서, 즈디우이아에서, 온갖 곳에서 손을 내밀어 구걸했어요. 이모와 이모부께서 날 받아들여 두 분 지붕 아래 날 머물게 해 주실 때까지는. 이모는 우리 엄마 다름없는 분이에요. 우리 엄마 칼티[7] 파티하. 그리고 그분, 암미는 내게 아버지와 같아요. 하지만 이모부는 내가 바깥으로 나가면 안 된다고 계속 말했어요. 난 그래서 절대 모습을 드러내지 않아

---

6   '테러리스트'라는 뜻의 아랍어.
7   '아주머니'라는 뜻의 아랍어.

요.. 시선과 햇빛과 소문을 피해야 해요. 하드 세칼라 마을은 이 일을 이해하기에 너무 작은 곳이에요. 여기 사람들은 기억하려 들지 않고 잊고 싶어 해요, 동생. 아마 내 삶은 달라지지 않았는지도 몰라. 그때는 게릴라로 살던 마키 동굴이었다면, 지금은 딸과 배불리 먹고사는 동굴이죠. 그런 소문을 퍼뜨리는 건 악마이지만, 난 그걸 믿지 않아요. 내게 여긴 천국이에요. 난 받아들였어요. 바깥 거리보다, 추위보다, 남자들의 시선보다 이게 나아요. 내 딸한테나, 나한테나. 자, 동생, 커피 들어요. 내 이야기는 길지 않아요. 이맘과 고기 얘기를 마무리하고 나면 남자들이 바로 집으로 돌아올 거예요. 아직 아무것도 요리하지 않았으니, 그들이 결정을 내리기 전에는 식사에 동생을 초대할 수 없어요."

한 젊은 여자가 우리한테 왔다. 가늘고 긴 몸에 사이프러스 나무처럼 늘씬하고 당당하고, 붉은 머리칼은 뒤로 틀어 올린 모습의 그녀는 부드러운 눈매를 하고 있었다. 난 그녀의 어색함을 감지했다. 그녀 안에는 뭔가 부서진 게 있었다, 수치심이 남긴 그늘의 흔적 같은. 그녀는 내 앞에 커피 잔을 놓고 마치 다섯 살 어린아이처럼 자기 어머니 어깨에 몸을 기대었다. 그녀는 스무 살, 혹은 그보다 더 되어 보였다. 그녀는 나와 동갑이다. 나의 후리, 그녀는 거꾸로 비친 말없는 거울상이다, 이 적막한 마을에 도착한 이후 내 안의 언어보다도 더 고요한. 그녀는 나를 오래 보지 않앉다. 와디 바닥에서 자기만이 알아보는 움푹 파인 구멍을 골똘히 들여다보듯 자기 안에 침잠해 있었다. 잠시 후, 그녀는 수박을 썬 조각들을 담은 접시를 가지러 자리를 떴다가 돌아와 그것을 내 앞에 놓았다.

함라가 말을 이었다. "내 이름은 함라예요. 잘 적어 놨죠? 들어요. 당신은 우리 손님이에요. 이건 우리 밭에서 난 과일이에요. 고기는 대접할 수 없어요. 결정이 나기 전에는 안 돼요." 작은 녹색 금색 나비가 날 뚫어지게 바라본다. 소녀는 대화가 끝나기만을, 내 손을 다시 잡을 수 있기를 희망하며 기다린다. 아니면, 나를 매개로 네 손을 잡고 싶어 하는지도.

14

"힘들었어요. 내 몸을, 내 얼굴을, 내 붉은 머리칼을 어떻게 해야 할지 몰랐거든. 몇 달 동안은 다른 이름을 썼어요. 가니아라고 했지. 구걸하기 위해 쿠란 구절이 적힌 팻말을 목에 걸고, 딸은 품에 안고 다녔어요. 우에드 리우의 마을과 촌락 들을 돌아다녔어요. 여기서 멀지 않은 곳들이니 동생도 지나오면서 봤을 거예요. 기차역에 있는 다른 거지들처럼 신음 소리를 내며 구걸하고, 먹기 위해 쿠란 구절을 외웠어요. 가끔은 알제로 가는 도로변 카페와 간이식당에서 청소를 하기도 하고. 또 시장에서 사탕, 빗, 어린 여자아이들을 위한 팔찌 같은 걸 팔고. 하지만, 해가 뜨면 내 그림자가 날 따라잡았죠. 사람들이 날 알아보거나 신고했으니까. 난 '그 테러리스트', 엘 이르하비야였어요. 사람들은 그렇게 수군거리고, 날 손가락질하며 쫓아냈어요. 며칠이나 바닥과 먼지를 치워 준 집에서 돈을 주지 않는다 해도 아무 말도 할 수 없었어요. 뭐라고 말하겠어요? 누구한테 가서 하소연할 수 있었겠어요? 경찰을 부르거나, 관공서에 가기만 해도 테러범으로 유죄 판결을 받고 군인 살해 공모 혐의로 투옥된 전과를 금세 확인할 수 있을 텐데.

내가 말하고 싶은 건, 동생, 남자들은 달랐다는 거야. 그들은 그 '화해' 법 이후 산에서 내려왔을 때 대추야자도 받고, 우유도 받고, 연금도 받았어요. 하지만 나 같은 과부들은 과거의 어둠 속에 버려졌죠. 우린 밝은 낮으로 돌아오지 못했어요. 우리 같은 여자 테러리스트들은 여전히 산속에 있어요, 굶어죽어 가면서, 동굴 속에, 베일 속에 숨어서. 우린 이 전쟁의 수치예요. 남자 테러리스트들은 우리의 순결을, 명예를, 젊음을 앗아갔고, 마키에서 나와서는 우리의 일거리와 우리가 내놓을 변명도 다 훔쳐 갔어요. 그들 모두는 스스로를 '요리사'라고 했죠. 지금 그들은 동생이 보는 그대로예요. 말쑥하고, 웃고, 살이 쪘지. 거리를 활보하고, 기도를 하고, 당나귀 고기를 먹을지 양고기를 먹을지 같은 문제를 놓고 다투고. 우리 여자들은? 우린 영원히 테러리스트야, 평생. 그들은 우릴 묻으려고도, 파내려고도 하지 않아요.

동생, 누가 내게 아이들을 돌보라고 맡기고 돈을 주겠어? 누가 나에게 집안일을 하라고 자기 집 문을 열어 주겠어? 렐리잔 장난감 공장에서 누가 날 채용하겠어? 아, 삶은 좁아졌고, 마키에서 죽음을 가까스로 비켜간 뒤에도 차라리 죽고 싶었어요. 하지만 하느님께서는 하나의 문을 닫고 열 개의 문을 여는 분이죠. 그러던 어느 날, 얼굴이 화끈거리도록 부끄러웠지만 난 결심했어요, 하드 셰칼라에 있는 이 집의 문을 두드리기로. 이모가 날 알아보곤 들어오라 했죠. 이모는 며칠을 울면서 내 찢어진 과거와 현재를 다시 기워 주셨어요. 이모는 당신 안에 있던 내 이름을 다시 찾아냈어요. 내 이름은 함라예요. 이모부는 좀 망설였지만 옛날 사람이라 그래도 날 보호해 주셨어요. 난 모습을 드러내선 안 돼요. 여기 하드 세칼라에서, 다른 여자들은 나를 '그림자'라 불러요.

왜 국가는 남자 테러리스트들에게는 돈을 주고, 우리 여자들은 인정하고 싶어 하지 않는 거죠? 동생, 그 답을 기다린 지 몇 년째예요. 어쩌면 이모부는 내 딸과 날 쫓아낼지 몰라요, 내가 카메라 앞에서 아무 말도 못 할지도 모르고. 하지만, 이 사건에서 내가 누구였는지 누군가 말해 줬으면 좋겠어. 이제 난 아무것도 확신할 수 없어요. 내겐 그저 올리브 나무 한 그루와 이름, 그리고 내가 쉬기 위해 피해 들어가는 내 딸의 두 눈뿐이에요. 나머지는 다 재 속으로 사라졌어. 상황을 바꾸려면 텔레비전에서 말해야 해, 그쵸? 동생이 기자라면, 동생이 카메라로 날 비추면 난 히잡을 쓸 거예요, 니캅도. 눈 말고는 다른 건 절대 보여서는 안 되니까. 하지만 다 이야기할 거야, 알겠어요?"

"예, 알겠어요." 새 한 마리가 말한다. 노파가 귀를 기울인다. 그녀는 가끔 두 손을 비벼 쥐어짠다, 우리 엄마 하디자처럼. 난 내 꿈속에 머물고, 그 꿈속에서 다른 이의 꿈속으로 들어가고, 내 발자국은 야자수 가지에 쓸려 사라진다.

"망각 법이 공포되었을 때 모두가 박수를 쳤지만, 나 같은 여자들은 아니었어요. 우린 배제당했으니까. 그러니, 동생 텔레비전에서 분명히 말해 줘요. 우린 아무것도 받은 게 없다고. 우린 일할 수도 없고, 연금을 받을 수도, 결혼을 할 수도, 이혼을 할 수도 없어요. 어딘가에서 살 수도, 서류 없이는 여행도 할 수 없어. 저기 보이는 내 딸? 저 앤 자기가 누군지 몰라요.. 내가 누군지 모르니, 내 이야기가 사실인지 거짓인지도 모르죠. 저 앤 밖을 걸어 다닐 때 모래 위에도 발자국을 남기지 않아요. 학교에서 서류를, 아버지가 누구냐고 요구했죠. 그래서 울면서 집으로 돌아왔어요. 저 애의 삶을 증명해 줄 수 있는 건 나랑 우리 이모 말곤 없어요.

부디 하느님께서 저 애를 지켜주시길. 저 애한텐 성이 없어요, 그저 이름뿐. 테러리스트인 내게 그림자는 과거고, 내 딸에게 그림자는 바로 나예요, 엄마인 나. 그냥 내가 죽었어야 했는지도 몰라. 그럼 저 아이에게 수치심이 아닌 새로운 삶을 줬을 텐데. 하지만 하느님께선 우리로선 알 수 없는 의도를 가지고 계셔요. 결코 용서받지 못하는 테러리스트인 내가 바라는 건 이게 전부예요. 완전히 잊는 것, 아니면 완전히 기억하는 것. 완전히 밤, 아니면 완전히 낮. 우릴 영원히 잊거나, 아니면 모조리 기억하길 원해요. 하느님의 햇빛 아래, 카메라 아래, 셰이크의 모스크 확성기를 통해 모든 걸 환한 빛 속에서 말하는 걸 원하는 거예요. 단 한 번이라도 확실하게. 왜냐면 우린 망각 법 속에서 다 잊혔잖아요. 난 테러리스트예요. 하지만 내가 어떻게 테러리스트가 되었는지 동생에게 이야기해 줄게요. 다 적어. 그리고 만일 내일, 다시 여기로 돌아오면, 날 찍어 줘요. 다신

이런 기회가 없을지도 몰라. 그러니 적어도 내 이야기는 알 제로 가지고 가 줘요."

15

 "아인 타레크에 있는 우리 집 앞에 올리브 나무가 한 그루 있었어요. 밤이면 그 나무는 빛났어요, 동생, 맹세컨대 잎사귀들에 빛이 있었어요. 아인 타레크은 여기서 몇 킬로미터 떨어져 있는 곳이에요. 내가 지금 내 딸보다 조금 더 젊었을 때인데. 아, 하느님께서 제 딸을 지켜 주시고, 제 남은 날들을 그 아이에게 주시길. 올리브 나무, 그게 분명히 기억나요. 그걸 촬영하러 가도 좋아요, 그 나무가 증언해 줄 테니까. 내가 어렸을 때 우리 이웃이었던 밀루드가 심은 나무에요. 우린 함께 올리브 나무에 물을 주면서 별명을 지어 줬어요, 우릴 웃게 만드는 그런 이름들을. 우리 동네 사람들은 고양이, 개, 양을 키웠는데, 우리에겐 올리브 나무 한 그루가 있었던 거에요.
 밀루드의 눈은 아몬드 모양으로, 새까맣고 아름다웠어요. 인도 영화에서 막 튀어나온 사람 같았지. 그는 까무잡잡했고, 웃을 때마다 모든 게 떨리면서 다시 새로워지는 것 같았어요. 내가 다섯 살이었을 때부터 우린 학교에서 돌아올 때면 올리브 나무한테 들렀어요. 그 일이 일어났을 때 난 거의 열여덟 살쯤이었나. 난 여전히 밀루드를 봤죠. 그는 올리브 나무와 함께 자라나 있었어요. 하느님께서 내 정절의 증인이세요. 난 아버지를 무서워했어요. 오, 하느님께서 아버지의 영혼을 거두어 주시길. 내 허벅지 사이로 피가 흐르고, 내 머리카락의 붉은색이 남자들을 홀리기 시작하면서부터 엄마는 불 위에 올려둔 우유처럼 날 감시했어요. 부끄러움 없이 말할게요. 왜냐하면 이십 년 동안 난 침묵을 지켰고 머리칼도 감췄으니까. 엄마가 내 행동거지를 염탐하는 것처럼 살피니까 밀루드는 더 이상 다가오지 않았어요. 멀리서 미소만 지었지. 집 문턱에 사탕과 초콜릿 상자를 놓고 가기도 했어요. 그리고 색색의 리본을 사서 초등학교 여학생들에게 주면 그 애들이 그 리본을 내게 가져다 줬죠. 왜냐하면 난 더 이상 나갈 수 없었거든. 난 외동딸이었고, 아버지는 내 피부에 닿는 햇빛조차 두려워했어요. 아버지도 알고 있었고, 엄마도 알고 있었고, 아인타레크 마을 사람도 알고 있었어요. 우리가 결혼할 사이라는 걸.

밀루드네 집은 트랙터 두 대를 가지고 있었는데, 농번기에는 그것들을 빌려주곤 했어요. 그의 집은 우리 집과 두 골목 떨어져 있었어요. 그는 어머니와 남동생 둘과 함께 살았는데, 그 동생들도 멀리서 날 미소로 맞곤 했죠. 밀루드는 나를 멀리서만 바라봐야 했어요, 마치 달을 보는 것처럼. 때때로 난 창문에서 그에게 신호를 보냈고, 내 머리칼을 보여 주기도 했고, 멀리서 마치 곧 다가올 하루 같은 그를 바라보기도 했어요. 젊은 여자에겐 시간이란 그런 것이었죠, 너무 천천히 흐르는 강물 같은 것. 하지만 모두가 알고 있었어요. 그건 하느님의 율법이, 이맘이, 쿠란이, 그리고 우리 부모님이 허락한 이야기였어요. 우린 결혼하게 되어 있었어요. 올리브 나무가 늘 거기 있었고, 그 나무는 우릴 안심시켜 줬어요. 올리브 나무는 다른 나무랑 달라. 단 한 계절만 있고, 잎이 지지 않죠. 추위에도 더위에도 강하고, 늘 푸르러요. 그래서 난 그 나무를 믿었고, 오늘 그 나무는 카메라 앞에서 증언할 수 있어요.

우린 다른 곳에서 무슨 일이 일어나고 있는지, 전쟁에 대해서는 아무것도 몰랐어요. 아인 타레크 마을에서도 다른 사람들처럼 모두 텔레비전을 봤어요. 죽임당하는 사람들, 죽이는 사람들, 이야기하는 사람. 모든 일이 텔레비전에서 일어났어요. 하지만 텔레비전 밖에서 하늘은 여전했고, 아인 타레크의 우리 집도 그대로였죠.

그래서 그들이 왔을 때, 우린 그들을 보지 못했어요. 처음엔 금요일, 정오가 지난 시간에 그들이 도착했어요. 어머니와 나는 확성기에서 울려 퍼지는 굵은 목소리에 깜짝 놀랐어요. 평소엔 이맘 하지 라흐다르가 설교를 했어요. 늙은 셰이크인 그는 하느님의 아름다운 말씀을 읊으며 결혼식을 주례하고 장례식도 집전하는 사람이었어요. 그런데 그날, 금요일은 달랐어요. 가을이었어요. 기억해. 새 학기가 시작되어 여자아이들이 학교 가는 길에 우리 집 앞을 지나갔거든. 머리에 색색의 리본을 달고 분홍색 앞치마 교복을 입은 아이들이 어찌나 예쁘던지. 마치 그 아이들의 엄마라도 된 듯 내 배에서 그 아이들의 발걸음이 느껴졌어요. 하느님께서 내 증인이에요, 동생. 그날은 금요일,

학기가 시작되고 두 번째 금요일이었어요. 학교는 올리브 나무에서 골목 두 개를 지나 있었고, 모스크는 올리브 나무보다 골목 세 개 전에 있고, 남자들만 가는 카페는 올리브 나무 왼쪽으로 일곱 골목을 더 가야 나오고, 암미 무사로 가는 길은 올리브 나무 오른쪽으로 골목 열 개를 가야 나왔어요. 그 올리브 나무는 내 딸을 내 몸에 품게 했던 배꼽 같은 존재예요. 그 나무는 하늘과 땅의 방향을 가리키고, 골목길과 밤과 낮의 방향을 알려 주고, 아인 타레크로 온 낯선 이들을 안내했죠. 동생도 그 나무한테 물어보면 알 거예요. 산에서 온 사람들은 울부짖는 목소리로 분노한 하느님과 남자들, 율법과 명예 이야기를 했어요. 우린 그 목소리가 원하는 게 뭔지 이해했죠. 여자들은 남성 보호자의 발걸음을 따라가는 경우를 제외하곤 더 이상 마을 거리를 돌아다니지 말라는 거였어요.

그 후로 테러리스트들은 거의 매일 왔어요. 곧 우리는 그들이 사람들의 목을 베는 자들이라는 걸 바로 알게 됐어요. 그들은 텔레비전 속에서 나와 우리 마을로 내려온 거였어요. 그들은 여러 가지 법을 강요했어요. 여자들이 거리를 다니는 걸 금지했고, 그다음 주에는 학교를 폐쇄했고, 그다음 주에는 아인 타레크 시청을 봉쇄했고, 이어서 다른 것들도 그런 식이었죠. 우리 고향에선 아무도 입도 뻥긋 않았어요. 우아르세니스산맥은 너무 가까워서 모든 걸 듣는 것 같았죠. 심지어 심장과 심장이 속삭이는 소리까지. 밀루드는 우리 집 근처에서 몇 시간을 머물렀어요.

남자들은 우리 여자들, 그러니까 처녀들과 어린 여자아이들이 어떻게 될까 무서워했어요. 그게 다 느껴졌지. 우리 아버지는 거의 잠을 안 주무시고 마당을 서성거렸어요. 어머니의 눈에선 공포가 보였어요. 악마는 우릴 잠들게 하지도, 완전히 깨어 있게 하지도 않았죠. 우린 그렇게 하늘과 땅 사이에, 계절들 사이에 불안한 그림자들처럼 있었어요. 모든 게 잿빛이었죠, 올리브 나무만 빼고.

  집안일을 하다가 잠시 시간이 나면, 또 밤이 되면 난 올리브 나무를, 그 은빛 잎사귀들을 가만히 살폈어요. 밀루드는 그 나무에 천 조각과 스카프를 묶어두곤 했어요. 나무줄기에 뭔가를 그리거나 주변의 잡초들을 뽑았어요. 울타리에 기대어 웅크린 채 몇 시간이고 담배를 피웠어요. 그는 내 창문을, 내 눈을, 내 붉은 머리를 바라보았고, 잠깐 나를 바라보고 나머지 시간엔 나를 상상하며 지냈어요. 전에는 이런 장난을 하면서 웃었지만, 테러리스트들과 함께 있던 그 시절 난 그의 얼굴에서 다른 것을 읽었어요. 그도 두려워하고 있었어요. 그의 두 남동생은 실종되었고, 그들이 마키에 합류했다는 소문이 돌았어요. 마키가 뭔지 난 몰랐어요. 그것은 우리 머리 위의 산이었고, 침묵이었고, 매일 밤 격한 설교를 내보내는 모스크의 확성기 소리였어요. 테러리스트들은 금요일이면 우리 동네로 내려와 모스크에서 연설을 하고, 식사를 마치고 다시 마키로 떠났어요. 처음엔 손님처럼 와서 먹었어요. 그다음엔 남편처럼, 그다음엔 국가처럼 먹었죠. 그리고 그다음엔 우리 식량을 내놓으라고 요구하더라고요. 그래서 각 집에서 돌아가며 그들을 위해 요리를 해야 했어요. 하지만 밀루드는 내가 보기에 그걸 못마땅해 했어요. 그의 눈 속에는 수천 마디 말이 담겨 있었지만 그는 아무 말 없이 지친 손짓만 했죠. 해가 떠서 질 때까지 그는 담배를 피우며 생각에 잠겼어요. 그의 트랙터 두 대는 거의 일을 안 했어요. 왜냐하면 펠라[8]들이 거의 일을 안 했으니까.

우린 모두 알고 있었어요. 언젠가 산에 있는 사람들이 다른 것을 요구하리라는 것을. 아무도 그 말을 하진 않았죠. 심지어 우리 여자들도 아무 말 하지 않았지만, 다 알고 있었어요. 그래서 어느 날, 밀루드는 말하기로 결심한 거예요. 그는 암미 무사로 가 헌병들을 찾아가 모든 걸 다 말했어요. 그러자 산에 있는 사람들이 그걸 알게 됐어요. 우리 동네에선 산이 중매쟁이나 늙은 여자들보다 더 귀가 밝거든.

내 이름은 함라예요. 잘 적어 둬요. 이제 내가 어떻게 테러리스트가 되었는지 이야기할게요. 하지만 난 절대 대가를 받거나, 용서받은 적도 없는 그런 테러리스트였어요.

그다음 금요일, 정오에 창문을 열었어요. 평상시 남자들이 기도하러 가 있는 동안 밀루드는 올리브 나무에 와서 거기 기대고 서 있었어요. 그는 매일 그곳에 와서 제게 신

---

8 북아프리카나 중동에서 소작농이나 농부를 가리키는 말이다.

호를 보냈어요. 우린 종종 웃었고, 말없이 입술만 움직여 애기를 나눴어요. 마을에선 다 알고 있었지만, 그건 할랄적인[9] 이야기였어요. 그날도 난 창문을 열었어요. 밀루드는 그곳, 올리브 나무 근처에 있었어요. 몇 년 동안 그랬던 것처럼 말이죠.

그런데 그가 웃지 않는 거예요, 동생. 눈을 감고 얼굴을 찡그리고 있었어요. 그는 내 머리칼처럼 붉은색으로 물들어 있었어요. 아, 그를 참수한 거였어요. 그러고 나서 올리브 나무에 매달아 놓은 거예요.

아, 동생, 이건 꼭 적어 줘요. 그날은 내 결혼식 날이었어요. 나, 함라, 아인 트레크 마을의 울레드 타레크의 딸인 나의. 밀루드는 내가 본 적이 없는 옷을 입고 있었어요. 테러리스트들이 그에게 결혼 예복을 입혀놨던 것 같아요, 아마도. 그의 흰 셔츠에는 피가 묻어 있었고, 혀는 바깥으로 튀어나와 있었어요. 마치 어린 여학생들에게 얼굴을 찌푸리고 있는 것 같았죠. 그의 얼굴은 잿빛이었어요. 올리브 나무는 푸르렀고. 산에 있는 놈들이 그의 목을 베고 거기 매달아 놓은 거예요.

그날 저녁, 난 테러리스트가 되었어요. 결혼식처럼 행렬이 날 호위해 새로운 집으로 데려갔어요. 난 겨우 열여덟 살이었는데. 동생, 그건 긴 행렬이 아니었죠. 환호성도 없

---

9   할랄은 재료 규정을 지킨 음식을 뜻하다가 행동이나 관계 등으로도 그 의미가 확대된다. 즉 종교적, 도덕적으로 비난받지 않을 깨끗한 관계를 의미하는 비유법으로 보인다.

고, 대신 무장한 남자들만 있었어요. 아버지가 묶인 채 무릎을 꿇고 엉엉 우는 모습을 처음 봤어요. 어머니는 땅바닥을 뒹굴며 비명을 지르고, 발길질을 당하면서 머리카락을 쥐어뜯었어요. 난 정신을 잃었어요.

아니, 이모, 울지 마세요. 다 옛날이야기잖아요. 아무도 울면 안 돼요. 난 테러리스트에요.

그렇게 우릴 데려갔어요. 우린 여섯 명의 처녀들이었어요. 열네 살에서 열여덟 살 사이의 어린 여자 여섯. 그중에서도 내가 가장 아름다웠어요. 엉덩이까지 물결치고 남자들의 눈을 불태우는 붉은 머리칼, 갈색 피부와 행복한 여자라는 평판까지. 그들은 우리 머리에 자루를 씌우고 산속에서 열리는 결혼식에 태워 갔어요. 엄마는 하느님을 욕했고—하느님께서 어머니를 용서해 주시길.—아버지는 아무 말도 못하고 우시기만 했어요. 무릎이 꿇린 채, 손이 등 뒤로 묶여서. 이 년 후 아버지가 돌아가신 걸 알았어요. 심장에 총알이 박히지도 칼에 찔리지도 피도 흘리지 않고, 아무 일도 없이. 내가 끌려갔을 때 아버지는 무릎을 꿇은 채 쓰러져 그대로 돌아가신 거예요. 엄마는 실성했고, 몇 달 후 내 본명을 울부짖으며 부르다 돌아가셨어요. 아무 대답도 해 주지 않는 산에 대고 돌멩이를 던지다가.

내 이름은 함라예요, 이제 알죠?"

난 고개를 끄덕인다.

어린 소녀가 내 옆에 앉아 내 손을 꽉 쥔다.

"우린 몇 시간이고 차를 타고 달렸어요. 좌로 우로 위로 아래로, 사방으로 흔들리며 갔어요. 어느 순간 보니 산속 깊은 곳까지 와 있었어요. 사람들이 우리 머리에 씌운 자루를 벗겼고, 우리 아인 타레크의 여섯 처녀는 울었어요. 우리가 통곡하자 미래의 남편들은 그런 우릴 비웃더니 마구 때렸어요. 도로가 끊겨 있어 거기서부터는 몇 시간을 계속 걸어갔어요. 더 이상 아무것도 없는 곳이었어요, 사람도, 동물도. 죽음으로 향하는 듯 텅 빈 길이었죠. 날이 잿빛이었지만 하늘이 밝아지더니 우린 높은 곳의 공터에 와 있었어요. 바위들에 움푹 팬 곳이 있었고, 거기에 함석판과 방수포가 덮여 있었어요. 마키 사람들은 땅바닥에서 그대로 사는 거였어요. 바닥 위에 작은 화로를 놓고. 접시니 조리 도구니 거기엔 모든 게 다 있었지만 다 더러웠어요. 사방에 흙이 묻어 있고, 먹을 때마다 입에서 흙 맛이 났죠. 옷도 더러웠고. 우린 그곳에서 이 년을 살았을 거에요. 이것도 말해도 돼요.

첫날 우린 묶인 채 서서 기다렸어요. 아주 힘이 세게 생긴, 거인 같은 여자 둘이 우릴 보러 와선 어떻게 새로운 삶을 살게 될지 설명했어요. "여긴 하느님의 법이야!" 그들은 고함을 쳤어요. "오늘 저녁, 너희는 씻고 흰옷을 입고 화장을 할 거다. 마침내 여자가, 아내가 되는 거지." 그들은 남자처럼 군복을 입고 무기를 들고 있었어요. 우리 중 막내가 그 여자들한테 울면서 소리쳤죠. "우리 남자들이 오고 있으니, 두고 봐!" 그러자 두 경비병이 숲 공터로 그 아이를 질질 끌고 갔어요. 처음엔 호기심을 보이다가 나중엔 즐거워하는 남자들의 눈앞에서, 그 아이를 나무 몸통에 묶었어요. 그들은 그 아이의 몸이 피범벅이 될 때까지 채찍질했어요. 그 아이의 머릿속에서 말 한마디 안 남고 입에서 신음도 안 나올 때까지. 피뿐이었어요. 그 아이는 더 이상 아무 말도 하지 못했고, 우린 그 아이 대신 벌벌 떨었어요. 다음날 그 아이는 죽었어요.

우리 다섯 명의 처녀는 덜덜 떨었어요. 우릴 동굴 하나로 밀어 넣더니, 저녁때까지 준비하고 있으라는 거예요. 각기 다른 용도를 위한 세 개의 동굴이 있었어요. 첫 번째 동굴은 보급품 보관, 두 번째 동굴은 무기 보관, 세 번째 동굴은 해산하는 여성들을 위한 곳이었어요. 이 세 번째 동굴에서는 어린 소녀들이 깔개 위에 누워 있었고, 갓난아기들이 울고 있었어요. 한 노파가 날 맞이했어요. 그녀는 이상하게 슬픈 표정이었고, 정신이 딴 데 가 있는 것처럼 보였어요. 마치 반쯤은 이 세상 사람이 아닌 것처럼. 내가 말을 붙이자 노파가 대답했어요. "딸아, 내가 뭘 해 주면 좋겠니? 여기 젊은 여자들을 봐라. 다 임신했고 여기서 아이를 낳아야 해. 자, 난 저들을 돕는단다, 하느님의 이름으로. 하느님께서 이 불행한 여자들을 도우라고 날 부르신 거야." 난 바닥에 누워 있는 여자들을 보면서 울기 시작했어요. 저렇게나 어린데! 어떤 아이들은 겨우 열세 살이나 열

네 살이었어요. "어머니, 저들이 여기서 나한테 무슨 짓을 하려고 하는 거죠?" 날 달래는 노파의 품에 안겨 나는 같은 말을 반복했어요. "뭘 원하니, 딸아. 이건 우리의 운명이야. 그들은 널 시집 보낼 거다, 뻔한 일이야. 넌 정말 예쁘구나! 머리칼이 이렇게나 길고 부드럽고 반짝이다니!" 난 노파를 밀쳐 냈어요. "하지만 여기서 도망칠 수 있잖아요, 그쵸?" 노파는 슬픈 표정으로 말했어요. "이곳에서 도망 갈 수 있었다면 이 애들이 네가 오기 전에 했을 거다." 우린 말없이 있었어요. 밖에선 나무들이 흔들렸고, 하늘은 밤을 향해 미끄러져 갔죠. 백 년을 달려도 그 거인 같은 그림자를 벗어날 수가 없을 것 같았어요.

해 질 녘, 남자들이 돌아왔어요. 그들은 수가 많았고, 거만하고, 화가 나 있었어요. 난 그들을 봤어요, 그들의 소총, 정글도, 허리띠 단검, 무거운 군화들도. 그들은 분리된 각자의 오두막에 살았어요. 여자는 두 그룹으로 나뉘었어요. 한쪽은 처녀, 다른 한쪽은 배가 불룩하거나 갓난아기를 둔 여자들이었죠. "알라의 군대는 많아야 하고, 그 병사들은 늘어나야 한다." 어느 날 감시하는 여자들이 설명해 준 말이에요. 그러니 우리는 신을 위한 전쟁을 치르고 있는 남자들을 기쁘게 해 줘야 하고, 요리를 해야 하고, 아이를 낳아야 한다고요. 절대 목소리를 높여서는 안 된다고도 했어요, 동생. 절대 소리를 지르거나, 울거나, 너무 많이 말을 해서도 안 된다고. 나 자신과 나의 이름을 마지막으로 기억한 게 그날 저녁이었을 거예요. 내 이름은 함라예요. 하지만 난 그 이름을 울면서 잊어버렸어요.
　가끔 잊는다는 건 알라의 자비예요, 동생.

　그 후 며칠 동안 우린 텔레비전에 나오는 아름다운 여성들처럼 더 현대적인 이름을 받았어요. 경비병들은 우리에게 흰 드레스와 화장품, 향수를 가져다주었고, 우린 강제로 씻도록 강요받았어요. 저녁 이샤 기도 시간에는 향수를 뿌리고 공터에 줄을 섰어요. 밤이 깊어지자 키 큰 나무들이 마치 정령처럼 우릴 지켜보고 있었어요. 왜냐하면 우리의 결혼식 날이었으니까, 내가 다섯 살 때부터 기다려 온. 올리브 나무를, 아니면 밀루드를, 엄마를 아니면 아버지를 떠올리면 내가 미쳐 버릴 거라는 걸 알았어요. 그래서 다 잊기로 결심했어요. 난 이전 생의 기억들에게 이렇게 말했어요. "떠나. 내 머릿속에 더 이상 있지 마. 난 이제 함라가 아니야." 그랬더니, 정말 그 기억들이 떠났어요.
　그 무리의 에미르가 내 머리카락을 보고 나를 가리켰어요. 난 강제로 결혼해야 했어요. 숲 전체가 요리 냄새, 진귀한 요리 냄새로 가득했어요. 심지어 케이크까지 가져왔더라고요. 여자들이 갓난아기를 재우려고 콧노래를 불렀던 기억이 나요.
　이 년 동안 나는 후리아라는 이름으로 불렸어요. 남편은 카티바의 우두머리였고, 쉰 살이 넘은 사람이었어요. 다른 네 명의 처녀들도 강제로 결혼을 했어요. 이런 말로 다 해치웠죠. "난, 내 사람이 된 너와 결혼한다." 그리고 우린 각자 오두막으로 갔어요. 다음 날 남자들은 산 아래 마을로 내려가 사람들을 죽이고 목을 베고, 돈과 음식, 옷, 향수를 가득 싣고 돌아왔어요.

 난 다른 이름을 가지고 있었고, 더 이상 내가 아니었어요. 다른 처녀들도 마찬가지였죠. 우린 이렇게 이 년을 살았어요. 임신을 하자 배가 부풀어오르기 시작했어요. 엄청나게 부풀어 날 삼켜 버릴 것만 같았죠! 그리고 어느 날 아이를 낳았어요. 아들이었어요. 난 소리를 질렀고, 울었고, 우리 아버지를 생각했어요. 하지만 난 이 아이를 원치 않았어요. 불쌍한 것. 아이는 내 쪽으로 눈을 떴지만, 난 고개를 돌려 하늘을 봤어요. 젖을 먹이지 않으려고. 그 아이에게선, 신의 율법이라고 하는, 지도자인 그 아이 아버지 냄새가 났으니까.

 다른 네 명의 처녀 중 한 명은 신의 병사들에게 침을 뱉어 살아남지 못했어요. 그날 저녁, 그들은 비틀거리는 우리를 오두막에서 데리고 나와 마키에서 가장 나이 많은 여자들과 나란히 세운 다음, 우리 마을의 그 소녀를 보여 준 후 목을 그었어요, 동생. 밤이면 잠들기 위해 내 붉은 머리칼 냄새를 맡던 내 남편인 에미르의 명령에 따라 머리를 서쪽으로 향한 채.

 그러던 어느 날, 군인들이 대대적인 소탕 작전을 개시했고 남편은 죽었어요. 남편이 죽었다는 소식에 난 큰 안도감에 한숨을 내쉬었지만, 이내 정신을 차렸어요. 절대 기쁨을 드러내선 안 되었으니까. 남편이 죽고 일주일 후, 난 다시 내 뜻과 달리 결혼했어요. 산에서는, 거기 위에서는 그게 법이었죠. 키 큰 나무들의 소리는 잘 들어주는 하늘이 우리의 소리는 전혀 들어주지 않았어요. 우린 요리하고, 씻고, 화장하고, 남자들의 귀가를 기다렸어요. 도망칠 수 없었냐고? 불가능했어요. 항상 감시하는 여자들이, 보초들이 있었으니까. 도망친다고 해도 어디로 가요? 난 또 임신을 했어요. 배가 내 몸보다 큰데 어디로 가? 그래서, 그 잿빛 마키에 있는 동안 버텼어요. 하늘을 봤어요. 빨래를 했어요. 청소를 했어요. 다른 할 일이 없었어요. 하느님조차 산에서는 그렇게 높은 곳에 올라오지 않았어요. 우린 침묵을 지켰고, 속삭이는 것조차 거의 허락되지 않았어요. 그래서 이름을 잊은 이후부터 난 다 잊었어요. 말도, 비명도, 소리도.

세 개의 동굴, 오두막, 그리고 나무 사이를 맴돌며 사는 늘 똑같은 날이었어요. 어디로 가야 했을까요, 동생? 어디가 위고, 아래인지, 오른쪽인지, 왼쪽인지 알 수 있어야지. 우린 길을 잃은 채 포위당해 있으니, 입을 다물어야 했어요. 단 한 번 비명을 질렀다고 목이 베인 처녀들도 있었어요. 진짜야, 동생, 내 말 믿어요. 다른 처녀들이 그녀들을 대신하면 되었으니까. 교체된 여자들은 죽은 여자들 이름을 그대로 썼어요. 똑같은 이름을. 드레스도, 향수도. 아무도 서로가 누구인지, 거울 속에 있는 자가 누군지 몰랐어요. 그래, 하느님께서 우리에게 망각을 주셨으니까. 그렇게 매일매일, 난 조금씩 날 지웠어요. 어떻게 내가 밀루드와 그의 결혼 예복을, 고개 숙인 아버지를, 눈물짓는 어머니를 다시 생각할 수 있었겠어요? 아무 소리도 못 듣던 마을과 하늘을 어떻게 떠올릴 수 있었겠어요? 어떻게? 맞아, 하느님께서 망각을 허락하시는 건 그분의 자비예요, 동생.

아무것도 없었어요. 장작불, 향수, 부엌, 그리고 내가 눈마주치고 싶지 않은 아이가 있었죠, 그래서 죽은. 두 번째 남편도 그렇게 됐어요. 어느 금요일, 그는 아랫마을에서 돌아오지 않았어요. 근데 내가 임신 중이라 그냥 내버려뒀어요. 내가 아이를 낳을 때까지 기다렸다가 세 번째 신의 병사에게 바치기로 한 거예요. 하지만 난 내 이름을 잃어버렸기에 모든 것이 꿈만 같았어요. 배가 부풀어 오르고 무거워져 움직일 수 없었어요. 종종 난 거대한 나무 아래 앉아 아무것도 하지 않고 지냈어요.

그리고 그게 날 구했죠.

왜냐하면, 아무것도 하지 않았던 그때, 몇 달 전부터 그들이 우리에게 어떤 알약들을 줬다는 걸 알게 되었으니까. 내 눈으로 봤어요, 보초병들이 우리가 마실 물에 그 알약을 갈아 넣는 걸. 난 왜 내가 그 모든 걸 다 잊었는지 알게 된 거예요. 하느님이 내 눈을 뜨게 하시고, 또 나를 향해 당신의 눈을 여시어 내가 모든 걸 기억해야 한다고 정하신 거예요. 난 마시는 것도, 먹는 것도 거부하기 시작했어요. 맨날 토했어요. 배가 아파서 그런다고 했어요. 남자들은 내 등 뒤에서 보초병들과 숙덕댔어요. 동생, 난 인생을 건 거였어요. 언제든 목이 잘려 나갈 수 있었으니까. 거기선 생명이 거미줄에 매달려 있는 거나 마찬가지였어요. 그들은 날 좀 격리시키기로 결정한 거 같았어요. 나는 늙었고, 배는 불렀고, 어디서나 구토를 하고 다녔으니까. 그래서인지 그때 하느님께서 내게 누군가를 보냈어요.

처음에는 초라해 보였어요, 하느님의 전령은. 가무잡잡한 피부에 키는 작고, 더럽고, 손은 등 뒤로 묶여 있었죠. 한데 남자들이 때려도, 펜치로 손가락을 뜯어내겠다고 위협해도 그는 전혀 불평하지 않았어요. "만들어 주기만 하면 풀어주겠다!" 그들은 그에게 거듭 말했지만 그는 침묵했고, 그러면 그들은 다시 때렸어요. 저녁이면 그에게 먹을 것을 줬고, 그는 먹으면서 가끔 나를 빤히 쳐다봤어요. 하느님께서 그를 내게 보낸 거였죠.

그는 내 눈 속의 말을 이해했어요. 나중에 그는 멀리서 밀루드처럼 감히 신호를 보내기도 했죠. 밀루드처럼 눈으로 웃었어요. 그러자 밀루드가 내 머릿속에 돌아왔어요. 더 이상 내가 그들이 준 그 파란 알약을 먹지 않았으니까. 그 포로는 알고 있었어요. 그가 알고 있다는 걸 나도 알았고. 우린 서로를 가늠했어요, 부푼 배를 안은 나와 비밀스러운 생각을 품은 그가. 그의 생각은 내 배처럼 그의 머릿속에서 부풀어 올랐어요. 난 그걸 알았어요. 그도 그것을 알았고. 내 안에서 모든 게 다시 울렸죠. 내 가족들, 아인 타레크 마을, 내 운명, 수천 조각으로 깨져 버린 내 결혼. 모두 제각각 다른 곳에 흩어져 있었어요. 밀루드는 한 구석에, 올리브 나무는 다른 한 구석에, 여섯 처녀의 행렬은

맨 끝에, 나의 두 남편과 내가 젖 주기를 거부했던 아들과 함께.

모든 게 조금씩 형태를 갖추기 시작했어요. 하나씩, 조각조각. 하느님의 전령은, 그러니까 군 소속 폭탄 전문가였어요. 그는 폭탄 만드는 법을 알고 있었고, 산 사람들은 그래서 그를 납치한 거예요. 그들은 그에게 폭탄을 만들어 달라고 했어요. 처음에 그는 저항하고 거부했지만, 나를 보고는 마음을 바꿨어요. 내 배가 부풀어 오르는 동안 그는 폭탄을 만들었어요. 저녁에 에미르들과 부하들은 산으로 돌아와 그를 에워싸고 아첨하며 음식을 주고 이야기를 나누었어요. 그는 참여하는 척했죠.

그러던 어느 날, 그 일이 일어났어요. 라마단이 끝난 여름이었어요. 그는 정오 무렵 작업을 마쳤어요. 우리 그룹의 에미르가 그를 축하하고 목덜미를 쓰다듬더니, 그를 향해 탄창을 비웠어요. 난 그의 머리가 터지며 나무줄기를 피로 뒤덮는 것을 봤어요. 그의 몸은 꺼지지 않은 불처럼 하늘을 향해 연기를 피워 올렸어요.

난 알고 있었지만, 다른 사람들을 위해 뭘 할 수 있었겠어요? 난 그와 주고받은 시선과 신호, 미소만으로 모든 걸 이해했어요. 입을 열지 않고도 그는 모든 걸 설명해 준 거였죠. 나는 나무 상자 하나를 봤어요. 신부의 함처럼 생긴 그 상자 안에는 주둥이가 좁고 몸체가 둥근 병들과 온갖 색깔의 전선들이 있었어요. 꼭 결혼식 차 보닛에 놓인 꽃다발 같았죠. 공격은 다음 날로 예정되어 있었어요. 테러리스트들은 그 이야기를 하며 검고 누런 이를 드러내며 만족스러워했어요. 하지만 난 알고 있었어요. 밤이 내렸을 때 난 날 구해 줄 수 있는 유일한 것을 찾기 시작했어요. 남자 군화. 보급품을 넣어 두는 동굴에서 그걸 찾아 냈어요. 감시하는 여자들은 이제 거의 내게 신경을 쓰지 않았어요. 난 늙고 쓸모없는 존재가 되었으니까. 그래서 그 군화를 훔치고, 잠든 척했어요.

밤이 되었어요. 그리고 모든 게 폭발했죠.

지옥에서 들려오는 것 같은 소리가 터져 나왔어요. 세상의 종말이 온 것 같은 소리였죠. 심장을 가슴에서 뜯어내 입 안에 쑤셔 넣는 소리였어요. 그 소리가 그들을 다 죽였어요, 아니 거의. 나의 밀루드는 그들 저녁 식사 시간에 맞춰 폭탄이 터지도록 조작해 놓은 거였어요.

그다음에 난 달렸어요. 어둠 속을, 숲속을, 내 머릿속을, 그저 내 이름 함라만을 기억하며. 내가 절대 잊어서는 안 되는 그 이름을. 그 이름을 떠올리자 길이 환해졌고, 바람의 방향을 따라 길의 방향도 그려졌어요. 밤이었는데도. 난 군화를 신고, 또 엄청 부른 내 배를 안고 달렸어요. 난 임신 구 개월째였어요. 달리고 또 달렸어요. 그러다 어느 순간, 내 몸이 둘로 찢어지는 것을 느꼈어요. 양수가 터지고 있었던 거예요. 난 마디가 굵은 나무 아래 몸을 웅크리고 앉았어요. 그리고 거기서 아기를 낳았어요, 그 나무에 기대어. 가장 어두운 밤, 가장 낯선 세계에서, 내 비명과 두 손 말곤 아무것도 없이 혼자서. 그들은 다 죽었을까? 생존자는 없었을까? 그들이 날 잡으면 내 목을 벨 거라는 걸 난 알고 있었어요. 난 주변에서 돌을 찾아 그걸로 갓난아기의 탯줄을 잘랐어요.

16

"망각은 자비예요. 우리의 힘이죠. 왜냐면 하느님조차 그건 할 수 없거든요, 동생, 오, 기분 나빠하지 마요. 난 하느님을 사랑하고 그분 율법에 순종하는 사람이에요. 하지만 지금은 여자끼리잖아요? 내 이름을 기억해 줘요. 그 이름을 기억하면서 살아남을 수 있었으니까. 무덤처럼 어두운 숲속에서 난 비명을 지르고 울부짖고 피를 흘리며 다시 일어났어요. 이어 망각이 찾아왔어요. 그건 하느님이었어. 그분의 자비, 위대함, 아니면 다른 무언가였을지도 모르고. 어쨌든 그 일이 일어났어요.

난 길 위에 서 있었어요, 당신이 이곳으로 올 때 지나온 바로 그 길이요. 그 길은 멀리서 시작되어 암미 무사를 지나 아인 타레크를 지나, 여길 지나 내 머릿속으로 이어지죠. 새벽이 오기 전, 난 피투성이가 된 채 길가에 앉아 있었어요. 그 시간에는 차가 지나가지 않아 그냥 기다렸어요. 뭔가를 잊어버렸다는 걸 알고 있었죠. 난 그걸 느끼고 있었고, 두 손으로 내 배를 더듬거렸지만 그게 뭔진 몰랐죠. 끔찍했어요. 뭔가 머릿속에 있었는데, 난 제정신이 아니었어요……. 빙빙 돌며 산들을 쳐다봤어요, 밖에 보이는 저 산들을. 난 발을 굴렀고, 울고 싶었고, 산을 향해 돌을 던지고 싶었지만 아무 소용이 없었어요. 나는 중요한 뭔가를 잊고 있었어요. 한 방향으로 백 미터를 걸어갔다가 되돌아오곤 했어요. 도대체 뭐였을까? 허벅지 사이에 흐르는 피는? 뱃속의 이 불타는 것 같은 통증은? 나는 하느님께 분노했고, 먼 하늘을 올려다보며 저주하려 했지만, 밤하늘은 대도시 쇼윈도에 반짝이는 값비싼 천처럼 아름다웠어요. 난 거기서 길을 잃었어요. 보석, 왕관, 금빛 꽃, 결혼식에서 들리는 경적 소리가 있었어요. 그런데 뭔가가 내 손을, 아니 내 찢어진 옷을 잡아당기고 있었어요. 난 하늘 상점에 들어가 쇼윈도를 들여다보고 싶었어요. 미친 여자처럼 혼잣말을 하면서, 초대받지 못한 내 신세를 두고 웃다가 또 울었죠. 그렇게 나는 길가에 누워 신부 예물을 고르며 내 행렬의 차들을 기다렸어요. 별이 쏟아지는 하늘이 내 머릿속에서 환희에 찬 유유 소리를 울려 퍼뜨리는 동안 난 나쁜 기억들과 싸웠고, 마침내 행렬이 도착했어요. 내가 등을 대고 누운 땅바닥의 진동으로 느껴졌어요. 차 헤드라이트도 보였어요, 동생. 나를 찾으러 온 차들이었던 거예요. 아버지는 무릎을 꿇고 기쁨의 눈물을 흘리고, 어머니는 여자들의 노랫소리에 취해 행복에 겨운 춤을 추셨어요. 행렬이 도착했고, 차 문이 열리고 신부를 데려갔어요.

남자들이 나를 흔들고, 내가 우물 속에라도 있는 것처럼 내 이름을 불렀어요. '어디에서 왔어요? 어디에서? 그 자들은 어딨죠?' 그들은 거푸 물었고 난 대답했어요. '기쁨의 눈물을 흘리고 있는 아버지 집에서요…….' 그러자 그 찬란한 결혼식 날 밤 내 앞에 서 있던 한 남자가 손전등을 비추며 소리쳤어요. 밀루드 대령님, 이 사람 피투성이에요! 아이를 낳았어요, 죽을 겁니다.' 난 비명을 질렀어요."

17

"사람들이 갓 태어난 내 딸을 발견했어요. 올리브 나무 아래에서요. 딸아이가 아름다운 눈을 뜨고 내 얼굴을 바라보는 순간, 내가 누군지 떠올랐어요. 그 아이가 어떻게 살아남았는지 모르겠어요. 하느님의 자비였겠죠. 딸아이는 늑대에게 잡아먹히지도, 갈증이나 굶주림으로 죽지도 않았어요. 도움을 청할 수 있도록 내가 숨겨 둔 덤불 아래에 그대로 있었던 거예요. 하느님, 저를 용서하소서. 숲속에서 피투성이가 된 몸으로 아이를 안고 도망칠 수가 없었어요. 하느님께서 내게 망각을 허락하셨고, 바로 그 망각이 우릴 구한 거예요, 동생. 그건 망각이었어요, 내 배를 덮은 천 같은, 연민 같은, 천국 같은.
　우린 병영으로 이송되어 그곳에서 두 번째 삶을 시작했어요. 산에서 온 사람들이 복수하러 올지 모르니 아인 타레크으로는 절대로 돌아가선 안 된다고 했어요. '당신 아버지는 당신이 떠난 후 돌아가셨고, 어머니도 곧 돌아가셨습니다.' 한 군 장교가 이렇게 말하며 이후 따라야 할 절차를 알려 줬어요. 동생, 이렇게 해서 내가 '테러리스트'라고 불리게 된 거고, 정말 그렇게 됐어요. 난 그들에게 마키의 위치를 알려줬어요. 하지만 군인들이 게릴라들의 매복에 당하는 바람에 난 공모 혐의로 기소되었어요. 딸을 품

[452]

에 안은 채 삼 년을 감옥에서 보냈어요. 풀려나고 나선 영원히 테러리스트가 되었죠. 일을 할 수도, 빵을 구걸할 수도, 살 곳을 찾을 수도, 영원히 떠돌 수도 없었어요. 날 받아 주고 딸의 수치를 씻어 주신 분은 바로 여기 계시는 이모의 남편이었어요. 이모부는 우릴 먹여 살리고, 딸과 날 보호해 주세요. 그분 그늘에 살아갈 수 있음에 하느님께 감사할 따름이죠.

내 이름은 함라예요. 가끔은 솔직히 내 이름이 정말 그런가 의심스럽기도 해요. 여러 번의 삶과 죽음을 겪은 사람에게 얼굴 하나는 부족해요. 동생, 내가 바라는 건 이거예요. 우리를 위한 권리를 얻어 주는 거. 폭행당한 여자들, 아버지 없는 아이를 가진 여자들, 고발당한 여자들, 테러리스트로 불리는 여자들, 납치당한 여자들, 실종된 처녀들의 권리를……. 이제 내게 남은 명예는 단 하나, 바로 내 딸뿐이에요. 난 딸아이가 결혼 준비하는 걸 돕고, 그 아이가 행복하기를, 자식도 많이 낳길 바래요. 그 아이 결혼식에 참석해 눈물을 쏟지 않고 춤추고 싶어요. 가서 내 이야기를 해요. 올리브 나무에게, 돌에게, 길에게도 물어봐요. 날 와서 다시 찍어 줘요. 내 딸이 결혼할 때까지는 살고 싶어요. 내가 그 애 혼수품을 만들어 온 게 몇 년째예요. 그 아인 긴 행렬과 수많은 여가수들의 노래 속에서 행복할 거예요. 가끔은 잘생긴 청년들이 우리 창문 밑을 지나가기도 해요.

자, 어서 가요!"

18

　난 울고 있었다.
　환각에 사로잡힌 자신의 눈앞에서 참수된 함라. 그녀 또한 목소리를 잃었다. 성대가 잘린 채 중얼거리고 있었다. 들었니, 나의 후리? 그녀 또한 오래된 거짓 천국에서 떨어진 거였다. 그녀의 가냘픈 목소리와 내 목소리가 내 머릿속에서 하나가 되었다. 그리고 우린 모두 외쳐야만 했다. 우리의 목소리가 들리게 해야 했다! 난 울고 있었고, 내 눈물에 분노했다!
　아이들이 내 곁에서 거의 뛰다시피 했다. 나도 서둘렀다. 이번엔 다 끝내고 싶었으니까, 내 사랑스러운 아이야. 언덕 꼭대기에 다다라 널 위한 진실을 확인하고 어서 이 마을을 벗어나고 싶었다. 그래서 우린 떠났다, 예언자의 말씀대로 미소 하나로 우주를 환히 밝힐 수 있는 나의 아름다운 아이야. 내 안에는 오로지 너뿐이었다, 목적을 상기시켜 주는 존재는. 그 목적은 내 입안에 있었다, 오래되어 씹어도 아무 맛도 안 나는 질문처럼.
　나는 하늘 끝, 언덕 꼭대기를 향해 올라갔다. 멀리서 분노에 찬 외침과 항의 소리가 들렸다. 나는 부유하고 커다란 집들이 모여 있는 곳에 다다랐다. 멀리, 진동의 근원이 내 눈에 포착되었다. 금빛과 내세를 흉내 내려 노란색으로 칠한, 말도 안 되게 거대한 돔을 얹은 큰 건물. 그것은 언덕 꼭대기에 아슬아슬하게 자리 잡고 있었다. 회랑, 타일로 마감한 현관, 그리고 벌집처럼 뚫린 타원형 창문이 있는 2층 건물. 거대한 파라오의 신전처럼, 모스크는 마치 저 아래 신도들이 바치는 식량과 제물을 받아들이기라도 하려는 듯, 바위 기슭 위에서 마을을 굽어보고 있었다. 웅장한 대리석 계단 위 입구에 표지판이 걸려 있었다. 아래쪽 벽은 흉측한 회색 타일에 싸여 있었다. 나는 달리던 걸음을 멈추고 넋이 나갔다. 그리고 그 익숙한 분위기가 어디서 비롯되는지 깨달았다. 건축가가 예루살렘의 모스크, 바깥 언어로는 '알 쿠드스'라 불리는 곳의 모스크를 재현해 지었기 때문이었다.

모든 것들의 위, 이 보잘것없는 세계 속에서 그 거대한 돔은 하늘의 절반을 집어삼키고 있었고, 주변 집들은 부풀어 오른 신의 발치에 놓인 돌멩이들처럼 보였다. 구름처럼 티끌 하나 없이 깨끗한 젤라바를 걸친 키 크고 마른 남자 주위에서 천 가지 빛깔의 흰색 옷을 입은 군중이 소리치고 있었다. 그는 확성기를 들고 마치 평온함을 내려 주겠다는 듯 다른 팔을 들어 올렸다. "진정하시오, 형제들. 이건 피트나요, 그리고 하느님께선 피트나가 살인보다 더 중한 죄라고 말씀하셨소." 군중은 내 눈에 이맘으로 보이는 그 남자에게 분노하고 있었다. 그는 설화석고로 된 거대한 계단의 첫 단에 올라서 있었는데, 그 계단은 외눈박이 모스크의 두툼한 입술 같은 입구로 이어지고 있었다. 나는 눈을 더 높이 들어 올려 비계의 뼈대에 감싸인 미완성의 거대한 미나레트를 보았다. "악마와 그의 소문을 경계하시오. 나는 누구에게도 당나귀 고기를 팔아 본 적이 없소. 하느님께서 나의 증인이시오!" 셰이크는 빈손으로 거듭 돔을 가리키며 말했다. "여러분은 나를 알지요. 나는 수년간 여러분의 이맘이었소. 하느님께서 내게 재산과 돈을 맡기셨다면 그건 우리 중 가장 가난한 사람들과 나누라고 하신 것이오. 이곳에는 오직 여러분과 하느님, 그리고 그분의 예언자만이 계셔 우리를 지켜보시고 인도하시는 것이오. 나는 여러분이 먹는 것만 먹을 것이고, 내 아들에게 하느님과 그의 예언자께서 축복하신 것만 먹이겠소."

그의 목소리는 진실과 아름다움, 그리고 은근한 꾸짖음이 뒤섞인 온유함이 있었으며, 넉넉한 매력의 가장 깊은 곳에서 길어 올린 듯했다. 그렇게 멀리서 나는 그의 얼굴을 상상할 수밖에 없었다. 그 목소리가 불러오는 약속대로라면 그는 힘센 어깨와 수호의 날개를 지닌, 복잡한 지식으로 희게 샌 수염과 천국과 하디스의 규범에 맞춰진 균형 잡힌 몸을 가진 천사였다. "신앙의 형제들이여, 여러분의 귓가에 속삭이는 건 악마의 목소리요. 집으로 돌아가 하느님의 이름을 외고, 그분을 위해 바친 것을 드시오." 이맘이 되풀이했다. 그러나 그 성대의 아름다움은, 그가 자꾸 흔들어 보이던 고장 난 기기의 고집 센 쇳소리 속에 묻혀 사라지곤 했다, 그의 몸짓으로 짐작하건대.

나에게 등을 보이고 있던 무리가 썰물처럼 빠져나갔다.

몇몇 항의하는 소리가 들렸지만 바로 진정되었다. 자기 역할에 사로잡힌 듯, 이맘은 보통 대기도의 끝을 알릴 때 읊는 오래된 기도를 시작했다, 바로 그때, 어린 랍하가 소리를 질렀다.

아이는 어린 나이와 열정에 휩쓸려 그만 경솔한 짓을 하고 말았다. "이분은 기자예요. 우리 이야기를 위해 여기 왔어요!" 아이의 가느다란 목소리가 기도 두 구절 사이를 뚫고 나왔다. 군중이 다시 조용해질 즈음, 마흔 개의 눈을 가진 모스크가 나를 향해 몸을 기울이는 것 같았다. 멀리 있어서 왜소해 보이는 이맘이 까치발을 들었다. "저깄어요!" 녹색과 금색의 나비 원피스를 입은 아이가 다시 말했다. 정말이지 네게 맹세하는데, 돔이, 가짜 금으로 장식된 그 돔이 햇빛 아래에서 대머리처럼 움직였어. 그리고 사람들은 나를 알아보았다.

19

 나중에 이맘은 내게 알라가 나를 구원했다고 말했는데, 그가 말한 알라는 자기 자신이었다. 이맘들은 이렇게 자기 자신을 가리킨단다. 알라의 아흔아홉 가지 이름 중에서 하나를 골라서 말이야, 매혹적인 눈을 가진 나의 후리. 우리를, 너와 나를 구한 건, 나의 담대함이었던 것 같다, 천 년처럼 길었던, 신성한 밤과도 같았던 그날에.
 군중이 호기심과 놀라움, 그리고 적나라한 분노에 휩싸여 나를 향해 몸을 돌렸을 때, 난 단 한순간도 주저하지 않았다. 이 집회야말로 횡재가 아니고 뭐야. 네가 진실을 알릴 이보다 더 좋은 방법이 있을까? 그들을 네 앞에서 행진시키고, 1999년 12월 31일 밤, 우리 언니를, 사랑을, 내 핏속에 흐르던 여름 같은 열기를 앗아간 그 밤의 이야기를 하려고 했다. 그리고 그때 난 행운의 미소 속에, 모스크의 마흔 개의 눈 아래서, 흰옷을 입은 백여 명의 남자가 그 고기가 할랄이냐 하람이냐라는 심각한 문제를 두고 모여 있는 걸 본 것이었다. 셰이크가 흔들어 대는 확성기를 낚아채 모두가 내 증언을 듣고, 나를 알아보고, 내 안에서 낮을 지워 버린 그 밤을 인정하게 할 절호의 기회였다. 이런 기회는 앞으로 쉬이 오지 않을 거라는 걸 알았다. 이 텅 빈 마을에서 모든 남자들이 한자리에 모여 있었다. 모든 여자들은 벽 뒤에서 귀를 기울이고 있었고, 아이들은 모두 서른세 살이었다. 이곳 주민 전부가 그런 모습이었으니, 마치 천국에서 상급을 받아 영원히 사는 신자들 같았다. 이제야 비로소 죽어 가는 듯한 나의 숨결이, 내 튜브에서 나는 오리 같은 작은 내 목소리가 세상에 들릴 터였다.

 제물로 쓸 고기의 의심스러운 출처에 관한 그들의 이야기는 마을에 하나뿐인 길 위에 혐오스러운 머리들을 남겨 놓았고, 그 머리들은 마치 그 아이들 떼처럼 터무니없는 율법을 따라 이 가파른 언덕을 거슬러 올라오며 굴러다니며 나를 뒤쫓았다.

20

　모여 있는 사람들이 나를 향해 돌아섰을 때, 나는 고개를 숙이지 않았다. 흉측한 미소를 스카프로 가리지도 않고 똑바로 걸었다. 수천 마디 말을 대신하듯 우스꽝스러운 왕관처럼 목에 박힌 내 굵은 튜브, 그것은 그곳에서 오히려 내 자부심이었다. 설교 중이던 이맘이 놀라 입을 열려던 순간, 나는 달려가 얼른 확성기를 빼앗았다. 그리고 파도처럼 나를 향해 몰려드는 군중을 마주 보았다. 그러나 서로 떼미는 아수라장 속에서 나는 갑자기 균형을 잃고 수많은 손에 붙잡혀 계단 아래로 끌려 내려갔다. 흰옷의 물결 사이로 항의하고 분노를 토하는 목소리들이 들렸다. "저는 엘비아, 칼레드 아자마의 딸……." 나는 확성기를 입에 붙이고 소리쳤다. 그리고 깊은 침묵이 익숙한 마을에 길고 날카로운 휘파람 소리가 울려 퍼졌다. 그 소리는 물론 말이긴 했지만, 동시에 그들의 귀에는 외설처럼 들리는 어떤 것, 아니면 오래된 끔찍한 기억이었다. 그 기억이 그들을 찢어발기고 해체했다.
　앞줄에 있는 남자들이 내게 달려들어 확성기를 낚아채려고 했다. "여자는 여기서 입을 놀려선 안 돼. 알겠어? 집안 좋은 여자는 집 안에 있어야지!" "널 지켜 주는 남자도 없어?" 군중 속에서 누군가 짖듯이 외쳤고, 손 하나가 나를 거대한 모스크 입구로 끌어당겼다. "누가 너를 보낸 거냐, 분열을 일으키라고?" 기적은 잃었으되 아름다움은 간직한 이맘의 목소리가 들려왔다. 불경한 피조물을 애통해하는 목소리였다. "닥쳐! 여자는 남자들 앞에서 목소리를 높여서는 안 돼!" 또다른 목소리가 소리쳤다. 제물로 바치는 고기 맛을 놓고 모인 이 사람들은 모스크의 그늘 아래에서 여자 목소리가 들리는 것을 두려워했지만, 정작 내가 더 이상 목소리를 낼 수 없는 사람이라는 것을 이해하지 못했다! 내가 여기, 그들의 고향이자 내 고향에 온 건, 바로 네가 이 어이없는 자들의 목소리를 듣게 하기 위해서였다. "입 다물어!" 그들은 소리쳤다. 하지만 난 이십일 년 동안 벙어리였지 않은가? 네가 굳이 와서 숨 쉬고, 살고, 하루하루 날을 헤아리고 싶어 하는 이 나라에서, 여자는 큰 소리로 기도할 권리조차 없다. 애도하며 흐느끼는 소리도, 발꿈치로 인도 밟는 소리도 들려선 안 된다. 여자는 노래를 하거나 모스크에서 설교할 수도 없다. 왜냐하면 우리의 목소리는, 나의 오래된 달님아, 쾌락의 억눌린 비명과 금세 바로 잊히는 출산의 신음으로만 이뤄져 있기 때문이다. 남자들이 우리 안에서, 또 우리 위에서 벌거벗은 그 두 순간. 우리의 아름다운 목소리는 언제나 남자들의 수치심 속에서 울려 퍼질 것이다.

그래서 그들은 내게 달려들어, 내가 이십일 년 동안 잃고 지낸 그것을 다시 빼앗으려 했다. 모두가 보는 앞에서, 동쪽 첫 번째 산 너머에서.

"알라께서 당신을 구원하셨소." 날카로운 얼굴의 셰이크는 나중에 내게 반복해 말했다. 우리는 모스크 안쪽의 작은 공부방으로 몸을 피했다. 이맘들이 설교를 준비하거나 남자들이 회개하며 자신의 성생활이나 상속 문제에 관해 그에게 난처한 질문을 하는 곳이었다. 인조 가죽 장정 제본에 금박 장식을 입힌 여러 권의 책들이 군대처럼 줄지어 서서, 바깥에서 스며드는 남은 햇빛을 모조리 빨아들이고 있었다. "알라와 그분의 예언자께서. 이 가엾은 사람들은 당나귀 머리 때문에 조종당하고 있어." 그의 아름다운 목소리는 그 목소리를 부정하듯 어울리지 않는 그의 육체에서 나왔다.

21

 난 수염이 난, 키가 크고 여윈 몸에 수척한 얼굴, 커다랗고 주의 깊은 검은 눈을 한 그 남자를 바라보았다. 격정적인 설교를 할 때 입었던 길고 하얀 젤라바를 그는 입고 있었다. 방문은 열려 있었고, 두 남자가 문간에 공손하게 서 있었다. 발을 구르며 몰려드는 군중의 난입을 두려워하는 걸까? "아, 그렇지, 딸! 당신의 행동은 위험했어. 군중은 예측 불가능해, 누이. 자칫 당신을 죽일 수도 있었어. 하느님께서 그리 되지 않도록 우릴 지켜 주시길." 그의 따뜻한 목소리가, 마을의 생존 신호처럼 희미하게 들려오던 소리들이 새어 들어오던 작은 창으로부터 나를 훅 끌어냈다. 그는 걱정을 간신히 감춘 채 나를 똑바로 보며 물었다. "기자는 아니겠지?" 나는 악몽 같은 막연한 감각에 휩싸여, 아무 말도 나오지 않았다. 아우성과 사악한 손들이 나를 모스크의 입구, 구리빛 아라베스크 문양이 새겨진 커다란 목문 쪽으로 밀어 대던 부서진 기억의 파편들. 두려움 속에서도 나는 여인의 가슴 위에 장신구를 벌려 놓은 듯 화려하게 장식된 그 문이 이 궁핍한 장소와는 어울리지 않는다는, 외설스럽다는 생각이 들었다. "그 사람들은 모욕당했다고 느낀 거야, 알겠나, 누이?"

 이 아름다운 목소리가 나를 혼란에 빠뜨렸다. 두 눈을

감으면, 영화에서 봤을 수많은 남자 배우들의 얼굴을, 백마를 탄 남자들을, 속삭이는 소리를, 그리고 모든 걸 바로잡아주는 옛 말씀들을 상상할 수 있었다. 하지만 내가 셰이크를 향해 두 눈을 들어올리는 순간, 그 기적은 멈췄다. 그의 얼굴에는 밤빛 같은 긴 턱수염과 함께 저주가 드리운 흔적이 있었다. 자신의 피 속에서 절대 보아서는 안 될 곳을 보면 받게 되는 그런 저주였다. 그의 부드러운 목소리와 날카로운 이목구비 사이의 대비는 불편함을 주었다. 어쩌면 셰이크가 일부러 그러는 건 아닐까, 후리? 난 그에게 점점 빠져들었고, 그의 눈빛은 나를 부추기는 듯했다. 그때 나는 무엇이 불협화음을 내는지 깨달았다. 칼날처럼 날카로운 그의 수염 색깔. 그의 나이와 눈 밑 그늘을 생각하면 도저히 이해할 수 없는, 절대적이고 완전한 검은빛이었다. 셰이크는 아마 쉰 살쯤 되어 보였다. 이 색은 내 미용실 팔레트에서 1번 색이다! 한 치의 뉘앙스도 없는, 진한 검은색. 이 완벽한 색을 얻기 위해 그는 정기적으로 수염을 염색했을 거다. 그가 입은 흰옷과의 대비는 매혹적이었다. 모호함 또는 두려움처럼. "오늘 있었던 당나귀 고기 사건은 그들에게 수치심과 분노를 불러일으켰을 거야, 누이. 그들은 가난하지만 자존심이 센 사람들이니까. 오늘 아침에 그 짐승 머리들이 발견되었는데, 그들 중 많은 이들은 어제 내 정육점에서 산 고기를 더 이상 먹으려 하지 않아." 나는 약간 어리둥절해진 채 그를 바라보았고, 그는 마치 희귀한 진품인 양 내 '미소'를 살펴보았다. 번득이는 섬광이 그의 눈빛에 지나갔고, 마치 내가 그의 사고의 빈칸을 채워 넣는 것 같았다. "누이는 죽을 수도 있었어. 물 좀 마시겠나? 뭐라도 먹는 건? 내 안사람이 뭔가 준비해 줄 거야. 누이는 알라께서 보내 주신 손님이야, 그분의 집에 초대받은 거지." 이어 그의 눈길은 내 청바지와 덤불 같은 내 머리칼로 내려왔다. 그는 약간 거리를 두려는 듯 살짝 뒤로 물러섰다.

 셰이크는 속으로 뭔가를 묻는 듯 잠시 생각에 잠겨 있더니, 이어 짜증스러운 기색으로 다시 현실로 돌아왔다. 바깥 소음은 잦아들었고, 내가 거의 일으킬 뻔했던 소동은 한 시간 전에 나를 맞이했던 침묵으로 바뀌어 있었다. 신의 집에서, 넌 금단의 열매처럼, 육체와 황금빛 책 사이에 숨어 떠다니고 있었다, 에덴에서 온 도망자처럼. 나는 잠시 아이사를, 예언자 동료인 아부 후라이라를 질투하던 그를 떠올렸다. 그는 예언자를 알고 지낸 시간이 몇 달밖에 되지 않았는데도 그의 말씀 수천 가지를 전한 인물이었다. "남자는 딸이나 누이, 어머니가 아닌 여자와는 단둘이 있어선 안 돼." 셰이크는 문 앞에 서 있는 수행자들을 향해 턱짓을 했다. "잠시 여기서 쉬시오. 당신이 언제 떠날지는 우리가 정해 줄 테니. 지금은 나갈 수 없어. 그들이 여전히 흥분해 있으니까. 그들은 좋은 사람들이지만 이런 이야기들, 그러니까 가난과 수치심, 악마, 질투 같은 것이 그들을 괴롭히고 있거든. 여긴 부유하지 못한 마을이라서." 그런데 이곳은, 하디스 대전집들에 칠해진 금박들이 넘쳐났다.

그 빛나는 금맥들은 책장을 타고 돔 천장까지 이어지면서, 이 좁은 방에 셀 수도 없이 쌓여 있는 쿠란의 표지를 타고 덩굴처럼 뻗어나가고 있었다. 이어 그 미세한 황금빛 흐름은 붉은 커튼 위로 흘러 황토색 양탄자로 떨어져 스며들었다가 길을 잃나 싶더니, 천장의 샹들리에에서 다시 반짝이며 되살아났다.

"다시 돌아오도록 하지." 깡마른 몸과 가짜 수염 속에 숨겨진 자애로운 목소리가 말했다. 셰이크는 재빨리 일어나더니, 나를 혼자 남겨두고 나갔다. 밖에서는 군중이 여전히 먼 곳에서 진동처럼 웅성거리고 있었다. 셰이크의 독특한 목소리가 도드라져 들렸다. 난 계단 높은 곳으로 다시 돌아간 그를 상상했다. 논의는 이어지다가, 잠시 멈췄다가, 다시 시작되었다. 내가 태어나고 또 죽은 이 마을에서 나는 어찌하여 죽음보다 더 심각한 추문처럼 취급받게 된 걸까? 내 바지 때문에? 내 머리카락 때문에? 남자들 사이에서 내가 목소리를 내려고 해서? 그들은 자신들의 이야기가 외부에 알려지고 백일하에 환히 드러나는 것을 두려워한 걸까? 아니면 내 가족의 성을 미워하는 걸까?

저물어 가는 낮이 나를 향해 닫혀 왔다. 꿈속에서도 이토록 멀리, 이렇게 무모하게 미지의 장소로 나아가 본 적이 없었다. 갑자기 강렬한 피로감이 엄습했다. 핏빛과 검은색의 부드러운 양탄자와 수그러든 빛 때문이었을까? 아니면 내가 여기 있는 것 자체가 너무 헛되게 느껴져서였을까? 난 잠을 청해 보려고 누웠다. 내 몸은 나 자신의 모든 것을,

심지어 너의 존재조차 잊으라고 했다.
  삼십 분 후, 염색한 수염을 한 이맘이 우유와 대추야자, 그리고 투명해 안이 다 보이는 포장지에 담긴 베일 하나를 가지고 왔다. 그가 날 이곳에서 나가게 하지 않으려 한다는 걸 나는 알아챘다. "여긴 알라의 집이야. 아무도 당신을 괴롭히려 여기 들어올 수 없어. 그러나 모스크에서 나가면 안 돼. 내일이면 신께서 당신 길을 열어 주실 거고, 당신은 집으로 돌아갈 수 있을 거야. 어느 도시에서 왔지? 알제?" 난 고개를 가로저었다. 이어 다 메말라 죽어 가는 내 목소리가 "오랑."이라고 대답했고, 그러자 그는 그 애처로운 숨결을 거두려는 듯 내 쪽으로 몸을 기울였다. 그의 두 눈이 내 벌어진 목에 매달렸다. 그가 걱정했을까? 아니다. 호기심이었을 뿐, 그러나 거리를 둔 채로. 누군가가 이렇게 가까이 내 기관에 다가오면서도 그 안으로 균형을 잃고 떨어지지 않는 사람은 드물다. 셰이크는 맹수 조련사처럼 내 주변에서 적절한 거리를 지키며 머물렀다. 그는 다시 한번 사과하고 "금방 돌아오겠다."고 했다. 그러고는 갑자기 무슨 생각이 떠올랐는지 얼굴이 갑자기 환해졌다. 바로 그때, 내 코앞에 줄줄이 놓인 그 표지들을 내가 읽었어야 했을까? 알라의 낙원에 있는 에메랄드 빛 천막에 머무는 나의 후리, 그런 걸까? 난 여전히 충격에 빠져, 포효하는 군중과 나를 갈기갈기 찢던 손들의 이미지에 사로잡혀 있었다. 내 안의 언어와 그 현학적인 금박을 통해 드러내 보인 것을 내가 알아봤어야 했을까? 그래. 하지만 난 껍질이 벗겨진 여자야, 나의 천사. 그리고 말[言]들은 내 통제를 벗어난 채 바깥으로 미끄러져 빠져나간다. 나는 몸통 위에서 흔들리는 머리 하나, 내 삶의 나머지에 간신히 다시 꿰매어진 채 흔들리고 있어. 알겠니. 그 허세 가득한 계단 위에 서서 나는 고향 사람들이 내 이야기를 따라 말하게 하려 했다. 이 먼지 쌓인 법정에서, 너를 상대로, 내 편에 서서 증언하게 하려 했다.

인정한다.

내 영원한 속삭임 속에서 나는 분명히 외쳤다. "난 아자마의 딸이에요! 난 아자마의 딸이에요!" 그러나 그것은 속삭임에 불과했다. 아무도 그 말을 듣거나, 우리를, 언니를, 엄마를, 아버지를 기억하지 못했다. 천 개의 손이 뒤엉킨 북새통 속에서, 1999년 12월 31일의 천 명의 죽음 역시 짓밟히고, 밟혀서 머리채가 잡히고, 끝내 밀려났다. 그 비참한 생존자들은, 자신이 잃은 죽은 자들이 내 목의 상처를 통해 다시 말을 거는 것을 거부했는지도 모른다. 이 당나귀 고기 이야기를 핑계로, 자신들의 유령과 숨바꼭질하면서 외면하는 것인지도 몰랐다.

22

 그와 나 사이에는 검은 베일이 그대로 비쳐 보이는 가방 하나가 놓여 있었다. "아자마의 딸이라고 했던가?" 이맘이 물었다. 난 고개를 끄덕였다. "딸아, 여기서는 성 따윈 아무 의미도 없어. 사람들은 매일 아침, 아니 거의 매일 아침 자기가 원하는 이름을 고르니까." 그는 나를 위해 골라야 할 말들의 바다에 압도된 척했다. "그렇다면 이곳, 하드 셰칼라 출신이라는 건가?" 나는 다시 고개를 끄덕였지만, 그가 방금 한 말에 여전히 놀라고 있었다. 방 한구석에서 아기 하나가 하얀색 파란색 리넨 바구니 속에서 거칠게 숨을 쉬고 있었다. 바로 그 순간 나는 너를 느꼈다. 깊은 대지가 꿈틀대듯 내 기관 표면으로 솟아올라, 그 위로 네 작은 머리를 밀어 올리고 아기의 요람 위로 몸을 기울이는 너를.
 그보다 조금 전, 내 안의 언어로, 너만 들을 수 있는 그 목소리로 나는 네게 율법을 상기시켰다. "남자는 악마와 공범이 되지 않고서는 낯선 여자와 따로 있을 수 없다." 내 동요를 느낀 칼 같은 이맘은 나를 안심시키기 위해 해결책을 찾아냈다. 해 질 녘 기도가 끝나고 그는 한 손에는 아내가 요리한 곱창 요리를, 다른 손에는 갓난아기의 요람을 들고 방으로 돌아왔다. 그는 자기 아들을 데리고 돌아온 것이었다! "이름이 이스마일이야. 우리 모든 무슬림의 조상처럼 말이지." 아이는 자고 있었다. 나는 몸을 기울여 아기를 만져 보고 싶은 충동을 억눌렀다. 거기서 네 얼굴의 흔적을 찾고 싶었기 때문일까? 맞아.

"여기서 이름은 중요하지 않다는 걸 알아야 할 것이야." 난 여전히 경계하며, 이 수수께끼를 설명하기 위한 가설을 세웠다. "누이, 하드 셰칼라에서는 누구나 원하는 이름을 가질 수 있어. 이 나라의 다른 곳들과는 다르지. 자, 그러니까 여기 가족이 있다는 건가?" 나는 그렇다고 했다. 남자의 그늘 아래 살지 않는 여자의 단호한 눈빛으로. 셰이크는 어깨를 으쓱하더니 수염을 쓰다듬었다. 그의 동료들이 지혜를 구하는 것처럼 보이고 싶을 때 즐겨 쓰는 몸짓이었다. "여기 하드 셰칼라 사람들은 모두 같은 가문 출신이라고 되풀이해 말하지. 우리 모두 산에서 내려온 사람들이라고. 여기서는 많은 사람이 죽었잖아?" 그의 시선은 강인한 척하는 나를 비웃었고, 그는 마침내 본론으로 들어갔다. 난 이런 맞부딪침이 불안했지만, 기묘하게도 필요하다는 생각이 들었다. "여기 사람들은 과거를 기억하고 싶어 하지 않아. 그리고 당신은 여기에, 그런 복장으로, 맨머리를 하고 왔어. 그건 품위에 대한 모독이야. 그리고 또, 당신은 그들이 당나귀 이야기로 분열된 것에 괴로워하고 있는 바로 그때 말을 하려고 했어. 심지어 일부는 신의 집과, 이 마을의 이맘인 나에게 위해를 가하려는 기색까지 보였어!" 그의 목소리는 웅변조로 고조되더니, 스스로 신성하다고 믿는 듯한 슬픔과 나도 모르게 마음을 뒤흔드는 울음 섞인

음조에 이르렀다. 그 목소리야말로 악마였다! "그런데 누이, 당신은 그들에게 뭘 알리고 싶었던 건가?"

셰이크는 내 대답을 표면상으론 기다리는 체했다. 그러나 그도 자신의 질문이 얼마나 부조리한지 알고 있었다. 그가 피하던 내 초록빛과 금빛 눈동자보다, 내 튜브가—남자들에게 언제나 그렇듯—가끔 그의 시선을 붙들었다. 그래도 그는 만만찮은 싸움꾼처럼 보였다. 그는 성급한 질문으로 너무 가까이 다가가지 않으려고 유의하며 거리를 조절했다. 나 역시 그의 달콤한 말에 저항했다. 위로와 속 깊은 치유를 흉내 내는 그의 목소리에 나는 이끌리고 있었다.

셰이크는 계산된 침묵 속에서 붉은 카펫을 두드리며 목청을 가다듬은 후, 열 마디 속에 천 마디를 숨긴 채 말했다. 그가 원하는 게 뭐였을까? 후리, 내가 어떻게 그것을 짐작할 수 있었겠니? "이곳에는 진짜 이름들은 없어, 가련한 생명만 있을 뿐. 당신도 이제 이해했겠지? 몇몇은 날 미워해, 누이. 내가 다른 곳에서 왔다고. 티아레트에서 왔거든, 내 가족들이 다 죽은 후였지. 당신, 기자가 아니지?" 그의 불안이 역력했지만, 나는 입매를 비죽여 그를 안심시키는 시늉을 했다. "나만 남았어. 말 장수였던 아버지는 슬픔에 잠겨 돌아가셨고 형제는 사라졌어. 난 가난하고 아무것도 없이, 마음속엔 알라의 책을 품고, 예언자의 목소리를 되살리려는 열망으로 이 고난의 마을에 왔어. 이곳 사람들은 정말 큰 고통을 겪었어. 그들은 선과 악도, 하랄과 하람도 구분 못 해. 악마가 그들을 잘못된 길로 인도하고, 그 목소리로 미혹시키고 있으니. 누이, 아는가, 이곳의 이전 이맘은 라마단 기간에 돌을 맞고 쫓겨났다는 것을?"

나는 흥미를 느껴 눈썹 하나를 치켜올렸고, 그는 흥분한 듯 말을 이어갔다. "그가 계산해 보니 동쪽, 곧 메카의 성스러운 방향이 옛 이맘들이 정한 것과 몇 도가량 차이가 났더라는 거지. 그래서 그는 회중 기도 때 신도들이 정확한 각도로 서도록, 사원 바닥 양탄자에 정렬선을 새로 표시했어. 그리고 그 일로 혼란이 시작된 거야. 그 결과 신도들 절반은 북쪽으로 약간 치우쳐 기도하고, 절반은 남쪽으로 약간 치우쳐 기도하게 되었지. 그 일은 피와 돌팔매, 위협 속에서 끝났어. 이들은 가난하고 무엇보다도 수치심을 느끼는 사람들이야."

그는 내가 이 신비로운 이야기의 다음을 더 애타게 원하도록 눈을 내리깔았다. 죽은 자의 눈처럼 교활한 그의 눈이 나를 샅샅이 살폈다. 그의 손은 가끔 잠들어 있는 아기의 이마를 어루만졌다. 아직도 살아 있는지 확인하는 것처럼. 우리 사이에는 검은 천이 비쳐 보이는 가방이 일종의 경계를 긋고 있었다. "부끄러움, 그래, 부끄러움이야. 하지만 신께서 그들을 천천히 치료하고 계시지. 난 양치기의 아들이었지만, 티아레트 근처 우리 마을의 모스크에서 공부했어. 난 우에드 릴리 출신이야. 그 뒤 우리 나라에 분쟁이 있었지. 어떤 사람들은 내 형제가 체포되어 투옥되었다고 하고, 또 어떤 이들은 그가 아직도 산속에 있으면서 무기를 내려놓길 거부한다고 해. 난 티아레트에서 모든 걸 빼앗기고 여기로 왔어. 목축인들은 다 나를 알아. 난 그들의 짐승을 사고팔며 돈을 모아 정육점을 열고 산 저 위에서 내 가축 떼를 늘려 갔거든. 하지만 사람들 마음은 시샘이라는 걸 하게 되어 있어. 마을 사람들이 날 질투하면서, 비방하는 거야. 당나귀 머리 이야기가 시작된 것도 그래서고. 내가 당나귀 고기를 판다고 모함한 거지! 예전엔 그저 소문일 뿐이었는데, 올해에는 마을 거리와 내 모스크 근처에서 당나귀 머리가 발견된 거야! 저 사람들이 뭘 알고 저러겠어? 그들은 신께서 축복한 유수프의 형제들처럼 거짓말쟁이들이야, 눈먼 자들이지.[10] 난 신의 도움으로 손해를 보면서도 고기를 팔았고, 훨씬 가난한 사람들에게는 거저 주기도 했어. 그런데 지금 날 비방하는 자들이 바로 그 가난한 자들이야."

그의 이야기는 마치 벽에 갇힌 비둘기가 날개를 퍼덕이며 천장에 부딪히듯 극단적이었다. "아, 마을 전체는 아니고!" 셰이크가 자기가 한 말을 정정했다. "알라의 땅에는 아직도 순결한 마음들이 있어. 선의를 지닌, 예언자에게 충실한 사람들이 있지. 하지만 질투는 결국 피트나를, 분열을 낳게 마련. 그들이 당신에게 돌을 던지러 올 수도 있

---

10   유수프(요셉)는 쿠란 「유수프」(12장)의 예언자로, 그의 형제들은 질투로 유수프를 구덩이에 던진 뒤 피 묻은 셔츠를 가져와 아버지에게 "늑대가 물어갔다"고 거짓 증언을 한다. 기독교 구약 성서의 창세기에도 같은 이야기가 있다.

어, 누이, 분노와 수치심은 사람의 눈을 멀게 하니까. 몇 명이 지금도 모스크 입구에 앉아 있어."

그의 첫 공세는 이것이었다. 두려움이라는 잉크를 흘려 퍼뜨리는 것.
그는 성공했다.
유혹이 너무나 컸지만, 택시를 잡기 위해 길을 따라 달려 내려갈 엄두가 나지 않았다. 여기서는 택시가 한 달에 한 대나 지나갈까 말까 하니까. 그제야 내가 빠져든 함정을, 내 위로 닫히고 있는 함정을 자각했다. 나는 비명을 지를 수도, 전화로 엄마를 부를 수도, 그게 누구든 알릴 수도 없었다. 나 역시 목 잘린 당나귀가 될 수 있었다.
난 금빛 아라베스크 문양이 그려진 그의 작은 거실 천장과 『천일야화』에 나올 법한 채광창이 있는 그의 작은 거실의 천장을 응시했다. 셰이크가 이를 해설하듯 말했다. "이 모스크는 내 돈 얼마하고 몇몇 자원봉사자들의 돈을 들여 지은 거야." 난 우리가 서 있는 이곳을, 만삭의 여자처럼 부풀어 오른 돔 아래, 만 개의 문신으로 새긴 듯 정교한 살결을 지닌 거대한 금빛 배로 떠올렸다. 이 빈곤한 마을에서 모스크는 좀 조악해 보였다. 그 호사스러움은 온 세상의 모든 봉헌과 돈을 빨아들여 호화로운 향연처럼 먹어 치울 것 같은 인상을 주었다. "내가 비용을 지불하며 조금씩 지어 왔어." 셰이크는 아이를 곁눈질로 살피며 말을 이어갔다. "하지만 지금은, 미나레트 공사를 마무리 지어야 하는데, 돈이 좀 부족해. 게다가 저 사람들은 내가 그들의 빈약한 재산을 가로채려고 당나귀 고기를 팔고 있다고 생각하고 있어!" 그의 몸을 압도하던 목소리가 약해지더니 끝없는 슬픔, 배신당한 신의 슬픔 속에 오래 머물렀다.

나의 후리, 난 너무 지쳐 있었어. 그래서 경계심도 무뎌지고, 길을 잃을 뻔했지. 그 목소리는 나를 미궁 속으로 이끌고 있었어. "누이, 당신이 내게서 확성기를 가져가려고 왔을 때, 마치 신께서 하늘에서 널 보낸 것 같았어, 이 이드의 날에 말이야. 확실해, 이건 그분의 의지이자 표지였어. 그들은 날 죽이거나 목을 벨 수 있었어. 그러나 하느님께서는 범죄보다는 기적을 택하신 거지." 그는 제물을 보듯 나를 똑바로 바라보았다. 또다시 내가 희생 제물, 기적, 날개 달린 어린 양으로 여겨진다는 게 믿기지 않았다. 신이 나를 조롱하는 걸까, 아니면 언니가 내 인생 이야기를 내게 거꾸로 돌려주고 있는 걸까? 혹시 언니가 산속에 숨어 날 지켜보고 있는 걸까?

"오해하지는 마, 누이, 하지만 오늘 밤은 여기서 지내야 해. 먹고 자고 씻을 수 있을 거야. 그리고 내일 해가 뜨면 마을 사람들이 깨기 전에 택시를 잡아 줄 수 있을 거야. 당신은 집으로 돌아가야 해. 여기서는 아무것도 찾을 수 없어. 당신 성은 수십 명이 쓰는 흔한 이름이라 아무 의미도 없어. 성이든 이름이든 아무 의미가 없어, 내 말 믿어. 여기 있지 마." 그의 손이 작은 꾸러미를 어루만졌다. 그제야 이해가 되었다. 나는 그의 겉목소리에 숨겨진, 완전히 다른 계산적인 또다른 목소리에 완강한 숨결로 답했다. "나는 칼레드 아자마의 딸이에요." 그가 내 말을 받아들이기를 바랐다. 나는 그에게 요구했다. 내가 온 이유가, 이 '저편'이라곤 없는 이 마을에 남아 있는 마지막 의미마저 탕진해 버리는 우스꽝스러운 당나귀 고기 이야기 때문이 아니라, 다른 이야기 때문이라는 것을 인정하라고. 그러나 그는 처음부터 이것을 알고 있었을 것이다.

이 칼[11]은 입을 다물었다. 이어 칼끝으로 나무나 땅을 파듯 그는 자기 생각을 파고들었다. 셰이크는 쿠란 구절과 설교라는 자신의 업으로 만들어진 오래된 칼집에서 칼을 꺼내는 것을 망설이고 있었다. 나는 이해했어야 했다. 눈을 뜨기보다는, 그의 집에서 그에게 맞설 수 있기를 바랐다. 산 너머로 날이 저물어 가면서 그의 목소리가 내 흉터에 닿았고, 그는 다른 지렛대를, 다른 수단을 써보기로 결심했다. "그래, 여기 사람들은 그 일로 고통을 겪고 있고, 누가 자기들 입장에서 그 이야기를 하는 걸 원치 않아. 과거를 들춘들 무슨 소용 있겠나? 마음을 고통에 빠뜨리고 악마에게 집 문을 열어 줄 뿐. 예언자께서는 공동 기도를 드릴 때 대열을 촘촘히 하라고 권고하셨어, 발가락과 이웃의 발가락 사이, 어깨와 이웃의 어깨 사이에 악마가 파고들 틈 하나도 남기지 말라고. 그러니 봐, 누이, 여기 와서 상처

---

11 셰이크의 별명처럼 쓰이면서 푸줏간의 칼이자 도살과 학살의 칼을 비유한다.

들을 헤집어 놓는 건 아무 도움이 되지 않아, 오히려 자기 상처만 벌어질 뿐. 전쟁과 분열만 다시 깨울 뿐이야. 여기서 우린 모두가 틀렸고, 또 모두가 옳았어. 신께서는 모든 것을 용서하셨고, 죽은 자를 덮은 흙을 헤집으며 저주받은 자의 속삭임에 귀를 기울여서는 안 돼."

칼은 내 튜브 위에서 도로 튕겨 나왔다, 내 고통은 아랑곳하지도 않고. 그 날카로운 면은, 어떤 메시지를 새기려는 듯 끈질기게 밀고 들어왔다. "여기서 우리는 모두 무죄이거나 유죄야. 난 마키에서 형제를 잃었어. 봐, 누이. 결정은 하느님께서 하셔. 누이도 알고 있지 않나? 이곳에서 우리는 모두 평등하다는 것을. 죽음 앞에서도, 하느님 앞에서도, 그리고 그분의 예언자 앞에서도. 우리는 모두 눈을 감았어." 칼은 황혼 속에서 들어 올려진 채 그대로 서 있었다.

난 내가 이겼다고 생각했지만, 그 순간 칼끝이 내 안의 무언가에, 나의 후리에 닿았다. 그 칼날이 내 안의 검은 돌 같은 단단함에 금을 내기 시작했다. 나는 셰이크의 어두운 시선을 버텨 냈다.

나는 일어나 도망가고 싶었다. 마을로 내려가 문들을 두드리고 싶었다. 하지만 그것은 내 안의 두려움을 덜어 주는 꿈일 뿐이었다. 그가 한 말의 숨은 뜻을 내가 짐작하기 시작했기 때문이다. 아니면 내 피의 어둠 속에서 그의 침묵을 붙잡아 해석하려 한 게 바로 너였을까? 셰이크가 모호하게 얘기하긴 했지만, 여기에 우리 집안의 흔적이 남아 있음이 분명하다고 나는 확신했다. "이곳에서 진실은 말하기가 힘들어. 여기 사람들은 부끄러워하고 있어. 왜 그런지 알아? 그들이 더 이상 아무것도 모르게 되었기 때문에 부끄러워하는 거야! 그들은 자신이 어디서 왔는지, 자신이 누구인지 몰라. 누구의 아들인지, 누구의 어머니인지도. 이곳은 저주받은 마을이야. 알다시피 이십 년 전 피트나와 악마 때문에 수십에 수십 명이 죽었어."

칼이 내 목에 다가왔고, 나는 경전 구절처럼 정교하게 깎인 그 빛 속에서 허우적댔다. 이맘 역시 그것이 자기에게도 위험한 결투라는 걸 알고 있었다. "여기서 죽이지 않은 사람이 누가 있나? 죽지 않은 사람이 누가 있나? 모두가 다 손에 피를 묻혔어, 핏줄에도. 사람들은 자신이 살아 있을 권리가 없다고 생각해서 부끄러워하는 거야. 그건 분명 사실이야. 가족들을 두고 살아남은 자들은 그럴 자격이 없었지. 그건 그들이 누릴 자격이 없는 신의 선물이 아니겠나?" 칼은 내 목의 핏줄을 더욱 세게 눌러 왔다. "어쩌면 그들은 살인자들의 공범들이었는지도 몰라. 아니면 가족을 포기하고 도망쳤는지도 모르지. 어떤 이들은 죽은 자들에게서 그들이 살 날을 훔쳐 산 셈이야. 알다시피 그들은 다 부끄러워하고 있어. 그러니 그걸 상기시켜도 소용없어. 우리를 심판하는 건 하느님의 몫이고, 우린 최후의 심판을 기다리며 기도할 뿐이야. 당신이 진짜 아자마 집안 사람, 그 집안의 딸인 척하는 사람이 아니라면, 그 사실을 알고 있어야 하지 않겠나. 비극이 있었던 거야. 어떤 이들은 숨었고, 어떤 이들은 도망쳤고, 어떤 이들은 거짓말을 했어. 오늘 그들이 부끄러워하는 것에 대해 누구도 그들을 탓할 순 없는 거야. 그러니 이 세상에서 대가를 치르고 저편에는 결백한 채 도착하는 편이 나아. 여기 사람들의 말을 들어 보면, 그들은 아무도 살아갈 자격이 없다고 되풀이 말할 것이고, 그 말이 틀린 것도 아니야. 그들에게 남은 건 이 마을과 망각뿐이야. 망각은 하느님의 자비, 당신 피조물인 우리에 대한 그분의 큰 연민이야."

23

6월 20일 밤, 어느 헛간에서

　광대한 밤이다. 높은 산들마저 그 안에서 자취를 잃는다. 그 때문에 이야기의 시간이 흐트러진다. 몇 시간 전 나는 거대한 모스크에서 칼 아래, 그의 율법 아래 있었다. 지금은 짙은 밤 한가운데 지붕 없는 이 헛간에 묶여 있다. 나를 이곳에 가둔 건 마르고 불안한 남자다. 그는 무너진 농가를 서성이다가 결심했다. 그리고 아래로 달려갔다. 마을은 바로 아래, 컴컴해진 오솔길 아래에 있다. 우릴 밀고하러 간 걸까? 우리의 운명을 결정하러 간 걸까? 십오 분 후면 겉보기엔 죽어 있는, 마른 와디 굽이에 도착할 것이다. 이젠 안다, 그는 형제에게 경고하러 간 것이다, 사랑하는 아가야. "목을 베는 건 내가 더 잘해! 그치? 난 아버지가 가장 아끼는 자식이라고!" 그는 밤 속으로 뛰어 들어가며 외쳤다.
　아, 내 딸아, 우리가 이 '죽은 장소'에 와서 두 형제 사이의 어떤 질투의 비밀을 알게 될까?

24

6월 20일 오후 8시

 이맘은 가장 적합한 경정맥을 찾아내 서둘러 거기에 첫 칼집을 냈어. 먼저 피를 흘린 건 내 이름이었어. "그들이 학살을 피해 도망쳤을 때 그래, 누이, 네가 진짜 아자마의 딸이라면 알겠지만, 공포가 있었어. 그 뒤 며칠 동안 산에서 내려온 수백 명이 마을에 들이닥쳤지. 모두가 목숨을 두려워하며, 은신처를 찾거나 음식을 찾거나 했지만, 그것만이 아니었어. 사람의 마음은 탐욕 그 자체야. 다른 지역에서 온 가난한 사람들이 진짜 생존자들과 뒤섞여 있었어. 하지만 누가 누군지 누가 판단할 수 있었나? 그들 역시, 자기들도 죽은 처지였다고, 아니 자기들도 누군지 모르는 자에 의해 자행된 학살에서 살아남은 거라고 맹세할 수도 있었지. 그러니 알겠지, 누이, 악마가 그 아름다운 속삭임으로 개입한 거야. 우아르세니스 산악 지대에 사는 사람들은 그곳에서 태어나고 그곳에서 죽어. 그들 자신 외에는 아무도 그들이 세상에 태어났다는 것을 거의 몰라. 시청 호적부에 올라 있는 것도 아니고, 가족 명부도 없거나 일부는 고의로 잃어버렸지.
 학살 다음 날 많은 사람이 마을로 내려왔어. 그들은 굶주리고 추위에 떨었고, 돈을 바랐어. 정부 지원금을 기다렸어. 비참함을 구구절절 말하기 위해 카메라를 찾았지. 하드 세칼라에서 가장 나이 든 사람들, 2000년 1월의 그날을 기꺼이 기억하고자 하는 사람들은, 그때 별의별 것이 다 분배되었다고 이야기하지. 밀가루, 돈, 옷, 집 등등……. 그러니 최후의 심판에 천사가 모두를 부를 때처럼 모든 것이 뒤섞여 버렸지. 이 나라의 모든 사람이, 부활 이후의 아수라장 속에서처럼, 이곳에 한데 몰려들었어. 진짜 생존자들과 가짜 피해자들, 가족 친지를 잃은 자들, 그리고 도움을 받기 위해 죽은 자들의 이름을 훔친 자들이. 누이, 그때는 누가 누군지 알 수가 없었어, 이름도 없던 그 시절에는. 모든 게 불분명했고, 오늘날까지도 그래.

누이, 이곳 사람들이 수치를 느끼는 건 바로 그래서야. 많은 사람이 죽은 자들의 이름을 훔쳐 이십 년 동안 살아왔어. 어떤 사람들은 정말로 죽었고, 어떤 사람들은 그 사실조차 기억하지 못해. 이해하겠나? 그들은 부끄러워하지만 그건 그들의 잘못이 아니네. 그들은 단지 살아남았을 뿐이고, 하느님께서는 그들을 위해 다른 운명을 예비하신 거야. 그래서 때때로 이 마을 사람들은 사소한 일에도 화를 내고 싸우지. 바로 악마의 계략인 거야. 수치심이 다시 떠오르면, 그들은 그에 대해 얘기하고 싶어 하지 않아. 자신들의 아이들 앞에서도 얘기하고 싶어 하지 않고, 그들이 잊고 싶어 하는 유일한 이야기를 누군가가 들춰 말하는 것도 원하지 않아. 이건 프랑스와의 전쟁 때와는 달라. 하드 셰칼라는 올바른 전쟁을 치른 게 아니었어. 왜냐, 하느님께서 증인이시니까. 그 시절, 우린 모두가 누군가를 죽였고, 누군가에게 죽었고, 누군가의 것을 훔쳤어. 누가 진짜 살인자인지는 아무도 몰라. 심지어 나조차 내 진짜 이름이 의심스러워. 그래서 난 셰이크 자비르라고 스스로 이름을 지어 줬어."

그러더니, 칼은 번뜩이면서 입을 다물었다. 태양은 벌써 사라졌고, 그의 아기는 깊은 꿈을 꾸며 잠든 듯 보였다. 내 은빛 달아, 네 꿈과 만날지도 모를 깊은 꿈을. 칼은 말을 마친 후 내 '미소'의 대답을 기다렸다. 그의 유일무이한 신성을 인정하는 대답을. 무엇보다도 난 화가 났다. 마력을 띤 그의 목소리가 내가 그를 조금도 비난하지 못하게 만들어서였다. 포장지 안에 곱게 접혀 있는 베일은 우리 둘 사이에 묵묵히 놓여 있었다. 그건, 내가 내일 아침 무사히 이곳을 떠날 수 있게 보장해 줄 계약서였다.

그는 내 대답을 기다리며 잠시 침묵했다.
난 항상 이런 부류의 남자에 대해 깊은 혐오감을 느꼈다. 이 이맘은 다른 이맘들과 마찬가지로 모든 것을 다 훔쳐 갔다. 내 몸, 내 성(性), 내 자궁까지. 해변 위의 갈매기처럼 벌거벗은 채 웃을 권리마저. 오늘 그에 따르면, 내 '미소'의 의미조차 도리어 나를 겨누는 죄의 표식, 비웃음으로 뒤집혀 있었다. 그는 이십일 년 전 내 목을 베려 했던 자만큼이나 내가 죄인이라는 확신으로 나를 무덤 속으로 밀어

넣고 있었다. 이 이맘은 자신의 주장을 아주 잘 갈고 닦아 놓았다. 그의 칼은 나, 떠돌이 여자를 향해 날이 서 있었다. 이런 부류의 남자는 역겨움으로 나를 뒤흔들었다. 맹인의 물건을 훔치거나, 사람의 살을 뜯어 먹는 자들처럼. 나는 생명을 품고 있었지만, 반면 그는 출구에서 너를 기다리며, 네게 자궁의 어둠으로 되돌아가라고, 아니면 베일을 쓰라고 말하려 하고 있었다. 이 남자는 날 죽이고, 날 베고, 날 묻어 버릴 수 있었다. 그의 이성은 그 칼날의 금속성 빛 안에서 빛나고 있었다. 그는 내 삶을 노리고 잠복해 있었다. 내가 어느 정도 '생명' 그 자체였고, 그 생명이 책망이자 진실이라는 모습으로 그를 뒤쫓고 있었으니까. 그러나 그는 균열이 간 나와 내 대담함 속의 나를 알아보았고, 그의 논리에 맞서 솟구쳐 오르는 내 안의 언어를 확실히 듣고 있었다. 그러니 난 소리칠 필요가 없었다. 왜냐하면, 나의 후리, 안의 언어는 그 제한된 단어들에 갇힌 바깥 언어보다 적에게 설득력 있게 말하기 때문이다.

25

 "……나는 히즈라력 1412년에 내 첫 제물의 목을 그어 바쳤어. 그날은 월요일이었어, 우리 예언자께서 탄생한 날과 같은 요일이었지, 두 알히자 달[12]에, 누이. 우리 아버지는 차가운 목소리로 나를 부르더니 그 일을 하라고 했어. 평소에 나는 칼들을 건네거나, 짐승 가죽을 벗기기 편하도록 공기를 주입하는 펌프, 피 묻은 손을 씻을 물통이나 제사용으로 쓰는 큰 칼을 건네며 아버지 일을 도왔지. 이 제사용 칼은 특별한 거였어, 알라의 경전의 어떤 구절들처럼. 아버지는 이 칼을 제물을 도살하는 데만 사용하고 가죽 칼집에 넣어 보관하셨지. 내 형제 흐메드와 나, 둘 중 누가 더 자격이 있다고 아버지가 판단하느냐에 따라 우린 번갈아 그 칼을 잡았어.
 그가 기도 뒤 막 하늘에 동이 트기 시작할 즈음 헐떡이며 바지를 걷어 올리고 짐승 위로 몸을 굽힌 모습이 생생해. 아버지는 이렇게 고독 속에서 일하는 걸 좋아하셨어. 옛날 사람이었고, 고생도 많이 하셨지. 아버지는 항상 다른 데를, 아주 먼 데를, 맞서 싸워야 했던 프랑스의 시대를 바라보는 것 같았어. 우리에게, 그러니까 아들들에게 거

---

12   이슬람력인 히즈라력으로 12번째 달, 즉 마지막 달이다.

의 눈길을 주지 않았어. 그는 신의 사람이었어. 해가 뜨기 전에 일어났고, 해가 진 다음에 잠자리에 들었지. 우린 우에드 릴리에 있는 우리 마을에 목축장과 정육점을 가지고 있었어. 짐승들은 티아레 근처에서 들여왔고, 짐승들 살이 부드러워지라고 제일 좋은 풀을 먹였어. 아버지는 우리에게 모든 것을 가르쳐 주셨어. 제물에서 아무것도 버리지 말라고, 뼈만 남을 때까지 어떤 부위도 절대 버리지 말라고 하셨어. 아니, 뼈조차 되팔 수 있었지. 아버지는 신앙인이었고 쿠란을 암송했지만, 이맘이 되기 위한 수련 과정을 마칠 시간이 없었어. 고아였던 아버지는 예언자처럼 아주 어릴 때부터 생계를 꾸려야 했어. 도살된 동물은 하나의 싸움이었고, 그는 그 싸움에서 언제나 승자였어. 아버지는 불구덩이나 사자 굴에 던져져도 아마 살아 나오셨을 거야. 삶에 미련이 없으셨으니까.

   부모님은 우리 어머니가 아직 어린아이였을 때 결혼했어. 하느님의 순나[13]는 여자들을 보호하라 이르고 있지. 장미처럼 유혹의 대상이 되지 않도록 멀리 가둬, 그녀가 자신과 타인의 시선으로부터 보전되게 하며 아버지와 남편의 이름을 공경하게 하는 게 목적이었어. 우리 어머니는 예언자의 가르침에 따라 우리 아버지를 두려워했어. 어머니는 밤에만, 어둠 속에서만 아버지에게 말을 걸었고, 아

---

13   무함마드 예언자의 전통적 모범이나 이슬람의 규범과 관습을 뜻하는 말이다.

버지가 집에 돌아오시면 입을 다물고 아무 말도 하지 않았지. 우리는 정육점 바로 옆, 거의 계산대 뒤편, 가축들의 벌어진 내장 속 같은 곳에서 살았어. 우리 집 안의 모든 것에서는 고기, 기름, 갈고리 냄새가 진동했지. 지금도 여전히, 하느님이 허락하신다면 언젠가 날 받아주시기를 기다리며, 내게 천국은 살과 피 냄새가 밴 긴 강들이 가로지르는 곳이야. 아, 하지만 아무것도 두려워하지 마, 누이. 그냥 내 기억을 이야기하는 거야……. 뭘 두려워하겠어? 지금은 아무것도 두려운 게 없어. 더 이상 승자도 패자도 없으니까. 요즘은 바쳐질 제물이 일어나고, 도살자는 포기해 각자 집으로 돌아가 잠드는 시대야. 우리는 하느님께 가는 길을 잃어버렸어. 산을 넘고, 제단을 넘고, 천사가 불어넣어 준 영광스러운 꿈을 넘고, 등정과 이브라힘의 희생을 넘어야 그 길이 나왔지. 이브라힘께 하느님의 평화가 있기를.

 누이, 우린 하느님께서 주신 부로 풍족했어. 아버지는 쿠란에 박식하셔서 모든 일에 쿠란을 한 대목씩 인용하셨지. 흐메드와 나는 아버지 말씀을 듣고 순종했고, 아버지를 존경했어. 아버지는 의무를 다하기 위해 메카로 갔지만 실망해서 돌아왔어. 왜냐하면 그곳에선 이제 동물은 제물로 바치지 않고, 제물 대신 지폐와 번호표, 수표를 사용했기 때문이지. 생각해 봐, 누이. 그들은 희생제가 여전히 본질적이라는 생각을 하지 못해. 하느님과의 계약을 맺고 신앙에 진정한 가치를 부여하는 것은 흘린 피가 있기 때문이야. 사람은 살면서 원하는 걸 다 말할 수 있지만, 피가 말할 때 그것만이 유일하게 진실한 말이 되는 거야.

   난 반에서 1등을 할 때, 아버지에게 가장 순종적일 때, 집안일을 열심히 도울 때, 정육점에서 가장 빨리 가서 손님을 맞을 때 그 큰 칼을 잡았어. 가끔은 흐메드가 잡을 때도 있었지만 우린 서로 질투하지 않았어. 우린 쌍둥이였어, 진짜 쌍둥이. 하느님은 우리가 서로의 거울이 되어, 한 사람의 영혼이 다른 한 사람의 영혼을 살피게 하셨지. 누이, 우린 정말 똑같았어. 물방울 두 개, 하나의 씨앗에서 갈라진 두 반쪽처럼. 예언자가 사랑하신 손자 알 하산과 알 후세인[14]처럼. 그분께 하느님의 평화가 있기를. 우리는 우에드 릴리 마을에 있는 학교를 다녔는데, 모두가 우리를 혼동했어. 같은 스웨터, 같은 신발, 같은 재킷을 입었으니까. 우릴 구별하기 위해 서로 떨어져 앉혔지. 때때로 흐메드는 내 이름을, 나는 그의 이름을 빌려 쓰기도 했어. 물건도 바꿔 썼지. 오직 부모님만이 우릴 알아볼 수 있었어.

   아버지는 해 질 녘 기도를 위해 우릴 모스크에 데려가는 걸 좋아하셨어. 바로 그곳에서 아버지는 우리에게 쿠란을 가르쳐 주셨지. 형은 홀수 날에 푸줏간에 남아 일해야 했고, 나는 짝수 날에 푸줏간에서 일해야 했어. 우리는 번갈아 가며 알라의 경전을 공부했어. 어머니도 마찬가지였

---

14   예언자 무함마드의 손자이자 시아파 전승에서는 순교의 쌍둥이 상징이다. 성서의 카인과 아벨처럼 형은 폭력, 살인, 질투, 피 흘리는 자를 상징하고, 동생은 순한 제물을 드리는 자, 희생자를 상징한다.

어. 하느님께서 어머니를 당신의 넓은 천국에서 맞아 주시기를. 어머니는 눈을 감고 우리와 놀아주다가 손가락으로 나를, 또 내 형을 가리켰는데, 한 번도 틀리지 않았어. 냄새 덕분이었을까? 아니면 목소리? 아니, 본능이었을까? 어머니란 참 신비로운 존재야. 예언자께서는 천국이 어머니의 발 아래에 있다고 하셨지. 어머니는 종종 맨발로 걸으셨어. 어머니는 신앙심이 깊었고, 아버지는 우리를 모아 기도하게 하셨어. 아버지는 앞에, 흐메드와 나는 아버지 뒤에, 그리고 어머니는 우리 뒤였어. 그래, 누이. 때가 왔을 때, 아버지는 조금도 주저하지 않으셨어. 히즈라력 1412년, 우리 달력으로 이드의 날, 제물을 도살하는 영광을 누린 사람은 바로 나였어.

그 일은 아주 이른 아침, 새벽 기도 후에 일어났어. 보통 우리는 이틀에 한 번씩 동물을 도살하여 그 뒤에 팔았지만, 그날은 하느님의 날이었어. 아, 누이, 우에드 릴리의 우리 마을 사람들은 부유하지 않았고, 모두 고기를 먹는 건 아니었어. 예언자께서도 가난하게 태어나셨고, 가난하게 돌아가셨어. 하지만 기억하기로 그 월요일은 환한 날이었어. 아버지는 턱짓으로 내게 신호를 보냈고, 난 짐승 쪽으로 몸을 숙였어. 묶여 있는데도 너무 많이 움직였어. 백 살은 된 듯한, 휘어진 뿔을 가진 위엄 있는 양이었어. 맞아, 기억 나, 누이! 제물이 분노에 찬 눈으로 나를 쳐다봤어. 날 원망하거나 모욕하는 것 같았지만, 그건 악마 이블리스의 영원한 속삭임일 뿐이었어. 사실 제물들은 하느님께 서로 가려고 다투는 법이거든. 하지만 누이, 악마는 여전히 끈질겨, 봐, 우릴 절대 내버려두지 않잖아.

아버지는 나 혼자 해 보도록 뒤로 물러섰어. 그때 짐승이 도망치려는 듯 뛰어올랐어. 짐승은 그럴 권리는 있지만, 알라를 위해 죽어 자신의 피로 길을 밝히는 것이 또 의무야. 그 짐승에게서 오줌 냄새와 두려움의 냄새가 진하게 풍겼어. 생이란 그런 거야. 하느님에게서 와서 하느님께로 돌아가는 것. 난 큰 칼을 들고 짐승의 경정맥을 더듬어 확인했어. 그날 아침 난 온몸을 깨끗이 씻는 전신 정결 의식을 치렀지. 난 제물의 머리를 메카 쪽으로 돌리고 하느님의 이름을 부르며 단번에 목을 그었어.

제물은 울부짖는 듯하더니 동쪽으로 눈을 돌리는 것 같았어. 아마도 그 짐승은 우리 마음이 이 세상에 감추고 있는 것을 이미 보고 있었던 것 같아.

이 첫 제물을, 난 우리 집에서 도살했어. 월요일에, 레몬나무 아래서. 아버지는 아무런 말씀도 하지 않았어. 날 축하하지도 않으셨지. 난 그에 감사했어. 그것이 아버지의 첫 번째 가르침이었으니까. 어떤 도살도 완벽하진 않다. 그런고로 계속 그것을 다시 해야 한다. 그러니까 우리 아버지 이브라힘의 그 탁월한 모범에 이르기 위해 천 번은 반복해야 하는 거야. 하느님께서 아버지를 축복하시기를. 난 그걸 꿈꾸곤 했어. 아, 그래! 하느님께서 내 허영을 용서해 주시기를. 나는 흠 잡을 데 없는, 이 가장 성스러우며 흠결 없는 동작을 완전히 익히고 싶었어. 세상을 밝히고 마침내 그것에 진정한 가치를 부여할 그 동작을. 우리 예언자 무함마드와 그의 존경받는 동료들을 제외하곤, 이브라힘 이전에도 이후에도 아무도 그것을 성취할 사람은 없었지.

    이 마을에서는 아무것도 무서워할 필요 없어, 누이. 내일 오랑에 있는 집으로 돌아가게 될 거야.

    나는 다만 모든 이야기가 때론 제물처럼 피가 뽑힐 수 있고, 짐승처럼 신음하기도 하고, 악마의 동작처럼 잊히기도 한다는 걸 누이가 이해했으면 하는 거야. 이야기들은 좋지 않아. 거짓과 암시, 우리를 알라의 길에서 벗어나게 하려는 시도들을 감추거든. 단 하나의 이야기와 단 하나의 길이 있을 뿐이야. 하지만 악마는 균열 사이로, 네 그것 같은 흉터 사이로, 집단 기도 때 신자들의 어깨 사이에 있는 그 빈틈으로 비집고 들어오지. 그날, 1412년 두 알히자 17일에 악마는 내 형제 흐메드와 나 사이에서 가는 틈 하나를 찾아내고 말았어. 그는 우리 귓속으로 미끄러져 들어와 서로에게 완벽했던 거울을 깨뜨렸어. 내 제물이 죽음 속에서 몸부림치며 피를 땅 위에 흩뿌리고, 이 세상에서는 더 이상 가질 수 없는 숨, 이제는 저세상에만 남은 그 공기를 찾으려는 듯 헐떡였어. 흐메드는 숨을 죽였어. 나를 도와주려 뛰어오지 않았어. 그는 날 혼자 남겨두었고, 제물이 내 온몸에, 옷과 손에 피를 쏟았어. 난 그를 향해 몸을 돌렸고, 나의 얼굴이기도 한 그의 얼굴이 어두워지며 갈라져 나가는 것을 보았어.

 그는 나를 돕거나, 나를 보조하기 위해 손을 들어 올리지 않았어. 그저 돌처럼 굳어 화난 표정으로 나를 노려보았어.

 그때 아버지가 갑자기 그의 따귀를 때렸어. 자신의 법을 거스른 모독을 알아챈 거였지.

 그 순간 내 형제의 마음에 무슨 일이 생긴 걸까? 질투였을 거야. 아버지는 내가 먼저 제물을 도살해야 한다고 결정했어. 흐메드보다도 먼저 말이지. 그리고 그날 이후 우리의 거울은 흐려졌다. 누이, 알겠어? 난 그 날짜를 기억하지만, 그때의 악마도 기억해. 악마는 불길한 부엉이처럼 우리 주위를 맴돌다가, 도축장으로 쓰던 우리 작은 마당의 레몬나무에 앉아, 질투를 틈타 우리 사이에 슬쩍 스며들었어. 하느님께서 그를 다시 불태우고 저주하기를.

 흐메드는 날 돕지 않았어. 그때부터 우린 서로에게 낯선 사람이 되었어. 우리는 서로 앞에서 침묵하는 법을 배우고, 다른 옷을 입고, 같은 친구들을 만나지 않게 되었다. 심지어 금요 기도 다음 날, 동네 축구팀에서 서로 다른 팀으로 경쟁하기도 했어. 흐메드는 밤새도록 기도하며 깨어 있는 독실한 소년이었고, 우린 쿠란을 더 빨리 외우려고 경쟁했어. 누가 누가 먼저 쿠란 전체를 외울 수 있을까? 다음 제물을 도살할 자격은 누구에게 갈까? 아버지 곁에 가장 가까이 앉을 수 있는 사람은 누구일까? 그리고 언젠가 기도를 인도할 수 있는 사람은 누구일까? 흐메드는 목소리가 우렁찼지만, 목소리는 내가 더 아름다웠지. 그는 힘센 손을 가졌고, 난 섬세한 손을 가졌어. 그는 침묵의 재능을 지녔고, 난 설득의 재능을 지녔어. 아버지조차 우리 사이를 중재하려다 길을 잃고 말았지. 어머니는 우리를 다시 화해시키려 애쓰며 헤매셨지만, 우리가 어떻게 같은 접시에서 먹길 거부하고, 같은 옷을 입지 않으며, 같은 방식으로 쿠란을 낭송하길 거부하게 되었는지 이해하지 못하셨어.

아, 누이, 이런 사건들로 우리 삶이 변해 버린 거야. 우리에게는 하느님과 그분의 예언자, 모스크, 회중 기도, 우리 정육점, 그리고 알라의 은총들이 함께했어. 그렇게만 살 수도 있었을 거야. 하지만 악마는 말벌 같기도 하고 속삭임 같기도 해. 그 무렵 우리는 기도를 올렸고, 몸을 물로 씻었으며, 불경한 군대에 맞서 무장해야 할 순간을 대비했어. 우리 삼촌이 우에드 릴리의 모스크 첨탑에서 지하드에 대해 호소했거든. 1992년의 어느 날, 우리는 개인 소지품과 얼마 안 되는 재산을 챙겨 이슬람 구원 전선의 형제들 수천 명과 함께 마키의 근거지인 숲으로 향하게 됐어.

바로 거기에서 우리의 길이 갈라졌어.

우리 어머니는 하느님이 이 세상을 창조하실 때 우리 모두의 어머니가 된 하와에게서 물려받은 연약함 탓에 흐느끼며 애원했고, 우리가 떠나는 걸 허락지 않으려 했어. 하지만 악마인지 하느님인지가 결정을 했으니, 나는 집에 남고 흐메드는 마키로 올라가게 되었어. 수년간의 전쟁 후 우리는 소문과 신문, 반역자들을 통해서만 그에 대해 들을 수 있었어. 사람들의 입에서는 알라의 목소리가 이블리스의 목소리와 뒤섞여 흘러나왔어. 난 우에드 릴리에 있는 집에 남아 우리 정육점과 집을 이 불운으로부터 지키려 했지. 악마는 여러 차례 돌아왔어. 어느 겨울밤엔 도둑의 모습으로 와서 내가 우리 정육점에 그를 묶어두는 데 성공했지. 또 한번은 헌병의 모습으로 왔는데, 돈을 내지 않아 나는 고기를 주지 않고 그를 쫓아냈어. 다시 또 한번, 악마는 의사의 모습으로 왔는데, 우리한테 어머니가 곧 돌아가실 거라고 말했지. 이어 악마는 우리 아버지 몸으로 들어왔고, 아버지는 죽어서 하느님께로 돌아갔지. 악마는 끝없이 돌아왔고, 난 신께 제사를 올려 악마를 물리쳤어. 그러나 어느 날 그의 칼이 내 칼보다 빨랐어.

　마을 사람들은 내 형제 때문에 우릴 두려워했어. 그를 유혹한 것이 이블리스인지, 아니면 알라가 그를 시험했는지는 알 수 없었지만, 그는 마키의 지도자가 되어 있었어. 사람들은 그에게 수많은 무용담을 붙였고, 목을 베는 살인의 죄도 천 가지나 되는 듯이 말했지. 흐메드가 악마의 목을 그었을까? 그렇다고도, 아니라고도 할 수 없어.
　어느 날, 이블리스의 칼이 훨씬 더 빨랐어.
　그때 집에 누가 나를 체포하러 왔어. 많은 수의 헌병들은 이번엔 어머니의 흐느낌에도 불구하고 날 잡아갔어. 알제의 한 병영으로 향하는 동안 난 하느님의 말씀을 암송했지. 그리고 그곳에서 피투성이가 되어 떨고 있는 다른 신의 사람들과 함께 감방에 갇혔어. 손톱이 뽑히고 구타당하는 동안에도 나는 하루에 두 번씩 그 말씀을 암송했어. 그들은 '다른 사람들'이 어디에 숨어 있는지 밝히지 않으면 살 한 점 남기지 않겠다고 엄포를 놓았지. 알겠지만 누이, 난 그 말을 바로 이해하지 못했어! 그들은 나를 경찰서, 막사, 신문 곳곳에 사진이 붙어 있는 내 형제 흐메드로 착각한 거였어. 누군가가 날 밀고했고, 그들은 결국 내가 내 이름이 흐메드라고 자백할 때까지 날 고문했어. 그 뒤 그들은 다시 나를 렐리잔으로 데려갔어. 나와, 수염이 있고 손톱과 머리카락이 뽑힌 또 다른 두 사람을 함께. 우리는 떨고 있었고, 난 여전히 알라의 책을 낭송했어. 불운의 동지들은 내 목소리를 좋아했지. 이송 중 차 안에 있을 때나 감방에 있을 때 위안을 주었으니까. 우리는 일 년 동안 감옥에 있었어, 누이. 그때 나는 재능을 얻었어. 잠결에 비명을 지르는 수감자들에게 말을 건네 그들을 누그러뜨리고, 내 목소리로 그들이 죽음에 이르도록 돕는 재능을. 그건 알라께서 나처럼 몸과 마음이 약한 사람에게 주신 그 목소리였지. 그러니 이제 알겠어, 누이?

 석방되어 나왔을 때 어머니는 이미 돌아가신 후였어. 난 더 이상 우리 마을인 우에드 릴리에서 살 수가 없었지. 악마 이블리스는 누구든 될 수 있고 천의 얼굴을 가질 수 있었으니까. 그래서 나는 하드 셰칼라로 이사 와 살게 되었고, 그곳에서 하느님의 은총이 나를 다시 붙잡았어. 거기서 나는 이맘이고, 정육점 주인이고, 과거에는 목을 베던 흐메드야. 그리고 지금은 셰이크 자비르이고. 이제 알겠어? 이름이나 성 따위는 하느님이나 죽음 앞에서는 아무런 의미도 없어. 악마는 틈새로, 베인 상처로, 목구멍에 난 구멍을 통해서라도 들어올 수 있어. 그러니, 누이, 이제 집으로 돌아가. 나조차 원래의 내가 아냐. 가끔 꿈을 꾸면 내 형제를 봐. 정권이 '형제들'에게 요리사로 위장해 내려오라고 기회를 준 이후로도 그는 산에서 내려오지 않았어. 그는 무기를 내려놓은 적이 없고, 내 꿈속에서 만나면, 우린 서로를 알아보지 못해.

집으로 돌아가. 그리고 언젠가 네가 하느님께 돌아갈 그날, 너 자신에 대해 그분께 뭐라고 하게 될지 생각해 봐.

26

 아이가 신음하며 깨어났을 때, 칼은 단호한 목소리로 말했다. "내일, 이 마을을 떠나라, 누이. 여기선 과거 따위 원하지 않아. 무덤을 파헤치는 것도 마찬가지고. 이 당나귀 고기 얘기에 잠시 붙들려 있긴 하겠지만 곧 잊혀질 거야. 원래 그런 거야. 하느님은 인간을 창조하시고, 그에게 망각의 이름을 주셨지. '인산'[15]이라는 이름을."

 거의 밤이었어, 나의 천사야. 난 분노로 떨었어. 내 뱃속에 돌덩이가 들어앉아 있는 것 같았어. 그 사람이 바로 그였어, 내 목을 벤 자. 얼굴도 나이도 손도 혈통도 달라졌지만, 그래도 그였어. 그의 몸짓, 느림과 성급함, 그리고 이젠 수많은 향수로 가려진 그의 냄새.

 그리고 난 이미 알고 있었어. 그처럼 많은 말을 하진 못하더라도 나는 너를 맞이하기 위해 오래 말하겠다고 마음 먹었어. 그리고 그가 이야기하는 동안 나는 이미 스스로도 자각하지 못한 채 결코 그 '칼' 같은 남자와 같아지지 않겠다고 결심했지.

 그가 일어서며 내게 말했어. "이샤 기도 후에 세면실에

---

15   아랍어로 '인간'을 가리킨다. 그러나 프랑스어로 Insane은 '미친'이라는 의미도 가지고 있다.

가서 씻으면 돼. 하지만 여긴 하느님의 집이니까 여자는 맨머리로 들어갈 수 없어. 그러니 이 베일을 꼭 쓰도록 해." 그는 포장된 꾸러미를 내밀었어. 그는 자꾸 보채는 아들이 누워 있는 요람을 들고 귀가하기 전에, 내가 그 꾸러미를 열고 내 머리에 그 관 같은 것을 얹을 때까지 기다렸지.

27

 저녁 9시 30분쯤, 이 거짓 예루살렘의 깊은 곳에서 무아진의 녹음된 목소리가 울려 퍼졌다. 신도들이 급히 모이는 소리, 서로 인사하는 소리가 들렸다. 그리고 이맘의 소리가 울려 퍼졌다. "줄을 바짝 서시오. 악마가 그대들 어깨 사이로 들어가지 못하게 한 치의 틈도 허락해선 안 됩니다." 그러곤 그의 기도 소리가 울려 퍼졌는데, 찬란하면서도 슬펐고, 절절했으며, 사랑스럽고 관능적이었다. 마치 그 남자의 안에 묻힌 한 여자가 함께 울부짖는 듯했다. 그는 악에 관한 경구를 읊었다. 이블리스라 불리는 악마, 이브라힘과 그의 아들, 그리고 희생, 그리고 오직 신만이 판단할 수 있는 권리에 대한 경구였다. 신도들은 메아리치듯 인사말을 따라 외치고, 몸을 굽혔다가 펴고 오른쪽으로 왼쪽으로 인사를 하고는, 말없이 그곳을 떠났다. 나는 혼자서 한참 동안 몸을 씻은 후 홀로, 그 모스크 안을 거닐었다. 바지 차림으로, 맨머리로, 맨발로, 맨 가슴으로.

28

 나는 그 뱃속에 있었다. 거대한 돌 물고기 안에. 홀로인 여자, 신발을 벗은 채 자유로이 움직이는 몸. 나는 넓은 카펫 위를 걸었고, 이맘의 벽감에 매달린 마이크를 살짝 스쳤다. 그리고 신도들의 신발을 두는 선반에 이르렀을 때, 아름다운 하얀 운동화 한 켤레를 발견했다. 누가 잊고 간 걸까? 장 안에는 금빛 책들이 쌓여 있었고, 나는 반짝이는 쿠란들을 손끝으로 어루만졌다. 내게 그럴 자격이 있을까? 태어날 때부터 부정하다고 불린 여자, 죄인인 나 같은 사람에게? 나는 천장을 올려다보았다. 내 둥근 배처럼 부풀어 오른 천장은, 그 중앙 배꼽 한가운데 거대한 샹들리에가 매달려 있었다. 수정과 빛의 단검으로 이루어진 그 섬 같은 샹들리에에는 온 세상 전체를 찌를 듯이 위협적으로 반짝였다. 불안한 어머니처럼 나는 내 배를 만졌다. 딱히 할 일이 없어 나는 민바르[16]의 계단을 올라갔다. 위에 둥근 지붕이 있는 세공된 나무 장식 연단. 신도들이 줄지어 서 있었을 부드러운 카펫 사막 위 높은 곳에 서서 나는 나 자신에게, 너에게, 아버지에게, 어머니에게, 그리고 언

16 　이슬람 사원 안에 있는 설교단. 상부에는 장식된 작은 둥근 돔이 있어 작은 건축물처럼도 보인다.

니에게 말을 걸었다. 그건 자연스러웠다, 알라의 집에서 내 속삭임을 듣고 싶다는 열망은. 하지만 여전히 단단한 돌멩이가 목구멍에 걸려 있었다. "거기 있어요?" 내 목소리는 마치 부서지는 나뭇잎처럼 바스락거렸다. "어디 계세요?" 내 목소리는 한 줌의 모래처럼 흩어졌다. "저, 여기 있어요!" 성대가 잘린 후 내 목소리는 이 세상 어디에서도 울려 퍼질 수 없었다. 그래, 내 딸아, 갑자기 나는 흐느꼈고, 내 튜브에서 돌이, 검고 둥근 돌이 하나가 튀어나왔다. 그건 여름 폭풍처럼 날 놀래켜, 내 안에 묶인 기억과 낯선 말들이 한꺼번에 풀려나왔다. 내가 여기 갇혀 있으려고 이렇게 먼 길을 떠나온 걸까? 왜 수천의 전쟁 생존자들 가운데 삶과 기억을 되찾는 게 나 혼자의 몫인가? 나는 희생 제물이었다, 내 쓰임이 무엇이었는지 스스로 묻는. 민바르에 혼자 앉아 있는 나는 슬픔을 달랠 길이 없었다. 다른 생존자들, 함라 같은 모든 여자들, 너, 그리고 나 자신을 향한 연민의 파도가 나를 덮쳤다. 누가 우리를 이 생사의 놀이로 밀어 넣은 걸까?

곧 나는 일어섰다. 이 텅 빈 장소에서 어린아이 같은 나의 연극이 부끄러웠다. 나는 초록과 금빛, 아라베스크 무늬로 장식된 거대한 모스크의 텅 빈 공간을 바라보았다. 나는 메카 방향으로 벽에 파 놓은 벽감, 미흐라브를 살펴보기 시작했다. 그 벽감은 천 개의 색깔과 천 개의 모자이크로 반짝이는 천 권의 책처럼 장식되어 있다. 다른 모든 여자들처럼 난 한 번도 이 앞에 서 본 적이 없었다. 아랍 서

예가 그 안에 깃들어, 지식이라 여겨지는 바다 속을 도약하듯 넘나들었다. 그것은 피고 지고 다시 피어났으며, 불현듯 찾아온 봄에 번식하듯 번져 동그랗게 모여들었다. 그러고는 마치 다 헤아릴 수 없는 공허를 품은 듯 손끝을 들어 가리키며, 그 빈 공간에 말을 거는 것만 같았다. 그때 아이사의 아버지가 떠올랐다가 벽감의 얽힌 무늬 속으로 사라져 갔다. 믿기니? 내가 결심한 건 바로 그 순간이었어. 몇 시간, 아니 수년 동안 피해 왔던 그 길 말고는 내게 다른 길은 없었다.

우린 그 길로 갈 거야. 마을의 어두운 밤 속을 걸으며, 두려움과 나약함, 그리고 우리 언니와 언니의 유골을 다시 마주할 공포를 건디며. 이 숨바꼭질은 너무 길었어. 무슨 일이 일어나겠니? 이미 겪었던 죽음 말곤 아무것도 없을 거야, 그치? 나는 모스크의 닫힌 입구에 귀를 기울였다. 무거운 문 뒤에서는 아무 소리도 들리지 않았다.

아무 손도 대지 않은 진실의 가장자리에서, 나는 마침내 몸을 던질 때가 되었음을 느꼈다. 이번에는 내 속으로 잠수하듯 뛰어들어, 내 상처를 다시 열고, 꿰맨 자국을 뜯어야 했다. 그리고 내 '미소' 속으로 뛰어들어, 그것이 어디에서 왔고 무엇을 숨기고 있는지 알아내야 했다. 그래, 네가 내게 목소리를 되돌려줄 거야, 난 속으로 속삭였다. 나는 한 권의 책이야, 행복한 결말을, 아니 적어도 진실한 결말을 찾고 있는. 안 그러니? 이번에 나는 천 개의 인격이 되어 내 균열 속으로 뛰어들어, 내 안 깊은 곳으로 내려갈 거야.

그리하여 나는 그 하얀 운동화를 훔쳐 신고 모스크의 문을, 천 개의 문양이 새겨진 그 문을 밀었다. 그리고 내 뱃속 어딘가로 이어지는 어둠 속의 경사로로 곧장 들어섰다.

29

　길은 조명이 부족해 어두컴컴했다. 드문드문 서 있는 가로등 몇 개 때문에 더 끔찍하게 느껴지는 밤이었다. 왜냐하면 다른 밤, 산속의 밤은 천 개의 별빛으로 환했으니까. 등을 대고 길게 누워 그대로 휩쓸려가듯, 물잔에 별을 담는 놀이를 할 수 있었으니까. 전에 타이무샤 언니와 함께 했던 놀이처럼. 언덕 꼭대기에서부터 나는 고개를 숙이고 걸었다. 가슴속 숨 막힌 천 개의 심장이 함께 뛰었다. 두려움은 처음에는 피 묻은 주둥이를 한 개의 모습으로 나타났다. 그 개는 당나귀 머리를 먹어 치우고 있었다. 내가 다가가자 개는 코를 치켜들었다, 내가 발을 헛디디는지 살피며. 그러나 나는 비틀거리면서도 계속 걸었다. 악몽이 내 몸속에서 솟구쳐 올라 튜브를 통해 흘러나왔다. 야생의 개들, 의심스러운 정적, 어두움, 죽음, 그리고 그 부동성으로 이루어진 온 세계가 내 목에 난 구멍을 통해 빠져나왔다.
　난 언덕을 내려가고 있었다. 개는 내 '미소'를 되비추고 있었다. 놈의 주의를 끌지 않으려면 뛰지 마, 땀 흘리지 마, 신음하지 마. 나는 두려움을 억눌렀다. 나를 정화하고, 아직 생명이라 할 수 없는 네 생명을 구하기 위해. 악몽이 목구멍에서 흘러나왔고, 그 안에서 나는 개 한 마리를, 또 한 마리를, 또 한 마리를 보았다. 그러나 녀석들은 모두 잠들어 있었다. 창문에 불이 켜지는 것 같았고, 몇몇 집들에서 목소리와 밀담 나누는 소리가 들리는 듯했다. 나를 괴롭히는 것은 방향이었다. 어디로 가야 하지? 이십일 년 전, 나는 이 길을 거꾸로 지나왔다. 그때는 겨울의 와디를 건넜지만, 오늘의 와디는 다 말라붙어 있었다.

좀 더 내려가자 오랑에서 나를 데려온 아스팔트 도로가 나타났다. 모스크에서 훔쳐 신은 하얀 운동화 밑에서 점토질의 땅이 부스러지며 갈라졌다. 바로 맞은편에는 어둡고 울창한 덤불과 갈대, 그리고 천 번은 죽은 나무들이 울타리처럼 서 있었다. 산기슭이었다. "어느 쪽이야?" 네가 나에게 계속 물었다. 전봇대를 따라 가야 했다. 전봇대는 우리 농장으로 이어졌고, 그 길은 참혹하게 학살당한 열두 부족의 마을을 향해 계속 이어졌다. 바로 이 전봇대가 우리 불행의 원인이었다. 수염 난 남자들이 전기를 써서 폭탄을 만들거나 '형제들'과 연락을 하기 위해 왔으니까. 다음 날이면 군인들이 와서 부족들을 처단했다. 나는 전봇대를 따라 걸었다. 그 전봇대들은 공허 속에 멍하니 늘어선 대상(隊商)들 같았다.

30

 길이 멀구나, 후리. 길은 내 안에서 뒤엉키며 마치 뱀을 삼킨 듯 나를 괴롭힌다. 나는 덤불을 헤치며 걷고, 때로는 돌부리에 걸려 비틀거린다. 맑은 하늘이 별을 드러내 나를 혼란스럽게 한다. 전봇대를 따라 걷는다. 다음 전봇대 기둥은 20미터 앞에 있다. 나는 궁륭 같은 하늘과 기억의 공허 속에 그것을 응시한다. 밤이 세상을 몽땅 파 들어가 이젠 끝도 보이지 않는다. 내가 원하는 건, 언니에게 말하는 거야. 언니가 판단을, 중재를 하도록 하는 거야. 언니가 원하면 넌 살 거고, 나도 살 거다. 그렇지 않다면, 난 살 수도 생명을 줄 수도 없어. 우린 오랑으로 돌아갈 거다. 그리고 헤어질 거다. 각자 침묵 속으로 돌아갈 거다. 그래도 내가 붙잡았던 그 믿음 하나만은 내 것이겠지.
 잘 알겠지만 우린 혼자다. 하늘의 신성한 책 속에는 우리가 있을 자리가 없으니까. 우리에게는, 저기 네가 보고 있는 별들의 의식에 뒤흔들리는 창공에서 내려오는 짐승 따위는 없다. 기적을 통한 구원도 없다. 이 어두운 산을 오르는 것은 너와 나뿐이다. 모든 것이 거짓이고 동시에 모든 것이 진실임을 보여 주기 위해 말이다. 보렴, 딸아, 나는 네가 내 눈으로 직접 보길 바랐다. 신이 나를, 내 가족들을 구하지 않았던 이곳을. 나는 네가 그 '죽은 장소'를 손끝으로 느끼길 바래. 저기, 동쪽이야. 그곳에 가면 알게 될 거야. 거기엔 하늘도 더 이상 존재하지 않는다는 것을. 하늘은 사라진 목소리 위에 놓인 튜브일 뿐이다, 후리. 우린 저 위로 올라갈 거야. 내가 목이 잘렸던 장소에 대해 네게 이야기해 줄게. 그곳은 누구에게나 죽은 곳이지만, 내 안에서만은 그렇지 않거든.

31

 그 일이 일어난 건 바로 그때다. 전봇대 하나가 밤 속에서 움직였다. 난 머리 위로 돌멩이 하나가 떨어졌고, 부엉이가 울었다. 새는 마치 분노한 듯 다시 울더니 내게 외쳤다. "가라. 죽음을 두려워하라. 하느님을 두려워하며 가라." 깡마른 전봇대가 우리 사이의 경사진 길을 굴러 내려와 나를 향해 왔다.

32

6월 21일 새벽, 어느 헛간에서

'죽은 장소'는 텅 빈 장소다. 나는 이곳, 꿈의 심장부로, 손발이 하나의 밧줄에 묶여 내던져졌다. 분필 가루 같은 밤 속에 형체들이 어렴풋이 드러난다. 더러운 운동화가 보이고 수군거리는 소리가 들린다. 한 남자가 우리 바로 옆에서 서성거린다. 난 감히 움직일 수 없다. 눈을 감고 싶다. 하지만 내 안의 네가 걱정스럽게 묻는다.

"난 내려가면 안 돼, 거기 가면 안 돼, 안 된다고 했어, 그가 분명 그렇게 말했어." 가엾은 미치광이가 같은 말을 반복한다. 갑자기, 남자가 웅크려 앉고, 나는 그의 얼굴을 본다. 수척하고, 칼날처럼 날카롭고, 커다란 검은 눈. 그 두 눈은 감당할 수 없는 어떤 계획을 응시하고 있는 듯하다. 그는 여기 있는 나를 보고 놀란 듯 생각이 떠오르기를 기다린다. 그의 손가락이 조심스레 내 튜브에 와 닿는다. 나는 신음하고 또 신음한다. 그리고 헝클어진 그의 머리카락, 썩은 이, 조약돌처럼 굳은 손톱에서 눈을 떼지 못한다. 길고 희끗희끗한 수염이 그의 얼굴선을 감싸고 있다. 이맘 자비르의 불안한 판박이. "왜? 응? 왜? 그를 밀고하려고? 그건 내가 할 일인데. 그가 널 보낸 거지, 그치? 질투 많은 거짓말쟁이 내 형제가 널 보낸 거지?" 그는 노골적으로 불쾌해 보인다. 그의 신발이 찍찍 소리를 낸다. 여기선 모든 소리가 물에 빠진 사람의 귓속에서 울리는 물소리처럼 크게 메아리친다. 나는 공포에 질려 그를 지켜본다. 거꾸로 된 거울상처럼, 이맘 자비르와 유령이 된 그의 형 이야기가 보인다. 이번에는 진짜 밤이 내 안에 도사린다. 그는 내 미소, 커다란 흉터에 홀려 있다. 그는 다시 흉터를 만진다. "왜?"라고 묻더니 곧바로 손가락을 들어 "쉿!" 하고 나를 제지한다. "그가 군대에 날 밀고하기 전 내가 먼저 그를 밀고할 거야." 그는 일어서서 자기 자신과의 긴 수군거림 속으로 빠져든다. 이름조차 알아들을 수 없는, 머리도 꼬리도 없는 대화. "그래선 안 돼. 그가 분명히 여러 번 이 말을 했어. 놈들이 우릴 죽일 거라고." 그러더니 나를 돌아본다. "그렇지? 왜 여기 왔어? 군대에 신고하려고?" 그러고는 당황해 자기 입을 탁 친다. "쉿! 빌어먹을. 넌 비밀을 지킬 수 없어." 그러고는 또 중얼거린다. "아니, 난 할 수 있어! 하느님께 맹세하는데, 할 수 있어! 난 내 형제를 지키는 사람이니까."

나는 눈을 감았다. 그가 사라졌다. 멀리서 그가 탄식하는 소리가 들리고, 그가 떠나며 이렇게 반복한다. "그 애가 아니라 나야. 목을 따는 건 나야. 가축과 양을 돌보고, 당나귀를 훔쳐 목을 따지. 그 애? 아무것도 아니지! 걘 모스크에서 떠들고 거짓말만 해. 아버진 날 더 좋아했어, 그 애가 아니고. 내가 아니라 그 애가 죽인 거라고!"

우리는 다시 단둘이 된다. 너는 내 안에, 나는 내가 말하기를 기다리고 있는 밤 속에. 어쩌면 이런 식인 게 더 옳지 않아? 너를 죽이고 너와 함께 죽는 것. 너 없이 살아남는 대신에. 예언자 이브라힘도 아들과 함께 자신을 바쳤어야 했을 것이다. 아마 그래서였을 거다, 내가 내 목소리라고 믿었던 네 목소리에 이끌려 여기까지 오게 된 이유가. 너에게 내 목소리를 보여 주기 위해, 너와 함께 나 자신을 희생하기 위해. 신께 양들은 두고 대신 우리 둘을 죽여 그의 꿈을 이루시라 청하기 위해. 양치기가 떠난 후로 나는 계속 운다. 뭔가를 잊었는데, 그것이 계속 내 소매를 잡아당긴다. 붉은 머리 함라처럼. 태양이나 심장처럼 보이지는 않지만 중요한 무언가다.

그때 땅이 움직이기 시작한다. 그러니까, 우리 위에 있는 밤하늘의 조각이. 그것은 춤추는 드레스처럼 빙글빙글 돈다. 몸을 비틀어 뒤돌아보니 지붕이 터진 외양간의 벽 틈으로 구덩이가 보인다. 농장은 예전의 모습으로 존재하지 않는 듯하다. 폐허가 내 기억에 두께를 더한다. 간신히 남아 있는 낮은 담장 하나, 이상하리만치 그대로인 헛간, 밤 속에서 뼈로 변한 나무의 절반, 그리고 한꺼번에 깨어나 하늘을 밝히는 별들의 의식. 나는 밧줄을 잡아당겨 보지만, 양치기가 늘상 하는 일이라 그런지 제물처럼 단단히 묶어 놓았다. 난 기어가 보려 애쓰고, 힘겹게 움직인다. 내 살 속의 둥지, 네가 웅크리고 있는 그곳이 짓눌릴까 두려워하면서. 작은 별 하나가 내 안으로, 내 뱃속 물잔 바닥으로 톡 떨어졌다. 반짝이는 반지를 끼고 있는 수십억의 작은 신부들이 하늘에서 지상의 이 '죽은 장소'와 마주하고 있다.

홀로, 나는 스스로에게 묻는다. 이 숨죽인 광경 속에서 내 안의 어떤 것이 끈질기게 말을 걸고 있기 때문이다.

만일 내가 틀렸다면 어쩌지?

함라처럼, 내가 가해자라 믿었지만 실은 희생자였다면? 아이사가 믿었던 것처럼, 내가 그 유일한 표지였다면? 뭔가가 풀려 나올 준비를 하고 있다. 나는 그것을 뱃속에서 느낀다. 오래된 독백, 안도감. 믿겨져? 나는 허공 위에 몸을 숙인 채, 예정보다 일찍 분만할 채비가 된 기분이다. 그러자 죽음이 코앞에 다가온 놀라운 게임처럼, 나는 너에게 충고를 하기 시작한다. "살인자가 돌아오면 눈을 감고 내 쪽을 보지 마. 그가 칼을 들고 돌아오면 천까지 세고 숨어. 날카로운 얼굴의 형제를 데리고 돌아오면, 그가 내 목에서 배로 내려오지 않도록 내 안에서 비명을 지르지 마. 용기를 내. 넌 네가 아직 갖지 못한 삶을 잃지 않을 거고, 나 역시 기껏해야 내 삶의 절반만 잃게 될 테니."

하늘은 계속 움직이면서, 내가 그것이 기다리는 적절한 말을 찾지 못하면 사라질 준비를 하고 있다. 농장은 내 기억을 감당하기에 너무 작다. 아무것도 느껴지지 않는다. 아주 먼 옛날의 삶에 대한 거부에서 깨어나는 내 육신을 제외하고는. 농장의 땅은 이젠 굳어서 무심하다. 결국, 살아남았다는 이유로 내게 말하거나 나를 심판하거나 나를 경멸할 수 있었던 그 모든 것을 나는 이십일 년 동안이나 짊어지고 살았던 거다. 이제 그것들은 천천히 내 정신 속에 미끄러져 들어오지만, 난 아직 완전히 이해하지는 못한다. 이곳은 '죽은 장소'가 아니다. 죽은 건 나다. 내가 신문에서 오려 낸 기사의 사진 속 이 농장은 오로지 내 기억 속에서만 존재하며, 1999년 12월 31일에 멈춰 있다. 새벽녘, 언니가 내 눈을 응시하던 그 순간에.

별이 가득한 하늘은 여전히 돌고 있다.

그런데 후리, 왜 네 뒤에서 다른 목소리가 들리는 걸까? 왜 내 유일한 이야기의 질서 속에서 뭔가가 빠져나가는 느낌이 드는 걸까? 왜 이 하늘이 기다리고 있는 숫자 하나, 순서 하나, 세부 하나가 빠져 있는 걸까? 모든 것을 파악하기 직전에 와 있는 것 같다. 물잔 속에 별을 가두려면 숨을 참고 움직여선 안 돼. 타이무샤 언니는 천 번이나 재밌어 하며 되풀이해 말했다. "움직이지 않으면 별이 잔 안으로 떨어질 거야." 반쯤 날아간 지붕의 구멍 밖으로 하늘이 여전히 돌고 있다. 하늘에서 가장 큰 별이 점점 가까워지며 우리 둘을 향해 기울어지고 있다. 빛나는 돌처럼 강하고 단단한 별이 웃고 있다. 숨을 참아야 해. 손이 떨려서는 안 돼.

그리고

이제 숨을 들이쉬어.

여름밤 공기가 마치 처음인 것처럼 나를 가득 채운다. 난 하늘을 송두리째 삼키려는 듯 하늘 깊이 시선을 던지고, 다시 땅으로 돌아와 꿈틀거리고 뒤척이다가 마침내 폐허가 된 창고의 반대쪽 끝을 향해 몸을 돌리고, 가짜 같은 밤의 빛 속에서 그것들을 본다.

그것들이 거기 누워 있다.

그중 일부는 나를 응시하고, 다른 일부는 여전히 뼈와 가죽에 뒤섞인 채다. 그것들은 우리 아버지의 늙은 가축들이 아니었다. 총구의 위협 아래 아버지가 다시 세어야 했던 가축들이 아니었다.

사방에, 말 못 하는 괴물들의 얼굴, 눈 속에 박힌 별들, 목 잘린 당나귀들의 머리가 널려 있었다.

그래서 나는 울면서 내 튜브 속으로 파고든다. 마치 모든 것이 이곳의 조롱과 잔혹함 속에 마침내 드러난 것처럼.

내 안의 언어가 붙잡으려고 하는 것이 무엇인지 이제 내가 이해한 것이다.

33

 언니, 언니! 내 안에서 내가 찾아 헤매던 건 언니, 바로 언니였어. 아마 난 평생 언니에게 말을 걸고 있었던 건 아닐까. 더 이상 언니의 모습을 기억하지 못해. 오랜 세월 동안 언니의 모습을 수천 번 그려 봤는데 조금씩 희미해졌어. 차라리 내 모습을 지우고, 내 목덜미를 잡고 숨이 안 쉬어질 정도로 언니 얼굴의 반영 속으로 들어가고 싶었어. 내가 포옹이나 입맞춤을, 따뜻함이나 춤을 좋아하지 않았던 건 언니를 향한 내 충실한 마음 때문이야. 삶의 이 마지막 밤에 몸이 갑자기 풀리면서 나는 깨달은 거야. 이마 위의 내 이름만 남긴 채 내 안의 모든 자리를 언니에게 내줘야 한다고 다짐했었어. 내 목소리는 결국 언니의 목소리, 말 없고 침묵하는 목소리일 수밖에 없었어. 나의 부재는 곧 언니의 존재였고, 그런 언니의 존재는 내 안에서 끊임없이 질문을 던지는 고통을 불러일으켰지. 이것만으로 나를 벌하기에 충분할까? 내 잘못으로 언니에게 닥친 단 한 번의 죽음, 거기에 맞먹으려면 하루에 천 번씩 죽어야 하는 건 아닐까? 아, 목이 베인 우리 언니야, 내 수치였던 이 잘못이 서서히 모든 것에 스며든 거야. 언니가 하늘에서 나를 굽어보는 지금에야 나는 알게 되었어.
 언니, 난 제물처럼 여기 묶여 있어, 마치 천 번의 겨울을 그렇게 지낸 것처럼. 마지막 밤이기에 황홀한 오늘 밤, 난 내가 아주 일찍이 시간을 죽였다는 걸 깨달았어. 나를 풍요롭게 하고, 가져가고 되돌려주는 그 부드럽고 영원한 움직임을 죽여 버린 거야. 내 삶의 수천 일을 단 하루로 줄여 버린 거야. 내가 캐묻고 또 내게 끊임없이 캐물었던 그 하루로. 오, 그래, 시간! 그것은 내 안에서 먼저 소멸한 것이었어. 언니가 보기에, 내가 살아남은 빚을 어떻게 해야 갚을 수 있었을까? 끊임없이 죽어서? 그렇다면 이십일 년 전부터 난 잘못 생각했던 거야. 오늘, 내 저 깊은 곳, 물잔 속에 갇힌 언니가 내게 그렇다고 말하고 있어.

여름이 내 피를 다시 거두어 생기를 불어넣는 지금에야 나는 그걸 깨닫고 있어. 그리고 내가 모르는 사이, 내 뱃속에 있는 딸한테 언니가 나 대신 죽으면서 내게 해 준 똑같은 충고를 하고 있다는 것도!

언니가 목이 베이는 동안, 내가 내 두 눈 속에 웅크려 숨어 있는 동안 언니는 내게 뭐라고 말했었어? 난 그게 내 배신이라고 믿었는데, 그건 오로지 언니의 사랑이었어. 오늘 이 저주받은 농장으로 돌아오는 동안 내 안에서 깨어난, 우리 언니 타이무샤. 언니는 내 뱃속의 후리가 아니었어. 세상으로 돌아오는 것을, 살기를 거부한 건 언니의 뱃속에 있는 나였던 거야. 난 마침내 그 오해를 이해하게 됐어. 나는 그 오해를 튜브처럼 살며시 어루만지며, 잃어버렸던 목소리를 마침내 되찾아. 태어나기도 전에 죽게 될 내 안의 딸을 위로하면서, 나는 살인자 어머니인 나 자신의 목소리에서 처음처럼 언니의 목소리를 다시 들어.

    시간이 내 안에서 제 이야기를 다시 잇고, 내 온몸이 깨어난다. 나는 어머니가 될 수도 있고, 죽을 수도 있고, 수천 가지 향기를 맡을 수도 있고, 사랑하거나 한때 차가웠던 내 피부 위로 다시 온기를 느낄 수도 있을 것 같다.
    그때 기억이 나. 목을 베는 자가 우리 위에서 망설이는 동안, 언니가 진흙투성이 신발을 신은 그 사람을 유인하기로 선택한 순간이! 그가 언니의 따뜻한, 고동치는 목을 드러냈을 때, 언니는 손가락으로 수를 헤아리며 내게 신호를 보냈어. 그때 난 언니의 미소를 이해할 수 없었어. 언니로서의 마지막 조언을, 평생의 지침을 속삭이는 언니의 입술도. 언니의 입술은 움직이며 하나의 단어를 그리고 있었어. "쿠카!" 그건 언니가 흉내 내던 우리의 숨바꼭질 놀이였어. 언니는 내 눈앞에서 손가락으로 수를 세었어. "쿠카!" 언니의 손가락은 계속 수를 세었어. 천 개의 손가락, 천 개의 숫자. 마치 내 전쟁이 인정받는 기억이 되기 위해 너무도 부족했던 숫자 같은. 천 개의 손가락, 천 개의 숫자. 그날 밤 죽은 사람들의 정확한 숫자, 서른셋에 목이 잘린 머리 없는 시간. 언니는 내가 숨기를, 죽은 척하기를 바랐던 거야!
    그래서 이십일 년 전, 우리 가족이 학살당한 후 겨우 목이 붙은 채로 내가 숫자를 세면서 깨어났던 거야.
    지금 이 깊은 산중에서, 우리가 알라에게 바쳐야 할 양 대신 팔린 당나귀의 비밀을 알아냈기 때문에 공포에 질린 양치기가 돌아와 우리의 목을 베려고 할 때, 나와 딸은 서른셋까지 셀 거야.

이십일 년 동안 내 안의 어린아이는 잘못 알고 있었어. 언니의 모든 사랑을 이해하지 못했어. 언니는 내게 숨바꼭질을 다시 하자고, 농장 수풀 속에서처럼 눈을 감으라고, 경전 구절을 읊는 살인자를 속여 계속 살아가기 위해 죽은 척을 하라고 했던 거였어. 그런데 난 그 장면을 수천 번이나 다시 떠올리면서 나도 모르게 왜곡하고 착각했던 거야. 왜냐하면, 내 안의 시간, 그 흐름을 죽여 버렸기 때문에.

수 시간을 길 위에서 보내고 딸 때문에 며칠을 괴로워한 끝에, 내게 필요한 건 언니와 반쯤 목이 베였던 그 자리에서, 제물처럼 묶인 지금 마침내 그 말을 듣는 거야. 언니가 웃고 있을 때, 물잔 속의 별처럼 언니를 붙잡기 위해. 양치기나 그의 형제가 돌아와 우리 목을 베기 전에, 내 뱃속에 있는 딸에게 똑같은 조언을 해 주기 위해. "숨어, 눈 감아, 미치광이 양치기의 칼을 피하기 위해선 죽은 척해!" 난 되풀이해 말했어. 내 뱃속에 숨어라. 네 이름과 내 이름, 그리고 녹색 붉은색 옷을 입은 모든 여자들의 이름과 함께, 무한한 눈꺼풀과 무한한 기도 속에 숨어라. 그래, 언니!

난 그걸 허용하지 않았지!

그러니까 이번엔 날 용서해 줘. 언니와 함께 죽지 못한 것에 대해서가 아니라, 살지 못한 것에 대해. 내 곁의 모든 것을, 천 개의 금화처럼 하나하나 헤아리지 못한 것에 대해. 하늘과 웃음, 낮과 파도, 갈매기와 연인들, 말[馬], 빗방울, 귀 기울이는 밤에 반쯤 피어난 모든 따스한 꽃들까지. 커피 잔, 미친 이맘, 샹들리에 속에 얼어붙은 천사들, 잠 못 이루는 밤들, 그리고 내 비밀스러운 목소리의 천 개의 성대. 계속 헤아려야 했는데. 그것이 바로 영원의 또 다른 이름이었으니까. 하지만 난 그걸 몰랐어, 언니, 용서해 줘. 언니의 죽음이 헛되지 않도록 우리 둘을 위해 살아야 한다는 것을 난 읽어 내지 못했던 거야.

그 도살자인지 아니면 그 형제가 묶은 밧줄 속에서, 오늘 내 몸은 마치 조산이라도 할 것처럼 풀리고 있어.

내 몸이 둘로 벌어지며 난 삶을, 생명을 느껴.

나는 내가 반쯤 죽은 존재라고 믿었지만, 두 사람 몫을 살아야 했어. 그리고 언니는 아직 태어나지 않은 내 딸의 목소리를 통해, 내 안에서 온 힘을 다해 그걸 계속 소리쳤던 거야. 난 언니가 보내는 신호를 해독하지 못했어. 그게 언니의 분노라고만 생각했지. 하지만 그건 다만 밤이 속삭이는 안의 언어, 겉모습을 벗고 언니에게 가 닿게 하려는 길이었을 뿐이야, 우리가 함께할 그림자의 나라로 가는.

타이무샤 언니. 언니의 웃음소리만으로도 여전히 행복으로 내 심장이 에일 듯하지만, 그 목소리를 너무 늦게 들어서 미안해. 천 년 동안, 이 나라의 죽은 자들은 우리에게 말해 왔잖아. 그들을 따라 죽지 말고, 살라고. 이제야 그

뜻을 이해해!

 밤이 축제를 위해 화려하게 염색한 머릿카락처럼 느껴져.
 땅이 비밀의 향을 풍겨. 내 안에는 더 이상 '죽은 장소'가 없어.
 배신당한 짐승들의 늙은 머리들도 이젠 그저 손님일 뿐이야.
 심장이 쿵쾅거려. 내가 언니의 행복한 웃음소리가 더 크게 울려 퍼지도록 어딘가로 숨기 위해 달려가는 것처럼.
 내 안에서 땅이 함께 고동치고 있어. 언니가 죽음으로부터 나를 보호해 주었던 것처럼 내 딸을 보호하고, 언니가 내게 준 생명을 그 아이에게 물려주고 싶어. 하지만 이젠 그럴 수 없어.
 왜냐하면 너무 늦게 깨달았으니까. 밤이 밝아 오는 헛간 지붕 위로 별들을 하나씩 거두어 가고 있어.
 양치기가 오는 것 같아. 장화 소리가 들리네. 머리를 땅 위에 뉘인 채 그가 돌아오는 걸 느껴. 내 뱃속에서 내 딸이 내 심장에 귀를 대고 듣고 있어, 언니 심장을 그리는 내 심장에. 목소리가 들려. "오브? 오브? 오브? 어딨어?" 이제 곧 난 목이 잘릴 거야. 그러면 그리로 갈게, 언니.

34

 "……서른넷, 서른다섯, 서른여섯, 서른일곱." 나와 함께 세어 봐, 후리. 그러면 그가 너를 잊고, 네 목을 긋는 것도 잊을 거야, 내 딸! 이십일 년 전 타이무샤 언니가 그랬던 것처럼, 나는 그의 주의를 내게로 끌기 위해 큰 소리로 수를 헤아린다.

 "오브? 오브?" 저물어가는 밤 속에서 어떤 목소리가 불안하고 숨 가쁘게 묻는다. 그림자 사이로 나는 그의 얼굴을 본다. 그의 얼굴은 공포로 제각각 다르게 떨리는 눈을 하고 있다. 그의 입술이 떨리고, 큰 손이 내게로 뻗어와 밧줄을 푼다. 그는 내 튜브를 살피며 희미한 숨소리를 확인한다. "아, 드디어 찾았어, 누이!" 아이사다. 그가 내 쪽으로 몸을 기울인다. "누이를 따라왔어. 정오부터 누이가 센 숫자를 들었어, 누이가 죽어 온 천 번의 죽음을." 그는 지쳐 보인다. 다른 마을 사람들이 그를 에워싼 채 비밀 도살장으로 쓰였던 헛간을 아연실색하여 바라본다.

 새벽 무렵, 아직 여린 하루가 내게 귀 기울인다. 나는 아이사의 품 안에서 계속 수를 헤아린다. "헌병들이 곧 도착한대. 그자와 그의 형제 모두 체포됐대. 그들이 당나귀 고기를 팔고 있었대." 한 마을 사람이 이웃에게 설명한다. 아이사는 나를 일으키며 속삭인다. "넌, 표지야!" 많은 손들이 나를 다른 손들에게 건네고, 나는 흔들리지만 다시 일어나 산 아래 하드 셰칼라로 향하는 산길을 다시 내려간다. 이번에는, 너는 내 안에 살아 있고 소중하다.

35

오랑, 일 년 후

    무엇이든 내게서 그 아이를 앗아 갈 수 있다. 바람, 바다, 아이 위를 맴도는 작은 갈매기, 햇살, 질투하는 작은 배까지. 아이가 내 눈앞에 있을 때조차 나는 두렵다. 모든 것이 그 애에게 깃들어 있기 때문이다. 아이의 머리칼은 불꽃이고, 그 생명력은 시간을 다시 흐르게 한다. 아이가 녹색 요람 속에서 움직이는 다리와 조막만 한 손, 모래 위에 발자국을 남긴 발들을 바라본다. 무엇이든 아이를 내게서 앗아가 나를 죽게 하고, 내 목소리를 빼앗아 갈 수 있다. 마침내 내가 말할 수 있게 되었으므로. 일 년 전 나는 아이를 낳았고, 다시 말하기 시작했다. 내 안의 언어와 내 바깥의 언어는 아이 안에서 하나가 되었다. 아, 말은 많지 않다, 거의 한마디뿐일 때도 있다. 하지만, 내 목소리는 이곳에 있다. 갈망하고, 행복한 채, 침에 젖어. 하디자는 우리 옆에 앉아 있다. 엄마는 내 가출과 내가 위험을 감수한 일 때문에 여전히 트라우마를 겪고 있지만, 이젠 자신의 고통으로 내 행복을 흐리지 않으려 애쓴다. 그리고, 할머니가 된 것에 행복해한다.

    안달루즈 해변에서 나는 붉은 튤립 무늬가 있는 하얀

여름 원피스를 입고 있다. 사방이 바다다. 특히 눈을 감으면 더욱 그렇다. 우리는 아침 일찍 이곳에 도착했다, 해수욕객과 제트 스키, 쓰레기가 덮치기 전에. 밤에서 막 돌아온, 아직 신비롭고 차가운 바다를 우리는 사랑한다.

나는 딸에게 쿨숨이라는 이름을 주었다. 이집트의 위대한 가수의 이름이자 목소리라는 뜻이다. 쿨숨은 소리치고, 아이의 외침 하나하나가 나를 나 자신으로 되돌려주고 나를 되살려 낸다. 내 목소리는 내 밖에도 그리고 안에도 존재한다. 내 '미소'는 이제 흉터에 불과하다. 나는 기뻐하며 웃는다, 어디에서 와서 어디로 가는지 모르는 갈매기들을 보며. 나는 안다. 나의 쿨숨은 모든 고통으로부터 나를 치유해 준 고통 속에서 태어났다. 아마도 쿨숨은 우리가 나눈 오랜 대화와 내 안의 언어를 기억할지 모른다. 내가 바라보기만 해도, 내 천국 같은 초록빛 금빛 눈동자에서 날 알아보니까. 하디자는 여전히 아이사가 선물한 아름다운 녹색 요람에 아이가 누워 있는 걸 좋아하지 않는다. 그 요람이 자신의 이야기를 떠올리기 때문이다. 그럼에도 엄마는 아이를 품에 안고, 들어 올리고, 함께 노는 걸 좋아한다. 우리는 종종 다투기도 한다. "엄마가 그렇게 안아주면 애 버릇이 나빠지잖아, 그럼 내가 어떻게 재워?" 엄마는 아무 대답도 않는다. 그저 자기 안에서 길고 조용한 독백을 이어갈 뿐.

쿨숨은 나의 언어, 나의 목소리다. 쿨숨이 하는 말 하나하나는 신중하게, 놀이처럼, 우연처럼, 아침 해 속에서든 바닷가에서든, 세상 모든 것에 이름을 붙일 때 필요한 정확성으로 선택될 것이다. 아이의 울음소리마다 나는 되살아난다. 그 울음은 내 안의 살점을 깨우고, 내가 잊고 있던 수천 가지 향기에 대해 들려준다. 내 안의 언어는 아이를 껴안고, 앞서서 설명해 주고, 안심시키고, 보호한다. 나는 두 개의 삶을 산다. 타이무샤 언니의 삶까지 더하면 세 개의 삶이다.

우린 정오까지 여기 머물 것이다. 파도가 우릴 부드럽게 흔들어 재울 것이다. 여름이다. 오랑에서 여름은 하늘 뒤에 숨어 있는 천국의 빛으로 물든 긴 아침 같다.

가끔 나는 기억한다. 신문들은 하드 셰칼라 마을에서 당나귀 고기 거래로 체포된 이맘 사건을 보도했었다. 다른 테러리스트들이 무기와 칼을 내려놓은 '화해' 이후에도 그의 형제는 광기에 사로잡혀 산을 떠나지 않은 것이었다. 내가 도착하기 전날 마을 곳곳에 당나귀 머리를 뿌려놓은 것도 바로 그였다.

쿨숨은 재미있는 옹알이로 천국에 대한 추억을 노래한다. 그러다가 작은 손으로는 잡을 수 없는 갈매기 때문에 짜증이 나는지 울음을 터뜨린다. 그래서 난 갈매기 대신 잡으라고 나를 내어준다. 나를 집어삼키라고. 나는 내 가슴을 꺼내어 젖을 물리고, 아이는 젖을 빤다. 아이는 내가 움직이지 않을 때까지 나를 응시하고, 제 뱃속으로 나를 삼킨다. 아이의 작은 입이 내게 전율을 일으킨다. 그 작은 입에는 고통과 생의 증거가 뒤섞여 있다. 나는 포도주와

젖과 꿀이 흐르는 강이다. 피로를 모르고 달리는 아이의 말이다. 끝없는 열매다. 에메랄드로 장식된 천막이며, 투명한 피부, 거대한 눈꺼풀을 가진 눈이며, 신들의 영역으로 파고드는 붉은 머리카락이다. 그 무엇도 내 살아 있는 몸을 이토록 깊이 닿지 못한다.

이런 순간이면 하디자는 내 여행을 용서하고, 그 신비 속 의미를 헤아린다. 이제는 원래대로 곱슬거리는 내 머리칼마저 용서해 준다. 보일까? 난 행복하다. 난 멈추지 않은 커다란 미소를 짓고, 마침내 말을 한다. 날 이해해 보려고 사람들은 내 쪽으로 아주 가까이 몸을 기울인다, 비밀이나 공모의 밤을 나누듯. "숫자 하나를 말해 봐." 아이사가 다시 주문한다. 내 친구는 하디자 옆 작은 해변 돗자리 위에 앉아 있다. 나는 "100경!" 하고 말한다. 그러자 그는 짝짝이 눈으로 웃음을 터뜨리며 대답한다. "그러면 밤이 될 때까지 기다려야겠네. 그때 함께 별을 다시 세어 보자."

옮긴이의 말

잃어버린 목소리, 잃어버린 역사,
삭제에 저항하는 글쓰기

 와디. 마른강 또는 마른 골짜기. 건조 기후 지역에서 평소에는 말랐다가, 큰비가 내릴 때만 흐르는 강. 『후리』를 번역하는 동안, 이 건조한 결여의 지형 와디에 저항하듯 하염없이 쏟아지는 말의 강물 속에 나는 같이 흘러 들어갔고, 잠수했으며, 때론 그 역사의 강물 속에서 참담하고 고통스러워 일어나지 못하였다. 와디는 완전히 고갈된 죽은 강이 아니다. 흐름이 멎은 자리에, 언제든 기다렸던 시간이 다시 오면 야성적인 말[馬]처럼 거칠게 달릴 생명의 강이다. 끊임없이 흐르는 카멜 다우드의 이 처절한 흐르는 말[言] 속에서, 나는 저 근원적 결핍과 고갈을 느꼈다. 시간이 만든 지질적 상형성을 감내하고 다시 역사를 흐르게 만들고 싶은, 갈구하는 의지와 생명력을 느꼈다.
 소설을 다 읽고 나면 알게 된다. 주인공 화자가 도살당한 채 '거의' 죽어 있다가 피투성이로 끌려 내려온 참혹한 현장이 바로 '붉은 와디'였다는 것을. 1999년 12월 31일과 2000년 1월 1일. 죽음과 삶의 경계와도 같았던 그날의 학살 현장. 마을은 여기저기 불탔고, 토막 난 시신들에선 연기가 피어올랐다. 우물은 시체로 가득했다. 와디에 판 묘혈 안에 묻혀 있던 시체들이 얼마 후 폭우가 내리자 역사의 범죄 현장을 폭로하듯 나체처럼 하나하나 떠올랐다.

죽은 자들 가운데서 살아난 주인공 오브. 그리고 학살 현장이 발각되던 날 구조의 현장에서 운명적으로 만난 제2의 엄마 하디자. 그녀는 왜 이 희생자의 이름을 밤과 아침에 존재하는 시간 '새벽'으로 명명했을까. 동이 트면 반드시 아침은 온다. 역사를 증언하기 위해, 억압해도 결코 억압될 수 없는 말의 상징으로, 책과 문학의 상징으로 죽지 않고 살아난 오브는 카멜 다우드의 문학 그 자체일지 모른다.

그러나 오브의 목소리는 잃어버린 목소리다. 이드 희생제 날, 경정맥을 따 도살한 양처럼 목이 잘려 후두와 성대를 잃은 괴물 같은 존재가 된 오브가 내는 목소리는 두 개의 언어 사이를 배회한다. '안의 언어'와 '바깥 언어'. 튜브를 삽관하여 기적적으로 그나마 몇 마디 토해 낼 수 있게 된 언어. 그러나 거의 언어라고도 할 수 없는 이 희한한 언어는 순조롭게 기능하지 못한다. 화자는 바깥 언어를 잘 소통되지 않는, 교리화된 아랍어라 암시하는 듯하다. 안의 언어는 결코 바깥으로 나올 수 없는, 어쩌면 형상화될 수 없는 언어일 것이다. 물고기가 물속에서 숨을 내쉬듯, 화자의 내면이 잠수할 수 있는 바다 같은 언어. 수천 페이지를 그만큼 발화할 수는 없는 강력하고 아름다운 내면의 언어.

알제리가 프랑스에 식민화되고, 독립전쟁을 치르고, 독립된 이후 이 전쟁을 어떻게 기억할 것인가를 놓고 프랑스 내부의 격론(프랑스 정부만이 아니라, 알제리에 이민 온 프랑스인, 이른바 '피에 누아르')과 알제리 내부의 격론(알제리 정부만이 아니라, 프랑스에 이민 온 알제리인)이 뒤엉켜 기억과 언어의 문제는 단순히 프랑스와 알제리(식민자와 피식민자)의 양항 구조가 아니라 더 복잡한 층위적 구조를 갖게 되었다.

여기서 잠시, 이 소설의 주요 배경이 되는 '검은 10년'(1991/1992~2002)과 바로 그 이전의 알제리 역사를 살펴보고자 한다. 이 부조리한 내전은 독립전쟁과 그전에 있었던 식민화의 파생이자 귀결이기 때문이다.

프랑스의 알제리 식민화는 1830년 무렵 시작되었다. 알제리는 19세기에 걸쳐 단순한 식민지가 아니라 프랑스 영토의 일부로 편입되었고, 이때 대규모로 프랑스 정착민이 이주하였다. 이들은 일명 '피에 누아르(pieds-noirs)', 즉 '검은 발'이라 불렸다. 이 정착민들로 인해 알제리 원주민은 2등 시민으로 전락했다. 이런 구조는 거의 백 년 이상 유지되며 뿌리 깊은 분리와 억압을 낳았다. 알제리인은 프랑스를 위해 전쟁에 징집되어 1, 2차 세계대전에도 참전했다. 프랑스를 위해 싸웠지만 프랑스인이 되지 못했다. 시민권은 주어지지 않고 사회적 차별은 계속되었다. 1954년, 알제리 민족해방전선(FLN)의 무장 투쟁을 시작으로 알제리 독립전쟁이 시작된다. 1962년 마침내 알제리는 독립하고, 이제 100만 명에 이르는 피에 누아르와 프랑스에 협력한 알제리인 하르키(Harkis)의 처참한 탈출이 이어진다.

알제리는 프랑스로부터 독립했지만, 1980년대 알제리

는 정치적 부패와 경제적 위기에 휩싸이고, 이때 이슬람 세력이 부상한다. 당시 집권 세력인 FLN은 독립 이후 단일당 체제를 유지해왔지만 국민 불만은 폭발했고, 1988년 청년들이 주도한 대규모 민주화 시위는 군경에 의해 유혈 진압된다. 국제적 압박 속에 FLN 정권은 다당제를 도입하지만, 이슬람구원전선(FIS)이 무력해진 FLN을 대신하여 주요 정치 세력으로 빠르게 세를 확장한다.

알제리의 '검은 10년'이라 불리는 시민 내전은 바로 이 이슬람구원전선이 1991년 총선에서 압도적으로 승리하면서 발발한다. 군부는 이 선거 결과에 놀라 이를 무효화하고 쿠데타로 정권을 장악한다. 이를 계기로 '정치화'된 이슬람 종교 세력과 '세속화된' 군부 사이에 극단적 대결과 증오, 경쟁이 시작되면서 내전이 촉발한 것이다.

한편, 알제리 국민을 공포의 도가니로 몰아넣은 진짜 '검은' 해는 FIS 이슬람 무장세력이 전국적인 무장 투쟁을 시작해 산속으로 들어가면서부터다. 그들은 인근의 산간 마을과 민가를 약탈한다. 이에 정부군 및 준군사조직이 반격하고, 이 과정에 이들 역시 민간인을 학살한다. 결국 수많은 무고한 민간인들이 두 세력 모두에게 강간당하고 고문당하고 죽음당한다. 국가와 종교의 이름으로, 국가도 종교도 없던 검은 시대였던 것이다.

카멜 다우드는 발설과 기억이 금지된 바로 이 시대를 증언하는 작가이다. 다우드는 『뫼르소, 살인 사건』으로

2015년 공쿠르 최우수 신인상을 받았고, 2024년『후리』로 공쿠르상을 수상했다.『뫼르소, 살인 사건』은 알제리 몽도비 태생인 프랑스인 알베르 카뮈의『이방인』에 대한 일종의 '다시 쓰기'이다.(미셸 투르니에가 로빈슨 크루소 신화를 전위된 방식으로 '다시 쓰기'한 것이『방드르디, 태평양의 끝』인 것처럼.) 카멜 다우드는 "균형의 정의"를 찾기 위해서라도 뫼르소의 입장과 시각을 '전위'하여 다시 쓰기를 할 필요를 느꼈다고 한다. 화자 하룬은 뫼르소에 의해 죽은 형 무사를 복원한다. 카뮈의 소설에서는 그저 '아랍인'으로 총칭된 형의 '이름'을 부름으로써 형에게 개별성을 돌려준 것이다. 이런 '다시 쓰기' 시도는 분명 알제리인의 입장에서 카뮈의『이방인』을 다시 읽게 만들었다.

다만, 피상적인 독서로 이것이 카뮈에 대한 비판으로 읽혀서는 곤란할 것이다. 타자의 영토를 점유한 국가의 행위 속에 그 국가에 소속된 카뮈가 혹은 그의 뫼르소가 프랑스에도 알제리에도 속하지 않는 이중의 국외자이자 이방인으로 남는다는 역설. 그런데 한 개인의 정체성을 규정하는, 이의 제기 불가능한 국적성 또는 민족성, 이른바 '장소' 귀속성을 우리는 확고하게 신봉해야만 하는 것일까?

만일 내 땅과 내 고향이 내전의 땅이라면? 형제 살해의 땅이라면? 카뮈의 뫼르소가 부조리한 만큼, 다우드의 하룬도 부조리하다. 알제리 독립전쟁의 정황과 그 실상, 독립 이후 정권 다툼을 위한 군부와 이슬람 종교단체의 싸움은 다우드의 화자를 분노하게 만든다. 만일 뫼르소와 하룬이

다른 영역에 있는 듯하면서 결국은 같은 영역에 있다고 한다면, 우리 머릿속에 고착되어 있는 '영토성'이 아닌 '탈영토성'으로, 즉 자기 영토 내에서 탈영토화된 존재들의 공역성(共役性)으로 이 두 주인공이 이해될 때다.

한 영토에 사는 사람들의 정서와 생각은 역사의 흐름과 그 시간성 속에서 볼 때 결코 안정된 고른 판이 아니다. 정의와 진리를 외치는 이상적인 순수 관념으로만 그 판은 이루어져 있지 않다. 현실적이면서도 물질적인, 또한 이질적인 여러 불순물이 미끄러지고 이동하며 굳어진다. 같은 영토상에 있어도, 각자 다른 여러 동기와 이유로 존재하는 기이한 불안정한 판이다.

『후리』는 『뫼르소, 살인 사건』보다 훨씬 다양한 목소리와 이질적인 입장들, 즉 온갖 잡다한 불순한 재료들이 뒤섞여 결코 하나로 환원되고 요약될 수 없는 복수적 통합체와도 같은 소설이다. 이른바 겉지층, 속지층, 혹은 여러 겹지층 같은 전체상으로 역사를 보게 만든다. 식민전쟁과 독립전쟁, 또 그 여파라 할 내전과 시민전쟁, 급기야 이웃끼리, 형제끼리 서로 죽이고 죽이는 카인과 아벨 같은 형제 살해, 그리고 자기 살해.

카멜 다우드의 아버지는 경찰이고 어머니는 중산층 출신으로, 여섯 형제 중 유일하게 고등교육을 받았다고 한다. 대학에서 문학을 전공한 후 오랑의 《코티디앵 도랑》 기자로 일하면서 팔 년간 편집국장을 맡았고, 《르 푸앵》과도

협업해 2016년 장뤼크 라가르데르 기자상을 받기도 한 기자 출신 작가인 그는 알제리 아랍어로는 글을 쓰지 않고 프랑스어로만 글을 쓴다. 알제리어는 옛 아랍어에서 파생했는데, 그의 말에 따르면 "아랍어는 종교 및 지배 이데올로기의 함정에 빠져, 물신화, 정치화, 이데올로기화"되었기 때문이다. 청소년기에는 이슬람주의자였으나 18세에 전향했다. 1988년 10월 6일 반정부 시위에 참여하면서 더 이상 자신을 무슬림 신자로 여기지 않게 되었다고 한다. 2016년 1월 31일, 카멜 다우드는 《르 몽드》지에 기고문을 하나 게재한다. 같은 해 새해 첫날 독일에서 발생한 성폭력 사건을 환기하며, 이슬람주의에 "여성과 몸과 욕망 간에 병적으로 왜곡된 관계"가 있음을 꼬집는 칼럼이다. 이 글 때문에 그가 진부한 오리엔탈리즘을 재활용하여 이슬람 혐오증을 부추긴다는 비판이 일었다. 그러나 그는 이슬람 혐오를 부추기면 안 된다는 이유로 실제로 일어나고 있는 폭력에 눈감고 침묵해서도 안 된다고 말한다. 이슬람에 대한 급진적 옹호나 과도한 거부에서 벗어나 스스로 자유롭게 생각해야 한다는 것이다. 다우드는 책에서 말하는 가설이나, 자기 원칙이라는 교리적 절대주의에서 빠져나오기를 촉구한다.

구체적 삶에 맞닿아 있는 문학을 꿈꾸는 그에게 아랍어는 이슬람 종교의 강령이자 교리처럼 느껴지고, 프랑스어는 그에게는 제2의 언어일 뿐이다. 그에게 진정한 모국어는 어쩌면 문맹인 어머니의 언어, 어머니의 구어이다. 『후리』 2부 '미궁'의 주요 화자 아이사는 무학(無學)인 어머니의 '구어'와 이슬람 교리의 집대성자이자 대가문 출신인 학자였으나 내전 기간에 인쇄업과 서점을 운영하는 서적상으로 전락한 아버지의 무력한 '문어' 사이에서 방황한다. 가업을 이어받긴 했으나 내전의 소용돌이에서 책을 쓰는 자가 아닌, 책을 파는 자. 화물차에 이른바 신성한 경전이 아닌, 판매가 잘 되는 요리책들을 싣고 다니는 고속도로의 아웃사이더이자 보부상. 그런 아이사는 문어와 구어, 책과 상품 사이에 존재하는 인물이다. 1부의 화자이자 소설의 주인공인 오브처럼 목소리를 잃지는 않았지만 짝짝이 다리와 짝짝이 눈을 가진, 다리와 눈에 장애가 있는 절반의 피해자. 그런데, 바로 그렇기 때문에 그는 목격자이자 증언자가 되는 또 하나의 '목소리'가 된다. 우리는 결국 오브와 아이사를 겹쳐 읽음으로써 역사의 현장과 그 심층을 목격하게 된다.

"내가 너무 말이 많다고 생각하고 있지? 히히, 맞아! 하지만 오늘 하느님께서 너를 내게 보냈다고 믿는 이유를 설명해야 하기 때문이야!"(219쪽) 카멜 다우드의 글은 읽는 것이 아니라 듣는다고 말하고 싶어질 정도로 구어적이다. 이 낭송적 성격이 강한, 이른바 토로하는 문체 속에 가슴은 뜨거워지고 감각은 예민해진다. 동일한 구음적 서술 기법을 통해 전쟁과 내전의 희생자가 된, 말하는 것이 금지된 언어 잃은 자들의 목소리가 수없이 겹쳐지고 중언된다. 왜 같은 말이 끊임없이 반복되는가? 그만큼 아프기 때문이다. 그만큼 끔찍하기 때문이다. 아무리 말해도 그 상처가 낫지 않기 때문이다. 다른 누구와도 공유되지 않기 때문이다. 병적일 정도로, 강박적일 정도로 외쳐 대는 그들의 증언을 우리는 결코 편히, 관대하게 들어 줄 능력이 없을지도 모른다. 증언 문학의 아이러니와 그 비극성은 이렇게 암묵적으로 계시된다.

다우드는 한 인터뷰에서 문학은 누구나 한번 올라타면 가게 되어 있는 '무빙 워크' 같아야 한다거나, 국적이나 인종에 상관없이 여권만 있으면 어디든 갈 수 있듯, 해외 문학이나 세계 문학도 다른 민족이 공감하고 이해할 수 있는 문학이어야 한다고 말한 바 있다. 1990년대의 알제리 내전의 실상과 진실을 폭로하는 『후리』는 2024년 프랑스 최고의 권위를 가진 공쿠르상을 받았지만, 알제리 정부가 "국가 비극을 왜곡"한다는 이유로 출판을 금지해 알제리에서 금서로 지정되었다. 2025년 5월, 알제리 정부는 그의 작품이 "국가 명예를 훼손했다"는 이유로 국제 체포 영장을 발부했다.

1부 '목소리', 2부 '미궁', 3부 '칼'이라는 소제목하에 주요 화자를 오브, 아이사, 셰이크로 바꿔가며 피해자와 목격자, 가해자의 목소리를 총합하는가 하면, 특히 3부에서는 함라 같은 또 다른 여성 피해자 인물을 통해 기록 및 기억 속에 완전히 삭제당할 위기에 처한 집단 피해자들의 일면을 작가는 더욱 극적이고 상징적으로 드러낸다.

1부의 주인공 오브는 말하지 못하는 '벙어리'이므로 역설적으로 더욱 구어투를 강하게 써서 자신의 온 슬픔과 고통, 분노를 표현한다. 대화의 상대자는 뱃속의 태아, 즉 자신의 분신이자 미래인 '후리'이다. 2부에서 오브의 말은 보이스 오프(voice off)로 서사를 이끌되 독자의 귀에 주로 들리는 목소리는 과거 학살의 현장으로 그녀를 데려가는 고속도로에서 만난 운전사이자 동행자 아이사이다. 마치 로드 무비처럼 펼쳐지는 2부의 언어는 이동하는 언어로, 독자를 미궁 속으로 빠뜨린다. 다우드는 아이사의 정체를 일면 드러내면서도 오브와의 관계가 어떻게 진행될지 결론 내리지 않으면서 이야기를 끌고 간다. 특히, 숫자에 강박적인 그는 언론 보도의 거짓 통계와 조작된 기사를 비웃듯 몸에 새긴 기억으로, 학살의 수많은 디테일과 피해자의 수, 그리고 그 규모를 증언한다. 3부의 주요 화자 역시 오브로 돌아오지만, 이제 오브는 관찰자이자 기자, 보고자, 증언자, 비평가 등 다중의 역할을 한다. 과거 학살이 일어난 하드 셰칼라로 마침내 돌아온 오브는 자신을 방송국에서 온 기자로 착각하는 마을 주민 사람들과 만나며 여러 사실을 기술한다. 어린 시절의 자신을 떠올리는 아홉 살 여자아이 랍하를 만나는가 하면, 그녀 이상으로 고통을 당한 함라라는 여성을 통해 피해자의 연대와 공감을 피력한다. 그리고 특히, 오브의 저 깊은 내면에 비밀처럼 응고된 죄의식과 자책감의 실체인 언니 타이무샤와 해후한다…….

"나는 종교가 끔찍하게 싫다! 어떤 종교건 간에! 종교는 세상의 무게를 속이기 때문이지." 다우드는 이미 『뫼르소, 살인 사건』에서 주인공의 입을 빌려 말한 바 있다. 국가와 종교와 상업은 전혀 다른 것이면서도 완전히 같은 것인 듯 아찔한 진리로 폭로된다. 성스러우나 불결한 것, 주방, 욕실 같은 위생 시설의 하얀 편집증처럼 폭군적인 것. 집단 세력 바깥과 그 주변의 것이라면 혐오하고 배제하는 이 교조적 망령은 지금 우리 사는 어디서나 반향한다. 국가와 종교와 상업은 화폐로 통분되어 유일하게 공유되는 신뢰이자 믿음이자 종교가 되었다. 가까이서 보면 잇속과 명분을 건 전쟁이지만, 멀리서 보면 광신적 강요, 주장, 에고들의 각축전이자, 균열과 통합을 반복하는 거대한 지질판이다.

국가와 종교의 이름을 건 질식하는 세계 속에, 수천 개의 변형과 수천 개의 판본과 수천 개의 덧칠과 삭제, 균열과 복원이 서로 중층하는 이 신들린 절규는 「벤탈라의 성모」의 절규일까. 고통과 허무에 빠진 긴 비명 끝에 더 이상 목소리도 나오지 않는 자식 잃은 어머니의 절규. 다우드는 말한다. "내장이 드러나 돌바닥이 훤히 보이는 생기 없는 늙은 도랑"(146쪽) 같다고.

고통으로 넘쳐흐르는 이 말의 강물 속에 우리가 읽어야 하는 것은 알제리의 '검은 10년'이라는 그 말라붙은 와디이다. 대규모 테러로 무차별적으로 학살된 자들, 책임자에 대한 처벌도 피해자 진상조사도 없고, 국가와 가해자 모두 망각을 선택하여 적당히 역사를 '요리한' 조작자들. 침묵 속에 가짜로 응급 처치되어 가라앉은 내전, 기억되지 않는 전쟁의 희생자들. 그러나 이 문학의 와디는 언제든 강력한 물살로 흐를 것이다.

류재화

추천의 글

 국가와 민족에 관한 이야기를 할 때, 복잡한 정치적 상황이나 역사적 맥락을 살피는 것은 중요한 일이다. 그러나 각각의 사연만큼이나 중요한 것이 있으니 그 사연이 남긴 결과다. 전쟁이든 폭력이든 환란이 지나간 뒤에 남는 것은 언제나 피해자다. 그중에서도 가장 큰 피해자는 여자와 아이다. 앞으로도 그럴 것이다.

 문학에 세상의 상처를 기록하고 고발하는 측면이 있다면 누가 울었는지를 기억하는 것은 문학의 가장 본질적인 책무다. 『후리』는 '검은 10년'으로 불리는 알제리 내전의 기억을 되살려 폭력과 신앙, 그리고 남성의 권력 아래 침묵을 강요당한 여성들의 목소리를 복원한다. 조용하지만 단단한 이 목소리는 개인의 고통을 사회의 윤리로, 한 지역의 상처를 세계의 문제로 확장시켜 어느 나라, 어떤 시대의 독자가 읽어도 공감할 수 있는 보편적 아픔과 회복의 시선을 보여 준다.

 이 소설을 모른 채 윤리를 말한다면, 그것이 어떤 말이든 충분한 진실은 아닐 것이다.

박혜진(문학평론가)

후리

1판 1쇄 찍음	2025년 11월 21일
1판 1쇄 펴냄	2025년 12월 1일
지은이	카멜 다우드
옮긴이	류재화
펴낸이	박근섭, 박상준
펴낸곳	(주)민음사

출판등록	1966. 5. 19. (제16-490호)
주소	서울특별시 강남구 도산대로1길 62 강남출판문화센터 5층 (06027)
대표전화	02-515-2000 팩시밀리 02-515-2007
	www.minumsa.com

한국어판 ⓒ (주)민음사, 2025. Printed in Seoul, Korea

ISBN 978-89-374-4863-8 (03860)

*잘못 만들어진 책은 구입처에서 교환해 드립니다.

Cet ouvrage, publié dans le cadre du Programme d'aide à la Publication Sejong, a bénéficié du soutien de l'Institut français de Corée du Sud – Service culturel de l'Ambassade de France en République de Coree.

이 책은 주한 프랑스대사관 문화과의 세종 출판 번역 지원프로그램의 도움을 받아 출간되었습니다.